Im Mai 1945 waren dreitausend deutsche Soldaten und 167 baltische Männer der Waffen-SS nach Schweden geflüchtet. Ende Januar 1946 lieferte Schweden die Mehrzahl der Deutschen und Balten an die Sowjetunion aus. Um das Schicksal der Balten rankten sich bald politische Legenden. Per Olov Enquist erzählt in diesem erstmals 1968 erschienenen Roman die Geschichte der ausgelieferten baltischen Legionäre anhand von privaten Dokumenten, Augenzeugenberichten und Gesprächen. Wie sehr das Schicksal der Internierten von politischen Argumenten verstellt war, findet er im Lauf der Untersuchung heraus. Mit diesem dokumentarischen Roman beleuchtet Enquist nicht nur ein zentrales Kapitel der europäischen Geschichte des Zweiten Weltkriegs, er begründet auch seine eigene Form des Erzählens zwischen Realität und Fiktion.

»Ich lese diesen 42 Jahre alten dokumentarischen Roman jetzt nachdenklich von neuem und erkenne (...), dass [es] auch ein Entwicklungsroman über einen jungen Autor in der Mitte der entsetzlichen europäischen Geschichte war, ein Roman nicht nur über das Leben der Ausgelieferten, sondern auch über sein eigenes, und dass diese Erfahrung alles prägen würde, was er später schrieb.« *Per Olov Enquist*

Per Olov Enquist, 1934 in einem Dorf in Nordschweden geboren, lebt in Stockholm. Er arbeitete als Theater- und Literaturkritiker und zählt heute zu den bedeutendsten Autoren seines Landes. Im *Fischer Taschenbuch* erschienen unter anderem: ›Der Besuch des Leibarztes‹ (Bd. 15404), ›Der fünfte Winter des Magnetiseurs‹ (Bd. 15743), ›Das Buch von Blanche und Marie‹ (Bd. 17172) und seine Autobiographie ›Ein anderes Leben‹ (Bd. 18600).

Weitere Informationen finden Sie auf www.fischerverlage.de

Per Olov Enquist

Die Ausgelieferten

Roman

Aus dem Schwedischen
von Hans-Joachim Maass

FISCHER Taschenbuch

Erschienen bei FISCHER Taschenbuch
Frankfurt am Main, April 2016

Lizenzausgabe mit freundlicher Genehmigung von
Carl Hanser Verlag, München
Die schwedische Originalausgabe erschien 1968
unter dem Titel ›Legionärerna – En roman om baltutlämningen‹
bei Norstedts in Stockholm.
Die deutsche Erstausgabe von ›Die Ausgelieferten‹
erschien 1969 bei Hoffmann und Campe in Hamburg.
Die ihr zugrundeliegende Übersetzung wurde
für die vorliegende Ausgabe vollständig durchgesehen.

© Per Olov Enquist 1968
Published by agreement with Norstedts Agency
Alle Rechte der deutschen Ausgabe
© Carl Hanser Verlag München 2011

Druck und Bindung: CPI books GmbH, Leck
Printed in Germany
ISBN 978-3-596-03111-5

VORWORT

Dies ist ein Roman über die Auslieferung der Balten. Sollte die Bezeichnung »Roman« Anstoß erregen, kann man sie durch die Bezeichnungen »Reportage« oder einfach »Buch« ersetzen. Ich habe versucht, mich bis in kleine und unbedeutende Einzelheiten hinein exakt an die Wirklichkeit zu halten: sollte mir das misslungen sein, so ist das eher auf Unvermögen als auf Absicht zurückzuführen. Die beschriebenen Geschehnisse haben sich ereignet, die vorkommenden Personen existieren oder haben existiert, obwohl ich in vielen Fällen gezwungen war, sie durch den Gebrauch fiktiver Initialen zu schützen.

Ich habe auf einen genauen Nachweis von Quellen und Belegen verzichtet. Dennoch liegt diesem Roman ein äußerst umfangreiches Quellenmaterial zugrunde. Außer allem, was bereits über diese Auslieferung gedruckt oder geschrieben vorliegt, habe ich auch umfangreiches ungedrucktes Material verwertet: Dokumente, Tagebücher, Briefe und geheime Berichte. Vor allem aber liegt diesem Buch eine lange Reihe von Gesprächen mit beteiligten Personen zugrunde, die ich von 1966 bis 1968 in Schweden, Dänemark, England und Sowjet-Lettland interviewt habe.

Ich danke allen, die mir bei dieser Arbeit geholfen, mich mit bislang unbekanntem Material versorgt und mir wichtige Hinweise gegeben haben. Ich bin mir bewusst, dass ich viele von ihnen enttäuschen werde; dass ich die verschiedenen Begebenheiten als eine Einheit betrachte, wird ebenfalls nicht überall Beifall finden. Ich wollte von dieser in der schwedischen Zeitgeschichte einzigartigen politischen Affäre ein absolut objektives und exaktes Bild geben, obwohl ich nicht glaube, dass sich vollkommene Objektivität wirklich erreichen lässt.

Einer baltischen Tragödie ein Denkmal zu setzen, war nicht in erster Linie meine Absicht. Ich habe vielmehr, so sorgfältig wie nur möglich, ein schwedisches Dilemma beschreiben wollen.

Per Olov Enquist
1968

I DER SOMMER

Beide Seiten weigern sich, die Geschichte zu sehen, wie sie wirklich ist – als einen verwickelten und ungeordneten Prozess, in dem die Beschlüsse keineswegs in Übereinstimmung mit genau ausgearbeiteten Plänen gefasst werden, sondern vielmehr in Verwirrung und Dunkel. Unfähigkeit, Zufälle und Dummheit spielen eine größere Rolle als machiavellistische Berechnungen.
Arthur M. Schlesinger jr.

I

Die Geschichte hört sich, kurz zusammengefasst, so an.

Während der ersten beiden Wochen des Mai 1945 kamen viele deutsche Soldaten nach Schweden, vor allem aus dem Osten, da sie unter keinen Umständen gewillt waren, sich den Russen als Kriegsgefangene zu ergeben. Sie kamen aus den baltischen Staaten, vor allem aus dem Kurlandkessel in Lettland, aber auch aus Danzig: etwa dreitausend Soldaten. Sie wurden sofort interniert. Unter ihnen befand sich eine geringere Anzahl Balten, die teils freiwillig in die deutsche Wehrmacht eingetreten, teils zwangsrekrutiert worden waren.

Die baltischen Legionäre flüchteten auf zwei Routen: von Kurland an die Ostküste Gotlands und von Danzig über Bornholm nach Ystad. Ein einziger Soldat kam mit einem Flugzeug. Er landete in der Gegend von Malmö und beging acht Monate später auf der Pier in Trelleborg Selbstmord. Insgesamt waren es hundertsiebenundsechzig Mann, sieben Esten, elf Litauer und hundertneunundvierzig Letten. Alle trugen deutsche Uniform.

In Gotland wurden die Soldaten in einem Lager nahe bei Havdhem interniert; Anfang Oktober brachte man sie über Rinkaby in ein Sammellager in Ränneslätt bei Eksjö. Das Ystad-Kontingent verlegte man zunächst nach Bökeberg, zwei Wochen später ebenfalls nach Ränneslätt. Im November teilte die Regierung mit, dass alle an die Russen ausgeliefert werden sollten. Die Internierten lehnten sich dagegen auf, durch Hungerstreiks, ja durch Selbstmorde. Der Protest verzögerte die Auslieferung bis in den Januar 1946 hinein. Am 25. Januar 1946 wurden die baltischen Legionäre an die Sowjetunion ausgeliefert. Die Gruppe war bis zu diesem Zeitpunkt auf hundertsechsundvierzig Mann zusammengeschmolzen. Das Schiff, mit dem sie abtransportiert wurden, hieß »Beloostrov«. Einundzwanzig Mann, die man nicht auslieferte, waren entweder tot, schwer verwundet, krank oder nicht transportfähig; ein paar ließ man auch aus anderen Gründen frei.

Die Zeit in Schweden umfasst insgesamt acht Monate. Das ist, kurz skizziert, die ganze Geschichte.

Die Lage, die man vorab mit dem Begriff »Auslieferung der Balten« umreißen kann, hat jedoch ihren Ursprung nicht im Mai 1945, sondern weit früher. Die Lage spitzt sich aber im Herbst 1945 rasch zu, erreicht im November einen Höhepunkt, einen weiteren im Januar 1946. Aber auch dieser Zeitpunkt bedeutet nicht das Ende, denn noch heute leben die Ereignisse fort und verändern sich. Die Situation kann nicht in ihrer Gesamtheit beschrieben werden, man kann sie nicht objektiv behandeln, vielleicht aber doch sachlich; jede neue Betrachtungsweise verändert die Dinge. Dieses Buch behandelt einen Ausschnitt des Komplexes »Auslieferung der Balten«, den Zeitabschnitt von 1945 bis 1948.

Am 5. Mai 1945 kamen die ersten nach Gotland, die meisten aber erst einige Tage später. Nach Katthammarsvik kamen sie in der Nacht zum 9. Mai mit einem sechs Meter langen Seelenverkäufer von Fischerboot; sie erreichten den kleinen Hafen zur gleichen Zeit, als eine zweite Gruppe einen Kilometer weiter südlich landete. Die beiden Boote trafen fast zur gleichen Zeit ein, spätabends, der Hafen war menschenleer. Der Motor wurde abgestellt, und das Boot glitt lautlos auf den Kai zu. Eine Glühlampe war die einzige Lichtquelle des Hafens, sie erleuchtete einen Teil des Geländes. In ihrem Lichtschein sahen die Männer in dem Boot Schatten von Häusern und hier und da ein erleuchtetes Fenster. Zwanzig Jahre später sind ihre Erinnerungen an diese Nacht vage und unbestimmt. Nur undeutliche Eindrücke sind ihnen in Erinnerung geblieben. »Wir waren müde.« »Es war eine Art Hafen, eine kleine Ortschaft.« »Es war spätabends; ein paar schwedische Soldaten kamen auf die Pier.«

Aus dem anderen Blickwinkel, dem schwedischen, stellen sich die Dinge etwas klarer dar. Das Boot lag jetzt still an der Pier. An Deck konnte man dunkle Gestalten erkennen, sie trugen Uniform. Deutsche Uniformen. Von Waffen war nichts zu sehen. Auf dem Kai standen ein paar Menschen, einige riefen etwas auf Deutsch. Es kamen Antworten. Das Boot lag tief im Wasser, es schien schwer beschädigt zu sein. Nach einer Viertelstunde kamen die schwedischen Soldaten. Der erste stellte sein Fahrrad ab, ging an die Kaimauer, betrachtete das Fischerboot, sah die Menschen in den Uniformen, zögerte eine Sekunde und rief dann mit lauter Stimme: »Halt!« Hinter sich hörte er ein schwaches Kichern, er drehte sich unentschlossen um und sah die anderen kommen.

Man begann, die Flüchtlinge an Land zu bringen.

Die Männer an Bord waren unrasiert, aber nicht völlig ermattet. Die meisten behaupteten, Deutsche zu sein. Drei gaben an, sie seien Letten. Für eine Registrierung war keine Zeit. Der Soldat, der »Halt!« gerufen hatte, stammte aus Sigtuna. Er kann sich im übrigen nicht mehr genau an den Abend erinnern. Schon am nächsten Tag wurde das Fischerboot an einen anderen Liegeplatz gebracht.

Der lettische Oberstleutnant Karlis Gailitis kam mit einem Boot nach Slite. Der dortige Polizeikommissar bot ihm eine Registrierung als ziviler Flüchtling an. Gailitis bestand jedoch entschieden darauf, als Militär registriert und seinem Dienstgrad entsprechend behandelt zu werden. Daraufhin wurde er in das Internierungslager in Havdhem geschickt und als Offizier registriert.

Während des ganzen 9. Mai wehte an der Ostküste Gotlands ein leichter Wind, Windstärke drei nach der Beaufort'schen Skala, die Sonne schien, es herrschte gute Sicht. Am Abend bezog sich der Himmel von Osten her, und der Wind nahm an Stärke zu. Spät am Abend notierte man eine steife Brise bei nördlichem Wind. Um 23.15 Uhr sah die Besatzung des Leuchtturms von Faludden draußen an den Klippen von Faludden ein Notsignal. Es war die Nacht zum 10. Mai. Seit fast zwei Tagen Waffenstillstand. Das Signal war schwach, aber nicht zu übersehen, ein kleiner Lichtpunkt im heftigen Wind und in der Dunkelheit. Man konnte sich leicht ausrechnen, dass etwas geschehen sein musste.

Die Männer nahmen ein Boot und fuhren hinaus.

Die See war rauh, es war mühsam, das offene Meer zu erreichen, aber die Männer hatten sich nicht geirrt. Im Schein der Sturmlampen sahen sie, dass zwei Boote auf die Klippen aufgelaufen waren. Das eine schien ein Schlepper zu sein – unglaublich mitgenommen, von der Bemalung des Rumpfes nichts mehr zu sehen. Das Boot war offensichtlich schwer beschädigt. Aber vorn am Bug konnte man einen Namen lesen: »Gulbis«. Das zweite Boot, ein motorgetriebener Prahm und noch schwerer beschädigt, lag sehr tief im Wasser; es war nicht auf Grund gelaufen und trieb vor den Klippen längsseits. Es stampfte in der schweren See, an Deck konnte man Schatten sehen, die sich krampfhaft aneinander und an der halbzerbrochenen Reling festhielten.

Das Notsignal brannte am Bug des Schleppers, auf dem es plötzlich von Menschen zu wimmeln schien. Er war nicht groß, aber es mussten sich über hundert Mann an Bord befinden. Alle trugen Uniform. Sie sprachen Deutsch, sie wollten an Land, sie sagten, sie hätten viele Verwundete bei sich.

Sie zeigten auf den Prahm: einige der Schatten lagen an Deck, verwundet, sterbend oder tot. Niemand schien von ihnen Notiz zu nehmen. Die anderen klammerten sich an die Reling und sahen, vor Kälte zitternd, dem Lotsenboot zu, dessen Besatzung versuchte, längsseits beizudrehen. Temperatur plus drei Grad. Steifer Wind aus Nordost.

Eine Trosse wurde zum Prahm hinübergeworfen. Der erste, der an Bord des Lotsenbootes sprang, war ein deutscher Offizier, der sich sofort im Heck niederließ und sich weigerte, diesen Platz wieder zu verlassen. Er schien zu frieren.

Das Lotsenboot war um 23.20 Uhr ausgelaufen. Um 0.20 Uhr ging der erste Soldat an Bord. Um 1.30 Uhr lief das Lotsenboot mit dem ersten Törn wieder in den Hafen ein. Der Prahm schlug im Verlauf der Morgenstunden immer heftiger gegen die Klippen. Es war allen klar, dass man sich zuerst auf dieses Boot konzentrieren musste, damit es nicht mit seiner Besatzung unterging. Die Männer auf dem Schlepper mussten warten. Gegen Morgen drehte der Wind plötzlich auf Süd, die See wurde ziemlich kabbelig, und um 4 Uhr morgens schlug der Prahm endgültig voll und sank. Ein großer Teil der Ausrüstung ging mit dem Prahm unter, aber kein Mensch kam ums Leben. Um 5 Uhr waren alle an Land, der Morgen dämmerte bereits herauf, der Wind war immer noch sehr stark. Der Himmel war bewölkt, das fahle Licht der Dämmerung kalt. Alle froren, über der ganzen Küste lag ein grauer, kalter Dunst.

Man hatte um Hilfe gerufen, und Hilfe war gekommen. Einige Männer wurden in Häuser einquartiert, einige bekamen Zelte, sie wurden verpflegt und konnten schlafen. Der Schlepper draußen an den Klippen erschien jetzt sehr klein, er verschwand fast hinter den Schaumkronen, er war klein, schwarz und unbedeutend. Er sollte noch einige Wochen dort draußen auf den Klippen liegenbleiben, da niemand Zeit hatte, sich um ihn zu kümmern.

Die Flüchtlinge hatten den Schlepper vor zwei Tagen in Ventspils gefunden, jetzt hatte er seine Rolle für immer ausgespielt.

Beim Zählen der Soldaten von dem Wrack kam man auf genau hundertfünfzig Mann. Ursprünglich waren mehr an Bord gewesen; einer der Offiziere gab an, dass man am Tag zuvor dreiunddreißig Tote der See übergeben hatte. »Es ist möglich, dass auch ein paar Verwundete unter ihnen waren.«

Auf die Frage, warum das geschehen sei, gab er an, der Wind sei sehr heftig gewesen, der Prahm habe tief im Wasser gelegen, unaufhörlich seien Brecher über die Boote geschlagen, und außerdem habe man quer zum Wind fahren müssen.

Die Windstärke an der Ostküste Gotlands schwankte zwischen drei und fünf (nach der Beaufort'schen Windskala). Der Wind kam aus Nord bis Nordost.

Acht der Soldaten erklärten, lettische Staatsbürger zu sein. Vier von ihnen waren Offiziere, vier waren junge Männer im Alter von sechzehn bis achtzehn Jahren.

Die Geschichte der jungen Männer lässt sich am leichtesten wiedergeben.

Im August 1944 wurden sie zwangsweise zur deutschen Wehrmacht eingezogen. Sie brauchten nicht an der Front zu kämpfen, weil sie erst sechzehn Jahre alt und nicht ausgebildet waren, kaum mit Waffen umgehen konnten. Sie taten hinter der Front bei der Luftwaffe Dienst.

Im März 1945 kamen sie an die Küste, nach Ventspils. Es herrschte vollständiges Chaos, alles befand sich in Auflösung, der Kurland-Kessel wurde immer heftiger bedrängt und immer mehr eingedrückt. Alle Rückzugswege zu Lande nach Westen waren seit Monaten abgeschnitten, alle Häfen voll mit Fischerbooten, Schmutz, gesunkenen Schiffen, Flüchtlingsgepäck, Flüchtlingen. Viele Letten hatten allen Anlass zu fliehen, auch Zivilisten, da sie während der Besatzungszeit sehr eng mit den Deutschen zusammengearbeitet hatten. Viele flohen auch ohne besondere Gründe, und alle fürchteten sich vor den Russen. Von den Uniformierten versuchten die meisten zu fliehen, was einigen auch gelang.

Für die Sechzehnjährigen, die zwangsrekrutiert worden waren, gab es mehrere Möglichkeiten. Einigen von ihnen schien die Flucht in die Wälder die beste Lösung. Der deutsche Propaganda-Apparat hatte bis in die letzte Zeit hinein sehr effektiv gearbeitet, alle Meldungen waren sehr vertrauenerweckend gewesen. Es hieß, der deutsche Rückzug sei nur vorübergehend. Die Deutschen würden wiederkommen.

Am 8. Mai, um die Mittagszeit, erfuhren sie, dass die Deutschen kapituliert hatten. Diese Nachricht war ein Schock, weil die Rückkehr der Deutschen trotz allem als wahrscheinlich gegolten hatte. Jetzt verschwand sie wie im Nebel. Statt dessen nahm nun ein anderer Nebel Gestalt an: die Russen waren nur noch einige Stunden entfernt.

Sie gingen zum Hafen hinunter. Er war jetzt fast leer, nur noch ein Schiff lag dort vertäut: ein Schlepper, offensichtlich ein ehemaliges Fischerboot, das man umgebaut hatte. Er hieß »Gulbis«. Aus dem Schornstein stieg schwacher Rauch auf, das Hafenbecken war voller Unrat, ein versenktes Schiff reckte den Bug in die Höhe, Bretter, Ölfässer, tote Vögel schwammen im Wasser, an der Oberfläche trieb ein Mann mit dem Gesicht nach unten: über allem lag ein unwirklicher Friede. Die »Gulbis« lag an einem halbzerschossenen Kai. Deutsche Soldaten gingen an Bord, wie es schien, ohne jede Eile. Es gab keine Wahl mehr. Die Jungen stellten sich in die Schlange der Wartenden, auch sie gingen an Bord, sie waren die letzten. Sie trugen deutsche Uniformen und deutsche Waffen. Zwei Stunden später lief das Boot aus.

Der Schlepper verließ Ventspils am 8. Mai 1945 um 20 Uhr. Als sie die offene See gewonnen hatten, sahen sie, dass sie nicht allein waren. Sie waren die letzten, aber sie waren nicht allein. Vor sich entdeckten sie eine lange Reihe von Schiffen und Booten, die alle nach Südwesten, nach Deutschland steuerten, die meisten sehr klein, aber sie sahen auch einen sehr großen Passagierdampfer. Es mussten etwa fünfzig Schiffe sein, vielleicht noch mehr. Sie saßen an Deck. Die Umrisse der anderen Schiffe wurden immer undeutlicher, während die Dämmerung sich allmählich über die Küste Lettlands legte, die man bald nicht mehr sehen konnte. Dann brach schnell die Dunkelheit herein, sie fuhren in aufkommenden Nebel, von See her war nichts mehr zu hören. In der Nacht hatten sie einen Motorschaden, der sich allerdings nach kurzer Zeit beheben ließ.

Als der Morgen kam, sahen sie von den anderen Schiffen nichts mehr. Gegen 9 Uhr hörten sie plötzlich heftige Detonationen und sahen im Süden Rauch und Feuerschein. Eine Stunde später entdeckten sie am Horizont ein russisches Kriegsschiff, das nördlichen Kurs steuerte, offenbar ein Torpedoboot. Die Besatzung des Schleppers stoppte die Motoren, dann lag das Boot still. Das Torpedoboot verschwand jedoch wieder, ohne dass man vom Schlepper Notiz genommen hatte.

Am Nachmittag, 15 Uhr, sahen sie das nächste Schiff: ein großer Prahm, der hilflos auf den Wellen trieb. Er hatte offensichtlich Maschinenschaden. Immer wieder schlugen Brecher über die Reling auf das Deck. An Bord deutsche Soldaten, es mögen etwa fünfzig gewesen sein. Außerdem waren da noch Verwundete. Der Prahm, von russischen Marinesoldaten angegriffen, hatte schwere Treffer erhalten. Viele der Flüchtlinge waren getötet worden. Die Russen hatten sich jedoch nach der Attacke anderen Zielen zugewandt und sich nicht mehr um sie gekümmert.

Die Schlepper-Besatzung warf ein Tau zum Prahm hinüber und nahm ihn ins Schlepp. Danach wurde der Kurs geändert: nach Gotland. Der Backbord-Motor des Prahms funktionierte noch, wenngleich unbefriedigend, und lief weiter; eine Stunde bevor Gotland in Sicht kam, fiel auch er aus. Nach und nach wurde der Seegang immer heftiger, der schwerbeladene Prahm, der tief im Wasser lag, bekam immer stärkere Schlagseite. Vom Schlepper aus war zu sehen, wie die Besatzung des Prahms in gleichmäßigen Zeitabständen Körper an die Reling trug und sie ins Wasser warf.

Um 20 Uhr kam die schwedische Küste in Sicht. Die Flüchtlinge sahen einen Leuchtturm und steuerten auf ihn zu. Gegen 23 Uhr hatte man ihn fast erreicht, als der Schlepper auf Grund geriet. Es war später Abend, es stürmte, die Wogen brachen über die Boote herein, die Männer froren erbärmlich. Nachdem der Schlepper auf Grund gelaufen war, zündete man das Notsignal.

Diese Soldaten waren nicht die ersten, die sich nach Gotland geflüchtet hatten. Vor ihnen waren Zivilisten nach Schweden gekommen.

Über den Strom ziviler baltischer Flüchtlinge nach Gotland während des letzten Kriegsjahrs gibt es viele ausgezeichnete und wahre Berichte: es ist von kleinen Flotten kleinerer Boote und Schiffe die Rede, von dem »Reederei-Betrieb der evangelischen Kirche«, von privaten Flotten also, die von schwedischer Seite finanziert wurden, von Zetteln mit detaillierten Angaben über Zeit und Position, die von geheimnisvollen, anonymen Hintermännern stammen, von Berichten über Begleitschiffe der schwedischen Kriegsmarine, die vor Gotland kreuzten und die kleinen Schiffe mit Treibstoff versorgten, von dreißigtausend Flüchtlingen, die teils selbst mit kleinen Booten flohen, teils von Schweden herübergebracht wurden. Einige der Flüchtlinge waren Nazis, ein paar Erzkonservative befanden sich unter ihnen, ein paar hatten auch mit den Deutschen zusammengearbeitet; viele fürchteten sich einfach nur vor den Russen. Einige gewiss mit gutem Grund, andere weniger; viele Intellektuelle waren darunter, die meisten aber waren einfache Arbeiter. Für einige gab es nur noch die Flucht, die meisten flohen ohne bestimmten Anlass. Die beste aller Geschichten, auch sie beruht auf Wahrheit, weiß davon zu berichten, wie die schwedische Kirche und die schwedische Marine im Herbst 1944 in guter Zusammenarbeit insgesamt siebenhundert Flüchtlinge im Lauf von vierzehn Tagen herüberholten. Die Einzelheiten wurden dem Untersucher unter dem Siegel der Verschwiegenheit mitgeteilt und können folglich nicht wiedergegeben werden.

Immerhin: man brachte die Flüchtlinge nach Schweden. Sie sind insofern ein Teil des ganzen Komplexes, als es 1945 in Schweden insgesamt etwa dreißigtausend Balten gab. Sie lebten also in Freiheit und konnten ihren Einfluss geltend machen. Als im Mai 1945 das letzte Rinnsal von Flüchtlingen nach Schweden kam, waren diese folglich nicht die ersten.

Sie fuhren in kleinen Booten und landeten entlang der gesamten Küste Gotlands, die meisten von ihnen Deutsche. Am 11. Mai 1945 um 8 Uhr morgens hatte man auf Gotland 542 deutsche Soldaten registriert. Unter ihnen befand sich eine »kleinere Anzahl« Soldaten aus dem Baltikum.

Man brachte sie in das Internierungslager in Havdhem auf Gotland. Die Behandlung war ausgezeichnet. »Die schwedischen Offiziere waren sehr freundlich, einige konnten deutsch sprechen, sie verpflegten uns und versprachen, uns bald in die britische Besatzungszone zu schicken.« Man »unterhielt sich angeregt« mit den schwedischen Offizieren. Die Offiziere wurden in Personenwagen transportiert, die Mannschaften in Bussen. Die Stimmung war gut.

Am Sonntag, dem 13. Mai, begann der Strom der Flüchtlinge nachzulassen. Am Abend erreichten vierzehn deutsche Soldaten, dem Kurland-Kessel entgangen, Gotland; sie strandeten am Storsudret, nachdem sie eine anstrengende Fahrt in einem schadhaften Rettungsboot hinter sich gebracht hatten. Sie waren sehr erschöpft. Nachdem man sich ihrer angenommen hatte, kamen sie rasch wieder zu Kräften. Man schickte sie nach Havdhem. Drei von ihnen waren Balten.

Am Dienstag, dem 15. Mai, landete die allerletzte Gruppe in einem Schlauchboot bei Grynge in Gammelgarn. In diesem Boot befanden sich sieben Mann, alles Soldaten. Sie waren von Lettland herübergepaddelt. Nach ihrer Landung brachte man sie zunächst ins Krankenhaus von Lärbro zur Untersuchung.

Einer der Männer war etwa fünfunddreißig Jahre alt. Er hatte helles, zurückgekämmtes Haar, klare, tiefliegende Augen, sprach ein ausgezeichnetes Deutsch, behauptete aber, Lette zu sein. Er folgte der Prozedur der Registrierung mit großer Aufmerksamkeit, kam mit mehreren der schwedischen Ärzte ins Gespräch, war auf eine angenehme und diskrete Art höflich und lächelte oft.

Er sagte, er heiße Elmars Eichfuss-Atvars.

Ihm fehlte nichts; dank seiner ausgezeichneten Widerstandskraft erholte er sich schnell. Er gab an, Arzt zu sein. Nach einigen Tagen schickte man ihn in das Lager von Havdhem, wo er als letzter der sieben registriert wurde. Er war der letzte von allen, die übers Meer gekommen waren: am 15. Mai 1945, bei Grynge, Gammelgarn, auf Gotland.

2

Aus dem Kurland-Kessel erreichten ungefähr hundertsechzig estnische, lettische und litauische Soldaten Gotland. Viele von ihnen wurden in der völligen Verwirrung der ersten Zeit für Zivilisten erklärt, in Sammellager für Zivilisten geschickt und bald darauf freigelassen. Man kann sagen: wer sich ernsthaft Mühe gab, als Zivil-Flüchtling anerkannt zu werden, erreichte sein Ziel. Von den gut hundertfünfzig baltischen Soldaten, die nach Gotland gekommen waren, wurden nur einundvierzig als Soldaten interniert.

Die übrigen hundertsechsundzwanzig kamen nach Südschweden, die meisten nach Ystad.

Sie hatten der 15. Lettischen Division angehört. Dieser Verband setzte sich aus Freiwilligen und Zwangsrekrutierten zusammen; in einigen Dokumenten wird er als »SS-Verband« bezeichnet, in anderen nicht. Die Bezeichnung ist in diesem Fall ohnehin ohne jede Bedeutung: der Verband hatte auf jeden Fall nicht der regulären SS angehört. Die Division war schlecht ausgerüstet, ihre Soldaten kaum ausgebildet. Die Ansicht über die Auslieferung der Balten hängt zu einem kleinen Teil mit der Ansicht über diese lettischen SS-Legionäre zusammen.

Die Geschichte der lettischen SS-Verbände ist lang und kompliziert. Während der Zeit der deutschen Besetzung hatte man in Lettland eine sogenannte »Selbstverwaltung« unter Leitung lettischer Kollaborateure eingeführt. Der lettische Faschismus während der dreißiger Jahre war, trotz der Zeit unter Ulmanis, nie besonders stark gewesen. Das Jahr unter russischer Oberhoheit hatte aber einen Umschwung der Volksmeinung herbeigeführt. Viele sahen nun in den Deutschen die Retter, und trotz des traditionellen Deutschenhasses der Letten (der sich vor allem gegen die Deutschbalten des Landes richtete) war es für die Deutschen keine Schwierigkeit, freiwillige Mitarbeiter zu finden. Im Frühjahr 1943, nach Stalingrad, wurden unter Mithilfe gewaltiger Propaganda-Kampagnen in Riga Rekrutierungsbüros für die »Lettische SS-Legion« eingerichtet. Die lettische Zeitung *Tevija* wurde zum wichtigsten Propagandainstrument; in ihr konnten lettische Kollaborateure für »diese Möglichkeit, diese Pflicht der baltischen Völker« eintreten, »den deutschen Soldaten beim Kampf für ein Neues Europa zu helfen«.

Die Werbekampagne erwies sich jedoch als Misserfolg, und im Herbst sah sich die lettisch-deutsche Verwaltung genötigt, zu nachdrücklicheren Methoden zu greifen. Am 24. November 1943 wurde der erste Mobilmachungsbefehl erlassen. Ihm sollten noch mehrere folgen. Insgesamt sollten einundzwanzig Altersklassen erfasst werden; die Zahl der Letten in der deutschen Wehrmacht betrug insgesamt 146 610 Mann. Man nimmt an, dass etwa dreißig Prozent dieser Soldaten verwundet wurden, fielen oder als vermisst gemeldet wurden.

Wie stand es mit der Freiwilligkeit? In dieser Frage lässt sich nichts verallgemeinern. Unter den Letten in deutschen Diensten waren bestimmte Gruppen, die hinter der Front in deutschen Polizeiverbänden dienten. Sie waren unter anderem mit »Säuberungs-Aktionen« beschäftigt, und ihre Geschichte ist nicht sehr schön; die meisten waren Freiwillige. Bei den Frontsoldaten sieht es ganz anders aus. Die Offiziere hatten sich in ihrer überwiegenden Mehrheit freiwillig gemeldet, die Mannschaften dagegen waren zwangsrekrutiert worden. Zur ideologischen Einstellung der lettischen Soldaten kann man vielleicht sagen, dass ein Teil der Offiziere pro-faschistisch eingestellt war, während die unteren Dienstgrade anti-faschistisch dachten. Lettische Geschichtsbücher, die nach Kriegsende im Westen erschienen, betonen, dass viele Offiziere bis zuletzt an den deutschen Endsieg glaubten.

Die einberufenen Gemeinen hatten nur die Wahl zwischen dem Dienst in den lettischen SS-Legionen und Zwangsarbeitslagern. Nach und nach wurde der Ton schärfer, im letzten Kriegswinter wurden einige Letten hingerichtet; es sollten Exempel statuiert werden. Diese Exekutionen waren jedoch recht selten.

Folgendes sollte noch gesagt werden: es waren in der Hauptsache Letten, die die Zwangsmobilisierung betrieben. In keinem anderen Land Europas hatten die Deutschen mit der Mobilisierung ein derart leichtes Spiel. Dahinter stand nicht nur der Druck der Deutschen, sondern auch die große Zahl deutschfreundlicher Letten, von denen später viele nach Westen flüchteten.

Noch einmal: nach Schweden kamen nicht nur Kollaborateure. Es gab sie zwar auch, aber die Zahl der Freiwilligen unter den Legionären lässt sich nicht feststellen. Ebenso unmöglich ist es, die politische Einstellung der zivilen Flüchtlinge zu beurteilen.

Die lettischen Legionäre, die von Danzig und Bornholm nach Schweden gekommen waren, hatten alle der 15. Lettischen SS-Division angehört.

Im Herbst 1944 war die 15. Lettische SS-Division fast völlig kampfunfähig: sie war zerschlagen und bedurfte dringend einer Reorganisation. Also wurde sie nach Deutschland beordert. Am 15. September verließen die Soldaten Lettland per Schiff und erreichten am 28. Danzig.

Das weitere Schicksal der Division nach diesem Zeitpunkt ist verblüffend und voller Widersprüche. Sie schien allmählich in kleine und kleinste Einheiten zu zerfallen. Einige von ihnen wurden an der Front eingesetzt, andere schienen sich vorwiegend mit Organisations- und Befestigungsarbeiten zu beschäftigen. An Hand der Tagebücher lassen sich die plötzlichen und verwirrenden Verlegungen leicht verfolgen. September: Konitz. Oktober: Sophienwald. Mitte Oktober: eine Gruppe von Offizieren wird nach Prag beordert, zu Schulungskursen, die meist in der Josefstadt abgehalten werden. November und Dezember: Stationierung in Sophienwald. Januar: Trembor. Februar: kleinere Verlegungen, man nähert sich immer mehr der Küste: Nackel. Ende Februar: ein Teil des Verbands wird in Thorn eingekesselt.

Der lettische Leutnant P., der sich am 13. Januar 1945 in Trembor ein schönes Araber-Pferd besorgt hatte, ritt in den kommenden Wochen häufig durch die leicht verschneite Landschaft.

Am 25. Januar sieht er ein Reh, am 26. verbringt er den ganzen Vormittag bei der Jagd zu Pferde, jedoch ohne Erfolg. »Drei hübsche Rehe sprangen in weiter Entfernung vorüber.« Am Abend notiert er: »Wieder unruhige Gedanken.« Am Tage darauf reitet er wieder aus; am Nachmittag verabschiedet er sich von seiner Frau (er ist seit einem halben Jahr verheiratet) und notiert, dass der Abschied diesmal ohne Aufregung vonstatten gegangen sei; seine Frau ist schwanger und will in der Nähe von Berlin Zuflucht suchen. Am Morgen darauf geht er wieder auf die Jagd; danach arbeitet er an einem Organisationsplan für seinen Verband. »Mir ist sehr elend zumute.« Ferner notiert er: »Den ganzen Tag gefaulenzt. Wir hören die Nachrichten von der Front. Unsere lettische Division hat schwere Verluste. Eine unserer Batterien geht wieder an die Front.«

Mitte Februar scheint die Lage immer verzweifelter zu werden. »Aufwühlende Nachrichten. Die Russen schon in Koniza.« Am Abend des 11. Februar schreibt er in sein Tagebuch: »Ein gutes Mittagessen und ein Glas Bier.« Danach kommt der Schlag. Auf höheren Befehl soll seine Batterie sämtliche Geschütze an einen anderen Verband übergeben. Am 12. Februar: »Am Morgen wurden die Kanonen übergeben. Was sollen wir nun tun?« Am selben Abend wird ein Fest veranstaltet, alle lettischen Offiziere sind mit von der Partie. »Hauptmann Abolins ballert im Suff in die Luft. Es ist schwer, die Betrunkenen zur Ordnung zu rufen.«

Das arabische Pferd, das er sich ausgesucht hat, hat man ihm jedoch nicht genommen. Er reitet oft aus, durch die hinterpommersche Landschaft, während die Russen die Zange um sie und Danzig herum immer mehr zudrücken; schließlich ist die Einkesselung gelungen. Im Tagebuch spricht er häufig von »schwerem Gemüt«. Die Ausflüge zu Pferd sind jedoch eine willkommene Abwechslung. Am Abend des 17. Februar reitet er zum Gefechtsstand in Raduna, es ist dunkel, aber die Landschaft ist weiß, und er kann sich orientieren. Auf dem Heimweg wird er von einem Schneesturm überrascht; er beschreibt den Schnee, den Sturm, den peitschenden, trockenen Schnee, das Pferd. »Ein großartiger Ritt durch den Schneesturm.«

Er reitet zum letzten Mal.

In den letzten Februartagen waren die Russen nur noch wenige Kilometer von Sophienwald entfernt; die Notwendigkeit eines baldigen Rückzugs wurde offenkundig. Am 3. März bekamen die Letten Befehl, Trembor zu verlassen. Wenn das so weiterging, würden sie Westpreußen bald verlassen müssen. Der Rückzug wird durch ständige Fliegerangriffe gestört. Am 19. März wird die Lettische SS-Division endgültig aufgelöst; die Einheiten werden zerstreut, deutschen Verbänden zugeschlagen, während die Russen immer mehr nach Westen vorwärtsdrängen.

Am 25. März zog eine versprengte Einheit der 15. Division durch Danzig.

Die Stadt war schwer bombardiert worden, es rauchte überall, die Häuser waren dem Erdboden gleichgemacht oder standen in Flammen. In den Tagebüchern finden sich viele Eintragungen, die von Hoffnungslosigkeit, Verzweiflung, Furcht berichten. Hier und da unbeschädigte Viertel, aber im übrigen war alles vernichtet. Es war Frühling, die Bäume waren noch nicht grün, aber die Luft war lau und mild. Überall lagen Tote; sie zu begraben, war keine Zeit mehr. An den Wänden konnte man Parolen lesen, die mit großen Buchstaben hingekritzelt worden waren: SIEG ODER TOD.

Sie gingen mitten durch die Stadt, sie hatten nichts zu tun. Die russischen Flugzeuge griffen ständig an. An Straßenlaternen baumelten Menschen: nur Soldaten. Man hatte ihnen Plakate umgehängt; es handelte sich um Deserteure, die man entweder erst erschossen und dann gehängt oder einfach gleich gehängt hatte. Sie waren nicht zu übersehen.

Die Letten schlugen in einem Dorf namens Heubude ihr Quartier auf (dieses Dorf taucht auf manchen Karten auch als Henbuda auf). Am Abend des 26. März saßen alle unten am Meer, am Strand der Ostsee. Russische Flugzeuge griffen Danzig unablässig an, der gesamte südliche Horizont war eine einzige Kette von Explosionen.

Die Soldaten versuchten, ihre Gefühle zu beschreiben.

»An allen Ecken kracht und brennt es. Ich schreibe dies um Mitternacht; wir sitzen voller Unruhe am Meeresstrand und wissen keinen Ausweg.«

Danzig war Deutschlands größter Ostseehafen. Es war der letzte und wichtigste Hafen, der Fluchtweg für Zivilisten und Militärs, die durch die russische Offensive abgeschnitten worden waren. Annähernd eine Million Menschen drängten sich jetzt in Danzig. Das deutsche OKW erklärte, »jeder Quadratmeter des Gebietes Danzig-Gotenhafen muss bis zuletzt verteidigt werden«. Über der Stadt lag ein schwerer Bombenteppich.

Über den weiteren Verlauf der Dinge gibt es mehrere Versionen. Der exakte Verlauf ist nicht ohne Bedeutung, da später Stimmen laut werden sollten, die Balten seien Deserteure der deutschen Wehrmacht.

Eine der Versionen ist einfach und verhältnismäßig unkompliziert. Sie lautet wie folgt.

Am Morgen des 27. März begab sich der lettische SS-Verband an die Weichsel-Mündung. Im Lauf der Nacht war einer seiner Offiziere auf Umwegen mit den Kapitänen dreier lettischer Schiffe in Kontakt gekommen. Die Schiffe lagen auf der Reede verankert, nachdem sie zuvor deutsche Truppen aus dem jetzt abgeschnittenen Kurland-Kessel herausgebracht hatten: das lag nun schon einige Wochen zurück, die Schiffe waren hier liegengeblieben und befanden sich ihrerseits in einem Kessel. Sie hießen »Alnis«, »Augusts« und »Potrimbs«. Es waren alte und fast ausrangierte Flussdampfer, aber sie waren noch immer zu gebrauchen. Nach mehrstündigen Verhandlungen erklärten sich die Kapitäne mit der Einschiffung der lettischen Soldaten einverstanden, und am selben Tag, dem 27. März, lichteten die Schiffe gegen 12 Uhr mittags die Anker und dampften mit einem deutschen Konvoi nach Westen. Voraussichtlicher Kurs: Flensburg.

Dieser Version zufolge verläuft alles ohne Komplikationen, die Deutschen machen keine Schwierigkeiten. Ihrer Ansicht nach handelt es sich nicht um eine Desertion, sondern um den legitimen Versuch, so viele Soldaten wie möglich aus einem Kessel herauszuholen.

Vielleicht ist diese Version korrekt. Gestützt wird sie jedenfalls durch die Tatsache, dass Danzig am 27. März von den Russen eingenommen wurde, also am selben Tag, an dem die Letten abfuhren. Die Russen drangen während der Nacht in die Stadt ein, bis in den Morgen hinein tobten heftige Kämpfe. Am Tag nahmen die Kämpfe bereits den Charakter von Säuberungsaktionen an. Am Nachmittag hatten die Russen die Stadt unter Kontrolle.

Die Balten müssen die allerletzten gewesen sein, denen es gelang, sich aus dem Danziger Kessel zu retten.

Die zweite Version sieht folgendermaßen aus.

Der lettischen Einheit gehörte ein Arzt namens Janis Slaidins an. Er war am 8. Januar zu dieser Einheit gestoßen, nachdem er zuvor in Kurland Dienst getan hatte. Er war Feldarzt, ein Mann mit einem länglichen, kraftvollen Gesicht. Nachdem der lettische Verband (jetzt nur noch eine versprengte Einheit von etwa hundertfünfundachtzig Mann) an der Flussmündung Quartier bezogen hatte, richtete er in einem halbzerschossenen Krankenwagen eine Ambulanz ein. Spät in der Nacht zum 26. März wurde an die Tür geklopft, und der Chef der Einheit trat ein. Dieser war, wie die anderen Soldaten, lettischer Staatsbürger, er hieß Ernests Kessels und bekleidete den Rang eines Hauptmanns. Den meisten Zeugnissen zufolge soll er »ein energischer Mann« gewesen sein. Diese Energie konnte er jetzt gut gebrauchen, da die Russen nahe waren und sie selbst von deutscher Seite keine Erlaubnis hatten, das Gebiet zu verlassen.

– Alle wehrfähigen Männer müssen in dem Danziger Kessel bleiben, erzählte er in jener Nacht. Kein wehrfähiger Mann in deutscher Uniform darf den Kessel verlassen. Nur Kranke, Verwundete, Kinder und Frauen dürfen hinaus. Die anderen müssen hierbleiben. Wir sollen offenbar bis zuletzt kämpfen.

Slaidins kann sich an diesen Abend sehr gut erinnern: im Norden das Meer, eine dunkle Ruhe, im Süden ständig aufflackernde Feuerlohen, im Westen dumpfe Detonationen, ununterbrochene Detonationen und das leise Gluckern des Wassers. Dies ist der einzige Situationsbericht, den er sich gestattet, es geschieht widerwillig und sehr reserviert. Er kann kaum den Anspruch geltend machen, ein poetischer Mann zu sein.

In jener Nacht diskutierten sie noch lange auf der Treppe des Krankenwagens, in der Dunkelheit.

– Es gibt eine Möglichkeit, sagte Kessels schließlich. Sie sieht so aus: Sie als Arzt schreiben die gesamte Einheit krank, dann brauchen wir nur noch ein Transportmittel. Wir sind ungefähr hundertvierzig Mann, es ließe sich also machen. Nur die Transportmittel sind ein Problem.

Sie unterhielten sich eine Weile über die Risiken eines solchen Unternehmens. Vor kurzem waren sie durch eine Stadt gezogen. Dort hatten sie aufgehängte Deserteure gesehen, markante Blickpunkte im Stadtbild. Sie hatten dort mit weit aufgerissenen Mündern gehangen, mit weißen Gesichtern.

– Es ist riskant, sagte Kessels, aber wir müssen das Risiko eingehen. Wir müssen uns zu der übrigen Armee durchschlagen, sonst sind wir in zwei Wochen Gefangene der Russen.

Früh am nächsten Morgen sichteten sie in der Weichselmündung drei lettische Schiffe. Alle drei waren Flussdampfer, die schon bessere Tage gesehen hatten; zuletzt hatten sie deutsche Truppen aus dem Kurland-Kessel herausgebracht. Jetzt lagen sie vor Anker; die lettische Besatzung war noch an Bord. Ein Soldat wurde zu Verhandlungen auf eines der Schiffe geschickt. Hier bot sich eine Möglichkeit.

An diesem Tag schrieb Janis Slaidins, seit kurzem Arzt in deutschen Diensten, für hundertvierzig lettische Gemeine und Offiziere ebenso viele Krankheitsatteste aus. Die Arme einiger Männer wurden mit Gazebinden umwickelt, andere Soldaten humpelten, andere erhielten Befehl, möglichst krank auszusehen. Die Schiffe machten an einer Pier fest, die Kontrolle erfolgte durch einen deutschen Hafenoffizier. Kessels legte ihm den Stoß Atteste auf den Tisch, worauf beide begannen, die Papiere durchzugehen. Nach wenigen Minuten wurden sie durch einen russischen Fliegerangriff gestört. Das setzte den Formalitäten ein rasches Ende, die Letten wurden in aller Hast an Bord gebracht, und nachdem man die Maschinen angelassen hatte, verließen die Schiffe panikartig die Flussmündung.

Keines hatte einen Treffer erhalten. Die Papiere blieben zurück, für immer.

Die Geschichte mit den Krankheitsattesten wird durch die erhaltenen Tagebücher kaum bekräftigt; einige der Legionäre glauben, sie im nachhinein vage bestätigen zu können, andere wiederum behaupten, sie wüssten von nichts. Im Herbst 1945 sollten die baltischen Legionäre in der schwedischen Presse noch häufig als »Deserteure« bezeichnet werden, um ihnen eine andere völkerrechtliche Stellung zu geben. Es ist denkbar, dass man die Abfahrt von Danzig als eine Desertion bezeichnen kann. Es ist aber offenkundig, dass die Desertion schon nach wenigen Stunden beendet war. Sie war ein gelungener Coup, dessen Erfolg den Soldaten recht gab.

Sie verließen die Flussmündung am 27. März um 13 Uhr. Sie hatten keinen Schiffskompass, keine Seekarten und nur noch für wenige Stunden Kohle. Sie versuchten, mit Hilfe von Taschenkompassen zu navigieren, aber die vielen metallenen Gegenstände an Bord verhinderten eine genaue Orientierung. Am Morgen des 28. befanden sie sich auf hoher See; nirgends war Land in Sicht. Das Meer war ruhig. Das kleinste der Schiffe, »Augusts«, bekam schon nach fünf Stunden einen Maschinenschaden; die Passagiere wurden von den Besatzungen der beiden anderen Schiffe an Bord genommen, und danach setzte man die Fahrt fort.

Nach und nach wurde die Einrichtung aus Holz verheizt, alles, was brennbar war und sich abreißen ließ.

Die Augenzeugenberichte von dieser Fahrt sind verschwommen und unklar. Nur die Offiziere durften an Deck gehen, die Mannschaften wurden unter Deck eingeschlossen. Der ursprüngliche Bestimmungshafen ist möglicherweise Flensburg gewesen. Am 29. März gegen Mittag wurde im Westen eine Küste gesichtet. Es war nicht Deutschland, auch nicht Schweden, sondern der Fischereihafen von Svaneke auf Bornholm.

Dort blieben die Letten vier Tage und Nächte; sie meldeten sich beim deutschen Befehlshaber und bekamen Befehl, nach Rönne weiterzufahren. Am Abend des 4. April gehen sie aus und bummeln durch die Stadt. Der Anblick ihrer SS-Embleme hat die Dänen nicht gerade mit Begeisterung erfüllt. »Das Verhalten der Dänen uns gegenüber ist nicht angenehm.« Sie wohnen in Gasthäusern, jeweils zu zweit in einem Zimmer. Alles ist in Ordnung. »Wir essen dänische Schlagsahne und wunderbares Gebäck.«

Sie sollten noch über einen Monat auf Bornholm bleiben.

Der Aufenthalt auf Bornholm hatte später zur Folge, dass die Beurteilung des Status der lettischen Legionäre kompliziert wurde; im Herbst 1945 ist nämlich von mehreren Seiten behauptet worden, die Letten seien gar nicht von der Ost-, sondern von der Westfront gekommen. Die deutschen Soldaten, die nach Schweden geflohen waren, wurden ja nach einfachen und leicht zu begreifenden Prinzipien ausgewiesen: wer von der Ostfront kam, den schickte man nach Osten, das heißt zu den Russen, wer von der Westfront kam, wurde nach Westen gebracht.

Und was geschah mit denen, die von Bornholm herübergekommen waren?

Bornholm gehörte zu Dänemark, das von britischen Truppen befreit wurde. Die Deutschen in Dänemark kapitulierten am 5. Mai. Bornholm dagegen wurde von russischen Truppen befreit, und die Deutschen auf der Insel leisteten noch über den 5. Mai hinaus Widerstand. Bornholm wurde als »der russischen Interessensphäre zugehörig« bezeichnet.

Die Deutschen und Letten auf Bornholm waren von der Ostfront zunächst nach Bornholm und dann nach Schweden geflohen. Die schwedischen Behörden lösten das Problem mit einem einfachen Schnitt, sie stuften die Bornholm-Flüchtlinge als Flüchtlinge von der Ostfront ein.

Der Aufenthalt auf Bornholm verlief ruhig und ohne aufregende Zwischenfälle. Die Tagebücher waren mit unwichtigen Details gefüllt. »Wieder ein schöner Frühlingsmorgen. Habe mich in der Badewanne sorgfältig gewaschen. Wir essen wieder dänische Schlagsahne.« »Den Tag verbringe ich meistens im Liegen.« Ein zwanzigjähriger lettischer Gefreiter beschreibt ausführlich seine Schnitzarbeiten, mit denen er seine Zeit totgeschlagen hat, und fügt hinzu: »Es wird wohl unmöglich sein, diese Dinge zu verkaufen, da niemand etwas mit uns zu tun haben will. Das liegt an unseren Uniformen.« Am 20. April »nehmen wir an der Feier des Kommandanten aus Anlass des Führer-Geburtstags teil«. Gegen Mitte des Monats wird Hauptmann Kessels nach Kopenhagen beordert, um neue Befehle entgegenzunehmen, zur gleichen Zeit fährt Leutnant Raiskums nach Deutschland, um sich über die Lage zu informieren. Es herrscht nun große Unsicherheit über die operativen Aufgaben der Zukunft; das Ende des Krieges rückt immer näher. Raiskums und Kessels kehren zurück mit der Direktive, dass die Truppen auf Bornholm bleiben und abwarten sollen. Am Abend des 4. Mai kursieren »ernsthafte Gerüchte, dass es bald Frieden gibt«. Am Morgen des 5. Mai wachen Deutsche und Letten auf und entdecken, dass die ganze Insel flaggengeschmückt ist. Deutschland hat kapituliert.

Am Abend des 6. Mai schreibt Leutnant P. in sein Tagebuch: »Wir sitzen auf den Schiffen und warten auf die Engländer. Viele Gerüchte sind in Umlauf. Am Abend gehen wir in Feuerstellung.« Am 7. Mai wurde Rönne von den Russen bombardiert. In der Nacht zum 8. Mai liefen die Letten nach Norden aus; den meisten Angaben ist zu entnehmen, dass Bornholm zwischen 4 und 5 Uhr morgens verlassen wurde. Am Tage zuvor waren fünf lettische Soldaten bei russischen Bombenangriffen ums Leben gekommen.

Am 8. Mai liefen die beiden Schiffe gegen 10 Uhr in den Hafen von Ystad ein.

Die Erinnerungen aus Bornholm sind in den meisten Fällen vage und ohne Interesse. In Rönne hatte sich nichts Bemerkenswertes ereignet. Die Dänen mochten die deutschen Uniformen nicht, bewahrten aber trotz ihrer Verachtung Ruhe. Sie sagten nichts und verhielten sich auch ruhig. Die Balten wohnten in Hotels und Gasthöfen und spazierten am Tage meist herum. Sie bemerkten zwar oft, dass die Dänen sie merkwürdig ansahen, aber im übrigen war alles gut.

Einer der Balten erinnert sich an einen Kinobesuch. Er kam etwas zu spät, der Film hatte schon angefangen, er sah in einer Reihe einen leeren Sitzplatz, ging hin und setzte sich. Um ihn herum saßen nur Dänen. Als der Film zu Ende war, entdeckte er, dass um ihn herum ein freier Raum entstanden war.

Von dem Film ist ihm nichts im Gedächtnis haftengeblieben. Die Dänen hatten vielleicht Angst, sagt er. Vielleicht mochten sie auch meine Uniform nicht. Vielleicht wussten sie auch nicht, dass wir Letten waren. Im übrigen war es uns scheißegal, was die Dänen über uns dachten. Sie waren halbwegs anständig zu uns, in dem Maß, wie man das in jener Zeit erwarten konnte: im April 1945.

An den freien Raum im Kino erinnert er sich jedenfalls gut.

Bei einigen anderen Balten kommen Bruchstücke des Aufenthalts auf Bornholm zum Vorschein. Eine Gruppe von Dänen, die feindselig auftreten, möchte die Truppe arretieren, bis Engländer oder Russen auf der Insel eintreffen. Einer derjenigen, die dieses Intermezzo beschrieben haben, ist ein lettischer Offizier; er fasst sich kurz, aber sein Bericht ist unklar. In seinem Bericht werden die dänischen Widerständler wiederholt als »kommunistisch inspirierte dänische Freiheitskämpfer« oder als »dänische Kommunisten« bezeichnet. Im übrigen scheint der Aufenthalt auf Bornholm wenig aufregend gewesen zu sein. An die Balten hat man nur spärlich Erinnerungen behalten, nicht einmal Widerwillen gegen sie. In Svaneke erinnern sich viele Menschen daran, dass die Balten dort gelandet sind, aber kaum einer weiß noch, was er damals empfand, tat oder dachte. »Sie haben am Kai festgemacht. Die meisten waren Letten, sie trugen Uniform. Nein, sie haben hier nichts angerichtet. Nach einigen Tagen verschwanden sie wieder.« In Rönne wohnten die Balten im Hotel Phönix, das damals ein riesiges Erster-Klasse-Hotel war. Heute ist es verfallen, verschmutzt, hat mehrmals den Eigentümer gewechselt und heißt jetzt Hotel Bornholm: kein Mensch erinnert sich an die Balten, sie sind in der Vielzahl der damals auf Bornholm stationierten Deutschen, Holländer und der übrigen, zu Tausenden dort versammelten Flüchtlinge untergegangen. »Damals zogen so viele Flüchtlinge in deutschen Uniformen hier herum, die alle ratlos aussahen. Mehrere tausend. Deutsche, Holländer, Balten, nein, an die Letten erinnern wir uns nicht.«

Während der letzten Tage auf der Insel durften sie nicht länger im Hotel wohnen. Einige suchten in den Wäldern Zuflucht, in der Nähe von Galløkken, einige wohnten an Bord der Schiffe, andere wiederum schliefen am Strand, in Badehäuschen oder in Hütten aus Laub und Zweigen. Die Stadt war voller deutscher Soldaten und voller Flüchtlinge von der Halbinsel Hela, aus Kurland und Norddeutschland. Am Abend des 5. Mai erfuhren sie, dass die deutschen Truppen in Dänemark kapituliert hatten. Der Mangel an Nahrungsmitteln war groß, aber es gelang ihnen, das Nötige bei der Zivilbevölkerung einzutauschen. Die deutsche Garnison auf der Insel schien um keinen Preis den Kampf aufgeben zu wollen, jedenfalls wollte sie sich nicht den Russen ergeben.

Am 7. Mai, gegen 10 Uhr, wurden außerhalb von Nexö zwei russische Flugzeuge beschossen; eines wurde getroffen. Um 12.15 Uhr wurde Rönne von einer Welle russischer Bomberflugzeuge angegriffen, um 12.50 Uhr kam die zweite Welle, um 18.30 Uhr die dritte. Die Stadt brannte jetzt und war schwer zerstört, aber der deutsche Kommandant weigerte sich immer noch zu kapitulieren. Bei der ersten Bombenwelle waren fünf Mann der lettischen Abteilung getötet worden, es gab also offensichtlich gute Gründe, die Insel zu verlassen. In der Nacht zum 8. Mai wurde um 2.30 Uhr Befehl gegeben, die Stadt Rönne vollständig zu evakuieren. Kurz darauf gingen die baltischen Soldaten an Bord der »Potrimbs« und der »Alnis«. Die zivile Besatzung hatte die Schiffe verlassen, aber die Balten konnten die Motoren starten.

Sie gingen auf nördlichen Kurs, nach Schweden. Sie liefen vor Morgengrauen aus. Auf den beiden Schiffen befanden sich insgesamt 156 Mann, unter ihnen zwölf Deutsche und sieben Zivilisten. Kurz bevor sie den Hafen von Ystad erreichten, sahen sie, wie Rönne noch einmal bombardiert wurde: es war 9.45 Uhr morgens. Punkt 10 Uhr glitten die beiden Schiffe in das Hafenbecken von Ystad. Sie liefen direkt in den Hafen ein und gingen im Haupthafen vor Anker. Ein Zollboot war ihnen schon ein Stück entgegengekommen und hatte sie begleitet; die Schiffe durften nicht an einer Pier anlegen.

Es kamen viele neugierige Zuschauer zum Hafen hinunter. Sie standen am Kai und guckten, obwohl es nichts Besonderes zu sehen gab. Die Flüchtlinge erklärten, sie seien aus Angst vor den Russen aus Rönne geflohen. Sie machten alle einen ruhigen und besonnenen Eindruck. »Es handelte sich um Flüchtlinge aus allen Altersgruppen, und alle sahen wohlgenährt und gut gekleidet aus«, stellte die Zeitung *Ystads Allehanda* fest, die dem Ereignis im übrigen keine große Aufmerksamkeit schenkte.

Sie durften bis zum Nachmittag an Bord bleiben. Dann brachte man sie zur Entlausung oder »Sanitätsbehandlung«, wie diese Prozedur auch hieß, in eine Badeanstalt. Die Stimmung in der Truppe war ausgezeichnet. Schwedische Offiziere hatten nunmehr das Kommando übernommen. »Man sagte uns, wir würden nicht an die Russen ausgeliefert werden.« Anschließend wurden die Balten registriert.

Die Geschichte der Registrierung in Ystad ist ein Teil des Berichts über das Entstehen einer absurd unlösbaren Situation. Sie lässt sich auf verschiedene Weise wiedergeben.

Die lettische Flüchtlingsgruppe setzte sich hauptsächlich aus Soldaten zusammen. Als sie die schwedische Küste näher kommen sahen, schickten sie eine Abordnung zu ihren Offizieren. Diese Delegation sollte eine Bitte vorbringen. Die Bitte war sehr einfach: die Soldaten wollten ihre Uniformen wegwerfen und sich als Zivilisten ausgeben. Sie hielten das für vorteilhaft, es würde ihrer Ansicht nach das Verhältnis zu den schwedischen Behörden weniger kompliziert gestalten.

Die Delegation brachte ihr Anliegen dem Chef der Truppe persönlich vor, der daraufhin seine Offiziere zusammenrief und mit ihnen beratschlagte. Nach kurzer Zeit, es mögen fünf Minuten gewesen sein, ließen die Offiziere mitteilen, jeder solle seine Uniform anbehalten, Rangabzeichen dürften nicht entfernt werden. Dieser Beschluss wurde nicht begründet.

Lange Zeit später, im Lager von Ränneslätt, in den Wochen der Krise, ist diese Entscheidung noch oft diskutiert worden. Wie nahe man der Freiheit doch gewesen war, ohne die Hand ausstrecken zu können, um sie zu ergreifen. Wie leicht alles gewesen wäre, wenn man nur die Uniformen weggeworfen und sich als Zivilisten ausgegeben hätte. Wie einfältig waren ihre Offiziere doch gewesen.

Und das Motiv? Warum hatten die Offiziere nein gesagt?

Die Erklärung ist einfach. Dreiundzwanzig Jahre später wird sie von einem der Legionäre vorgebracht. Er war 1945 zweiundzwanzig Jahre alt und gemeiner Soldat, jetzt aber schreiben wir das Jahr 1967: ein Badestrand außerhalb Rigas. Er berichtet mit einem Anflug von Resignation oder Ironie.

– Für die war alles sehr einfach. Der Haager Konvention zufolge hatten kriegsgefangene Soldaten Anspruch auf den vollen Sold. Dieser Anspruch verfiel auch nicht in einem neutralen Land. Der schwedische Staat bezahlte einem internierten lettischen Hauptmann das volle Hauptmannsgehalt. Ein einfacher Soldat bekam seinen Sold. Der Sold eines Gefreiten ist nicht hoch, aber ein Hauptmannsgehalt kann sich schon sehen lassen. Die Offiziere wollten ihre Ansprüche nicht verlieren. Kessels wollte es nicht, die anderen Offiziere ebenfalls nicht. Und folglich sagten sie nein. Damit konnten die Dinge ihren Lauf nehmen.

Als sie nach Ystad kamen, herrschte große Verwirrung. Von überall her waren Flüchtlinge eingetroffen, mit Booten und Schiffen von See her. Die Schweden waren schlecht vorbereitet, die Registrierung erfolgte oft nach Gutdünken oder beruhte auf Zufall. Für die Letten gab es zwei Listen, eine für Zivilisten und eine für Soldaten. Aber man hielt zusammen. Hatte man bisher zusammengehalten, so konnte man das auch noch einige Wochen länger tun. Slaidins, der Arzt war, zögerte lange. Seine Freunde aber hatte er unter den Legionären, und im übrigen war alles ziemlich gleichgültig. Er griff nach der Liste für Soldaten und trug sich dort ein. Jeder musste angeben, an welchem Frontabschnitt er stationiert war. Alle gaben die Ostfront an. Man schrieb den 8. Mai, der Krieg war zu Ende, sie befanden sich in Schweden.

Irgendwo gab es sicher Regeln, Direktiven, Grundsätze. Irgendwo gab es eine Behörde, die später einmal bestimmen sollte, dass deutsche Militärs von der Ostfront in den Osten und diejenigen von der Westfront in den Westen zurückgeschickt werden sollten. Irgend jemand wusste sicher schon in diesem Augenblick, dass die Unterscheidung zwischen Zivilisten und Militärs wichtig war und kein bloßes Lotteriespiel.

Hinterher glaubte jeder, er hätte richtig handeln können, wenn er nur Bescheid gewusst hätte. Wenn dieses Chaos nur nicht so unkompliziert gewesen wäre und nicht zum Leichtsinn verführt hätte. Kennzeichnend für das allgemeine Durcheinander ist die Tatsache, dass zweihundert reichsdeutsche Soldaten, die an der Ostfront gekämpft hatten und per Schiff nach Ystad geflohen waren, mit der Eisenbahn nach Westdeutschland geschickt wurden. Sie fuhren durch Dänemark. Es war sehr einfach: sie setzten sich in einen fahrplanmäßigen Zug, der von Ystad nach Malmö fuhr, »um von dort in ihr Land weiterbefördert zu werden«.

Kein Mensch hielt das für ungewöhnlich. Die Soldaten wurden verpflegt, entlaust, registriert, wieder verpflegt, sie schliefen eine Nacht und fuhren am Morgen des 10. Mai nach Westdeutschland. »Sie bestiegen die letzten vier Wagen des Malmö-Zuges.«

Am 10. Mai wurden die Balten nach Bökeberg gebracht. Sie schliefen zwei Nächte in Ystad und wurden dann in Bussen weitertransportiert. Die Busse fuhren durch einen Buchenwald und hielten vor einem Herrenhaus. Die Soldaten stiegen aus und sahen sich um. Es war Mai, vor dem Schloss oder Herrenhaus – sie wussten nicht, wie sie das Gebäude bezeichnen sollten – lag eine Wiese. Eine grüne Wiese. Die Fenster des Herrenhauses waren heil. Am Abend brannte Licht. Sie schlugen auf der Wiese ihre Zelte auf, zwischen zwei riesigen Eichen. Nach zwei Tagen bekamen sie barackenähnliche Hütten, in denen sie sich wohler fühlten.

Manchmal unterhielten sie sich über ihre Zukunft. Sie fragten die schwedischen Offiziere oft, wohin man sie schicken werde, was mit ihnen geschehen solle, aber zu ihrem Erstaunen wussten die schwedischen Offiziere keine Antwort. Das Verhältnis zwischen Letten und Deutschen war leidlich gut, aber einer der deutschen Offiziere ließ der schwedischen Lagerleitung gegenüber seinen Unwillen darüber verlauten, dass die Letten, obwohl sie regulären deutschen SS-Verbänden angehört hätten, »nach ihrer Ankunft in Schweden die SS-Embleme entfernt« hätten.

Dieses Problem war niemandem eine Diskussion wert.

Tagsüber badeten die Soldaten in der Bucht: dort gab es Schilf, ein Boot, eine Anlegebrücke. Sie erinnern sich, viel gegessen zu haben. Sie erinnern sich gern an diese erste Zeit in Schweden: ein Gegenpol, ein Gegenbild zu dem, was später geschah. Die Nächte waren lau, sie saßen vor ihren Zelten, rauchten und sahen die Lichtstrahlen zwischen Buchenstämmen und Eichen einfallen, sahen die Dämmerung hereinbrechen und sich über den See legen, sahen, wie der Himmel sich dunkelblau färbte. Im Mai 1945 waren die Buchenwälder um Bökeberg hell und luftig, das Wasser war kalt, aber sie badeten trotzdem. Sie schliefen viel, tagsüber lagen sie auf der Wiese und sonnten sich. Streitereien gab es nicht. Die Lagerleitung kann sich an unliebsame Zwischenfälle nicht erinnern. Sie lagen in der Sonne, schliefen, badeten. Sie fanden alles schön. So begann Schweden für sie: ein weißes Gebäude, eine Wiese, die zum See hin abfiel, eine Bucht, eine Anlegebrücke aus Holz. Frische Luft und Ruhe.

Sie blieben vierzehn Tage.

Heute ist alles noch da: die Wiese, das Herrenhaus, die Eichen, die Buchen. Niemand, außer dem Lagerchef, erinnert sich noch daran, dass sich hier einmal ein Lager befand. Der See ist noch da. Hier badeten sie. Die Anlegebrücke ist noch da; sie ist halb verfault, von Schilf umgeben. Daneben liegt ein halb im Wasser versunkener Kahn.

Auf die Anlegebrücke zeigen alle. Hier ist die Brücke, sagen sie.

Hier ist der Kahn. Hier ist Hjalmar Gullberg gestorben. Genau hier hat man ihn gefunden. In der Bucht, an der Anlegebrücke in Bökeberg.

Nach vierzehn Tagen wurden die lettischen Legionäre in ein Lager außerhalb von Eksjö transportiert. Es hieß Ränneslätt.

3

Jede Untersuchung hat einen Ausgangspunkt. Jede Untersuchung hat einen Untersucher. Jeder Untersucher hat Wertungen, Ausgangspunkte, verborgene Vorbehalte, heimliche Voraussetzungen.

Es ist notwendig, wenigstens über einen der Ausgangspunkte dieser Untersuchung Rechenschaft abzulegen. Er liegt zeitlich recht nahe: Juni 1966.

Im Juni 1966, eine Woche nachdem er New York verlassen hatte, befand er sich in Oak Ridge, Tennessee. Das, woran er sich später am besten erinnern sollte, war die eigentümlich spröde Hitze, die ihn während dieser Tage ständig zu umgeben schien. Er konnte sich nie an sie gewöhnen, die Luft war trocken, ein zerbrechliches und sprödes Gefühl der Erschöpfung schien ihn immer wieder von neuem zu befallen. Die Hitze lag völlig still; er trug die falsche Kleidung, hatte die falschen Essgewohnheiten; alles das machte ihn reizbar, empfindlich und ließ ihn sich der Hitze fast hysterisch bewusst werden.

Zweimal kam er hierher. Zuerst an einem Abend, er schlief eine Nacht und reiste dann am kommenden Morgen nach Süden weiter. Fünf Tage später kehrte er zurück. Die Hitze war die gleiche. Am Tag konnte er sehen, wie der Ort wirklich beschaffen war.

Man sagte ihm, der Ort sei nach dem Krieg zusammengeschrumpft. Er sei einmal das Zentrum der Kernphysik und der Atomforschung gewesen, und noch heute glaube man, die Wiege der Atombombe habe hier gestanden, was er allerdings stark bezweifelte. Damals hatten siebzigtausend Menschen oder noch mehr hier gewohnt; jetzt waren viele der Techniker weggezogen. Nur die Spezialisten, die Theoretiker, befanden sich noch hier. Insgesamt mochten noch etwa zwanzigtausend Menschen hier leben. Bei seinem zweiten Besuch sah er mit einem Mal, wie hässlich die Ortschaft war: tief unten in der flachen Talsenke ein riesiger Marktplatz mit rotem Sand und kleinen Baracken, die flach und modern aussahen, die sich aber sehr bald als Slums modernistischer Architektur erweisen sollten: Selbstbedienungsläden und

Geschäfte und Büros und Fernmeldemasten und Sonne und Hitze und Autos. Alles sehr sachlich und ohne die Spur eines Gedankens in die Gegend gestreut. Die Bank hatte einen Atompilz als Firmenzeichen; man war stolz auf seinen Platz in der Geschichte. Nirgends auch nur eine Andeutung von Stadtplanung, hier sah man ein Beispiel der totalen Freiheit, die es jedem erlaubt, ein Haus zu bauen, wo er will und wie er will. Eine Stadtmitte fehlte: eine Ansammlung von Häusern, als hätte ein Riese moderne Villen, Sand, einzelne Bäume, Autos und Blechhütten spielerisch über die Schulter geworfen, ohne sich umzusehen.

Dies war aber nur eine der Wirklichkeiten dieses Orts. Weiter oben, am Berghang, im Schatten der Bäume, lagen die Luxusvillen oder besser: Villen, die es Luxusvillen gleichzutun versuchten. Es waren Häuser mit schütteren grünen oder strohgelben Rasenflächen davor, mit Gärten, in denen Wassersprinkler herumwirbelten und dünne, hysterische Wasserwände in die Luft spritzten, mit sandigen, gelben Wegen und Betonplatten. über allem lag eine staubige, gelbe Luft, die wie gelbes Wasser um Villen und Menschen stand. Häuser und Menschen schienen in einem riesigen Aquarium zu leben, in Häusern, die am Tage tot zu sein schienen, um erst später, bei Anbruch der Dunkelheit mit ihrem Zikaden-Gezirp, mit einer neuen und absurden Vitalität aufzuleben.

Beim erstenmal war er am Abend hergekommen, alles war gut gewesen, er hatte sich stark und schnell und unermüdlich gefühlt. Am nächsten Morgen war er abgefahren. Als er zurückkehrte, fühlte er sich sehr müde. Später dachte er: es lag nur an meiner Müdigkeit. Nicht an der Landschaft, nicht an der Stadt. Nur die Müdigkeit und die Hitze waren an allem schuld.

Er saß in dem großen Wohnzimmer in der künstlichen Kühle und strich mit der Hand über das beschlagene Glas. Es ähnelte den Gläsern auf Whisky-Anzeigen. Er wusste, dass es das beste wäre, sich schnell zu betrinken und dann zu schlafen.

Es war ganz genau so wie bei seinem ersten Besuch. Damals hatten sie hier gesessen und über Asien gesprochen. Der Mann vor ihm hatte ihn angelächelt und gesagt:

– Das Gewissen der Welt. Ich weiß, ich habe in Schweden gewohnt. Die Schweden haben die einzigen transportablen Gewissen der Welt, sie fahren wie professionelle Moralisten in der Welt herum. Sie sprechen aber nie über die Situationen, in denen sie sich selbst moralischen Konflikten ausgesetzt sahen. Die Transitzüge der Deutschen. Die Auslieferung der Balten. Was weißt du eigentlich über die Auslieferung der Balten?

Er hätte sofort mit fünf durchschlagenden und direkt tödlichen Argumenten antworten können, aber wozu? Hier saß er, ein ehemaliger Liberaler, seit vier Jahren bekehrter Sozialist, und konnte nicht einmal sich selbst das eigenartige Gefühl des Abstands und der Müdigkeit erklären, das er empfand. Er fühlte sich Angriffen schutzlos ausgeliefert, das einzige, womit er sich wappnen konnte, war ein abstraktes »Engagement«, das aber mit einfachsten Angriffen sabotiert werden konnte. Wie oft hatte er das schon erlebt? Sie hatten von Venezuela gesprochen, und sofort war das Stichwort »Tibet« gefallen, wie bei einem Spielautomaten. Er wusste nichts über Tibet und war verstummt. Warum war er nicht nach Tibet gereist? War er nur an seinem eigenen Engagement interessiert oder an Tatsachen?

Sie hatten über die Rassensituation in den Südstaaten gesprochen. Im Augenblick fand gerade ein Marsch von Memphis nach Jackson statt. Auf einen Mann war geschossen worden, es war ein »Marsch gegen die Angst«. Sie sprachen über die Rassenunterdrückung, und er versuchte, seine eigene politische Entwicklung darzulegen, die eine einzige Bewegung nach links gewesen war; aber das Gespräch war recht nebulös, sie kamen nicht zum Kern der Sache. Er sprach mit einem unbestimmten Gefühl der Scham, als würde er sich eine politische Situation zunutze machen, statt auf sie einzuwirken. Das war völlig irrational, unnötig, er sollte nicht so denken. Er wusste: es gab Formulierungen, die das schlüssig bewiesen, er hatte eine harte rhetorische Schule hinter sich. Aber wo stand er selbst in diesem Wust von Problemen?

Er hatte bisher immer jene zornige Erregung verabscheut, die nichts als eine sentimentale Geste ist. Die Erregung, von der er selbst mitunter befallen wurde, war auch nie etwas anderes als Sentimentalität gewesen. Er vermochte nur nicht eine direkte Form zu finden, die frei von Empfindsamkeit war. Was er erlebte, schien seinen Pessimismus nur noch zu verstärken.

Dies alles hängt sehr direkt und konkret mit der Untersuchung zusammen.

An einem Freitagmorgen in der Frühe kam er nach Jackson, Mississippi. Er fuhr mit dem Bus. Auf dem Weg nach Süden überholte der Bus den Demonstrationszug; hundert, hundertfünfzig Menschen, die am Straßenrand entlanggingen. Farbige und Weiße. Sie waren in Memphis losmarschiert, auf dem Weg nach Jackson. Dies war der letzte Sommer für idealistische Bürgerrechtsmärsche, für Gewaltlosigkeit, für kläräugige und hübsche Idealisten aus dem Norden, die in den fürchterlichen Süden reisten, um ihr Mitgefühl zu demonstrieren. Man schrieb den Sommer 1966; noch immer wurde »We shall overcome« gesungen, ohne dass es möglich gewesen wäre, den Zynismus zu entdecken. Er drückte das Gesicht gegen die Scheibe und versuchte, die Gesichter der Demonstranten einzufangen, aber der Bus fuhr zu schnell. Er sah sie nur als verschwommene weiße Flecken, Flecken, die ihm nicht das Geringste sagten. Es muss entsetzlich warm gewesen sein: der Weg führte durch eine weite, flache Ebene ohne Bäume; zwischen den vereinzelten baufälligen Wellblechhütten lagen Kilometer. Ein langer, verfluchter Weg, Schweiß und wundgescheuerte Fersen. Er drehte sich um und blickte in ein lächelndes Gesicht neben sich: ein Mann, der während der Nacht zugestiegen war, als er selbst schlief. Der Mann sah nett aus, aus seinem Gesicht sprachen Wärme und Humor.

– The heroes, sagte das warme, humorvolle Gesicht. Gucken Sie die bloß nicht an. Scheißen müsste man denen was. Die wollen bloß, dass wir gucken oder mit Steinen werfen, dann können sie sich als Märtyrer fühlen, dann gehts denen gut. Gar nich um kümmern.

Er antwortete nicht, saß still da, während der Bus weiterbrummte. Er kann hier sicher nicht anhalten, dachte er. Es gibt wahrscheinlich Haltestellen, an die er sich halten muss. Ich kann genauso gut in die Stadt fahren und dann einen Wagen nehmen. Es sind doch ziemlich viele. Würde verdammt komisch aussehen, wenn ich hier in der Einöde ausstiege. Ich warte lieber.

Sie kamen in eine Talsenke mit dunkelgrünen, eigentümlich feuchten Farben. Die Bäume waren von Schlingpflanzen überwuchert; wilder Wein, kletternde Blätter, er wusste keine Namen. Er könnte nach Schlingpflanzen fragen. Daraus wurde ein Gespräch. Ein nettes Gespräch. Es ist die Hölle, durch diese Wälder zu gehen, sagte der Mann. Es gibt Schlangen. Um zehn Uhr waren sie in Jackson, Mississippi.

Es dauerte länger, als er erwartet hatte. Er fand kein Hotelzimmer. Er bummelte durch die Stadt, sie war sauber und modern, aber es gab keine Hotelzimmer. Gegen fünf Uhr nachmittags war endlich alles erledigt. Er nahm einen Bus nach Norden, da er kein Taxi nehmen wollte – vielleicht wagte er es auch nicht. Er kam zu spät an, die Bürgerrechtler hatten ihre Tagesetappe schon hinter sich gebracht. Er fühlte sich erleichtert, fast ausgelassen. Man hatte versucht, ein Lager aufzuschlagen, aber keine Erlaubnis bekommen. Danach kam die Polizei mit Schlagstöcken und Tränengas und riss die Zelte ab: das war leicht, ein leichter Sieg, dies war der letzte Sommer der Gewaltlosigkeit. Jetzt war es ruhig. Sie schlugen ihre Zelte an einem anderen Ort auf, wo man sie gewähren ließ. Er stand am Rand des Lagers und sprach mit einem alten Mann, der Tränengas auf die Haut bekommen hatte. Es brannte, und er wagte nicht, sich zu rasieren. Er war Quäker. Er kannte Schweden. Morgen gehen wir weiter, sagte er, dann kannst du von Anfang an dabei sein, du hast doch keine Angst? Nein, sagte er, nein. Nein, dachte er, nein, ich habe tatsächlich keine Angst, wirklich nicht, aber als ich zu spät gekommen war, empfand ich keine Scham, sondern war glücklich. Ich bin ja nur hier, um meinem Engagement auf den Zahn zu fühlen. Er fühlte noch immer ein stilles, weiches und zögerndes Glück. Er war dabei, nahm aber keinen Anteil, das war ein schönes Gefühl.

Morgen um neun Uhr, sagten sie.

Sie fuhren gemeinsam per Anhalter in die Stadt. Es dauerte zwei Stunden, er ging sofort in sein Hotelzimmer, rasierte sich und badete, zog einen frischen, kühlen Schlafanzug an und legte sich aufs Bett. Nach einer Weile stand er auf und stellte den Fernseher an. Zuerst kam ein Werbefilm für Tiger, eine Soldatenpuppe mit kompletter Ausrüstung und einer MPi; sie ähnelte GI Joe, einer anderen Soldatenpuppe, die er von früheren Werbesendungen her kannte. Der Film über Tiger war sehr hübsch und dramatisch gemacht, mit gekonnten Kampfszenen. Danach kamen Nachrichten und wieder Reklame.

Mittendrin wurde ein Bericht über den Marsch gebracht. Er sah nicht viel, nur eine Menge Rauch und Soldaten mit Gasmasken, einige schreiende Menschen, die mit vors Gesicht gepressten Händen vor den Soldaten flohen. Der Ort hieß Canon, das wusste er. Danach kam ein Werbefilm für Millers Bier. Er hatte es schon einmal getrunken und sah interessiert zu. Nach einer Weile war dieser Film zu Ende, dann kam eine »soap opera«, er lag auf dem Bett und ließ die Programme an sich vorüberziehen. Er stellte einen anderen Kanal ein: wieder Nachrichten. Auch hier wurde ein kurzer Bericht über den Marsch gesendet. Er sah nicht viel, nur eine Menge Rauch und Soldaten mit Gasmasken vor den Gesichtern, einige schreiende Menschen, die vor den Soldaten flohen, und ein Interview aus einem der Zelte, die er gesehen hatte. Er lag völlig still auf dem Bett und dachte, diese Berichterstattung ist doch besser als die in Schweden, sie vermittelt ein viel direkteres und schnelleres Bild, außerdem kann man den Kanal wechseln. Es machte gar nichts, dass er Canon versäumt hatte, er konnte es ja im Fernsehen erleben. Es war vielleicht kein gleichwertiges Erlebnis, aber ein ähnliches; man bekam einen besseren Überblick und größeren Abstand. Man konnte sich über das Geschehen Klarheit verschaffen. So war es besser als in Schweden, schneller, direkter.

Millers Bier. Ballantines Bier. Er schaltete um, von Kanal zu Kanal, es schien hoffnungslos zu sein, vielleicht waren alle Programme jetzt zu Ende. Dann kamen wieder der Rauch, die Soldaten und die schreiende Frau, zum drittenmal jetzt, und danach lag er ganz still auf dem Bett und schloss die Augen und dachte, jetzt schläfst du ein. Aber er konnte nicht einschlafen.

Er stand auf, badete und trocknete den ganzen Körper sorgfältig, zog sich Jeans und ein Hemd an und ging aus, aber alle Straßen waren leer. Jetzt schlafen sie da drüben, dachte er, in einem Zelt kann man gut schlafen. Er dachte kurz an das Tränengas, es ist zum Kotzen, wie man die Leute behandelt, aber seine Gedanken waren so abstrakt, dass er sich anderen Dingen zuwandte. Hier gehe ich, dachte er, ein drittklassiger ehemaliger Jungliberaler, ein drittklassiger Sozialist, der auf dem besten Weg ist, zu einem drittklassigen Kommunisten zu werden, mit einer erstklassigen Gleichgültigkeit für alles, was um mich herum geschieht, und suche nach einem Wissen, das nicht sentimental oder eine bloße Geste ist, mit der ich mein Gewissen erleichtern kann; hier gehe ich, und da drüben liegen die andern. Er ging wieder zurück ins Hotel, zog sich aber nicht aus, sondern legte sich so aufs Bett, starrte mit offenen Augen an die Decke, bis alles verschwamm. Er ging durch Nebel, er rief, es kam kein Echo, seine Lage war furchtbar. Es machte ihn ruhig und froh. Zugleich hatte er Angst. Er trauerte seiner verlorenen Fähigkeit nach, Schrecken zu empfinden. Als er aufwachte, war es neun Uhr, und er richtete sich mit einem Ruck hoch. Automatisch stellte er den Fernseher an und kam direkt in Millers Bier hinein. Das beruhigte ihn, und er konnte wieder klar denken.

Er nahm ein Taxi hinaus. Der Fahrer sagte kein Wort, er musste die doppelte Taxe eingestellt haben, aber das machte nichts. Danach stand er am Straßenrand und wartete auf den Demonstrationszug, reihte sich ganz hinten ein, aber nichts geschah. Ihm war, als läse er in einem Buch. Am Abend oder am Nachmittag kamen sie in einen Ort namens Toogaloo. Dort schlugen sie ihr Lager auf, es ging schnell, aber er sah nur zu. Viele sprachen miteinander, aber er wusste nicht, worüber er sich mit den anderen unterhalten sollte. Am Abend fand eine große Show in einem riesigen, natürlichen Amphitheater statt, einer Erdgrube von hundert Metern Durchmesser. Es kamen etwa zehntausend Menschen; sie saßen in dichten Trauben und lauschten den harten, scharfen Geräuschen aus den Lautsprechern, die einmal perfekt gewesen waren. Davon war jetzt allerdings nichts mehr zu hören. Es gingen langsame Gewitterschauer durch die Masse, es war das erste Mal, dass er Stokely Carmichael zuhörte, und er sah sich vorsichtig um. Diese Veranstaltung ähnelte den Mittsommerfeiern in Sikfors, aber hier waren alle nüchtern. Alle Menschen in seiner Nähe saßen auf der Erde, sie waren ruhig und lächelten oft, sie hatten eine entspannte Haltung, die an die Träume erinnerte, die er einmal von ihnen gehabt hatte. Einen Augenblick lang fühlte er sich zu Hause, er war ruhig und konnte wieder auf die Bühne blicken. Dies ist mein Problem, dachte er, ich habe ein Recht auf ihr Problem, es ist mein Problem, mein Problem, mein Problem. Es ist unser Problem. Dicht neben ihm lagen zwei Akademiker aus New York, mit denen er am Morgen gesprochen hatte. Auf dem Rücken, mit geschlossenen Augen, es sah aus, als schliefen sie. Ihre Gesichter waren ruhig und entspannt, sie kannten keine Furcht, sie waren zu Hause. Er saß lange still und sah in ihre Gesichter; ihm war, als schliefen diese Männer in einem großen, dunklen, stillen Wasser, in dem sie hin und her gewiegt wurden, als wären sie in einem Fruchtwasser geborgen. Er dachte, so muss der richtige Zorn, die richtige Erregung aussehen: als ruhe man in einem Fruchtwasser, das alle Menschen umschloss. Ich bin dicht daneben, dachte er. Ich brauche nur eine Wand zu durchstoßen, eine kleine, dünne Wand, und dann bin ich durch. Dann ruhe auch ich in dem Fruchtwasser und brauche mich nicht mehr selbst zu beobachten, mich und meine Ausgangspunkte;

dann brauche ich keinen Abstand und keinen Zweifel mehr und kann handeln. Dann gehöre ich zu ihnen, liege neben ihnen, und es gibt keinen Abstand mehr.

Die Bühne war ein gigantischer leuchtender Fleck, und plötzlich stand Sammy Davis jr. da und sang ohne jede Begleitung. Alle begannen, rhythmisch und im Takt in die Hände zu klatschen. Es müssen zwanzigtausend Menschen hier sein, dachte er. Es sind zwanzigtausend hier in der Schlangengrube, zwanzigtausend, sie klatschen im Takt in die Hände. Sie saßen auf der Erde und auf Stühlen, hockten auf Bäumen. Im Hintergrund war ein hohes Gerüst mit Fernsehkameras aufgebaut, davor befand sich die Bühne, aber nur sie war erleuchtet. Sie klatschten im Takt in die Hände. Er sang, und sie klatschten. Der Rhythmus war perfekt, genau richtig, und der da vorne sang hart und heiser. Es war das beste Orchester, das er je gehört hatte. Im Takt. Er begann selbst, in die Hände zu klatschen. Es bewegte sich, er fühlte, wie alles zu einem Strom wurde, der ihn mitriss, ein Stückchen, um dann wieder innezuhalten. Er wurde weiter mitgespült, die Handflächen brannten, und er schlug immer härter und härter den Takt, rhythmische Gewitter kamen und gingen, alle wiegten sich hin und her, und er fühlte, wie er es ihnen nachzutun versuchte, ohne sich dabei lächerlich zu machen. Es ging, der Mann da vorn sang, und jetzt war er bald einer von ihnen. Er sah mit Augen, die vor Anstrengung schmerzten, auf die strahlend erleuchtete Bühne. Sie klatschten und klatschten und bald konnten auch sie singen, die dünne Wand war durchstoßen, und das Fruchtwasser riss ihn mit, er klatschte auch und sang, und als der Mann da vorn aufhörte zu singen, fühlte er die Enttäuschung wie eine Lawine über sich hereinbrechen. Er sah in die Luft, um sie nicht zu zeigen.

Dort oben waren Sterne, zwei Scheinwerfer und ein Hubschrauber. Er beobachtete die Sterne genau. Zwischen den Lichtpunkten war die Nacht dunkel und warm, es war dunkel wie in einem Sack. Bald würde es zu Ende sein. Was er noch besaß, waren die Überreste eines Gefühls, aus dem eine Formulierung werden könnte. Das war vorläufig alles.

Als es zu Ende war, war es zu Ende, und er wusste nur, dass er lieber in die Stadt zurückgehen sollte. Sie gingen alle über einen schmalen Waldweg auf die Hauptstraße zu, und es dauerte eine halbe Stunde, sie zu erreichen. Es mussten Tausende von Menschen sein, die auf diesem schmalen Weg vorwärtsgespült wurden, die meisten waren Farbige.

Plötzlich hatte er das Gefühl, zum erstenmal in diesem Monat keine Angst zu haben, körperliche Angst, und damit war es gut. Er wagte nicht, mit den Menschen zu sprechen, er wusste nicht, was er sagen sollte; er schien unaufhörlich in eine introvertierte Rassenromantik zu verfallen, aber eine Tatsache war ganz offenkundig: zum erstenmal seit Wochen hatte er in diesem bemerkenswerten Land keine Angst. Die Dunkelheit hier war dunkler als je, die Bäume, kompakte Wände, warfen ihre Schatten auf den Zug, er sah keinen Himmel, keine Sterne. Sie gingen langsam, Melodien summend, zögernd, wie Schatten, und plötzlich hörte er die Zikaden. Er hatte sie schon früher gehört, in Büchern über sie gelesen, aber nie hatte er sie so gehört wie jetzt. Sie waren wie ein ohrenbetäubendes Orchester, ein weiches, warmes, schneidendes und ohrenbetäubendes Orchester. Er ging durch die warme Dunkelheit, ahnte Leiber neben sich, fühlte ihre Bewegungen und hörte die Zikaden aus dem Summen der Menschen heraus: alles hing zusammen. Ich bewege mich mit ihnen, dachte er. Ich gehe durch die warme Dunkelheit. Ich brauche nichts zu sagen, aber ich kann summen. Es ist phantastisch, dachte er: Tausende von Menschen und kein Wort, alle summen nur.

Lange ging er so, an nichts denkend und nur den Geräuschen und den Melodien lauschend. Als er bei der Hauptstraße angekommen war, überlegte er einen Augenblick, ob er umkehren solle und den Marsch wiederholen, aber das würde kaum möglich sein, da er nicht gegen den Strom angehen konnte. Es würde nie möglich sein, auf diese Weise ein Gefühl von neuem zu erleben.

Er stellte sich an den Straßenrand und versuchte, als Anhalter mitgenommen zu werden. Ein Wagen hielt an. Er setzte sich auf den Rücksitz und sprach zehn Minuten lang ununterbrochen über seine Eindrücke von Jackson und Mississippi. Der Mann hinterm Steuer, ein gepflegter Schwarzer aus dem Mittelstand, hörte aufmerksam und ernst zu. In der Stadtmitte setzte er ihn ab. Er ging auf dem kürzesten Weg ins Hotel. Acht Dollar pro Nacht. Er stellte nicht den Fernseher an, sondern legte sich aufs Bett und schlief sofort ein. Im Traum erschien ihm sogleich der alte Herrscher seiner Kindheit, der Mann mit dem Vogelkopf, aber diesmal hatte er keine Botschaft für ihn und weinte nicht über ihn und gab kein Zeichen, sondern glitt einfach vorbei, wie im Nebel, wie im Traum. Als er aufwachte, war es Mitternacht und dunkel. Lange lag er wach und versuchte, das Gefühl vom gestrigen Abend zurückzurufen. Es ist immer so, dachte er: eine ständige Jagd nach kurzen Sekunden oder Stunden oder Gefühlen, ein hysterisches Festhaltenwollen. Es ging nicht. Er stellte den Fernseher an: Werbung für ein Spülmittel, danach ein Film über eine Invasion von Vampiren. Die Augen schmerzten, aber er konnte nicht einschlafen. Er wusste, dass er einer bedeutsamen Einsicht sehr nahe war. Er würde sie erlangen, wenn er sich nicht darauf versteifte. Morgen war der letzte Tag des Marsches. Vielleicht würde die Einsicht sich ihm morgen öffnen. In Erwartung der Aufrichtigkeit und der sachlichen Hingabe, die mit allem versöhnen würden, löschte er das Licht im Zimmer, stellte den Ton des Fernsehgeräts ab, blickte starr auf die weiße, flimmernde Scheibe und schlief endlich ein.

Jede Untersuchung hat einen Ausgangspunkt. Dies ist ein Versuch, einen der Ausgangspunkte zu beschreiben: dieser Punkt ist ein Gefühl oder der Drehpunkt eines Gefühls. Hier, genau hier, ist das Gefühl. Der Drehpunkt ist direkt daneben.

Um zehn Uhr morgens wusste er immer noch nicht, wo sich der Demonstrationszug befand. Er sollte irgendwo am Stadtrand von Jackson sein, aber die Straßen der nördlichen Vorstädte waren zahlreich und krumm; die Spitze des Zuges musste irgendwo einen anderen Weg eingeschlagen haben, von allen, die er fragte, wusste keiner Bescheid. Er entdeckte eine Gruppe, die auf dem Weg in die Vororte zu sein schien. Die Männer standen vor einem Busbahnhof am Rande der Ebene; hinter ihnen erhob sich ein riesiges Krankenhaus. Nichts geschah. Dann und wann flog ein Hubschrauber über sie hinweg: die großen Fernsehgesellschaften deckten das Geschehen von oben; er selbst deckte es von der Flanke. Er versuchte, den Standort des Demonstrationszuges zu ermitteln, indem er Kurs und Kursabweichungen der Hubschrauber beobachtete, aber es gelang ihm nicht. Er wartete, eine Stunde verging, die Luft hatte 102 Grad Fahrenheit. Dann kamen drei Automobile und hielten an. Eins von ihnen war ein Bus aus den zwanziger Jahren, grau bemalt und kurz vorm Zusammenbrechen. An der Seite trug er ein aufgemaltes rotes Kreuz. Er schien aus dem spanischen Bürgerkrieg zu stammen. Er ging hin und fragte. Der Krankenwagen gehörte zum Zug, er sollte wieder zur Haupttruppe zurück. Er durfte mitfahren.

Er setzte sich hinter den Fahrer, er schwitzte jetzt heftig. Das exakte Maßstabverhältnis zwischen Celsius und Fahrenheit war ihm unbekannt, aber es war sehr warm. Nach einer Weile kam ein Medizinstudent aus Washington nach vorn und setzte sich neben ihn. Keine schönen Dinge, die er zu erzählen hatte, aber er brachte sie in einem sehr sachlichen Ton vor, was seinen Bericht fast trivial klingen ließ. Dann fuhren sie – nein, vielleicht nicht trivial, aber unsentimental –, dann fuhren sie los. Der Fahrer war ein junger Schwarzer von etwa zwanzig Jahren. Er fuhr schnell und impulsiv, aber man merkte ihm an, dass er nicht zum erstenmal hinter einem Lenkrad saß. Hinaus in die Vorstädte, niedrige Häuser und mehr Menschen, und vor allem mehr Polizisten, mehr weiße Polizisten. Die Abstände zwischen den einzelnen Polizeiposten wurden immer kürzer, sie kamen an eine Straßenecke und wurden angehalten. Jetzt befanden sie sich auf der richtigen Marschroute, das war nicht zu verkennen, obwohl der Demonstrationszug hier noch nicht eingetroffen war. Der Polizist, der sie angehalten hatte, stand mitten auf der Fahrbahn. Abgesperrt! schrie er, haut ab! Kehrt um und verschwindet! Während einiger Sekunden verwirrt, steckte der Fahrer den Kopf durchs Seitenfenster und versuchte zu erklären, er habe die Erlaubnis, dem Zug zu folgen, aber der Polizist sagte kurz angebunden, aber unmissverständlich, er pfeife auf die Genehmigung, und sei sie vom Weihnachtsmann persönlich erteilt. Es hieß also wenden, und das schnell. Um den Bus herum hatten sich inzwischen mehrere hundert Menschen versammelt, die meisten waren Weiße. Sie lauschten dem Disput, als wäre er ein Hahnenkampf vor zahlenden Gästen. Als die glänzende Anspielung auf den Weihnachtsmann in die Debatte geworfen wurde, brach die Menge in Gelächter und Beifall aus. Hier würden sie vermutlich lange festsitzen, wenn es ihnen nicht gelang zu wenden.

Der Polizist blickte ruhig lächelnd in die Runde. Er war unter Freunden.

Es ist denkbar, dass der Krankenwagen einmal, vielleicht irgendwann in den zwanziger Jahren, einen tadellos funktionierenden Rückwärtsgang gehabt hatte, aber diese Zeit war vorbei. Das Getriebe quietschte und schrie, dann schien der Fahrer plötzlich den richtigen Gang erwischt zu haben. Er nahm den Fuß vorsichtig vom Kupplungspedal, worauf der Bus einen kleinen Satz nach vorn machte, vielleicht einen halben Meter, und dann mit einem Ruck stehenblieb. Der Polizist handelte blitzschnell: er sprang auf die Kühlerhaube, zog seine Pistole, setzte sie gegen die Frontscheibe und schrie laut und deutlich:

– Zurück, du verfluchter Affe! Zurück, habe ich gesagt!

Der Lachorkan draußen schwoll weiter an. Und er da drinnen im Bus, er, der sich noch gestern wie in einem Fruchtwasser gefühlt und Anteil genommen hatte, befand sich wieder einmal auf der anderen Seite der dünnen Wand. Es schien etwas zu bedeuten, aber er wusste nicht genau, was. Er meinte, von allen angestarrt zu werden. Sie sahen ihn an, die Weißen da draußen, als wäre er ein Verräter an ihrer Rasse. Sie sahen, dass er der einzige Weiße im Bus war, und sie wussten, was das bedeutete, und er wusste, was sie dachten. Hätten sie gewusst, dass er Schwede war, wäre es noch schlimmer gewesen. Dann hätten sie sicher gewusst, dass er auf der anderen Seite der Wand stand. Er saß vollkommen unbeweglich da und sah auf einen halben Meter Entfernung, wie der Fahrer schwitzte; kleine Bäche liefen ihm in den Nacken. Vor dem Fahrer sah er die Pistole, aber vor der hatte er keine Angst, nur vor dem Lachen der Menschen draußen.

Es muss noch eine andere Möglichkeit geben, dachte er, jetzt schwanke ich nur zwischen zwei Arten von Empfindsamkeit. Es muss noch eine andere Möglichkeit geben, eine sachlichere. Es muss sie geben.

Gerade als der Fahrer sagte, alle müssten aussteigen und schieben, bekam er den Rückwärtsgang wieder herein. Er empfand eine rasche Erleichterung, die ihm fast die Tränen in die Augen trieb. Der Bus rollte rückwärts, sie lösten sich von der Menge. Sie kurvten in eine Seitenstraße hinein, sie waren wieder unterwegs.

– Der Scheißkerl hat vielleicht schnell gezogen, sagte der Fahrer nachdenklich, wie zu sich selbst.

Zwei Blocks weiter trafen sie auf den Demonstrationszug, etwa in der Mitte der langen Schlange. Was einmal hundertfünfzig, zweihundert Menschen gewesen waren, bestand jetzt aus fünftausend. Im Lauf der nächsten fünf Stunden sollten es annähernd vierzigtausend werden. Einige Augenblicke lang stand jetzt alles still, die Spitze des Zuges saß irgendwo fest. Dann bewegte sich der Zug wieder, ganz langsam.

Zwölf Uhr war es jetzt geworden, die Sonne stand hoch am Himmel. Die Hitze drückte wie eine eiserne Hand auf die Stadt. Er ging mit ihnen. Als der Zug langsam wieder in Bewegung kam, Fuß um Fuß und Schritt um Schritt, empfand er das als eine enorme Erleichterung. Sie gingen in Fünferreihen. Vor der Spitze des Zuges fuhr ein Lastwagen;

zunächst glaubte er, es sei die Demonstrationsleitung, die sich darin befand, aber es stellte sich heraus, dass es sich um den Wagen mit den Journalisten handelte. Fünf Kilometer hatten sie noch zu gehen, dann würde der Marsch zu Ende sein. Einen Monat hatte er gedauert. Angefangen hatte er mit den Schüssen auf Meredith, und jetzt sollte er enden. Dies war der letzte heroische Sommer der friedlichen Koexistenz, noch kamen Liberale aus dem Norden und Schriftsteller aus Europa, um ihre Solidarität zu bekunden. Dies war aber zugleich auch der erste Sommer der Black-Power-Bewegung. Hier und da im Demonstrationszug konnte man diese Gruppen sehen, kleine versprengte Trupps inmitten der Friedlichen und mild Gesinnten, kleine wütende Trupps, die ihr »Black Power!« hinausschrien, ohne sich um die Blicke der anderen zu kümmern. Er hatte bislang nur in schwedischen Zeitungen über sie gelesen und war also der Ansicht, sie seien gefährlich und wahnsinnig. Er versuchte, nicht in ihre Richtung zu sehen.

Ich nehme an einem friedlichen Freiheitsmarsch teil, dachte er. An einem Marsch gegen die Furcht. Diese Verrückten da sollte man nicht mitmarschieren lassen. Immer wieder strich er sich über die Stirn.

Und dann gingen sie weiter. Es war wie ein Traum, fand er, eine flimmernde Halluzination. Er fühlte eher als dass er sah, wie der Zug immer weiter anschwoll und anschwoll und aus den Seitenstraßen kleine Menschenrinnsale sich in den Hauptstrom ergossen. Auch von den Bürgersteigen und aus den Häusern kam immer mehr Zulauf. Schließlich gingen sie in Zehnerreihen, eng aneinandergepresst, ein immer unerbittlicher vorwärtsdrängender Strom, als sei der Druck von hinten so groß, die Hemmnisse so gering, dass ein Anhalten undenkbar sei. Ein Fluss, ein Wasser. Er drängte immer weiter nach vorn, an die Spitze des Zuges, ging neben ihm her, reihte sich wieder ein, als suche er unruhig nach einer Position, die ihm zukam, nach einer Stelle, an der er gehen konnte und durfte. Er spürte, wie die Stimmung im Zug wuchs und anschwoll, wie die Zahl der Agitatoren zunahm, wie die Rufe lauter wurden, die Wortwechsel heftiger und lauter, wie die Rufe nach Black Power zunahmen, das Schaukeln und Wiegen in der Masse, wie sie wuchs, allmählich dominierte und die Weißen auf den Bürgersteigen an Zahl laufend abnahmen und schließlich ganz verschwanden. Da hörten plötzlich auch die Wortwechsel auf, die Menge beruhigte sich, aller Widerstand schien beiseitegeschoben zu werden.

Ich kann mich ganz sicher fühlen, dachte er. Heute ist alles ruhig. Heute haben die anderen keine Chance.

Sie sangen. Er hatte dies alles schon früher gehört, im eigenen Wohnzimmer auf Schallplatten oder aber im Fernsehen, aber so wie jetzt hatten die Lieder nie geklungen. Der Gesang war nicht so gläubig und rein, wie er ihn sich vorgestellt hatte, sondern abgehackt und aggressiv, ständig von den Rufen nach »Black Power! Black Power!« unterbrochen. Er hatte sich den Gesang als hymnisch vorgestellt, hatte gemeint, die Menschen würden mit Tränen in den Augen durch die Straßen ziehen und ihre Hymne an die Freiheit singen, aber so war es nicht. Der Gesang klang nicht rein und gläubig, sondern aggressiv, enttäuscht, höhnisch, verzweifelt.

– Kommt mit! schrien sie den Zuschauern auf den Bürgersteigen zu, kommt doch mit, verflucht nochmal, ihr braucht wirklich keine Angst zu haben! Macht bloß mit, ihr verdammten feigen Schweine, deswegen verliert ihr eure Jobs noch lange nicht! Und sie kamen, immer mehr und mehr, Tausende und Abertausende, das Letzte, was er von dem hohen Lastwagen mit den Fernsehkameras und den Presseleuten sah, war, dass er auf einer Kreuzung eingekeilt war und weder vorwärts noch rückwärts fahren konnte. Hundert Meter weiter vorn kreuzte die Marschroute einen Schienenstrang, und als die Spitze des Zuges sich etwa hundert Meter jenseits des Bahnübergangs befand, kam eine einsame Lok angefahren. Alle blieben plötzlich stehen, als glaubten sie, die Lok würde sie einfach überfahren, als sehnten sie sich nach einem Konflikt, weil bislang alles zu ruhig abgelaufen war. Dreißig Sekunden später war die Lok mit einer wimmelnden, krabbelnden Menschenmenge bedeckt, die sich plötzlich auf einen potentiellen Feind gestürzt zu haben schien, obwohl die Lok rechtzeitig angehalten hatte und keine Gefahr mehr bedeutete. Die Menschen waren Ameisen; er stand still da und sah, wie der Konflikt entstand und sich zuspitzte, sich entspannte und in nichts auflöste, er sah mit interessierter Verblüffung zu: welche Mechanismen liegen einem Konflikt zugrunde? Wo beginnt er? Es dauerte insgesamt fünf Minuten, dann war die Lok wieder von Menschen entlaust, und der Marsch konnte weitergehen.

Und sie gingen weiter. Als sie in der Stadtmitte ankamen, hatte der Zug bereits so viele Teilnehmer, dass überschlägige Schätzungen zwecklos geworden waren. Es mochten vierzigtausend oder auch hundertfünfzigtausend Menschen sein. Er hatte dergleichen noch nie gesehen, es, war wie ein Traum, ein Traum von Freiheit, Anteilnahme, von Macht und Gerechtigkeit. Wie ein schwellender, fiebriger Traum: er lief und lief, und der Schweiß rann ihm in Bächen übers Gesicht, die Sonne stand fast im Zenit über ihnen, wie viele sind wir? dachte er immer wieder, wie viele sind wir?

Was mache ich hier?

Es konnte plötzlich geschehen, dass er sich auf dem Bürgersteig wiederfand, während der Zug an ihm vorbeimarschierte. Plötzlich nahm er nicht mehr an der Demonstration teil, sondern stand als Beobachter daneben. Er ertappte sich dabei, dass er nebenherlief, als wäre er ein Journalist oder ein Reporter oder nur ein Mann vom Rundfunk. Die Straßen reichten nicht aus, um die Menschenmassen aufzunehmen, die Menschen mussten auf die Bürgersteige ausweichen, und als der Demonstrationszug die Bürgersteige eroberte, empfand er die Demonstranten als Eindringlinge, die sich auf sein ureigenes Gebiet vorgewagt hatten, auf sein Territorium, das eines Beobachters. Es war ein breiter, rücksichtsloser, schwarzer, vitaler, lebendiger Strom von Menschen, der sich auf seinen Grund und Boden vorgewagt hatte. Die Menschen gingen jetzt in Zwanzigerreihen, sie quollen über Bürgersteige, Nebenstraßen, überallhin, eine Sintflut in der weißen, sauberen Stadt Jackson.

Schließlich blieb er stehen. Das lag nicht an der Hitze oder an seiner Erschöpfung, auch nicht an seinem Durst, denn unterwegs waren von hilfreichen Händen immer wieder Lebensmittel und Wasser angeboten worden. Es lag nur daran, dass er schließlich den vorbeiflutenden Strom verlassen hatte. Das Gefühl von gestern war weg, für immer, wie es schien, und er registrierte das mit einer Mischung aus trockener Verzweiflung und deutlicher Erleichterung. Gleichmütig und langsam ging er auf das Ziel des Marsches zu, das Capitol von Jackson. Auf den weiten Rasenflächen, zwischen den Bäumen, waren zuvor Gerüste für die Fernsehkameras errichtet worden. Er setzte sich auf den Rasen, am Rande des weiten Geländes, und sah zu. Dicht neben ihm stand eine Gruppe weißer Meckerer, sie schrien und brüllten, als der Demonstrationszug ankam; bald hörte er sie nicht mehr, obwohl er ihr Gebrüll noch wahrnahm. Überall standen Militärpolizisten. Es mussten an die tausend Mann sein. Sie trugen Gewehre und hatten Helme auf dem

Kopf. Sie umstellten den ganzen Platz; von Mann zu Mann war nur ein Abstand von etwa einem Meter. Es war behauptet worden, dass sie nur zum Schutz der Demonstrationsteilnehmer hierherbeordert worden waren; ihre Bajonette richteten sich aber nach innen, auf die Mitte des weiten Runds. Sie machten einen ruhigen Eindruck, aber schließlich waren sie auch sehr zahlreich und überdies bewaffnet. Unter den vielleicht sechzigtausend Demonstranten hatte sich ein fürchterlicher Zorn aufgestaut, und wäre auch nur ein einziges Gewehr abgefeuert worden, hätte es eine Explosion gegeben: es wäre nur zu verständlich gewesen.

Es geschah aber nichts.

Er versuchte darüber nachzudenken, welches Gefühl nunmehr in ihm erloschen war, aber er konnte sich nicht darüber Klarheit verschaffen. Es musste endgültig dort unten, unter der glühenden Sonne geschehen sein, als er still dagestanden hatte und sich zum erstenmal darüber klar geworden war, dass er die ganze Zeit nichts weiter getan hatte als stillzustehen und zuzusehen. Er hatte es innerlich schon immer gewusst: seine Moralität war eine Sache der Empfindungen, er hatte immer den Weg des geringsten Widerstands gewählt, die Geste statt der Handlung, das Gefühl statt der Tatsachen. Während seines ganzen erwachsenen politischen Lebens hatte er davon geträumt, Anteil zu nehmen, wie selbstverständlich und bedeutungsvoll zu agieren. Während seines ganzen erwachsenen politischen Lebens hatte er in den Gesten Zuflucht gesucht, die ihm als Alibi dienen konnten, die ihn beruhigen und ihm das Gefühl geben konnten, frei zu sein.

Dies war eine ausgezeichnete Demonstration. Sie würde ihm für mindestens zwei Jahre Ruhe verschaffen.

Unterdessen hielten sie Reden. Er blieb die ganze Zeit sitzen, ohne sich zu rühren, sah, wie das Treffen zu Ende ging, wie die Menge sich auflöste, wie die weite Fläche von Menschen entblößt wurde, wie die Soldaten zusammengerufen wurden und verschwanden. Die Fernsehleute verließen das Gelände als letzte. Die Kameras wurden abmontiert und in die Ü-Wagen gebracht, und auch die Gerüste wurden abgebaut. Die Kabel wurden zusammengerollt, die Mikrophone abgebaut. Eine interessante Geschichte, dieses Fernsehen, dachte er. Wie belegen sie ihr Material, wie werden die Demonstrationen kommentiert, welche Argumente werden vorgebracht? Wie entsteht überhaupt eine Demonstration? Wie wird sie organisiert? Wie wird die Verpflegung der

Teilnehmer geregelt? Wie ist der Mechanismus beschaffen, der hinter einer politischen Handlung steht?

Man müsste zugleich im Fruchtwasser ruhen und den Mechanismus durchschauen können, überlegte er. Man müsste teilnehmen und zugleich die Tatsachen durchschauen können; seine Unwissenheit mindern, aber nicht die Anteilnahme.

Es war bereits Abend geworden, er sah die Sonne nicht mehr; bald würde es völlig dunkel sein. Er ging durch die Straßen, sie waren fast leer, die Menschen waren wie durch Zauberei verschwunden. Überall sah er kleine Plakate: »Macht Jackson zu einer sauberen Stadt«. An jeder Straßenecke standen Abfallkörbe. Es war fast wie in Schweden. Er ging zurück ins Hotel, packte, bezahlte und ging hinaus. Er wusste nicht, was er tun sollte. Er setzte sich auf den Bürgersteig und lehnte gegen eine Hauswand, bis ein Polizeiauto vorbeikam, anhielt und die Beamten ihn fragten, was zum Teufel er hier zu suchen habe. Er stand auf und ging weiter. Dann und wann brausten offene Sportwagen vorüber, sie waren mit Jugendlichen, Weißen, beladen, die die Föderationsflagge schwenkten und ein Triumphgeschrei ausstießen, wenn sie einen Farbigen entdeckten. Morgen würde wieder ihre Stunde schlagen, sie würden sich zu rächen wissen. Heute hatten sie den Ereignissen den Rücken gekehrt und die Gefühle sich austoben lassen. Jetzt hatten die Gemüter sich beruhigt, die Schwarzen waren wieder in ihren Löchern verschwunden, hatten sich verkrochen, und die Liberalen waren wieder in die Traumstaaten des Nordens abgereist. Morgen würde die Welt wieder ihnen gehören. Die Dunkelheit war lau und angenehm, er bewegte sich in einer leisen Stadt. Die Stille ähnelte der, die einer Katastrophe folgt, er hatte derlei noch nie gehört. Er versuchte, klar zu denken oder wenigstens an irgend etwas zu denken, aber es wollte ihm nicht recht gelingen. Schließlich machte er sich auf den Weg zum Busbahnhof, das war das einzige, was ihm noch zu tun blieb. Tennessee, dann New York, dann nach Hause.

Vor dem Busbahnhof setzte er sich auf eine Bank und sah die Wagen vorübergleiten. Sein Kopf war wie leergeblasen. Ich bin vielleicht müde, dachte er träge. Es liegt aber nicht an der Enttäuschung. Ich habe niemanden im Stich gelassen. Ich bin genauso, wie ich vorher gewesen bin. Ich bin nur müde. Ich habe einen langen Weg hinter mir. Es war sehr warm hier.

Nachdem er drei Gläser mit der reinen, weichen Flüssigkeit, die man Whisky nennt, getrunken hatte, erstanden die Figuren deutlicher vor seinem Auge. Ihre Gesichter waren fassbarer geworden, hatten Gestalt angenommen. Sie hatten aufgehört, über den Marsch zu diskutieren, er hatte keinen festen Standort, von dem er hätte ausgehen können. Alles, was er vorbrachte, schien nach moralinsaurer Besserwisserei zu klingen. Das aber entsprach nicht seinen ursprünglichen Intentionen. Er erinnerte sich an eine andere Demonstration, deren er Zeuge geworden war, in New York. Sie hatte vor gut einer Woche stattgefunden.

Jeden Nachmittag gegen fünf Uhr kamen vier Knaben ins Zentrum von Greenwich Village, packten ihre Klamotten aus und blieben drei Stunden auf dem Bürgersteig stehen. Sie bauten einen kleinen Stand auf, mit verbrannten Puppen, Übersetzungen der Werke von Mao und Ho Chi Minh, Dokumenten über den Vietnam-Krieg und einigen Plakaten. Drei Wochen lang erschienen sie jeden Tag an derselben Stelle. Nach einigen Minuten pflegten sich einige Menschen einzufinden, sie bildeten einen Kreis um den Stand, worauf die obligatorische Diskussion in Gang kommen konnte. Unzählige Male wohnte er diesem Schauspiel bei; der Ablauf war routinemäßig. Zuerst gab es eine Diskussion, dann Ärger, den vier Burschen wurden Prügel angedroht, einmal wurde einer von ihnen niedergeschlagen, dann kam die Polizei, es gab eine neuerliche Diskussion, Protokolle wurden aufgenommen, Flugblätter verteilt, es wurde von neuem diskutiert, die Polizisten fuhren wieder weg, und gegen Abend packten die vier ihre Sachen ein und fuhren nach Hause.

Er sah diesem Schauspiel oft zu und dachte, eigentlich habe ich Menschen noch nie so bewundert wie diese vier Burschen. Ihre Gefühle müssen schon nach den ersten Wochen abgestumpft sein, und jetzt bleibt ihnen nur eine unfassbare Sachlichkeit. Sie stellen sich hin, lassen sich als schwachsinnig und als rote Schweine beschimpfen, man spuckt sie an und schlägt sie auf die Schnauze, und danach gehen sie nach Hause und rechnen nach, wie viele Flugblätter sie haben verteilen können.

Obwohl eigentlich: wie konnte er völlig sicher sein, dass ihnen Tatsachen wichtiger waren als ihr eigenes Engagement? Immerhin, sie waren zu bewundern.

Und jetzt sollten sie hier in Oak Ridge essen und dann über andere Dinge diskutieren, und dann sollte er wieder nach Hause fahren: zu was heimkehren? Zu welchen Problemen? Wo sollte er anfangen? An welchem Ende sollte er welches Knäuel aufrollen? Ingrid kam mit einem Tablett voller Teller aus der Küche, sie sah immer noch sehr schwedisch aus, auf eine hilflose Weise, mit der er nichts Rechtes anzufangen wusste: Herrgott, dachte er, ich muss genauso aussehen wie sie, ebenso hilflos, obgleich ich mit einem dünnen Anstrich von etwas größerer Tüchtigkeit und klarer erkennbarer Moralität versehen bin. Was aber sollte er aufschneiden? Welche Beulen? Er hatte ja lange genug in seinen privaten Furunkeln herumgestochert, bis der Schmerz verschwunden und nur noch Genuss übriggeblieben war. Und jetzt?

Sie wollten auf dem Balkon essen. Er ging an die Brüstung und sah durch die Bäume in die Dunkelheit hinaus. Diese verdammte Hitze, dachte er. Sie macht mich stumpf und unsicher, lässt mich die falschen Dinge sagen. Unbeweglich sah er in die summende Dunkelheit hinaus. Hinter ihm loderte ein kleines Feuer auf, er hörte das zischende Geräusch bratenden Fleisches, bald würde das Essen fertig sein. Sie würden essen und gut zueinander sein, und bald würde alles vergessen sein, die Tage würden alle Wunden heilen, er würde keine Narben zurückbehalten, Sicherheit und Zuversicht würden wiederkehren, er würde das Gefühl der Verlorenheit eher interessant als erschreckend finden, in zunehmendem Maße sollte er dieses Gefühl formulieren und ihm dadurch jeden Schrecken nehmen. Er hatte bereits damit begonnen. »Es gibt eine Einsicht, die nur eine Ausdrucksform für Selbstmitleid und Apathie ist«, dachte er. Eine schöne Formulierung, sehr gut. »Eine Apathie, die einer allzu privaten Reaktion aus Furcht und Unverständnis entspringt« – das klang noch besser, obwohl etwas schwerfällig.

Dennoch wusste er, dass keine Formulierung je imstande sein könnte, die heftige und undeutliche Einsicht zu vernichten, die den Bodensatz seiner Erlebnisse bildete und ihn in seiner Eigenschaft als politisches Wesen von Grund auf verändern sollte. Das Feuer hinter ihm loderte spielerisch, das Schweigen war tief und summend, jemand kam von hinten auf ihn zu, stellte sich neben ihn an die Brüstung und sah in die Dunkelheit hinaus.

Er stand still da, ohne seine Gefühle länger zu formulieren, und hielt das Gefühl unerbittlich und schweigend fest, ein Gefühl, das ihn nie mehr ganz verlassen sollte.

Zehn Tage später war er wieder zu Hause. Er begann seine Arbeit in einer Bibliothek, ackerte sich durch die Oberflächenschicht des Sachverhalts. Und war gefangen. Jede Untersuchung hat einen Ausgangspunkt. Dies ist einer davon. Ein Beginn, die Auslieferung der Balten zu untersuchen.

4

Am 24. Mai 1945 wurde die Öffentlichkeit zum erstenmal über das Flüchtlingsproblem in Kenntnis gesetzt; der Chef des Verteidigungsstabs veröffentlichte die erste Verlautbarung, über die praktisch alle schwedischen Zeitungen berichteten, oft auf der ersten Seite. In diesem Bericht wird zum erstenmal festgestellt (abgesehen von Berichten der Lokalzeitungen), dass sich unter den internierten deutschen Soldaten auch Balten befinden. Der Bericht ist detailliert, er gibt eine Übersicht über die Entwicklung des Flüchtlingsproblems und informiert über die Zahl der Internierten. Es sind im Augenblick etwa 3200 Mann, die, überall in Schweden, in Lagern untergebracht sind.

Dem Bericht zufolge geht alles, von manchen Ausnahmen abgesehen, planmäßig und reibungslos vonstatten. »Es hat jedoch einige kleinere Zwischenfälle gegeben. Sie beruhen auf politischen Meinungsverschiedenheiten zwischen Reichsdeutschen, Österreichern, Sudetendeutschen, Polen, Esten etc. Es ist natürlich wünschenswert, dass die Internierten möglichst bald in ihre jeweiligen Heimatländer zurückgebracht werden. Insoweit kommt es hauptsächlich darauf an, dass das Außenministerium mit den Alliierten den Zeitpunkt und die Modalitäten des Transports vereinbart. Vermutlich lässt sich über diese Dinge keine Klarheit gewinnen, bevor eine interalliierte Kommission eingesetzt und eine endgültige Entscheidung getroffen worden ist.«

Von seiten des Verteidigungsstabs wird selbstverständlich kein Versuch unternommen, die Ausdrücke »in ihre jeweiligen Heimatländer zurückgebracht« oder »interalliierte Kommission« näher zu erläutern.

5

Hemse, den 2.6.1945. Hiermit verpflichte ich mich, Bilder aus dem Lager in Havdhem, die mir zur Entwicklung und Vergrößerung übergeben worden sind, weder einer allgemeinen Einsicht, irgendwelchen Zeitungen und Zeitschriften noch sonstwie der Öffentlichkeit zugänglich zu machen, da die betreffenden Photos für jeden aufrechten Schweden ohne jedes Interesse sind.

Hemse, wie oben
(Name)
Photograph
Schwedischer Patriot und Angehöriger der politischen Rechten

Die Bilder aus Havdhem sind sämtlich numeriert, 122 Stück, die Mehrzahl von ihnen zeigt gleiche Motive und ist daher ohne Interesse. Sie stammen aus der gesamten Zeit des Lageraufenthalts, also aus der Zeit vom 10. Mai 1945 bis zum 2. Oktober desselben Jahres. Fotograf: unbekannt.

Bild Nr. 3 zeigt einen Lagergottesdienst. Es ist am 13. Mai aufgenommen worden, also wenige Tage nach dem Waffenstillstand und unmittelbar nach der Errichtung des Lagers. Dieses ist das erste Bild aus dem eigentlichen Lagergebiet. Es zeigt eine große Zahl von Männern, die auf einer Wiese sitzen – etwa hundert. Links auf dem Bild steht ein Mann, der zu den übrigen zu sprechen scheint. Das Foto ist jedoch, ebenso wie die meisten anderen in dieser Havdhem-Kollektion, aus allzu großer Entfernung aufgenommen worden; die Figuren sind klein und sagen nichts aus, die meisten kehren dem Fotografen den Rücken zu, so dass die Gestalten zu einer verschwommenen grauen Masse verschmelzen. Gesichter und Gesichtszüge lassen sich nicht unterscheiden, der Ton des Bildes ist grau und unscharf. Überdies ist der Bildausschnitt falsch gewählt, so dass die Aufnahme zu einem großen Teil von der Wiese beherrscht wird. Im Hintergrund: ein niedriges Gebüsch.

Bild Nr. 12 zeigt den Lagereingang; Blickfang ist ein Wachposten, der rechts vom Eingang steht. Links kann man den rund ums Lager gezogenen Zaun deutlich erkennen. Die Pfähle sind etwa anderthalb

Meter hoch. Zwischen ihnen ist Stacheldraht in ungefähr einem Meter Höhe gespannt, fünfzig Zentimeter höher sieht man einfachen Draht. Wenn man sich bückt, sollte man ohne Mühe das Lager verlassen können.

Bild Nr. 36: Über dem Bild steht das Wort »Sprachunterricht«. Die Fotografie scheint aus einer Entfernung von etwa fünfundzwanzig bis dreißig Metern aufgenommen zu sein. An einer Barackenwand ist ein großes weißes Stück Papier mit den Ausmaßen drei mal ein Meter fünfzig angeschlagen. Davor steht ein länglicher Holztisch, an dem elf uniformierte Männer sitzen. Der zwölfte steht vor dem weißen Papierbogen und zeigt auf etwas, das sich aus dieser Entfernung nicht erkennen lässt. Auf der Erde wächst Gras. Die Figuren sind winzig, das Bild kleinformatig, die Tiefenschärfe schlecht. Zusammenfassend kann man sagen, dass dieses Foto irgendeine Sprachunterrichtsstunde im Internierungslager Havdhem im Sommer 1945 zeigt.

Bild Nr. 37: Eine perspektivische Aufnahme des Amphitheaters, das die Internierten von Havdhem im Sommer 1945 für sich selbst gebaut haben. Die Bühne ist leer, die Tribünen, die halbkreisförmig und steil aufragen, sind ebenfalls menschenleer, abgesehen von einem Mann, der über die Bänke geht und dem Fotografen zuzuwinken scheint.

Bild Nr. 38: Dasselbe Amphitheater am Abend. Eine Vorstellung ist gerade im Gange. Auf der Bühne stehen gemalte Kulissen, die eine Alpenlandschaft darstellen, davor steht ein Wirtshaus. Es scheint sich um ein Lustspiel zu handeln. Auf der Bühne stehen sieben Männer, zwei davon im Vordergrund. Die Aufnahme ist von der Mitte des Parketts aus gemacht worden.

Bild Nr. 72 ist eine Aufnahme aus dem Lagerlazarett. Man sieht drei Männer, zwei haben entblößte Oberkörper, der dritte, der in der Mitte steht, scheint ein Krankenpfleger zu sein. Er steht mit gesenktem Kopf da und scheint irgend etwas in der Hand zu halten, was er seinem Nebenmann zur Linken hinhält. Dieser lächelt in die Kamera. Im Hintergrund sieht man ein Fenster, durch das Licht hereinfällt, draußen scheint vielleicht die Sonne. Der Mann in der Mitte hat blondes, dünnes, nach hinten gekämmtes Haar und trägt einen Bart. Er legt offenbar gerade einen Verband oder ein Pflaster an. Im übrigen ist auf dieser Aufnahme nichts Bemerkenswertes zu sehen.

Bild Nr. 76: Essenfassen. Eine Reihe fröhlicher Gesichter, winkende Hände. Die Männer stehen Schlange.

Bild Nr. 106: Ein Fußballspiel. Vor einem der Tore eine verwickelte Situation, Tribünen aus Erde, etwa hundert Zuschauer.
Bild Nr. 107: Nackte Männer springen ins Wasser, das hoch aufspritzt. Das Bild vermittelt einen Eindruck von Lebensfreude, lauten Rufen, Sonne. Am Strand sind noch ein paar Männer, die sich gerade ausziehen. Das Bild ist vom Wasser aus aufgenommen worden, vermutlich von einem Boot; die Kamera ist genau auf den Strand gerichtet.
Bild Nr. 122: »Abmarsch nach Burgsvik«. Die Aufnahme zeigt einen großen Platz, im Hintergrund Baracken und ein paar Zelte. Auf dem Platz stehen Gruppen von Internierten in Reih und Glied. Sie tragen Gepäck. Links auf dem Bild erkennt man den hinteren Teil eines Busses. Die Qualität dieser Aufnahme ist die schlechteste der ganzen Sammlung. Das Bild ist offenbar am frühen Morgen aufgenommen worden. Es ist diesig oder leicht regnerisch, das Bild ist wie mit einem grauen Schleier überzogen.

Dies alles befindet sich noch im Archiv des Lagerchefs; dort ist außerdem noch, unter vielen anderen Dingen, ein rechteckiger Zettel mit einer Langseite von etwa fünfzehn Zentimetern. In den Ecken sieht man kleine Löcher von Reißzwecken oder Stecknadeln. Der Zettel kann von einer Anschlagtafel oder einem Schwarzen Brett stammen. Der Text ist in deutscher Sprache abgefasst:
»Kameraden!! Bereitet der uns freundlich gesinnten schwedischen Bevölkerung keine Schwierigkeiten politischer Art. Entfernt deshalb alle Hoheits- und Rangabzeichen.«
Der Zettel ist handgeschrieben, mit Tinte. Die Handschrift ist senkrecht, kräftig und sehr charakteristisch; eine Unterschrift fehlt. Es ist nicht schwer, im nachhinein den Urheber ausfindig zu machen: Dr. Elmars Eichfuss-Atvars.
Die Vorgeschichte ist folgende.
Die erste Zeit in Schweden muss für die Soldaten sehr überraschend gewesen sein mit ihren pastoralen Farben, der kleinbürgerlichen Lageratmosphäre, der Haltung des Wachpersonals und der reichlichen Nahrung. »Das Regime war mild«, schrieben sie später in ihren Briefen, und das Regime war in der Tat mild. Sie konnten Ausflüge machen, Pilze sammeln und Spaziergänge unter höchst unzulänglicher Bewachung unternehmen: sie waren ja nur in einem Durchgangslager, in dem sie auf den Transport nach Westdeutschland oder auf die

Freilassung warteten. Dieser Sommer auf Gotland war sehr schön; sie spielten Fußball, bauten ein Freilichttheater, sie arbeiteten an einem Sportplatz, und mit diesen Beschäftigungen ging der Frühsommer dahin, ohne dass jemand einen Fluchtversuch unternommen hätte, obwohl dies sehr leicht gewesen wäre.

Aber bald nach ihrer Ankunft im Lager begannen die ersten Unruhen. Anlässe gab es genug. Einige Deutsche waren allzu früh, am 4. und 5. Mai, von der Ostfront nach Gotland geflohen. Nachdem sie aus der deutschen Armee desertiert waren, und als zwischen dem 9. und dem 14. Mai der große Flüchtlingsstrom ins Lager kam, gab es sogleich Zusammenstöße. Die Deserteure wurden unverzüglich vor ein improvisiertes Lager-Kriegsgericht gestellt und schnell zum Tode verurteilt: es gelang der schwedischen Lagerleitung jedoch, die Hinrichtungen zu verhindern. Diese Ereignisse hatten zur Folge, dass im Lager das erste Sonderlager eingerichtet wurde: das Lager für die Deserteure. Sie wurden später in den Lagerlisten unter dem Buchstaben D zusammengefasst, sie wurden zu anderen Zeiten verpflegt als die übrigen, kamen nie mit den anderen Soldaten in Berührung. Sie lebten in einer Welt für sich. Später kamen noch andere Konflikte hinzu: zwischen Deutschen und Österreichern, Deutschen und Polen, Deutschen und Balten, zwischen Offizieren und Mannschaften; mitunter gab es auch, obwohl dies außergewöhnlich und aufsehenerregend war, ideologische Konflikte. Die ideologische Struktur der Truppe war noch weitgehend intakt, es waren Elitetruppen, die nach Schweden gekommen waren, viele SS-Angehörige waren hier, und eine echte Opposition gegen den Nazismus gab es nicht.

Oft fragten sie die Schweden, was aus ihnen werden solle. Schon Ende Mai wurden die ersten Anfragen an den Verteidigungsstab gerichtet: Anfragen, die die Rechtsstellung der Lagerinsassen betrafen. Am 20. Juli kam vom Verteidigungsstab eine schriftliche Antwort, die dem Vertrauensmann der Internierten zu deren Orientierung mitgeteilt wurde. Dieser Bescheid ist heute eine Geheimakte. Die damalige Reaktion der Lagerinsassen war jedoch klar: »Diese Nachricht übte auf die Stimmung im Lager einen beruhigenden Einfluss aus.«

Eichfuss wurde unmittelbar und ohne Diskussion der Sprecher der Balten. Er sprach ein ausgezeichnetes Deutsch. Im Verlauf weniger Stunden gewann er das Vertrauen der schwedischen Lagerleitung, er wohnte mit den Balten zusammen, konnte sich aber auffallend ungehindert bewegen. Vom Vertrauensmann der Deutschen wurde er zur Mitarbeit an der Lagerzeitung herangezogen, und obwohl der baltische Teil des Lagers bald zu einer gesonderten Abteilung gemacht wurde, nochmals eingezäunt und von Sonderposten bewacht, konnte Eichfuss sich ungehindert bewegen. Anfang Juni stand er an der Spitze einer Aktion, die sich gegen das Essen, vor allem gegen das allzu süße Brot richtete: er verließ das Büro des schwedischen Lagerchefs als Sieger und mit neuer Autorität.

Auf allen noch vorhandenen Fotos unterscheidet er sich von den anderen Soldaten auf markante Weise.

Seine Kleidung hat keinen Uniformcharakter. Er hat ein Hemd an und eine Krawatte, darüber ein etwas gröberes Hemd, das er in die Hose gesteckt hat. Er trägt einen breiten Ledergürtel. Er macht einen höchst zivilen Eindruck, hat einen Bart und trägt niemals einen Hut.

Am 2. Juli 1945 wurde der Hauptteil des baltischen Kontingents in das Martebo-Moor geschickt, um während des Sommers Torf zu stechen. Drei Tage später kehrten sie jedoch alle zurück.

Sie kamen am Abend des 2. Juli in Martebo an. Sie trugen deutsche Uniformen. Durch »ein Versehen« brachte man sie direkt zu den Unterkünften der schwedischen Arbeiter. Die Busse fuhren vor den Baracken vor, die Schweden standen an den Fenstern und vor den Türen und sahen zu, wie die Soldaten ausgeladen wurden. Die Stimmung unter den Internierten war gut. Gegen 19 Uhr traten die schwedischen Arbeiter zu einer Beratung zusammen, sie schlossen sich in einer Kantine ein und kamen nach einer Stunde mit einer Resolution heraus. Sie erklärten, dass die Internierten Nazis seien, dass sie keine Lust hätten, mit Nazis zusammenzuarbeiten und dass sie sofort kündigen würden, falls die Internierten nicht gleich wieder entfernt würden.

Die Resolution wurde einem der Ingenieure der Slite Cement AG, Walter Wredenfors, übergeben. Er las das Papier und bat für den kommenden Morgen Vertreter aller Beteiligten zu einer Besprechung. Anwesend waren ein schwedischer und zwei deutsche Offiziere, zehn schwedische Arbeiter, der schwedische Ingenieur sowie Elmars Eichfuss-Atvars.

Eichfuss hielt eine Rede, die simultan übersetzt wurde. Er sprach von den lettischen Internierten als Patrioten und von ihrem Antinazismus. Die Rede dauerte fünfzehn Minuten. Alle saßen still da und sahen ihn unentwegt an. Eichfuss selbst machte einen ruhigen und gelösten Eindruck; er sprach mit fester Stimme und blickte seine Zuhörer mit seinen klaren, hellblauen Augen an. Seiner Rede hatte keiner der schwedischen Arbeiter irgend etwas hinzuzufügen. Sie waren bereit, die lettischen Mitarbeiter zu akzeptieren.

Die Zusammenkunft war um 9 Uhr zu Ende. Wenig später kam vom Militärbefehlshaber auf Gotland die Weisung, die Balten wieder nach Havdhem zurückzubringen: man hatte ihm über den Zwischenfall berichtet.

Eichfuss stand neben dem Bus und sah den Vorbereitungen zum Abtransport ruhig zu. Er war guter Laune und unterhielt sich freundlich mit dem schwedischen Offizier, der die Rückfahrt zu überwachen hatte.

– Das war eine ausgezeichnete Rede, hob der Offizier hervor. Sie hat großen Eindruck gemacht, die Stimmung schlug ja fast sofort um.

– Das war sehr leicht, erwiderte Eichfuss ernst. Ich habe nur die Wahrheit gesagt, wie ich es immer zu tun pflege. Sonst würde es sehr schwierig sein, bei einem widerstrebenden Auditorium einen Umschwung herbeizuführen. Manche haben diese Kunst allerdings meisterhaft beherrscht. Marx zum Beispiel wurde im Revolutionsjahr 1848 verhaftet und angeklagt, weil er zum Aufruhr angestiftet haben sollte. Ich glaube, das war in Köln. Bei seiner Vernehmung vor Gericht nutzte er die Chance, in einer langen und ausführlichen Rede über die ökonomische und soziale Situation in Deutschland und dem Ausland zu sprechen. Der Vorsitzende dankte ihm in aller Öffentlichkeit für seine interessante und instruktive Vorlesung, die dem Gericht von großem Nutzen gewesen sei. Ein recht unerwartetes Ergebnis, nicht wahr?

– Allerdings, sagte der Offizier.

– Außerdem wurde er selbstverständlich freigesprochen, fügte Eichfuss hinzu.

– Darüber, sagte der schwedische Offizier steif, weiß ich nichts. Aber Eichfuss war schon dabei, in den Bus zu klettern. Die Balten kamen am selben Abend wieder in Havdhem an.

Für interne Mitteilungen gab es im Lager ein Schwarzes Brett. Am nächsten Morgen ging Eichfuss mit einem Zettel dorthin, einer Mitteilung, die mit Tinte geschrieben war, in seiner charakteristischen gespreizten Handschrift, aber keine Unterschrift trug.

Seine Aufforderung wurde noch am selben Tag von allen gelesen, und am Abend trafen sie sich zu einer Debatte darüber. Eichfuss hatte die Jüngeren auf seiner Seite, die gern alle Rangabzeichen entfernen wollten, aber die Offiziere brachten diesem Ansinnen nur völliges Unverständnis entgegen.

Es war ein sehr warmer Sommer mit viel Sonne und frischer Luft. Außerdem war Friede in der Welt. Dies alles ist ein Bestandteil des Gesamtbildes: wie kleine Zwischenfälle immer größer werden und sich schließlich zu einer großen Krise auswachsen. Es kommt aber noch etwas anderes hinzu. Die Lagerinsassen müssen gemerkt haben, wie etwas angeflogen kam, allmählich und unmerklich, ein kühler Windhauch, eine schleichende Krankheit, eine Pest, die sie unverschuldet traf. Sie merkten plötzlich, dass ihre Popularität außerhalb des Lagers nicht groß war und dazu noch abzunehmen schien. Sie empfanden diesen Stimmungsumschwung als kalten Wind, und über ihre Gespräche mit den schwedischen Offizieren zu diesem Thema sollten sie später noch oft berichten. Über ihre Versuche, ihre delikate Stellung in der schwedischen Öffentlichkeit zu erklären. Dies waren der Frühling und der Sommer der entdeckten Konzentrationslager, der Sommer, in dem Europa mit Bildern von Gaskammern und Leichenhaufen überschwemmt wurde. Es war ein warmer, trockener und ruhiger Sommer mit vielen Bildern in den Zeitungen und Zeitschriften. Diese Tatsache darf nicht unerwähnt bleiben.

Eichfuss hielt noch eine weitere Rede. Er sagte, dass es sehr wichtig sei, dass die Balten sich keine politischen Ungelegenheiten bereiteten. Die meisten stimmten mit seinen Ansichten überein. Sie entfernten ihre Rangabzeichen, die SS-Zeichen und -Embleme, und am nächsten Tag sah die schwedische Lagerleitung, was geschehen war.

Über den weiteren Verlauf der Dinge gibt es mehrere Versionen. Die folgende stellt einen Querschnitt durch alle dar.

Der schwedische Lagerchef zu jener Zeit war ein Mann namens Lindeborg. Er befahl den Balten, ihre Rangabzeichen sofort wieder anzunähen, aber nur ein knappes Drittel kam seiner Forderung nach. Die übrigen erklärten, sie hätten sie verloren. Unterstützt wurden sie von Eichfuss, der heftig agitierte und erklärte, der schwedische Lagerkommandant habe kein Recht, solche Befehle zu erteilen.

Am 10. Juni bestellte Lindeborg Eichfuss zu sich in sein Büro. Das Gespräch dauerte eine Stunde; danach kamen beide heraus, und Lindeborg ließ sämtliche Balten antreten. Es war ein schöner Tag, keine Wolke am Himmel, die Sonne brannte; die Balten traten vor ihren Zelten in der »Sonderabteilung« des Lagers an. Dort wuchs kein Gras mehr, der Boden war sandig, und Staubwolken wirbelten hoch. Es war Mittagszeit und sehr heiß. Die Rede des Lagerchefs war sehr kurz. Er stellte fest, dass Eichfuss gegen die Regeln der Disziplin verstoßen habe. Seine beständige Agitation habe dazu geführt, dass er sich mit sofortiger Wirkung nicht mehr als Sprecher der Balten gegenüber der Lagerleitung betrachten könne. Er fragte, ob Eichfuss verstanden habe. Dieser, der recht weit hinten stand, antwortete sofort mit Ja, worauf sich die meisten umwandten und ihn ansahen. Lindeborg erklärte, in Zukunft werde Oberstleutnant Gailitis Vertrauensmann der Balten sein, das Mandat sei also mit sofortiger Wirkung auf ihn übergegangen. Darauf kommandierte Lindeborg »Rührt euch!«

Das alles mochte höchstens fünf Minuten gedauert haben.

Es war noch Mittagszeit und lange hin bis zur nächsten Mahlzeit. Eichfuss ging sofort in sein Zelt, ohne mit jemandem zu sprechen. Als die anderen nachkamen, saß er schon auf seinem Bett und zog sich die Schuhe aus. Dann legte er sich aufs Bett und steckte seine Pfeife in den Mund, die er aber nicht anzündete. Er lag still und starrte in die Luft. Die anderen sprachen nicht mit ihm, zwinkerten einander aber vielsagend zu und gingen dann wieder ins Freie. »Er war kein guter Verlierer, deshalb haben wir nichts gesagt.«

Nur einer blieb, ein Soldat von etwa zwanzig Jahren. Eichfuss unterhielt sich öfter mit ihm; er sprach lieber mit den jüngeren Soldaten als mit den älteren Offizieren, die ihn entweder nicht ausstehen konnten oder aber Freunde hatten, die ihn hassten. Der junge Mann setzte sich vor Eichfuss hin, zündete eine Zigarette an und sagte:

– Da siehst du mal, wie es einem gehen kann. Jetzt haben sie dich ganz schön fertiggemacht, was? Jetzt ist es aus mit dem freien Herumlaufen.

Eichfuss sagte nichts, bewegte sich nicht, steckte seine Pfeife nicht an, sondern sah nur mit seinen klaren, hellblauen, tiefliegenden Augen an die Zeltdecke.

– Jetzt hast du nichts mehr zu melden, sagte der andere.

Er erinnert sich, wie Eichfuss zu lächeln begann, immer breiter und immer amüsierter, und dann sagte:

– Du bist zu ungeduldig. Wir haben erst Juni.

Am 15. Juli betrat der stellvertretende Lagerkommandant das Lagerbüro, ließ sich an seiner Schreibmaschine nieder und sagte:
– Aus diesem Eichfuss werde ich nicht schlau. Wenn ich mit den Deutschen spreche und er in der Nähe ist, stellt er sich gern als deutschen Offizier hin, und niemand widerspricht. Sonst ist er immer ein lettischer Freiheitskämpfer. Er führt ständig Zitate von Marx und Lenin im Munde, heute aber kam er mit einem bemerkenswerten Zitat aus »Mein Kampf« an. Es hatte irgend etwas mit der Empfänglichkeit der Menschen für Propaganda zu tun: Hitler soll gesagt haben, dass es unzweckmäßig sei, einen Menschen am Vormittag beeinflussen zu wollen, dagegen sehr empfehlenswert, Begegnungen zur Abendzeit zu arrangieren. Abends sollen Menschen »für einen stärkeren Willen empfänglich« sein, wie er sich ausdrückte. Kann das stimmen?
– Fragen Sie keinen einfachen Sergeanten, erwiderte dieser.
Der Leutnant blätterte gedankenvoll in der Kartei.
– Zum Zeitpunkt der Registrierung waren die Brüder nicht sehr redselig, sagte er. Elmars Eichfuss-Atvars. Geboren in Riga. Anschrift Widzemes 225[11]. Die Frau heißt Leontine. Wohnt in Pommern. Pommern? Warum zum Teufel wohnt sie in Pommern? Er hat als Gefreiter einer Stabsabteilung gedient. Arzt. Was ist das eigentlich, »Gefreiter«?
– Korporal, sagte der Sergeant. Oder Sergeant, ich weiß es nicht genau.
– Sie fassen sich reichlich kurz, wenn sie hierherkommen, fuhr der Leutnant fort. Wir wissen wirklich nicht viel über sie. Hören Sie mal zu. Peter Ziemelis. Leutnant der SS in Ventspils. Ventspils? Liegt das nicht am Meer? Was hat ein SS-Leutnant am Meer zu suchen gehabt? Hätte er nicht an der Front sein sollen?
– Sie werden wohl auch hinter der Front ihre Probleme gehabt haben.
Die Dokumente aus dem Lager sind voller Bemerkungen, nachlässig hingeworfener Andeutungen, Fakten, Erklärungen, Befehle, Namen, Daten. Über die Zeit vor der Ankunft der Flüchtlinge, über die Kriegsjahre und über Lebensläufe einzelner findet sich jedoch fast nichts. Alle, ohne Ausnahme, haben es vermieden, über diese Zeit zu sprechen, die Angaben sind lakonisch oder ausweichend, mitunter sogar offenkundig falsch oder absurd. Das gilt für Deutsche wie für Balten.
In den Namenlisten werden manchmal kleine Versuche gemacht, die Internierten zu charakterisieren; irgend jemand von der schwedischen

Lagerleitung hat hier die Feder geführt. Mitunter beschränken sich die Angaben auf ein einfaches »D« für Deserteur; der einzige Balte unter ihnen ist Johannes Indress. Mitunter sind die Angaben auch persönlicher, klarer. »Netter Kerl« oder »Sadist« oder »tüchtiger Mechaniker«. Über Oberstleutnant Gailitis, den neuen Vertrauensmann der Balten, ist nur vermerkt: »Hat in Stutthof Dienst getan« und dahinter, in Klammern, »(Konz.-Lag.)«.

Eichfuss hingegen ist mit einer sprechenderen Anmerkung bedacht worden, die mit einem dicken, wütenden Strich betont wird. Hinter seinem Namen steht: »Echter Lümmel, Intrigant, falscher Fuffziger«.

6

»Man darf nicht vergessen, dass früher ein anderer Geist geherrscht hat.«

Im April 1945 betrug die Zahl der Flüchtlinge in Schweden 104 682, von denen 36 154 Balten waren. Zum Hintergrund der Auslieferung der Balten gehört auch die Haltung, die man Flüchtlingen früher entgegengebracht hatte. Es waren also 104 682 Personen, eine recht beachtliche Zahl. Im Mai 1945 hielten sich insgesamt 195 000 Ausländer (also nicht nur Flüchtlinge) in Schweden auf.
    Praxis, Flüchtlingspolitik. Hintergründe. Die Hintergründe sind sehr wichtig: es kommt darauf an, welchen man wählt.

Es standen viele Hintergründe zur Auswahl. Nach kurzer Zeit bereits schien der Untersucher mit einer Art von Karteikartensystem dazusitzen, mit austauschbaren Hintergründen und auswechselbaren Kulissen, die man je nach Laune, Stimmung, politischer Couleur, Gereiztheit hier- oder dorthin setzen konnte. Mit jedem Tausch, bei jedem Versuch, einen Zusammenhang zu erkennen, glaubte er, ein weiteres Leck in den Kahn der Exaktheit zu schießen. Vor ihm wuchs ein Berg von Zetteln, Andeutungen, Fakten, Widersprüchen und Bildern; die Bilder zogen an seinem Auge vorüber, es gab keinen festen Zusammenhang, die ganze Affäre erschien launisch und chaotisch, es war zwecklos, Muster und Interdependenzen erkennen zu wollen. Zugleich wusste er ja, dass vieles an seiner eigenen Trägheit lag, an seiner Unfähigkeit, an mangelnder Intelligenz, fehlender Übersicht, Unerfahrenheit, an seiner mangelnden Ausdauer. Es sind die Faulen und Unfähigen, die die Welt als Chaos erleben, sagte er zu sich selbst. Ständig versicherte er sich selbst, dass es möglich war, dieses Puzzle-Spiel zu vollenden, vielleicht nicht in einem Menschenalter, aber von vielen Menschen, von denen jeder einen Ausschnitt bearbeitete. Das würde schließlich das Grundmuster sichtbar machen und eine Plattform schaffen, auf der irgend jemand sicher würde stehen können.

Das versicherte er sich täglich aufs neue, aber nachts konnte es dennoch geschehen, dass er im Halbdunkel des Schlafzimmers lag und zum Fenster schaute, wo die Schatten tanzten und das Licht kam und ging. Ihm kam dann auch die Erkenntnis, dass er eigentlich gar nicht am Ergebnis interessiert war, sondern nur an der Arbeit, am Weg zur Erkenntnis, dem Arbeitsmodell. Ja, vielleicht doch: er veränderte sich allmählich, es gab da noch etwas anderes: nicht nur ein Resultat, nicht nur ein Arbeitsmodell, sondern auch eine Nähe. Er vermochte es nie, dieses Wort in begriffliche Termini zu übersetzen, deshalb gebrauchte er es so, da es ein ausgezeichneter Schutz für sein Gefühl und seine Einsichten war, die noch zu empfindlich zu sein schienen.

Eine Zeitlang las er einige jener großartigen und sachlichen zeitgenössischen Romane, die unter dem Namen »Öffentliche Untersuchungen staatlicher Kommissionen« bekannt sind; besonders zu einem dieser Romane kehrte er immer wieder gern zurück. Es handelte sich um eine Denkschrift über die Behandlung von Flüchtlingen während der Kriegsjahre. Die Kommission war im Januar 1945 eingesetzt worden und hatte das Ergebnis 1946 vorgelegt, einen Wälzer von genau fünfhundert Seiten.

In diesem Bericht war weder von zivilen noch von Militärbalten etwas zu lesen, diese Frage wurde nicht einmal gestreift. Ein Stück des Puzzle-Spiels war hier aber doch zu finden, oder eher: ein möglicher Hintergrund.

Die Untersuchung befasste sich mit der Behandlung der Flüchtlinge durch schwedische Behörden während des Kriegs. Dieser Band war nur mit den Schicksalen der falsch Behandelten gefüllt, er bot eine Übersicht über die Ungerechtigkeit, vermittelte aber kein Bild der Großzügigkeit, die man oft genug hatte walten lassen. Hier fanden sich nur die Geschichten der ungerecht oder ungesetzlich Behandelten, der willkürlich Ab- oder Ausgewiesenen.

Streckenweise war dies eine halluzinatorische Lektüre, da er ja wusste, dass dies alles sich in einem luftleeren Raum abgespielt hatte, in völligem Schweigen, ohne Meinungsstürme oder Proteste. Da waren zunächst die Juden.

Im Jahr 1937 waren Kenner des Ausländergesetzes zu dem Schluss gekommen, dass man zu den politischen Flüchtlingen nicht auch jene Personen zählen könne, die »auf Grund ihrer Rasse oder aus anderen Gründen in ihren Erwerbsmöglichkeiten beschränkt sind oder sich in ihren Heimatländern unwohl fühlen«. Diese Feststellung wurde zwei Jahre nach der Verabschiedung der Nürnberger Gesetze getroffen, deren Bedeutung allen klar war. 1938 wurden die Einreisebestimmungen weiter verschärft. Deutsche Juden hatten seit dem 5. Oktober 1938 ein eingestempeltes rotes »J« in ihren Reisepässen. Am 27. Oktober 1938 teilte das schwedische Außenministerium in einem Rundschreiben mit, dass Personen mit J-Pässen grundsätzlich nicht mehr einreisen dürften, »es sei denn, die zuständigen schwedischen Behörden würden eine Einreise solcher Personen nach Prüfung der Umstände für angezeigt halten«. In dem Rundschreiben hieß es weiter: »In Zweifelsfällen dürfen ohne Ermächtigung durch das Außenministerium keine Einreisedokumente ausgestellt werden.« Im Herbst 1941 wurden die Beschränkungen etwas gelockert, was kein Risiko mehr bedeutete, da die Juden in Deutschland nicht mehr ausreisen durften. Die Untersuchungskommission konnte nur bedauernd feststellen, »dass der Umschwung in der schwedischen Flüchtlingspolitik leider zu spät gekommen ist«.

Aber auch in jenem Herbst waren die Zahlen eigenartig sprechend. In einem Herbstmonat des Jahres 1941 wurden hundertsiebzig Anträge auf Einreisevisa für Juden gestellt, von denen zweiundfünfzig genehmigt wurden. Die ablehnenden Bescheide entsprachen den gesetzlichen Bestimmungen.

Erst die Betrachtung der Einzelfälle verschafft ein deutlicheres und informatives Bild.

Ein polnischer Jude beantragte im November 1939 die Einreisegenehmigung nach Schweden. Er befand sich in einer höchst bedrängten Lage, sein einziger Sohn war wenige Wochen zuvor in ein KZ gebracht worden. Jetzt fürchtete er auch um sich selbst und wollte nach Schweden kommen, wo er eine Tochter hatte. Sein Gesuch wurde nach Anhörung der Sozialbehörde vom Außenamt abgelehnt. Wenig später wurde auch er in ein KZ gebracht und getötet: sein Fall war gelöst. Eine jüdische Ärztin aus Berlin suchte im September 1939 um die Einreisegenehmigung nach Schweden nach, wo sie allerdings nicht bleiben, sondern von hier bald in ein anderes Land weiterreisen wollte. Das Gesuch wurde abgelehnt. Im Januar 1940 versuchte sie es von neuem. Die Sozialbehörde riet ab, und das Außenministerium lehnte wiederum ab. Sie wurde später in einem KZ umgebracht. Ein zwölfjähriges Mädchen aus Nürnberg beantragte im November 1939 die Einreisegenehmigung nach Schweden. Ihr Gesuch blieb in irgendwelchen Aktenschränken liegen. Am 3. April 1941 versuchte sie es wieder; die Sozialbehörde befürwortete ihren Antrag, aber »im Außenministerium wurde ihr Antrag nach Aktennotiz des Legationsrats Hellstedt vom 2. Juli 1941 zu den Akten gelegt«. Am 6. August wurde das Gesuch des Mädchens vom Außenamt endgültig abgelehnt. Das Mädchen wurde deportiert und umgebracht. Eine Frau jüdischer Herkunft hatte ihren einzigen Bruder in Schweden, er war schwedischer Staatsbürger und stellte für sie den Antrag auf Einreiseerlaubnis. Er tat es im Oktober 1939, im Februar 1940 (wobei er besonders die Gefahr einer bevorstehenden Deportation hervorhob) und im Juni 1940: sämtliche Gesuche wurden abgelehnt, der letzte Antrag sogar schon nach zwei Tagen. Diesmal hatte man darauf verzichtet, die Sozialbehörde anzuhören. Der Bruder stellte im November 1940 einen weiteren Antrag; in seinem Brief berichtete er, dass die Juden in weiten Teilen Deutschlands abtransportiert und in KZs gebracht würden. Das Außenministerium lehnte vier Tage später ab. Er stellte im März 1941 einen neuen Antrag, in dem er noch ausführlicher wird: er erzählt von Deportationen von Juden in Baden, Stettin und Wien. Aber auch dieses Gesuch wurde schnell abgelehnt. Im September kam das letzte Gesuch. Nun konnte er mitteilen, dass seine Schwester seit drei Monaten in einem Konzentrationslager sitze, dass aber dennoch eine winzige Hoffnung bestehe, sie freizubekommen. Im Oktober 1941 wurde der Antrag endlich genehmigt, aber es war selbstverständlich schon zu spät. Die Schwester starb am 1. Juni 1942 im Konzentrationslager Ravensbrück. Todesursache: »Lungenentzündung«.

Die Fälle schienen endlos.

Ein jüdisches Ehepaar aus Berlin suchte im Dezember 1940 um Einreisegenehmigung nach. Eine Tochter lebte in Schweden, ein Sohn war 1938 in ein KZ gebracht worden, hatte aber fliehen können. Geld für den Aufenthalt in Schweden war genügend vorhanden. Die Sozialbehörde riet ab, das Außenministerium lehnte ab. Im Juni 1941 kam ein neues Gesuch, das wiederum abgelehnt wurde. Ein drittes Gesuch im September 1941 fand endlich Gehör, aber auch in diesem Falle kam die Genehmigung zu spät: die Eheleute konnten Deutschland nicht mehr verlassen. »Die Widerstandskraft des Ehemanns G. verfiel zusehends, und er starb im Oktober 1942. Im Januar 1943 wurde seine Frau nach Osten abtransportiert. Die Tochter hat keine Hoffnung mehr, dass die

Mutter noch am Leben ist.« Die Tochter ist weiter – offenbar in einem Anfall unberechtigten Misstrauens gegenüber dem guten Willen der schwedischen Behörden – der Ansicht, dass die schließlich erteilte Einreisegenehmigung nicht ernst gemeint gewesen sei: »zu dieser Zeit wussten die schwedischen Behörden sehr gut, dass es Juden nicht mehr erlaubt war, Deutschland zu verlassen.« Im März 1940 baten zwei jüdische Eheleute um die Einreiseerlaubnis. Abgelehnt. Im Oktober 1941 versuchten sie es von neuem, wobei sie darauf hinwiesen, dass ihre Deportation unmittelbar bevorstehe. Nach diesem Gesuch im Oktober 1941 wurde die Genehmigung schließlich erteilt, allerdings unter der Bedingung, dass die Eheleute sich verpflichteten, »in ein anderes Land« weiterzureisen. Es war aber schon zu spät, sie bekamen keine Ausreisegenehmigung mehr und wurden ins KZ Theresienstadt gebracht. Danach hat niemand mehr von ihnen gehört.

In diesen Berichten waren alle Menschen anonym, sie waren *Fälle*, die mit Buchstaben gekennzeichnet wurden. Es gab aber auch Ausnahmen, so im Falle des jüdischen Medizinprofessors Ernst Neisser. Seine Ehefrau war schwer nervenkrank, und er wollte sie nicht verlassen. Er reiste mit ihr in Deutschland von Stadt zu Stadt, »damit sie so wenig wie möglich von allem Bösen, das sie umgab, Kenntnis erhielt«. Im Oktober 1941 nahm sie sich das Leben. Einige Wochen später suchten schwedische Freunde Neissers um die Einreiseerlaubnis für ihn nach. Die Antwort war nein. Im Februar 1942 versuchten sie es von neuem, diesmal mit einer imponierenden Reihe von Referenzen schwedischer Wissenschaftler. Die Antragsteller baten um eine möglichst rasche Erledigung des Falles. Das Gesuch wurde aber laut Aktennotiz von Legationsrat Hellstedt am 5. Mai 1942 »ad acta« gelegt. Hellstedt fügte noch mit Bleistift hinzu: »Nächster Verwandter ein Vetter (Flüchtling) in Schweden. Es ist nichts Neues vorgebracht worden, deshalb ist eine erneute Rückfrage bei der Sozialbehörde unnötig. Es erscheint auch höchst unwahrscheinlich, dass N. von einer Deportation bedroht ist. Gesuch ist zu gegebener Zeit abzulehnen.« Im September wurde ein neuer Antrag gestellt, der vom Außenministerium genehmigt wurde. Es war aber zu spät, Prof. Neisser erhielt keine Ausreisegenehmigung aus Deutschland. In der Nacht zum 4. Oktober 1942 beging er Selbstmord. Legationsrat Hellstedt hat der Kommission gegenüber angegeben, dass die Angelegenheit dem Außenminister, Herrn Günther, vorgetragen worden sei. Wann dies geschah, weiß niemand, ob im

Oktober 1941 oder im Februar 1942. Im Untersuchungsbericht finden sich keine weiteren Angaben.

Hinter jedem Fall stehen die lakonischen Kommentare der Untersuchungskommission: die freundliche, diskrete Art von Beamten, Kollegen für bedauerliche kleine Missgriffe Rüffel zu erteilen. »Es erscheint verwunderlich, dass.« »Es erscheint bemerkenswert, dass.« Renate J., Jüdin, 1922 in Breslau geboren, verheiratet mit dem »arischen« Schriftsteller Jochen Klepper. Im Oktober 1941, als die Lage der Juden in Deutschland unerträglich geworden war, suchten sie um die Einreiseerlaubnis nach Schweden nach. Eine Stellung in Schweden war schon in Aussicht, Geld genügend vorhanden. Die Sozialbehörde meldete Bedenken an, woraufhin das Außenministerium ablehnte. Am 26. November 1941 unternahmen sie einen neuen Versuch. In Deutschland war höheren Orts angedeutet worden, dass die Ausreise genehmigt würde, falls die Schweden ihr Plazet gäben. Daraufhin lehnte das Außenministerium sofort ab, ohne zuvor die Sozialbehörde befragt zu haben. Schwedische Freunde des Ehepaares unternahmen am 10. Dezember 1941 einen letzten Versuch. Bevor über das Gesuch entschieden worden war, wurde bekannt, dass die Eheleute Klepper sich in der Nacht zum 11. Dezember das Leben genommen hatten. Die Angelegenheit hatte sich also »von selbst erledigt«.

Auch hier erschien es der Kommission »verwunderlich, dass« und so weiter.

Die Listen schienen quälend lang. Was Zurückweisungen an den Grenzen betraf, so hatte die Sozialbehörde am 27. Oktober ein geheimes Rundschreiben an alle Grenzkontrollstellen des Landes verschickt. Darin wurde festgestellt, dass alle Inhaber deutscher oder österreichischer Pässe mit einem eingestempelten »J« Emigranten, mithin zurückzuschicken seien, »es sei denn, sie sind im Besitz von Aufenthaltsgenehmigungen oder gültigen Einreisevisa«. Die in dem Untersuchungsbericht aufgegriffenen Fälle waren aber nur diejenigen, die der Kommission bekanntgeworden oder ihr gemeldet worden waren. Wie viele mochte es sonst noch geben? Wie viele Menschen hatten 1945 ein Rechtsgefühl und einen Hass, die stark genug waren, die Behörde anzuzeigen, die es einmal abgelehnt hatte, das Leben ihrer Angehörigen zu retten?

Am 27. August 1939 kamen sechzehn jüdische Flüchtlinge nach Utö; einige von ihnen waren schon seit Jahren auf der Flucht, von

Land zu Land, ohne dass eines bereit gewesen wäre, sie aufzunehmen: Sozialdemokraten, die vor den Deutschen geflohen waren, einige hatten direkte Auseinandersetzungen mit der Gestapo hinter sich. Die schwedischen Behörden verhörten sie rasch und schickten sie nach Riga zurück, wo die meisten ins Gefängnis wanderten. Dort blieben sie vorübergehend, wurden dann ausgewiesen. Die Gruppe zerstreute sich; einige verschwanden mit unbekanntem Ziel, einige versuchten wiederum, nach Schweden zu fliehen. Diesmal hatten sie sich in den Kohlebunkern einiger Schiffe versteckt. Die schwedischen Behörden verhafteten sie und schickten sie wieder nach Lettland zurück. Damals waren die baltischen Staaten noch frei; in Lettland herrschte die faschistische Ulmanis-Diktatur. Zwei Letten, ein Arzt und ein Dozent, haben der Kommission folgendes mitgeteilt: »Den im Jahre 1939 in Lettland geltenden gesetzlichen Bestimmungen zufolge konnte die Polizei auf administrativem Wege Personen, die sich illegal im Lande aufhielten, bis zu sechs Monaten in Gewahrsam halten. Dagegen gab es zu jener Zeit keine Konzentrationslager im Lande. F. und G. hätten nach ihrer Rückkehr nach Lettland vermutlich mit einem Gefängnisaufenthalt von nicht allzu langer Dauer zu rechnen gehabt, und danach wären sie ausgewiesen worden. So ist mit jüdischen und sozialistischen Emigranten nämlich oft verfahren worden.«

Grundsätzlich wurde offenbar auch in Schweden so verfahren. Juden und Kommunisten hatten eine harte und sachliche Behandlung zu gewärtigen, die von jeder gefühlsmäßigen Anteilnahme frei war. Juden und Kommunisten wurden entweder abgewiesen, ausgewiesen, oder, wenn eine Aufenthaltsgenehmigung erteilt worden war, unter Kontrolle gehalten – die Kommunisten in besonderen Lagern. Es gab in jeder Beziehung Ausnahmen, und die Haltung ihnen gegenüber änderte sich ganz allmählich, nachdem das Kriegsglück sich gewendet hatte. Gegen Ende des Krieges, das lässt sich sagen, war die Haltung der schwedischen Beamten rein sachlich und objektiv.

Manche Fälle schienen auf Grund der Gesetze entschieden zu werden, manche aber auch nach persönlichem Gutdünken oder nach Laune der beteiligten Beamten. Dies besonders in Fällen, die man als Zweifelsfälle bezeichnen kann. Nach der Besetzung Dänemarks durch die Deutschen kamen zwei deutsche Flüchtlingsfamilien von Dänemark nach Hälsingborg. Es waren insgesamt sechs Personen, davon zwei Kinder; eines war drei Jahre alt. Einer der beiden Männer, ein deutscher

Kommunist, war aus Deutschland geflohen und hatte danach mehrere Jahre in einer dänischen Werft gearbeitet. Als die Deutschen einmarschierten, suchten sie sofort nach ihm, aber er war mit seiner Familie untergetaucht. Der zweite Mann, ein promovierter Akademiker, war ebenfalls Kommunist. Er war vor der Gestapo geflohen und wusste, dass er sich jetzt in Gefahr befand. Alle sechs waren in einem kleinen Motorboot über den Sund geflohen. Die Polizei in Hälsingborg, die den Fall zu behandeln hatte, äußerte der Sozialbehörde gegenüber sehr sachlich und entschieden, dass »die Ausländer für den Fall, dass sie nicht in allernächster Zeit nach Dänemark zurückgebracht würden, der schwedischen Allgemeinheit auf unabsehbare Zeit zur Last fallen und vielleicht sogar ein Sicherheitsrisiko für den Staat darstellen« würden. Die Männer waren einundvierzig beziehungsweise achtundvierzig Jahre alt. Am 12. Juli 1940 teilte die Polizeibehörde von Hälsingborg den beiden Familien den Ausweisungsbeschluss mit. Sie wurden noch am selben Abend mit der Fähre nach Helsingör gebracht und den deutschen Behörden übergeben. Es ist hinterher versucht worden, Näheres über ihr Schicksal zu erfahren, aber vergebens. Von jener Stunde an sind sie verschollen.

Während der Wochen, in denen er die Dossiers las, wurde er oft von einem hilflosen Staunen ergriffen; ihm wurde schwindlig, als befände er sich plötzlich in einer Landschaft, die nicht wirklich sein konnte, nicht wirklich sein durfte. Was er hier an den Lesetischen der Carolina Rediviva in Uppsala im Herbst 1966 las, waren Märchen, trockene, korrekte Märchen aus einer Traumwelt, jedenfalls nicht aus einer schwedischen Welt. Was er las, war das offizielle, gedruckte Material, der öffentliche Untersuchungsbericht des Staates. Aber er wusste auch, dass dieses Material nicht vollständig war; einiges hatte man zu den Geheimakten gelegt. Dieses Material war so schrecklich, dass man es nicht einsehen durfte. In den Pausen stand er oft auf der Bibliothekstreppe und sah über Uppsala hinaus. Damals, dachte er, hat es verflucht nochmal keine Proteststürme gegeben, wie viele auch umgebracht wurden. Einige Tage lang schien diese Erkenntnis ein neues Licht auf die Frage der Auslieferung der Balten zu werfen: als würde die Gleichgültigkeit eines Volks, eines Teils der Öffentlichkeit oder der Presse diesen administrativen Morden gegenüber die Meinung über die Auslieferung der Balten auf eine völlig neue Grundlage stellen. Aber so war es nicht, obgleich er noch lange darüber verwundert war, dass Flüchtlinge von der politischen Linken mit solcher Beharrlichkeit härter behandelt worden waren als Flüchtlinge aus dem anderen Lager, dass die Humanität offenbar immer ideologischen Gesetzen gefolgt war. Sein Erstaunen legte sich aber bald wieder, und er konnte klarer denken.

Ihm war, als hätte sich ihm die Welt der Bürokraten erschlossen, jetzt erheblich konkreter als früher – eine Welt, die durch Geheimhaltungsbestimmungen, verschwommene Vorstellungen von Sicherheitsrisiken und der nationalen Sicherheit geschützt war. In der Furcht vor den »unzuverlässigen Kommunisten« konnte nun die Welt der Beamten noch einmal aufblühen. Die Macht konnte ausgeübt, Aggressionen ausgelebt werden. Es konnte gerächt werden, Politiker und politische Beschlüsse konnten weggefegt werden, ideologische Motive konnten ausgenutzt und zugleich verborgen werden.

Schließlich war er so weit, dass er die einleitenden Beschreibungen der Fälle einfach überspringen und sich gleich den Schlusszeilen zuwenden konnte: Ergebnis, Datum der Ablehnung, Grund für die Ausweisung, Zeitpunkt der Deportation, Datum der Ermordung. »Der Sohn starb im Februar 1942; einige Monate später wurden die Eheleute C. von den deutschen Besatzungsbehörden nach Polen deportiert. Ihr weiteres Schicksal ist der Untersuchungskommission nicht bekannt.« »Über das weitere Schicksal der Eheleute lässt sich nichts Bestimmtes sagen. Soweit bekannt, soll jedoch die Mutter des Mannes E. später brieflich mitgeteilt haben, ihr Sohn sei ›plötzlich und unerwartet‹ gestorben.« »Den weiteren Angaben der Verlobten zufolge ist F. nach Verbüßung seiner Strafe nicht freigelassen worden, sondern in einem KZ gestorben.« Und dann die lakonischen Kommentare der Kommission: »bemerkenswert«, »muss als verwunderlich bezeichnet werden«.

Bemerkenswert waren aber nicht nur die spektakulären Ausweisungen oder Ablehnungen, die zumeist einen Tod in der Gaskammer zur Folge hatten, sondern auch die lange Reihe kleiner Irrtümer oder Provokationen, die Vielzahl kleiner »Informationen«, die den deutschen Behörden auf merkwürdigen Dienstwegen zugespielt wurden, ferner unverhältnismäßig lange Freiheitsentziehungen, Schikanen, Verschärfungen in der Haltung der Behörden gegenüber »Kommunisten« und den überall in schwedischen Lagern Internierten. Kleine Zettel in den Dossiers. »Jetzt ist es Zeit, die Urlaubsscheine einzuziehen!« »Achtung! Keine falsche Rücksichtnahme!« Hinzu kommen noch die verlängerten Internierungszeiten, der undurchdringliche Nebelvorhang vor allen Beschlüssen, die Unmöglichkeit, Einblick zu gewinnen, sich Kenntnis zu verschaffen.

Er hatte schon oft dieses merkwürdige Phänomen beobachtet: wie eine Bürokratie entsteht, sich konsolidiert, wächst und sich selbst schützt. Im kleinen hatte er es in Uppsala erlebt, in der Bürokratie der Studentenverbände, er hatte gesehen, wie Beamte sich eine eigene Welt erschaffen und sie nach außen hin abschirmen, wie eine Verwaltung sich selbst schützt und unverwundbar macht. Der Anfang der vierziger Jahre aber war das goldene Zeitalter der Bürokratie, die sich kaum Blößen gab.

Die Zahl der Fälle war groß, aber von Übergriffen gegen einen Nazisympathisanten ist nirgends etwas zu lesen. Es gab jedoch vermutlich keine Nazifreunde im damaligen Schweden.

Am Ende schienen komische und farcenhafte Züge das Gesamtbild zu prägen, was aber möglicherweise auch daran lag, dass er mit anderen Augen an die Dinge heranzugehen begann. Mitte der dreißiger Jahre war ein dreißigjähriger deutscher Syndikalist auf der Flucht vor den Nazis nach Schweden gekommen. Am 13. Januar 1938 sollten zwei andere deutsche Kommunisten über Dänemark an Deutschland ausgeliefert werden. Auf dem Stockholmer Hauptbahnhof kam es zu einem Zwischenfall. Einer der beiden Männer versuchte, Selbstmord zu begehen, und der Dreißigjährige, der daneben stand und zusah, konnte nicht schweigen. Den Aussagen der Polizisten zufolge soll er über sie gesagt haben: »Das sind keine Menschen, das sind Banditen!« und: »Das soll eine Demokratie sein!« Er wurde festgenommen und auf Beschluss der Sozialbehörde in das Lager von Långmora gebracht. Die Sozialbehörde vertrat damals nämlich die Ansicht, dass »gegen Anarcho-Syndikalisten, zu denen sich auch C. bekennt, grundsätzlich Sicherheitsmaßnahmen ergriffen werden« sollten.

Man internierte nicht alle Flüchtlinge; viele allerdings wurden auf Grund bloßer Gerüchte eingesperrt. Die Behauptung, ein Flüchtling sei politisch extrem orientiert (das heißt aber links-, niemals rechtsorientiert) oder betreibe politische Propaganda, genügte für eine Internierung. Die Definition des Begriffs »Kommunismus« durch die Behörden war oft recht vage: häufig wurde Antinazismus bei Flüchtlingen als Indiz für eine Zugehörigkeit zur Kommunistischen Partei gewertet, und damit waren die Betroffenen abgestempelt. Im Lager von Långmora beispielsweise widmete man jeder Form von politischer Agitation große Aufmerksamkeit. Am 12. Oktober 1942 meldete ein Denunziant, dass einige Insassen des Lagers unter den Mitgefangenen politische (kommunistische) Propaganda betrieben. Die Sozialbehörde – federführend war in diesem Falle Inspektor Robert Paulsson – schlug hart zu. Nach gründlicher Vorbereitung rückte eine Abordnung von vierunddreißig Polizisten am 13. November 1942 ins Lager ein und verhaftete sechsundzwanzig Insassen. »Der Speisesaal wurde einer sorgfältigen Untersuchung unterworfen, die um 10.15 Uhr beendet war. Die Polizisten nahmen Leibesvisitationen vor. Die Insassen wurden in vier Gruppen eingeteilt. Um 11.15 Uhr war die Leibesvisitation beendet. Die Außentemperatur während der Leibesvisitation betrug etwa plus zehn Grad Celsius, das Wetter war ruhig und klar.«

Nach dieser Razzia brachten die Insassen viele Klagen über Brutalität und Rücksichtslosigkeit der Polizei vor; so war zum Beispiel ein Flüchtling gezwungen worden, allzu lange in Habtachtstellung dazustehen. Die Beschwerden wurden geprüft, von seiten der Polizei aber entschieden zurückgewiesen.

Das Ergebnis der Razzia war jedoch – wenn man von der Tatsache absieht, dass die Verhafteten nach Långholmen ins Gefängnis gebracht wurden – recht mager. Die Gerüchte über die politische Propaganda bestätigten sich trotz der intensiven und langwierigen Verhöre nicht. Über die beschlagnahmten verdächtigen Gegenstände gibt der Untersuchungsbericht der Kommission Auskunft. »Unter anderem wurden folgende Dinge angetroffen: eine Waffenskizze, ein Handbuch über moderne Waffen, eine schematische Darstellung einer 75-mm-Granate, eine chiffreähnliche Tabelle, eine Anzahl Bleistiftskizzen von Maschinenteilen sowie zwei Flaschen mit einer Flüssigkeit, von der man annahm, dass sie zur Herstellung von unsichtbarer Tinte dienen könnte. Die Skizzen scheinen für die Untersuchung des Falles ohne Belang gewesen zu sein. Von einigen der Bleistiftskizzen stellte man fest, dass es sich um Zeichnungen für eine einfache Drehbank handelte, während man die übrigen Skizzen nicht deuten konnte. Klar war jedoch, dass sie mit Waffen- oder Munitionstechnik nicht in Zusammenhang gebracht werden konnten. Bei der Untersuchung der erwähnten Flüssigkeit durch die kriminaltechnische Anstalt ergab sich, dass sie Kaliumpermanganat enthielt, das für die Zubereitung von Gurgelwasser benutzt wird.«

Im nächsten Frühjahr kam die Långmora-Razzia im Reichstag zur Sprache. »Unter den deutschen Kommunisten hat es Verbitterung hervorgerufen, dass sie wegen ihrer antifaschistischen Haltung jahrelang interniert oder ins Gefängnis gesteckt worden sind, während ganze Völker gegen die nazistische Barbarei kämpften.« »Eine kommunistische Geisteshaltung genügte schon, um den Betreffenden hinter Schloss und Riegel zu bringen.« Die im Reichstag geäußerten Ansichten sind selbstverständlich subjektiv. Es muss jedoch berücksichtigt werden, dass die meisten der sechsundzwanzig Inhaftierten länger als zwei Jahre im Gefängnis gesessen hatten. Die Untersuchungskommission befand, diese Aktion sei wie so viele andere schlecht geplant gewesen. »Die von den Behörden getroffenen Maßnahmen gründeten sich auf die *Annahme*, dass die Internierten *vermutlich* Aktionen vorbereitet hätten, die *unter der Voraussetzung* einer bestimmten außenpolitischen Lage ausgeführt worden wären.« Dieses Verhaltensmuster der Behörden wurde jedoch bei politischen Bewegungen der Rechten nie angewandt.

Diejenigen Personen, die man ins Land gelassen hatte, waren dennoch glücklich; sie waren politische Flüchtlinge, also Personen, die wegen ihrer früheren politischen Betätigung oder Stellung oder aus anderen politischen Gründen geflohen waren, wie die Formulierung lautete. In einem streng vertraulichen Memorandum hieß es allerdings: »Zu den politischen Flüchtlingen kann man aber kaum jene Ausländer zählen, die aus bloßer Unzufriedenheit mit den politischen Verhältnissen in ihren Heimatländern oder dem Land, in dem sie sich zuletzt aufgehalten haben, nach Schweden gekommen sind.«
Man versuchte jedoch nicht, den Ausdruck »aus bloßer Unzufriedenheit« exakt zu definieren.
Praktische Konsequenzen: Beispiel A., geb. 1924, Norweger.
A. kam am 1. November 1941 als Flüchtling nach Schweden. Er bezeichnete sich als Widerständler, weil er sich der Neuordnung in Norwegen widersetzt hatte, indem er illegal Schriften verteilte. Die schwedischen Behörden verweigerten ihm das politische Asyl und schoben ihn nach Norwegen ab. Zwei Wochen später floh er wiederum nach Schweden; diesmal erhielt er die Erlaubnis, bis zum Kriegsende im Land zu bleiben.
Nach seiner ersten Flucht nach Schweden hatte man ihn in eine

schwedische Garnison gebracht, wo er nach eigener Aussage »von einem Offizier unfreundlich behandelt« wurde. In derselben Garnison befanden sich zu dieser Zeit noch acht andere norwegische Flüchtlinge. Am Abend des Tages seiner Ankunft hatte ihm der örtliche Polizeichef mitgeteilt, dass er am nächsten Tag nach Norwegen zurückgeschickt werden würde. A. hatte heftig protestiert, aber der Polizeikommissar hatte darauf nur erwidert, er sei ein allzu kleiner Fisch, um bleiben zu dürfen. »Schweden kann nicht 99 Prozent der norwegischen Bevölkerung aufnehmen.«

A. war also, kurz gesagt, ein Fall »bloßer Unzufriedenheit«. Das gleiche war bei seinen acht Kameraden der Fall.

Doch zurück zu seinen weiteren Erlebnissen: man legte ihm einen Zettel vor. A. sollte eine Erklärung unterschreiben, dass er freiwillig nach Norwegen zurückkehre, da er sich ohne Ausweispapiere nach Schweden begeben habe. Der Polizeikommissar hatte ihm zuvor gesagt, dass man ihn den deutschen Grenzposten übergeben werde, falls er sich weigern sollte, die Erklärung zu unterschreiben. Sollte er aber unterschreiben, werde man ihn an der Grenze freilassen und es ihm selbst überlassen, auf welchem Weg er nach Norwegen zurückgehen wolle. Er habe also freie Wahl. Daraufhin unterschrieb A. die Erklärung.

Einigen der anderen hatte man eine Aufenthaltsgenehmigung versprochen, falls sie die Namen der Personen angäben, mit denen sie in Norwegen zusammenarbeiteten, und die Namen der Fluchthelfer; die norwegischen Widerständler weigerten sich jedoch wegen der vermuteten ausgezeichneten Verbindungen der schwedischen Polizeibehörden zu den Deutschen, die verlangten Auskünfte zu geben. Darauf wurden alle ausgewiesen.

Am nächsten Tag brachte man sie an die Grenze. Nach eigener Aussage waren sie nicht verpflegt worden. An der Grenze teilten sie sich in zwei Gruppen; A. gelang es, unbemerkt an den deutschen Wachposten vorbeizukommen. Zwei der mit ihm ausgewiesenen Widerständler wurden später in Oslo verhaftet und von den Deutschen eingesperrt. Über die anderen ist nichts bekannt.

Die Auslieferung der neun norwegischen Widerstandskämpfer kam später in Stellungnahmen der beteiligten schwedischen Behörden zur Sprache. Polizeikommissar Hiertner meinte, es sei sehr schwierig zu beurteilen, ob jemand als politischer Flüchtling gelten könne oder nicht; nach 1942 sei praktisch allen norwegischen Flüchtlingen eine Aufenthaltsgenehmigung erteilt worden: nach der Schlacht von Stalingrad, könnte man hinzufügen. Was diesen Fall betreffe, »so muss man die Ereignisse im Licht der damaligen von höheren Stellen erlassenen Direktiven sehen und nicht nach der heutigen Lage beurteilen. Es sind auch viele andere Flüchtlinge im Bezirk Järeskog wieder ausgewiesen worden. *In anderen Grenzdistrikten ist die Lage gewiss ähnlich gewesen*«.

Die Äußerungen A.s über die Behandlung im Lager werden von allen schwedischen Beamten stark angezweifelt. Leutnant Söderberg zum Beispiel hebt hervor, dass »Sonderverpflegung in Form von warmen Getränken, Butterbroten, Suppen etc.« ausgegeben worden sei, so dass die Internierten nicht zu hungern brauchten. »*Ich möchte nachdrücklich sagen, dass niemand die Garnison ohne Verpflegung verlassen hat, sei es vor einem Transport an die Grenze oder ins Innere des Landes.*«

Das Außenministerium betont, dass »dem zuständigen Beamten in der Abteilung für auswärtige Passangelegenheiten« von einer Gefahr für die Norweger durch deutsche Grenzposten nichts bekannt gewesen sei.

Es fehlt jedoch jeder Hinweis auf den Namen dieses Beamten, auf sein Alter, seine Erfahrung, politischen Anschauungen, seine Informationsquellen und das Ausmaß seines Einflusses.

Nach und nach, bei der Lektüre der Untersuchungsberichte, stellte der Untersucher fest, dass sich etwas geändert hatte: nicht in den Listen, sondern in ihm selbst. Die Empörung der ersten Tage, die zumindest überwiegend echt und nicht gespielt gewesen sein musste, wich etwas anderem: einer Aufmerksamkeit oder einer gewissen Zufriedenheit. Bei jedem einzelnen Fall wandte er sich sofort den Schlusszeilen zu und spürte ein schnell vorübergehendes Glück, wenn ein Fall mit einer Katastrophe geendet hatte: durch Füsilierung oder durch eine andere Hinrichtungsart. Keine Hinrichtung: den Fall überschlagen und zum nächsten übergehen. Hinrichtung: ein ausgezeichneter Fall, zitierfähig, schön empörend. Da war zum Beispiel der Fall des vierzigjährigen norwegischen Mechanikers, der in Nordnorwegen gegen die Deutschen gekämpft hatte und dann nach Schweden geflohen war. Im Dezember 1940 hatte man ihn ausgeliefert, daraufhin war er wieder nach

Schweden geflüchtet, wieder von der schwedischen Polizei festgenommen und nochmals eingesperrt worden. Die Sozialbehörde beschloss, ihn wiederum auszuliefern. »Am 14. März 1941 wurde er bei Kornsjö den deutschen Grenzpolizisten übergeben.« Die Deutschen brachten ihn im September 1941 in ein KZ, wo er umkam: ein ausgezeichneter Fall. Weniger zufriedenstellend war der folgende: eine Lehrerin, die in Nordnorwegen als Armeehelferin gedient hatte, floh nach der Niederlage nach Schweden, wo sie sich als politischer Flüchtling meldete. Später wurde ihr Verhältnis zur norwegischen Gesandtschaft in Stockholm recht gespannt. Die schwedischen Behörden zogen ihre Unterstützung ein und verwiesen sie sicherheitshalber noch des Landes. Die zuständige Stelle war der Ansicht, sie würde einer Verfolgung durch die Deutschen nicht ausgesetzt sein, und übergab sie am 25. Juli 1941 der deutschen Grenzpolizei.

Im Sommer 1945 wurde sie im KZ Ravensbrück gefunden. Sie befand sich in einem äußerst mitgenommenen Zustand, aber immerhin am Leben. Sie überlebte auch. Ein weniger befriedigender Fall: zu kompliziert.

Hinter jedem Beschluss ein Mensch. Die Verwaltung: kein Apparat, sondern eine Sammlung von Menschen, die zu entscheiden hatten. Die große Verwaltungsmaschinerie, die aus Gehirnen, politischen Anschauungen, Meinungen, Vorurteilen, Weitblick und Unterschriften besteht. Was waren dies für Menschen? Während des ganzen Krieges lieferte die schwedische Polizei den deutschen Behörden und der deutschen Polizei systematisch Angaben über Flüchtlinge. Angaben über Hintergründe und Vorgeschichten, über Aufenthaltsorte und politische Couleur, heimliches Material, das in mehreren Fällen den in Deutschland lebenden Angehörigen der Flüchtlinge auf katastrophale Weise schadete. Aus dem Untersuchungsbericht geht hervor, dass »man in der Leitung der Sicherheitspolizei der Ansicht war, die der deutschen Polizei geleistete Amtshilfe sei nicht nur aus polizeilichen, sondern auch aus politischen Gründen geboten« gewesen. Es ist auch offenkundig, dass die intime Zusammenarbeit der schwedischen Sicherheitsorgane mit der Gestapo das Schicksal vieler Flüchtlinge besiegelte. Dies war ein Teil des »früheren Geists«. Aber wer stand hinter den Beschlüssen? Welche Beamte? Welche Einzelpersonen?

Die Menschen in der Maschinerie zeigten sich fast nie: manchmal konnte man einen Schatten von ihnen erhaschen. Der Untersucher erfuhr nie, wer diese Menschen waren, wer hinter den Beschlüssen gestanden hatte, wer die Vorbereitungen getroffen, wer ein Aktenstück gestempelt und einen Dritten zum Handeln veranlasst hatte.

Nur in einem Fall wurde ein Mensch sichtbar, ein Mann namens Robert Paulsson. Er saß in einer wichtigen Position und hatte im Verlauf des Kriegs über Tausende von Flüchtlingsschicksalen zu entscheiden. Er wäre für immer anonym geblieben, wenn er nicht einen völlig überflüssigen Fehler gemacht hätte, der ihn von der Maschinerie trennte und ihn selbst sichtbar machte.

Er wurde 1886 in Hälsingborg geboren, war während des finnischen Bürgerkriegs Weißgardist; 1920 wurde er Angehöriger der Polizeibehörde, die die in Schweden lebenden Ausländer zu überwachen hatte, Karteien über sie anlegte und Gegenspionage betrieb. 1933 wurde Paulsson Chef dieser Behörde. 1938 machte man ihn zum Abteilungsleiter in der Sozialbehörde. Er hatte sich um diesen Posten nicht bemühen müssen, er bekam ihn so. Wie Dokumente beweisen, wurde er von verschiedenen Seiten empfohlen: von hohen Polizeibeamten und von Abteilungschefs des Verteidigungsstabs. Nach diesen Empfehlungen soll er »in besonderem Maße für diese neue Tätigkeit geeignet und höchst vertrauenswürdig« gewesen sein.

Paulsson wurde ein mächtiger Mann: die Spinne in vielen Netzen, letzte Instanz in Zweifelsfällen. Er war ein routinierter Beamter. Seine Kontakte zum Außenministerium, zum Sicherheitsdienst, zum Verteidigungsstab und zu den Passbehörden waren ausgezeichnet. Er war ein Mann, auf den man sich verlassen konnte. Am 4. Januar 1945 wurde er verhaftet und angeklagt, einem deutschen Agenten Nachrichten übermittelt zu haben. Danach rollte man die Vorgeschichte auf.

Anfang 1942 bekam Paulsson Befehl herauszufinden, ob ein Mann namens Lönnegren für die Deutschen spionierte; das muss für Paulsson eine delikate Aufgabe gewesen sein, da dieser Lönnegren der Verbindungsmann zwischen Paulsson und den Deutschen war. Dieser Umstand zog die Nachforschungen in die Länge: erst am 6. Dezember 1944 traten sie in ihr entscheidendes Stadium. Ein Gespräch zwischen Paulsson und Lönnegren wurde von zwei Polizeibeamten abgehört und auf Band aufgenommen. Man hatte damit Beweise genug, und Lönnegren wurde verurteilt. Paulsson dagegen wurde nicht einmal angeklagt. Doch der Überwacher Lönnegrens wurde in der Folgezeit selbst überwacht. Die gegen Paulsson vorliegenden Beweise könnten nicht benutzt werden, meinte man damals, weil man sich das am 6. Dezember belauschte Gespräch »für spätere, kritische Zeiten aufheben wolle und eine vorzeitige Preisgabe dieses Beweismittels die erwünschte Wirkung zerstören« könnte. Drei Wochen später wurde er dennoch verhaftet.

Es gab viele, die ihren Verdacht bekräftigt glaubten: ihren Verdacht, es müsse undichte Stellen geben, die Sozialbehörde sei deutschfreundlich, Ausweisungen und Auslieferungen seien oft summarisch und willkürlich erfolgt, in manchen Amtsstuben herrsche Antisemitismus und so weiter. In der Verhandlung wurde festgestellt, dass Paulsson dem deutschen Nachrichtendienst viele Auskünfte gegeben hatte: Angaben über politische Flüchtlinge in Schweden. Er wurde zu einem Jahr und zehn Monaten Zuchthaus verurteilt, legte jedoch Berufung ein, und im Januar 1946, als die baltischen Militärs ausgeliefert wurden, befand er sich wieder auf freiem Fuß. Mit den Balten hatte er jedoch nichts zu schaffen gehabt. Seine Tätigkeit hatte sich gegen andere Flüchtlingskategorien gerichtet. Interessant an der Affäre Paulsson ist die Blöße, die sich die Verwaltung hier gegeben hat, der kurze und unerwartete Augenblick, in dem sich ein Mensch hinter den Beschlüssen zeigt.

Man untersuchte Paulssons Einstellung zu den Flüchtlingen, über deren Schicksal er zu befinden gehabt hatte. Er selbst erklärte, er sei »Antikommunist und antinazistisch eingestellt«. Ein Judenhasser sei er nicht, meinte er, aber »auch kein Judenfreund«. Ein Major im Verteidigungsstab, der ihn gut kannte, erklärte, dass Paulsson »sich in politischer Hinsicht immer schwedischnational verhalten und überdies große Sympathien für Finnland an den Tag gelegt« habe. Außerdem sei er »klar antibolschewistisch eingestellt« gewesen. Eine weibliche Bürokraft, die unter ihm gearbeitet hatte, war dagegen der Ansicht, er habe keine Flüchtlingskategorie bevorzugt oder benachteiligt. Paulssons Antikommunismus wurde jedoch von niemandem bestritten: er war dokumentarisch belegt. Unbestritten war auch, dass Paulssons Antikommunismus »gefühlsbeladen« gewesen sei.

Über Paulssons Haltung gegenüber Juden gibt es nicht viele Belege. Die zurückhaltendsten sprechen davon, dass er über die Juden im Land »nicht froh« gewesen sei. In anderen wiederum wird offen behauptet, er sei Antisemit; ein nicht unwichtiger Hinweis, wenn man bedenkt, dass ein Mann, der sich seit 1938 auf einem leitenden Posten der Sozialbehörde befand, kraft seiner Stellung und seiner Autorität über Tausende von Flüchtlingsschicksalen bestimmen konnte. Das Urteil eines ehemaligen Untergebenen mag als instruktiv angesehen werden; es ist weniger vorsichtig abgefasst als die vieler anderer.

Paulsson war Antisemit und flüchtlingsfeindlich eingestellt, oder richtiger gesagt, fremdenfeindlich. Den Finnen gegenüber war er jedoch positiv eingestellt. Er war der Ansicht, die Juden seien eine Rasse, die tiefer stünde als »normale Menschen«, und dass es höchst unangebracht sei, Juden nach Schweden kommen und hier wohnen zu lassen. Über die Behandlung der Juden in Deutschland hat Paulsson sich nicht geäußert, aber er hat immerhin verlauten lassen, es dürfte in Schweden keine Juden geben. Schwedische Juden mochte er ebenfalls nicht. Dafür, dass Paulsson für eine jüdische Dame die Grundstücksverwaltung besorgte, hat der Beamte »ihn sich gleichsam entschuldigen« hören. Paulssons Ansicht über Juden offenbarte sich in seinem Auftreten ihnen gegenüber, das oft ein wenig brüsk war. So ging er beispielsweise gern in die Wartezimmer neben den Pförtnerlogen, um die Flüchtlinge zu mustern. Er pflegte sie zu fragen, warum sie hier säßen, und begehrte ihre Pässe zu sehen. Wenn sie seiner Meinung nach zu spät am Nachmittag gekommen waren, forderte er sie auf, am nächsten Tage wiederzukommen; dabei pflegte er manchmal auch zu sagen, »sie sollten gefälligst lernen, früher aufzustehen«. Es ist wahrscheinlich, dass die »allgemeine Plumpheit« Paulssons bei seinen Vorgesetzten bekannt war, ebenso seine Art, gegenüber Juden und Flüchtlingen aufzutreten. Paulssons antisemitische Einstellung muss ebenfalls allgemein bekannt gewesen sein; Untergebene haben es deshalb für ratsam gehalten, »darüber nicht zu tratschen«. Alle Äußerungen Paulssons über Juden haben es bewirkt, dass der betreffende Beamte keinen allzu engen Kontakt mit ihm haben wollte. Den Umstand, dass die antisemitische Einstellung Paulssons von seiner Umgebung nicht mit der gebührenden Aufmerksamkeit beobachtet wurde, sollte man im Zusammenhang mit der allgemeinen Einstellung im Volk und der Haltung der Presse während der ersten Kriegsjahre sehen. Man darf nicht vergessen, dass früher ein anderer Geist geherrscht hat.

Den meisten Urteilen über Paulsson ist zu entnehmen, dass er mehr oder weniger antisemitisch eingestellt war und dass er »Treibjagden auf Kommunisten« zu veranstalten liebte. Einige der Zeugenaussagen sind jedoch widersprüchlich und verwirrend. Dies ist zum Beispiel der Fall bei einer Büroangestellten in der Ausländerkommission. Sie behauptete, Paulsson »habe keine sonderliche Sympathie für Juden empfunden, andererseits aber auch keinen nennenswerten Widerwillen gegen sie an den Tag gelegt«. So lautet das Gerichtsprotokoll; als es aber verlesen wurde, wurde die Formulierung von vielen angezweifelt, und es wurde behauptet, die Aussage sei verfälscht worden. Die Angestellte soll vielmehr geäußert haben, »Paulsson habe keinen größeren Widerwillen gegen Juden an den Tag gelegt als die meisten von uns anderen Beamten in der Ausländerkommission«.

Das rief bei den Richtern beträchtliche Verwirrung hervor, die daraufhin die Zeugin erneut vernahmen. Schließlich kam man zu dem Ergebnis, dass ihre Äußerung wie folgt gelautet habe oder gelautet haben müsse: »Ich glaube nicht, dass er Sympathien für Juden empfand, und Antipathien wird er nicht mehr gehabt haben als andere«, oder, alternativ: »und Antipathien nicht mehr als die meisten«.

Damit war die Ordnung wiederhergestellt, und das Verfahren konnte fortgesetzt werden.

Der Fall Paulsson ist nicht im mindesten ein Beweis dafür, dass Antisemitismus und Antikommunismus während des Krieges in der schwedischen Verwaltung verbreitet waren. Dieser Fall empört uns auch kaum, da die meisten Menschen, die von seinem Widerwillen betroffen wurden, sehr bald starben, also nicht mehr in der Lage sind, uns anzuklagen und Empörung in uns wachzurufen. Möglicherweise ist dies alles das Fragment einer schwedischen Flüchtlingspolitik, ein nicht repräsentativer Fall, ein Einzelstück in einem Mosaik. Und, wenn andere Auslieferungen zur Debatte stehen, die Andeutung eines Hintergrundes. »Man darf nicht vergessen, dass früher ein anderer Geist geherrscht hat.«

Die Pointe liegt in folgendem: die Grundzüge der schwedischen Flüchtlingspolitik sowie die Haltung der schwedischen Behörden gegenüber bestimmten Flüchtlingen waren nicht nur der schwedischen, sondern auch der sowjetischen Regierung bekannt. Die Sowjets müssen von vielen Dingen gewusst haben. Sie wussten außerdem von den Transittransporten deutscher Truppen durch Schweden, sie wussten von den Erz- und Kugellagerlieferungen, die den Deutschen eine Fortführung des Krieges ermöglichten, sie wussten, dass schwedische Kommunisten verhaftet und in Lager gesteckt wurden, während alle

Nazis frei herumlaufen durften, sie kannten die Deutschfreundlichkeit des schwedischen Offizierskorps, sie wussten von den ausgezeichneten schwedischen Verteidigungsanlagen an der Grenze Finnlands, sie wussten, dass im Süden keine Verteidigungsanlagen vorhanden waren, sie kannten die Vorschläge, man solle die Kommunistische Partei Schwedens verbieten, sie kannten die Deutschfreundlichkeit der schwedischen Verwaltung, sie kannten alle Unternehmungen der Finnlandaktivisten, sie kannten den alten Russenhass, sie fühlten, wie gering der Wert der schwedischen Neutralität zu veranschlagen und wie stark die Deutschfreundlichkeit war. Nach der Schlacht von Stalingrad mögen sie eine gewisse Veränderung beobachtet haben, aber zu der Zeit hatten sie keine Illusionen mehr, wenn sie überhaupt je welche hatten.

Sie wussten Bescheid, und die schwedische Regierung wusste, dass sie Bescheid wussten. Und als das Spiel im Juni 1945 begann, war die beiderseitige Kenntnis das Spielbrett. Dieses Wissen war für beide Seiten nicht ohne Bedeutung.

In jenem Frühjahr 1945 war Deutschland geschlagen und Schweden wieder neutral. In der russischen Presse finden sich in diesem Frühling in regelmäßigen Abständen Angriffe gegen Schweden und die schwedische Deutschfreundlichkeit.

Einige Beispiele.

Eines stammt aus der Zeitschrift *Der Krieg und die Arbeiterklasse* vom Januar 1945. Der Artikel wird mit einer Analyse der den Balten geleisteten Fluchthilfe eingeleitet; es wird erwähnt, dass die Schweden »sowjetfeindlichen Elementen« unter den baltischen Flüchtlingen erlaubten, in Schweden zu bleiben und »sowjetfeindliche Propaganda« zu treiben, dass sie Vertretern der Sowjetunion Besuche in den Lagern der Zivilbalten verweigerten, obwohl dies Vertretern der Westmächte erlaubt war.

Beispiel für russische Argumentation und Rhetorik. »Unter diesen zivilen baltischen Flüchtlingen, die in besonderen Lagern gehalten werden, wird eine sowjetfeindliche Verleumdungskampagne betrieben. Es haben sogar manche Beamte an dieser Kampagne teilgenommen und so ihre dienstliche Stellung missbraucht. Im Lager in Söderköping pflegt der ›Lagerchef‹ Ljungberg sowjetfeindliche Ansprachen zu halten. Er hat unter den Hitleragenten eine Gruppe sowjetfeindlicher Agitatoren und Spione ausgewählt. Ferner hat er den Flüchtlingen verboten, russisch zu sprechen oder sich über das Leben in der Sowjetunion zu unterhalten.

Die Briefe der Flüchtlinge legen davon Zeugnis ab, dass in den Lagern empörende Zustände herrschten. Diese Verhältnisse sind mit Wissen und Billigung der schwedischen Behörden zustande gekommen. Für Balodis, Rei und andere Hitleragenten werden die Lagertore offengehalten. Ihren Schützlingen hat man erlaubt, sich in Stockholm oder seiner näheren Umgebung niederzulassen. Solche Genehmigungen werden sonst nur in Ausnahmefällen erteilt. Die Polizei hat einigen von ihnen sogar empfohlen, ihre Namen zu ändern, um Publizität zu vermeiden. Dagegen werden Sowjetbürger, die ihrem Vaterland treu geblieben sind, in besondere Lager geschickt, die sich in dünn besiedelten und abseits gelegenen Gegenden befinden. Es ist bezeichnend, dass führende schwedische Zeitungen in schöner Einmütigkeit Aufrufe und Briefe deutscher Agenten veröffentlichen. *Man muss sich fragen, ob diese Musik nicht unter der Stabführung irgendeines Dirigenten steht.*

Die bankrotten Anhänger der schwedischen Zusammenarbeit mit Hitlerdeutschland und die Träger des in reaktionären schwedischen Kreisen traditionellen ›Russenhasses‹ wollen nicht aufgeben. Wider alle Tatsachen, wider alle Vernunft verfolgen sie ihre alte Politik. Diese Politik könnte den nationalen Interessen Schwedens ernsten und nicht wiedergutzumachenden Schaden zufügen.«

Andere Beispiele. In einem Artikel vom 27. Mai, in dem man sich auf TASS beruft, wird die Behandlung einer Gruppe von zwanzig deutschen Offizieren durch die Schweden scharf angegriffen. Die Schweden hätten nicht einmal daran gedacht, das Gepäck der Deutschen zu untersuchen; sie seien vielmehr sofort in eine Offiziersmesse gebracht worden, wo man ihnen eine ausgezeichnete Mahlzeit vorgesetzt habe. Das Verhör sei aufgeschoben worden, da die Deutschen offenbar müde waren.

Dem wird die Behandlung gegenübergestellt, die russischen Offizieren, die aus Norwegen nach Schweden gekommen waren, von schwedischer Seite zuteil wurde. Sie seien in einem baufälligen Haus untergebracht worden und hätten »erst spätabends etwas zu essen bekommen«. Ihnen sei nicht erlaubt worden, in der Offiziersmesse zu essen. Die Russen habe man streng bewacht, die Deutschen hätten sich dagegen frei bewegen können. Laut TASS habe das »in russischen Kreisen großes und peinliches Aufsehen erregt«.

Zwei Tage später kommt ein weiterer Angriff gegen die »antisowjetische« Haltung Schwedens. »Es ist wohlbekannt, dass Schweden seine Neutralität zugunsten Deutschlands systematisch übertreten hat. Das sowjetfeindliche Geheul in den schwedischen Zeitungen ertränkt die Worte von Weisheit und Ehre, die man dort gelegentlich auch hört. Die schwedische Presse führt ihre provokative antisowjetische Linie der Kriegszeit fort.«

Manche Formulierungen sind interessant. Den Satz mit der »Musik unter der Stabführung irgendeines Dirigenten« glaubte er schon irgendwo gelesen zu haben: er fand ihn schließlich. Er stammt aus einer der berühmtesten Reden Lenins von 1921. Lenins Rede war ein heftiger Angriff gegen jene »reaktionären Emigrantenkreise«, die die Errungenschaften der Revolution hätten zunichte machen wollen und denen das während des Bürgerkrieges auch beinahe gelungen sei. »Solche Orchester werden zwar nicht von einem Mann allein dirigiert, sie folgen aber einer bestimmten Partitur. Das internationale Kapital dirigiert mit Mitteln, die weniger ins Auge springen als der Taktstock eines Dirigenten. Dass hier aber ein gut eingestimmtes Orchester spielt, sollten Sie aus jedem Zitat klar ersehen können.« Dem Artikelschreiber des Jahres 1945 muss diese Rede irgendwo im Kopf herumgespukt haben, dazu die gesamte damalige Situation. Er scheint das Chaos der ersten Krisenjahre sowie den Druck von außen auf die heutige Lage übertragen zu haben, in verkleinertem Maßstab zwar, aber im wesentlichen stimmt er mit Lenin überein.

Die russischen Anschuldigungen gründen sich in mehreren Fällen offenkundig auf falsche Informationen. In mehreren anderen Punkten sind sie jedoch völlig korrekt. Eine Tatsache ist kristallklar: dass die Russen das Gefühl hatten, die Schweden seien parteiisch und russenfeindlich. Ob man dieses Gefühl als übertrieben, paranoid oder sachlich begründet ansehen will, kommt auf den Standpunkt an. Die politische Situation, die allmählich entstand, lässt sich aber nur begreifen, wenn man das Gefühl versteht, das der russischen Reaktion zugrunde lag, sowie das Trauma des schlechten schwedischen Gewissens.

7

Kann man unverändert davon ausgehen, dass »die Experten« immer die »besten« Entschlüsse fassen, selbst wenn wir annehmen, dass sie über die dazu notwendigen Kenntnisse und Grundsätze verfügen? Und, eine logisch vorrangige Frage: sind »Expertisen« überhaupt anwendbar – das heißt, gibt es irgendein theoretisches Gedankengebäude, irgendeine Form relevanter Information außerhalb der Kenntnis der Allgemeinheit, die man der Analyse der Außenpolitik zugrunde legen könnte? Lässt sich damit die Richtigkeit der nun getroffenen Maßnahmen beweisen, wenn Psychologen, Mathematiker, Chemiker und Philosophen sie nicht zu begreifen vermögen?

Noam Chomsky

Sollte es im Falle von Krieg oder sonstwie für die Sicherheit des Reiches oder aus besonderen Gründen erforderlich sein, hat der König, was das Recht von Ausländern betrifft, ins Reich einzureisen, sich dort aufzuhalten, einen Wohnsitz zu begründen oder eine Tätigkeit anzunehmen oder auszuüben, das Recht, die erforderlichen Maßnahmen zu treffen.

§ 59 des schwedischen Ausländergesetzes

Die politischen Ereignisse vom Juni 1945 haben einen Hintergrund, der unklar ist und den man nur schwer ergründen kann: sämtliche Papiere sind der Geheimhaltung unterworfen und werden noch weitere dreißig Jahre in den Panzerschränken verbleiben. Viele haben die kommende Situation vorhergesehen: dass deutsche Truppen in Schweden Schutz suchen würden, dass die Besatzungstruppen in Norwegen die Grenze überschreiten würden, dass sie im Süden über die Ostsee ins Land kommen und dass die deutschen Soldaten in Dänemark nach Schweden fliehen würden. Als sie schließlich kamen, waren es verblüffend wenige, und aus dem Westen kam nur eine verschwindende Minderheit.

Zum Hintergrund gehören unter Umständen einige Gespräche zwischen Außenminister Günther und Madame Kollontaj im Herbst 1944. Die Bestimmungen des Waffenstillstands-Abkommens zwischen Deutschland und den Alliierten gehören auf jeden Fall dazu. Danach waren alle deutschen Truppen verpflichtet, am 9. Mai 1945 um 0.01 Uhr »alle aktiven Operationen zu beenden, in ihren jeweiligen Stellungen zu bleiben, sämtliche Waffen niederzulegen und diese sowie ihre Ausrüstung den örtlichen alliierten Befehlshabern zu übergeben«.

Am 2. Juni 1945 fragte die Gesandtschaft der Sowjetunion beim schwedischen Außenminister an, wie Schweden mit den internierten Deutschen und den ehemals unter deutschem Befehl stehenden, jetzt in Schweden internierten Soldaten anderer Nationen zu verfahren gedenke. Die Frage lief darauf hinaus, ob die Internierten, wie es den Absichten der Alliierten entsprach, wieder zu jenen Frontabschnitten zurückgeschickt werden sollten, die sie im Zeitpunkt des Inkrafttretens der Gesamtkapitulation besetzt gehalten hatten.

Grundsätzlich sollten also die Soldaten von der Westfront nach Westen und die von der Ostfront nach Osten zurückgeschickt werden.

In der Folgezeit lässt sich das politische Geschehen Schritt für Schritt verfolgen.

Im Außenministerium wurde damit begonnen, die Anfrage zu bearbeiten; nach einigen Gesprächen und Untersuchungen wurden zwei alternative Antworten ausgearbeitet.

Die eine Antwort enthielt eine Absage an die Russen. Es wurde erklärt, dass Schweden eine einseitige Übereinkunft nicht akzeptieren könne, dass abgewartet werden müsse, dass Schweden sich nicht verpflichtet habe, die Waffenstillstandsbedingungen anzuerkennen und dass eine Auslieferung der Internierten daher nicht in Betracht komme.

Die zweite Antwort war eine Zusage, die kurz begründet wurde. Nach einer Besprechung im Außenministerium wurde einer der Beamten des Hauses mit den beiden Antworten zu Ministerpräsident Per Albin Hansson geschickt: nennen wir diesen Beamten S. Er betrat das Amtszimmer Per Albin Hanssons, legte ihm die beiden Papiere auf den Tisch und erzählte ihm, die Russen hätten in einer Note angefragt, was mit den in Schweden internierten deutschen Militärs geschehen solle. Ferner berichtete er dem Premier von der interalliierten Abmachung, der zufolge die alliierten Befehlshaber die in den jeweils von ihnen besetzten Gebieten befindlichen deutschen Soldaten gefangennehmen sollten. Danach schwieg er.

Per Albin ergriff zuerst das Papier mit der positiven Antwort und las es durch. Er zögerte ein bisschen, blickte dann zu S. auf und sagte:
– Nun, das sieht ja ganz vernünftig aus.
Danach sah er auf das zweite Papier und fragte:
– Und was ist das?
– Das ist die negative Antwort, erwiderte S. schnell.
Per Albin überflog den Inhalt, grunzte und legte das Papier beiseite.
– Die erste Antwort wird wohl richtig sein, sagte er.
Darauf nahm S. die beiden Papiere wieder an sich, verneigte sich, verließ den Raum und ging wieder ins Außenamt zurück.
– Er fand die positive Alternative recht gut, sagte er zu den anderen.
– Und was sagte er zu der Absage?
– Der hat er keine besondere Aufmerksamkeit geschenkt.
– Aber hast du ihn auch wirklich über das ganze Problem informiert? Du solltest ihm doch die Angelegenheit in allen Einzelheiten vortragen. Hast du das getan?
– Er hat beide Alternativen gelesen, erwiderte S. steif. Da die anderen sahen, dass er verletzt war, stellten sie ihm keine weiteren Fragen. Nach zwei Wochen hatten sie die ganze Geschichte vergessen.

Die Episode erscheint verblüffend, ist aber authentisch. Sie ist möglicherweise wichtig: dies war der erste Kreuzweg, den die Angelegenheit zu passieren hatte. Dass die Frage Per Albin Hansson und nicht dem Außenminister Christian Günther vorgetragen wurde, hat eine einfache Erklärung: Günther befand sich im Urlaub und hielt sich an seinem Sommersitz in Dalarna, Spelmanstorpet, auf, und in seiner Abwesenheit versah Per Albin Hansson die Dienstgeschäfte des Außenministers. Günther wurde erst einige Tage später zurückerwartet. Heute lässt sich nicht mehr feststellen, wer die beiden alternativen Antworten ausgearbeitet hat: möglicherweise ein und dieselbe Person. Dass der Vortrag bei Per Albin Hansson sehr zu wünschen übrigließ, ist ganz offenkundig, aber dennoch war er das erste Kabinettsmitglied, das mit der Angelegenheit konfrontiert wurde: diese Tatsache sollte sein zukünftiges Handeln mitprägen. Er hatte sich informiert, hatte eine Entscheidung getroffen, fast ohne es zu wissen, und jetzt nahmen die Dinge ihren Lauf.

Worauf gründeten sich die beiden Alternativen? Es ist denkbar, dass die positive und letztlich siegreiche Variante sich auf eine Empfehlung der Militärbehörden stützt. »Diese und das Außenministerium hielten in dieser Frage engen Kontakt«, wie einer der Zeugen im Außenamt später in einem Brief feststellte. Die Haltung der Militärbehörden war ja schon seit dem 24. Mai klar.

So ist es gewesen: niemand schenkte der Frage größere Aufmerksamkeit. Sie flatterte plötzlich auf den Tisch und wurde routinemäßig bearbeitet. Die Angelegenheit war ein letztes, absonderliches Überbleibsel des Kriegs, das dem Außenministerium an einem Junitag des Jahres 1945 ins Haus schneite und zufällig zwischen einen stellvertretenden und einen verreisten Außenminister fiel. Da lag die Sache nun, nicht gefährlich und nicht kontrovers, sie war kein großes Politikum und entschied nicht über Leben und Tod von vielen Menschen; sie war der letzte kleine Splitter einer großen Explosion, die nicht einmal einer sorgfältigen Vorbereitung, Bearbeitung und Erledigung wert war. Und dann wurde die positive Alternative bearbeitet, Günthers Urlaub ging zu Ende, er kam zurück ins Amt, und die Angelegenheit konnte den Instanzenweg durchlaufen.

Das Außenministerium hatte das Seine getan.

Verantwortlich für die Vorbereitung der ganzen Sache war das Außenministerium, verantwortlicher Ressortchef Außenminister Günther. Die nächste Station, die die Frage zu passieren hatte, war der Auswärtige Ausschuss, der die Auslieferung am 11. Juni 1945 behandelte.

Der Auswärtige Ausschuss war einmal als Kontaktorgan zwischen Regierung und Reichstag gedacht gewesen, ein Krisenorgan, in dem schwierige und delikate außenpolitische Fragen eine tiefere Ausleuchtung erfahren, freier und unter absoluter Geheimhaltung diskutiert werden sollten. Offen, wenn auch hinter verschlossenen Türen. Doch irgendwann hatte ihn jemand »eine vergoldete Rattenfalle« genannt, und viele schienen dieser Bewertung zuzustimmen. Woher die Vergoldung kam, war nicht schwer zu sehen. Es waren im allgemeinen die Spitzenleute in der Hierarchie der Parteien, die auf den 16 Sitzen untergebracht wurden, Parteiführer, Gruppenführer, ehemalige Minister und andere. Das hatte zur Folge, dass das Durchschnittsalter in diesem Ausschuss außerordentlich hoch war: während des Krieges lag es bei 54,7 Jahren. Rickard Sandler stellte sehr viel später fest, dass »Parteiverdienste und Anciennitätsgesichtspunkte« bei Wahlen in den Auswärtigen Ausschuss eine etwas zu große Rolle gespielt hätten; niemand widersprach ihm.

Kommunisten haben diesem Ausschuss nie angehört. 1947 wäre es fast dazu gekommen, dass die Partei einen Ersatzplatz erhalten hätte, doch diese schwere Bedrohung wurde abgewehrt.

Für die Angehörigen des Ausschusses galt Schweigepflicht. Sie konnte jedoch nach willkürlichen Regeln oder unter dem Druck der Umstände aufgehoben werden. Im vorliegenden Fall wurde das Stillschweigen punktuell, aber ziemlich schnell aufgehoben: schon in einer Reichstagsdebatte vom 23. November 1944 wurde diskutiert, was geschehen war, zunächst von Ivar Anderson in der ersten Kammer, dann von Per Albin Hansson. Die Diskussion wurde nie sonderlich erhellend, aber die Geheimhaltung war damit aufgehoben oder zumindest lückenhaft.

Der Auswärtige Ausschuss war also eines dieser geheimnisvollen Organe, bei denen man sich vorstellen konnte, dass die Informationen umfassender waren, die Analysen tiefer, die Übersicht über Das Große Spiel besser. Der Auswärtige Ausschuss fasste keine Beschlüsse, war nur als Ratgeber tätig, doch der Glanz und die Geheimniskrämerei machten ihn dennoch zu etwas Besonderem. In den Augen der Politiker jedoch nicht immer.

»Sie setzen sich möglicherweise an einen reichlich gedeckten Tisch, schaffen es aber nur mit knapper Not, die Gerichte zu probieren, bevor es Zeit ist, vom Tisch aufzubrechen, was von den Gastgebern vielleicht auch nicht ungern gesehen wird.« Das waren Brusewitz' Worte aus den dreißiger Jahren, doch all dies galt offenbar auch 1945. Die Kritik, die oft heftig war und mit einer überraschenden Bitterkeit vorgebracht wurde, kam fast immer von seiten der Opposition: Domö, Herlitz, Hammar während der letzten vierziger Jahre und auch später. Es war immer der Mangel an Information und Vorausinformationen, gegen den sich die Angriffe richteten, manchmal auch gegen Unklarheiten, Verwirrung, Nebelwände, die wichtige Beschlüsse verbargen.

»Man sitzt im Auswärtigen Ausschuss, um einen etwas vulgären Ausdruck zu verwenden, wie ein ahnungsloser Tölpel und hat oft keine Ahnung, worum es geht. Man erscheint zu einer Sitzung, in die man berufen worden ist, und hat oft keine Ahnung davon, was für Dinge behandelt werden sollen. Man bekommt einen Vortrag zu hören, und ganz plötzlich sieht man sich gezwungen, seine Meinung zu äußern und vielleicht sogar die Ansicht einer ganzen Partei.«

Ratschläge zu geben, Informationen zu erhalten, zu kontrollieren:

die Aufgaben des Ausschusses scheinen eher diffus zu sein. Besonders fleißig war er ebenfalls nicht. 1945 trat er achtmal zusammen, 1946 sechsmal. Es gab Informationen häppchenweise, mit langen Zwischenräumen. Diejenigen, die den Ausschuss kritisierten, hatten es nur allzu leicht: Sie polemisierten gegen zu geringes Arbeitstempo, lange Zwischenräume, zu kurze Konferenzen, ungenügende Information, schlecht vorbereitete Teilnehmer.

»Die vergoldete Rattenfalle« – eine Rattenfalle für die Opposition? Einige aus deren Reihen verstanden es so. Dort wurden Angelegenheiten der Regierung vorgetragen. Es folgte eine Diskussion, und damit waren alle Teilnehmer und Parteien zufrieden, und damit waren ihnen die Hände gebunden. »Eine dem Feind – das heißt der jeweiligen Regierung – ausgelieferte Geisel, die allerlei bösen Eingebungen und Einwirkungen ausgesetzt war.« Die Situation wurde im Juni 1945 noch dadurch kompliziert, dass die Sammlungsregierung alle Parteien mit Ausnahme der Kommunisten umfasste und dass die Kommunisten im Auswärtigen Ausschuss nicht vertreten waren. Der Gegensatz Regierung–Opposition war hier also aufgehoben. Möglicherweise gab es einen anderen: den Gegensatz zwischen dem verantwortlichen Ministerium, dem Außenministerium, und den übrigen. Das Auswärtige Amt hatte alle Informationen, sämtliche Vorträge. Alle anderen spielten mit unwissender Tölpelhaftigkeit die Rolle der Opposition.

Der Sommer 1966 war für den Untersucher der zweite Vietnam-Sommer gewesen: er hatte eine eigene Zeitrechnung. Der nächste Sommer würde der dritte sein, der übernächste der vierte. Während er an diesem Buch arbeitete, wurde um ihn herum eine allgemeine Diskussion geführt, die sich mit der Rolle des Amateurs in der Politik befasste. Es schien immer wieder Stimmen zu geben, die die Politik für ein Spiel mit vielen verborgenen Fäden hielten, für ein Spiel mit geheimen Zusammenhängen und Vorbehalten, ein *Spiel*, das folglich denen vorbehalten sein müsse, die die Regeln des Spiels kannten: den Politikern. Der Untersucher fragte sich immer wieder, ob es solche Menschen tatsächlich gab, Menschen, die nicht nur für die Innenpolitik und Verfassungsreformen, nicht nur für Lokalpolitik und Parteitaktik Zeit hatten, sondern auch Zeit und Kraft für eine eingehendere Beschäftigung mit außenpolitischen Spezialfragen, die Zeit hatten, alles zu lesen, und Kraft, Stellung zu nehmen. Er selbst hatte auf einigen begrenzten und schmalen Gebieten alles gelesen, dessen er hatte habhaft werden können. Das hatte viel Zeit gekostet, und er konnte nicht verstehen, wie ein Politiker diese Zeit erübrigen können sollte.

Es gab nur eine Antwort auf diese Frage, sie war selbstverständlich und wurde von niemandem angezweifelt: die Außenpolitik war ein Haus mit vielen Wohnungen, und ein schwedischer Politiker konnte nicht in allen zu Hause sein, kaum in einer einzigen. Die Wohnungen wurden den anderen überlassen: den Karrierediplomaten mit ihren Eigenschaften und Wertvorstellungen sowie den Wissenschaftlern, sofern sie Wert darauf legten.

Er hatte sein bisheriges Leben mit einem halben Misstrauen gegen Politiker zugebracht und mit einer halben Furcht vor ihnen. Beide, Furcht und Misstrauen, verschwanden allmählich, aber nicht, weil er glaubte, das große Spiel zu durchschauen, sondern weil er mitunter meinte, des Menschen in diesem Spiel ansichtig zu werden. Furcht und Verachtung wurzelten in dem Gefühl, draußen zu stehen, und er blieb immer draußen, da ein politischer Dilettant auch mit punktuellen Kenntnissen dadurch nicht schon ein politischer Profi wird. Aber ganz langsam entdeckte er, dass auch die Menschen, die er verachtet oder vor denen er sich gefürchtet hatte, draußen standen. Sie bewegten sich ständig an der Oberfläche, wurden von halbgaren Wertungen geleitet, von halben Informationen; immer wieder versuchten sie, einen Überblick über das große Spiel zu gewinnen, und immer wieder misslang ihnen das, da es nur wenige Gipfel gab, dafür aber einen bewölkten Himmel voller dicker und tiefhängender Wolken, diesige Täler: schlechte Sicht. Er teilte seinen Mangel an Kenntnissen mit vielen anderen, auch mit den vom Volk gewählten Parlamentariern, und als ihm das klar geworden war, empfand er es als enttäuschend und erleichternd zugleich.

Die Tüchtigkeit oder Untüchtigkeit einer Behörde oder eines Ausschusses hatte mit dieser Erkenntnis nichts zu tun; auch die Auslieferung gehörte nicht hierher. Es kam ihm nur so vor, als würde der große Überblick auf Teilkenntnisse reduziert. Einige Menschen verfügten über eine übersichtliche Reihe von Einzelkenntnissen, die sie mit einer ideologischen Bewusstheit zu stabilisieren wussten. Andere wussten weniger. Die Kenntnisse aber hatten mit dem, was der Untersucher für wichtig hielt, nicht unbedingt etwas zu tun: dass die Politik sich zwar aus Moral, Ideologie und Fakten zusammensetzt, dass sie aber nicht einem bestimmten Personenkreis *vorbehalten* bleiben darf.

Die allgemeine Diskussion um ihn herum setzte sich fort, während des Sommers, des Herbstes, des Winters, das ganze Jahr hindurch: das Gespräch über den Menschen als politisches Tier. Allmählich kam die Erkenntnis zum Vorschein, die so selbstverständlich war, dass er sich schämte, sie auszudrücken: dass sie alle politische Tiere waren und ein Recht auf Teilnahme hatten.

Es wurde ihm berichtet, dass der Auswärtige Ausschuss später etwas besser geworden sei: nicht viel, aber etwas. Es gab kleine schriftliche Orientierungshilfen, Berichte über Sonderfragen, kurze hektographierte Untersuchungsberichte, die man unter dem Siegel der Verschwiegenheit in kleinem Kreise weiterreichte.

Er sollte sich aber dennoch immer wieder fragen: wer veranlasste diese Untersuchungen? Wer führte sie durch? Welcher Beamte, welcher Hintergrund, welche Wertvorstellungen, was für eine Familie, welche Erziehung?

»Ein Schulbeispiel«, las er im Herbst 1966 über eine ganz andere Frage, *»ein Schulbeispiel für den Triumph der Nachlässigkeit. Unser gegenwärtiges Engagement in dieser Frage ist nicht die Folge einer wohlüberlegten und sorgfältig geplanten Politik, sondern die Folge einer Reihe kleinerer Beschlüsse. Hinterher bleibt festzustellen, dass jeder neue Schritt nur zum nächsten führte, bis ...«*

Er hörte rechtzeitig auf zu lesen, um die Zitate in einem beliebigen Zusammenhang benutzen zu können. Verhielt es sich so? Eine Reihe kleiner Zufälle, kleiner Beschlüsse? Oder war dies der Versuch des ideologischen Idioten, seine Unwissenheit zu bemänteln?

Vielleicht passt das Zitat besser auf das Jahr 1945 als auf das Jahr 1966. Es würde ihn nie von der Einsicht abbringen, dass Politik grundsätzlich *zugänglich* ist. Dass die Politik im Grunde keine Geheimnisse hat. Dass sie nicht bestimmten Menschen vorbehalten ist, keinem geschlossenen Zirkel.

Fünf Monate nach der Sitzung des Ausschusses, im November 1945, wurde von Ivar Anderson im Reichstag behauptet, der Auswärtige Ausschuss sei überhaupt nicht informiert gewesen, um was es gehe. »Die Angelegenheit lag den Herren nicht in der Form vor, in der sie nun dargestellt wird. Die Überlegungen des Auswärtigen Ausschusses kreisten infolgedessen um die Frage, ob die betreffenden Militärs –

hauptsächlich Deutsche – an eine interalliierte Kommission übergeben werden sollten, aber nicht um die jetzt zur Debatte stehende Auslieferung.« Per Albin Hansson konnte mit gleichem Recht feststellen, dass »die Regierung den Auswärtigen Ausschuss nicht im unklaren gelassen hat, dass nur der vorgesehene Weg gangbar ist. Wir haben zwar auch die andere Möglichkeit erörtert, aber da sie uns nicht zu Gebote stand, ist es völlig klar gewesen, dass wir den jetzt beschlossenen Ausweg beschreiten müssen.«

Die großen Linien der im Juni begonnenen Debatte scheinen klar zu sein: die These von der Teilnahme und der Verantwortlichkeit aller. Der Auslieferungsbeschluss war von einer Koalitionsregierung gefasst worden. Zu einem Teil stützte er sich auf Überlegungen des Auswärtigen Ausschusses. Dort war die Frage zum erstenmal diskutiert und in ihren Grundzügen dargelegt worden. Der künftige politische Verlauf der Dinge sollte von dieser These bestimmt sein.

Die Sitzung des Auswärtigen Ausschusses am 11. Juni 1945 ist folglich eine wichtige Sitzung.

Die Situation spitzt sich dadurch zu, dass an jenem Tag zwei Außenminister dem Ausschuss angehörten. Dort saß Christian Günther, Außenminister der Koalitionsregierung und verantwortlicher Ressortchef in der Frage der Auslieferung. Diese Sitzung war seine letzte in diesem Ausschuss (er trat mit der Koalitionsregierung ab), und das war späterhin verhängnisvoll. Dem Ausschuss gehörte auch Östen Undén als normales Mitglied an. Er war ehemaliger Außenminister, den man im Krieg wegen seiner Deutschfeindlichkeit und seines Widerwillens gegen Kompromisse nach rechts beiseite geschoben hatte, und gegenwärtig gewöhnlicher Reichstagsabgeordneter. Im Herbst 1945 sollte er die Nachfolge Günthers in einem rein sozialdemokratischen Kabinett antreten und den Auslieferungsbeschluss der Koalitionsregierung in die Tat umsetzen. Er trat seinen Posten als Außenminister am 31. Juli 1945 an und äußerte seine Bereitschaft, sich während der »wenigen Jahre«, die der Regierung verbleiben würden, der Politik zu widmen. Er trat 1962 aus Altersgründen ab. Die Auslieferung sollte als »sein Werk« betrachtet werden, als ein Fleck in seiner Karriere.

Später, im Herbst, als die Frage nach Schuld und Verantwortlichkeit am brennendsten war, wies Günther auf die Tatsache hin, dass beide anwesend gewesen seien, und er tat es mit einem präzisen, polemischen Tritt nach hinten. »Die Sache wurde von der Regierung erörtert, aber es handelte sich nicht um eine reine Außenamts-Sache, sondern ging die anderen Ressorts mindestens ebenso viel an. Im übrigen wurde die Frage ja auch im Auswärtigen Ausschuss behandelt, dem auch unser gegenwärtiger Außenminister angehörte. Ob irgendein Völkerrechtsexperte außerhalb des Ausschusses angehört wurde, ist mir im Augenblick nicht erinnerlich.« (Interview mit *Expressen* vom 22. November 1945.) Neben dem Interview brachte die Zeitung auch ein Bild Günthers mit Bildtext: »Christian Günther: – Herr Undén war selbst dabei, als über die Balten entschieden wurde.« Die Worte »über die Balten entschieden« sind in dem Interview jedoch nicht enthalten. Das wäre auch kaum möglich gewesen, da der Auswärtige Ausschuss keine Entscheidungsbefugnis hat. Man muss davon ausgehen, dass die Formulierung von einem Journalisten stammt.

Da er krank gewesen ist, da er jetzt sehr alt ist, da es in der Wohnung halbdunkel ist, bewegt er sich mit sehr kurzen und vorsichtigen Schritten, als schleppe er seine Lebensjahre mit sich herum und gehe auf sehr dünnen Eierschalen, die jeden Augenblick zerbrechen können. Später sitzt der Mann, der die Auslieferung der Balten durchführte und der jetzt sehr alt ist, mitten unter der starken Lampe und blickt aus freundlichen, wachen Augen. Heute morgen war der Fahrstuhl des großen Hauses am Fyrverkarbacken stehengeblieben, es war schrecklich. Er hatte versucht anzurufen, um zu beschreiben, wie man trotzdem in die höheren Stockwerke gelangt, war aber nicht durchgekommen. Der Anruf wäre unnötig gewesen. Er sieht den Besucher freundlich und erleichtert an: der Fahrstuhl ist wieder in Ordnung.

Nach einer halben Stunde kommen sie auf die Sitzung des Auswärtigen Ausschusses im Juni 1945 zu sprechen.

– Die Regierung hat uns informiert, sagt er trocken. Es kam zu einer Diskussion.

– War sie heftig?

– Es gab unterschiedliche Meinungen.

– Wurde irgendein Völkerrechtsexperte hinzugezogen?

– Nein, selbstverständlich nicht.

Und dann, nach einem nachdenklichen Zögern:

– Ich habe meine Aufzeichnungen von jener Sitzung noch einmal durchgesehen. Sie zeigen, dass ich an der eigentlichen Diskussion nicht teilnahm, abgesehen davon, dass ich eine Frage beantwortet habe. Ich wurde damals gefragt, ob es schon Untersuchungen darüber gebe, ob die Internierten in eine andere Richtung geschickt werden könnten. Aus meinen Aufzeichnungen kann ich aber ersehen, dass ich an der übrigen Debatte nicht teilgenommen habe.

– Übrigens, sagt er nach einer Pause, es ist manchmal gesagt worden, dass man *damals* nicht gewusst habe, dass sich auch Balten unter den Internierten befanden. Das stimmt nicht. Sie oder wir wussten sehr wohl, dass sich unter den Flüchtlingen auch Balten befanden. Das wurde im Vortrag vor dem Auswärtigen Ausschuss ausdrücklich hervorgehoben. Es ist auch schriftlich fixiert worden.

– Ist aber der Beschluss der Koalitionsregierung, die Internierten auszuliefern, nicht ein bisschen zu schnell gefasst worden? Ist der Vortrag vor dem Ausschuss nicht schlampig und unklar gewesen? Hat man eigentlich begriffen, wie kontrovers die Frage war?

– Ich weiß nicht, erwidert er langsam. Ich war ja kein Mitglied jener Regierung. Und im Auswärtigen Ausschuss … ja. Da gab es eigentlich gar nicht so viel zu überlegen. Das heißt, wenn man sich schon halbwegs entschieden hatte.

Später, während desselben Gesprächs, begründete er ausführlich seinen Standpunkt: das ist eine andere Geschichte, eine andere Zeit, wir können später darauf zurückkommen. Aber gerade beim Abschied in dem dunklen Flur, als der Besucher gehen wollte, begann Undén von neuem über den Ausschuss und seine Aufzeichnungen zu sprechen.

– Die Diskussionen des Auswärtigen Ausschusses werden nicht protokolliert, das ist gleichsam eine Voraussetzung dafür, dass sie überhaupt zustande kommen. Es gibt aber viele, die Aufzeichnungen machen und sie später veröffentlichen. Ich habe das nie gemacht. Es ist, als wollte man subjektive offizielle Protokolle führen. Niemand kann den Wahrheitsgehalt kontrollieren, aber sie machen einen korrekten und überzeugenden Eindruck.

– Haben auch Sie Protokoll geführt oder Aufzeichnungen gemacht?

– Ja, das habe ich getan. Und die kann ich nicht aus der Hand geben. Aber manchmal wünschte ich, ich könnte einiges daraus publizieren, aber ich weiß nicht recht. Ich weiß nicht, ob ich es kann.

– Zum Beispiel was?

– Die Aufzeichnungen über die Sitzung vom 11. Juni 1945. Um meinen Einsatz und meine Verantwortlichkeit exakt darlegen zu können. Es sind keine sehr ausführlichen Notizen, aber sie sind deutlich.

– Dürfte ich sie einsehen?
Er stand still und nachdenklich da, und es dauerte fast eine Minute, bis er antwortete.
– Ich würde sie gern veröffentlicht sehen. Dieses Papier beleuchtet eine für mich sehr wichtige Seite der Frage. Aber ich weiß nicht recht. Ich weiß nicht.
Es wurde nie etwas daraus.

Ivar Anderson war von 1935 bis 1948 Mitglied des Auswärtigen Ausschusses, er gehörte der politischen Rechten, der *högerparti*, an, war ab 1940 zugleich Chef des *Svenska Dagbladet*. Er machte bei jeder Sitzung Notizen, oft detaillierte. An den 11. Juni 1945 erinnert er sich sehr gut.

Die Behandlung der Balten-Affäre kam am Ende einer Sitzung zur Sprache. Man hatte schon annähernd zwei Stunden debattiert, und alle wussten, dass die Sitzung bald geschlossen werden musste, da der König ihr vorsaß. Er war schon fast neunzig, worauf man beinahe automatisch Rücksicht zu nehmen pflegte: man durfte ihn nicht zu sehr strapazieren. Wie immer oder fast immer in jener Zeit wurde die Sitzung im Schloss abgehalten, im Gemach der Königin Sofia, einem alten Speisesaal. Sie saßen an einem langen Tisch, der König an der Schmalseite, vom Außenminister und dem Premierminister flankiert.

Man hatte schon seit zwei Stunden diskutiert. Es war ein schöner Frühsommertag, die Sonne schien, die Luft war klar, die Temperatur betrug um 13 Uhr 18,5 Grad: die letzte Sitzung des Jahres. Man hatte bislang vorwiegend aktuelle Probleme diskutiert, die Norwegen und Dänemark betrafen, und war fast fertig.

Da bat Günther ums Wort und sagte:
– Da ist noch etwas.
Darauf trug er die Angelegenheit vor. Es war, Ivar Anderson zufolge, eine sehr schludrige Darlegung des Problems, »wie gewöhnlich bei Günther«. »Er hatte kein Gefühl für Form. Er war sehr unpräzise, sprach schnell, nuschelig und leise, und wer unten am Tisch saß, konnte seine Worte nur schwer verstehen.«

Günther erklärte, die Russen hätten eine Auslieferung der nach Schweden geflohenen deutschen Soldaten verlangt, eine Auslieferung derjenigen, die deutsche Uniform getragen hätten. Günther wies darauf hin, dass Schweden nicht verpflichtet sei, dem Begehren der Russen nachzukommen.

Nach Ivar Andersons Erinnerung lief der Vortrag darauf hinaus, dass die Betroffenen an eine interalliierte Kommission ausgeliefert werden sollten.

Günther sprach ohne Manuskript.

– Hat er erwähnt, dass sich unter den Internierten auch Balten befanden?

– Nein ... ja, vielleicht. Es wurde möglicherweise erwähnt. Es gab aber kaum jemanden, der diese Unterscheidung begriff, wir waren ja völlig unvorbereitet.

– Gab es eine Diskussion?

– Ja, drei Mitglieder des Ausschusses meldeten Bedenken an, jedes auf seine Weise: Sandler, Undén und ich. Aus meinen Aufzeichnungen geht hervor, dass Undén sehr heftig opponierte. Ich selbst widersprach von einem moralischen Standpunkt aus; ich habe zwischen Deutschen und Balten keinen Unterschied gemacht. Ich hatte kein Gefühl dafür, dass es einen Unterschied geben könnte. Erst später wurde ein Unterschied offenbar; Undén zum Beispiel arbeitete später ja nur für das Ziel, die Balten nicht auszuliefern. Für die Deutschen hatte er nicht das geringste Mitgefühl.

– Wie betrachten Sie die damalige Sitzung in rein formaler Hinsicht?

– *Damals* hielten wir sie für eine bloße Orientierung durch die Regierung; man kann auf keinen Fall annehmen, dass diese Form der Information eine Zustimmung des Ausschusses zum Auslieferungsbeschluss der Koalitionsregierung zur Folge hatte. Drei Stimmen waren dagegen, die anderen schwiegen, waren etwas überrumpelt und stimmten zu. Der Vortrag war ja so schludrig, unklar und vage.

– Haben Sie damals schon gewusst, dass die Regierung später die Auslieferung beschließen würde?

– Wir haben erst im November Endgültiges erfahren.

Drei Stimmen dagegen: zwei Sozialdemokraten und ein Mann der Rechten. Die anderen unentschlossen, alle schlecht orientiert. Keiner war sich bewusst, dass die Frage kontrovers war.

In den Versionen Undéns und Andersons finden sich klare Widersprüche. Der wichtigste betrifft Undéns Rolle und die Frage, ob die Auslieferung an eine interalliierte Kommission oder direkt an die Russen erfolgen sollte. Die beiden unklaren Punkte fallen teilweise zusammen. Möglicherweise trügt die Erinnerung Ivar Andersons, man vertausche nur die Frage, ob die Internierten an eine interalliierte Kommission ausgeliefert werden sollten mit der ursprünglichen Frage: Auslieferung oder keine Auslieferung. Man vertausche die negative Einstellung Undéns gegenüber der »interalliierten Kommission« mit seiner Haltung zur Auslieferung überhaupt.

Wie auch immer: niemand erfasste die Reichweite des Problems und die möglichen Komplikationen. Hätte einer der Opponenten mit Kraft und Überzeugung auf die möglichen Komplikationen in dieser Frage hingewiesen, hätten sich mehrere Ausschussmitglieder zu Wort gemeldet. Trotz allem ist es nicht wahrscheinlich, dass irgend jemand sich stark engagierte, nicht einmal einer der drei, die Widerspruch anmeldeten.

So endete die erste Sitzung, in der über die Frage der Auslieferung gesprochen wurde: am 11. Juni 1945.

Was sich aber im Gedächtnis des Untersuchers am längsten erhalten sollte, war die ironische Schlussvignette zu dieser zentralen, schicksalsschweren, schläfrigen und idyllischen Sitzung des Auswärtigen Ausschusses. Der Anfang erschien so unschuldig, über allem lag das zweideutige kleine Gefühl von Zufälligkeit, Laune. Lange noch würde er dieses Gemach der Königin Sofia vor sich sehen, die goldenen Ornamente und die Teppiche, die hohen Fenster, den langen Tisch mitten im Raum und die grüne Tischdecke, die frühe Sommersonne und die kühle Luft, die beim Eintreten in den Raum so leicht und rein zu sein schien, lange noch würde ihm das Bild von der schwierigen Debatte vorschweben; er sah den König vor sich, der fast neunzig war und diese Sitzung schon fast zwei Stunden ausgehalten hatte. Dazu kam noch das leise Schuldbewusstsein der Anwesenden, vielleicht war es auch Ratlosigkeit, und schließlich, als alle glaubten, die Sitzung sei zu Ende, als sie die Norwegen und Dänemark betreffenden Probleme ausdiskutiert hatten sowie Fragen der Nachkriegszeit, als jeder an sein Mittagessen dachte, an seinen Zug oder an seine Familie, bat plötzlich Günther ums Wort. Ein Schauer von Missvergnügen und Unlust machte sich bei allen bemerkbar, aber nur vorsichtig, niemand sollte etwas merken. Irgend jemand knisterte mit Papier, der Salon war kühl und still, irgend jemand kämpfte mit seiner Müdigkeit, und dann, plötzlich, kam alles so heimtückisch über sie, dass sie sich des Überfalls gar nicht bewusst wurden, dass sie erst im November wach wurden. Im November aber war alles zu spät.

Günther wandte sich an den König, bekam ein Kopfnicken zur Antwort, er räusperte sich, sah auf und erhielt das Wort.

– Da ist noch etwas, sagte Günther.

Zwei Tage später fand eine Staatsratssitzung statt. Die Regierung war in einem Raum des Kanzleihauses versammelt, niemand fehlte. Die meiste Zeit wurde über Flüchtlingsprobleme gesprochen. Vor allem wurde über jene sechsunddreißigtausend zivilen Balten diskutiert, die sich inzwischen in Schweden befanden. Alle wussten, dass die Russen über diese Tatsache nicht gerade froh waren, und das nicht nur, weil eine gewaltige Arbeitskraftreserve verlorengegangen war. Den Russen – das war während einiger Verhandlungen sehr deutlich geworden – war es besonders unangenehm, dass eine neue antisowjetische Propagandazentrale in Stockholm errichtet werden könnte. Sie hatten während der Jahre zwischen den beiden Kriegen eine solche Zentrale in nächster Nähe, in Riga nämlich, erlebt, und wollten in Stockholm keine neue entstehen sehen.

Es gab auch andere Gründe: aber dieser war der wichtigste.

Man widmete dem Problem fast die gesamte Zeit der Staatsratssitzung. Alle schienen sich einig zu sein, »was die Standhaftigkeit in der Balten-Frage« betraf. *Sollte* eine russische Anfrage wegen der zivilen Balten kommen, würde man sie abschlägig bescheiden. Die Flüchtlinge, die sich in Schweden befanden, hatten ein Recht zu bleiben.

Die Diskussion über diese Frage nahm fast zwei Stunden in Anspruch.

Zur Beschreibung dieser Diskussion gehört auch die Wiedergabe eines vagen Gefühls von Festigkeit, Toleranz, Entschlossenheit und Großzügigkeit; von den Interviewten will aber keiner zugeben, dass es so gewesen ist, noch weniger ist von ihnen eine Beschreibung des Geschehens zu erwarten. Das Gefühl wird sich in dem Maß verfestigt haben, in dem die Umrisse des Problems sich deutlicher abzeichneten und die feste Haltung Schwedens klarer erkennbar wurde. Es ist allerdings auch möglich, dass es dieses Gefühl nie gegeben hat. Man könnte es eventuell als eine »moralische Sattheit« beschreiben, aber alle Versuche, es zu definieren oder gar seine Existenz nachzuweisen, müssen äußerst spekulativ bleiben.

Nach dieser eingehenden Diskussion hielt der Außenminister über eine teils verwirrt, teils selbstverständlich erscheinende Angelegenheit Vortrag: die Frage der internierten ausländischen Militärs. Die Russen hätten um eine Auslieferung gebeten, und die frühere Praxis der schwedischen Regierung in solchen Dingen lasse eine Übergabe angezeigt erscheinen. Es seien schon früher geflüchtete deutsche Soldaten an andere Alliierte ausgeliefert worden, beispielsweise an Frankreich; die jetzt in schwedischen Lagern internierten deutschen Soldaten seien recht zahlreich, etwa dreitausend. Die meisten seien von der Ostfront gekommen, und man könne sie ja schließlich nicht ewig hierbehalten.

Das Problem schien sehr einfach, es war kurz vor der Lunchzeit, man wollte gleich aufbrechen, und alles schien völlig selbstverständlich. Die deutsche Armee, die so viel Böses angerichtet hatte, sollte sich den Folgen der Niederlage nicht einfach entziehen können. In der Sowjetunion gab es viel aufzubauen. Die Internierten würden als Arbeitskräfte gut zu gebrauchen sein.

Günther schloss seinen Vortrag, der etwa fünf Minuten gedauert hatte, mit einigen Erläuterungen.

– Es gibt unter den Internierten noch einige Angehörige anderer Nationen, die sich freiwillig der deutschen Wehrmacht angeschlossen haben, so zum Beispiel eine Gruppe von Balten. Es wird uns allerdings ziemlich schwerfallen, irgendwelche Unterschiede zwischen ihnen zu machen. Sie sind ja alle Angehörige der deutschen Wehrmacht gewesen und sollten deshalb alle ausgeliefert werden.

Es kam ein schwaches Gemurmel auf. Einige stimmten zögernd zu, es war schon spät, niemand erfasste das Problem oder hatte die Kraft, sich hineinzudenken, und für die meisten war die Auslieferung eine Selbstverständlichkeit. Man diskutierte einige Minuten lang die Möglichkeit, den Internierten zu bescheinigen, dass sie vor dem Tag des Waffenstillstands geflohen seien, um ihnen disziplinarische Strafen zu ersparen, aber die Diskussion war kurz und planlos, und es kam zu keinem Beschluss. »Wir waren ja daran gewöhnt, dass sämtliche Probleme in den Ministerien sorgfältig vorbereitet wurden, die Auslieferung war für uns nicht problematisch. Wir wollten die Besprechung nicht mit Einzelheiten in die Länge ziehen, viele von uns werden auch kaum begriffen haben, worum es eigentlich ging, einige werden nicht einmal richtig zugehört haben.«

Die Diskussion war zu Ende, ehe sie überhaupt richtig begonnen hatte, und es kam zum allgemeinen Aufbruch.

Auf der Treppe zum Lunchraum ging ein sozialdemokratischer Minister, nennen wir ihn A., neben einem bürgerlichen, den wir Ewerlöf nennen wollen. A. fragte:

– Du, was hat er eigentlich zum Schluss noch gesagt? Hast du eigentlich verstanden, worum es ging?

– Was meinst du denn? sagte Ewerlöf.

– Dass wir irgendwelche Balten ausliefern sollen; es soll unter den deutschen Soldaten einige geben. Hat er das nicht gesagt?

Ewerlöf grunzte zustimmend, sagte aber nichts.

– Doch, so war's, fuhr A. fort. Du glaubst doch nicht, es könnte ein Fehler sein? Dass wir einen Irrtum begehen? Dass wir unsere Hände mit Blut beschmutzen?

Sie waren aber schon vor dem Lunchraum angekommen, gingen durch die Tür und setzten sich an verschiedene Tische. Über diese Sache sprachen sie nie mehr miteinander. Es war Juni, die Auslieferung der Balten war beschlossene Sache. Sie sollten sich erst im Herbst wieder an diese Frage erinnern, nach dem Abtreten der Koalitionsregierung und dem Amtsantritt des rein sozialdemokratischen Kabinetts. Sie hatten einen langen Sommer vor sich, um alles zu vergessen.

Anwesender Minister, Zitat. »Das Problem für alle ehemaligen Mitglieder der Koalitionsregierung bestand später darin, für dieses Geschehen eine einigermaßen glaubwürdige Erklärung zu finden. Für die Sozialdemokraten war es vielleicht ein wenig leichter: sie konnten einfach sagen, der Beschluss sei korrekt und rechtens. Um die Bürgerlichen war es schlimmer bestellt. Sie fühlten sich durch den Juni-Beschluss festgelegt, und dieses Gefühl prägte die gesamte spätere Debatte; es bewirkte, dass die Frage keine rein parteipolitische, sondern allgemeinpolitisch wurde. Einige der Bürgerlichen schienen sich zu schämen und vermieden es, überhaupt über die Auslieferung zu sprechen. Es ist wohl leicht zuzugeben, dass man sich in seinem Urteil geirrt hat: aber zuzugeben, dass man eine Sache völlig verschlafen hat oder am Kern der Sache vorbeigegangen ist, dürfte nicht ganz einfach sein.«

Der Ministerrat gab am 15. Juni 1945 sein endgültiges Plazet zu der Auslieferung, und am folgenden Tag beantwortete die schwedische

Regierung die sowjetrussische Note. Die Erwiderung hatte folgenden Wortlaut:

»In einer Verbalnote vom 2. Juni 1945 hat die Gesandtschaft der Union der Sozialistischen Sowjetrepubliken im Auftrag ihrer Regierung vorgeschlagen, alle deutschen (und alle früher unter deutschem Befehl stehenden) Soldaten, Offiziere und anderes Militärpersonal, die nach der in Berlin am 8. Mai 1945 erfolgten Unterzeichnung der deutschen Kapitulationsurkunde von der sowjetisch-deutschen Front nach Schweden geflohen sind, an die Sowjetregierung auszuliefern.

In Beantwortung dieser Frage erlaubt sich das Königl. Schwedische Außenministerium mitzuteilen, dass die schwedische Regierung bereit ist, die genannten Personen unser Land verlassen zu lassen. Der Verteidigungsstab ist beauftragt worden, wegen der Modalitäten der Abreise und der Übergabe mit der Gesandtschaft in Verbindung zu treten. Es sei noch erwähnt, dass sich unter den genannten Personen auch solche befinden, die schon vor der Unterzeichnung der Kapitulationsurkunde nach Schweden gekommen sind.

Diese Mitteilung schließt natürlich auch die Zusicherung ein – wonach in der Note der Gesandtschaft besonders gefragt wurde –, dass die schwedische Regierung den genannten Personen kein Asyl gewähren wird.«

Man kann feststellen: die russische Note enthielt nur eine Anfrage und kein direktes Auslieferungsbegehren. Die Kapitulationsurkunde enthielt einen Passus, wonach die deutschen Streitkräfte in ihren Stellungen verbleiben und sich entwaffnen lassen sollten. In der Note wurde auf diesen Passus hingewiesen. Sie enthielt also zwei Anfragen. Erstens, ob Schweden sich an die Bestimmungen des Waffenstillstandsabkommens halten wolle. Zweitens, ob Schweden so handeln wolle, als wäre es vertraglich vereinbart, dass die Deutschen, die ihre Stellungen verlassen hatten, zurückgeschickt werden.

Die schwedische Antwort ging weit über das hinaus, wonach die Russen in ihrer Note vorsichtig gefragt hatten. Die Anfrage betraf diejenigen Soldaten, die *nach der Unterzeichnung der Kapitulationsurkunde* von der Front geflohen waren. Diese Urkunde wurde am 8. Mai 1945 um 00.16 Uhr mitteleuropäischer Zeit unterzeichnet. Die Mehrzahl der Balten war am Morgen des 8. Mai um 10 Uhr nach Ystad gekommen, und sie hatten die »Front«, in diesem Fall Bornholm, fünf bis sieben Stunden vorher verlassen. Sie waren weder die Ersten noch die Letzten gewesen, der Strom der Flüchtlinge verteilte sich auf den Zeitraum zwischen dem 4. und dem 15. Mai.

Diese Tatsache spielte später niemals eine Rolle: die schwedische Regierung erklärte direkt, dass sie auch diejenigen auszuliefern gedenke, die vor dem 8. Mai nach Schweden gekommen waren. Am 24. November präzisierte die Regierung sich noch genauer und setzte die Grenze auf den 1. Mai zurück.

Am 3. Juli 1945 erhielt der Militärattaché der Sowjetunion genaue Angaben über die Zahl der auszuliefernden Soldaten. Unter ihnen befanden sich alle, die von der Ostfront nach Schweden gekommen waren, auch die 167 Balten.

Nach dem endgültigen Beschluss wurde die Sache zu den Geheimakten gelegt. Das politische Geschehen war beendet, jetzt durfte die Verwaltung den Rest erledigen. Die Verwaltung musste unter anderem darauf achten, dass nichts an die Öffentlichkeit durchsickerte, dass in den Lagern keine Unruhe entstand, dass der zeitliche Abstand zwischen Beschluss und Auslieferung möglichst kurz gehalten wurde. Die Unterhaltung der Lager kostete schließlich große Summen, die der schwedische Staat bezahlen musste.

Am 2. Mai 1945 erhielt Oberstleutnant Nils Leuhusen den Befehl, eine provisorische Dienststelle für die mit den Internierten zusammenhängenden Fragen zu organisieren, deren Chef er sein sollte. Er hatte früher im Verteidigungsstab gearbeitet. Mit den Russen über praktische und technische Details zu verhandeln, war jetzt hauptsächlich seine Aufgabe: die Verhandlungen wegen der Modalitäten, wie es in der Note geheißen hatte.

Auf russischer Seite hatte man für die Verhandlungen den Marineattaché Slepenkov abgestellt. Er kann selbst nicht zu Wort kommen, er kann nur so dargestellt werden, wie die schwedischen Militärs ihn sahen. Offiziere pflegten untereinander zu bezweifeln, dass er Seeoffizier war: seine Kenntnisse in Marineangelegenheiten erschienen ihnen recht dürftig. »Er war unerhört tölpelhaft, kreuzte im Verteidigungsstab auf, ohne sich angemeldet zu haben. Wir hatten damals zwar eine weniger scharfe Bewachung als heute, aber immerhin. Ungewöhnlich unangenehmer Typ.«

Von dem Tag an, da die Militärbehörden die Verantwortung für die Modalitäten übernommen hatten, wurde von schwedischer Seite hart gearbeitet, um die Auslieferung zu beschleunigen. Die Aufgabe der

Bewachung in den Lagern war nicht sehr populär, und man wollte die Geschichte so schnell wie möglich aus der Welt schaffen. Leuhusen war praktisch jeden Tag in der russischen Gesandtschaft in der Villagatan und versuchte, Slepenkov dahin zu bringen, möglichst schnell für Transportmöglichkeiten zu sorgen und seine Vorgesetzten zur Entsendung eines Schiffs zu bewegen.

Aber die Russen schienen nicht sonderlich interessiert zu sein, eher unangenehm berührt. Sie hatten in einer Note höflich angefragt, sofort eine positive Antwort erhalten, die weit über das hinausging, was sie erwartet hatten, und wurden jetzt mit Forderungen überhäuft, Schiffe herbeizuschaffen, um fast dreitausend deutsche Kriegsgefangene über die Ostsee zu transportieren. In Norwegen befanden sich zur selben Zeit zwanzigtausend Deutsche, die auf ihren Transport in die Sowjetunion warteten, aber Slepenkov und seine Vorgesetzten ließen sich schließlich doch überreden, dem schwedischen Kontingent Vorrang zu geben.

Sie schickten ein Schiff von Murmansk.

Gegen Ende des Sommers machte in politischen Kreisen ein Gerücht die Runde, die Auslieferung werde nicht zustande kommen. »Die Russen wollten die Internierten nicht haben, vielleicht hatten sie auch keine Transportmöglichkeiten.« Das stimmte nur zum Teil. Es gelang den Russen schließlich doch noch, Schiffsraum bereitzustellen, und sie gaben Schweden Priorität, um endlich Ruhe zu haben.

Von den norwegischen Behörden hatten die Schweden Auskunft über die Position des Schiffes verlangt. Die Russen selbst wussten nicht, wo es sich befand, sie wussten nur, dass es ausgelaufen war und bald ankommen musste. Von norwegischen Küstenstationen kamen fortlaufend Meldungen; das Schiff befand sich auf dem Weg nach Süden. Bei der Ankunft im Öresund sollte die Evakuierung der Lager begonnen und rasch, wie ein Überfall, durchgeführt werden.

Das Schiff hieß »Cuban«.

Nils Leuhusen war nur ein ausführendes Organ, über den politischen Hintergrund weiß er nichts; er erinnert sich nur daran, wie unerhört mühevoll es war, die Russen dazu zu bringen, zu kommen und ihre Gefangenen abzuholen. Er deutet eine klare Meinungsverschiedenheit zwischen dem Außenministerium und dem Verteidigungsstab an, die sich vor allem in den Krisenwochen des November äußerte. »Sie wehrten sich mit Händen und Füßen, wollten nichts mit der Geschichte zu tun haben. Die Verantwortung wollten sie auf das Militär abwälzen.« Er beschreibt das Zimmer, in dem er mit Slepenkov konferierte: ein Raum in der russischen Gesandtschaft, immer die gleichen Gespräche, die gleichen Fragen, die gleiche Trägheit, die gleichen Antworten. In einer Ecke des Zimmers stand ein Schrank. Auf dem Schrank stand eine Flasche Madeira. Bei jedem Besuch wurde die verdammte Flasche auf den Tisch gestellt, zwei Gläser dazu, und dann begannen sie zu trinken. Dann kamen die Entschuldigungen, warum das Schiff noch nicht abgegangen war, warum die Russen sich Zeit ließen. Die Bitten, sie möchten sich beeilen. Die Beteuerungen.

Er erinnert sich noch sehr genau an den Heimweg von diesen Zusammenkünften. Er pflegte durch den Humlegården nach Östermalm zu gehen, der Sommer war schon weit fortgeschritten, das Wetter oft schön, Sonne und Kindergeschrei, spielende Kinder. Er spürte den Wein im Kopf, der erste Friedenssommer, er ging von der russischen Gesandtschaft nach Hause und nahm den Weg durch den Humlegården. Dieses Bild steht ihm noch am deutlichsten vor Augen: wie er durch den Humlegården ging, wie schön es dort war mit den spielenden Kindern und dem leisen und dumpfen Singen im Kopf.

8

Sie wurden in Zehnergruppen zum Torfmoor von Martebo zurückgeschickt; sie trugen jetzt schwedische Uniformen, die sie während ihrer gesamten Zeit dort tragen sollten. Für einige von ihnen hatte die Angewohnheit, ständig die Uniformen zu wechseln, schon den Charakter eines Steckenpferds angenommen, und sie registrierten mit Interesse diese neue Phase in ihrer militärischen Karriere. Drei von ihnen hatten in den letzten sieben Jahren die Uniform von vier Armeen getragen. Zuerst die lettische. Dann, im Herbst 1940, die russische. Dann die deutsche. Dann die schwedische.

Wie auch immer: jetzt mussten sie arbeiten. Die schwedischen Arbeiter verhielten sich ruhig. Die Gegensätze wurden unter Kontrolle gehalten.

Der Juli war im übrigen recht ereignislos. Die meiste Zeit wurde gearbeitet, und in ihrer Freizeit konnten sie kaum etwas anderes tun als vor den Baracken sitzen und über die gotländische Ebene hinaussehen und rauchen. Sie verglichen diese Zeit mit dem Aufenthalt in Havdhem, wo es zwar oft zu Krach und Krawall gekommen, insgesamt aber doch interessanter gewesen war. Abends saßen sie im Gras und sahen, wie die staubige, gelbrote Sonne sich auf die Torfmoore herabsenkte; es gab nicht mehr viel, worüber sie sich hätten unterhalten können. Sie hatten das leise Gefühl, verbannt zu sein, als hätte man sie zu Zwangsarbeit verurteilt. Es war ihnen klar, dass die Deutschen in Havdhem keinen großen Wert auf ihre Rückkehr legten: die Konflikte würden wiederaufflammen. Mitunter drangen Gerüchte nach Martebo: die Deutschen sollten Delegationen zum Lagerkommandanten geschickt und verlangt haben, die Balten in Martebo zu lassen. Sie bezweifelten den Wahrheitsgehalt dieser Gerüchte keine Sekunde, aber einige von ihnen fühlten sich verletzt.

Am 13. August kamen zwei Franzosen nach Martebo, um nach Landsleuten im Exil zu suchen. Hier fanden sie keine, nur in Havdhem hatten sie zwei angetroffen.

– Jetzt fangen sie an, stellte Eichfuss prophetisch fest. Erst kommen die Franzosen, um ihre Überläufer abzuholen und sie vor ein Kriegsgericht zu stellen. Dann kommen alle anderen. Zuletzt der Russe. Er wird alle Balten abholen, sie auf dem Kai in Riga Aufstellung nehmen lassen und dann alle erschießen. Wenn einer kommt, kommen alle. Jetzt können wir nur noch warten.

Als sie aber nach Havdhem kamen, waren die Franzosen noch da; sie waren nicht ausgeliefert worden. Es sollte noch bis zum 8. September dauern mit der Auslieferung. Man brachte sie nach Stockholm, und von dort wurden sie unter Bewachung mit der Bahn nach Frankreich transportiert.

Das geschah aber erst sehr viel später. Am 21. August durften die Balten nach Havdhem zurückkehren, wo man sie in einem sorgsam abgeschirmten Sonderlager unterbrachte.

Der Rest der Lagerzeit spiegelt sich in Briefen, Tagebüchern, Journalen nur fragmentarisch. 24. August: Herr Hellman vom Roten Kreuz besuchte das Lager von 9.30 bis 17 Uhr. Um 10.45 Uhr hielt er vor sämtlichen internierten Offizieren eine Ansprache. Um 18 Uhr Fußballspiel zwischen den Insassen und einer Mannschaft der Wachkompanie. Die Internierten siegten 7:0. Hellman hatte die Internierten über ihre rechtliche Stellung und ihre Zukunftsaussichten informiert. Unter anderem hatte er einige Passagen aus den Kapitulationsbestimmungen vorgelesen, »was bei einigen starke Unruhe hervorrief«. Am 26. August begannen die Fluchtversuche; im Lagertagebuch steht eine lakonische Bemerkung: »Hellmans Einfluss«. Der 27. August wurde der Reparatur und der weiteren Befestigung der Lagerzäune gewidmet, wobei die Internierten gute Arbeit leisteten. Am 30. August sind die um das Lager herum errichteten Sperren noch weiter verstärkt worden. Dem Verteidigungsstab wird Bericht erstattet; der Bericht stimmt jedoch nicht ganz mit den Arbeitsbüchern überein, jedenfalls, was die chronologische Folge betrifft. »Am 1. Juli wurde sofort mit der Verstärkung des Zauns durch gekreuzte Drähte begonnen. Die Eingangstore waren, da keiner das Lager betreten oder verlassen durfte, mit Stacheldraht gesichert. Vom 20. August an setzte eine vollständige Erneuerung (karoförmig) des Zauns ein, die am 26. August abgeschlossen war.«

Nur unvollständig und mit kurzen Bemerkungen wird der psychische Zustand der Insassen erwähnt. »Sprechen oft über die Zustände in Russland. Haben Angst um ihre Angehörigen, Unbehagen, Ungewissheit.« »Einige wollen in englische Gefangenschaft.«

Gegen Mitte des Sommers unternahm die abessinische Botschaft einen Vorstoß, um für die äthiopische Armee baltische Offiziere und Soldaten anzuwerben. Man brauche dreihundert Offiziere; mehrere Wochen lang wurde dieser Vorschlag von den Internierten eingehend diskutiert.

Sie bekamen jedoch nie eine Möglichkeit, selbst zu entscheiden. Auf Anweisung aus Stockholm hin wurden alle Diskussionen abgeblasen. Kurze Notiz: »Abessinien-Schreiben ablehnen. Wir behalten sie selbst.«

Porträt eines Pilzsammlers. Name: Vincas Lengvelis. Litauischer Offizier in deutschen Diensten, in Havdhem interniert.

In einem Brief an den schwedischen Lagerkommandanten führt er schwere Klage gegen einen namentlich benannten deutschen Soldaten. »Am 10. September 1945 hat der baltische Teil des Lagers – mit Ihrer Genehmigung – in der Nähe des Lagers Pilze gesammelt, zusammen mit einigen Deutschen. Ich wurde als ›Dienstältester‹ zum Verantwortlichen gemacht. Der Gefreite Otto Neujoks sammelte jedoch keine Pilze; er hatte sich schon zu Beginn des Ausflugs vorgenommen, in einem nahegelegenen Garten Äpfel zu pflücken. Neujoks ist österreichischer Deserteur und im ›Sonderlager‹ untergebracht. Ich hatte das Apfelpflücken persönlich verboten. Neujoks gehorchte nicht und kroch, obwohl er mich sah, durch einen Zaun in den Garten, wo er Äpfel sowohl vom Baum pflückte als auch von der Erde auflas. Ich meldete die Tat sofort dem nächsten schwedischen Posten, später auch dem Kompaniechef.

Nach meiner Rückkehr ins Lager, als ich neben meinem Zelt saß, kam plötzlich der Gefreite Ginther, ein Freund des N., auf mich zu. Neben mir saßen mehrere Offiziere und einige Gefreite. Der Gefreite Ginther schrie mich an – mit lauter Stimme –, ich sei ein Bandit, und er fügte mit drohend erhobener Faust hinzu, er werde sich nach der Rückkehr nach Deutschland schon zu rächen wissen. Ich möchte betonen, dass ich deutsche Offiziersuniform trug!

Ich fühle mich beleidigt, da ich von einem Soldaten ›Bandit‹ genannt worden bin, und dies in Gegenwart anderer. Ich bitte Sie, Herr Oberstleutnant, den Gefreiten Ginther streng bestrafen zu wollen.«

Am 1. September wurde Ginther ein Verweis erteilt.

Über Vincas Lengvelis gibt es ausführliche biographische Angaben, die vom »Höchsten Komitee für die Befreiung Litauens« mit Sitz in Westdeutschland stammen. Sie wurden nach seiner Befreiung zusammengestellt; Datum: Reutlingen, 1. Februar 1954. Er war einer jener 146, die im Januar 1946 ausgeliefert wurden.

Lengvelis wurde 1902 in Litauen geboren. Zwei seiner Schwestern wurden, nach eigener Aussage, nach Osten deportiert. Er bekleidet den Rang eines Leutnants, mitunter wird er als »Polizist« bezeichnet. Zwischen 1934 und 1941 diente er teils in litauischen Regimentern, teils als Grenzpolizist an der deutschen und an der polnischen Grenze. Im Januar 1941 verließ er Litauen und ging nach Deutschland, wo er schon im August 1941 deutscher Staatsbürger wurde.

Der Hintergrund ist bekannt: am 22. März 1939 hatten die Deutschen Memel besetzt und die litauische Regierung zu einem sowjetfreundlichen Kurs gezwungen. Gegen Ende der dreißiger Jahre war Litauen eine halbfaschistische Diktatur; dennoch wurden im Juni 1940 die Verhandlungen eingeleitet, die zu dem unfreiwilligen Anschluss an die Sowjetunion führen sollten. Im August desselben Jahrs wurde Litauen eine »Sowjetrepublik«. Im Juni 1941 begann der deutsche Überfall auf die Sowjetunion, und Litauen wurde schnell von deutschen Truppen besetzt.

Im August 1943 kehrte Vincas Lengvelis nach Litauen zurück. Während der Besetzung der baltischen Staaten war dort eine antideutsche und nationalistische Widerstandsbewegung entstanden; kleinere Partisanengruppen versuchten unablässig, die deutschen Verbindungslinien zur Front zu sabotieren. Mit diesen Landsleuten nahm Lengvelis jedoch keinen Kontakt auf. Er schloss sich der sogenannten »Abteilung der 3000«, dem »Litauischen Landesschutzverband« an, einem litauischen Polizeiverband.

Das Endziel des deutschen Angriffs im Osten war, SS-Chef Himmler zufolge, die Völker des Ostens, Russen, Esten, Letten, Litauer, Weißrussen, Ukrainer und andere, niederzuzwingen, »die rassisch Wertvollen aus dieser Sammlung herauszufischen« und die übrigen Bevölkerungsteile dahinsiechen oder allmählich aussterben zu lassen. Himmler schrieb: »Die Bevölkerung des Generalgouvernements wird nach einer konsequenten und unerbittlichen Durchführung dieser Maßnahmen in den nächsten zehn Jahren ein für immer minderwertiger Volksstamm sein. Diese Bevölkerung wird als ein Volk ohne Führung für jährliche

Saisonarbeit in Deutschland zur Verfügung stehen.« Für die minderwertigen nichtarischen Elemente sollte eine vierjährige Volksschule eingeführt werden, in der ihnen vor allem Gehorsam den Deutschen gegenüber beizubringen sei. »Sie das Lesen zu lehren, halte ich nicht für notwendig«, schrieb Himmler weiter.

Um eine totale Unterwerfung und einen hohen Wirkungsgrad der geplanten Maßnahmen zu erreichen, war es jedoch nötig, alle Widerstandselemente auszumerzen, alle Juden sowie die gesamte Intelligenz. Dabei sollten die SS-Truppen ihre wichtige und bedeutungsvolle Rolle spielen. Es wurden sogenannte »Einsatzgruppen« geschaffen, die sich hinter der Front als Vernichtungsgruppen betätigten. Von Estland im Norden bis nach Polen im Süden zeigten die SS-Truppen eine außerordentliche Effektivität. Selbst kleine Einsatzgruppen erreichten hohe Erfolgsziffern; schon im Herbst 1941 hatte die Einsatzgruppe A, die aus einigen hundert Mann bestand, 249 420 Liquidierungen zu verzeichnen. Die anderen Gruppen erreichten ähnlich gute Ergebnisse.

Leider war es jedoch nicht möglich, während der Vernichtungsaktionen die wünschenswerte Diskretion zu wahren; die Form, in der die unerwünschten Elemente liquidiert wurden (und das waren nicht wenige, allein in Polen wurden mehr als dreieinhalb Millionen Menschen umgebracht), ließ ebenfalls einiges zu wunschen übrig. Die regulären deutschen Wehrmachtstruppen, die das hinter ihnen betriebene Schlachten unvermeidlich mit ansehen mussten, erregten sich vor allem über die Art und Weise, in der Frauen und Kinder umgebracht wurden. Die Völker selbst, also Balten, Polen und Weißrussen, wurden angesichts der endlosen Blutbäder von wildem Schrecken ergriffen; viele Menschen flohen in die Wälder, es bildeten sich Widerstandsgruppen, die Unruhe wuchs.

Vincas Lengvelis wurde Offizier in einem jener Polizeiverbände, die hinter der Front diese Widerstandsnester zu bekämpfen, zu vernichten hatten. Seine Aufgabe bestand darin, die Partisanenverbände aufzureiben, die die Eisenbahnzüge zwischen Siauliai und Taurage überfielen; er wurde Chef mehrerer Kontrollpunkte. Die Widerständler bezeichnet er als »national und rot«, schweigt sich im übrigen aber über den genauen Charakter seiner Säuberungsaufgaben aus. Man könnte auch einwenden, die litauischen Gruppen seien nicht ausschließlich »rot« gewesen; es ist zu vermuten, dass sie sich aus vielen Fraktionen zusammensetzten, die sich allein in ihrem gemeinsamen Hass gegen die

Deutschen zusammenfanden. Lengvelis, selbst Litauer, dessen Ortskenntnisse ausgezeichnet gewesen sein müssen und dessen Muttersprache Litauisch war, besaß damit alle Voraussetzungen, um seine Aufgaben wirksam zu lösen. Nach einem kurzen Erholungsurlaub in Deutschland kehrte er im Winter 1944 in den nördlichen Teil Litauens zurück und führte dort hinter der Front eine Reihe erfolgreicher Aktionen gegen die Partisanen durch. Leider finden sich nirgends Details von diesen Aktionen. Im Frühjahr 1945 wurde er von den Deutschen zum Oberleutnant befördert, nachdem er kurze Zeit an der Front gedient hatte.

Am 9. Mai um sechs Uhr morgens floh er in einem lettischen Fischdampfer von dem kleinen Fischereihafen Pavel. Man nahm Kurs auf Gotland. An Bord war eine Gruppe baltischer Offiziere in deutschen Diensten: Major Ambraziunas, Leutnant Jancys, Oberleutnant Plevokas, Leutnant Vosylius, Fahnenjunker Ingelevicius, Unteroffizier Dranseika und der Bataillonsarzt Zenkevicius.

Die Überfahrt dauerte sechzig Stunden und verlief streckenweise äußerst dramatisch. Sie wurden wiederholt von russischen Flugzeugen angegriffen. Auf Gotland nahm sie ein schwedischer Offizier in Empfang. »Er war sehr freundlich zu uns«, heißt es übereinstimmend.

Das Protokoll ist lang, detailliert und macht einen relativ sachlichen Eindruck, es gibt jedoch keinen Aufschluss über persönliche Züge von Vincas Lengvelis. Der Versuch, ein Porträt von ihm zu zeichnen, ist also sinnlos.

Im Lagertagebuch vom 10. September 1945 findet sich kein Hinweis auf den Zwischenfall beim Pilzsammeln oder auf den Beschwerdebrief Lengvelis'. Die Eintragung von diesem Tag ist sehr kurz.

Da steht nur: »18 Uhr. Die Hunde freigelassen. 18.30. Dämmerung. Die neue Außenbeleuchtung eingeschaltet. Obergefreiter Hammarström führt eine Sonderübung mit dem Spürhund Nero durch.«

Darstellung einer kurzen romantischen Episode.

Am 20. September beantragte der lettische Leutnant A. K. eine Besuchserlaubnis für seine Frau K. K. Sie war im August 1944 von Lettland geflohen, aber da ihr Mann seit dem Frühjahr 1943 in der Armee gedient hatte, hatten sie sich seitdem nicht mehr gesehen. Sie wohnte jetzt auf Gotland, sie hatten brieflichen Kontakt miteinander, und beide wünschten sich zu sehen. Der Antrag wurde sofort genehmigt.

Sie kam am 23. September um 11.30 Uhr mit einem Wagen an und fuhr, laut Aufzeichnung des Wachhabenden, um 16 Uhr am selben Tag wieder ab. Ein schwedischer Rekrut, der gut Deutsch sprach und den Auftrag erhalten hatte, die Begegnung zu arrangieren, half ihr aus dem Wagen und begleitete sie zu dem Zimmer, in dem ihr Mann schon seit einer Stunde wartete. Sie war dunkel, mittelgroß, relativ gut gekleidet, sie hatte weiche, regelmäßige Gesichtszüge – eine magere Frau – und sprach nur Lettisch. Sie war schwanger, vielleicht im sechsten oder siebenten Monat. Der Rekrut führte sie sofort zum Treffpunkt.

Kaum trat die Frau ins Zimmer, umarmten sich die Eheleute stürmisch und blieben eine Weile so stehen, ohne etwas zu sagen. Der schwedische Soldat stand hinter ihnen. Dann riss die Frau sich los, sah sich mit einem eigentümlichen, fast verzweifelten Gesichtsausdruck um, setzte sich auf einen Stuhl und begann heftig zu weinen. Der Mann blieb stehen und sah sie verblüfft an. Der Schwede nahm rasch Haltung an, salutierte und verließ das Zimmer.

Draußen gab es einen Tisch, einen Stuhl, einen Aschenbecher. Der Wachsoldat setzte sich und wartete. Er erinnert sich noch sehr gut an alles.

Nach etwa zehn Minuten hörte er heftiges Streiten, die Eheleute schienen sich laut anzuschreien. Der Sergeant blieb einige Sekunden unschlüssig sitzen, erhob sich dann und öffnete die Tür. Der Mann stand am Fenster, seine Frau saß auf dem Stuhl. Das laute Zanken hatte sofort aufgehört, als der Soldat die Tür öffnete, der Mann wandte sich schnell und offensichtlich demonstrativ um und blickte, mit dem Rücken zum Zimmer, auf den Hof hinaus; seine Frau starrte den Schweden stumm und feindselig an.

Da ihm nichts einfiel, was er hätte sagen können, ging er wieder hinaus und schloss die Tür. Er hörte sofort, dass das Gespräch wiederaufgenommen wurde, jetzt aber leiser und vorsichtiger. Der Wachhabende setzte sich und rauchte weiter.

Um 13 Uhr bekam er Kaffee und zwei Heißwecken. Er aß sie sorgfältig auf, ging dann auf die Treppe, um »Nachschub« zu verlangen. Eine Viertelstunde später kam jemand mit einer Kaffeekanne, zwei Tassen und einem Teller mit Heißwecken. Er nahm das Tablett, klopfte vorsichtig an die Tür und öffnete sie nach einer Weile, da niemand antwortete. Die Eheleute saßen dicht nebeneinander; sie schienen beide geweint zu haben. Der Sergeant stellte das Tablett auf den Tisch und bedeutete den beiden, sich zu bedienen, worauf der Mann schwach lächelte und nickte. Während dieser kurzen Zeit wurde kein Wort gesprochen.

Eine halbe Stunde später ging der Sergeant wieder hinein, um das Tablett abzuholen. Das Gespräch war jetzt, da er draußen kaum noch etwas gehört hatte, fast verstummt; die Pausen wurden immer länger. Er nahm das Tablett, warf den Eheleuten einen raschen Blick zu und ging wieder hinaus. Er hatte nichts Besonderes bemerkt, da die beiden nur stumm dasaßen.

Kurze Zeit darauf begann der Mann wieder zu sprechen, offensichtlich ununterbrochen und recht lange. Danach begann wieder ein heftiger Wortwechsel, der sich jedoch in einer erträglichen Lautstärke abspielte.

Um 15.30 Uhr ging die Tür auf, und die Frau kam heraus. Sie blickte den Schweden an und sagte nur ein einziges Wort: »Auto.« Ihr Gesichtsausdruck war schwer zu beschreiben. Der Sergeant erhob sich sofort, öffnete die Außentür und winkte der Ordonnanz. Der Wagen, der sie nach Hemse bringen sollte, fuhr sofort vor. Sie hatte keinen weiten Weg vor sich. Sie stand auf der Treppe und hielt mit beiden Händen ihre Tasche fest. Der Sergeant öffnete den Wagenschlag, sie stieg ein und zog die Tür dann selbst zu. Unterdessen hatte die Frau kein Wort gesprochen. Der Sergeant nahm Haltung an, salutierte, dann fuhr der Wagen an und verschwand. Zeit: 16 Uhr.

Der Sergeant ging anschließend zu dem Mann zurück, der zwar etwas grau im Gesicht geworden war, im übrigen aber wie immer aussah. Der Schwede fragte ihn, ob er eine Wiederholung des Besuchs wünsche, aber der Mann schüttelte schnell den Kopf. Danach ging er hinaus und stellte sich an den Fuß der Treppe. Die Luft war angenehm kühl, es hatte tagsüber geregnet, der Himmel war noch bedeckt, und man konnte spüren, dass der Herbst bald kommen würde. Der Mann stand neben der Treppe und blickte zu den Baracken und den Zelten hin.

Als der Sergeant nach einer halben Stunde zurückkam, stand der Mann immer noch da. Das war nicht erlaubt, da der Mann nur für die Dauer des Besuchs seiner Frau Erlaubnis hatte, sich außerhalb des Lagers aufzuhalten. Der Sergeant ging also zu ihm hin und sagte in deutscher Sprache:

– Sie müssen jetzt wieder in Ihre Unterkunft zurück.

Der Mann stand stumm da, er schien nicht gehört zu haben. Er blickte noch immer unentwegt zu den Zelten hin, den Baracken, dem Stacheldraht und dem Lagereingang. Die Dämmerung brach schon herein, es fiel ein leichter Regen, der Sergeant sah ihn unentschlossen an und wusste nicht, was er tun sollte. Dann begann der Mann irgend etwas zu murmeln, die Worte waren aber lettisch und unmöglich zu verstehen. »Er sah ziemlich schlecht aus.« Plötzlich setzte er sich in Bewegung und ging ins Lager zurück, ohne sich umzusehen.

Der lettische Leutnant A. K., dessen Ehefrau auf Gotland wohnte, bleibt in der Folgezeit völlig unsichtbar. Er erregt nie Aufmerksamkeit, niemand erinnert sich an ihn. Er scheint völlig in der Versenkung verschwunden zu sein. Er gehörte zu jenen, die ausgeliefert wurden.

Das berichtete Ereignis kann man als eins von drei romantischen Episoden während der Internierungszeit in Schweden einordnen. Die beiden anderen spielten sich im November beziehungsweise im Januar ab. Da sie so gering an Zahl sind, hat dieses Geschehen in der Darstellung seinen gegebenen Platz.

Sie wunderten sich immer wieder über Gailitis: er war Oberstleutnant, er muss gewohnt gewesen sein zu befehlen, man hatte ihn zum Vertrauensmann und Führer der Balten im Lager gemacht. Er machte aber immer den Eindruck, als wollte er sich allem entziehen, als befände er sich ständig woanders, oder als wagte er nicht, seiner Autorität wirklich zu vertrauen, sie auszuüben.

Es gibt keine Bilder von ihm. Das Auffallendste waren seine Zähne. Er hatte ein auffälliges Goldgebiss; seine Zähne mussten irgendwann einmal ausgeschlagen und durch Goldzähne ersetzt worden sein. Wenn er, was selten genug vorkam, lächelte oder lachte, war das Ergebnis grotesk: eine schimmernde Reihe von Goldzähnen.

Es gab mehrere im Lager, die seine Vorgeschichte kannten, was nicht sehr bemerkenswert war, da viele ihn schon von Lettland her kannten. An einem Tag im August erzählte ein deutscher Offizier Dr. Eichfuss die Geschichte von Oberstleutnant Gailitis. Eichfuss hörte sehr aufmerksam zu, stellte einige Fragen, überlegte ein paar Tage und ging dann zum Angriff über.

Die Geschichte Gailitis' ist leicht erzählt. Er war Jurist und ehemaliger Chef der lettischen Militärgerichtsbarkeit. Als die Russen 1940 ins Land kamen, tauchte er unter, um bei der Besetzung durch die

Deutschen wieder in der Öffentlichkeit zu erscheinen. Er schloss sich den Deutschen an; für einen deutschfreundlichen lettischen Juristen und Richter gab es damals viel Arbeit.

Er wird vor allem in einer Episode sichtbar. Im Herbst 1944, als die Deutschen zurückgedrängt, die Fronten immer mehr aufgerollt wurden, lösten sich die lettischen Verbände in deutschen Diensten immer mehr auf. Einige verschwanden in den Wäldern, und im Spätherbst hatte es den Anschein, als würde sich dort eine eigene lettische Armee formieren, die ohne Bindung an die Deutschen und ohne Kampfauftrag auf den Frieden wartete. Sie bestand zur Hälfte aus Deserteuren, die möglicherweise den Grundstock einer nationalen Befreiungsarmee bilden wollten. Vielen gelang es, sich bis zum nächsten Sommer verborgen zu halten, sie nahmen zu lettischen Widerständlern Kontakt auf, bildeten Partisanengruppen und nannten sich selbst »Partisanen«.

Die deutsche Front stabilisierte sich aber wieder, und es entstand jener große Kessel, den man »Festung Kurland« nennen sollte. Es war Zeit für Säuberungen. Die Jagd auf die lettischen Partisanenverbände begann. Es wurden zwei Kompanien gefangengenommen und verurteilt. In diesem Augenblick taucht Karlis Gailitis in der Geschichte auf.

Eines Morgens traten die gefangenen lettischen Kompanien auf dem Hof des KZs Stutthof zum Appell an. Viele Augen beobachteten sie. Im Lauf des Tages wurden sie einzeln verhört. Die Verhöre waren kurz und sehr aufschlussreich. Richter war Karlis Gailitis, der seine Landsleute auf der Stelle dazu verurteilte, im KZ Stutthof zu bleiben.

Am nächsten Tag wurden die beiden Kompanien zusammen mit einer großen Zahl gefangener Juden und Kommunisten in die Baracken gebracht. Über ihr weiteres Schicksal weiß man nicht viel. Die Abgangsquoten in Stutthof werden als außergewöhnlich hoch bezeichnet; in den Baracken wüteten Dysenterie-Epidemien, das Essen war – wenn es überhaupt welches gab – schlecht, außerdem lichtete man die Reihen der Insassen durch »Säuberungen«. Als die Russen später näher kamen, brachte man die Überlebenden nach Westen. Wer nicht mehr gehen konnte, wurde niedergeschossen, ein Wachtrupp, der dem Zug folgte, sorgte dafür, dass niemand lebend zurückblieb. So waren die Marschverluste sehr groß. Wer von den von Gailitis verurteilten Soldaten noch am Leben ist, lässt sich nicht mehr feststellen.

Wie dem auch sei: Gailitis war kein Armeeoffizier. Er war Jurist, ein gebildeter Mann. Er war es nicht gewohnt, andere Menschen zu führen. Seine im Lager beobachtete Entschlusslosigkeit und mangelnde Willenskraft kann man leicht erklären.

Eines Abends Ende August klagte Dr. Elmars Eichfuss-Atvars Gailitis plötzlich und überraschend an, ein Nazi zu sein, ein Feind des Volks und ein Lakai der Deutschen. Diese Eröffnung überrumpelte alle, und nachdem Eichfuss geendet hatte, entstand ein langes und peinliches Schweigen.

Keiner der Anwesenden würde diesen Abend vergessen. Sie saßen wie gewöhnlich vor ihren Zelten, und plötzlich stand er vor ihnen, barhäuptig wie immer, mit seinem kleinen Ziegenbart unter dem herzförmigen Gesicht, er stand da und klagte Gailitis an, ein Nazi, Mitläufer und unwürdiger Vertrauensmann zu sein.

Darauf folgte eine Diskussion. Nach einer halben Stunde wurde sie so laut, dass die schwedische Wache eingriff. Aber da stand Eichfuss bereits abseits am Lagereingang, er lächelte breit und herzlich und betrachtete die Verwirrung, die er hervorgerufen hatte.

Die Schweden erfuhren nicht, worüber man diskutiert hatte. Im Tagebuch steht nur: »Krach im Baltenlager. Neues Zelt aufgerichtet.«

Es blieb alles ruhig, Gailitis wurde nicht abgesetzt, die Anklagen wurden nicht zurückgenommen, aber auch nicht widerlegt, die Gruppe war jedoch endgültig in zwei Parteien gespalten. Zu der einen gehörten Gailitis und alle lettischen Offiziere, zur anderen Eichfuss, alle Esten und die Hälfte der Litauer, ebenso einige der jüngeren lettischen Soldaten. Die Spaltung war ein Faktum, die idyllische Zeit vorbei.

Die Beschreibung des Kampfs um die Führung der Balten ist ein Teil der Beschreibung, wie eine absurde und unmögliche Situation geschaffen wird oder sich selbst schafft. Der Kampf beginnt auf Gotland, er endet dort aber nicht.

Am 22. September wurden alle internierten Offiziere darüber informiert, dass die Verlegung aufs Festland bevorstand. Als Grund gab man an, dass die Unterbringungsmöglichkeiten dort besser seien.

Bei dieser Nachricht wurde Kaffee serviert. Niemand protestierte gegen die Verlegung.

9

Beschreibung eines Lagerfestes. Es begann um 18 Uhr und endete offiziell um 00.30 Uhr. Es fand in dem eingezäunten Freizeitgelände des Internierungslagers in Havdhem statt. Veranstalter und Teilnehmer waren die Angehörigen der zweiten deutschen Kompanie.

Als die Balten den Lärm vom Festplatz hörten, versammelten sie sich an dem Tor, das zu ihrem Teil des Lagers führte und unterhielten sich eine Weile. Um 23 Uhr riefen sie den schwedischen Wachposten herbei, der gerade patrouillierte. Sie erklärten, der Krach belästige sie. Einer der lettischen Soldaten fügte hinzu, dass die Schweden offenbar den deutschen Teil des Lagers bevorzugten. Der Wachposten erwiderte nichts, sondern zog einen Offizier hinzu, der den Balten befahl, sich schlafen zu legen. Jedoch noch um 24 Uhr konnte man zwei lettische Offiziere vor den Zelten stehen und den Festplatz betrachten sehen. Sie trugen Uniform.

Die Schweden zeigten sich durch die Reaktion der Balten nicht überrascht; die Balten waren beim Wachpersonal wenig beliebt, da man ihnen eine gewisse Neigung zur Querulanz nachsagte. »Sie hatten über alles zu meckern, manchmal mit Recht und manchmal nicht. Aber meckern taten sie immer.«

Ein schwedischer Gemeiner, einundzwanzig Jahre, Angehöriger des Wachpersonals. Es war oft schön, Wachdienst zu haben; er machte immer die gleiche Runde um die Absperrungen, und in den lauen Sommernächten genoss er es, durch das Halbdunkel zu gehen und die leichte Luft einzuatmen. Dabei vergaß er oft, wozu er eigentlich auf der Insel war. Er mochte Gotland, es war ein leichter und schöner Sommer gewesen, ein leichter Dienst, und er liebte die Luft.

An diesem Abend begannen die Deutschen gegen 7 Uhr zu singen und zu grölen, aber da man es ihnen offenbar erlaubt hatte, kümmerte er sich nicht darum. Bei seiner nächsten Runde sangen sie immer noch; die Balten standen am Rand ihres Lagers und schimpften; sie mochten das Geschrei nicht. Im Augenblick waren hier nicht sehr viele Balten, da eine Gruppe noch in Martebo untergebracht war, aber schimpfen konnten sie. Er war nie aus ihnen schlau geworden; er wusste nicht, welche Funktionen sie ausgeübt hatten und welche Rolle sie spielten. Die Älteren, die Offiziere, wollten gern als siegreiche Offiziere der siegreichen deutschen Wehrmacht dastehen. Die Jüngeren schienen meist bedrückt zu sein. Sie verabscheuten die Deutschen und hielten sich auch von ihren eigenen Offizieren fern. Ihre Zukunft war ungewiss, und sie ließen meist die Köpfe hängen. Er wurde aus den Balten überhaupt nicht schlau.

Um 22 Uhr hätte das Fest zu Ende sein sollen, dann hätte man das Freizeitgelände wieder absperren können, was für das Wachpersonal kürzere Runden bedeutet hätte. Von einem Ende konnte aber keine Rede sein. Es wurde zum Zapfenstreich geblasen, was aber nur mit noch lauterem Gesang quittiert wurde. Um 22.30 Uhr kam der Chef der Wache mit zwei Mann und ging zu den Deutschen. Er musste enttäuscht feststellen, dass die Deutschen eine Verlängerung erwirkt hatten, dass der Lagerkommandant anwesend war und dass folglich nichts zu machen war. Bei seiner Ankunft hatte der schwedische Lagerchef gerade eine Ansprache gehalten.

Die schwedischen Soldaten blieben noch ein Stündchen zusammen und unterhielten sich über ihren Kommandanten. Danach ging der Chef der Wache nach Hause. Am Tag darauf diskutierte er das Ereignis mit ein paar Kameraden. Er dachte noch mehrere Tage lang daran, und nach einer Woche war er richtig wütend geworden. Das Verhalten des Kommandanten fand er einfach unmöglich. Der größte Zorn war bald verraucht, aber wütend war er immer noch. Als er wieder nach Värmland kam, nach Hause, schrieb er einen Leserbrief an die Lokalzeitung, der auf der ersten Seite veröffentlicht wurde.

»Der schwedische Kommandant«, schrieb er, »nahm an dem Fest teil. Als wir hinzukamen, hielt er gerade eine Rede und brachte einen Toast aus. Das Wort ›Kameraden‹ fiel mehrmals. Da der Kommandant im Range eines Oberstleutnants anwesend war, konnte der UvD nicht eingreifen. Das Fest ging munter weiter. Um 23.30 Uhr kam der Tagesoffizier hinzu. ›Jetzt wollen wir sie mal wegscheuchen, damit die Leute schlafen können‹, sagte er. Wir wiesen ihn darauf hin, dass der Kommandant bei den Deutschen war. ›Dann können wir nichts machen‹, war die Antwort. Nachdem wir unseren Gefühlen Luft gemacht hatten, war unsere Wachzeit zu Ende. Die Kameraden, die uns ablösten, sagten später, das Fest sei erst gegen 1.30 Uhr zu Ende gewesen. Es sollte noch hinzugefügt werden, dass sich in der Nähe Wohnhäuser befanden.«

Der schwedische Soldat findet es ganz in Ordnung, dass sein Leserbrief veröffentlicht wurde und so viel Aufmerksamkeit erregte. Im übrigen hat er an Gotland nur angenehme Erinnerungen. Er ist aber der Ansicht, dass man nach Kriegsende nicht mit den Nazis hätte fraternisieren dürfen. Das sei das mindeste gewesen, was man hätte verlangen können, da Schweden nicht am Krieg gegen die Nazis teilgenommen hatte, was es hätte tun sollen.

Entschiedener Widerspruch. In einem Schreiben an den militärischen Befehlshaber werden die »völlig grundlosen« Beschuldigungen entschieden zurückgewiesen. Der Kameradschaftsabend könne nicht im mindesten kritisiert werden. Die Verpflegung habe aus Kaffee, den man vom Frühstück aufgehoben habe, bestanden, sowie aus Brot, das in der deutschen Kantine eingekauft worden sei; ferner sei Schwachbier (Klasse 1) getrunken worden, das ebenfalls aus der deutschen Kantine gestammt habe.

Bericht über den unterhaltenden Teil des Kameradschaftsabends. Die Unterhaltung wurde allein von den Internierten bestritten. Das Programm sah wie folgt aus:
  a) Musik der Lagerkapelle
  b) Chorgesang (»Heimatlieder«)
  c) Sologesang aus Operetten
  d) Aufführung eines bereits früher gezeigten Theaterstücks
  e) Vortrag zweier schwedischer Lieder (»Komm kleines Schwedenmädchen, tanz mit mir« und »In meinem Garten«)
  f) Auftreten von Komikern (Imitation von Tierstimmen)
  g) Chorgesang.

Um 23 Uhr hielt der schwedische Kommandant eine Ansprache, in deren Verlauf er sich anerkennend über die Ausrichtung des Abends äußerte. Er mag vielleicht eine halbe Minute gesprochen haben. Das Wort »Kameraden« fiel ausschließlich in Gesprächen der Deutschen untereinander. Toasts wurden überhaupt nicht ausgebracht.

Um 24 Uhr brachte der deutsche Kompaniechef die Bitte vor, das Fest etwas ausdehnen zu dürfen, was bewilligt wurde, da die Nacht schön war und mildes Wetter herrschte. Die Darbietungen nahmen recht viel Zeit in Anspruch und amüsierten die Deutschen ungemein. Danach verabschiedete sich die Musikkapelle, und die Deutschen bedankten ich mit Hurrarufen.

Kurz nach 0.30 Uhr kam es zum allgemeinen Aufbruch, aber es dauerte natürlich einige Zeit, bis aufgeräumt war und das Licht gelöscht werden konnte.

Der Festplatz ist von zivilen Bauten in der Umgebung etwa so weit entfernt: drei kleine Gehöfte – Abstand 300 Meter. Fünf Bauernhöfe – Abstand 500 bis 1200 Meter. Havdhem – Abstand 1,5 Kilometer.

Die Anschuldigungen sind also völlig aus der Luft gegriffen.

Eintragung im Lagertagebuch. »Kameradschaftsabend der zweiten Kompanie. Gefreiter Glass trank sechs Liter (Klasse 1).« Das Fest hatte im übrigen kein Nachspiel; man kann sagen, dass es normal verlaufen ist. Im deutschen Teil des Lagers wurden wiederholt Kameradschaftsabende veranstaltet. Bei den Balten gab es so etwas niemals.

10

Sie verließen das Lager am frühen Morgen des 2. Oktober. Es war noch dunkel, als sie auf dem Hof antraten, es regnete leicht, die Scheinwerfer waren eingeschaltet, und der Regen glitzerte in ihrem Lichtschein. Um 5.50 Uhr hörte es auf zu regnen. Um 6.45 Uhr fuhr der erste mit Tarnfarben bemalte schwedische Militärbus vor. Einige Lagerinsassen stiegen sofort ein.

Zwei Tage zuvor hatte man das Lager offiziell aufgelöst. Es war wie bei einer Schulabschluss-Feier: Rückschau und Ansprachen. Insgesamt waren 155 000 Arbeitsstunden geleistet worden, man hatte einen Sportplatz in Ordnung gebracht, ein Amphitheater gebaut und vieles andere mehr. Am Nachmittag war ein Abendmahlsgottesdienst abgehalten worden, danach eine kurze Gesangstunde auf dem Festplatz. Die Soldaten hatten überall aufgeräumt, gepackt, sich bereit gemacht.

Der Sommer war vorbei.

Sie kamen kurz vor acht in Burgsvik an, es war schon hell, und sie entdeckten das Schiff sofort. Es lag draußen auf der Reede vor Burgsvik. Das Schiff hieß »Regin« und sollte für mehr als sechshundert Mann Platz haben, was vielleicht gerade noch möglich war. Die Einschiffung begann um neun; ein Wachboot brachte sie zum Schiff hinaus, gegen zwei Uhr nachmittags waren alle an Bord.

Das Schiff lief planmäßig um 14.15 Uhr aus.

Kurz bevor sie an Bord des Wachbootes gegangen waren, hatte Eichfuss noch einige der Letten um sich versammelt.

Er stellte sich auf einen steinernen Poller und hielt mit leiser Stimme eine kurze Ansprache, auf Lettisch.

– Jetzt gehen wir an Bord, sagte er. Da draußen liegt das Schiff. Sie sagen, dass sie uns zum schwedischen Festland bringen wollen. Aber was ist, wenn sie uns hereinlegen? Stellt euch vor, dies ist eine Falle. Vielleicht liefern sie uns an die Russen aus. Was dann? Was geschieht, wenn das Schiff plötzlich Kurs nach Osten nimmt? Was sollen wir dann tun? Müssen wir nicht einen Plan ausarbeiten? Einen Coup zur Übernahme des Schiffes vorbereiten?

Er sprach leise und sehr eindringlich. Jemand fing an zu lachen, andere folgten seinem Beispiel. Als sie an Bord des Wachbootes gingen, lachten sie immer noch.

Eichfuss sah die lachenden Männer an, sprang dann vom Poller herunter und steckte die Hände in die Hosentaschen. Kurz darauf begann er zu lächeln. Er lächelte breit und ging an Bord: in Burgsvik, Bestimmungsort Åhus, Schweden, Festland. Es war der 2. Oktober 1945.

Von Burgsvik an der Westküste Gotlands ging es zunächst direkt nach Norden, dann nach Westen, dann nach Süden: das Schiff folgte genau der minenfreien Fahrrinne. Der Himmel war bewölkt, es blies heftig, Windstärke vier nach der Beaufort'schen Skala. Der Wind kam aus nordöstlicher Richtung, einige wurden seekrank. Gegen Abend flaute der Wind ab. Die Nacht wurde sehr schön.

Der deutsche Vertrauensmann ging am Abend zu einem der schwedischen Offiziere und sagte:

– Wir verstehen, warum wir verlegt werden. Die schwedische Armee will uns die Flucht ein wenig erleichtern. Von einer Insel zu fliehen ist schwer, aber vom Festland ist es möglich. Lassen Sie mich die zwar inoffizielle, aber doch tiefempfundene Dankbarkeit der deutschen Soldaten zum Ausdruck bringen.

Am selben Abend stellte Eichfuss vor den jüngeren baltischen Soldaten einen Vorschlag zur Diskussion. Er lief darauf hinaus, dass man die schwedische Besatzung im Handstreich überwältigen und dann Kurs auf England nehmen sollte.

Sie hörten ihm zerstreut, aber amüsiert zu.

– Zuerst hast du geglaubt, sie hätten einen Anschlag auf uns vor, und jetzt siehst du, dass du dich geirrt hast. Du hast also schönen Blödsinn geredet. Jetzt hast du einen Anschlag auf sie vor. Das wäre auch reiner Blödsinn.

Während der Nacht schliefen sie alle gut.

Am nächsten Morgen wurden sie früh wach. Auf beiden Seiten des Schiffes sahen sie Land. Sie fuhren durch den Kalmar-Sund und würden bald da sein. Die Stimmung war aufgeräumt, sie holten Bierflaschen hervor, einige begannen zu singen. Es war ein schöner Morgen, das Wetter war ruhig, über dem Wasser schwebten leichte Nebelschwaden, die Sonne ging auf. Die erste Phase der Zeit in Schweden lag nun hinter ihnen, die Zeit in Havdhem.

Der Sommer war vorbei.
Die letzten Eintragungen im Lagertagebuch. »Die Fahrt durch den Kalmar-Sund sehr schön. Blaue und rote Farben, Nebel, Sonnenaufgang. Stimmung gut. Die Mannschaft sang.«

Die Balten blieben eine Woche in Rinkaby, dann wurden sie nach Ränneslätt gebracht. Die baltischen Legionäre waren jetzt alle versammelt, und das Spiel konnte beginnen.

II RÄNNESLÄTT

Ja, wie gesagt, etwas Merkwürdigeres hatte man kaum je erlebt; auf schwedischem Boden hat kaum ein Schwede etwas Vergleichbares miterlebt.
»Afton-Tidningen« am 30.11.1945

I

Geht man vom Großen Markt in Eksjö direkt nach Norden, vorbei an den alten Stadtvierteln um die Norra Storgatan herum, geht man von der eigentümlich Condottiere-ähnlichen Reiterstatue aus am Vaxblekargården und am Friedhof vorbei nach Norden zur Straße nach Stockholm, dann nach links, an den Villen und den alten Holzkästen aus den zwanziger Jahren vorbei nach Nordwesten, kommt man direkt nach Ränneslätt. Es liegt links von der Straße nach Stockholm, war jahrhundertelang Übungsplatz für das Småländer Husarenregiment und das Småländer Pionierkorps; die Zeit scheint hier stehengeblieben zu sein, es hat sich kaum etwas verändert. Die Ebene ist weit, vielleicht zwei Kilometer im Durchmesser, sie wird durch Wald begrenzt, im Osten sieht man einen See: Badebrücken, Sprungtürme, kleine Buchten. Die Baracken sehen aus wie überall auf Übungsplätzen in Schweden: die meisten sind geduckt, einstöckig, aber es gibt auch andere, größere, die Lagerhallen enthalten. Quer über die Ebene führt ein Weg, und rechts von ihm stehen noch heute die riesigen roten Baracken, die Lagerhallen, und zwischen ihnen die Holzhäuser, die den Offizieren früher als Unterkunft dienten, heute aber nur noch selten benutzt werden. Die Stadt liegt ganz in der Nähe, bis zur Stadtmitte sind es anderthalb Kilometer; dies ist Ränneslätt, ein Teil der Stadt.

Die erste Gruppe der Balten kam am Abend des 31. Mai dorthin, von Bökeberg. Man steckte sie zu den deutschen Insassen, die sich bereits im Lager befanden. Das Lager sah damals fast genauso aus wie heute, der Wald war noch nicht so hoch, die Zahl der Baracken größer, aber sonst war alles wie heute. Die Balten, hundertsechsundzwanzig Mann, waren von Lettland über Danzig über Bornholm über Ystad nach Bökeberg und dann hierhergekommen; jetzt hatten sie die Wendemarke erreicht. Die Deutschen hatten sich bereits etabliert, sie waren um den 12. Mai herum angekommen. Nach ihrer Ankunft hatten sie innerhalb des Lagers sofort einen Kriegsgerichtshof eingerichtet, da sich in ihren Reihen vier Soldaten befunden hatten, die sich schon am 3. Mai von der Ostfront abgesetzt hatten und daher im technischen Sinn als Deserteure galten. Diese vier Männer waren sofort festgenommen, in einer Baracke eingeschlossen und rasch, aber äußerst formell zum Tode verurteilt worden. Am Abend des 13. Mai befestigte man Stricke an den Bäumen, die Deserteure wurden mit auf den Rücken gebundenen Armen zu den Schlingen geführt, ein Offizier diente als Feldgeistlicher und sprach ein Gebet für die Verurteilten, und der erste stand schon unter der Schlinge, als das schwedische Wachpersonal eintraf und zur allgemeinen Enttäuschung die Hinrichtung abbrach.

Die deutsche Gruppe hatte sich also schon häuslich eingerichtet, die Organisation war gut, die Moral hervorragend und die Disziplin vollendet. Die Balten wurden von den Deutschen höflich, aber ohne jede Begeisterung empfangen. Nach und nach kühlten die Gefühle ab, die Balten wurden abgesondert und in einem getrennten Lager untergebracht. Man nannte es das Baltenlager, es lag im südlichen Teil von Ränneslätt, in nächster Nähe der Stadt. Die baltischen Soldaten wurden links des Feldwegs in Baracken einquartiert, die Offiziere auf der rechten Seite. Das Zentrum des Lagers der Deutschen lag auf der anderen Seite der Ebene, etwa einen Kilometer entfernt. Die gesamte Anlage war durch Stacheldraht gesichert, und beide Lagerteile wurden von demselben Wachpersonal bewacht.

Es ist unmöglich, über den baltischen Teil des Lagers zu sprechen, ohne den deutschen Teil zu erwähnen. Sie wirkten aufeinander ein, obwohl sie getrennt waren.

Ränneslätt war also in zwei Hälften geteilt: in das große deutsche und das kleine baltische Lager. Die innerhalb des baltischen Lagers bestehenden Trennungslinien zu beschreiben ist schwieriger; nach der Ankunft des Gotland-Kontingents wird diese Aufgabe nahezu unmöglich.

Es gab also Gegensätze und Spannungen.

Porträt eines Ofensetzers. Im Alter von sechzehn Jahren, nach Beendigung seiner Schulzeit, bekam er eine Anstellung als Ofensetzer. Mit siebzehn wurde er zur deutschen Wehrmacht eingezogen. Er zögerte einige Tage: er sagt, er habe erwogen, zur Eisenbahn zu gehen, weil Eisenbahner vom Wehrdienst befreit worden seien. Er wählte jedoch die Armee. Grund? »Ich erhielt den Einberufungsbefehl und gehorchte.«

Er lernte, den Offizieren zu gehorchen und nähere Berührung mit ihnen zu vermeiden. »So gebot es die alte Ordnung.« Einige Offiziere waren recht umgänglich, andere weniger. »Ein paar waren auch nationalsozialistisch angehaucht.« Er zählt eine Handvoll Ausnahmen auf, die er als gute lettische Patrioten bezeichnet. Es gab aber auch deutsche Offiziere unter den lettischen Staatsbürgern. Er versucht, den zwischen Offizieren und Mannschaften gewahrten Abstand zu schildern, der im Laufe des Sommers 1945 immer größer wurde. Die Offiziere wohnten in den Offiziersbaracken, die Soldaten sprachen nur dienstlich mit ihnen. Die Offiziere gaben Befehle, und die Soldaten gehorchten.

In jenem Sommer begannen im Lager auch politische Diskussionen. Es waren die lettischen Soldaten, die miteinander diskutierten; die Diskussion dehnte sich aber nicht auf den Kreis der Offiziere aus, oder richtiger gesagt, beide Gruppen diskutierten für sich. Vor allem erörterten sie die Unterschiede zwischen kommunistischer, nazistischer und demokratischer Mentalität.

Die Männer sahen mit Unruhe in die Zukunft.

Der Ofensetzer war 1945 achtzehn Jahre alt. Seine Eltern lebten noch in Lettland. Briefe oder andere Nachrichten bekam er von ihnen natürlich nicht, er ging aber davon aus, dass sie noch lebten. Der Lebensstandard war in Schweden zweifellos viel höher, als man es sich von Lettland vorstellen konnte; aber Lettland war sein Vaterland. Schweden war demokratisch, Lettland totalitär. Bei den Diskussionen zu Beginn des Sommers äußerten er und viele seiner Kameraden, sie wüssten nicht, wie sie sich in Zukunft verhalten sollten. Allmählich nahm ihre Unschlüssigkeit ab und verschwand schließlich ganz. Sie erfuhren von vielen Seiten, welches Schicksal sie nach einer eventuellen Rückkehr erwartete. Sie wurden in den Lagern von lettischen Emigranten besucht, die sie über die Gefahren und Risiken einer Rückkehr aufklärten. Die Russen würden sie mit Sicherheit hinrichten. Die Russen hatten Lettland jetzt besetzt und hielten das Land in eisernem Griff.

Es blieb ihnen jedoch die Hoffnung, dass der Kommunismus in einem dritten Weltkrieg zerschlagen und ihr Land befreit werden könnte. Politische Diskussionen waren im Lager sehr häufig. Der achtzehnjährige Ofensetzer, dessen Eltern in Lettland lebten, blickte voller Unruhe in die Zukunft. Keine seiner Zukunftsaussichten schien befriedigend zu sein. Im übrigen spielte er Fußball und meldete sich manchmal zu irgendeiner freiwilligen Arbeit.

Die Soldaten sprachen oft über ihre Offiziere, dagegen nicht mit ihnen, jedenfalls nur äußerst selten. Wenn ihnen etwas befohlen wurde, gehorchten sie. Die alte Ordnung war noch in Kraft. Darüber sprachen sie oft miteinander.

Am 9. August schickten sechs der jüngeren Soldaten einen Brief an den ehemaligen sozialdemokratischen Parlamentsabgeordneten Bruno Kalnins, der in Stutthof gesessen hatte, befreit worden war und jetzt in Schweden lebte. Sie wussten, dass er für ihre Freilassung arbeitete.

»Sehr geehrter Herr Kalnins«, schrieben sie. *»Wir bitten Sie zu entschuldigen, dass wir gezwungen sind, Sie zu stören. Wir wissen, dass Sie viel getan haben, um uns zu helfen, aber wir glauben, dass Sie über manche Dinge hier im Lager nicht Bescheid wissen.*

Unser Chef, Hauptmann E. Kessels, umgibt sich mit großer Geheimniskrämerei. Wir sind sogar der Meinung, dass er einer Regelung unseres weiteren Schicksals hinderlich ins Wege steht. Er ist kein aufrechter Lette. Er hat gesagt, dass der Staat Lettland aus Versehen entstanden und dass das lettische Parlament eine Quatschbude gewesen sei. ›Wir müssen zusammen mit Deutschland untergehen‹, hat er uns sehr oft gesagt.

Sie werden hoffentlich verstehen, dass unser Misstrauen begründet ist. Wir wenden uns an Sie, damit Sie erfahren, dass dies die Meinung der Mehrheit im Lager ist. Unsere Jungen setzen alle Hoffnungen auf Sie.

Wir haben Kessels' Vormundschaft bislang geduldet, aber jetzt wünschen wir die Vermittlung dieses Herrn nicht mehr, sondern wollen, dass man sich direkt an uns wendet.

Mit Russen oder Deutschen wollen unsere Jungen nichts zu tun haben, und eine Gleichstellung mit den Deutschen wäre für uns eine Ohrfeige.

Sollte die schwedische Regierung dennoch so verfahren, können wir nichts dagegen tun. Wir wollen aber unsere Sache, die sich vielleicht noch zu unserem Besten regeln lässt, nicht von einem einzelnen Mann und einigen seiner Anhänger zerstören lassen, die eine andere Auffassung vertreten als wir. Wir wollen diesen Brief nicht als eine Anklage verstanden wissen. Wir wollen Sie nur über die Meinung der Mehrheit hier im Lager unterrichten, damit Sie bei Ihren weiteren Bemühungen, eine für uns günstige Lösung zu erreichen, über die hiesigen Zustände Bescheid wissen.«

Der Brief war von sechs einfachen Soldaten unterzeichnet, die meisten von ihnen waren jung, blutjung. Der Brief ist Anfang August geschrieben worden, er ist ein erstes Zeichen des sich anbahnenden Konflikts zwischen den deutschfreundlichen baltischen Offizieren und den einfachen Soldaten. Die Kluft zwischen den beiden Lagern sollte sich noch weiter vertiefen. Der Untersucher sollte das in allen Gesprächen, die er zwanzig Jahre nach diesen Ereignissen führte, immer wieder zu spüren bekommen. Dennoch war die Kluft nie so tief, als dass sie nicht durch die Krisensituation im November 1945 hätte überbrückt werden können. Von einem waren viele überzeugt: wäre die Kluft zwischen den Offizieren und den Mannschaften tief genug geworden oder wäre es gar zu einem vollständigen Bruch gekommen, hätten die Dinge einen anderen Verlauf genommen. »Sollte die schwedische Regierung dennoch so verfahren, können wir nichts dagegen tun.« In dieser Formulierung deutet nichts auf Verzweiflung hin oder auf einen Willen, an Stelle einer Auslieferung lieber in den Tod zu gehen. Die Verzweiflung sollte einem späteren Stadium, einer anderen Situation, vorbehalten bleiben. Jetzt, im August, war alles noch ruhig. Man sollte noch etwas hinzufügen: die Legionäre wussten sehr wohl, dass ihre Lage kritisch war, vielleicht sogar hoffnungslos. Informationen kamen durch viele Kanäle ins Lager, es gab viel Besuch, und die Besucher waren zumeist äußerst gut informiert.

Außerdem bekamen die Insassen Briefe.

Am 7. Juni hatte der lettische Exil-General Tepfers einen Brief an die Lagerinsassen geschrieben und angedeutet, dass eine Auslieferung nicht ausgeschlossen werden könne. Er ging dabei von den Bestimmungen des Waffenstillstandsabkommens aus. In der Nacht vom 25. auf den 26. Juni diskutierten die Offiziere des Baltenlagers bis in die frühen Morgenstunden, nachdem sie erfahren hatten, dass die internierten Polen über Russland an Polen ausgeliefert werden sollten. »Das ist ein völlig neuer Aspekt.« Am 30. Juni bekam einer der Offiziere von einem Redakteur der *Latvju Vards*, einer Emigranten-Zeitung von der äußersten Rechten, einen Brief. Dieser schreibt, dass die Lage der Insassen »äußerst ungewiss« sei. Am 24. Juli erhält ein anderer Offizier einen Brief von General Tepfers. Er enthält eine detaillierte Analyse der Situation. Tepfers betont, dass die Lage der Internierten während des ganzen Sommers »äußerst kritisch« gewesen sei, dass die Soldaten gegenwärtig aber keine unmittelbare Gefahr zu fürchten hätten.

Die nächste Woche verbringen die Insassen mit ununterbrochenen Erörterungen »ihrer Lage«. Sie sind sich jetzt bewusst, dass die Gefahr einer Auslieferung an die Sowjets sehr groß ist, dass die Auslieferung möglicherweise unvermeidlich ist. Sie richten Anfragen an die schwedischen Behörden und schreiben viele Briefe.

Am 8. August erschien ein Mann des Roten Kreuzes, er hieß Hellman – derselbe Mann, dessen Vortrag später unter den Deutschen auf Gotland eine Fluchtepidemie auslösen sollte. Er orientierte die Insassen über ihre rechtliche Stellung, was ihnen aber keine völlige Sicherheit gab. Einige wurden in ihren Befürchtungen bestärkt, andere fühlten sich beruhigt.

Am Abend des 8. August versammelten sich einige lettische Soldaten – nach dem Vortrag Hellmans –, um den bereits erwähnten Brief an Bruno Kalnins zu schreiben. In diesem Brief finden sich einige interessante Formulierungen, ein Zeichen von vielen, dass die Balten-Affäre eine ganz andere Entwicklung hätte nehmen können. Aber noch sind es drei Monate bis November: Gefühle haben noch Zeit, sich zu verändern. Wie beschreibt man den Mechanismus eines Gefühls?

Dass die meisten der 167 Balten in Schweden bleiben wollten, ist offenkundig. Sie wollten hierbleiben, wollten es auch im Sommer 1945. Dieser Wunsch war nicht verzweifelt, aber bestimmt. Wer dagegen den verzweifelten Wunsch hatte, in Schweden zu bleiben, waren die Offiziere. Sie sollten die weitere Entwicklung der Dinge mitbestimmen.

Nur einer der Balten hatte sich von Anfang an entschieden und überzeugt dafür ausgesprochen, in die Heimat zurückzukehren. Er war kein Kommunist, zeigte aber völliges Unverständnis angesichts der Berichte über das Hausen der Russen in Lettland, mit denen sich einige geradezu zu überbieten suchten. Er hatte, was für ihn am wichtigsten war, seine Familie in Lettland, und wollte so schnell wie möglich nach Hause. Er wollte nicht in Schweden leben, er wollte nach Hause. Für Argumente war er total unempfänglich.

Anfang November stellten schwedische Ärzte fest, dass er an Tbc litt; man brachte ihn sofort in ein Stockholmer Krankenhaus, und mit diesem Augenblick verschwindet er aus der Geschichte. Als die anderen ausgeliefert wurden, lag er noch immer in der Klinik.

Am 11. Oktober kam das Gotland-Kontingent der Balten in Ränneslätt an. In dieser Gruppe befanden sich sowohl Elmars Eichfuss-Atvars wie Oberstleutnant Gailitis. Ernests Kessels war schon früher nach Ränneslätt gekommen.
Jetzt hatten die Balten drei Führer.
Der Konflikt zwischen Eichfuss und Gailitis kam schon in den ersten Tagen in Ränneslätt zum Ausbruch. Sie sahen wohl beide ein, dass ihr Streit überflüssig war, unpraktisch, dass gegenwärtig allzu viele um die Vorherrschaft im Lager stritten. Ihr Streit würde niemandem nützen, das wussten sie. Sie bekamen aus einer unerwarteten Ecke Hilfe: aus dem Lager der Deutschen.
Eichfuss beschrieb in einem Brief den glücklich beigelegten Konflikt. Über den Deutschen, der sich eingemischt hatte, schrieb er: »Es gibt hier einen Mann, der in Stutthof gewesen ist, in dem KZ, in dem Gailitis gedient hat. Er konnte sich über die Tätigkeit von Gailitis nur positiv äußern.«
Am 7. November kam es zum nächsten Zusammenstoß, aber diesmal sind die Zeugnisse teils widersprüchlich, teils unklar. Eichfuss stellt in einem Brief fest: »Gestern sind wir alten Havdhemer zusammengekommen, um die Streitigkeiten zu beenden, jedenfalls solange wir in Schweden sind.« Der Versuch, die Streitaxt zu begraben, misslang offenbar, aber dafür kam ein anderer Streitpunkt zum Vorschein. Nach einer stürmischen Auseinandersetzung zwischen den Vertretern der Offiziere und der Mannschaften zogen sich die letzteren mit der Erklärung zurück, sie weigerten sich, mit Eichfuss, Gailitis oder Kessels in irgendeiner Form zusammenzuarbeiten; Kessels gegenüber äußerten sie die meisten Vorbehalte.
Die Krisenkonferenz wurde noch einen Tag lang fortgesetzt; danach zeigten sich die Auswirkungen. Kessels, der im baltischen Teil des Lagers keine Unterstützung mehr fand, kam in das deutsche Lager, wo er in Zukunft wohnen sollte: seine Rolle war zu Ende. Gailitis wurde mit Unterstützung von Eichfuss zum Sprecher der Offiziere und zum Vertrauensmann gegenüber der schwedischen Lagerleitung gemacht. Die einfachen Soldaten wählten ebenfalls einen Vertrauensmann, der ihre

Belange vertreten sollte. Es musste ein Offizier sein, und sie wählten Paul Lielkajs, einen lettischen Leutnant.

Man muss hinzufügen: der Kampf um die Vorherrschaft im Baltenlager, dieser Kampf im Kleinformat, wurde implizit nach politischen oder ideologischen Mustern geführt. Er sollte direkte politische Auswirkungen nach sich ziehen.

2

Um Gottes willen, wer kann heute noch von uns verlangen, dass wir den alten, verstaubten Reglements des früheren preußischen Militärs folgen sollen? Ich glaube nicht, dass irgend jemand das noch erwarten kann, es sei denn ausgerechnet diese verblendeten Nazijünglinge in der »Potsdam-Residenz Ränneslätt«.
Rudolf Hein, Brief vom 26.9.1945

Versuch einer Beschreibung der »alten Ordnung«: kurzes Intermezzo in Ränneslätt am 15. Oktober 1945. Beschreibung und Konsequenzen. Überschrift: die Vernichtung der »demokratischen Gruppe«.

In den Untersuchungsprotokollen wird der Fall unter folgender Überschrift geführt: »Die Umstände des Überfalls im Internierungslager zu Ränneslätt am 15. Oktober 1945 sowie einige damit zusammenhängende Fragen.« Es werden vor allem bestimmte Dinge im deutschen Teil des Lagers berührt, aber auch das Baltenlager hat Konsequenzen zu verzeichnen.

Der deutsche Teil des Lagers von Ränneslätt wurde im Lauf des Sommers immer mehr zu einem Staat im Staate. Den Deutschen wurde eine große interne Freiheit belassen, sie organisierten ihr Lagerleben weitgehend selbst; ihre Disziplin, die auf den alten Befehlsverhältnissen aufbaute, war mustergültig, militant und unerhört hart. Der Krieg war zu Ende, die Armeen wurden allmählich aufgelöst und zerfielen, die allgemeine Müdigkeit brach in diesem ersten Friedenssommer über Europa herein, aber in Ränneslätt in Schweden war noch ein letzter Rest der vollendeten, präzis arbeitenden deutschen Kriegsmaschine vorhanden; das Zeremoniell war intakt, ebenso der absolute Gehorsam, die militärische Hierarchie. Vor allem war die ideologische Basis völlig unbeschädigt. Es waren Elitesoldaten, die hier versammelt waren, sie hatten ihre Vitalität bewahrt, sie waren ungeschlagen und organisierten ihre Welt mit unerhörter Präzision. Die schwedischen Offiziere sprachen oft voller Staunen und Bewunderung darüber: wie dieser kleine Teil der deutschen Wehrmacht sich sogar in der Gefangenschaft rasch erholte und die alte Gestalt annahm.

Überall in Schweden gab es diese Lager für deutsche Soldaten: in Backamo, Grunnebo, Havdhem, Rinkaby, Gälltofta und in Ränneslätt. Das letztgenannte Lager mag als repräsentativ gelten, nicht zuletzt, was die ideologische Geschlossenheit betrifft. Denn darin sind sich fast alle Zeugen einig: dass die überwiegende oder überwältigende Mehrheit der deutschen Offiziere aus Nazis bestand. Diese waren ideologisch gefestigt und keineswegs gewillt, ihre Positionen aufzugeben.

Eine kleine Minderheit unter den Deutschen in Ränneslätt war nicht nazistisch, etwa ein Prozent der Internierten, genau elf Mann. Sie wurden entweder »die demokratische Gruppe« oder »die Kommunisten« genannt, je nach der Position des jeweiligen Beobachters. Gewöhnlichen Definitionen zufolge scheint jedoch kaum einer von ihnen Kommunist gewesen zu sein. Sie protestierten gegen die – wie sie es auffassten – nazistische Indoktrination, die in Ränneslätt praktiziert und von der schwedischen Lagerleitung mehr oder weniger geduldet wurde.

Am Abend des 15. Oktober 1945 gingen zwei der Mitglieder dieser demokratischen Gruppe, Auler und Schöppner, zur Schreibstube im deutschen Teil des Lagers. Es war dunkel, der um das Lager herum gezogene Stacheldraht wie gewöhnlich hell angestrahlt, aber hier, im Zentrum des Lagers, war es schummerig. Es war etwa 20 Uhr. Vor der Schreibstube trafen sie einen Mann namens Deutschbein. Sie stellten sich alle drei an die Außenwand der Baracke und rauchten. Nach einigen Minuten tauchten aus der Dunkelheit plötzlich zehn Mann auf, die auf sie zukamen. Sie hatten sich in einem nahen Gebüsch versteckt und gingen jetzt langsam auf die drei Männer zu; sie hatten Stöcke in der Hand, umringten die drei Soldaten, und danach ging alles sehr schnell.

Einer der Angreifer hatte eine eiserne Zeltstange in der Hand; sie wurde nach dem Zwischenfall aufgefunden, und zwar in der Nähe der Baracke. Der Mann mit der Eisenstange eröffnete die Schlägerei, indem er Auler auf den Schädel schlug, worauf dieser bewusstlos zu Boden fiel. Der Mann mit der Eisenstange schlug weiter auf Auler ein, während die anderen sich auf Schöppner konzentrierten. Dieser fiel hin, verlor aber nicht sofort das Bewusstsein, sondern versuchte, kriechend den Eingang zur Schreibstube zu erreichen. Die Männer prügelten unterdessen ständig auf ihn ein, aber da sie zumeist auf den Körper schlugen, verlor er nicht das Bewusstsein, sondern erreichte schließlich die Eingangstür zur Schreibstube. Er rief immerzu um Hilfe, und endlich kamen auch ein paar Männer hinzu, die sich von allen Seiten vorsichtig genähert hatten. Die Angreifer setzten die Misshandlung fort, verschwanden aber nach etwa drei bis vier Minuten in der Dunkelheit. Deutschbein hatte die ganze Zeit danebengestanden und zugesehen. Einige Männer hatten von der Baracke aus die Schlussphase der Prügelei mit angesehen, aber später war keiner von ihnen imstande, die Angreifer zu identifizieren. Alternative Formulierungen: »Es war zu schummerig vor der Baracke.« »Ich habe mich sofort aus dem Staub gemacht, um nicht hineinzugeraten.« »Ich konnte nicht sehen, wer die Schläge austeilte, da die Angreifer verdeckt waren.«

Die später entdeckte eiserne Zeltstange wurde gemessen: sie war siebzig Zentimeter lang und hatte einen Durchmesser von fünf Zentimetern. Der deutsche Lagerarzt wurde herbeigerufen; er weigerte sich jedoch, sich eines Angehörigen der »demokratischen Gruppe« anzunehmen. Darauf wurde der lettische Arzt Janis Slaidins geholt, der sofort angelaufen kam, um die Misshandelten zu verbinden.

Auler und Schöppner wurden in die Baracke gebracht; danach benachrichtigte man die schwedische Lagerleitung.

Maßnahmen von seiten der schwedischen Lagerleitung. Es wurde nicht ernsthaft versucht, die Täter zu finden. Am Tag danach, beim Appell auf dem Platz vor den Baracken, mussten jene elf Mann vortreten, die nach Ansicht der deutschen Lagerleitung »die demokratische« oder, einer anderen Terminologie zufolge, »die oppositionelle Gruppe« darstellten. Sie wurden – einschließlich der beiden Verletzten – sofort arretiert. Gründe für die Festnahme:

1. »Sie sind von den anderen Internierten als Unruhestifter gemeldet worden.«
2. »Ich will nicht das Risiko eingehen, dass es zu einem zweiten Zwischenfall kommt.«

Die Festnahme der elf Angehörigen der demokratischen Gruppe spielte sich in einer recht außergewöhnlichen Form und unter dem Hohngelächter der anderen ab. Unter den Nazis im deutschen Lager befanden sich auch Angehörige der nazistischen Kampfgruppe »Die Greife«, von denen allgemein angenommen wurde, sie wären für die wohlverdienten Prügel der »Demokraten« verantwortlich. Die Eliminierung der demokratischen Gruppe wurde von den übrigen Deutschen mit Befriedigung begrüßt. Der unerlaubten und provokatorischen Propaganda der Gruppe war nun ein Riegel vorgeschoben worden; die Atmosphäre im Lager wurde danach für wesentlich ruhiger gehalten.

Die schwedischen Behörden beschlossen, gegen die elf Mann der demokratischen Gruppe Anklage zu erheben. Datum: 19. Oktober. Über die Anklagepunkte. Der schwedische (Kriegsgerichts-)Staatsanwalt klagte die Männer wegen folgender Delikte an: *Hein* wegen illegaler Tätigkeit, Befehlsverweigerung und politischer Propaganda, *Zeun* wegen undisziplinierten Auftretens, Drohungen gegen Offiziere und politischer Propaganda, *Kreidel* wegen ungebührlichen Verhaltens gegenüber Offizieren sowie wegen politischer Propaganda, *Kauertz* wegen ungebührlichen Verhaltens, unerlaubter Kontaktaufnahme mit einem schwedischen Wachposten, Drohungen gegen Offiziere sowie wegen politischer Propaganda, *Lange* wegen undisziplinierten Auftretens und politischer Propaganda, *Auler* wegen ungebührlichen Verhaltens, *Hückinghaus* wegen ungebührlichen Betragens gegenüber dem deutschen Lagerchef Kohn, *Schöppner* wegen politischer Propaganda.

In allen Internierungslagern war politische Propaganda – aus einleuchtenden Gründen – verboten. Unter »politischer Propaganda« verstand man in diesem Fall Gespräche über Politik sowie offene oder versteckte Propaganda für eine demokratische Staatsform; letzteres wurde auch von den übrigen Internierten als sehr anstößig empfunden. Unter »undiszipliniertem Auftreten« verstand man die Nichtbeachtung der militärischen Disziplin.

Über die Verstöße gegen die militärische Disziplin. Die demokratische Gruppe war der Meinung, dass die deutsche Wehrmacht nach der Kapitulation nicht mehr existiere und dass die ehemaligen Offiziere folglich auch nicht das Recht hätten, irgendwelche Befehle zu geben. Die elf Männer betrachteten ihren Dienst in der Wehrmacht als beendet. Alle Gefangenen seien ungeachtet ihrer früheren Dienstgrade gleichgestellt. Die unerbittliche Disziplin, den Grußzwang sowie die Anbetung autoritärer Verhältnisse hielten sie für schädlich. Sie waren der Ansicht, das Lager sei nazistisch verseucht, und dagegen hätten sie protestieren wollen. Sie wünschten einen »demokratischen Staatsbürgerkunde-Unterricht«, da sie eine solche Schulung nie erhalten hätten. Die Schweden werteten dies alles als Verstöße gegen geltende Vorschriften.

Unter »ungebührlichem Verhalten« wurde teils verstanden, dass einige Mitglieder der demokratischen Gruppe nicht militärisch korrekt gekleidet gewesen seien: diese Männer hatten gelegentlich zivile Hüte getragen, teils eine bei mehreren Anlässen bewiesene müde Antipathie gegen militärische Formen, die manchmal durch eine gewisse Nonchalance demonstriert worden sei.

»Drohungen gegen Offiziere« waren Äußerungen etwa dieser Art: »Wenn wir nach Hause kommen, werden die Alliierten euch Scheißnazis schon die Hammelbeine langziehen.«

Über Arbeitsunwilligkeit. Die von den Lagerinsassen geleistete freiwillige Arbeit wurde von den Offizieren überwacht, die sich nur als Aufseher betätigten und selbst nicht zu arbeiten brauchten. Sie standen also meistens nur herum, was bei den Arbeitenden mitunter Unwillen hervorrief; sie warfen den Offizieren eine gewisse Arroganz vor. Bei der Gerichtsverhandlung gegen die demokratische Gruppe konnte jedoch an Hand der Statistiken nachgewiesen werden, dass die Zahl der Arbeitswilligen vor, während und nach der Bildung der Gruppe konstant geblieben war.

Schlüsselworte in der Verhandlung: »Betreiben von Propaganda«, »Krawallmacher«, »scheint sich an der Opposition gegen die deutsche Lagerführung aktiv beteiligt zu haben«, »Unruhestifter«, »demokratische Elemente«.

Schwedische Reaktionen. Einer der schwedischen Offiziere, Major Klingspor, hatte »nie bemerkt, dass von der deutschen Lagerleitung in nationalsozialistischem Sinne Einfluss genommen wurde«. Die heftigen politischen Gegensätze innerhalb des Lagers waren ihm jedoch bekannt. »Es gab im Lager einige Leute, die sich bei verschiedenen Anlässen gegen den deutschen Lagerchef, Hauptmann Kohn, auflehnten und durch Verletzung der Kleidungsvorschriften auffielen. So ist es zum Beispiel vorgekommen, dass einige Personen aus diesem Kreis mit Hüten zu den Appellen erschienen.«

Kohn bezeichnete er als einen »rechtschaffenen Mann«.

Ein anderer Offizier, Hauptmann Trägårdh, stellt im Gegensatz dazu fest, dass »besonders die jüngeren Offiziere in hohem Maße nazistisch eingestellt« gewesen seien. Einer der Führer der demokratischen Gruppe, von d. Hagen, sei mit der Bitte zu ihm, Trägårdh, gekommen, für seine Freunde und sich einen »demokratischen Umschulungskurs« zu veranstalten.

So etwas wurde natürlich niemals erlaubt.

Einer der Sergeanten war am 15. Oktober im Urlaub, zum Zeitpunkt des Überfalls also gar nicht im Lager. Er konnte das Geschehen daher auch nicht kommentieren. Nach seiner Rückkehr hatte man ihn jedoch sofort über den Vorfall unterrichtet, und auf höheren Befehl hatte er »die elf eingesperrt, die den Krawall verursacht hatten«.
Krankenschwester in der Krankenstation. Auf sie hätten die elf Männer der demokratischen Gruppe einen ruhigen und sympathischen Eindruck gemacht. Mehrere von ihnen hätten in den dreißiger Jahren wegen ihrer demokratischen Gesinnung in deutschen Gefängnissen gesessen. Nach der Prügelei sei Auler zunächst von deutschen Ärzten untersucht worden; erst danach habe man ihn verhaftet. Nach einigen Tagen habe man ihn geröntgt und einen leichten Sprung in der Schädeldecke entdeckt. Daraufhin habe man ihn in die Krankenstation gebracht.
Über die Identifizierung der Angreifer. Während des Überfalls wurden Rufe wie »Schlagt ihn tot!« und »Macht ihn zum Krüppel!« gehört. Einer der Angreifer, ein Mann namens Leist, konnte von den Überfallenen identifiziert werden; er wurde aber nicht verhaftet.

Unmittelbarer Anlass für den Überfall war offenbar ein Ereignis, das sich am Vormittag des 15. Oktober abgespielt hatte. Bei einer internen Zusammenkunft im deutschen Lager hatte man einen Vertrauensmann für einen wichtigen Posten gewählt, und zwar einen der aktiveren Nazis unter den Internierten, einen Leutnant Simon. Die Zusammenkunft hatte auf dem offenen Platz vor den Baracken stattgefunden, und nach der Wahl hatte ein Mitglied der demokratischen Gruppe gegen die Wahl eines ehemaligen Nazis und SS-Sturmführers protestiert, was sofort einen Tumult ausgelöst hatte. Hauptmann Kohn hatte diesen Protest als indirekten Angriff gegen sich selbst aufgefasst und gefragt, ob er überhaupt das Vertrauen der Soldaten genieße. Ein Mann namens Kauertz hatte »Nein!« gerufen (was man natürlich als »ungebührliches Betragen« werten muss). Einige der Offiziere hatten den Namen des Zwischenrufers wissen wollen, und Kohn hatte auf den Mann gezeigt, den man sehr schnell als Angehörigen der »demokratischen Gruppe« identifizierte. In dem dann folgenden Tumult waren Rufe laut geworden wie »Schlagt ihm die Beine ab!«, »Raus mit dem Kerl!« und »Vermöbelt ihn!« Danach war es wieder ruhiger geworden. Am selben Abend fand der Überfall statt.

Reaktionen unter den Festgenommenen. Rudolf Hein, einer der »Demokraten«, Briefzitat.

»*Die Schläger gehen straffrei aus, werden nicht einmal angeklagt, und die Misshandelten sowie ihre Kameraden bekommen Arrest. Am Morgen nach dem Überfall wurden nämlich insgesamt elf Mann, darunter auch die beiden Verletzten Auler und Schöppner, vor versammelter Mannschaft in ziemlich scharfer Form als die wahren Schuldigen angeprangert und unmittelbar darauf mit bereitstehenden Lastwagen von Ränneslätt in die schwedische ›Pionierkaserne‹ gebracht und dort eingesperrt. Ja, lieber Karl, wir wurden eingesperrt; kein Mensch hatte vorher mit uns gesprochen, wir waren weder vom schwedischen noch vom deutschen Lagerkommandanten verhört worden, und wir bekamen keine Gelegenheit, uns zu verteidigen. Sogar Schöppner und Auler wurden trotz ihres Zustands in eine Zelle gesperrt; das nannten sie ›Schutzhaft‹. Am Tage unserer Einlieferung wurden unsere Spinde durchsucht, Hosenträger und Gürtel wurden uns weggenommen, sogar die Schnürsenkel mussten wir hergeben; unsere persönliche Habe wurde uns ebenfalls weggenommen, und rauchen durften wir auch nicht. Ich bekam später eine Einzelzelle, meine Kameraden lagen zu dritt oder zu viert in den Nebenzellen. Auler und Schöppner wurden dem schwedischen Arzt vorgeführt, der Auler sofort in die Krankenstation bringen ließ, weil sein Schädelknochen gesprungen war. Schöppner blieb trotz seiner recht schweren Wunden in der Arrestzelle. Er war ziemlich mitgenommen, kein Wunder, denn man hatte die beiden Kameraden mit einer eisernen Zeltstange zusammengeschlagen. Auler war bewusstlos, als er in die Krankenstation des Nazilagers gebracht wurde. Jetzt sitzen wir also hinter Schloss und Riegel. Den Befehl, uns einzusperren, hat Hauptmann Rosenberg, der schwedische Lagerchef, gegeben. Wir dürfen nicht einmal auf dem Hof spazierengehen, nicht einmal in Begleitung eines schwedischen Soldaten, nicht einmal fünf Minuten dürfen wir uns an der frischen Luft aufhalten. Das nennen sie also ›Schutzhaft‹. Warum der schwedische Lagerchef uns gegenüber so hart sein musste, vermag ich nicht einzusehen.*«

Verteidigung der Angeklagten gegen den Vorwurf, sie hätten politische Propaganda betrieben. »Wenn beispielsweise jemand sagt, alle überlebenden Juden müssten liquidiert werden, muss man doch einfach protestieren.« Über die Kontakte zu den schwedischen Wachposten. Die Angeklagten glaubten, Beweise dafür zu haben, dass ihre Briefe von der deutschen Lagerleitung gelesen wurden, bevor sie zur schwedischen Zensur weitergingen. Deshalb haben sie in zwei Fällen einem schwedischen Wachposten Briefe übergeben, der sie direkt an die schwedische Lagerführung weitergeben sollte. Wurden den Insassen von Ränneslätt Dokumentarfilme aus den deutschen Konzentrationslagern vorgeführt? Nein. Wurden die Insassen über die Existenz solcher Lager informiert? Nein. Ist versucht worden, die nazistische Dominanz im Lager zu brechen? Nein, natürlich nicht, denn nach der Lagerordnung war alle politische Propaganda verboten. Dagegen wurde eine politisch absolut neutrale deutsche Lagerzeitung herausgegeben, deren Spalten zumeist mit Lagerinterna sowie einigen wenigen Zitaten aus schwedischen und internationalen Kritiken am Verhalten der Besatzungsmächte in Deutschland gefüllt waren.

Beispiel für politische Propaganda eines Mitglieds der demokratischen Gruppe; Brief vom 26. September 1945.

»Um Gottes willen, wer kann heute noch von uns verlangen, dass wir den alten, verstaubten Reglements des früheren preußischen Militärs folgen sollen? Ich glaube nicht, dass irgend jemand das noch erwarten kann, es sei denn ausgerechnet diese verblendeten Nazijünglinge in der ›Potsdam-Residenz Ränneslätt‹. Auch später, im vollständig freien Leben, wird es doch keinem einfallen, sich allzu frei und undiszipliniert aufzuführen, obgleich der Zwang, Vorgesetzte mit ihren früheren militärischen Titeln anzureden, fortgefallen ist. Genau das könnte man schon jetzt erreichen; auch auf diese Weise ließen sich junge Menschen für das zukünftige, völlig entmilitarisierte Leben vorbereiten, nicht wahr? Was in unserem Lager fehlt, ich sage es ganz offen, ist eine demokratische Schulung, die den Weg ins künftige Leben erleichtern könnte, eine planmäßige Vorbereitung unserer jungen Menschen auf die kommenden schweren Jahre, in denen es darauf ankommen wird, unserem neuen Deutschland im Kreis der demokratischen Mächte den Platz zu verschaffen, der unserem Land zum Nutzen und zum Segen aller zukommt. An den kommenden langen Winterabenden könnte man uns auch von außen unterstützen, indem man Vortragsabende arrangiert, an denen man uns die Grundlinien demokratischer Staatsformen erläutern könnte, was ja schon in allen Kriegsgefangenenlagern der Alliierten geschieht. Wenn wir wirklich erst im Frühjahr 1946 nach

Deutschland zurückkehren sollten, dann wird die dortige Jugend schon ein ganzes Nachkriegsjahr lang Zeit gehabt haben, sich mit den neuen Gedanken zu beschäftigen und sich viel Wissenswertes anzueignen. Unsere jungen Leute dagegen werden den veränderten politischen Verhältnissen völlig fremd gegenüberstehen.«

Der Prozess gegen die elf »demokratischen Elemente« wurde leider nie zu Ende geführt; die Auslieferung kam dazwischen, und die Angeklagten konnten ihre gerechte Strafe nicht erhalten. Bei der Auslieferung war diese Gruppe von elf Mann die einzige, die den Anweisungen willig und ohne Proteste folgte. Am 6. Dezember 1945 trat das Kriegsgericht zum letztenmal zusammen; es wurde festgestellt, dass Ankläger wie Angeklagte an die Sowjetunion ausgeliefert werden würden und dass der Prozess nicht zu Ende gebracht werden könne. Der schwedische Staatsanwalt zog daraufhin seine Klage zurück. Der Verteidiger verlangte die Summe von 610 Kronen als Honorar und Ersatz für seine Auslagen, was ihm bewilligt wurde.

Für die einfachen baltischen Soldaten in Ränneslätt war der Zwischenfall mit der demokratischen Gruppe ein Schock. Die allermeisten der einfachen baltischen Soldaten mochten die Deutschen nicht oder verabscheuten sie, und sie wussten, dass diese Gefühle gegenseitig waren. Mit einigen Deutschen jedoch ließ sich umgehen, und das waren genau die elf »Demokraten«. Sie spielten manchmal Fußball gegen sie, sie verstanden sich, und sie teilten ihre Abneigung gegen den militärischen Drill. Manchmal liehen sie sich gegenseitig Schreibmaschinen aus.

Sie konnten miteinander leben.

Im Verlauf des Sommers und des Herbstes schienen sich zwei parallellaufende Entwicklungen gleichzeitig abzuspielen. Einmal der Konflikt der demokratischen Gruppe mit den anderen Insassen des deutschen Lagers. Zum andern die sich ständig vertiefende Kluft zwischen den baltischen Soldaten und der Mehrheit der baltischen Offiziere. Das Geschehen im deutschen Lager war dramatischer, sprang mehr ins Auge. Die Gegensätze innerhalb des baltischen Lagers kamen nicht zum vollen Ausbruch, nicht zuletzt infolge des Ausgangs der Affäre Auler und Schöppner.

Viele der ehemaligen baltischen Legionäre erinnern sich sehr deutlich an die damaligen Ereignisse, selbst noch zwanzig Jahre danach.

Fragment eines Interviews vom 15. Juli 1967 in Riga, Lettland.
– Ja, wir hatten große Angst. Wir wollten nicht nach Lettland zurück, wir wussten, dass dort der Tod auf uns wartete. Die Offiziere hatten uns von einer Rundfunksendung aus Madona erzählt, in der die Russen versprachen, uns alle hinzurichten, wenn sie uns nur zu fassen kriegten.
– Haben Sie nie bezweifelt, was die Offiziere sagten?
– Dies hatte man uns schon früher erzählt, nicht erst Ende November, während des Hungerstreiks. Vorher gab es viele Konflikte. Aber dann wurde uns ja klargemacht, dass an der alten Ordnung nicht zu rütteln war, und im Besitz dieser Erkenntnis gab es für uns nicht mehr viel zu diskutieren.
– Die alte Ordnung?
– Ja, die alte Ordnung, die wir vom Krieg her kannten: »nicht diskutieren, sondern nur gehorchen.« Selbst die Schweden hatten uns ja klar vor Augen geführt, dass daran nichts zu ändern war. Als es dann später kritisch wurde, haben wir es vorgezogen, allen Befehlen der Offiziere zu gehorchen.
– Haben die Schweden das wirklich getan?
– Ja, aber das ist eine lange Geschichte; es gab damals im deutschen Lager eine kleine Gruppe, die gegen die deutschen Offiziere opponierte. Eines Nachts wurden zwei Männer dieser Gruppe von den Nazis überfallen und fast totgeschlagen. Man trug sie zu Slaidins, unserem Arzt; danach glaubten wir alle, die Schuldigen würden bestraft werden. Aber der schwedische Lagerchef trommelte alle Insassen zusammen, holte die Mitglieder der demokratischen Gruppe heraus, ließ sie festnehmen und ins Gefängnis stecken. Und damit war die alte Ordnung wiederhergestellt.
Die Episode, an die sich die meisten am besten erinnern, ist genau diese: der Appell auf dem Platz vor den Baracken, das Abführen und die Festnahme der demokratischen Elemente. Die Balten zögern häufig, wenn sie das Erniedrigende der Situation wiedergeben sollen: den harten und arroganten Ton des schwedischen Offiziers, das Gelächter über die Verhafteten und das höhnische Geschrei der anderen Deutschen. Das Rätselhafte an diesem Ereignis: dass die Angreifer straffrei ausgingen und dass die Angegriffenen angeklagt wurden.
Hatten die Balten das wirklich mit eigenen Augen gesehen? Hatten sie selbst am Appell teilgenommen? Oder waren die ausführlichen und

dramatischen Versionen, die von einigen wiedergegeben wurden, nur ein Aufguss aus zweiter Hand?

Immer wieder kommen die Balten auf genau dieses zurück: das Gelächter, das höhnische Geschrei, mit dem die kleine Gruppe von Nazigegnern unter den Deutschen überschüttet wurde, ausgerechnet jene Deutschen, die bislang die einzigen gewesen waren, mit denen die Balten hatten sprechen und umgehen können, die Erniedrigung der Gruppe von Männern, die verhaftet wurden, was endgültig bewies, dass die alte Ordnung in Ränneslätt für immer gelten sollte.

Die Erinnerung der baltischen Soldaten ist eine Sache, die der baltischen Offiziere eine andere.

Vincas Lengvelis, litauischer Leutnant, Bewohner des großen weißen Offiziershauses, Partisanenjäger und Tagebuchschreiber, gibt in wenigen kurzen Sätzen seine Ansicht über das Geschehen kund. »Unter den deutschen Soldaten entstand allmählich eine deutsch-kommunistische Organisation. Es kam zu fürchterlichen Schlägereien, in denen die Kommunisten jedoch schließlich den kürzeren zogen. Nach den Prügeleien wurde das Lager von deutschen Kommunisten gesäubert; man brachte sie in einem Sonderlager unter.«

Wie beschreibt man den Mechanismus eines Gefühls? Wie beschreibt man den Mechanismus eines entstehenden Gefühls, eines sich ändernden, eines völlig verwandelten Gefühls? Wie beschreibt man den Mechanismus der Situation, die den Menschen bis zu jenem Punkt treibt, an dem eine Umkehr nicht mehr möglich ist?

3

Einen richtigen Kontakt bekamen wir nicht zu ihnen, wir sahen sie meist nur aus der Ferne. Aber durch die Zeitungen erfuhren wir ja, wie es um sie stand.
Soldat der Wachtruppe, Interview vom 19.9.1966

Er versuchte lange, von der dominierenden politischen Einstellung der Offiziere des Wachpersonals und der übrigen Offiziere in Eksjö ein einheitliches Bild zu gewinnen, gab aber nach einiger Zeit auf. Zwar war die Haltung der Offiziere im Rahmen des Ganzen durchaus nicht bedeutungslos gewesen, aber es schien unmöglich zu sein, ein Bild zu entwerfen, das ihnen voll gerecht wurde. Die meisten, mit denen er sprach, wollten ihre Aussagen nur unter dem Siegel der Verschwiegenheit machen. Einige deuteten an, dass ein Teil der beteiligten schwedischen Offiziere starke Sympathien für die Deutschen gehabt hätte, die mit einer gewissen Seelenverwandtschaft verbunden gewesen seien. Andere meinten, dass etliche »vom Nazi-Bazillus ganz schön infiziert« gewesen seien. Andere wiederum versuchten, die Komponenten der mitunter anzutreffenden Deutschfreundlichkeit zu analysieren; dabei wiesen sie besonders auf die tiefe Bewunderung und den Respekt des schwedischen Offiziers vor dem deutschen Soldaten als Berufssoldaten hin, die von ideologischen Beimengungen frei gewesen seien. Einige betonten auch die mitunter auffällige Neugier der schwedischen Offiziere gegenüber ihren deutschen Kollegen, die allerdings vorwiegend eine berufsmäßige Neugier gewesen sei, die Neugier der Theoretiker gegenüber Männern mit praktischen Erfahrungen im Krieg. Einige sagten, dass es zwar verdächtige Fälle von Seelenfreundschaft gegeben habe, dass aber die absolute Mehrheit der schwedischen Offiziere gute Demokraten gewesen seien, die nur ihre Pflicht getan hätten. Alle, mit denen er sprach, senkten bei der Unterhaltung die Stimme. Ein gültiges Ergebnis zu erzielen, war nicht möglich.

Viele der interviewten Offiziere gaben einer gewissermaßen sachlichen Resignation Ausdruck; diese Männer entsprachen durchaus nicht den vorgefassten Meinungen des Untersuchers, sie waren freundlich und offen, und er musste bald zu seiner Enttäuschung einsehen, dass es ihm kaum gelingen würde, ein vernichtendes Porträt *des Offiziers* von 1945 zu zeichnen, wie er ursprünglich geglaubt hatte. Es gab zwar viele Ausnahmen, aber ihre Zahl war nicht groß genug, um ein generelles Urteil zu begründen.

Offizier, 58 Jahre alt, *fiktives* Porträt, das sich aus drei authentischen zusammensetzt; eine Neigung zur politischen Rechten ist unverkennbar. Als Soldat hat er es nicht sonderlich weit gebracht, aber er wohnt sehr schön. Man kann seinen Besitz durchaus ein Gut nennen. Er sagt nach der Begrüßung sofort, dass er einem Mann mit Sympathien für die Linke niemals, niemals irgendwelche Angaben über die Auslieferung der Balten anvertrauen würde, dass der Untersucher aber recht sympathisch aussehe. Mit Sympathien für die Linke meint er einen breiten politischen Sektor, dessen rechte Seite bis an den gemäßigten Flügel der Rechtspartei heranreicht. Er leitet das Gespräch mit einigen Worten über die Balten ein, geht aber schnell zu etwas anderem über: es sei ein furchtbares Verbrechen gewesen, die Deutschen auszuliefern. Zum Ausgangspunkt des Gesprächs kommt er in der Folgezeit nicht mehr zurück. Die Balten-Affäre sei ein Fehler der Sozis gewesen, aber auch ein Fleck auf der schwedischen Offiziersehre. Er hat die Auslieferung aus nächster Nähe beobachtet, jedoch nicht in verantwortlicher Stellung. Er hat ein starkes Nationalgefühl. Nationale Gefühle sind in seinem Fall keine Sache der Ergebenheit einem bestimmten Land gegenüber oder einer bestimmten Tradition; mütterlicherseits hat er ein anderes Heimatland als Schweden, und er ist in beiden Vaterländern Nationalist. Darüber hinaus ist er auch in Finnland kürzere Zeit Nationalist gewesen. Der Nationalismus ist bei ihm eine konstitutive Eigenschaft, beweglich, verpflanzbar. An welches Land er sich heftet, ist für den betreffenden Staat nur ein Glücks- oder Zufallstreffer. Die russische Annexion der baltischen Staaten betrachtet er vorwiegend als militärstrategische Katastrophe für Schweden. Vor 1940 habe die schwedische Flotte in der Ostsee eine zentrale Rolle gespielt; die Russen seien zur Statisterie verurteilt gewesen. Nach 1940 habe sich die strategische Lage vollkommen geändert, Schweden sei zu einem maritimen Kleinstaat geworden, was eine Tragödie sei. Die Russen seien Viecher, Monstren. Nur von der einfachen Landbevölkerung könne man sagen, dass sie gutmütig sei. Dieser Mann lässt sich ohne

Ausrutscher in einfache Verallgemeinerungen, in die Karikatur oder in die Ironie unmöglich beschreiben. Er ist wie so viele andere Menschen, die in unserer Gegenwart an verantwortlicher Stelle tätig sind, eine allzu gekünstelte und literarische Konstruktion des neunzehnten Jahrhunderts, er ist allzu einfach, um glaubwürdig zu erscheinen, und muss daher aus der Untersuchung ausscheiden.

Wehrpflichtiger Wachposten im Lager von Ränneslätt, heute 43 Jahre alt. Wünscht anonym zu bleiben. Er befindet sich auf der Rückreise von einer Konferenz in Dänemark, an der er als Vertreter des Kommunalverbands der Arbeiter der Stadt Stockholm teilgenommen hat. Die Konferenz hat vier Tage gedauert. »Sie ist vorwiegend deshalb zustande gekommen, damit wir einander näher kennenlernen«; diese Phrase wird mehrmals wiederholt und stammt offenbar aus einer der Begrüßungsansprachen. Er war im Sommer 1945 zwei Wochen lang Wachposten im Lager von Ränneslätt. Seine Furcht vor den Internierten beschreibt er ausführlich. »Wir sollten allein um die Baracken herumpatrouillieren; man hatte uns gesagt, wir sollten auf der Hut sein, wir könnten uns mit einem Messer im Rücken wiederfinden. Ich hatte eine Scheißangst, bin noch nie so ängstlich gewesen wie damals, in meinem ganzen Leben nicht.« Deshalb habe er der Lagerleitung vorgeschlagen, Doppelposten einzusetzen, was zunächst abgelehnt worden sei. Nach einer Weile beginnt er darüber zu sprechen, was er von dem schwedischen Offizierskorps hält. Er ist der Meinung, dass sie in einem Krieg gegen die Deutschen nicht zuverlässig sein würden. »Ich weiß noch genau, was wir damals sagten: sollte es einmal knallen und wir mit den Deutschen in einen Krieg verwickelt werden, kriegen die schwedischen Offiziere die ersten Kugeln.« Er ist nicht bereit, nuanciertere Unterschiede zu machen. Nach einem halbstündigen Gespräch zieht er sich in seine Schale zurück und antwortet nur noch ausweichend, will seinen Namen nicht nennen, will in der »Affäre« nicht mehr herumrühren. Sagt aber bestimmt, dass es richtig gewesen sei, die Balten auszuliefern. »Darüber gibt's keinen Zweifel, das war völlig richtig.« Er trägt einen grauen Anzug, darunter eine Strickweste; ist nicht der Meinung, dass die bürgerliche Machtübernahme in Stockholm einschneidende Veränderungen mit sich gebracht habe. Ist gewerkschaftlich tätig. Erzählt später von der Konferenz in Dänemark, die lebhaft gewesen sei.

Lagerkommissar des Lagers von Ränneslätt, Alter 49 Jahre, Name Sigurd Strand. Seine ausgezeichneten deutschen Sprachkenntnisse hatte er im Selbststudium erworben. Als Kommissar hatte er zu fast allen Internierten direkten Kontakt, hielt sich fast jeden Tag im Lager auf, übte sein Amt während der gesamten Lagerzeit aus.

Wie alle, die mit den Internierten in nähere Berührung kamen, erkannte er bald den psychologischen Abstand zwischen den Balten und den Deutschen. Unter den Deutschen gab es aber auch Gegensätze, es war leicht zu erkennen, dass viele Nazis waren. Nach außen hin, den Schweden gegenüber, benahmen sie sich mustergültig, waren ideale Gefangene. Man konnte gut mit ihnen umgehen, ihre Disziplin war noch immer knochenhart, sie waren äußerst höflich und aufmerksam. Ihre unverbrauchte Vitalität machte das Auskommen mit ihnen leicht. Strand war ihnen oft behilflich, wenn sie irgend etwas kaufen wollten; er fuhr oft mit langen Einkaufslisten in die Stadt. Ihre Dankbarkeit war rührend, sie waren ausgezeichnete Arbeiter und perfekte Organisatoren, sehr neugierig, wissbegierig, sie fragten und fragten, es war fast unmöglich, mit ihnen nicht auf gutem Fuß zu stehen.

»So dachten wohl fast alle Schweden.«

Mit den Balten war es anders. Sie hielten sich oft abseits, die Soldaten sprachen nicht sehr gut Deutsch, und mit ihnen kam S. kaum in Berührung. Mit den Offizieren unterhielt er sich jedoch oft, ohne sie allerdings richtig zu verstehen. Im Gegensatz zu den Deutschen interessierten sie sich überhaupt nicht für die Arbeit im Lager, sie lungerten meist herum, »eine trübe Gesellschaft«. Es war schwer, an sie heranzukommen. S. erfüllte auch den Balten gelegentlich kleine Wünsche, allerdings ohne große Begeisterung. »Sie meckerten und jammerten über jeden Dreck.« Alle Gespräche zwischen S. und den baltischen Offizieren waren kurz, oberflächlich, bruchstückhaft. Wenn sie auf die Kriegsjahre zu sprechen kamen, zeigten die Balten sich unwillig, auf größere Zusammenhänge einzugehen. »Ich glaube, viele Offiziere hatten eine ganze Menge hinter sich: sie sagten oft, nach einer Rückkehr ins Baltikum würde man sie vor Gericht stellen.« Immer wieder kommt S. darauf zurück: dass es unmöglich war, ihnen nahezukommen. »Sie liefen bloß mit sauren Mienen herum.« Über Politik sprachen sie nur selten miteinander, nur über ihre Vergangenheit und Zukunft. Nur einmal, wie S. sich erinnert, wurde auf eine aktuelle politische Situation angespielt. Es ging um einen Deutschen.

Nach der Entdeckung der Konzentrationslager drangen die Gerüchte über sie allmählich auch bis nach Ränneslätt. Es gab allerdings nicht viele, die diesen Gerüchten Glauben schenkten oder es für notwendig hielten, darüber auch nur zu diskutieren. Eines Tages jedoch bat ein deutscher Oberst S., in sein Zimmer zu kommen. Der Oberst fragte ihn, ob er diesen Geschichten über die deutschen KZs und die Millionen ermordeter Juden glaube. S. sagte ja. Sie sprachen eine Weile über das Thema, dann ging S. hinaus, um ein Exemplar der Zeitschrift *SE* zu holen. Sie enthielt viele Bilder aus den Konzentrationslagern, auf denen Leichenhaufen und Reihen von Verbrennungsöfen zu sehen waren. S. gab dem Oberst die Zeitschrift in die Hand; dieser war jetzt über fünfzig, hatte während des ganzen Krieges an der Ostfront gekämpft, ein alter Preuße von echtem Schrot und Korn, der Menschen nur selten an sich herankommen ließ. Der Oberst studierte das Blatt genau, sah die Bilder lange an, bat um eine Übersetzung einiger Textpassagen, legte dann die Zeitschrift weg, legte sich aufs Bett und weinte. Er weinte offen, bewahrte aber seinen korrekten Gesichtsausdruck, den Blick fest an die Zimmerdecke geheftet. Dann stand er wieder auf, dankte für die Zeitschrift und bat, sie über Nacht behalten zu dürfen, um sie ausführlicher betrachten zu können. Am nächsten Morgen, nach dem Appell, brachte er S. die Zeitschrift zurück. Er trug das Blatt zusammengerollt in der Hand, sah S. mit abweisendem Gesichtsausdruck an, grüßte und verließ das Zimmer mit festen Schritten. Sie sprachen nie mehr über Konzentrationslager.

Über die Feststellung eines Abstands: Beschreibung des Soldaten Johan G., schwedischer Wehrpflichtiger und Wachsoldat im Lager von Ränneslätt. Wünscht ungenannt zu bleiben.
 Johan G. sah von den Balten nicht sehr viel. Er hielt ihre Lage für nicht sehr dramatisch, er änderte seinen Standpunkt auch im November nicht. Erst als er Zeitungen las, während seiner Lagerzeit und auch später, bekam er das Gefühl, an einem interessanten Geschehen beteiligt zu sein. Er erinnert sich besonders gut daran, wie er nach der Lektüre der mit riesigen Schlagzeilen aufgemachten Zeitungsartikel (der letzten Novemberwoche, als die Proteste ihren Höhepunkt erreichten) sein Zelt verließ, sich vor den Stacheldrahtzaun stellte und in das Lager hineinblickte. Er konnte aber nicht viel erkennen, nur einige kleine Figuren, die sich in weitem Abstand bewegten. Die Zeitungen

hatten sicher recht, er konnte sich aber nur schwer vorstellen, dass dies die gleiche Wirklichkeit sein sollte. »Alle Menschen sprachen über die Balten, und hier standen wir, um sie zu bewachen, und fühlten nichts als eine große Langeweile.« Seine Aufgabe bestand darin, einen bestimmten Abschnitt der Absperrung zu bewachen, manchmal stand er auch am Lagertor. Ein persönliches Verhältnis zu den Insassen hatte er selbstverständlich nicht. »Die konnten ja nicht Schwedisch sprechen.« Wenn ein Insasse versuchte, mit ihm ins Gespräch zu kommen, zog er einen Vorgesetzten hinzu, der die Unterhaltung übernahm. Das Verhältnis der einfachen Wachsoldaten zu den Internierten war äußerlich korrekt. »Wir hatten ja von den Konzentrationslagern und solchen Sachen gelesen und wollten denen mal zeigen, wie man sich korrekt verhält.«

Mitunter bestand seine Bewachungsaufgabe darin, dass er an Arbeitsplätzen außerhalb des Lagers auf Posten stand oder die Arbeit als Aufseher überwachte. Dabei war Johan G. häufig recht mulmig zumute. Die Internierten schwärmten aus, und G. wusste nicht, wie weit seine Befugnisse reichten. Es war gefährlich, die Leute zu hart anzufassen. »Es war ja bekannt, dass zumindest die Deutschen (die Balten vielleicht nicht) die schwedischen Offiziere auf ihrer Seite hatten.« Die Verbrüderung zwischen den Internierten und den schwedischen Offizieren bezeichnet er als bemerkenswert. »Sie machten Auto-Ausflüge, hockten ständig zusammen und lachten miteinander. Möchte gern wissen, was die abends immer zu quatschen hatten.« Beschreibt eingehend, wie einer der schwedischen Offiziere oft mit einem Korb mit belegten Broten unterm Arm durchs Lagertor ging und in der deutschen Offiziersbaracke verschwand. Nach einer Pause fügt er hinzu, dass es »besser sei, sich menschlich zu verhalten, als brutal zu sein«. Erzählt von der polizeilichen Untersuchung der Zustände im Lager, die ein Jahr später durchgeführt wurde und bei der er als Zeuge aussagte. »Dann kam ja dieser Staatsanwalt und leitete die Untersuchung; die Offiziere hielten aber ganz schön zusammen und behaupteten steif und fest, es sei immer korrekt zugegangen.«

Die Balten seien – Gerüchten zufolge – »ziemlich mürrisch« gewesen. G. kann sich nicht näher ausdrücken, wiederholt aber mehrmals, dass sie nicht wie die anderen gearbeitet hätten. Er sagt, es sei ihm eigentlich scheißegal gewesen, was sie getan oder nicht getan hätten.

Bei der Räumung des Lagers war er nicht anwesend.

Johan G. ist gegenwärtig Eigentümer eines Rundfunk- und Fernseh-Geschäfts. Er lebt in einer Zweizimmer-Wohnung (plus Küche und Bad), ist verheiratet, hat aber keine Kinder. Er wohnt in einer Gemeinde mit etwas mehr als dreitausend Einwohnern. Seine Frau ist Krankenschwester. Er selbst verdient »mindestens so viel wie ein Volksschullehrer«.

Er stammt aus einem sozialdemokratischen Elternhaus, hat zunächst jahrelang die Sozialdemokraten gewählt (»Das war noch zu der Zeit, als die Brüder sich anstrengten«). Ist allmählich auf die Linie der *folkparti,* der liberalen Partei, eingeschwenkt. Begründung: »Die Sozis haben so lange an der Macht gesessen, dass sie mit dem Arsch festzukleben scheinen.« Äußert Widerwillen gegen folgende schwedische Politiker: Palme, Holmberg, Erlander, Geijer sowie gegen einen Zentrums-Mann – er kommt nicht auf den Namen. Wigforss hält er für einen »recht ordentlichen Mann«. Ohlin, dem Parteichef der Liberalen, steht er fragend und unschlüssig gegenüber. Kommt in diesem Zusammenhang auf die Frage eines kommerziellen Fernsehens zu sprechen; die Linie der Regierung greift er heftig an und befürwortet »eine Alternative zum staatlichen Monopol«. Die *folkparti* setze sich für ein nichtstaatliches Programm ein, »für ein besseres Programm also, das für die Zuschauer außerdem billiger würde«. Er spricht gern über Politik, seine Rede ist mit halb anonymen Zitaten gespickt, die seltsam vertraut klingen.

Er glaubt nicht, durch die Balten-Affäre in seinen politischen Anschauungen beeinflusst worden zu sein.

Während des ersten, sehr kurzen Zusammentreffens spricht er über den Abscheu, mit dem er die Auslieferung verfolgt habe. Bei der zweiten Begegnung, die an einem Abend und in einer gelockerten Atmosphäre stattfindet, bröckelt seine Maske immer mehr ab, und schließlich gibt er zu, »über ihr Verschwinden recht froh« gewesen zu sein. Dann verbessert er sich rasch. »Nicht alle, einige hätten ruhig hierbleiben können. Es gab aber eine verdammte Menge Quislinge und Nazis in diesen Lagern.« Über die Sowjetunion hat er keine bestimmte Meinung. »Damals, nach dem Krieg, wusste man ja so wenig. Später ist es den Russen wohl besser gegangen. Heute scheint es ihnen ja ganz gut zu gehen. In China ist es doch schlimmer, nicht? Aber die Amerikaner taugen ja auch nicht viel.«

Äußert dann die Meinung, dass »die Politik Sache der Politiker« sei.

»Die kriegen ja dafür bezahlt, warum soll ich mir dann den Kopf zerbrechen ...«

Während des Abends erzählt er noch eine Reihe weiterer Geschichten, die über die Stimmung im Lager Aufschluss geben sollen. Danach geht er zu einer allgemein gehaltenen Analyse des schwedischen Offizierskorps über. »Die saßen oben in Norrbotten und warteten auf den Russen, obwohl jedes Kind wusste, dass wir vor Hitler hätten Angst haben müssen. Das grenzt schon an Verrat, finde ich, aber heute spricht natürlich kein Aas mehr darüber.« Er meint, dass die vorgeschlagene Beschneidung des Verteidigungsbudgets »einiger Gedanken wert« sei.

Johan G. hat davon gehört, dass die Deutschen in Ränneslätt auch Zugang zu Mädchen hatten, wenn sie welche haben wollten. »In einem Haus in der Nähe des Lagers gab es ein richtiges Bordell; die Wachposten haben sie immer hingebracht.« Er hört ungeduldig der Wiedergabe einer anderen Version zu, die nicht so sehr nach Kolportage klingt, und erwidert, er könne noch ganz andere Sachen erzählen, habe aber keine Lust dazu.

Johan G. ist heute sechsundvierzig Jahre alt. Im Wohnzimmer befinden sich zwei Teppiche, ein Stilleben, vier andere Reproduktionen sowie Möbel des Standard-Typs; der Versuch, den Mann an Hand seiner Umgebung zu beschreiben, ist unmöglich. Er sagt, dass er sich an die Ereignisse in Ränneslätt recht gut erinnern könne. Leider habe er nicht genügend interessante Informationen zu bieten. »Wir hingen ja immer nur am Stacheldraht herum. Es war recht trist.« Woher weiß er, dass sich Nazis im Lager befanden? »Das hat man mir gesagt. Es soll da einen Arzt gegeben haben, der in einem KZ den Häftlingen tödliche Injektionen gab.« Reaktion? »Tja nun, ich hab ihn ja nie gesehen.« Er sagt, er habe diese Zeit nie als moralisches Dilemma empfunden, und jeder Versuch, seine Rolle als Wachsoldat in moralische Kategorien einzuordnen oder ihn zu einem persönlichen Bekenntnis zu bringen, geht einfach unter. »Nein, für uns war das kein Dilemma, wir haben sie ja kaum gesehen.« Er glaubt, für die Mehrzahl der Wachsoldaten repräsentativ zu sein. »So war's bei allen, wir langweilten uns und hatten Heimweh.«

Die Probleme der Internierten gaben keinen Anlass zu näheren Überlegungen, »das war Sache der Politiker«.

Eksjö bezeichnet er als ein tristes Nest. Sonst hat er nichts hinzuzufügen. Das Interview mit dem Wachsoldaten Johan G. stellt sich immer deutlicher als glatte Enttäuschung heraus.

Hinterher begleitet er den Interviewer ein kurzes Stück auf dem Heimweg und geht zu einem Kiosk. Er kauft eine Schachtel Commerce mit Filter, *Expressen* und *SE*. Zweimal in der Woche spielt er Bowling. Er sagt, im allgemeinen denke er überhaupt nicht mehr an die Zeit in Ränneslätt.

4

Bei der Ankunft im Lager hatten etwa zehn der Internierten seltsame Wunden an den Beinen gehabt, Erfrierungen, die sie sich durch feuchte Kälte im Winter an der Ostfront zugezogen hatten und die nicht heilen wollten. Hier bot sich eine ausgezeichnete Gelegenheit, ein schweizerisches Arzneimittel namens »Priscol« zu erproben, das sich als außerordentlich wirksam erwies. Für die schwedischen Lagerärzte war dies eine der wichtigsten Erfahrungen ihrer Lagerzeit – neben den Erfahrungen, die man mit der Wirkung langandauernden Hungerns auf den Organismus gemacht hatte –, und sie erstatteten der Obersten Medizinalbehörde sofort einen genauen Bericht.

5

Der lettische Gefreite F. bekam die Adresse seiner Mutter erst Mitte September, als er im schwedischen Internierungslager Ränneslätt war. Die Mutter lebte jetzt in Deutschland, sie lebte. Er schickte ihr sofort eine kurze Nachricht: dass er sich in Schweden befand, in Sicherheit. Sie wohnte damals in Lübeck und erhielt den Brief am 28. September 1945. Sie hatte seit langem die Gewohnheit, an jedem Tag, an dem ein Schiff mit Auslandspost einlief, zum Hafen hinunterzugehen. Sie sah, wie die Postsäcke ausgeladen, auf Lastwagen geworfen und abtransportiert wurden; danach ging sie zum Postamt, um zu warten. Seit Beginn des Herbstes hatte sie in jeder Woche einen Tag auf der Post zugebracht. Nachdem die Post sortiert worden war, pflegte sie immer an den Schalter zu gehen, aber nie war etwas Besonderes für sie dabei.

Am 28. September erhielt sie den Brief. Er war an sie gerichtet. Sie öffnete ihn sofort und las ihn. Dann ging sie auf die Straße, las den Brief noch einmal, um sich zu vergewissern, dass der Inhalt sich inzwischen nicht geändert hatte, dass ihr Sohn noch lebte, fiel auf dem Bürgersteig auf die Knie und weinte.

In ihrem Antwortbrief beschreibt sie ihre Reaktion. »Was ich gefühlt habe, kann ich gar nicht wiedergeben. Ich bin Gott so unendlich dankbar, dass er mich dieses Glück hat erleben lassen.« Nach kurzer Zeit erhob sie sich wieder und ging nach Hause, zu ihrer Flüchtlingsbaracke, in der sie wohnte. Sie sagt, sie sei schnell gegangen.

In ihrem Brief macht sie nicht den geringsten Versuch, das Lübeck des Herbstes 1945 näher zu beschreiben.

In ihrem vom 1. Oktober 1945 datierten Antwortbrief äußert sie auch ihre Freude darüber, dass ihr Sohn lebt und dass sie ihn bald wiedersehen wird. »Ich glaube, Du wirst Dir meine Reaktion auf Deinen Brief gut vorstellen können, vielleicht lächelst Du darüber, dass Deinem Vater aber die Tränen über die Wangen liefen und dass er Deinen Brief nicht sofort lesen wollte, wirst Du vielleicht schon schwerer verstehen. Er hat ihn erst später im Nebenzimmer gelesen, als er allein war.«

Der lettische Gefreite F. erhielt diesen Brief am 5. November, er befand sich noch immer in Ränneslätt und würde vor der Auslieferung noch mehrere Briefe an die Eltern in Deutschland schreiben. Aber er würde sie nicht wiedersehen.

Als er Schweden verließ, ließ er auch die Briefe zurück. Im September 1967 bekam er zufällig eine Abschrift des Briefes seiner Mutter in die Hand, eine Abschrift, die sich im Besitz eines schwedischen Untersuchers befand; der Brief war nämlich veröffentlicht worden.

F., der jetzt in Riga lebte, der verheiratet war und ein Kind hatte, der in einem staatlichen Betrieb eine ausgezeichnete Stellung bekleidete und ein Monatsgehalt hatte, das fast doppelt so hoch war wie das sowjetische Durchschnittseinkommen, hatte auf den Untersucher vorher einen fröhlichen und ruhigen Eindruck gemacht. Sie hatten eine Reihe sehr informeller Abende zusammen verbracht, die mit angeregten Gesprächen und Deutungen der Auslieferung, ihrer Hintergründe und ihrer Konsequenzen angefüllt gewesen waren, und dass F. diese Abschrift zu lesen bekam, war ein reiner Zufall.

Er las den Brief sorgfältig, und plötzlich wurde er sehr still und ruhig. Dann brach er zusammen, als hätte man ihm einen harten und heftigen Schlag versetzt, und begann zu schluchzen. Der Untersucher, der ihn als einen fröhlichen und sorglosen Menschen kennengelernt hatte, saß ihm gegenüber und fand keine Worte. F. weinte wie ein verlassenes Kind, er wollte nicht aufhören zu weinen, er zeigte nur mit einem kräftigen, stumpfen Finger auf den Text und sagte: »Mama. Mama.«

Sie hatten sich seit Herbst 1944 nicht gesehen. Sie lebte im Westen. Sie schrieben einander, aber bislang hatte sie es noch nicht gewagt, ihren Sohn in Lettland zu besuchen. Sie hatten sich lange nicht gesehen.

Nach etwa drei Minuten hatte F. sich wieder beruhigt. Er lächelte verlegen und schüttelte den Kopf. »Es kam so plötzlich«, sagte er. »Ich war nicht vorbereitet. Sie wohnte damals in Lübeck, wir schrieben einander und glaubten, uns bald wiedersehen zu können. Es wurde nichts daraus.«

Danach gingen sie in einem Rigaer Park lange spazieren, mitten in der Nacht. Es gab nicht mehr viel hinzuzufügen, und sie sprachen nie mehr über das Geschehene.

6

Am Nachmittag des 3. Juni 1945 hatte der Chef der provisorischen Verwaltungskommission für Internierungsfragen, Oberstleutnant Leuhusen, ein später zu den Geheimakten gelegtes Memorandum an einen Beamten des Außenministeriums übergeben; dies war eines der Aktenstücke, die dem Auslieferungsbeschluss zugrunde liegen sollten. Darin beschrieb er die allgemeine Lage der Internierten aus der Sicht der beteiligten schwedischen Behörden und äußerte ferner einen sehr nachdrücklichen Wunsch der Militärbehörden: dass ein eventueller Auslieferungsbeschluss unbedingt geheimgehalten werden müsse. »Dringt ein eventueller Auslieferungsbeschluss an die Öffentlichkeit, so besteht die große Gefahr, dass in den Lagern eine Panik ausbricht.«

In diesem Punkt wurde seiner Bitte entsprochen: der Beschluss wurde zur Geheimsache gemacht (und die Presse beschwerte sich später darüber, dass »die Öffentlichkeit skandalös schlecht informiert« worden sei). Der Beschluss wurde in der Öffentlichkeit nicht bekannt, und das muss man rückblickend als ein kleines Wunder ansehen. Die Zahl der Eingeweihten war ja sehr groß: unter ihnen befanden sich schließlich nicht nur Politiker und Militärs.

Zu den Leuten, denen der Beschluss zugänglich gemacht werden würde, gehörte auch der lettische Sozialdemokrat Bruno Kalnins, der in Riga im Gefängnis gesessen hatte, dann nach Stutthof transportiert worden war und sich in Riga und in Stutthof in der Nähe des lettischen Juristen Karlis Gailitis aufgehalten hatte, in der Nähe des Richters und Deutschenfreundes Gailitis, der jetzt einer der Führer der internierten Balten war. Anfang August erhielt Kalnins einen Brief von Eichfuss, der ihn aufforderte, alles in seiner Macht Stehende zu tun, um den Internierten zu helfen.

Kalnins beschloss, sein bisheriges Wissen zu vergessen, und trat eine »tour d'horizon« unter schwedischen Politikern an. Er hatte bessere Möglichkeiten als viele andere, mit ihnen zu sprechen, da er selbst Parlamentsabgeordneter in Lettland gewesen war und sein Vater zu den großen Männern der lettischen Sozialdemokratie gehört hatte.

Sein erster Gesprächspartner war Richard Lindström, ein Sozialdemokrat und alter Freund Lettlands, der ihm als erster einen Überblick über die Lage gab.

– Es gibt einen Regierungsbeschluss über die Auslieferung, berichtete Lindström, und niemand scheint geneigt zu sein, ihn wieder rückgängig zu machen, da es sich um einen Beschluss der Koalitionsregierung handelt, und die meisten scheinen standhaft bleiben zu wollen. Es lässt sich nicht viel machen. Wichtiger ist die Frage der dreißigtausend zivilen Balten, selbst für sie besteht noch eine kleine Gefahr. Ich selbst kann nicht viel tun.

Kalnins ging von einem Politiker zum andern, erfuhr von vielen Gerüchten, einige betrafen das Handelsabkommen mit den Russen und die Bedeutung guter Beziehungen zur Sowjetunion, aber gesicherte Fakten waren selten. Während einiger Wochen sah er im Auftrag Mollers die Papiere der Zivilbalten durch und gab dann eine Stellungnahme ab: nichts Sensationelles dabei, das wussten die meisten schon vorher. Einige der Flüchtlinge seien prächtige Faschisten, die allerhand auf dem Kerbholz hätten, ein paar seien Konformisten, die weniger belastet seien, und die meisten seien unschuldig, sie seien nur aus Angst vor den Russen geflohen.

Ihnen sollte nie eine Gefahr drohen: sie durften bleiben.

Zu Kalnins späteren Gesprächspartnern gehörte auch Vougt, aber diese Unterredung brachte Kalnins überhaupt nicht weiter. Vougt gab zu, dass es einen Beschluss über die Auslieferung der Militärflüchtlinge gebe, aber er wollte keinen Kommentar dazu geben und auch nichts unternehmen. »Für mich ist die Sache abgeschlossen. Wir bewachen sie nur noch, bis es soweit ist.« Er vermied es, auf Einzelheiten einzugehen, wollte sich nicht festlegen, deutete aber vorsichtig an, dass die Frage noch weiter erörtert werde. Vielleicht werde man den Beschluss noch zu Fall bringen können.

– Sprechen Sie mit Undén, der weiß Bescheid.

Undén saß an seinem Schreibtisch und zeigte sich völlig unempfänglich für irgendwelche Einwände. Es handelt sich um einen Regierungsbeschluss, sagte er, und demnach sollen die baltischen Militärflüchtlinge ausgeliefert werden. Also werden sie auch ausgeliefert.

Kalnins fragte daraufhin, ob Undén sich darüber klar sei, was das für die Betroffenen bedeute. Undén erwiderte, er habe mit der russischen Gesandtin über diese Frage gesprochen, und diese habe versichert, dass man die Balten korrekt und gut behandeln werde. »Es gibt keinen Anlass, den Russen in dieser Hinsicht zu misstrauen.«

Anschließend unterhielten sie sich noch längere Zeit über die völkerrechtlichen Aspekte der Auslieferung sowie über Theorie und Praxis in der russischen Rechtsprechung. Ihr Gespräch brachte überhaupt kein Ergebnis.

Inzwischen schrieb man Mitte September.

Richard Lindström, mit dem Kalnins seit den dreißiger Jahren befreundet war, riet ihm, sich an Zetterberg zu wenden. Er ging zu Zetterberg. Dieser sagte, dass er zwar Mitglied der Regierung sei, aber nicht besonders einflussreich. Danach suchte Kalnins Quensel auf, der seiner Kritik am Auslieferungsbeschluss zwar zustimmte, aber zugleich bekannte, er habe in dieser Frage keine Möglichkeit, auf die Regierung einzuwirken. Quensel bat ihn, ein Memorandum anzufertigen; Kalnins ging nach Hause, schrieb das Memorandum, reichte es im Justizministerium ein und begann zu warten. Man hatte ihm gesagt, dass die Russen an einem schnellen Abtransport der Internierten nicht sonderlich interessiert zu sein schienen. Vielleicht werde alles im Sande verlaufen.

Am 14. November erhielt der Verteidigungsstab endlich – nachdem er einen Sommer und einen Herbst lang den Russen in den Ohren gelegen hatte – Bescheid: dass ein Truppentransporter Murmansk verlassen habe und auf dem Weg nach Trelleborg sei. Die schwedischen Militärs atmeten erleichtert auf. Endlich hatten die Russen den in Schweden Internierten vor den deutschen Soldaten in Norwegen Vorrang gegeben. Nun konnte der Stab die Auflösung der Lager in Angriff nehmen.

Der Auszug der Legionäre konnte jetzt vorbereitet werden.

Am selben Tag, dem 14. November, wurde die Angelegenheit in einer Staatsratssitzung erörtert, nun zum erstenmal in einem rein sozialdemokratischen Kabinett. Die Frage wurde rasch erledigt, das russische Schiff war ja bereits unterwegs, und nun konnten die teuren und lästigen Lager endlich aufgelöst werden. Eine Diskussion über die Auslieferung selbst kam nicht zustande.

Am selben Tag noch suchte ein Beamter des Außenministeriums den ehemaligen litauischen Botschafter Ignas Scheynius auf und teilte ihm mit, dass es einen Auslieferungsbeschluss gebe, dass ein russisches

Schiff unterwegs sei, um die Internierten abzuholen, und dass diese Informationen auf diskrete Weise weitergegeben werden sollten. Scheynius, der wie die meisten baltischen Exilpolitiker ein Antikommunist jenes unerschütterlichen Schlages war, den man nur unter Flüchtlingen aus der kommunistischen Welt findet und der in den letzten Jahren mehrere antikommunistische Bücher veröffentlicht hatte, handelte schnell. Er nahm sofort mit dem Chefredakteur von *Svenska Dagbladet* Verbindung auf, mit Ivar Anderson also, und teilte ihm mit, was er erfahren hatte. Am Abend rief er auch noch Pastor Allan Svantesson an, den Sekretär des Diakonischen Amts, der während des Krieges ein wichtiger Verbindungsmann zu baltischen Exil-Pastoren gewesen war. Zuvor, am Nachmittag, hatte bei Ministerpräsident Per Albin Hansson im Kanzleihaus eine Parteiführer-Konferenz stattgefunden. Er hatte die anwesenden Parteichefs darüber informiert, dass die Auslieferung unmittelbar bevorstehe, aber auch darauf hingewiesen, dass die Sache geheimgehalten werden müsse, um eine Panik zu vermeiden.

Nun verbreitete sich die Neuigkeit sehr schnell, was nicht zuletzt auf die Aktivität von Scheynius zurückzuführen war.

Svantesson rief am folgenden Tag das Außenamt an, um die Nachricht auf ihren Wahrheitsgehalt hin zu prüfen. Er bekam eine kühle und ablehnende Antwort, aber einige Formulierungen seines Gesprächspartners ließen ihn aufhorchen und überzeugten ihn, dass hinter den Gerüchten ein Körnchen Wahrheit stecken musste. Jetzt galt es nur noch, die Nachricht durch geeignete Kanäle an die Öffentlichkeit gelangen zu lassen.

Am Morgen des 15. November brachte *Svenska Dagbladet* einen langen Leitartikel über »Schwedisches Asylrecht«; der Autor sprach in vagen Formulierungen über Flüchtlingsprobleme und Asylrecht, legte aber die Karten nicht auf den Tisch und erwähnte die baltischen Soldaten mit keinem Wort. Im Außenministerium aber rief dieser Artikel einige Bestürzung hervor, die Nachricht schien irgendwie durchgesickert zu sein. Es galt, Zeit zu gewinnen, die in Umlauf befindlichen Gerüchte zu stoppen. Am selben Abend gegen 20 Uhr wurde eine geheime Pressekonferenz einberufen, an der unter anderem Per Albin Hansson sowie die Vertreter der wichtigsten überregionalen Zeitungen teilnahmen. Per Albin erzählte den Anwesenden im Vertrauen und unter dem Siegel absoluter Verschwiegenheit, dass die Auslieferung unmittelbar bevorstehe.

Die Zeitungen waren somit zum Schweigen vergattert. Man konnte erst einmal durchatmen.

Von diesem Augenblick an ist es praktisch unmöglich, die Wege zu verfolgen, auf denen die Nachricht nach außen drang. Man kann nur in groben Zügen die Zusammenhänge skizzieren. Viele Kirchenmänner wussten von dem Beschluss. Es gab auch viele konservative Zeitungen, die über ausgezeichnete Verbindungen zum Außenministerium, zum Verteidigungsstab und zur Kirche verfügten. Weiter: einige der Pfarrer, die im Herbst 1944 aus dem Baltikum geflohen waren, hatten dies nur unter Mitwirkung der schwedischen Kirche und anderer schwedischer Stellen tun können; nach der Flucht hatten sie im Diakonischen Amt Arbeit bekommen, das sehr bald zu einem Zentrum für baltische Flüchtlingsinteressen geworden zu sein schien. Diesem Amt gehörte auch das »deutsche Kirchenbüro« an, hier saß auch Allan Svantesson, der überall über gute Beziehungen verfügte.

Die Frage war nicht, *ob* die Nachricht bekannt werden würde, sondern *wann* und *wie*.

Am 17. November wurde die Nachricht über die Auslieferung von der deutschfreundlichen und seit den Kriegsjahren schwer kompromittierten Zeitung *Dagsposten* veröffentlicht; man habe sie von »gewöhnlich gut unterrichteter Seite« erhalten. Man habe sich auch ans Außenministerium gewandt, aber nur eine ausweichende Antwort erhalten.

Dagsposten war offensichtlich die falsche Zeitung, um eine Kampagne zu starten. Wenn die Aktion von dort ausginge, würde sie von Anfang an im Zwielicht stehen. Es mussten andere Medien gefunden werden. Am 17. November telefonierte Allan Svantesson, nachdem er mit einigen seiner baltischen Verbindungsleute beratschlagt hatte, mit dem Chefredakteur der Zeitung *Västmanlands Läns Tidning*. Dieser Mann hieß Anders Yngve Pers; er hatte an der erwähnten Pressekonferenz nicht teilgenommen, er und seine Zeitung waren unabhängig und durch kein Stillhalteabkommen gebunden, ihn würde man gut gebrauchen können.

Svantesson erzählte ihm die ganze Geschichte.

Es waren schon viele hinter der Neuigkeit her. Viele Zeitungen hatten die Witterung aufgenommen. *Dagsposten* hatte sich am weitesten vorgewagt, aber dann die Spur wieder aufgegeben, vielleicht aus Vorsicht.

Svenska Morgonbladet war kurz vor dem Ziel. Dieses Blatt war recht klein, es hatte immer mit finanziellen Schwierigkeiten zu kämpfen, die dann später übermächtig wurden und dem Blatt den Garaus machten. Am Abend des 16. November rief Erik Hjalmar Linder, der gerade dienstfrei hatte, um seine Literaturgeschichte zu schreiben, den politischen Reporter der Zeitung, Sven Erixon, an. Linder sagte, er habe gehört, dass einige Balten in Kürze ausgeliefert werden sollten, dass es Proteste gegen diesen Beschluss gegeben habe oder dass Proteste geplant seien. Es gebe gute Gründe, der Sache nachzugehen, vielleicht sei hier ein Knüller zu holen.

Linder hatte die Nachricht von Lennart Göthberg bekommen, einem ausgezeichneten Kenner der Literatur der vierziger Jahre, der außerdem über beste Verbindungen zur Oxford-Gruppe verfügte; die Moralische Aufrüstung schien einen eigenen Nachrichtendienst zu besitzen, mit Kontakten zum Außenministerium, zur Regierung, zur Armee und zur Verwaltung. Man konnte also davon ausgehen, dass Linders Angaben nicht aus der Luft gegriffen waren.

Sven Erixon hatte nicht mehr viele Stunden Zeit, aber er sah schon einen Riesenknüller am Horizont auftauchen. Die Zeitung besaß die Anschrift eines baltischen Verbindungsmannes, eines ehemaligen Diplomaten und landesflüchtigen Litauers namens Ignas Scheynius; dieser Mann war ein zuverlässiger Antikommunist, der ein Buch mit dem Titel »Die rote Flut steigt« geschrieben hatte. Er wohnte am Valhallavägen und bestätigte auf Anfrage den Wahrheitsgehalt der Meldung Linders. Die internierten baltischen Soldaten sollten an die Russen ausgeliefert werden. Er könne überdies den Protest gegen diese Maßnahme bestätigen, den einige Geistliche an Undén gerichtet hätten; das Protestschreiben enthalte alle Details. Wenn man einen Boten vorbeischicken könne, werde er gern …

Man schickte einen Boten. Sven Erixon rief auch im Außenministerium an, aber dort leugnete man, etwas von der Sache zu wissen, und weigerte sich, nähere Angaben zu machen. Danach rief er den Verteidigungsstab an, ebenfalls ergebnislos. Vor ihm auf dem Tisch lag ein detailliertes Protestschreiben an Undén, die beiden Dementis waren von zweifelhaftem Wert; aus der ganzen Sache ließ sich ein Artikel machen.

Zwei Stunden später war der Artikel fertig. Erixon trank noch einen Kaffee, unterhielt sich noch kurz mit Kollegen und ging dann in die Setzerei. Es sah hübsch aus; der Artikel sollte auf die erste Seite kommen, er war gut aufgemacht, sollte eine Balkenschlagzeile bekommen. Diese Sache würde Aufsehen erregen. Kleines Morgonbladet, dachte er, jetzt kriegst du einen jener Knüller, die du so nötig hast.

Dann ging er nach Hause. Es war der Abend des 16. November. Er wachte am nächsten Morgen gegen 9 Uhr auf und ging sofort zum Briefkasten. Dort steckte die Zeitung. Erixon schlug die erste Seite auf, aber da stand nichts von einer Auslieferung der Balten. Er blätterte weiter, Seite um Seite, fand aber nichts. Kein Wort von einer sensationellen Auslieferung, nichts. Nicht ein Wort darüber.

Man hatte seinen schönen Knüller einfach herausgenommen.

Er zog sich an, fuhr zur Redaktion, ging zu Stapelberg, der damals bei dem Blatt arbeitete, und fragte ihn, was geschehen sei. Oh, die Nacht sei höchst dramatisch verlaufen. Um 23.30 Uhr habe der Oberbefehlshaber angerufen und gesagt, er habe gehört, dass die Zeitung Bescheid wisse. Der OB habe gebeten, die Zeitung solle die Nachricht zurückhalten, schweigen und kein Wort verlauten lassen. Aus der Sicht des Stabes sehe es so aus: man müsse die Lager bewachen, habe aber zu wenig Personal. Die Absperrungen seien schlecht. Es könne Fluchtversuche geben, wenn die Internierten die Wahrheit erführen, Selbstmorde. Man wolle Zeit gewinnen, um die Lage besser in den Griff zu bekommen.

Mit anderen Worten: die Zeitung sollte die Schnauze halten.

Auch andere Redaktionsmitglieder hatten nachts Anrufe erhalten. Vom Außenministerium hatte jemand empört angerufen, und außerdem hatte man noch David Ollén, den Chefredakteur, angerufen. Die Beamten hatten lange und überzeugend gesprochen, und damit war für die Zeitungsleute nichts mehr zu machen gewesen.

Sie nahmen den Artikel heraus, machten in letzter Minute eine neue erste Seite, und die Nachricht von der Auslieferung war somit aus der Welt.

Der Sonnabend und der Sonntag vergingen. Am Montag endlich platzte alles. Es war die *Västmanlands Läns Tidning*, die einen Bericht über die Auslieferung veröffentlichte. Ihre Redakteure waren der Sache nachgegangen, hatten die Neuigkeit für glaubwürdig befunden und beschlossen, sie zu publizieren. Der Artikel war aber nicht sonderlich groß aufgemacht: im Satzspiegel sah es aus, als handelte es sich nicht um eine sensationelle Nachricht, eher im Gegenteil.

Dort stand, wobei ein charakteristischer Übergang von »Militärbalten« zu »Zivilbalten« besonders ins Auge springt: »Das Außenministerium hat auf eine Anfrage des Kirchlichen Presseamts hin bestätigt, dass die Regierung beschlossen hat, zehn litauische, sieben estnische und hundertvierzig lettische Flüchtlinge an die Sowjetunion auszuliefern. Nach Auskunft des Auswärtigen Amts soll der Abtransport innerhalb der nächsten zehn Tage stattfinden. Es liegen auch Nachrichten darüber vor, dass ein russisches Schiff aus Murmansk sich schon auf dem Weg befindet, um die Flüchtlinge abzuholen.

Der Auslieferungsbeschluss dürfte in erster Linie jene Balten betreffen, die in lettischer oder deutscher Uniform nach Schweden gekommen sind und hier interniert wurden, es wird aber befürchtet, dass auch zivile Flüchtlinge, die in der jüngsten Zeit nach Schweden geflohen sind, ausgeliefert werden könnten.«

Am folgenden Tag, dem 20. November, hatte das Rad der Widerstandsorganisation schon zu rollen begonnen. Der Außenminister wurde von zwei bürgerlichen Parlamentariern, Håstad und Holmbäck, befragt. Beide verlangten Aufklärung über das weitere Schicksal der Balten. Gegen 11 Uhr vormittags erhielt Undén Besuch von einer Abordnung kirchlicher Würdenträger. Unter diesen Männern waren die Bischöfe Björkquist, Ysander und Cullberg, Hauptpastor Olle Nystedt, Pastor Lewi Pethrus, Missionsdirektor Tohn Gustafsson sowie die Pastoren Sven Danell und Allan Svantesson. Es waren insgesamt fünfundzwanzig Männer, auch Lennart Göthberg war unter ihnen. Sie kamen einige Minuten vor 11 Uhr im Erbfürsten-Palais an und entdeckten, dass schon Fotografen da waren.

Reporter aller großen Zeitungen waren bereits zur Stelle, sie standen im Treppenhaus, und beim Eintritt der Kirchenmänner gab es ein ziemliches Gedränge. Punkt 11 Uhr öffnete sich die Tür von Undéns Vorzimmer, er kam selbst heraus, und jeder konnte sehen, wie er beim Anblick der Fotoreporter erstarrte. Er schien ihre Anwesenheit nicht sehr zu schätzen, und in der Delegation kam es zu einer geflüsterten Diskussion, bevor die Kirchenmänner zur Tür drängten. Sie hätten gegen eine gewisse Publizität ihres Besuchs nichts einzuwenden gehabt, aber hier kam es in erster Linie darauf an, Undén nicht zu verärgern.

Sie erklärten dies den Fotografen. »Um der Sache willen«, sagten sie. »Es ist wichtig, Seine Exzellenz in dieser delikaten Situation nicht zu verärgern.« Die Presseleute verstanden und zogen sich zurück. Sie brauchten nicht unruhig zu sein: sie würden die notwendigen Informationen später von den Mitgliedern der Delegation erhalten.

Als die Kirchenmänner endlich alle im Zimmer waren, nahm Undén auf einem Sofa Platz, die anderen setzten sich um ihn herum, wobei sie die interne Rangfolge beachteten. Einige mussten stehen, da so viele gekommen waren.

Björkquist machte sich zum Sprecher der Abordnung; später trug auch Ysander mit einigen Repliken zur Unterredung bei. Er war ja sachkundig, da er im Winter 44/45 engen Kontakt zu jener Organisation gehabt hatte, die den Zivilbalten zur Flucht über die Ostsee verholfen hatte.

– Den gegenwärtig hier internierten Balten, erklärte Björkquist, sollte politisches Asyl gewährt werden. Man sollte sie individuell beurteilen und nicht unterschiedslos zurückschicken. Das wäre ein Verstoß gegen schwedische Rechtsvorschriften.

Undén, der zunächst schweigend zugehört hatte und angesichts dieser theologischen Übermacht einen äußerst misstrauischen Eindruck machte, unterbrach Björkquist plötzlich und fragte, ob der Besuch ausschließlich den Balten gelte oder »ob die Herren auch die Geschäfte der Deutschen besorgen« wollten; damit spielte er auf die dreitausend reichsdeutschen Soldaten an, die auch ausgeliefert werden sollten.

Björkquist erwiderte: – Wir wünschen natürlich nicht, dass die Deutschen ausgeliefert werden, aber wir sind hauptsächlich wegen der Balten hier.

– Es fällt mir schwer, sagte darauf Undén, diese besondere Sentimentalität der Balten wegen zu verstehen. Im übrigen ist die Auslieferung schon von der Koalitionsregierung beschlossen worden, sie ist nur noch eine reine Routineangelegenheit, und nunmehr werden nur noch die Modalitäten diskutiert.

– Kann man denn die Soldaten nicht statt dessen an die Westmächte ausliefern?

Undéns Antwort wurde in einem kühlen und vorwurfsvollen Ton vorgebracht. Er erklärte, dass es nicht den geringsten Grund gebe, der sowjetischen Rechtspflege zu misstrauen, und dass es unverfroren sei, die Sowjetunion nicht als Rechtsstaat zu betrachten. Er erklärte außerdem, er glaube soeben herausgehört zu haben, dass auf einen Bruch zwischen Ost und West, zwischen den Alliierten, spekuliert werde. Solche Spekulationen halte er für grundlos. Es gebe keinen Grund, ausgerechnet der Sowjetunion zu misstrauen oder anzunehmen, sie sei ein barbarischer Staat.

Die Debatte wurde nun immer kühler und war bald völlig festgefahren. Undéns Gesicht, das ursprünglich ausdruckslos, aber höflich ausgesehen hatte, schien nun mit einemmal einen Ausdruck absoluter Trockenheit und gemessener Kühle anzunehmen, der für Zugeständnisse keinen Spielraum mehr erwarten ließ. Hinterher erklärten alle, sie seien vom Verhalten Undéns schockiert gewesen: sie hätten ein höfliches Bedauern von seiten Undéns erwartet, irgendein diplomatisches Wort des Bedauerns über das Tragische der Affäre, aber statt dessen ein absolutes Unverständnis, eine Mauer aus trockener Skepsis und Misstrauen angetroffen.

Sie bekamen kein Wort des Bedauerns mit auf den Weg, nichts. Undén erklärte mit seiner trockensten Stimme, es gebe nichts zu bedauern. Damit wurden sie entlassen.

Danach setzte sich die Delegation an einem anderen Ort zusammen, um den Besuch zu besprechen. Alle waren sich einig, dass der Kampf eben erst begonnen hatte. Nunmehr galt es, die Richtlinien für das weitere Vorgehen festzulegen, und es wurde zum erstenmal ernsthaft erwogen, die Sache der Balten von der der Deutschen zu trennen. Angesichts der sehr überraschenden Frage Undéns konnte eine solche Trennung als taktisch richtig erscheinen.

Die Verbindungen zu den Zeitungen waren bereits hergestellt. Nun wurde auch beschlossen, Allan Svantesson nach England zu schicken; er sollte dort versuchen, von kirchlicher Seite Hilfe zu bekommen. Geld wurde »ohne Schwierigkeiten aufgetrieben«.

Die Kirchenmänner diskutierten noch lange. Der Kreuzzug gegen die Auslieferung würde nun beginnen.

Man schrieb immer noch erst Dienstag, den 20. November.

7

Feldwebel Otto Lutz glaubte, der Hungerstreik müsse im Verhalten der schwedischen Armee seinen Ursprung haben. Er dachte dabei an die Essenstreiks, über die in den Zeitungen berichtet wurde. Diese Essenstreiks waren für die Internierten eine Sensation, da sie glaubten, so etwas könnte in keiner Armee möglich sein.
Polizeibericht vom 20.10.1946

Der Hungerstreik war nicht spontan, kein Ausdruck einer individuellen Furcht der einzelnen Balten vor einer Auslieferung an Russland. Der führende Mann des Baltenlagers hat selbst zugegeben, dass der Hungerstreik nur durchgeführt werden konnte, weil man zuvor jeden einzelnen einer langandauernden und intensiven Beeinflussung ausgesetzt hatte; der Vertrauensmann hat die Balten angefleht, um Lettlands willen an der Aktion teilzunehmen. Es ist sicherlich so gewesen, dass die Hintermänner dieses passiven Widerstandes politische Ziele im Auge hatten.
Östen Undén am 17.1.1946 im schwedischen Reichstag

Am 15. November besuchte der lettische Exil-General Tepfers das Lager Ränneslätt; er kam im Auftrag des Lettischen Hilfskomitees, einer lettischen Exilorganisation; er kannte einige der Internierten schon aus früheren Zeiten sehr gut. Während der deutschen Zeit in Lettland hatte er mit Gailitis, Kessels und Ziemelis Verbindung gehabt, und bei seinem Besuch registrierte er sofort »eine gewisse Spannung zwischen den Offizieren einerseits und Dr. Eichfuss andererseits«.

Die erste Frage an Tepfers: was aus den Internierten werden sollte. Tepfers wusste Bescheid. Er hatte »schon irgendwann Mitte Juni erfahren, dass lettische und andere baltische Flüchtlinge, die zum Zeitpunkt der Kapitulation von sowjetisch-deutschen Frontabschnitten hierhergekommen waren, aufgrund einer Abmachung zwischen der schwedischen und sowjetischen Regierung an die Sowjetunion ausgeliefert werden sollten«. Soviel wusste er also. Er sagte ihnen aber, dass er nicht ganz sicher sei. Seit Juni war schon viel Zeit vergangen, und es war nichts geschehen. Er hatte den Internierten ja schon früher geschrieben, wie es um sie stand, jetzt schrieb man November, und es hatte sich noch nichts ereignet.

Er sagte, er wisse nicht, welche Entwicklung die Dinge nehmen würden.

Er sprach nur mit Gailitis und Ziemelis. Mit Eichfuss sprach er kein Wort. Eichfuss machte auf ihn den Eindruck eines Königs ohne Land, eines Menschen ohne Macht.

Am Abend versammelte Tepfers ein paar der Offiziere um sich, um ihnen einen Vorschlag zu machen. Die Gefahr, dass die Soldaten tatsächlich ausgeliefert wurden, war sehr groß. Den Auslieferungsbeschluss konnten die Internierten kaum beeinflussen, aber sie konnten fliehen. Noch war es Zeit. Nicht alle konnten fliehen, das war unmöglich, aber immerhin einige. Aus vielen Gründen, meinte Tepfers, sei es das beste, den Fluchtplan auf die Offiziere zu beschränken. Sie müssten ihn selbst ausarbeiten, nach dem, was er gesehen habe, sei eine Flucht nicht unmöglich, die Bewachung sei noch nicht besonders streng. Außerhalb des Lagers würden sich andere um die Flüchtlinge kümmern. Kleidung sei bereits vorhanden, dank der Hilfe baltischer Organisationen und »schwedischer Freunde«. Sie würden Zivilkleidung erhalten, Geld, Möglichkeiten, in andere Länder zu fliehen. Sie sollten versuchen, über Norwegen nach England zu kommen.

Der Vorschlag sollte nie in die Tat umgesetzt werden; warum, weiß niemand. Vielleicht hielt der Gedanke, dass man die einfachen Soldaten im Stich lassen müsste, einige zurück. Vielleicht war eine Flucht allein schon aus technischen Gründen ausgeschlossen.

Wie auch immer: die Wolken zogen sich drohend zusammen.

Am 16. November bereiteten die Internierten die Feier des Nationalfeiertags am 18. November vor. Der Chor probte. Am 17. neue Proben, Planung des Zeremoniells. Am 18. erschien morgens der lettische Pastor Terinz. Lettisch zu sprechen hatte man ihm verboten, er durfte sich mit den Lagerinsassen nur in deutscher Sprache und in Gegenwart eines schwedischen Offiziers unterhalten.

Um 11 Uhr hielt er einen Gottesdienst ab. Er erwähnte mit keiner Silbe, was er wusste: dass die Balten ausgeliefert werden sollten. Der Gottesdienst wurde in deutscher Sprache abgehalten. In das Gebet nach der Predigt, ein lettisches Gebet, streute Terinz jedoch einige Sätze ein, die alle aufhorchen ließen. Er betete für diese Männer, über deren Köpfen sich schwarze Wolken zusammenzögen. Schwarze Wolken aus dem Osten. Es gebe Männer, deren Leben jetzt in großer Gefahr sei.

Nach dem Gottesdienst wurde der Lunch eingenommen; Terinz saß zwischen zwei schwedischen Offizieren. Ein offenes Gespräch schien unmöglich zu sein. Einer der lettischen Offiziere schrieb später jedoch in sein Tagebuch: »Pastor Terinz kommt zu Besuch. Können uns ein wenig unterhalten.«

Am Abend des 18. November neue Zusammenkunft in der baltischen Offiziersbaracke.

Am Tag darauf ist die Stimmung gedrückt. Einer der Soldaten schreibt in sein Tagebuch: »Offiziere nervös. Niemand weiß, was zu tun ist. Ich liege den ganzen Tag auf dem Bett und starre die Decke an.«

Am 20. November wird plötzlich die Bewachung verschärft, der Stacheldraht verstärkt, die Zahl der Posten erhöht. »Die Bewachung scheint strenger zu werden. Die Schweden sagen, der Besuch Tepfers' sei der Grund. Verwirrung und Gerüchte. Jetzt kann alles mögliche passieren.«

Noch immer wussten die Balten nicht endgültig Bescheid; die Nachricht, die allen Fragen und Zweifeln ein Ende machen und sie zum Handeln hätte veranlassen können, war noch nicht eingetroffen. Gegen 17 Uhr am Nachmittag des 21. November meldete sich eine lettische Frau bei der schwedischen Lagerwache. Sie behauptete, eine Nachricht für einen Insassen zu haben, einen Mann namens Raiskums. Es sei eine Nachricht über seine Frau, man habe sie wiedergefunden, sie befinde sich in Paris. Die Frau bat, ihn sofort sprechen zu dürfen.

Nach kurzer Diskussion beschloss der schwedische Wachhabende, dem Wunsch der Frau nachzugeben, allerdings unter der Bedingung, dass sie nur deutsch spreche und keinen Versuch unternehme, dem Internierten irgendeine unerlaubte Mitteilung zu machen.

Sie stimmte willig zu.

Nach einer Viertelstunde kam Raiskums. Auch ihm hatte man die Bedingungen für das Treffen mitgeteilt. Er trat ins Zimmer, gab der Frau die Hand und begrüßte sie, sah sie fragend an, sagte aber nichts. Die Frau teilte ihm auf Deutsch mit, dass es ihr gelungen sei, die Adresse von Frau Raiskums in Paris ausfindig zu machen, die sie ihm jetzt geben wolle.

Raiskums sah die Besucherin prüfend an. Er wusste genau, dass seine Frau sich in Lettland befand, es gab also gute Gründe, diese Botin genau im Auge zu behalten. Die Frau lächelte ihn an, gab dem schwedischen Offizier einen Zettel und erklärte, dies sei die Adresse. Dort stand: *Frau Raiskums. Rue Pieteicàt Badu XXII.*

Der Schwede reichte den Zettel wortlos an Raiskums weiter. Dieser blickte auf das Papier und blieb eine Weile stumm. Es handelte sich offensichtlich um eine verschlüsselte Mitteilung, aber der Kode war leicht zu verstehen. »Frau Raiskums« hatte nichts zu bedeuten, ebensowenig das Wort »Rue«. Die anderen Worte bedeuteten »befehlen«, »hungern« und »22«.

Dies war möglicherweise etwas ganz anderes als eine Adresse.

Er dankte der Frau, immer noch auf Deutsch, und umarmte sie. Als sie seine Umarmung erwiderte, flüsterte sie ihm einige lettische Worte ins Ohr, eine Mahnung, bereit zu sein. Er machte sich frei, nickte dem schwedischen Offizier zu und ging in seine Baracke zurück. Endlich wussten sie Bescheid. Außerdem wussten sie, was sie zu tun hatten.

Die Angaben über die genaue Formulierung der verschlüsselten Mitteilung sind verschieden, je nach der Quelle. So heißt es woanders zum Beispiel: *Frau Raiskums. Sákiet Badú XXII, Jús izdod.* Über den Inhalt der Mitteilung sind sich jedoch alle Zeugen einig.

Die Frau arbeitete nicht aus eigener Initiative: sie war von »einigen Landsleuten« geschickt worden, die sie auf dem Stockholmer Hauptbahnhof mit Material versehen hatten. Den größeren Teil dieses Materials konnte sie noch am selben Abend ins Lager hineinschmuggeln. Die Internierten hatten, nachdem sie von Raiskums informiert worden waren, entlang des Zauns Wachen aufgestellt. Bei einer Wachablösung der Schweden nahm sie ihre Chance wahr, rannte auf den Zaun zu und warf zwei Päckchen Papier, die mit einem Stein beschwert waren, über die Absperrung.

Sie sah, dass die Balten sie beobachtet hatten und die Päckchen sofort aufhoben, worauf sie in die Baracken zurückkehrten. Jetzt konnte sie sich auch selbst zurückziehen. Sie hatte ihren Auftrag erfüllt – die Legionäre wussten jetzt alles.

Was enthielten die Päckchen, die über den Zaun geworfen worden waren?

Vincas Lengvelis, Pilzsammler, Partisanenjäger und litauischer Offizier, erwähnt die Episode in seinem Bericht mit einigen Worten. Dort heißt es:

»Eines Nachts hielt in der Nähe des Lagers ein Wagen, und jemand warf einen auf Schwedisch abgefassten Brief über den Zaun. Der Wachposten, den wir selbst aufgestellt hatten, brachte uns den Brief, den wir sogleich übersetzten. Die Urheber des Briefes rieten uns zu einem Hungerstreik. Daraufhin bildeten wir am nächsten Tag ein Streikkomitee, das den Streik verkündete.«

Es gibt viele Fragen.

Warum war der Brief auf Schwedisch geschrieben? War dieser Brief etwa identisch mit den Papierpäckchen, die die lettische Frau über den Zaun geworfen hatte? Wer waren die »Urheber« des Briefes, und warum rieten sie den Internierten ausgerechnet zu einem Hungerstreik?

Mit welchen Männern war die Frau im Stockholmer Hauptbahnhof zusammengetroffen?

Wie auch immer: am Abend des 21. November wurden sämtliche baltischen Offiziere zu einer Krisensitzung zusammengerufen. Die Zeugenaussagen über diese Zusammenkunft sind höchst vage und widersprechen einander. Alle Anwesenden schienen zu aufgeregt gewesen zu sein, um die nun plötzlich eintretende Änderung der Machtverhältnisse zu bemerken.

Über die Aufforderung zum Hungerstreik hat offenbar sofort Einigkeit geherrscht; Zögern oder Proteste gab es nicht. Im übrigen scheint es über die Organisation des Kampfes zu einigen Diskussionen gekommen zu sein. Gailitis betonte, dass man irgendwie ausbrechen müsse, und wenn das nicht möglich sei, müsse man der Demonstration durch Selbstverstümmelungen oder – notfalls – Selbstmorde Nachdruck verleihen. Eine kleine Gruppe der lettischen Offiziere unterstützte seine Vorschläge.

Eichfuss dagegen meinte, dass ein Hungerstreik eine hinreichende Demonstration des passiven Widerstands sei. Auf seiner Seite stand eine etwas größere Gruppe, aber jetzt galt es vor allem, einig zu bleiben, die Katastrophe stand so kurz bevor, dass für interne Streitereien keine Zeit mehr blieb.

Die Wahl des Streikkomitees spiegelt den Charakter des Kompromisses wider. Zu Vertretern der Offiziersgruppe wurden zwei Ärzte ernannt: Eichfuss und der Litauer Zenkevicius, was der Aktion einen nichtmilitärischen Anstrich geben sollte. Diese Wahl fand die Billigung aller, auch Gailitis stimmte zu. Jetzt standen zwei Ärzte an der

Spitze des Streikkomitees, zwei Männer, die in der schwedischen Öffentlichkeit kaum kompromittiert werden konnten (dieser Gesichtspunkt hatte den Ausschlag gegeben und Gailitis, Kessels und Ziemelis zu Fall gebracht). Von Deutschenfreunden, von Stutthof, sollte keine Rede sein können. Zwei Ärzte und eine baltische Gruppe.

Zu Vertretern der Soldaten wurden Cikste, Kaneps und Radzevics gewählt; Cikste war ein Schwager von Kessels, die anderen waren Unteroffiziere. Sie brauchte man in Zukunft nicht um Rat zu fragen, sie waren aus dem Spiel. Der litauische Arzt Zenkevicius erkrankte nach einem Tag und musste ins Krankenhaus gebracht werden.

Nun blieb der ständig in Frage gestellte, angefeindete und merkwürdige lettische Arzt Ellnars Eichfuss-Atvars übrig, allein und im Besitz der gesamten Macht. Am Abend des 21. setzte er sich hin und formulierte einen eigenhändigen Brief an den schwedischen Lagerchef von Ränneslätt. Er war auf Deutsch geschrieben; im Briefkopf war sogar die Uhrzeit angegeben (23.45 Uhr).

Die Einleitung: »Wie wir aus schwedischer Quelle erfahren haben, hat die schwedische Regierung beschlossen, politische Flüchtlinge, zu denen auch wir internierten Balten gehören sollen, an die Sowjetunion auszuliefern. Die Auslieferung wäre für uns gleichbedeutend mit einem qualvollen Tod. Bevor wir uns zu anderen Schritten entschließen, wollen wir aus den genannten Gründen vom 22. November 7 Uhr an einen freiwilligen Hungerstreik beginnen, der in dem Augenblick enden wird, in dem eine Lösung erreicht wird, die unseren berechtigten Forderungen und schwedischer Humanität entspricht.«

Das Schreiben wurde mit detaillierten Anweisungen für die Gestaltung des Verhältnisses zwischen Lagerinsassen und schwedischem Wachpersonal fortgesetzt, es war in ruhigen und gemäßigten Wendungen abgefasst und ist, als Ganzes betrachtet, ohne Zweifel ein bemerkenswert intelligentes Dokument.

Das Schreiben schließt: »Das Streikkomitee hat nichts dagegen einzuwenden, dass der lettische Arzt Dr. E. Eichfuss-Atvars, der bis zur Ankunft des deutschen Lagerarztes im deutschen Internierungslager Ränneslätt stellvertretender Lagerarzt ist, diese Tätigkeit bis auf weiteres ausübt. In seiner Eigenschaft als Vertreter des Lagerkomitees wird er ohne das internationale Rotkreuz-Emblem auftreten und den übrigen Soldaten bzw. Offizieren gleichgestellt sein. In seiner Eigenschaft als Lagerarzt ist er befugt, eine Rotkreuz-Armbinde zu tragen.«

Eichfuss' Dienst als stellvertretender Lagerarzt war eine reine Fiktion: die deutschen Internierten weigerten sich beharrlich, sich von ihm behandeln zu lassen, und die Balten hielten sich an Slaidins. Eines aber war nun offenkundig: Eichfuss hatte volle Bewegungsfreiheit, er konnte gehen, wohin er wollte, mit jedermann sprechen, und er war der einzige Lagerinsasse, der diese Freiheiten genoss.

In jener Nacht gingen sie spät ins Bett.

Am folgenden Morgen, am Donnerstag, dem 22. November, sahen die schwedischen Wachposten, wie die baltischen Soldaten ihre Baracken verließen, einer nach dem anderen. Sie trugen Kisten, kleine Kartons, Tüten, stellten alles vor den Baracken auf die Erde und gingen dann wieder hinein, um mehr zu holen. Sie kamen aus dem Speisesaal, aus der Küche, aus ihren Baracken, sie trugen Brot, Zucker, belegte Brote, Konservendosen, und häuften die Lebensmittel vor einer Baracke an, mitten auf dem Hof. Alle trugen schwedische Uniformen, da die deutschen, die sie einmal getragen hatten und über die in der schwedischen Öffentlichkeit so heftig diskutiert worden war, nach und nach zu unansehnlich geworden waren und durch schwedische Uniformen hatten ersetzt werden müssen. (Ein breites schwarzes Band an den Uniformmützen deutete darauf hin, dass diese Männer der SS angehörten, obwohl man die eigentlichen SS-Embleme entfernt hatte.) Diese waren zwar weniger schön, dafür aber wärmer. Jetzt kamen sie in ihren schwedischen Uniformen an, trugen Lebensmittel aus den Baracken, stellten alles auf die Erde und gingen wieder hinein. Die Schweden standen außerhalb des Stacheldrahtzauns, starrten sie an und begriffen nichts. Schließlich waren die Balten fertig, der Haufen auf dem Hof war ziemlich groß, alle Balten waren wieder hineingegangen, draußen war alles wieder ruhig. Die Soldaten stellten sich an die Fenster und warteten ab, wie die Schweden sich verhalten würden.

Die Schweden drängten sich außerhalb des Stacheldrahts zusammen; offenbar diskutieren sie eifrig. Es war genau 8 Uhr. Die Schweden erschienen als kleine graue Figuren mit umgehängten Gewehren; worüber sie sprachen, war nicht zu hören. Der Patrouillendienst wurde bald wieder aufgenommen. Es kamen Offiziere, die kurz ins Lager hineinblickten und wieder weggingen.

In den Baracken lagen jetzt alle Balten in ihren Betten.

Um 8.45 Uhr kam Dr. Elmars Eichfuss-Atvars über den lehmigen

Hof gestapft, mit ihm vier andere Männer. Es waren Cikste, Zenkevicius, Radzevics und Kaneps. Sie gingen, mit Eichfuss an der Spitze, zum Lagertor und baten den schwedischen Posten, er möge den Lagerkommandanten holen. Es dauerte nur fünf Minuten, bis der schwedische Major Grahnberg herauskam. Am Lagertor stehend, hörte er, wie der Führer der Balten, Eichfuss, an diesem leicht diesigen Novembermorgen die Erklärung verlas, dass heute ein Hungerstreik beginne.

Als er fertig war, faltete Eichfuss den Zettel sorgfältig zusammen und reichte ihn dem Schweden mit einem verbindlichen Lächeln hin. Die Formalitäten waren erledigt, der Streik konnte beginnen. Sogleich zogen sich alle in ihre jeweiligen Bastionen zurück.

Welche Initiativen kommen von außen, welche von innen? Gab es Vorbilder für diese Aktion? Eine große Zahl der baltischen Legionäre in deutschen Diensten landete nach Kriegsende in westalliierter Gefangenschaft. Amerikaner und Engländer stoppten die begonnene Auslieferung dieser Männer an die Sowjets schon nach kurzer Zeit. »Der Grund dafür sollen die vielen Selbstverstümmelungen und Selbstmorde gewesen sein, die schon beim ersten Transport verübt wurden.«

Wann war dieser Transport abgegangen? Gab es Verbindungen?

8

An diesem ersten Streiktag hat Eichfuss eine kurze Unterredung mit dem schwedischen Lagerarzt Erik Brattström. Das Gespräch findet um die Mittagszeit statt. Eichfuss erzählt Brattström von den Blumen in der Ukraine nördlich der Krim.

Dort soll es eigenartige Blumen geben, eine Tulpenart, Zwiebelgewächse, die überall wild wachsen. In diesem Teil der Ukraine, erzählt Eichfuss, ist die Landschaft leicht hügelig und sehr schön. Im Frühling beginnen all diese Zwiebelpflanzen zu blühen. Es gibt sie überall, sie bedecken alle Hügel, bedecken die Landschaft mit phantastischen Farben. Er erzählt ausführlich und präzise und sehr anschaulich von der Landschaft der Ukraine, vom Frühling und der Blüte dieser Pflanzen, die überall, so weit das Auge reicht, die Hügel der Ukraine nördlich der Krim bedecken.

9

BALTEN: LIEBER DEN TOD ALS DIE SOWJETUNION – WIR BINDEN UNS MIT STACHEL-
DRAHT FEST – 57 MINDERJÄHRIGE SOLLEN AUF DAS SKLAVENSCHIFF
»Stockholms-Tidningen« am 24.11.1945

Bereits am zweiten Streiktag begannen Neugierige herbeizuströmen. Sie kamen aus allen Richtungen nach Ränneslätt, die meisten von Süden her, aus Eksjö, auf Fahrrädern oder zu Fuß. Sie wurden von den Wachposten angehalten, verteilten sich, schwärmten aus, standen in kleinen Trauben beisammen und schauten durch den Stacheldraht zu den Baracken hin, versuchten, etwas zu erkennen. Sie sahen die Stacheldrahtabsperrungen, einige Militärlastwagen, Militärzelte, im Hintergrund Baracken. Menschen, die man für Internierte halten konnte, sahen sie nicht, obwohl sie mitunter kleine Spielzeugfiguren zu erkennen meinten, die sich in weiter Ferne bewegten.

Reaktionen: Neugier, gedämpftes Gelächter, ernstes Kopfnicken, Schweigen, Versuche, die schwedischen Wachen auszuhorchen, geflüsterte Gespräche, Seitenblicke, resigniertes Kopfschütteln, vielsagendes Lächeln, Ernst, »Trauer«, Trauer, Interesse, kleine Sprünge, um sich warm zu halten.

Kein Schnee. Die Temperatur hielt sich mit geringen Abweichungen bei null Grad. Morgens wurde Nebel registriert. Kein Eis auf dem See.

Nachts konnte man im ganzen Lager ein schwach brummendes Geräusch hören, es glitt über die Ebene hinaus: ein leises, aber deutlich hörbares Summen, es kam von einem Akkumulator, der wegen der vielen Scheinwerfer installiert worden war. Die Absperrungen hatte man jetzt erheblich verbessert, das ganze Lager war von einem Doppelzaun umgeben, in regelmäßigen Abständen hatte man starke Scheinwerfer angebracht und überdies die Zahl der Wachposten erhöht: bereits am zweiten Streiktag belief sich ihre Zahl auf über tausend Mann, die man in Zelten außerhalb des Lagers unterbrachte. Nachts war die ganze Ebene in helles Licht getaucht, die Posten bewegten sich wie leise

Schatten, da der Boden noch feucht und lehmig war. In der ersten Nacht versuchten sieben Mann aus dem deutschen Lager zu fliehen; sie schnitten den Stacheldraht mit Zangen auf und robbten hinaus. Zwei von ihnen wurden nach einer halben Stunde gefasst, die anderen gingen in Richtung Nässjö und wurden am nächsten Morgen aufgegriffen. Dies geschah in der Nacht zum 23. September, aber am folgenden Tag wurden die Absperrungen in ununterbrochener Arbeit weiter ausgebaut; danach gab es keine Fluchtversuche mehr.

Die ganze Nacht leuchteten die Schweinwerfer, die ganze Nacht hörte man in Ränneslätt das eigenartige Brummen des Akkumulators. Im Morgengrauen wurden die Scheinwerfer ausgeschaltet, es war wieder still.

Am Abend des 23. die erste ärztliche Untersuchung. Die Häftlinge hatten bereits ein dreißigstündiges Fasten hinter sich. Der Militärarzt teilte der Presse mit, dass die Balten nicht aßen, aber viel Wasser tranken, dass sie hohen Puls hatten, dass einige unter Kopfschmerzen litten und dass die meisten in ihren Betten lagen.

Am selben Abend übergab Eichfuss, der sich nun nicht mehr in Gesellschaft der übrigen Mitglieder des Streikkomitees befand, der schwedischen Lagerleitung ein neues Memorandum. Das Schreiben enthielt ausführliche Anweisungen für die Durchführung des »freiwillig-passiven Widerstands« und bedeutete praktisch ein generelles Verbot für die Schweden, das Lager zu betreten. Sollten mehr als sechs bewaffnete oder unbewaffnete nicht-internierte Personen in das abgesperrte Gelände kommen, würden die im Hungerstreik befindlichen Internierten sich nackt ausziehen und ihre Kleidung verbrennen. Sollten Maßnahmen ergriffen werden, um die Internierten abzutransportieren, würden diese sich mit Stacheldraht festbinden und schließlich Selbstmord begehen.

Eichfuss übergab das Schreiben persönlich an den schwedischen Lagerkommandanten Grahnberg, der es entgegennahm, sich aber weigerte, einen Kommentar zu geben. Nach diesem Augenblick war Elmars Eichfuss-Atvars der Alleinherrscher im Lager.

Wer aus irgendeinem Grund gezwungen war, das Lager zu betreten, staunte am meisten darüber, wie total die Balten das Kommando in eigene Hände genommen hatten, wie groß ihre Macht war. Oder: wie groß die Macht von Eichfuss war. Die Ärzte, die aus Stockholm gekommen waren, um die Balten zu untersuchen, standen verblüfft am

Lagertor und warteten zusammen mit dem schwedischen Lagerchef auf die Erlaubnis, das Lager zu betreten. Es wurde ein Kurier zu Eichfuss geschickt, der die Genehmigung einholen sollte. Nach zehn Minuten kam Eichfuss mit dem Kurier, er war barhäuptig wie immer, außerordentlich höflich und erlaubte den Ärzten einzutreten.

So war es jedesmal. Draußen war die Welt der Schweden, dort gab es tausend Mann und viele Gewehre. Drinnen war die Welt der Balten, die ihren eigenen Gesetzen gehorchten.

Oder wessen Gesetzen?

Eine der Baracken war für Gottesdienste hergerichtet worden. Als Altar diente ein einfacher Tisch, auf dem ein geschnitztes Kreuz stand. Abendmahlskelche hatte man als Leihgabe von der schwedischen Kirche in Eksjö bekommen.

Der Raum wurde fleißig benutzt, was zum Teil darauf beruhte, dass das Lager von mehreren baltischen Pfarrern besucht wurde. Zu den Pastoren Vilsnis, Lamberts, Terinz, Sakarnis und Täheväli gesellten sich mitunter deutsche und schwedische Pfarrer. Es wurde daher fast täglich ein Gottesdienst abgehalten; überdies stellten die Pfarrer die wichtigsten Verbindungen zwischen den Balten und ihren Freunden außerhalb des Lagers her. Durch die Pfarrer bekamen sie Informationen über den Stand der Dinge, zusammenfassende Berichte über die schwedische Pressedebatte und somit auch die Möglichkeit, ihre Anstrengungen zu koordinieren.

Die Verbindungen zwischen den Balten, den baltischen Pfarrern, dem Diakonischen Amt, den schwedischen Bischöfen, die an der Besprechung mit Undén teilgenommen hatten, und dem kirchlichen Widerstand überhaupt sind offenkundig und leicht zu belegen. Das allerletzte Verbindungsglied, die Kontakte mit den Lagerinsassen selbst, ließ sich am schwersten aufrechterhalten; diese Aufgabe wurde von den baltischen Pfarrern jedoch immer noch auf verdienstvolle Weise erfüllt. Später sollten die schwedischen Behörden ihnen Schwierigkeiten in den Weg legen, was im Dezember und Januar den Gegnern der Auslieferung große Probleme aufgab.

Die Gottesdienste waren oft ökumenisch. Ein Beispiel ist der Gottesdienst vom 26. November; anwesend waren die Pfarrer Lamberts, Terinz und Sakarnis sowie die beiden schwedischen Pastoren Brodin und Stahle.

Der letztgenannte war Propst in Eksjö.

Als Lichtquellen dienten Kerzen, die in Eksjö gesammelt und den Internierten geschenkt worden waren. Stahle leitete den Gottesdienst mit einer kurzen Predigt über den 23. Psalm ein, »Der Herr ist mein Hirte«. Darauf folgte die katholische Messe, die der katholische Pater in vollem Ornat zelebrierte. Eine Orgel war nicht vorhanden, man behalf sich mit einer Ziehharmonika. Danach die Abendmahlsfeier. Pastor Terinz beschloss den Gottesdienst.

Es konnten nicht alle Balten teilnehmen, da mehrere nicht kräftig genug oder auch nicht gewillt waren, den Andachtsraum aufzusuchen. Der Gottesdienst wird als eindeutig ökumenisch und sehr ergreifend bezeichnet.

Einem Fotografen von der Presseabteilung der Armee und einem Wochenschaumann der »Svensk filmindustri« hatte man erlaubt, dem Gottesdienst beizuwohnen. Alle Bilder sind von hinten aufgenommen, sie zeigen die Rücken einiger Teilnehmer und einen Pfarrer. Der Film, der ebenso eindringlich ist wie die Fotos, scheint Oscars Sakarnis zu zeigen.

Im übrigen lassen sich aus Bildern oder Zeugnissen keine Schlussfolgerungen ziehen. In einem Bericht versucht einer der schwedischen Pfarrer jene »ernste Stimmung« zu charakterisieren, »die man nie mehr erlebt, diese Stille, Andacht, ein Gefühl, vor dem Ungewissen zu stehen, aber auch ein Gefühl des Gottvertrauens, mit dem man seine künftigen Tage in die Hand des Herrn legt«.

Als Oscars Sakarnis das Lager von Ränneslätt zum erstenmal besuchte, war sein stärkstes Gefühl das eines Abstands. Obwohl die Internierten seine Landsleute waren, war es nicht leicht, mit ihnen ins Gespräch zu kommen. An religiösen Dingen schienen sie nur mäßig interessiert zu sein, ja, bei den meisten glaubte er sogar eine gewisse Verachtung für die Botschaft zu spüren, die er den Insassen bringen wollte. Die Gottesdienste wurden zwar besucht, aber einen wirklichen Kontakt mit den Legionären konnte er leider nie herstellen.

Der erste Besuch vom 8. September war also ein Misserfolg. Bei seinem zweiten Besuch in der Zeit vom 25. bis zum 29. November fand er eine völlig veränderte Stimmung vor. Allerdings war seine Funktion jetzt anders, auch die Umstände hatten sich geändert.

Während dieser Tage wohnte er in einem Hotel in Eksjö. Er ging jeden Tag ins Lager. Man findet ihn auf mehreren Fotografien; ein Mann mit rundem Gesicht, ungefassten Brillengläsern, der von ernst dreinblickenden Internierten umgeben ist. Er selbst war im Oktober 1944 nach Gotland geflohen, später bekam er eine Stellung im Diakonischen Amt. Politische Merkmale: »Die Deutschen machten ihren schwersten Fehler beim Angriff auf Russland. Hätten sie den baltischen, weißrussischen und ukrainischen Völkern eine Autonomie zuerkannt, hätten sich alle Randstaaten wie ein Mann gegen die Unterdrücker in Moskau erhoben. Der russische General Wlassow, der zu den Deutschen übergelaufen war, hätte als großes Vorbild dienen können.«

Auf allen Bildern sieht er ernst aus und macht einen sehr entschlossenen Eindruck. Im November war die Stimmung ja auch ganz anders, als sie im September gewesen war. Eichfuss fand er jedoch nie sympathisch.

Auf dem Hof vor den Baracken versammelten sich die Balten zweimal am Tag, um »Ein' feste Burg ist unser Gott« zu singen.

Einer der baltischen Pfarrer hatte eine Tochter, Martha. Sie war Krankenschwester und kam während des Hungerstreiks jeden Tag ins Lager. Sie hatte dunkles Haar, und viele hielten sie für sehr hübsch. Eines Nachts führte sie mit Eichfuss ein langes Gespräch.

Sie erörterten eingehend den Hungerstreik und die Möglichkeiten, mit seiner Hilfe die öffentliche Meinung und die Regierung zu beeinflussen. Sie saßen in einer der leerstehenden Barackenunterkünfte; im Verlauf der Unterhaltung begann Eichfuss, Bruchstücke aus seinem Leben zu erzählen. Nachdem sie viele Stunden zusammengesessen hatten, bat Eichfuss sie, seine Frau zu werden.

Die Motive für diesen Antrag sind unklar; es ist denkbar, dass Eichfuss davon ausging, er als Ehemann einer schwedischen Staatsbürgerin würde nicht ausgeliefert werden. Er erwähnte übrigens nicht, dass er bereits verheiratet war und dass seine Frau und ihre drei Kinder in Deutschland lebten.

Es ist möglich, dass diese Episode nur als einer von vielen Versuchen betrachtet werden kann, mit denen Eichfuss seine persönlichen Probleme lösen wollte. Immerhin: sie führte zu nichts.

Viele andere erinnern sich ebenfalls an die schwedisch-lettische Krankenschwester. Auf Bildern ist sie auffallend hübsch. Sie sprach mit fast allen Insassen des Baltenlagers. Der Lagerkommissar, der in diesen Tagen immer mehr gezwungen war, Eichfuss als Assistent zu dienen, erinnert sich sehr gut an sie. Manchmal stand sie vor dem Wachhäuschen und wartete auf die Erlaubnis, das Lager zu betreten; es war nicht sehr kalt, nur wenige Grade unter null, aber mitunter war sie gezwungen, länger zu warten, und dann fror sie, für ein längeres Stillstehen im Freien trug sie nicht die richtige Kleidung. Einmal nahm er sie in seinem Armeeauto mit und fuhr sie eine halbe Stunde herum, wobei sie ihre Füße gegen die Warmluftdüse des Fußraums presste. Sie saß stumm auf dem Vordersitz und starrte durch die Windschutzscheibe; er fuhr sie herum, dann wieder zurück zum Lager; sie ging hinein und blieb lange fort.

Viele versuchten, sie dazu zu bringen, die Balten zu einer Beendigung des Hungerstreiks zu bewegen. Sie weigerte sich aber beharrlich, sie glaubte, »den Kampf ihrer Landsleute für eine Änderung des Auslieferungsbeschlusses respektieren« zu müssen. Sie wusste ja auch, was alle Eingeweihten schon wussten: dass die Alternative zu Eichfuss und Hungerstreik nicht Resignation, Fügsamkeit und Ordnung, sondern Gailitis, gewaltsamer Widerstand und Selbstverstümmelungen hieß.

Alle betrachteten die Balten als Einheit. Jedoch: sie setzten sich aus drei Nationalitäten zusammen. Letten und Litauer verstanden kein Estnisch. Die Letten konnten nicht Litauisch sprechen. Keiner verstand die Sprache der anderen, sie verständigten sich über die Sprachgrenzen hinweg, auf Deutsch.

Mit Beginn des November kam der Morgennebel, der dicht über der Ebene lag und die Baracken in graue, feuchte Watte hüllte. Der Morgen, an dem der Hungerstreik begann, war der erste nebelfreie Morgen seit langem, das Thermometer zeigte minus drei Grad, und das Gras war mit Rauhreif überzogen. Am 25. kam der Nebel wieder und blieb noch gegen 11 Uhr vormittags am Boden. Es war wieder etwas wärmer geworden; am 26. war der Himmel grau, die Temperatur wenig über null, kein Nebel. Am Morgen des 27. fiel schwerer Schneeregen; es wurden fünf Millimeter gemessen. Der Schnee blieb mehr als einen Tag liegen, auf dem Lagergelände verwandelte er sich aber schnell in Matsch. Die Temperatur am 27. November, 13 Uhr, plus 0,6 Grad Celsius.

Der Himmel grau. Keine Sonne.

Am 24. traten die Deutschen in Ränneslätt in den Hungerstreik. Am selben Tag kamen die Offiziere der schwedischen Wachregimenter »Ing 2« und »I 12« zusammen; die Regimentschefs verlasen eine Proklamation, worauf eine geheime Abstimmung durchgeführt wurde. Sie zeigte, dass die Offiziere einmütig hinter der Erklärung standen. Die Unteroffiziere trafen sich zu einer gesonderten Besprechung und nahmen eine im Wortlaut identische Proklamation an.

Es handelte sich um ein Protestschreiben, das noch am selben Tag telegrafisch an den König abgeschickt wurde. Es lautete:

»Offiziere und Unteroffiziere von ›Ing 2‹ und ›I 12‹ möchten hiermit aus Anlass der bevorstehenden Auslieferung der in Ränneslätt internierten baltischen und deutschen Flüchtlinge Eurer Majestät folgendes untertänigst zur Kenntnis bringen:

Unsere Loyalität gegenüber König und Regierung ist unerschütterlich, und wir werden gegebenen Befehlen unbedingten Gehorsam leisten. Unser Gewissen und unsere Ehre als Soldaten gebieten uns aber, unserer Scham über die Mitwirkung an der bevorstehenden Auslieferung auf das nachdrücklichste Ausdruck zu geben. Offiziere und Unteroffiziere sind sich in ihrem Abscheu gegen das nazistische Regime in Deutschland immer einig gewesen, daher ist das oben Erwähnte von politischen Erwägungen völlig frei. Die einmütige Annahme dieser Erklärung ist ohne Anwendung von Druck in geheimen Abstimmungen zustande gekommen; ›Ing 2‹ und ›I 12‹ sowie Offiziere und Unteroffiziere haben ihre Zustimmung in gesonderten Abstimmungen erteilt.«

Zur gleichen Zeit begannen die Blumen zu kommen: innerhalb weniger Stunden waren die Blumenläden von Eksjö und Nässjö ausverkauft. Nun standen überall in den Baracken Blumen, in allen Zimmern und Fluren. Die Balten lagen zumeist völlig passiv und apathisch in ihren Betten. Am Sonnabend begannen die Vorbereitungen für den Abtransport: in Nässjö standen fünfzehn 3.-Klasse-Wagen bereit; man hatte den ganzen Morgen gearbeitet, um die Waggons von Glas, Gardinenstangen, scharfen Gegenständen und anderem zu befreien, was bei Selbstmordversuchen gebraucht werden könnte.

Um 21 Uhr an jedem Abend traten die Balten, die noch gehen konnten oder wollten, auf den Hof vor den Baracken hinaus und sangen »Ein' feste Burg ist unser Gott« und die lettische Nationalhymne.

Montag, der 26. Die Nachricht, die Auslieferung sei aufgeschoben worden, wurde mit Erleichterung aufgenommen. Diese Stimmung hielt jedoch nur wenige Stunden an. Am selben Abend, nachdem man die Scheinwerfer eingeschaltet hatte und das Brummen des Akkumulators wieder zu hören war, kamen ein paar Deutsche aus ihren Baracken heraus; sie trugen zwei Pfähle und ein Spruchband. Sie befestigten die Pfähle und das Spruchband und gingen wieder in ihre Unterkünfte zurück.

Der Text war im Scheinwerferlicht leicht zu lesen. Dort stand in mangelhaftem Schwedisch: »Seid menschlich und sterbt uns!« Das Spruchband hing die ganze Nacht dort. Am Tag danach betraten einige Wachposten das Lager und nahmen das Spruchband ab. Keiner der Deutschen machte einen Versuch, sie daran zu hindern. Sie standen an den Fenstern und sahen stumm und passiv zu.

Donnerstag, Freitag, Sonnabend, Sonntag. Montag. Dienstag. Ein Tag verging wie der andere. Die Bewachung war nun sehr streng. Außerhalb des deutschen und baltischen Lagers mit ihren sechshundert Insassen hatte man über tausend Wachsoldaten postiert.

Alle Beschlüsse kamen aus der baltischen Offiziersbaracke. Alle Mitteilungen, alle Befehle, alle Analysen, alle Stellungnahmen. Die Offiziere befanden sich ja auch in einer idealen Position: sie hatten die Möglichkeit zu überlegen, zu beraten, sie hatten Zugang zu allen Informationen von draußen, besaßen einen Überblick. Sie hatten Eichfuss. Pläne, die baltischen Vertrauensleute oder Eichfuss zu isolieren, hatte die schwedische Lagerleitung nie ins Auge gefasst. Man wollte nicht das Risiko eingehen, noch schlimmere Unruhen zu provozieren.

Die erste Krise sollte recht bald eintreten.

Spät am Abend des 27. November machte Lagerkommissar Sigurd Strand noch einen Rundgang durch die baltische Offiziersbaracke. Sie lag hundertfünfzig Meter von den Mannschaftsbaracken entfernt, sie war weiß gestrichen und dreistöckig; die Zahl der Räume erlaubten den baltischen Offizieren, zu dritt oder viert in einem Zimmer zu liegen. Im Flur des Erdgeschosses kam Strand ein Mann entgegen und bat ihn um ein Gespräch. Er hieß Oscars Lapa, lettischer Offizier.

Es war etwa 23 Uhr, die meisten schliefen schon. Strand war müde, konnte dem Letten aber ein Gespräch nicht verweigern.

Lapa nahm ihn mit in sein Zimmer, das sich im zweiten Stock befand und ursprünglich eine Küche gewesen war: jetzt waren er und ein anderer Offizier dort untergebracht, den man aber am Tag zuvor mit Tbc-Verdacht ins Krankenhaus gebracht hatte. Lapa war also allein im Zimmer.

Sie setzten sich beide aufs Bett, das mitten im Zimmer stand. An der Decke baumelte eine gewöhnliche Glühlampe ohne Schirm, das Licht war hart und grell. Lapa begann, planlos und etwas verwirrt von einem Brief zu erzählen, den er am selben Tag erhalten hatte. Er sei aus Westdeutschland gekommen, von seiner Frau, und darin habe gestanden, dass sie und ihre kleine Tochter sich in Sicherheit befänden. Strand gratulierte, aber Lapa schien der frohen Botschaft seltsam gleichgültig gegenüberzustehen. Vor dem Fenster hingen keine Gardinen: der Wald war noch dunkler als der Himmel. Lapa las einige Ausschnitte aus dem Brief in schwedischer Übersetzung vor, machte dabei aber keinen glücklichen Eindruck.

Dann begann er, über Russland zu sprechen. Er erzählte, was die Internierten während der letzten Tage aus der schwedischen Presse erfahren hatten: dass sie als Kriegsverbrecher bestraft werden sollten, dass die Russen in Rundfunksendungen gelobt hätten, sie zu bestrafen, dass man sie auf das Sklavenschiff bringen und nach Sibirien schicken wollte, dass es keine Hoffnung für sie gebe. Er versuchte, Strand einen fragmentarischen Lebenslauf wiederzugeben, schien aber die Passagen sorgfältig auszuwählen. Er deutete mehrmals an, dass er Dinge getan habe, von denen die Russen nicht erbaut wären, dass er einer der ersten sein würde, über den die Russen herfallen.»Er hatte irgendwas auf dem Kerbholz, wurde vom NKWD gesucht, er wollte aber nicht sagen, worum es sich handelte. Da muss aber irgend etwas gewesen sein, er sprach davon, dass er sich geweigert hätte, in einer Konservenfabrik in Murmansk zu arbeiten. Er hatte große Angst.«

Es dauerte eine Weile, aber schließlich rückte Lapa mit der Sprache heraus. Er müsse einen neuen Pass bekommen, er brauche Hilfe. Es gebe in Sommen einen baltischen Pfarrer, mit dem er schon Verbindungen angeknüpft habe und der unter Umständen einen falschen Pass besorgen könne. Dies sei seine letzte Chance. Ob er mit der Hilfe Strands rechnen könne? Er müsse seine Identität wechseln.

Das Zimmer war sehr klein, Lapa hatte seit fünf Tagen gefastet, er hatte ein rundes, recht grob geschnittenes Gesicht. Strand konnte nicht das geringste für ihn tun.

– Es geht nicht, sagte er. Es wäre eine Amtspflichtverletzung, überdies ist es zwecklos. Die Zeit ist zu kurz. Das einzige, was Sie tun können, ist, eine Eingabe zu schreiben oder eine Beschwerde an die schwedischen Behörden zu richten. Mit einem falschen Pass kann ich Ihnen leider nicht dienen.

Sie sprachen noch eine Viertelstunde miteinander. Lapa machte einen sehr aufgewühlten, fast verzweifelten Eindruck. Er sprach immer schneller, versuchte nicht länger zu flüstern, benahm sich merkwürdig exaltiert, sprang oft gestikulierend auf. Am Ende des Gesprächs weinte er, ohne einen Grund dafür angeben zu können. Er weinte nur und hörte schließlich auf zu sprechen, verbarg sein Gesicht in den Händen. Strand konnte nichts für ihn tun. Er ging weg, und Lapa blieb unter der Glühbirne sitzen, das Gesicht in den Händen verborgen.

Dies geschah in der Nacht zum 28. November.

Am Morgen kam der wachhabende Tagesoffizier Patrik Lindén in die Offiziersbaracke, um deren Insassen zu zählen. Er betrat das Gebäude um 8.20 Uhr, bekam in jedem Zimmer Auskunft über die Zahl der Anwesenden, verglich mit seinen Listen, ging von Raum zu Raum. Im zweiten Stock begann er in einem Zimmer mit vier Offizieren, die alle in ihren Betten lagen. Gleich daneben lag das Zimmer von Lapa, aber die Tür war verschlossen, und Lapa antwortete nicht, weder auf Rufe noch auf Klopfen.

Lindén fragte die vier Offiziere im Nebenzimmer, was geschehen sei, aber sie lächelten nur. Einer stand jedoch auf und holte eine Axt.

Die Tür zu Lapas Zimmer wurde aufgebrochen.

Lapa lag tot in seinem Bett, und die Birne an der Decke brannte immer noch. Auf dem Fußboden lag ein Messer; es war viel Blut geflossen. Die rechte Hand Lapas ruhte auf seinem Kopf, was man als abwehrende oder triumphierende Geste deuten konnte.

Alle standen an der Tür und guckten. Allmählich gab es ein Gedränge, und Lindén entdeckte unter den Gaffern zu seinem Erstaunen auch einen Zivilisten. Er fragte nach dessen Namen und erfuhr, dass es Pastor Sakarnis war.

Alle Unbefugten wurden sofort hinausgeworfen.

Lapa lag, nur mit Hemd und Unterhosen bekleidet, auf dem ordentlich gemachten Bett. Das Laken und die übrige Bettwäsche waren über und über mit Blut beschmiert. Auf dem Fußboden war eine große Blutlache. Der linke Unterarm des Toten war völlig blutverkrustet, und auf der Innenseite des Handgelenks, in der Nähe der Pulsader, fand sich eine anderthalb Zentimeter lange Wunde. Die Pulsader war jedoch nicht aufgeschnitten, offenbar hatte Lapa versucht, an dieser Stelle zu beginnen. An der Innenseite des linken Fußes, unmittelbar unterhalb des Fußknöchels, fand sich eine weitere Wunde, die etwa zwei Zentimeter breit war, und in der Nähe des Herzens, vier Zentimeter unterhalb der linken Brustwarze, noch eine. Dieser Stich, der eine dreieinhalb Zentimeter breite Wunde hinterlassen hatte, war offenbar tödlich gewesen. Der linke Arm hing schlaff herunter, und unter dem Handgelenk lag ein blutiges Messer mit einer vierzehn Zentimeter langen und zweiundzwanzig Millimeter breiten Klinge; mit diesem Messer war der Selbstmord verübt worden.

Diese Waffe sowie einige Rasierklingen wurden von der Polizei beschlagnahmt und auf der Wache hinterlegt.

Man stellte ohne zu zögern die Diagnose: Selbstmord. Dem polizeilichen Protokoll zufolge brannte die Glühbirne bis 10.45 Uhr am 28. November 1945.

Einen Tag vorher, am 27. November, hatte Eichfuss seine erste Pressekonferenz abgehalten. In seiner Begleitung hatten sich der jüngste Lagerinsasse, Alexanders Austrums, der erst sechzehn Jahre alt war, und der älteste befunden, Ernst Kalsons, zweiundsechzig. Am Morgen dieses Tages hatte einer der Balten, Gustavs Vilks, versucht, Selbstmord zu begehen. Er hatte sich ein Messer in die Brust gestoßen, aber das Herz verfehlt; er lag jetzt im Krankenhaus.

Die Journalisten, die sich schon seit mehreren Tagen in Eksjö aufgehalten hatten, hörten den Worten Eichfuss' aufmerksam zu. Nachdem dieser sich vorgestellt hatte, erklärte er, dass seine Großmutter väterlicherseits Schwedin sei und Johansson heiße. Dann begann er zu sprechen.

»Die Stimmung ist gut, auch unter den Männern, die im Krankenhaus liegen. Wir führen unseren Kampf nicht nur für uns selbst, sondern auch für die anderen Balten in Schweden und für das schwedische Volk. Was daheim in unserem Land geschehen ist, wissen wir sehr gut: die Gräber sprechen eine deutliche Sprache. Unser Schicksal ist gewiss. Wenn man einmal nachgibt, kommen immer neue Zugeständnisse; das wissen wir seit 1940.

Ich möchte betonen, dass unsere Auslieferung ohne eingehende Prüfung aller damit zusammenhängenden Fragen beschlossen worden ist. Unter uns befinden sich Kinder, die nie Soldaten waren. Die Hilfe des Roten Kreuzes haben wir abgelehnt, da wir alle politische Flüchtlinge sind. Fünfzig Mann von uns sind niemals Soldaten gewesen, andere sind aus der Roten Armee desertiert. Unser passiver Widerstand richtet sich nicht gegen das schwedische Volk, seinen König oder seine militärische Führung. Unser Kampf gilt nur dem Recht und der Humanität. Gegen Soldaten oder Polizisten werden wir keine Gewalt anwenden.

Wir haben für einen gemeinsamen Selbstmord alles vorbereitet. Der Selbstmordversuch von heute nacht war nur eine Demonstration. Wir haben unsere Streikposten verstärkt, um verfrühte Selbstmorde zu verhindern; sie sollen auch Alarm geben, wenn es soweit ist. Die erforderlichen Mittel haben wir schon: ein medizinisches Präparat, das einen sofortigen Herzstillstand herbeiführt. Dieses Mittel ist schon während des Krieges angewendet worden. Von schwedischen Medikamenten dagegen werden wir keinen Gebrauch machen.

Seit dem 21. November – die Nachricht von der Auslieferung bekam ich als Geburtstagsgeschenk – habe ich nur drei Stunden geschlafen. Was uns alle aufrechthält, ist allein der Wille. Vierundzwanzig Streikposten wachen Tag und Nacht in unserem Lager. Wir haben nicht die Absicht, mit anderen Lagern gemeinsame Sache zu machen. Ich selbst bin bereit, als letzter zu sterben.«

Eichfuss erklärte ferner, dass sein christlicher Glaube unerschüttert sei, und wiederholte, dass viele der Legionäre Zivilisten seien, die nie für Deutschland, wohl aber gegen Nazismus und Bolschewismus und für die Sache Lettlands gekämpft hätten. »Ich selbst besitze noch viel Material über meine antinazistische Untergrundarbeit. An Judenverfolgungen haben wir nie mitgewirkt.«

Eichfuss wird als ein dreiunddreißigjähriger Mann von mittlerem Wuchs und mit hellen, offenen Zügen beschrieben, »etwas gealtert durch die vielen schlaflosen Nächte, ein Eindruck, der durch den Vollbart noch verstärkt wird, aber er ist noch immer ein Mann mit ungebrochener Vitalität«.

Er schloss die Pressekonferenz mit den Worten:
– Wir verlangen nur eines: *gebt uns einen ehrenvollen Soldatentod!*
Danach kehrten die drei Balten wieder ins Lager zurück.

Über die Formen des Widerstands hatten sie oft diskutiert, ob man den Protest passiv durch einen Hungerstreik ausdrücken sollte oder aber aktiv mit Hilfe von Selbstverstümmelungen, Selbstmorden und Ausbruchsversuchen; aber nach der Auseinandersetzung des ersten Abends schien die Frage entschieden zu sein. Eichfuss hatte gewonnen, Gailitis und seine militantere Anhängerschaft verhielten sich ruhig, nicht zuletzt deshalb, weil Eichfuss mit seiner Aufgabe zu wachsen schien und eine wunderbare Fähigkeit hatte, mit den Schweden umzugehen, besonders mit den Presseleuten.

Lapas Selbstmord ließ die Gegensätze wieder aufbrechen.

Um die Mittagszeit des 28. November, am selben Tag also, an dem man die Leiche Lapas entdeckt hatte, traten das Streikkomitee und die baltischen Offiziere zu einer Besprechung zusammen. Über diese Zusammenkunft gibt es mehrere Zeugnisse, die im wesentlichen übereinstimmen; eines stammt von einem schwedischen Presseoffizier, der an der Besprechung teilnehmen durfte.

Der Raum war ziemlich groß, sechs mal acht Meter; früher war hier ein Kantinenraum gewesen. Dort versammelten sich sechzehn der baltischen Offiziere, die noch gehen konnten oder wollten: dies war der siebte Tag des Hungerstreiks, und einige Offiziere blieben im Bett. Die Anwesenden setzten sich; Eichfuss präsidierte. Nachdem man die Türen geschlossen hatte, begann die Diskussion.

Gailitis ergriff sofort das Wort. Er stellte fest, dass der Hungerstreik ein glatter Misserfolg sei und kaum etwas bewirken würde. Sie hätten nun schon sieben Tage die Nahrungsaufnahme verweigert, und nach den bisherigen Erfahrungen werde man noch zehn Tage durchhalten können, ohne den Körper zu sehr zu gefährden. Leider hätten sie aber keine zehn Tage mehr Zeit. Die »Cuban« liege bereits im Hafen von Trelleborg, es gehe also um Stunden, bestenfalls um wenige Tage. Lapa habe den richtigen Weg gewiesen. Man brauche zwar nicht unbedingt so weit zu gehen, aber eine Reihe von Selbstverstümmelungen würden in dieser für die öffentliche Meinung so labilen Lage eine bessere Wirkung versprechen.

Die Debatte kam jetzt in Gang und dauerte etwa eine Viertelstunde. Eichfuss schwieg und begnügte sich zunächst damit, die Redner aufmerksam zu beobachten. Dann ergriff er selbst das Wort. Er sagte, es sei Aufgabe des Komitees, Ruhe und Ordnung aufrechtzuerhalten, Selbstmorde zu verhindern und den gegebenen Parolen unbedingt

Folge zu leisten. Der Hungerstreik habe eine gute Wirkung gehabt, sie hätten eine gute Presse, es gebe noch Hoffnung für sie. Vor allem gebe es nicht den geringsten Grund, in dieser Lage die Kräfte der Balten durch sinnlose und auf alten Aggressionen beruhende Kontroversen zu zersplittern.

Er sprach mit ruhiger, überzeugender Stimme, fixierte die Anwesenden, einen nach dem anderen; nachdem er geendet hatte, entstand ein kurzes Schweigen. Einige Mitglieder des Streikkomitees, die direkt Verantwortlichen also, schienen noch zu zögern, sie brachten einige gemurmelte Einwände vor. Es war offenkundig, dass Eichfuss ausgezeichnet, aber nicht überzeugend genug gesprochen hatte.

Als Eichfuss die Lage erfasste, stand er auf und bat das ihm am nächsten sitzende Mitglied des Streikkomitees vorzutreten. Eichfuss zeigte mit der Hand auf diesen Mann und fragte:

– Bist du für uns oder gegen uns?

Der Mann zögerte ein wenig und sagte dann:

– Ich bin für euch.

Nur einer der danach noch Aufgerufenen schien widerborstig zu sein. Er starrte Eichfuss schweigend an, mit widerstrebendem, zusammengekniffenem Gesicht, blickte über die anderen hin und sagte schließlich:

– Also gut, ich bin dabei.

Er setzte sich wieder hin, während Eichfuss stehenblieb. Eichfuss schien völlig unberührt, er lächelte schwach. Schließlich sagte er:

– Dann sind wir uns also einig. Wir machen weiter.

Die Besprechung konnte geschlossen werden.

Einer der Teilnehmer war ein etwa fünfunddreißigjähriger lettischer Offizier. Er hatte Eichfuss nie gemocht, was zum Teil daran lag, dass Eichfuss Offiziere und Soldaten ständig gegeneinander ausspielte und häufig für die Soldaten Partei ergriff: das hielt der Offizier für Opportunismus. Er fühlte sich Eichfuss aber doch auf merkwürdige Weise unterlegen, besonders während der Streikwochen, weil Eichfuss ein ausgezeichnetes Deutsch sprach und guten Kontakt zu den Schweden hatte; außerdem argwöhnte er, dass Eichfuss hinter seinem Lächeln wichtige Erkenntnisse und Informationen verbarg. Sie hatten jedoch alle gemeint, dass Eichfuss der geeignete Mann sei, um den Hungerstreik zu leiten, weil er so völlig anders war als sie selbst.

Nach Lapas Tod jedoch hatten sich einige Offiziere mit Gailitis an der Spitze darauf geeinigt, Eichfuss zu entmachten. Nachdem die Besprechung in der ehemaligen Kantine einberufen worden war, hatte dieser Offizier als erster der Gruppe den Raum betreten, aber Eichfuss war vor ihm da gewesen. Eichfuss hatte auf einem Stuhl gesessen und zum Fenster hinausgestarrt; es war nicht zu übersehen gewesen, dass er geweint hatte. Eichfuss hatte sich umgewandt und ihn angesehen, aber keinen Versuch gemacht, seine Tränen zu verbergen. Dann hatte er plötzlich aufgelacht und mit einem Auge vielsagend gezwinkert.

Der Offizier findet keine Erklärung für das Auftreten von Eichfuss, aber er selbst hatte bei der Zusammenkunft seine Meinung geändert und Eichfuss unterstützt. Dieser hatte später am Abend einen gefassten und frohen Eindruck gemacht und erklärt, es würde alles gutgehen, sie würden Erfolg haben.

Diese Episode ist dem lettischen Offizier aus der Zeit des Hungerstreiks am deutlichsten in Erinnerung geblieben, und er bezeichnet sie als bedeutungslos. Eichfuss, so erklärt er später, sei kein Arzt gewesen, niemand habe gewusst, wer er in Wahrheit gewesen sei, er habe ständig gelogen, niemand habe ihm widersprechen können, er sei der Funke gewesen, der später alle Lager in Schweden zum Brennen gebracht habe. Er sei der Ausgangspunkt gewesen, dann hätten die Flammen auch auf die Deutschen übergegriffen, bis es schließlich überall, überall gebrannt habe.

Am Nachmittag des 28. November, nach dem Selbstmord Lapas und nach der Besprechung des Streikkomitees und der Offiziere in dem ehemaligen Kantinenraum, kam Eichfuss zu seiner täglichen Pressekonferenz heraus. Er ging allein über den Hof ans Lagertor, wo er von zwei schwedischen Wachposten begrüßt und die wenigen hundert Meter zu der Stelle begleitet wurde, wo die Presseleute auf ihn warteten.

Er teilte ihnen kurz und bündig die Nachricht vom Tode Lapas mit.

– Der Selbstmord Oscars Lapas, fuhr er nach kurzem Zögern fort, ist ein Zeichen dafür, wie weit unsere Sache fortgeschritten ist. Er zeigt, dass der letzte Punkt in unserem Widerstandsprogramm nun zur Anwendung gekommen ist und dass wir bald vor einer dramatischen Zuspitzung stehen werden.

Er fuhr fort zu sprechen, lebhaft, aber entschieden, er lächelte oft und überraschend; der Wachposten, die hinter ihm standen, schien er sich gar nicht bewusst zu sein. Lapa, erzählte er, habe einen Zettel hinterlassen. Wortlaut: »Machen Sie bitte niemanden für das verantwortlich, was ich getan habe. Ich habe es aus freien Stücken getan und niemanden um Rat gefragt. Es hat mir auch niemand etwas dafür gegeben.« Lapa habe sich Messerstiche ins Herz, in einen Fuß sowie in beide Hände beigebracht. Wohin versuchte Eichfuss die Gedanken zu lenken?

Nach einer halben Stunde ging er wieder ins Lager zurück, von zwei Soldaten flankiert. Er entfernte sich von den Presseleuten mit den leichten und schnellen Schritten eines glücklichen Mannes. Am selben Nachmittag erörterte er das Geschehene mit der schwedischen Lagerleitung. Er bedauerte den Selbstmord Lapas mit fast entschuldigenden Worten, als gäbe er zu, Misserfolg gehabt zu haben. Ein anwesender Presseoffizier kam nach diesem Gespräch zu der Überzeugung, dass »eine eventuelle Isolierung Eichfuss' eine Selbstmordwelle zur Folge haben könnte«.

Er erwähnt in diesem Zusammenhang nichts von einer eventuellen Isolierung der übrigen baltischen Offiziere oder einem Abschneiden der Verbindungen zwischen Soldaten und Offizieren. Bei diesem Gespräch erklärte Eichfuss auch, dass die Lage jetzt derart explosiv geworden sei, dass er für die Zukunft jede Verantwortung ablehnen müsse.

Am frühen Morgen des 29. November fand eine einfache Trauerfeier zum Gedenken an Oscars Lapa statt. Sein weißer Sarg stand in der Unterkunft der baltischen Offiziere, und dort sprach Pastor Stahle ein kurzes Gebet für den Verstorbenen. Anschließend hielt Oberstleutnant Gailitis eine kurze Gedenkrede. Während der Zeremonie war der Sargdeckel abgenommen, danach wurde der Sarg mit der rotweißen lettischen Fahne bedeckt und aus dem Lager gebracht.

Zwei Tage später wurde der Tote im Krematorium von Eksjö eingeäschert. Die Urne wurde auf dem Adolf-Fredriks-Friedhof in Stockholm beigesetzt.

Was hatte ihn in den Tod getrieben?

10

Nach Ausbruch des Hungerstreiks im baltischen Lager war dieses sofort isoliert worden, um eine Kommunikation mit den internierten Deutschen zu verhindern. Diese hatten jedoch durch Zeitungen und den Rundfunk bald von dem Streik erfahren und folgten nach wenigen Tagen dem Beispiel der Balten.
Aus einem Polizeibericht

Die Balten machten den Anfang. Ihr Hungerstreik begann am 22. November, von ihnen ging alles aus. In Ränneslätt hatten Lagerleitung und Wachmannschaften sofort dafür gesorgt, dass Zeitungen, in denen über die Auslieferung berichtet wurde, nicht mehr verteilt wurden. Durch diese Maßnahme und weil man die Rundfunkgeräte einzog, isolierte man das Lager der Deutschen.

Die Isolierung wurde jedoch sehr bald wieder aufgehoben. Der schwedische Lagerchef Grahnberg gibt in einem schriftlichen Bericht an, dass »aufgrund einer Mitteilung des Verteidigungsstabes Zeitungen schon am 24. November wieder verteilt werden durften«.

Die Nachricht von der Auslieferung war zu diesem Zeitpunkt im Lager der Deutschen bereits bekannt. Jetzt erfuhr man dort durch die Zeitungen auch (meistens wurde das *Svenska Dagbladet* gelesen), dass die Balten mit einem Hungerstreik begonnen hatten und dass eine starke öffentliche Meinung für sie arbeitete.

Die Zeitungen bekamen sie am Morgen des 24. November zu lesen. Am Nachmittag begannen die fünfhundert Deutschen in Ränneslätt mit ihrem Hungerstreik, der noch mit einem Verbot, Wasser zu trinken, verschärft wurde. Bei der Nachricht, dass im deutschen Lager von Ränneslätt aktive Widerstandsmaßnahmen ergriffen worden waren, um die Auslieferung zu verhindern, leiteten auch die anderen Lager der Deutschen in Schweden »aus Solidarität« eine ähnliche Aktion ein. In den Lagern von Backamo, Grunnebo und Rinkaby wurden ebenfalls Hungerstreiks ausgerufen. Rund dreitausend Lagerinsassen befanden sich jetzt im Hungerstreik und bereiteten auch noch andere Widerstandsaktionen vor.

In einer Zeugenaussage stellte der deutsche Lagerinsasse Hans-Heinrich Peters fest, dass die schwedischen Zeitungen »unzweifelhaft eine moralische Stütze waren, und das um so mehr, als die Deutschen gewöhnt waren, Zeitungsartikel für behördlich genehmigt zu halten«. Man hatte im Lager der Deutschen die Meinungsstürme in der Presse verfolgt und geglaubt, sie entsprächen der Haltung der Regierung: »Eine mehr oder weniger offizielle Stellungnahme, die als starke Stütze empfunden wurde.«

Die »Mitteilung des Verteidigungsstabes«, die den Deutschen die Möglichkeit gab, sich über Protestbewegungen und Hungerstreiks frei zu informieren, liegt heute bei den Geheimakten, lässt sich also nicht einsehen. An dieses Schreiben knüpfen sich einige offene Fragen, die bedeutungslos und fast anekdotisch sind. Wer hat dieses Schreiben abgeschickt? Welches Motiv lag dem Entschluss zugrunde, es abzuschicken?

Am Sonntag, dem 25. November, und am Montag, dem 26., besuchte der Chef der Dienststelle für die Angelegenheiten der Internierten, Oberstleutnant Leuhusen, das Lager von Rännesätt. Die Situation schien außerordentlich labil, die Gefühle schienen gespannt zu sein. Am Montagabend fuhr er wieder nach Stockholm. Er war unglaublich müde und glaubte zu wissen, dass alles bald zu einem blutigen Chaos, einem Schlachthaus, werden würde.

Er ging ins Außenministerium und sprach mit Staatssekretär Westman. Dieser stand in seinem Salon und lauschte dem Bericht Leuhusens; nach kurzer Zeit wurde er unruhig, lief auf und ab, nervös die Hände ringend.

– Es besteht keine Gefahr, sagte Westman anschließend. Dies ist ein Sturm im Wasserglas.

Er lief ständig auf und ab, es war Dienstag, morgens, er war offensichtlich nervös.

Eine Stunde später wohnte Leuhusen einer Konferenz im Amtszimmer Möllers hei. Erlander war anwesend, ebenso Folke Bernadotte. Sie besprachen die Lage. Es kam zu einem Krach. Man diskutierte über die Deutschen. Neuer Krach.

Im Augenblick schienen alle eine dünne Haut zu haben und fast hysterisch zu sein.

Dienstagabend, der 27. November. Gegen 20 Uhr traf der Chef des Verteidigungsstabs, General Ehrensvärd, zusammen mit Eije Mossberg im Kanzleihaus ein, um den Zivilisten unter den staatlichen Zeugen und Beobachtern Instruktionen und Direktiven zu geben. Diese Männer sollten die Räumung der Lager überwachen. Ehrensvärd hatte zu dieser Vorsichtsmaßnahme die Initiative ergriffen: »Wenn irgendwas passiert, heißt es wieder, diese verdammten Offiziere seien an allem schuld.« Etwa zwanzig Personen waren im Raum versammelt. In die Sitzung platzte ein Saaldiener, der Ehrensvärd einen Zettel übergab. Ehrensvärd unterbrach seinen Vortrag, warf einen Blick auf den Zettel und las dann den Inhalt des Papiers vor. Die Lager der Deutschen in Backarno und Grunnebo hatten sich inzwischen dem Hungerstreik der anderen angeschlossen. »Große Empörung, beinahe Hysterie, unter den Internierten.« Dies würde eine denkwürdige Räumung der Lager geben, das war offenkundig.

Die Beobachter fuhren noch am selben Abend mit Nachtzügen zu den Lagern.

11

Nein, es heißt bestimmt nicht übertreiben, wenn man sagt, dass es die Kirche und die Männer der Kirche waren, die hinter dem Widerstand gegen die Auslieferung standen.

John Cullberg, Interview vom 19.12.1967

Aus Anlass des Beschlusses über die Auslieferung der Balten wollen wir unsere Gemeinden auffordern, diese Menschen bei den Sonntagsgottesdiensten in die Fürbitten mit einzubeziehen. Beten wir dafür, dass die Gesetze der Liebe und der Gerechtigkeit nicht verletzt werden mögen und dass diese schwierige Frage einer guten Lösung zugeführt werde.

Veröffentlichter Aufruf des freikirchlichen Aktionskomitees

Der Offizier, mit dem AT gesprochen hat, erklärte kurz und bündig, dass Eksjö auf dem besten Wege sei, zu einem weltpolitischen Sturmzentrum zu werden. Ebenso steht fest, dass irgendeine koordinierte Meinungsäußerung bevorsteht. Die Leitung der Vorbereitungen liegt offenbar in den Händen des Klerus.

»Afton-Tidningen« am 24.11.1945

Im Oktober 1944 erhielt Pastor Allan Svantesson vom Erzbischof den Auftrag, die Seelsorge für die baltischen Flüchtlinge zu organisieren. Anfang Januar 1945 hatte man jene baltischen Pfarrer berufen, die die Seelsorge unter den estnischen und lettischen Flüchtlingen ausüben sollten. Man schuf eine besondere Dienststelle mit der Bezeichnung »Baltisches Kirchenbüro«. Die Rechtsgrundlage für den Besuch der einzelnen Lager bildete eine von Svantesson im Auftrag des Erzbischofs ausgestellte Bescheinigung, in der die baltischen Pfarrer von der schwedischen Kirche ermächtigt wurden, die Seelsorge auszuüben.

Sie wurden angewiesen, sich allein auf seelsorgerische Aufgaben zu beschränken, aber nach dem, was Svantesson später erfuhr, hielt er es für möglich, »dass sie nach Bekanntwerden des Auslieferungsbeschlusses ihre eigenen Wege gingen«.

Er hielt es nicht für undenkbar, dass sie in ihren Predigten »von dem harten Schicksal« sprachen, »das die Balten in Russland erwartete«.

Am 14. November wurde er von Ignas Scheynius, dem Vorsitzenden des Litauischen Hilfskomitees, über die Auslieferung informiert. Er nahm mit Anders Yngve Pers, Bischof Manfred Björkquist und dem Erzbischof Verbindung auf. Bei der Unterredung mit Undén am 20. November 1944 war er anwesend. In der nachfolgenden internen Beratung wurde beschlossen, Allan Svantesson nach England zu schicken. Er sollte, wenn möglich, die dortigen kirchlichen Stellen dazu bewegen, die Aktion gegen die Auslieferung zu unterstützen. Englische Hilfe würde sehr wertvoll sein, da sie von alliierter Seite käme.

Das Litauische Komitee in Amerika »stellte Geldmittel für die Reise Svantessons zur Verfügung«, und er reiste am 23. November 1945 ab.

In England nahm Svantesson mit dem Bischof von Chichester und, durch Boten, mit dem Erzbischof von Canterbury Verbindung auf. Er traf sich mit dem Bischof im Parlamentsgebäude, »wobei der Bischof seiner Hoffnung Ausdruck gab, dass die Balten nicht ohne sorgfältige Prüfung eines jeden Einzelfalles ausgeliefert werden möchten«.

Einige Tage später wurde von einem Presseamt die Behauptung dementiert, der Erzbischof von Canterbury wolle die schwedische Oppositionsbewegung in irgendeiner Weise unterstützen.

Die Fahrt nach England musste Svantesson zufolge als ziemlich enttäuschend bezeichnet werden, jedoch nicht als völliger Misserfolg. Am ersten Sonnabend im Dezember hielt er in der Seglora-Kirche zu Stockholm einen Gottesdienst, nach dessen Ende ein Mann sich erhob und S. öffentlich dankte, den er als einen »bemerkenswerten Mann« bezeichnete. S. zog sich daraufhin durch eine Seitentür zurück, um weiteren Huldigungen zu entgehen. Das Intermezzo wurde in den Zeitungen mit keinem Wort erwähnt.

Warum war er nach England gefahren? Welche Wertbegriffe lagen seinem Denken und Handeln zugrunde? Wie, genau, war seine menschliche Einstellung? Wie war seine politische Grundhaltung? Kennzeichen: Schriften. 1. »Jugendfeind Nr. 1«, über den modernen öffentlichen Tanz, Stockholm 1941. 2. »Untergang oder Läuterung?«, über Vergnügungsindustrie, Ideale, Jugendfürsorge, Stockholm 1941. 3. »Der Gefängnisinsasse, das Gefängnis und die Freiheit«, ein Plädoyer, Stockholm 1942. 4. »Sexualkundeunterricht in Maßen«, Stockholm 1942. 5. »Volksmoral und Vergnügungsleben«, Stockholm 1942. 6. »Der Kommunismus – eine Religion!«, Uppsala 1949.

Fürbitte für die Internierten, gehalten in der Kirche von Eksjö am Sonntag, dem 25. November 1945, von Unterpfarrer Gustav Brodin.

»Aus Anlass des schrecklichen und furchtbaren Schicksals, das auf die Fremden wartet, die seit einigen Monaten in unserer Nähe sind, ist es unsere unbedingte Pflicht, unserer Trauer im Namen der menschlichen Solidarität Ausdruck zu geben. Wir überlassen das Urteil über das Geschehene Ihm, der gerecht urteilt, aber es scheint so zu sein, dass, wenn christliche Grundsätze der Leitstern unserer Staatsführung wären, das vorliegende Problem auf eine Weise gelöst werden könnte, die unser und unseres Landes würdiger wäre. Es hat den Anschein, als könnten wir für diese Unglücklichen nichts mehr tun, aber ein Weg steht uns noch offen; der der Fürbitte. Gott der Allmächtige vermag zu helfen, wo wir nichts ausrichten, und in seine Hände wollen wir nun diese unsere unglücklichen Brüder befehlen und sie in einer stillen Minute in unsere Fürbitte einschließen.«

Ausschnitt aus einem auf Band genommenen Interview mit Pastor John Stahle und Unterpfarrer Brodin, das in dem Fernsehbericht »Sie flohen vergebens« vom 23. Dezember 1964 gesendet werden sollte. Ursprüngliche, nichtbeschnittene Version. Interviewer: John Sune Carlsson. Überschrift: Beschreibung einer nächtlichen Begegnung auf dem Marktplatz von Eksjö.

Stahle: – Ja, wir hatten ... es war ein angenehmer Abend zu Hause im Pfarrhaus; wir haben Gänsebraten gegessen. Beim Essen kommt plötzlich ein Ferngespräch aus Stockholm. Bischof Danell ruft an und teilt uns den Auslieferungsbeschluss mit; wir sollten alles in unserer Macht Stehende tun, um einen Proteststurm auszulösen. Ich ging nachdenklich zu meinen Gästen zurück. Sie fragten sich, was für ein Gespräch ich wohl geführt haben mochte, denn ich schwieg lange. Schließlich musste ich doch berichten, was vorgefallen war, was eine gewisse Verstimmung hervorrief, aber schließlich wurden wir uns einig, dass irgend etwas geschehen musste. Schon am kommenden Tag, wenn ich mich recht entsinne, kamen wir Amtsbrüder überein, diese Aktion gemeinsam in Gang zu bringen. Sie begann mit dem ersten Protesttelegramm, das wir gemeinsam verfassten und abschickten.

Brodin: – Ich wurde ebenfalls angerufen, und zwar von Hauptpastor

Olle Nystedt aus Stockholm, der mich aufforderte, alle möglichen Organisationen zu mobilisieren, Frauen, Politiker, gemeinnützige Vereine, ja, überhaupt alles, was in einer kleinen Stadt aufzutreiben war; alle sollten sich für diese Aktion einsetzen. Ich erinnere mich an einen Redakteur, der mich anrief und fragte, ob wir keine Unterschriftenlisten auslegen wollten, und zwar in den Läden und Geschäften. Ich glaube, das geschah auch.

Stahle: – Ja, und damit war die Protestaktion in vollem Gange. Sie dehnte sich ja auf ganz Schweden aus, bekam ein unerhörtes Echo. Hier in Eksjö standen wir im Mittelpunkt des Geschehens, und wir waren uns unserer Verantwortung bewusst. Wir haben viele wunderbare Erinnerungen an unsere Balten, an die Zeit, die wir mit ihnen verbringen durften. Ich denke da besonders an den Tag, an dem die Gemeindemitglieder von Eksjö Blumen in das Lager schickten, Blumen, an denen blau-gelbe Bänder hingen. Dieser Blumengruß fand unter der Bevölkerung ein so großes Echo, dass die Blumenläden vollständig geräumt wurden. Später hieß es übrigens, dass die Balten, nachdem sie sich an Bord des Schiffes befanden, das sie nach Russland bringen sollte, Schweden mit diesen blau-gelben Bändern einen letzten Abschiedsgruß zuwinkten.

Brodin: – Am ergreifendsten war wohl jener Abend, der Sonntagabend, als die Nachricht telefonisch von Haus zu Haus ging und wir uns später auf dem Marktplatz versammelten. Du musst die Meldung recht früh bekommen haben, nicht wahr, weil du noch Zeit hattest, eine kleine Rede vorzubereiten?

Stahle: – Ja, ich bekam sie recht … aber es ging ja alles so improvisiert zu, dass man … in dieser recht ernsten Stimmung musste man erst einmal seine Gedanken ordnen und den Leuten erzählen, was im Gange war.

Brodin: – Ich glaube, wir waren in dieser Nacht unerhört ergriffen, und ich muss sagen, dass ich dich damals sehr bewundert habe, weil du noch fähig warst, zu den Menschen zu sprechen. Ich habe später noch darüber nachgedacht: es war eine sehr gute Rede, die du damals in der kurzen Zeit ausgearbeitet hattest.

Stahle: – Du wirst dich erinnern, dass wir nach unserem ersten Protesttelegramm an König und Regierung eines Nachts plötzlich angerufen wurden. Frau Helga Sjöstrands Anruf war der erste, und dann ging …

Brodin: – Hat sie dich angerufen?

Stahle: – Ja.

Brodin: – Und wollte, dass du zu den Menschen sprechen solltest, nicht wahr ...

Stahle: – Ja, genau das, und anschließend ging die Nachricht telefonisch von Haus zu Haus, und so wurdest auch du unterrichtet.

Brodin: – Ja, ich erinnere mich, dass Frau Cederskjöld zu mir ins Haus kam oder mich anrief; ich weiß es nicht mehr genau. Aber sie war ja auch sofort der Meinung, dass etwas getan werden müsste, und wir führten einige Gespräche und brachten den Stein so ins Rollen ...

Stahle: – Und dann begaben wir uns schnell zum Marktplatz ...

Brodin: – ... und nach und nach kam eine recht ansehnliche Schar zusammen. Wie viele es waren, ist im Augenblick schwer zu sagen, aber vielleicht waren es hundertfünfzig Menschen.

Stahle: – Ich weiß noch, dass fast alle Straßenlaternen auf dem Marktplatz gelöscht waren. Die Stimmung damals in der Dunkelheit vor dem Kirchenportal war ziemlich eigenartig.

Brodin: – Ja, du standst auf der Treppe, und wir anderen standen um dich herum. Ich weiß auch noch, dass wir sangen, natürlich ›Ein' feste Burg ist unser Gott‹. Ob wir noch andere Lieder gesungen haben, weiß ich nicht mehr, aber ich erinnere mich, dass wir alle sehr ergriffen waren.

Stahle: – Ich glaube, es wurden auch ein paar Aufnahmen, Blitzlichtaufnahmen gemacht. Fotos muss es also irgendwo geben ...

Brodin: – Du hattest immerhin noch einige Minuten Zeit, eine kurze Ansprache vorzubereiten. Ich erinnere mich noch, dass du, was die Art der Nachrichtenübermittlung betraf, von der Ähnlichkeit mit den Kurieren in alter Zeit sprachst.

Stahle: – Ja.

Brodin: – Ja, wir sangen ›Ein' feste Burg ist unser Gott‹. Wir sangen mit erstickter Stimme.

Stahle: – Ich weiß noch, dass sich manche Presseorgane über unser nächtliches Zusammentreffen lustig machten, aber diese Journalisten hatten von der Stimmung in Eksjö natürlich keine Ahnung. Wir waren dem Mittelpunkt der Ereignisse ja so nahe.

Brodin: – Ja, man kann sagen, dass es einfaches menschliches Mitgefühl war, was unsere damalige Handlungsweise diktierte.

Stahle: – Außer uns Pfarrern gab es noch andere, die mit den Balten in Berührung kamen. Trotz der Absperrungen und des Stacheldrahts hatten wir das Gefühl, einander sehr nahe zu sein.

Brodin: – Nachdem immer mehr über das Lager bekannt geworden war, brachte bald die ganze Stadt den Männern da draußen großes Mitgefühl entgegen.

Stahle: – Besonderen Ausdruck fand dieses Mitgefühl in den Blumengrüßen, die so massenhaft ins Lager strömten, dass die Blumenläden der Stadt in kurzer Zeit vollständig geräumt waren. Jedem Blumenstrauß wurde ein blau-gelbes Band beigegeben.

Brodin: – Diese Aktion war doch völlig spontan, nicht wahr?

Stahle: – Natürlich.

Brodin: – Ich kann mich nicht erinnern, dass irgend jemand dazu aufgerufen hatte.

Stahle: – Nein, ebenso war es mit den Kerzenspenden. Die Kerzen sollten zur Beleuchtung der Unterkünfte und bei den Gottesdiensten verwendet werden. Ja, so ist es gewesen.

An dem Tag, als die Nachricht vom Beginn des Hungerstreiks der Balten kam, wurde sie vierundzwanzig Jahre alt. Sie wohnte als Untermieterin in einem Zimmer plus Küche in einem Haus in der Villengegend Eksjös, südlich des Lagers. Sie hatte Wein gekauft und ihre Schwester eingeladen. Jetzt saßen sie zusammen und sprachen über die Balten. Sie war jetzt vierundzwanzig Jahre alt.

Sie wusste einiges von dem, was im Lager vorging. Sie war eine der wenigen, die von der Geschichte mit dem Mädchen in dem weißen Haus erfahren hatten. Dieses Haus lag nur etwa fünfzig Meter von ihrer eigenen Wohnung entfernt; im Giebelzimmer wohnte ein zwanzigjähriges Mädchen aus Eksjö. Es wurde mitunter von Deutschen besucht, die ein bestochener schwedischer Wachposten aus dem Lager schmuggelte. Im August und im September hatte sie dies Treiben aus nächster Nähe beobachten können: am Fenster stehend, konnte sie sehen, wie das Licht in dem weißen Haus an- und ausging, wie das Haus schließlich dunkel blieb. Ende September wurde der Posten entlarvt; er hatte mit Fotoapparaten, Feldstechern und mit dem Mädchen einen schwunghaften Tauschhandel betrieben. Eines Tages hatte er eine MPi an die Deutschen verkauft, die bei einer Visitation entdeckt worden war; damit flog die ganze Geschichte auf.

Sie gibt die Episode ohne einen Anflug von Moralisieren wieder, jedoch mit eigentümlicher Schärfe und Deutlichkeit.

Sie selbst hatte Eksjö als eine Stadt ohne Gefühle erlebt, aber die Ereignisse in Ränneslätt schienen während einiger Wochen alles zu verändern.

»Früher sprachen die Leute hier nie miteinander, es war so trist und langweilig. Jeder blieb für sich, man fror, und nach Arbeitsschluss gab es nichts, was man tun konnte.« Als die Nachricht von der Auslieferung bekannt wurde, veränderte sich alles. Es war, als hätte man einen Magneten in ein Feld von Eisenspänen gelegt; alle wurden angerührt, es entstanden Muster, es bildete sich ein Mittelpunkt für die Gefühle aller. Die Leute begannen, miteinander zu sprechen, es wurden Vorschläge gemacht, plötzlich war ein Gefühl da, unmöglich zu beschreiben, aber deutlich und stark.

Die Ankündigung, dass auf dem Marktplatz eine Protestversammlung stattfinden sollte, hörte sie von ihrer Schwester. Sie lag gerade auf dem Bett und las; sie zog sich sofort an und ging aus dem Haus.

Auf dem Marktplatz stellte sie sich an den Rand der Menschenmenge und versuchte zu hören, was gesprochen wurde. Da vorn sprach jemand, es war Pastor Stahle. Sie erinnert sich nicht mehr an seine Worte. Sie weiß nur noch, dass wenige Meter neben ihm das Mädchen aus dem weißen Haus stand. Dieser Anblick traf sie im ersten Moment wie ein Schock. Lange stand sie da und starrte das Mädchen an; sie hatte das Gefühl, die andere dürfte hier nicht anwesend sein. Später verlor sich dieses Gefühl wieder, und sie empfand, fast gegen ihren Willen, eine heftige Rührung, die sie aber doch unterdrücken konnte. Sie wandte sich ab. »Es war so seltsam, dass wir alle dort standen, dass sie dort stand; weder früher noch später habe ich Ähnliches empfunden. Ich wollte nur noch weinen. Ich hatte ... wir alle hatten ein Gefühl der ... Zusammengehörigkeit.«

Später sangen sie »Ein' feste Burg ist unser Gott«. Sie hatte bis dahin nicht gehört, worüber die Menschen miteinander sprachen, aber jetzt sang sie mit. Alle sangen mit lauter und starker Stimme, es war mitten in der Nacht, und alles schien unglaubhaft und unwirklich zu sein: dass dies in Schweden geschah, in Eksjö, im Herbst 1945. Sie sang und sang, und alle anderen sangen, und danach war die Versammlung zu Ende.

Auf dem Heimweg weinte sie ununterbrochen. Sie weinte offen und befreit, versuchte nicht, ihr Gesicht und ihre Tränen zu verbergen. »Es war so merkwürdig, wir fühlten uns auch ein wenig glücklich, weil wir dies hatten erleben dürfen. Ich weinte natürlich über das Schicksal der Balten, aber zugleich war ich glücklich.« Als die Auslieferung später tatsächlich durchgeführt wurde, erlebte sie sie nur noch mit einem Gefühl völliger innerer Leere, mit einem Gefühl der Sehnsucht. Sie weinte wieder viel, aber nicht so sehr über die Balten, obwohl deren Schicksal ihr naheging, sondern aus einem Gefühl heftiger Enttäuschung, weil jetzt etwas vorbei war: sie hatte eine Sekunde lang an einem Gefühl teilhaben dürfen, das nie mehr wiederkehren würde.

Sie war vierundzwanzig Jahre alt, als der Streik begann; die folgende Woche vergaß sie später niemals mehr. Sie spricht lange über das heftige Gefühl der Zusammengehörigkeit oder des Mitgefühls, das ihr in jener Nacht und in mehreren folgenden Nächten die Tränen in die Augen trieb. Die Erinnerung an den Verlust eines Gefühls ist stärker als die Erinnerung an die Balten, und wenn sie darüber spricht, spürt man die Sehnsucht.

Sie war damals vierundzwanzig Jahre alt, und das Gefühl des Dazugehörens sollte nie, nie mehr zu ihr zurückkehren.

12

Die erste Forderung an eine Regierung ist, dass sie praktisch zu denken und zu handeln hat. Ich bin ein großer Freund von Provisorien und von Opportunismus.
Winston S. Churchill

Für die allermeisten schwedischen Politiker kam der heftige Proteststurm gegen die Auslieferung der Balten völlig unerwartet und überraschend. Vor dem 22. November 1945 hatte es die Auslieferung der Balten als kontroverse Frage nicht gegeben. An diesem Tag aber begannen die Balten um 7 Uhr morgens mit ihrem Hungerstreik. Das politische Problem, das »Auslieferung der Balten« heißen sollte, wurde im selben Augenblick geboren. Vor diesem Augenblick war die Frage nur als rein administrativ, als unbedeutend oder als etwas Selbstverständliches erschienen.

Die Koalitionsregierung trat am 31. Juli ab; danach übernahm ein rein sozialdemokratisches Kabinett die Führung des Staates. Außenminister dieses Kabinetts wurde Östen Undén, Ministerpräsident wurde Per Albin Hansson, Finanzminister Ernst Wigforss. Diese drei Männer spielten in der Folgezeit bei der politischen Beurteilung der Frage eine zentrale Rolle; nach außen hin war es aber Östen Undén, der die Hauptverantwortung trug.

Seine Haltung den baltischen Ländern gegenüber war eigentümlich zweideutig. Am 16. August 1940 hatte er im Reichstag eine Rede gehalten, in der er die Ereignisse im Baltikum analysierte – die Machtübernahme durch die Sowjets in den drei baltischen Staaten. *»Es ist natürlich, dass die Ereignisse im Ostseeraum uns hier in Schweden auf ganz besondere Weise angehen«*, hatte er gesagt. *»Drei ehemals selbständige Staaten sind innerhalb weniger Tage liquidiert worden. Die scheinbare Freiwilligkeit kann keinen Beobachter täuschen. Wir wissen heutzutage nur zu gut, wie eine solche Freiwilligkeit vorgetäuscht werden kann. Hier ist eine höchst merkwürdige Staatskunst am Werk, die leicht zu durchschauen ist.«* Undén sprach nur vom Baltikum, schien mit seinen Worten aber auch noch etwas anderes ausdrücken zu wollen. Man schrieb den August 1940, die Deutschen hatten Norwegen und Dänemark besetzt. Undén hatte heftig gegen diese Besetzung sowie gegen die schwedische Nachgiebigkeit gegenüber den Forderungen der Deutschen Stellung genommen und war damit in der schwedischen Regierung untragbar geworden. Was steckte hinter dem, wovon er sprach? »*Wenn eine bedrohlich schützende Großmacht einem kleineren Staat gegenüber ihre wirklich gefährlichen Forderungen vorbringt, gibt es in dem kleineren Land mitunter eine gewisse Empfänglichkeit für den Gedanken, dass selbst sehr große Nachgiebigkeit besser sei als Krieg. Wenn die Nachgiebigkeit aber bedeutet, dass der kleinere Staat dem mächtigen Beschützer innerhalb seiner eigenen Grenzen freiwillig und widerstandslos Gelegenheit gibt, Fuß zu fassen, hat sich der kleinere Staat mit der Politik des trojanischen Pferdes in vergröberter Form abgefunden. Die nächste Phase des Geschehens wird sich so abspielen, dass die kleinere Nation sogar der Möglichkeit beraubt wird, für ihre eigene Freiheit in den Kampf zu ziehen.*« Dies war eine ausgezeichnete Rede, wenn man davon absieht, dass sie in Form einer Allegorie gehalten wurde. Undén sprach also von der Erfüllungspolitik Schwedens gegenüber Deutschland und der Gefährlichkeit solchen Handelns, lief aber gleichzeitig Gefahr, beim Wort genommen zu werden.

Am 23. November 1945 wurde die Balten-Frage zum erstenmal im Reichstag behandelt, als die Regierung in einer Fragestunde auf Anfragen des Abgeordneten der *folkparti* Åke Holmbäck und des Abgeordneten der *högerparti* Elis Håstad antwortete. In der ersten Kammer verlas Per Albin Hansson die Erklärung der Regierung, in der zweiten Kammer Östen Undén.

Die Regierungserklärung beleuchtete den Hindergrund, das gesamte Geschehen seit jenen Tagen, als die Deutschen in kleinen Booten nach Schweden geflohen waren; erwähnt wurden auch der russische Vorstoß vom 2. Juni, die Behandlung der Frage durch den Außenpolitischen Ausschuss am 11. Juni, der endgültige Beschluss der Koalitionsregierung vom 15. Juni und die Antwort an die Russen. »Ursprünglich hatte man die Absicht, die Flüchtlinge sofort in die russische Zone zu schicken; verschiedene Umstände haben aber zu einer Verzögerung des Transports geführt. Er soll jetzt in Übereinstimmung mit der Sowjetunion in der nächsten Zeit stattfinden.«

Ferner wurde festgestellt, dass es der schwedischen Regierung Anfang Juni unmöglich gewesen sei, auf alle Nationalitäten in deutscher Uniform Rücksicht zu nehmen. Weiter hieß es:

»Das Waffenstillstandsabkommen verpflichtete alle deutschen Truppen, an den jeweiligen Frontabschnitten zu bleiben und die Waffen niederzulegen. Obwohl Schweden durch dieses Abkommen nicht gebunden war, wollte die schwedische Regierung nicht daran mitwirken, dass sich deutsches Militärpersonal den Folgen der Kapitulation entzog.« Die Erklärung schloss mit der Feststellung, die Regierung gehe davon aus, dass die baltischen Kriegsgefangenen nicht anders zu behandeln seien als normale Kriegsgefangene.

Ivar Anderson erwiderte sofort: »Was wissen wir denn über die Behandlung normaler Kriegsgefangener und das Schicksal, dem sie entgegengehen? Was diese Sache für uns so beklemmend macht, ist das Gefühl, dass wir hier im Begriff sind, Menschen auszuliefern, die nichts anderes wollten, als für die Freiheit und die Unabhängigkeit ihres eigenen Landes zu kämpfen.«

Anderson war ebenso wie Richard Sandler Mitglied des Außenpolitischen Ausschusses gewesen, und in der ersten Kammer kam es zu einer Diskussion über das, was in der Juni-Sitzung gesagt worden war. Richard Sandler wollte sich an der Debatte nicht beteiligen, äußerte aber sein Verständnis gegenüber der Unruhe, die der Auslieferungsbeschluss hervorgerufen hatte.

»Dass diese Angelegenheit im Außenpolitischen Ausschuss erörtert worden ist und dass man von einer kollektiven Mitverantwortlichkeit sprechen könnte, erlaubt meiner Ansicht nach nicht die Schlussfolgerung, dass das irgend etwas ändert oder die Sache an sich besser macht. Und selbst wenn man meine Worte als eine Art Selbstkritik wegen mangelnder Achtsamkeit bei der Erörterung einer politischen Frage im Außenpolitischen Ausschuss betrachten darf, bleibt doch die Möglichkeit bestehen, dass wir eines Tages vielleicht bereuen werden, was hier gesagt wird, dass die heutige Debatte zu einer Verminderung der Achtung vor unserer eigenen Handlungsweise führen kann.«

Die große Auseinandersetzung fand jedoch nicht in der ersten, sondern in der zweiten Kammer statt, wo Östen Undén die Regierungserklärung verlas und wo auch der Hauptopponent saß: Elis Håstad.

Håstad ging in seiner langen Ansprache in einer Reihe von Einzelfragen zum Angriff über. Er attackierte die Geheimniskrämerei um die

Auslieferung, den Schleier der Verschwiegenheit, den die Regierung über die ganze Affäre gebreitet hatte. Er stellte fest, dass es Schweden freigestanden habe, von der Auslieferung abzusehen, wenn die Verantwortlichen nur gewollt hätten. Er stellte ferner fest, dass die Balten, selbst wenn sie sich freiwillig zur deutschen Wehrmacht gemeldet hätten, jetzt das Recht hätten, in Schweden aus politischen Gründen um Asyl zu bitten. »Haben wir jemals zuvor Personen ausgeliefert, die sich an aufrührerischen Handlungen gegen das eigene Land oder sonstwie an Widerstandsaktionen beteiligt haben?« Er stellte fest, dass, »soviel ich weiß, während der Schreckensherrschaft des Nazismus und des Faschismus, als Flüchtlinge in Massen auch in unser Land kamen, niemand ausgeliefert« worden sei. Er gab jedoch zu, dass es später Ausnahmen gegeben habe, nämlich Auslieferungen an Dänemark und Norwegen, »aber in diesen Fällen hat es sich um Landesverräter auch nach unseren Vorstellungen gehandelt; diese Akte muss man auch als einen Teil der *natürlichen Zusammenarbeit der nordischen Brudervölker* sehen, die auch die Rechtspflege umfasst«.

Weiter stellte er fest, dass es keine individuelle Prüfung gegeben habe. Außerdem habe sich die Frage im Juni ganz anders dargestellt; sie sei der Öffentlichkeit und den Verantwortlichen auch in unzulänglicher Form präsentiert worden. Und er erklärte: »Mein Standpunkt ist rein grundsätzlicher Natur: Schweden sollte keine Personen ausliefern, die als Insurgenten oder als Landesverräter behandelt werden können, *weder an die Sowjetunion noch an irgendeinen anderen Staat.*«

Er schloss seine lange Ansprache mit den Worten: »Wenn es in dieser Stunde auch nur die leiseste Hoffnung auf Schutz und Hilfe für diese Menschen gibt, will ich bis zuletzt glauben, dass diese Hoffnung sich erfüllen möge.«

Die Liste der Redner war lang, und ihre Argumente waren im großen und ganzen dieselben. Was hinterher aber als sensationellster Diskussionsbeitrag im Gedächtnis haftenblieb, war das Schlusswort Östen Undéns. Er schloss nämlich mit einer Wiedergabe seiner Meinung zu dem baltischen Problem insgesamt, und er sprach außerordentlich deutlich und ohne Umschreibungen, fast brutal.

»Die baltische Frage ist als Ganzes ein äußerst schwieriges Problem; ihr Kern liegt natürlich in der Frage nach der Zukunft dieser Völker. Unter den politisch interessierten Balten selbst wird, soviel mir bekannt ist, im Augenblick folgendes überlegt: der einzig richtige baltische Patriotismus bestehe gegenwärtig darin, den Glauben an die Zukunft dieser Länder als selbständige und souveräne Staaten wachzuhalten, etwa so, wie das in der Zeit zwischen den beiden Kriegen geschehen ist. Resignation in dieser Hinsicht sei fehl am Platz. Weder die Vereinigten Staaten noch Großbritannien, so wird argumentiert, hätten bislang den neuen Status der baltischen Staaten anerkannt. In Amerika gebe es eine starke Volksmeinung für ihre Selbständigkeit. Es gelte also, die Hoffnungen aufrechtzuerhalten, Propaganda zu treiben, die Weltmeinung auf die Seite der Balten zu bringen und einen Entrüstungssturm gegen die fortgesetzte Herrschaft der Sowjetunion im Baltikum anzufachen.

Diese Hoffnungen sind nach meiner Überzeugung reiner Illusionismus. Bereits in der Zeit zwischen den Kriegen gab es an vielen Orten der Welt starke Zweifel an der Zukunft dieser kleinen und jungen Republiken. Ihre Lage war so, dass niemand bezweifeln konnte, ein wieder aufstrebendes Russland werde einen entscheidenden Einfluss auf ihre Politik geltend machen. Die politische Reife dieser Völker konnte man kaum als sonderlich ausgeprägt bezeichnen. Diese Staaten begannen bekanntlich als mustergültige Demokratien, glitten aber bald in ein furchtbares Parteienunwesen ab, das schließlich zur Diktatur führte.

Es ist eine Tatsache, dass kleinere Staaten, so auch Finnland, von einflussreicher Seite, nämlich England, damals gewarnt wurden, ihr Schicksal zu eng mit dem der baltischen Republiken zu verknüpfen, und zwar gerade wegen der ungewissen Zukunft dieser Länder. Und wie sieht die Welt heute aus? Die friedliebenden, demokratischen Vereinigten Staaten von Amerika brauchen um ihrer Sicherheit willen Militärstützpunkte auf Island. Glaubt denn jemand, dass die USA sich der Schaffung sowjetischer Militärbasen in Estland, Lettland und Litauen widersetzen kann? Wird Großbritannien wegen der Souveränität der baltischen Staaten einen dauernden Konfliktzustand mit der Sowjetunion in Kauf nehmen? Man könnte sagen: ja, die Hoffnungen dieser Patrioten mögen vielleicht illusorisch sein, aber dann haben sie auch keine Zukunft mehr, dann ist das Leben nicht mehr lebenswert, und es wird besser sein, die einmal eingeschlagene Linie bis zum Ende weiterzuverfolgen.

Es lässt sich aber auch eine *andere* Politik denken, eine andere Form des baltischen Patriotismus. Man könnte sagen, dass die Selbständigkeit der zwanzig Jahre trotz allem nur ein kurzer Augenblick im Leben dieser Länder gewesen ist. Ist diese Einsicht nicht ein Anlass, die andere politische Linie in Erwägung zu ziehen, nämlich eine Anerkennung des neuen Russlands und der Staatsform, die den baltischen Staaten nach dem Anschluss an die Republiken der Sowjetunion zuteil geworden ist? Diese Politik wird für manche Einzelpersonen natürlich unannehmbar sein, besonders für solche, die in früherer Zeit politisch sehr aktiv gewesen sind, aber wäre sie für die große Masse der baltischen Völker, für die breiten Schichten nicht möglich und akzeptabel?

Von diesem Gedankengang zur vorliegenden Frage zurückkehrend, möchte ich den baltischen Politikern zurufen: wäre es nicht klug gewesen, den nunmehr internierten Balten zu sagen, hier habt ihr eine Chance? Wenn sie nun in ihre Heimatländer zurückkehren, könnten sie ja den russischen Behörden gegenüber erklären, sie hätten im guten Glauben gehandelt, es sei ihre patriotische Pflicht gewesen, der deutschen Wehrmacht beizutreten. Ferner könnten sie sagen, in manchen Fällen seien sie zum Dienst unter den Deutschen gezwungen worden, und sie hätten es nicht für ratsam gehalten, den Widerstand auf die Spitze zu treiben – wiederum aus einem patriotischen Pflichtgefühl heraus oder aus Rücksicht auf ihre Nächsten oder sich selbst. Wir haben von seiten der schwedischen Regierung versucht, diese Argumentation der sowjetischen Gesandtin nahezubringen, und sie hat versprochen, unsere Ansicht der russischen Regierung in Moskau vorzutragen.

Nun hat man statt dessen diese Internierten in einen Zustand der – wie ich es nennen möchte – Exaltation versetzt, und es wird unter ihnen nur noch von dem Terror gesprochen, der sie erwartet, und von der Unannehmbarkeit eines Zusammenlebens mit den Russen in einem Staat und so weiter. Man scheint hierzulande vergessen zu haben, dass die gewaltige Sowjetunion aus einer Menge mehr oder weniger ausgeprägter Nationen besteht, die miteinander leben können und die den Zusammenschluss in einer gemeinsamen Union nicht für unzumutbar halten. Es ist ja nicht Sache der schwedischen Regierung, die Politik der Balten zu artikulieren. Aber als die schwedische Regierung früher wiederholt die Hoffnung ausdrückte, es möchten sich viele Balten zu einer freiwilligen Rückkehr in ihre jeweiligen Heimatländer entschließen, lag dieser Hoffnung natürlich der Gedanke zugrunde, den ich soeben dargelegt habe, nämlich dass es im eigenen, wohlverstandenen Interesse der baltischen Völker liegt, wenn möglichst viele in ihre

Heimat zurückkehren, um am Aufbau einer neuen Zukunft für diese Völker mitzuwirken.«

Die Debatte in der zweiten Kammer zog sich lange hin.

Nachträglich scheinen viele Diskussionsbeiträge von diesem Tag auf tönernen Füßen zu stehen, da so viele Einzelfragen ungeklärt oder unbekannt waren. Es wurde behauptet, dass viele der Internierten Zivilisten und dass manche Kriegsverbrecher seien, es wurde eine individuelle Prüfung gefordert, wobei darauf hingewiesen wurde, dass die Westalliierten entsprechende Soldatengruppen ausgeliefert beziehungsweise nicht ausgeliefert hätten, es wurden nicht kontrollierbare russische Rundfunksendungen erwähnt, in denen den Internierten der Tod angedroht worden sei, die russische Gerechtigkeit kam zur Sprache, es wurde auch gesagt, dass es formell unmöglich sei, von dem Juni-Beschluss abzurücken; andere wiederum sagten, dieser Beschluss sei nur eine Rahmen-Absprache, die einschneidende Abänderungen durchaus zulasse. Ein Redner meinte, die Auslieferung sei eine Vergewaltigung des Asylrechts, und der nächste wiederum meinte, das Asylrecht sei hier nicht anwendbar.

Den Berichten über die Debatte wurde in den Zeitungen breiter Raum gewidmet. Die Debatte selbst hinterließ viele offene Fragen und große Unklarheit.

Die Debatte im Reichstag hatte am Freitag stattgefunden. Während des Sonnabends und des Sonntags konferierten die führenden Politiker ununterbrochen; es kam auch zu Kontakten zwischen Regierung und Opposition. Während der Reichstagssitzung hatte kein Parteiführer der Opposition das Wort ergriffen, ihr Schweigen war beredt gewesen, noch war die Balten-Frage nicht zu einem Bestandteil des Parteienhaders geworden. Das schien auch unmöglich, da außer den Kommunisten alle politischen Parteien für den Beschluss mitverantwortlich gewesen waren, und es war kaum zu erwarten, dass die Kommunisten gegen die Auslieferung opponieren würden. Außerhalb des Reichstags aber traten die parteipolitischen Linien in der Balten-Frage immer deutlicher zutage, und wenn man die Zeitungen las, schien die Sache klar zu sein: dass es einen Kampf zwischen Regierung und Opposition geben würde.

Der Hungerstreik brachte eine Zuspitzung der Ereignisse und

schien das politische Verfahren abzukürzen. Undén wurde immer härter bedrängt, und es wurde offenkundig, dass bald irgend etwas geschehen musste.

Einige der Gesprächspartner Östen Undéns aus jenen Tagen erinnern sich gut an seine völlig zwiespältige Einstellung. Er ließ sich oft auf lange Gespräche ein, erregte sich heftig über jeden Versuch, die Russen als Barbaren abzustempeln oder als unmenschlich; er schien fast automatisch in Abwehrstellung zu gehen, wenn Gegner der Auslieferung das entsetzliche Schicksal zu beschreiben versuchten, dem die Balten entgegengingen. Dann regte er sich jedesmal furchtbar auf: »Warum können wir den Russen kein Vertrauen entgegenbringen? Haben sie uns denn etwas Böses angetan? Wozu dieses Misstrauen?«

Zugleich sahen sie, wie sehr er litt. Er murmelte oft vor sich hin »die Sache verschleppen«, mitunter meinte er, die Frage würde sich auf dem »Lazarettwege« lösen lassen, und lauschte aufmerksam jedem neuen Vorschlag.

Zugleich blieb aber der Beschluss vom 15. Juni bestehen. Bis zuletzt schien Undén abgeneigt zu sein, ihn umzustoßen.

Irgendeine Form des Aufschubs war dennoch notwendig, und man fand einen Ausweg.

Am 26. November gegen 6 Uhr morgens wurde die Regierung zu einer Sondersitzung zusammengerufen: man telefonierte herum und bekam alle Mitglieder zusammen, außer Gjöres, der sich draußen im Lande befand, um Reden zu halten. Die Sitzung wurde für 11 Uhr anberaumt. Unmittelbar danach begab sich die Regierung ins Schloss, wo eine weitere Sonderkonferenz abgehalten wurde. Der Kronrat schien nur etwa zehn Minuten getagt zu haben. Im Schloss wurde vor allem die Frage erörtert, ob es unter den internierten Balten auch Zivilisten gebe, und man kam zu dem Ergebnis, dass eine Untersuchung sofort eingeleitet werden müsse.

Gegen 12 Uhr mittags war die Sitzung des Kronrats beendet, worauf man die Kabinettssitzung wieder fortsetzte, die gegen 13 Uhr zu Ende war. Unmittelbar darauf wurde der Oberbefehlshaber, General Jung, zum Ministerpräsidenten gerufen. Er kam um 14 Uhr und verließ den Ministerpräsidenten um 14.45 Uhr. Es war offensichtlich ein Beschluss gefasst worden, und es wurde bald klar, worauf er hinauslief. Am 26. November gegen 15 Uhr, am selben Tag, an dem die Kabinettssitzung stattgefunden hatte, teilte der Verteidigungsstab in einem Blitztelegramm an die verschiedenen Lagerkommandanten mit, dass »die Abreise der Internierten aus transporttechnischen Gründen bis auf weiteres aufgeschoben ist, was den Internierten unverzüglich mitgeteilt werden muss«.

Undén selbst ist heute nicht gewillt, die Gründe für den Aufschub mitzuteilen: »Wir waren der Meinung, dass Zeit gewonnen werden musste.« Später erwähnt er beiläufig, und zwar als Antwort auf eine ganz andere Frage, dass der Beschluss zumindest für einige überraschend gekommen sei.

– Wie war das Verhältnis zwischen Regierung und Armee? Gespannt? Gab es Kontroversen?
– Manchmal vielleicht. Kleine Meinungsverschiedenheiten in Einzelfragen.
– In welchen Einzelfragen?
– Als wir in der Regierung beschlossen, die Auslieferung zu verschieben, an einem Montag im November, wurden die Militärs wütend.
– Warum? Die Militärs waren doch gegen die Auslieferung?
– Sie wollten die Sache offenbar so schnell wie möglich hinter sich bringen. Der Aufschub bereitete dem Verteidigungsstab ziemliches Kopfzerbrechen. Die Initiative kam also von ziviler Seite, die ersten Konsultationen fanden mitten in der Nacht statt. Ich weiß noch, dass ich zu nachtschlafender Zeit geweckt wurde. Die Initiative kam also nicht von mir, es war Mossberg, der mich anrief.

Die Balten lagen alle in ihren Betten, als die Nachricht kam. Ein schwedischer Offizier betrat das Lager und verlas eine Mitteilung, die Auslieferung sei aufgeschoben worden. Es entstand ein Augenblick des Durcheinanders und der Freude. Dann trat wieder Ruhe ein.

Der Hungerstreik wurde jedoch nicht abgebrochen. Keiner hatte die Zusage gegeben, dass die Balten im Lande bleiben dürften.

Der exakte Ablauf des politischen Geschehens ist schwer zu beschreiben: die meisten Dokumente liegen bei den Geheimakten. An den Notenwechsel mit der Sowjetunion ist nicht heranzukommen. Hatte man Druck ausgeübt?

Auf jeden Fall wurde unterstellt oder angedeutet, *dass* Druck ausgeübt worden sei. Zwei Behauptungen traten immer wieder auf. Die erste war, dass Schweden die Balten ausliefere, um das große Handelsabkommen mit den Russen unter Dach und Fach zu bringen. Dazu lässt sich sagen, dass *niemand*, der Einsicht in die Zusammenhänge hatte, glaubte, dass dies der Fall war. Das Handelsabkommen wurde in den Gesprächen mit den Russen überhaupt nicht erwähnt. Auch Tatsachen scheinen gegen diese Unterstellung zu sprechen. Es waren immerhin die *Russen*, denen mehr am Zustandekommen dieser Vereinbarungen lag. »Hätten wir uns um das Handelsabkommen herumgedrückt, hätten sie uns das bestimmt sehr übelgenommen« (Wigforss). Es waren die Russen, die einen Milliardenkredit wollten, nicht die Schweden. Das Handelsabkommen wurde lange Zeit später, im Frühjahr 1946, unterzeichnet, und zwar gegen den skeptischen Widerstand einflussreicher schwedischer Kreise.

Die zweite Behauptung lautete, dass Schweden die Balten ausliefere, um aus Polen Kohle zu bekommen. Dieses Gerücht war weit verbreitet und fand allgemein Glauben.

Auch dieses Gerücht scheint jeder Grundlage zu entbehren. Es entstand, nachdem Handelsminister Gunnar Myrdal am 28. November, also während der Streikwoche in Ränneslätt, in einer Rede im Reichstag erwähnt hatte, dass es Polen schwerfalle, die vereinbarte Lieferung von einer Million Tonnen Kohle und zweihunderttausend Tonnen Koks zu erfüllen. Die polnische Regierung habe dies bedauert: man könne diese Menge zwar fördern, aber da die Bahnlinien entweder zerstört oder schwer beschädigt seien und Transportraum äußerst knapp sei, habe man weniger als berechnet liefern können und sei deshalb im Verzug.

Das Gerücht bemächtigte sich dieser Angaben, die Leute zählten zwei und zwei zusammen und begriffen. Die Balten sollten gegen Kohle aus Polen verkauft werden.

Der Untersucher verfolgte diese Spur lange Zeit, sie schien ihm äußerst anwendbar und interessant zu sein. Leider war sie eine falsche Fährte, eine Sackgasse. Es gab andere Rücksichten und andere Motive, nur nicht diese zwei: das Handelsabkommen und die polnische Kohle. Das war doppelt schade, da dieser Aspekt der Auslieferung der Balten so aktuelle Bezüge hatte: etwa Mitte der sechziger Jahre, als den schwedischen Demonstranten gegen die Politik der USA empfohlen wurde, sie sollten den Mund halten, um den Handel mit den Amerikanern nicht zu gefährden. Als Fulbright nach Stockholm gekommen war und gesagt hatte, dass »*die kleinen Länder ihre Fähigkeit, auf die Ereignisse in der Welt Einfluss zu nehmen, oft unterschätzen. Furcht vor Repressalien der großen Länder ist oft einer der Gründe dafür. Die letzten Jahre aber haben viele Beispiele kleinerer Länder gebracht, die ihren eigenen Weg gegangen sind oder sich den Großmächten sogar widersetzt haben, ohne dass es ernste Folgen gehabt hätte*«; und dieses Problem, nämlich exakt festzustellen, was moralische Freiheit kostet und kosten darf, beschäftigte den Untersucher sehr, aber die Fährte war und blieb falsch.

Dennoch: in jeder Hinsicht schien diese Auslieferung voller moralischer Konflikte gewesen zu sein, voller Situationen, die eine Kollision von Grundsätzen mit sich brachten. Diese Konflikte waren für den Untersucher verlockend, sie hatten eine gewissermaßen perverse Attraktivität, aber er riss sich los, da er sich einmal dazu entschlossen hatte, sich an den Mechanismus zu halten.

Übrig blieb das Feststellen von politischen Komplikationen. Unter den schwedischen Arbeitern wollten viele protestieren, sie fürchteten aber, von der reaktionären Propaganda vereinnahmt zu werden. Es hielten auch viele sozialdemokratische Reichstagsabgeordnete still, gegen ihren Willen.

Und, andererseits: Ende November, während der letzten Tage des Hungerstreiks, entstand eine kleine, aber lautstarke Minderheit in der *högerparti*, die bei parteiinternen Diskussionen die Forderung erhob, die Auslieferung der Balten müsse parteipolitisch bis zum Äußersten ausgeschlachtet werden, um – wenn möglich – die sozialdemokratische Regierung zu stürzen.

Nach langen Debatten beschloss man, nicht in erster Linie nach diesem Muster zu handeln. Und dabei blieb es: die Auslieferung der Balten wurde nie völlig zu einem parteipolitischen Kampf um die Regierungsgewalt.

13

Die deutschen Soldaten, die im Osten gefangengenommen wurden, führen Zwangsarbeit im Baltikum und in anderen Teilen der Sowjetunion durch. Das Schicksal der Schweden-Deutschen wird nicht anders aussehen. Den Esten, die in der deutschen Wehrmacht gekämpft haben, wird es sicherlich ähnlich ergehen. Auf jeden Fall ist es sowjetfeindliche Propaganda zu behaupten, wir würden sie erschießen. Bei den Kriegsverbrechern sieht es etwas anders aus; sie werden strafrechtlich verfolgt und abgeurteilt, ebenso wie in den von den Westmächten besetzten Teilen Deutschlands.
»Morgon-Tidningen« am 2.12.1945, Interview mit Alexander Aven,
dem Vertreter des sowjetischen Rates für die Repatriierung
sowjetischer Bürger in Schweden.

Aus Schweden und Norwegen erreichen uns Meldungen, wonach man dort sehr gegen die Auslieferung von einhundertfünfzig in den baltischen Staaten beheimateten Faschisten eingestellt ist. Der Beschluss der schwedischen Regierung, Kriegsverbrecher auszuliefern, ist jedoch richtig und begrüßenswert. Nach dem Sieg über den gemeinsamen Feind muss man die Schuldigen bestrafen und den Faschismus mit Stumpf und Stiel ausrotten.
Aufgefangene Meldung von Radio Tallinn vom 6.12.1945, 20 Uhr,
weder bestätigt noch nachprüfbar.

Es gab zwei Aussagen, an die man sich halten konnte: zwei Quellen. Einmal die offizielle russische Mitteilung, dass man die Legionäre korrekt behandeln werde. Zum andern die inoffizielle, die man aus sowjetischen Rundfunksendungen aufgefangen hatte. Sie wurden in der schwedischen Presse fleißig zitiert, und demnach waren die Legionäre als Kriegsverbrecher zu betrachten, die einem wohlverdienten Schicksal entgegengingen. Die Rundfunkmeldungen waren schwer zu deuten, unbestimmt. Es war in manchen Fällen schwer herauszufinden, ob man mit den »Kriegsverbrechern« die Männer in Ränneslätt meinte oder die zivilen Flüchtlinge aus dem Baltikum: unter denen befand sich eine Handvoll offenbarer Kriegsverbrecher, die von russischer Seite ständig attackiert wurden. Volle Klarheit ließ sich in dieser Frage nie gewinnen. Die Rundfunkmeldung kann eine Fälschung, ein Mythos, gewesen sein. Wie dem auch sei: die Zeichen waren bedrohlich.

Mitunter schien die Bedrohlichkeit der bedrohlichen Zeichen noch auf höchst auffällige und bewusste Weise akzentuiert zu werden. Die Zeit in Ränneslätt lässt sich aus vielen verschiedenen Blickwinkeln betrachten. Nach der Auslieferung 1946 berichteten einige der Balten im sowjetischen Rundfunk über ihre Erlebnisse. Die erste Sendung kam am 17. Februar 1946 um 17.30 Uhr aus Moskau. Zu diesem Zeitpunkt befanden sich die baltischen Legionäre schon seit drei Wochen in der Sowjetunion.

In der Sendung kamen eine Reihe von Balten mit ihren Aussagen zu Wort. Einige waren auffallend unkorrekt, andere verdrehten die Tatsachen; die Aussagen waren offenbar unter Druck zustande gekommen. Man sollte die Äußerungen in diesem Licht sehen.

Sie sind jedoch nicht uninteressant.

Der Empfang war manchmal schlecht, es gab Störungen. Es finden sich also Lücken in der Darstellung. Die folgenden Zitate enthalten Berichte der Balten über die Informiertheit der Schweden, was die damalige Lage betraf, über die öffentliche Meinung in Schweden und über die Zeit in Ränneslätt.

Doktor Elmars Eichfuss-Atvars: »... zeigt die Verlogenheit in allen Behauptungen jener Schweden, die uns Balten zum passiven Widerstand, zum Hungerstreik verleiteten, was für uns alle nur Leiden zur Folge hatte ... Selbstmordversuche und Selbstverstümmelungen bei den Deutschen. Im Mai und im Juni 1945 veröffentlichten schwedische Zeitungen Meldungen, die aus *Latvju Yards*, *Latvju Zinas* oder aus anderen uns unbekannten Quellen stammten ... Europa und die Sowjetunion, dass dort heftige Übergriffe stattgefunden hätten. Wir bekamen *Svenska Dagbladet*, *Stockholms-Tidningen* und *Gotlands Allehanda* zu lesen ... aber in keinem dieser Blätter fanden wir positive oder objektive Angaben über die wirkliche Lage in der Sowjetunion. (– – –) Die schwedische Presse hat unter Berufung auf uns unbekannte Quellen von unserem furchtbaren Schicksal gesprochen ... und erklärt, dass der Tod mit hundertprozentiger Gewissheit auf uns warte, dass man uns aber gleichwohl dem sicheren Tod ausliefern wolle. Daraufhin beschlossen wir, am 22. November 1945 um 7 Uhr einen Hungerstreik zu beginnen. Die Schweden hatten nicht das geringste dagegen einzuwenden. Auf unser Verlangen nahmen sie sogar alle Lebensmittel in Verwahrung und sorgten dafür, dass keine neuen herbeigeschafft wurden. Sie ermunterten uns auf jede erdenkliche Weise zum Hungerstreik, und infolgedessen setzten wir ihn fort. Zweimal hatten wir Gelegenheit, mit Vertretern der schwedischen und der ausländischen Presse zu sprechen; diese Männer unterstützten unseren Kampf für die Gerechtigkeit ... und dann ließen sie die Pastoren ins Lager, die uns beweinten, als wären wir schon tot ... am 18. November 1945 ... und Oberstleutnant ... der aktiven Widerstand provozieren wollte ... Personen und folglich ... unnötiges Blutvergießen und Selbstmorde. Diese ... Nachrichten an die Welt draußen . . . ohne mein Wissen und ohne Wissen und Billigung des Komitees, was unnötige Unruhe hervorrief. Diese Meldungen führten auch zu Selbstmorden und Selbstmordversuchen. Um zu verhindern, dass wir Widerständler ... schickten sie am 28. und 29. November sogar völlig gesunde Personen ins Krankenhaus. Nach meinen Berechnungen waren etwa fünfundsiebzig Prozent transportfähig. Ja, sie waren sogar kräftiger als am 25. Januar 1946.«

Valentin Silamikelis: – – – »In Schweden gewann ich aufgrund von Zeitungsberichten und Gerüchten über Rundfunksendungen aus Sowjetlettland den Eindruck, dass man ... uns Letten als Verbrecher an die Sowjetunion ...«

Leutnant Paul Lielkajs: »... zu unseren Familien nach Deutschland reisen ... in Schweden. Wir hatten aber nie gehört, dass wir in die Sowjetunion geschickt werden sollten oder dass wir ... einem Abkommen in dieser Frage zufolge ... später durch den baltischen Pfarrer ... wirr ... wie ... ein Gottesdienst und dann ... Benachrichtigung durch einen Schweden-Deutschen ... deutsche Internierte. Durch schwedische und lettische Zeitungen ... und schließlich hörten wir ... die Nachrichten. (Es folgt eine Reihe unverständlicher Sätze.) ... sollten wir an die Sowjetunion ausgeliefert werden, würde man uns alle erschießen. In einigen Briefen, die ... uns besuchten, erhielten wir auch ... dass der Tallinner Rundfunk und später Radio Madona mitgeteilt hatten, wir seien bereits wegen Hochverrats zum Tod verurteilt worden. Wir sollten offensichtlich in die Heimat geschickt und dort erschossen werden. Dass wir im Fall einer Auslieferung an die Sowjetunion um unser Leben fürchten mussten, habe ich aus einer schwedischen Zeitung erfahren, und ... von einem schwedischen Reichstagsabgeordneten im Zusammenhang mit Interpellationen. In den schwedischen Blättern konnten wir oft Vergleiche zwischen den Demokratien westlicher und östlicher Prägung lesen. Es wurde betont, dass es wirkliche Demokratie nur im Westen gebe und dass die Menschen in der Sowjetunion unfrei seien. So erfuhren wir auch, dass in der britischen Besatzungszone Deutschlands freie Kommunalwahlen abgehalten wurden, dass Gewerkschaftsfunktionäre aus freien Wahlen hervorgingen, dass alle Parteien zugelassen waren, dass das Essen in den westlichen Zonen besser sein sollte, dass die Industrie wieder angekurbelt und die Pressefreiheit wieder eingeführt wurde. In der sowjetischen Zone dagegen würden alle Kommunalbeamten und Gewerkschaftsfunktionäre von der Partei ernannt, einige Parteien sollten verboten worden sein. Ferner hörten wir, dass die Einwohner geschändet und ausgeplündert würden und dass eine Hungersnot herrschte. Korrespondenten aus dem Westen hätten keine Möglichkeit, sich ungehindert zu informieren, die Russen hätten einen eisernen Vorhang geschaffen, der nicht zu durchbrechen sei. Über die Lage in Estland, Lettland und Litauen hieß es in den Briefen ... und auch mündlich erfuhren ... dass eine Massendeportation in die Sowjetunion im Gang sei, dass alle Legionäre und Polizisten entweder erschossen worden seien oder in Zuchthäusern oder Gefängnissen säßen. Man teilte uns auch mit, dass die Engländer in Belgien eine Reihe baltischer Soldaten ausbildeten und dass sie gemeinsam mit ihnen gegen die Sowjetunion und für eine Wiederherstellung des ehemaligen Lettlands kämpfen wollten. Alle diese Meldungen sowie die Tatsache, dass unser Lager mit Hunden bewacht und durch Scheinwerfer angestrahlt wurde, ferner der Umstand, dass unsere Wachmannschaft sich mit der Bitte, uns nicht auszuliefern, an die schwedische Regierung wandte, ließ unsere Erregung und Verzweiflung immer größer werden, so dass wir bei der Nachricht von der bevorstehenden Auslieferung sofort ein Streikkomitee unter Leitung von Dr. Eichfuss bildeten, das den Hungerstreik ausrief.«

Leutnant Bernhards ... (unverständlicher Name, vermutlich Celms): »... bin Bürger Sowjetlettlands und 1902 in Riga geboren. (– – –) Um den 18. November herum veröffentlichten die lettischen Zeitungen in Schweden verschiedene Artikel über Staatsfeinde Lettlands und über die dort herrschenden unerträglichen Zustände. Schwedische

Zeitungen berichteten über Sendungen von Radio Reval, in denen es geheißen haben sollte, die schwedische Regierung wolle uns an die Sowjetunion ausliefern. Diese Nachricht sei mit großer Freude aufgenommen worden, da man dann die Staatsfeinde vor Gericht stellen und streng bestrafen könne. Die Mehrzahl der schwedischen Pressestimmen betrachtete dies als eine Tragödie; sie bekundeten uns ihr Mitgefühl und ihr Bedauern. In den Kirchen wurden viele Gottesdienste abgehalten ... für uns ... an uns ... sogar um zwei Uhr nachts ... offiziellen Gesprächen ließen die Schweden uns wissen ... dass ... Hungerstreik beginnen sollte, dessen Beginn wir auf den 22. November festsetzten. (– – –) man brachte uns in verschiedene Krankenhäuser ... nur schwedische Pastoren, die in deutscher Sprache predigten, erinnerten uns ständig daran, dass nur ... uns würde retten können.«

Hauptmann Ernests Kessels: »Gleich nach meiner Einlieferung in das schwedische Lager begann die schwedische Lagerleitung, uns vorsichtig über die Verhältnisse in der Sowjetunion, besonders über die Lebensumstände in Lettland, aufzuklären. Es wurde hervorgehoben, dass die Legionäre erschossen worden seien und dass der größte Teil der baltischen Bevölkerung nach Sibirien deportiert würde. Die lettischen Zeitungen berichteten, dass alle Lebensmittelvorräte und die gesamte Ernte von den Sowjets beschlagnahmt worden seien und dass es im kommenden Winter folglich zu einer Hungerkatastrophe größten Ausmaßes kommen müsse. Die schwedischen Zeitungen berichteten in ähnlicher Aufmachung von einer Plünderung Österreichs durch die Russen; dort und in Ungarn sollte alles Vieh abtransportiert worden sein; die Lage in diesen Ländern wurde als hoffnungslos geschildert. Was die Balten betraf, so betonte Hellman, dass die schwedische Regierung nicht gedenke, zwischen Balten und Deutschen zu unterscheiden. (– – –) Die schwedischen Pfarrer besuchten uns im Lager. Sie beteten für uns und baten den Allmächtigen, unser Schicksal abzuwenden. Dies alles im Verein mit der Agitation in der Presse schuf eine Atmosphäre, die uns alles glauben ließ, was man uns erzählte. Kurz darauf riet man uns, einen Hungerstreik zu beginnen; man wollte damit der schwedischen Regierung die Möglichkeit geben, das mit der Sowjetunion getroffene Abkommen aufzuheben. Die Wachmannschaften wurden verstärkt. Zuletzt kamen auf fünfhundert Internierte tausendsiebenhundert

Wachsoldaten. Die Scheinwerfer und die Hunde und die Propaganda schufen eine Stimmung, die in vielen Fällen zu Selbstverstümmelungen und Selbstmorden führte.«

Oberstleutnant Karlis Gailitis: »Nachdem wir erfahren hatten, dass unsere Heimreise in die Sowjetunion kurz bevorstand, riet uns die schwedische Lagerleitung, ein Memorandum ans Außenministerium zu richten. Wir ernannten einen Vertrauensmann, der die Übergabe des Memorandums überwachen sollte. Die Idee, einen Hungerstreik zu beginnen, war uns von schwedischen Offizieren eingegeben worden; diese hatten uns gesagt, dass Hungerstreiks in der schwedischen Armee nicht selten seien. Dies alles versetzte die Männer in einen seelischen Zustand, der Selbstmorde nicht mehr ausgeschlossen erscheinen ließ. Leutnant Lapa war der erste, der Selbstmord beging, und zwar am 27. November 1945. Im Krankenhaus erzählte eine schwedische Armeehelferin, dass Schweden uns ursprünglich nicht hätte ausliefern wollen, dass Schweden aber nur dann polnische Kohle bekommen könnte, wenn wir an die Sowjets ausgeliefert würden. Dies alles bedrückte uns sehr.«

Diese Aussagen waren offenbar in Lettland auf Band genommen, aber aus Moskau ausgestrahlt worden. Schwedische Zeitungen gaben sie nur auszugsweise wieder. In den wenigen Kommentaren hieß es übereinstimmend, dass diese Sammlung von Lügen den Balten nur unter Drohungen hätte abgepresst werden können. Man dürfe die Balten jedoch nicht tadeln, da sie auf diese Weise versucht hätten, sich vor ihren russischen Häschern zu rechtfertigen. Von einigen wurde die Ansicht vertreten, dass diese Berichte ein deutlicher Beweis für die unmenschliche Behandlung der Ausgelieferten seien, trotz aller gegenteiligen Behauptungen der Sowjets.

Es gebe also keinen Grund, sich mit diesen unsachlichen Anschuldigungen näher zu befassen.

Man ordnete jedoch eine polizeiliche Untersuchung an. So sollte zum Beispiel geprüft werden, ob die schwedischen Offiziere die Lagerinsassen in irgendeiner Form beeinflusst hatten. Die eingesetzte Kommission befragte eine Reihe beteiligter Offiziere. Sie sollten unter anderem angeben, ob sie die Lagerinsassen zum Hungerstreik ermuntert oder zu Selbstverstümmelungen und zum Selbstmord angeregt hatten. Ferner wollten die Mitglieder der Kommission wissen, ob die

Offiziere unter den Internierten – entgegen den Armeevorschriften – politische Propaganda betrieben hatten.

Auf all diese Fragen antworteten die Offiziere mit einem klaren Nein. Die von den Balten im sowjetischen Rundfunk vorgebrachten Beschuldigungen waren also Lügen.

Der Polizeibericht ließ noch ein paar Teilfragen offen, auf die keine Antwort gefunden werden konnte. Eine Frage betraf die Flugblätter im Lager der Deutschen in Backamo. Einige Insassen dieses Lagers, die aus verschiedenen Gründen, zum Beispiel wegen Krankheit, Urlaub bekommen hatten, hatten von Flugblättern berichtet, die von Flugzeugen abgeworfen worden sein sollten. Dies habe sich am 27. oder 28. November ereignet, die Flugzeuge seien graue Jagdmaschinen gewesen; die Männer wollten übereinstimmend schwedische Hoheitszeichen am Leitwerk und an den Tragflächen erkannt haben. Die Maschinen hätten das Lager mehrmals im Kreis überflogen, seien dann aus nördlicher Richtung in etwa vierhundert Meter Höhe angeflogen; mitten über dem Lager sei dann eine Wolke von Flugblättern abgeworfen worden. Der Wind habe jedoch plötzlich aufgefrischt, so dass die Mehrzahl der Flugblätter außerhalb des Lagers niederging, und zwar an der südwestlichen Ecke. Einige seien den Insassen dennoch in die Hand gefallen. Die Flugblätter seien in schwedischer Sprache abgefasst gewesen, man habe sie jedoch rasch übersetzt. Der Text lautete den Zeugen zufolge so: »In diesen Tagen spielt sich in den deutschen Internierungslagern eine entsetzliche Tragödie ab. Zweitausendsiebenhundert Deutsche, die sich kurz vor Kriegsende – unter anderem aus Seenot – nach Schweden begeben haben und denen man versprochen hat, sie aufgrund der Haager Konvention in Schweden zu internieren, sollen jetzt an den größten Feind Deutschlands ausgeliefert werden. Das ist ein Völkerrechtsbruch, gegen den das schwedische Volk protestiert, um seine Ausführung zu verhindern.«

Eine Reihe ehemaliger Internierter gab an, die Flugzeuge gesehen und die Flugblätter gelesen zu haben. Die Angehörigen des schwedischen Wachpersonals, die von der Kommission befragt wurden, leugneten energisch, von dem Vorfall zu wissen. Nachdem die Deutschen von dem Leugnen der schwedischen Soldaten in Kenntnis gesetzt worden waren, hielten sie dennoch an ihren Behauptungen fest. Die Frage wurde nie geklärt.

Mit welchen Schweden sprachen die Internierten? Gab es Propaganda? Welche Zeitungen lasen die Balten? Vorwiegend baltische Zeitungen, die in Schweden herauskamen. Die beliebteste war *Latvju Vards*, ein rechtsextremistisches Exil-Blatt, das regelmäßig in alle Lager geschickt wurde; in ihm veröffentlichten die Legionäre ihre Vermisstenanzeigen und fragten nach dem Verbleib ihrer Familien und Verwandten. Nach außen hin diente das Blatt als Kommunikationsorgan. Während des Sommers und des Herbstes 1945 findet man in den Spalten der *Latvju Vards* viele Namen baltischer Legionäre, die ihren gegenwärtigen Aufenthaltsort angeben und nach ihren Angehörigen fragen.

Unter denen, die in *Latvju Vards* inserierten, befand sich auch Elmars Eichfuss-Atvars. Er schreibt aus der Torfstecherei Martebo, seine Anzeige ist die größte von allen. Er bittet um Angaben über seine Frau Leontine, über seine Cousine, über Bekannte aus Riga und Liepaja. Er schließt mit den Worten: »Ich bitte denjenigen, dem es gelungen ist, ein Exemplar der ersten Auflage meines Buches *Vesela tauta – vesela cilvece* zu retten, sich mit mir in Verbindung zu setzen. Der deutsche Titel des Buches lautet: *Gesundes Volk – gesunde Menschheit.*«

Was gab es noch in *Latvju Vards* zu lesen?

Die Zeitung erschien während des Sommers einmal, später zweimal in der Woche. Sie hatte das Format einer Tageszeitung, der Umfang schwankte zwischen vier und acht Seiten. Jede Ausgabe enthielt Anzeigen, politische Kommentare, Artikel über Schweden, Berichte aus der Heimat und über die politischen und wirtschaftlichen Verhältnisse in der Sowjetunion.

Auf die Zustände hinter dem sogenannten »Eisernen Vorhang« kommt das Blatt oft zu sprechen. Am 7., 10. und am 13. Oktober 1945 erscheint eine Artikelserie über die Haltung der Russen gegenüber ihren deutschen und lettischen Kriegsgefangenen, die aus der Feder eines ehemaligen Mitgliedes der lettischen SS-Legion stammt. Die Gefangenen würden, so der Autor, von Lager zu Lager geschickt. Man verspreche ihnen ständig die Freiheit, aber in Wahrheit seien sie einem Verhör nach dem anderen ausgesetzt. Deutsche Arzneimittel seien verboten, nur russische würden akzeptiert. Legionäre in SS-Uniform würden misshandelt. »Nach russischer Auffassung ist jeder SS-Offizier Mitglied der Nazi-Partei.« Es komme zu Hinrichtungen von SS-Männern. In einem Lager außerhalb Rigas versammele man lettische

Legionäre hinter Stacheldraht, die Angehörigen stünden draußen und weinten. Eines Tages seien die Internierten verschwunden gewesen, niemand wisse, wohin man sie gebracht habe.

»Alle Lager in der russischen Zone sind dem NKWD unterstellt, und die Kommandanten sind Juden.«

Die Zustände in der Heimat, meint das Blatt, seien jetzt entsetzlich. Am 7. November wird in einem Leitartikel festgestellt: »Die russischen Soldaten und Offiziere haben geplündert, gemordet, geraubt und gesoffen und viele lettische Frauen und Mädchen vergewaltigt. In allen Behörden sitzen Russen, und Juden und Russen halten die besten Posten besetzt.« Am 17. Oktober wird über russische Repressalien gegen die Zivilbevölkerung berichtet; am 3. November wird von Tausenden von »Partisanen« gesprochen, die sich noch in den Wäldern Litauens verborgen halten sollen und jetzt von russischen Truppen gejagt würden.

Solche Berichte, wie die Russen in den baltischen Staaten hausen, wechseln sich mit Analysen des jetzigen und des künftigen Status der baltischen SS-Truppen ab. Am 17. Oktober heißt es in einem Leitartikel, dass die Annexion Lettlands weder von England noch von den USA anerkannt worden sei und dass die Exil-Letten bereit sein müssten, zu einem günstigen Zeitpunkt für die Freiheit und Unabhängigkeit des Landes in den Kampf zu ziehen. Am 29. September findet sich in dem Blatt eine beredte Verteidigung jener Letten, die sich von der SS hatten anwerben lassen. »Jetzt sind diese Letten, die sich in alliierter Gefangenschaft befinden, unsere große Hoffnung. Sie haben eine Mission zu erfüllen. Wir glauben an sie.«

Ähnliche Artikel finden sich oft.

Wie nahmen die Legionäre diese Agitation von rechts auf? Glaubten sie wirklich, es würde einen Umschwung geben, der Deutsche, Balten, Engländer und Amerikaner im Kampf gegen den Kommunismus einigen könnte, und dass dies bald geschehen würde?

Gewiss, besonders in den deutschen Lagern scheint man überzeugt gewesen zu sein, dass es nur noch Tage dauern würde, bis sich die Ost- und Westalliierten in die Haare gerieten. Es deutet auch vieles darauf hin, dass unter den Balten ähnliche Meinungen herrschten.

Der lettische Leutnant Peteris Vabulis, der später auf dem Kai in Trelleborg Selbstmord beging, gibt in einem Brief vom 8. September 1945 einer solchen Hoffnung Ausdruck. »*Vielleicht werden wir*«, schreibt er, »*das Stiftungsfest unserer Studentenverbindung in einem freien Lettland feiern können. Es stimmt, mein Freund, alle Anzeichen deuten darauf hin, dass dieser Wunsch keine Utopie ist. Hier im Lager spüren wir das sehr genau. Wir sehen zwar noch immer durch den Stacheldrahtzaun, aber das kennen wir schließlich von der Front her. Wir sind auch bereit, in schwedischen oder englischen Uniformen zu kämpfen, wenn es nötig sein sollte, um der Welt eine neue Ordnung und dauernden Frieden zu bescheren.*«

Der neue Krieg ließ jedoch auf sich warten, die Friedenszeit hielt an, und die baltischen Legionäre erhielten keine Gelegenheit, wie *Latvju Vards* es prophezeit hatte, gegen die Russen ins Feld zu ziehen. Die Auslieferung rückte immer näher. So hatten sie sich die Rückkehr nach Lettland nicht vorgestellt; ohne Waffen, als Gefangene, hatten sie nie heimkehren wollen.

Wie verwandelt sich Hoffnung in Enttäuschung und Verzweiflung?

Am Nachmittag des 8. April 1945 spielt der lettische Offizier J. P. beim Gottesdienst in Rönne Orgel; am nächsten Tag geht er einkaufen und ersteht eine Uhrkette, zwei Notizblocks und ein Bernsteinarmband für seine Frau L. Am Abend fotografiert er sich in Uniform.

Während der folgenden Wochen notiert er immer wieder, dass er sich »L.'s wegen unruhig« fühlt. Am 24. April schreibt er: »Auf der Insel gehen jetzt Gerüchte um, dass ein russisch-amerikanischer Konflikt bevorsteht.« In der nächsten Woche wird die Lage zunehmend kritisch. »Meine Gedanken gehen zu meiner lieben L., wann werde ich meine geliebte Frau wiedersehen?«

Am folgenden Tag: »Esse wieder viel Kuchen. Mussolini gefallen.«

P. schreibt mit Bleistift, seine Schriftzüge sind aufrecht und sehr klar. In regelmäßigen Abständen kommt er auf die Sorge um »seine Lieben« zurück; seine Frau war schwanger als er sie verließ, und er hat seitdem keine Nachricht von ihr bekommen.

Er kommt nach Ystad, nach Bökeberg, nach Ränneslätt. »Morgens haben wir Fußball gespielt. Danach nehme ich am Tischtennis-Turnier des Lagers teil; ich lande auf dem zweiten Platz und gewinne zwanzig Zigaretten. Am Abend esse ich Kuchen und lerne Schwedisch. So sieht mein Tageslauf im Lager aus.« Am Abend des 5. Juni: »Wir lesen die lettischen Zeitungen.«

Am 9. Juni abends legt er Patiencen, »um zu sehen, wie es meiner

L. geht. Anfangs sieht es nicht gut aus, aber später gehen die Spiele auf«.

Er ist aber nicht sicher. Am 14. Juli schreibt er: »Unlustiger Tag. Nachts, im Traum, sehe ich L., ich kämpfe mit ihr, danach werde ich wieder ruhig. Wache auf, schlafe wieder ein und träume, Kessels wäre zu mir gekommen und hätte mir gesagt, ich müsse nach Deutschland fahren, um meine Frau zu sehen. Hinterher gratuliert er mir zum Familienzuwachs. Ich wache auf. Was bedeutet das alles?«

Die Nachrichten von draußen werden immer alarmierender, die Auslieferung scheint unabwendbar zu sein, der August vergeht, die Aufzeichnungen werden immer knapper. »Ein Tag vergeht wie der andere.« – »Unruhige Gedanken.« – »Nichts Neues.« Am letzten Tag des Monats kauft er sich eine Reisetasche und versucht, sich Zivilkleidung zu beschaffen. »Kann das Uniformtragen nicht mehr ausstehen.«

Immer wieder findet sich in den Aufzeichnungen der Name seiner Frau L. »Denke immerzu an L.«

Am 12. September: »Großer Tag für mich, bekam einen Brief von L. Schade, dass sie so wenig schreibt. Hoffentlich geht alles gut, so dass wir uns über das glückliche Ereignis freuen können. Es wird schon werden, und wir werden uns bald wiedersehen.«

Am 14. erhält er noch einen Brief, der aber nichts Neues enthält. Erst am 7. Oktober trifft der Brief ein, auf den er so lange gewartet hat. »Der große Freudentag. Am 6. August wurde unser kleines Mädchen geboren, Astrida. Glücklich und beruhigt gehe ich abends zu Bett.«

Er bemüht sich um ein Visum für seine Familie, wobei ein schwedischer Offizier ihm hilft. Er beginnt Deutsch zu lernen, stellt einen Chor zusammen; es wird fleißig geprobt.

Am 21. November wird die Lage plötzlich kritisch. »Es sieht sehr schlecht aus. In der Zeitung stand etwas über unsere Auslieferung. Die Stimmung ist gedrückt. Die Volkspartei hat eine Anfrage an die Regierung gerichtet. Wir haben uns zum Hungerstreik entschlossen.«

22. November. »Heute morgen begann der Hungerstreik. Heute abend wird man über uns beschließen. Es heißt, wir hätten viele auf unserer Seite. In Gedanken bin ich bei meinen Lieben, bei L. und A. Um 14 Uhr Parlamentssitzung unseretwegen. Unsere Angelegenheit wurde auf Montag verschoben.«

24. November. »Bin zu aufgeregt, um irgend etwas tun zu können.«

25. November. »Es gibt keine Hoffnung mehr.«

Vom 25. November an verändert sich der Charakter der Aufzeichnungen. Die früher aufrechten und deutlichen Schriftzüge sind jetzt schrägstehend, größer, achtlos hingeworfen. In der Aufzeichnung vom 26. November heißt es:

»Meine liebe Frau, verzeih mir, falls ich Dir etwas Böses angetan haben sollte. Denk immer an mich, vielleicht werde ich doch noch gerettet. Erzähl der kleinen A. alles über uns. Ich werde Schweden nicht lebend verlassen.«

Auf der nächsten Seite, der letzten des Tagebuches, wo die Aufzeichnungen endgültig aufhören, wird die Handschrift fast unleserlich: die Zeilen laufen schräg über die Seite.

Dort steht:

»Stell irgendwann ein paar Blumen für mich auf den Altar. Grüß Sasu und unsere Bekannten. Ich schwöre Dir, meine liebe Frau, dass ich in jeder Stunde immer nur an Dich gedacht habe.

Allerherzlichste Grüße
an Dich und die kleine Astrida
ewig Dein

Hier enden die Aufzeichnungen. P. schickte das Tagebuch an einen Freund. Er wurde ausgeliefert. Heute lebt er als Musiklehrer in Lettland.

Seine Frau hat er nie wiedergesehen.

14

Der Standpunkt der baltischen Patrioten, dass es das einzig Richtige sei, den Glauben an die Selbständigkeit dieser Länder wachzuhalten, ist nach meiner Überzeugung reine Illusionspolitik. Bereits in der Zeit zwischen den Kriegen wurde ihre Zukunft stark bezweifelt. Die politische Reife dieser Völker konnte man kaum als sonderlich ausgeprägt bezeichnen.
Östen Undén am 23.11.1945 vor dem Reichstag

Das Recht der kleinen Staaten auf Unabhängigkeit sowie ihre rechtliche Gleichstellung mit den Großmächten sind alte und allgemein anerkannte Grundsätze des Völkerrechts. Diese Grundsätze sind auch in der Atlantik-Charta und in der Satzung der Vereinten Nationen ausdrücklich niedergelegt. Diese Rechte gelten uneingeschränkt auch für die baltischen Staaten.
Bruno Kalnins in: »Der Freiheitskampf der baltischen Staaten«

Will man sich über die baltischen Legionäre eine Meinung bilden, darf man den politischen Status der baltischen Staaten nicht außer Betracht lassen. Ein Bild von der Geschichte dieser Länder lässt sich am besten durch eine Wiedergabe der Geschichte Lettlands gewinnen, die sich zwar von der Entwicklung der Staaten Estland und Litauen unterscheidet, gleichwohl aber als repräsentativ für die Geschichte des Baltikums gelten kann.

Außerdem: die meisten Balten in Ränneslätt waren ohnehin Letten.

Bis Anfang des dreizehnten Jahrhunderts waren die lettischen Stämme frei. Dann kamen die deutschen Ritterorden, und in der Folgezeit gehörte Lettland wie das übrige Baltikum zu jenen Gebieten, die zwischen benachbarten Großmächten hin- und hergeworfen wurden: Tauschobjekte und Draufgaben bei Friedensschlüssen. 1629 wurden Estland und das nördliche Lettland schwedisch; damit begann die gute Schweden-Zeit, die bis 1721 währte. In jenem Jahr brach Russland zur Ostsee durch. Im Frieden von Nystad erhielten die Russen Estland und das nördliche Lettland, 1772 wurde das östliche Lettland annektiert und 1795 auch noch das südliche.

Danach blieb Lettland bis zum Ende des Ersten Weltkriegs in russischer Hand; so spät wurden die baltischen Staaten zum erstenmal selbständig.

Der Freiheitskrieg, der Prozess der Loslösung von Russland, dauerte von 1918 bis 1920. Über diese Zeit wird in vielen verschiedenen Lesarten berichtet, je nach dem ideologischen Standpunkt. Auf die russische Revolution von 1917 folgte 1918 der Frieden von Brest-Litowsk. Litauen und Kurland fielen an Deutschland, Riga sollte ein Freistaat werden; das nördliche Lettland und Estland wurden ebenfalls Deutschland zugeschlagen.

Der Rest ist ein wirres Knäuel aus Komplikationen und Interessenkollisionen. Eine kleine deutsche Minderheit aus deutschen Adligen und baltischen Kollaborateuren plante die Umwandlung der baltischen Staaten in formell unabhängige Marionettenstaaten unter deutscher Oberhoheit. Unterdessen suchten baltische Sozialdemokraten den Kontakt mit deutschen Parteifreunden, mit deren Hilfe sie die Umwandlung der baltischen Länder in selbständige Staaten zu erreichen hofften. Aber Deutschland brach zusammen; während einiger kurzer Wochen wurde die tatsächliche Macht in Lettland von einem deutschen Soldatenrat mit Sitz in Riga ausgeübt.

Am 11. November erkannte Großbritannien Lettland de facto als selbständigen Staat an. Am 18. November wurde ein freies Lettland proklamiert.

Das folgende Jahr war voller Wirren. Lettische Schützenregimenter hatten aktiv an der russischen Revolution teilgenommen; sie waren praktisch die einzigen regulären Verbände gewesen, über die die Bolschewiken hatten verfügen können. Mit ihren zwanzigtausend Mann waren diese lettischen Schützen eine nicht zu unterschätzende Streitmacht. Nach dem Zusammenbruch Deutschlands fiel eine russische Truppe von sechstausend Mann, die hauptsächlich aus lettischen Schützen bestand, in Lettland ein, um es vor dem Zugriff ausländischer Interessen zu schützen. Am 17. Dezember wurde ein rotes, unabhängiges Sowjetlettland ausgerufen, und im Januar 1919 standen die lettischen Schützen in Riga. Zur gleichen Zeit hatten die Deutschen Freikorps gebildet, reguläre deutsche Truppen hielten auch noch einige Gebiete besetzt, vor der Küste lag ein englischer Flottenverband, und von der Landbevölkerung war eine bedeutende Heimwehr erstellt worden. Der Widerstand gegen die eindringenden lettisch-russischen Truppen wurde fast ausschließlich von reichsdeutschen Verbänden geleistet, die von deutsch-baltischen Baronen und reichsdeutschen Offizieren befehligt wurden. Sie kämpften vor allem für die Erhaltung des politischen Einflusses der Deutschen in Lettland. Waffen und Munition erhielten sie von der 8. deutschen Armee.

Der Kampf zwischen den lettischen Schützen in russischen Diensten und den deutschen Truppen zog sich lange hin. Die »nationalen« lettischen Verbände waren kraftlos und konnten die Ereignisse nicht beeinflussen. Anfang 1919 hatte die nationale lettische Regierung nur eine Kompanie mit hundertzweiunddreißig Mann an der Front.

Im Frühjahr 1919 wurde die Front wieder nach Osten verschoben: ausländische Kräfte waren inzwischen ins Land gebracht worden, und die Russen waren geschwächt. Überall in der Sowjetunion raste der Bürgerkrieg. In Riga begannen die Deutschen mit Massenhinrichtungen von Letten. Es sollte aber dennoch eine neu aufgestellte nordlettische Armee sein, die in diesem Jahr den Sieg davontrug; im Juni wurden die Deutschen bei Cesis vernichtend geschlagen und im Herbst mit Hilfe der Engländer aus dem Land vertrieben. Im Osten stand zwar noch die rote lettisch-russische Armee: aber auch sie wurde geschlagen, nachdem polnische Truppen, die von Frankreich unterstützt wurden, auf der Seite der nordlettischen Armee in die Kämpfe eingegriffen hatten.

Am 11. August 1920 wurde der Friedensvertrag mit der Sowjetunion unterzeichnet.

Hinterher wurde die Errichtung der drei baltischen Staaten von kommunistischer Seite so beschrieben: die westlichen kapitalistischen Staaten hätten drei Randstaaten als Bollwerk gegen den Kommunismus geschaffen. Sie hätten einen »cordon sanitaire« errichtet, um ein Vordringen der Russen nach Westen zu verhindern. Diese Staaten seien auf russischem Gebiet, auf russischem Boden errichtet worden.

Vom Standpunkt der nationalen Letten sehen die Dinge ganz anders aus. Für sie war der Schaffung des freien Lettlands ein Befreiungskrieg vorausgegangen.

Wie auch immer: aus den unzähligen Interessenkollisionen ging ein selbständiges Lettland hervor.

Der Unabhängigkeitserklärung folgte eine kurze Zeit demokratischen Glücks: von 1920 bis 1934. Die Aufsplitterung in eine Vielzahl von Parteien wurde zwar immer schlimmer, aber die Demokratie funktionierte immerhin noch. 1934 gerieten Lettland und die anderen baltischen Staaten in den Sog des Faschismus, der in den dreißiger Jahren über Europa kam. 1926 wurde in Litauen eine faschistische Diktatur errichtet, 1934 kam in Estland ein halbfaschistisches Regime an die Macht, und in Lettland kam Ulmanis nach einem Staatsstreich am 15. Mai 1934 ans Ruder. Es entstand eine eigentümliche, patriarchalische Staatsform, das Parteiensystem wurde abgeschafft, die freie Meinungsäußerung gehörte der Vergangenheit an. Von einer bewusst faschistischen Ideologie kann man trotzdem nicht sprechen. Diese Diktatur stützte sich in der Folgezeit auf die Heimwehr.

Solange die staatliche Unabhängigkeit Lettlands dauerte, blieb das Land eine Diktatur.

Bei Ausbruch des Zweiten Weltkriegs war Lettlands Schicksal schon besiegelt. Im Deutsch-Sowjetischen Nichtangriffspakt von 1939 waren Lettland und das übrige Baltikum der sowjetischen »Interessensphäre« zugeschlagen worden. Am 5. Oktober 1939 unterzeichneten die Sowjetunion und Lettland einen Beistandspakt; unter hartem diplomatischem Druck wurden die Letten gezwungen, der Sowjetunion auf die Dauer von zehn Jahren Marine- und Luftwaffenstützpunkte zu überlassen. Das Spiel näherte sich nunmehr dem Ende. Am 16. Juni 1940 forderten die Russen die Bildung einer sowjetfreundlichen Regierung und freien Zutritt in Lettland für eine unbegrenzte Zahl sowjetischer Truppen. Die Letten gaben nach, und am 17. Juni wurde der »freiwillige« Anschluss an die UdSSR vollzogen. Am 14. und 15. Juli wurden noch einmal Wahlen abgehalten, bei denen die Wahlmöglichkeiten allerdings schon vorher kräftig reduziert worden waren. Am 21. Juli folgte der formelle Parlamentsbeschluss über den Anschluss, und am 5. August hörte Lettland auf, ein selbständiger Staat zu sein.

Die Rolle Ulmanis' während dieser Zeit ist schwer zu durchschauen. In einer Rundfunkrede forderte er seine Landsleute auf, »die mit Einverständnis der lettischen Regierung einrückenden Sowjettruppen freundschaftlich zu empfangen«. Er trat nicht ab, sondern unterzeichnete selbst alle Gesetzesänderungen.

Schlussfolgerungen?

Es ist leicht zu erkennen, dass die Einverleibung der baltischen Staaten für die Sowjets eine gewaltige Erleichterung bedeutete: sie hatten die strategische Lage der Zeit vor der Revolution zurückgewonnen. Jeder wusste, dass der Krieg gegen die Deutschen vor der Tür stand, und die Russen brauchten jetzt nicht mehr zu befürchten, dass Hitler das Baltikum als Aufmarschgebiet benutzte: das Einfallstor nach Leningrad und Moskau war vorerst versperrt.

Es bleibt aber festzuhalten, dass dies ein Akt rücksichtsloser Großmachtpolitik war. Ein mächtiges Land hatte sich eine Reihe kleiner Staaten einverleibt, die es zwar schon früher besessen hatte, die aber inzwischen selbständig geworden waren. Eine Großmacht hatte zugeschlagen, zwar unblutig, aber effektiv. Lettland würde erst sehr viel später selbständig werden.

Dies war das russische Jahr: vom Sommer 1940 bis zum Sommer 1941. Dass der Widerstand gegen den Kommunismus in weiten Kreisen stark war, stellte sich rasch heraus. Die konservativen und faschistischen Gruppen setzten sich zur Wehr, ebenso national gesinnte Elemente in den anderen Parteien. Die Konflikte erreichten schließlich einen dramatischen Höhepunkt. Am 14. Juni 1941, kurz vor Ausbruch des deutsch-sowjetischen Krieges, wurden »reaktionäre Elemente« aus Lettland verschleppt: in einer Nacht deportierten die Russen 14 693 Personen, unter denen sich viele bekannte nationale Führer und viele Sozialdemokraten befanden. Diese Menschen wurden in Arbeitslager des Ostens gebracht, viele von ihnen nach Sibirien.
Am 22. Juni 1941 marschierte die deutsche Wehrmacht quer durchs Baltikum. Riga fiel am 1. Juli.
Kurz darauf begannen Säuberungsaktionen großen Stils, die sich hauptsächlich gegen Juden und Kommunisten richteten.
Die Zeit unter den Deutschen hatte begonnen.

Am 29. November 1945, als der Hungerstreik der Balten in Rännesslätt noch andauerte und die Meinungsstürme in der Öffentlichkeit noch in vollem Gang waren, klagte Moskau »reaktionäre schwedische Zeitungen« an, sie würden durch ihre Protestaktionen gegen den Beschluss der schwedischen Regierung, die baltischen Militärs auszuliefern, die Pläne zur Bildung eines westlichen Militärblocks unterstützen. Diese Kampagne ziele auf nichts anderes »als auf eine Isolierung Russlands und die Schaffung eines cordon sanitaire«. »Reaktionäre Kreise haben eine heftige Hetzkampagne gegen die Sowjetunion begonnen. Diese böswillige Kampagne, die den Parolen der Feinde einer friedlichen

Entwicklung im Nachkriegseuropa folgt, ist nur ein weiteres Indiz dafür, dass der Prozess der Vernichtung von Nazismus und Faschismus noch nicht abgeschlossen ist.«

Mit welchen Gefühlen erlebte Moskau die schwedischen Meinungsstürme wegen der Balten?

Man weiß es nicht. Man kann auch allenfalls nur vermuten, wie die Russen ihre eigene Situation erlebten. Die Nazis hatten die Sowjetunion überfallen und sie in eine Wüste verwandelt: kein Land der Welt musste unter den Schlägen der Deutschen so leiden wie Russland. Nach dem Krieg hat man versucht, eine Übersicht über die von den Deutschen verursachten Schäden zusammenzustellen. Es wurde errechnet (diese Zahlen werden auch von westlicher Seite bekräftigt), dass im Zweiten Weltkrieg zwischen fünfzehn und zwanzig Millionen Russen von den Deutschen getötet worden waren. Die Deutschen hatten 15 große Städte, 1710 kleinere Städte und 70 000 Dörfer ganz oder teilweise zerstört, 6 Millionen Gebäude verbrannt oder dem Erdboden gleichgemacht und 25 Millionen Menschen ihres Obdachs beraubt. Sie hatten 31 850 Industriebetriebe, 65 000 Kilometer Bahngleise, 4100 Bahnhöfe, 36 000 Postämter, 89 000 Kilometer Landstraßen, 90 000 Brücken und 10 000 Kraftwerke zerstört. Weiter hatten sie 1135 Kohlengruben und 3000 Ölquellen außer Betrieb gesetzt, 14 000 Dampfkessel, 1400 Turbinen und 11 300 Generatoren mitgehen lassen, 98 000 Kolchosen und 2890 Traktorstationen geplündert; sie hatten geschlachtet oder mitgenommen: 7 Millionen Pferde, 17 Millionen Stück Vieh, 20 Millionen Schweine, 27 Millionen Schafe und Ziegen, 110 Millionen Stück Federvieh. Sie hatten geplündert und zerstört: 40 000 Krankenhäuser, 84 000 Schulen, 43 000 Bibliotheken, 44 000 Theater, 427 Museen und 2800 Kirchen.

Die absolute Genauigkeit von Zahlen lässt sich bezweifeln; auch die Exaktheit dieser Angaben. Wann nennt man eine Landstraße total zerstört? Das Ausmaß der Zerstörungen insgesamt aber dürfte nicht zu bezweifeln sein.

Man muss sich die Lage vielleicht so vorstellen: wie die Russen dem Ansturm der Deutschen im Osten entgegengetreten waren, wie sie ihn abgefangen und schließlich den Spieß umgedreht und die Welle unter ungeheuren Verlusten zurückgetrieben, wie sie in einem völlig zerstörten Land als Sieger dagestanden hatten. Inmitten dieses rauchenden Trümmerhaufens, der einmal das europäische Russland gewesen war, vernahmen sie nun, im November 1945, ein wütendes Gezeter der schwedischen Presse, die der Sowjetunion vorwarf, sie sei unmenschlich, barbarisch, von grausamen Menschen bevölkert, von einem inhumanen System geprägt. Dieses Geschrei kam aus dem kleinen Schweden, das den Deutschen mit Erzlieferungen geholfen hatte, die Kriegsindustrie aufrechtzuerhalten, aus diesem Schweden, das die Transittransporte erlaubt hatte. Die heftige Pressekampagne richtete sich nicht etwa gegen die Tatsache, dass die Deutschen Russland verwüstet oder sechs Millionen Juden liquidiert hatten, sondern allein dagegen, dass die schwedische Regierung beschlossen hatte, ein paar tausend deutsche Soldaten, die von der Ostfront nach Schweden geflohen waren, an die Sowjets auszuliefern.

Unter diesen Soldaten befanden sich 167 Balten, denen offensichtlich das ganze Wutgeheul galt; das Mitgefühl konzentrierte sich auf sie.

Die Frage lautet nicht: wie war es wirklich? Was war richtig oder falsch? Was war Humanität, was Barbarei? Sie lautet vielmehr: wie sah Moskau die Lage, wie nahm es die Anklagen auf, die Entschuldigungen, die Pressekampagne?

Ein heftiger Streit in der schwedischen Öffentlichkeit, ein überraschender Angriff: die Russen müssen die Balten-Affäre als glatte Absurdität empfunden haben. Mit Vernunftgründen allein dürfte diese Affäre für sie nicht zu verstehen gewesen sein, sie mussten glauben, dass mehr dahintersteckte.

Es musste da etwas geben, was sie nur erahnen konnten: eine große kapitalistische Verschwörung, den Beginn einer neuen weltpolitischen Lage, eines von vielen Anzeichen für den Kalten Krieg, der in diesem Sommer und in diesem Herbst ausbrach.

So wird es gewesen sein: die Russen sahen in dem kleinen, neutralen Schweden eine Woge des Russenhasses aufbranden, eine Bewegung, die von ihren Feinden angeführt wurde, sie sahen von neuem einen Gürtel aus feindlich gesinnten und nur formell neutralen Kleinstaaten Gestalt annehmen. So war es auch nach der Gründung der selbständigen baltischen Staaten gewesen. Glaubten die Russen, ein Klima entstehen zu sehen, das Schweden vielleicht für immer vom Osten abschneiden, die Sowjetunion wirtschaftlich isolieren und Schweden für immer an einen feindlichen, atlantischen Block ketten würde?

Wie weit dachten die Russen?

»Um die Pläne zur Bildung eines Westblocks zu begünstigen.«

»Zielt darauf ab, Russland zu isolieren.«
»Es mit einem cordon sanitaire zu umgeben.«

Im April: die Konferenz von San Francisco. Im selben Monat: der neue, harte Kurs Trumans. Im Mai: die lange Unterbrechung der Lendlease-Hilfe. Im August: die Atombombe. Die wachsenden Spannungen, Polen, Griechenland, der sich rasch verhärtende Ton zwischen den Blöcken.

In Schweden: Ränneslätt.

167 Balten in einem Lager und eine heftige Pressekampagne. War es damals möglich, die Ereignisse in Schweden als kleines Steinchen in einem großen Spiel zu sehen?

15

Als der Transport im November beginnen sollte, brach ein Proteststurm los, der seinesgleichen sucht. Diese Opposition sowie die zivilen baltischen Flüchtlinge, die sich in Schweden frei bewegten, ermunterten die baltischen Soldaten, sich zur Wehr zu setzen: sie verstümmelten sich, unternahmen Selbstmordversuche und veranstalteten einen Hungerstreik.
J. Trickmann, »Morgon-Tidningen«, am 13.12.1945

Sehr geehrter Herr Redakteur! Die jüngste Entwicklung in unseren Beziehungen zu den USA, die zur Abberufung des amerikanischen Botschafters geführt hat, erfüllt mich und viele andere mit heiliger Entrüstung. Seit der Auslieferung der Balten kurz nach Kriegsende bin ich über das Handeln der schwedischen Regierung nicht so empört gewesen wie jetzt.
Leserbrief in »Svenska Dagbladet« vom 13.3.1963

Am 26. November 1945 meldete *Svenska Dagbladet*, dass sich während der letzten Tage eine Flut von Protesten über Schweden ergossen habe. Die Zeitung druckte in mehreren Spalten eine Auswahl von Leserbriefen und Telegrammen ab. Siebenhundert schwedische Ärzte hatten ein Protesttelegramm an den König gerichtet. Studentenvertreter aus Uppsala und Lund protestierten. Drei christliche Studentenvereinigungen aus Stockholm appellierten an den Außenminister, er möge den Internierten eine individuelle Prüfung ihrer Angelegenheit zusichern. Die Domgemeinde zu Skara schickte ein Protesttelegramm, die Lehrerschaft der Göteborger Volksschulen, der Verband der Volksschulräte, der Grundschullehrerinnenverband Schwedens, der Volksschullehrerverband und der Lehrerverband der Technischen Lehranstalten protestierten ebenfalls.

Die Studentenverbände Stockholms, die Gymnasialvereinigung »Junge Rechte« und der jungschwedische Verband von Kungsholmen protestierten. Bei der Hauptversammlung des Seglerverbandes schlug dessen Vorsitzender, Admiral Lybeck, vor, der Verband solle sich in einem Protestschreiben an die Regierung der allgemeinen Protestaktion anschließen: dieser Vorschlag wurde per Akklamation angenommen.

Das Baltische Komitee, das unter seinem Vorsitzenden Professor Birger Nerman »die Entwicklung im Baltikum unter sowjetischer und deutscher Herrschaft unparteiisch verfolgt« hatte, appellierte an den König, er möge »im Namen der Barmherzigkeit und Gerechtigkeit das furchtbare Schicksal abwenden, das im Falle einer Durchführung des Auslieferungsbeschlusses unabwendbar« sei.

Die Reihe der protestierenden Organisationen war lang. Der Laienverband der Schwedischen Kirche protestierte. Es protestierte der Ortsverband Göteborg der Freunde der schwedischen Volksschule. Schwedens Blauband-Vereinigung protestierte. Der Jugendrat von Tveta sowie die kirchlichen Jugendkreise Jönköpings protestierten in einem an den König gerichteten Telegramm. Der Predigerverband Ost der Methodistenkirche protestierte ebenso wie der Zentralrat der Frauen in der *högerparti*, der Staatsbürgerverband Schwedischer Frauen, das Aktionskomitee Christlicher Frauen, das weibliche Hilfskorps der Armee sowie der Frauenortsverband der Rechtspartei in Uddevalla.

Sogar die Ausländerkommission protestierte gegen die Auslieferung, was bei einigen leichtes Erstaunen hervorrief. Dies geschah jedoch auf private Initiative hin: zweihundertvierzig der Angestellten unterschrieben die Protestlisten.

Es gab aber auch eine andere Volksmeinung, die sich scharf gegen diese Protestbewegung wandte; sie blieb jedoch weitgehend im Hintergrund und war fast bedeutungslos. Vor allem die Gewerkschaften unterstützten den Regierungsbeschluss. Sie vertraten zwar eine große Zahl von Menschen, in den Zeitungen und im Rundfunk konnten sie sich aber kaum Gehör verschaffen. Der Schwedische Gewerkschaftsbund (LO = *landsorganisationen*) beklagte in einer Stellungnahme »die Propaganda, die aus dunklen politischen Gründen das Verständnis für die tragische Situation vieler Internierter auszunutzen« trachte. »Viele dieser Äußerungen stellen eine Kränkung der Sowjetunion dar. Es wird vorausgesetzt, dass Sowjetrussland die Bestimmungen des internationalen Rechts über die Behandlung von Kriegsgefangenen nicht beachtet. Soviel wir wissen, gibt es für eine solche Annahme nicht den geringsten Grund.« Im gleichen Atemzug wurde auch gegen das protestiert, was man von Gewerkschaftsseite als »faschistische Propaganda« bezeichnete.

Die Vertreter der Stockholmer Metallarbeitergewerkschaft, die

31 000 Mitglieder hinter sich hatten, wandten sich »auf das bestimmteste gegen die Kampagne, die unter dem Deckmantel der Humanität von reaktionärer bürgerlicher Seite organisiert« worden sei. Der Werkstattklub Eriksberg sicherte der Regierung telegrafisch seine Unterstützung zu, ebenso die Stockholmer Sozialdemokratische Studentenvereinigung und die Organisation »Clarte«; die Letztgenannten protestierten auch gegen ein Studententreffen im Winterpalast, das einigen »Nazis die Möglichkeit gegeben hat, das Treffen für ihre Zwecke zu missbrauchen«. Sie meinten, dieses Treffen habe klargemacht, was man schon lange im Gefühl gehabt habe, nämlich, »dass eine der wesentlichsten Voraussetzungen für die um die Auslieferung der baltischen Soldaten entstandene Psychose eine nazistisch angehauchte Denkweise« sei, die man »bei lautstarken Bevölkerungsgruppen noch immer antreffen« könne.

Keiner Zeitung war es möglich, alle Gruppen zu benennen, die protestiert oder gegen die Proteste protestiert hatten. Das Klima der Diskussion war jetzt – gelinde gesagt – vergiftet.

Sie war damals neun Jahre alt und las in den Zeitungen von den Balten, die nach Russland geschickt werden sollten, um dort zu sterben. Das empörte sie sehr, sie wachte nachts oft auf und dachte an die Männer in den Baracken, die bald sterben sollten; sie weinte viel. Am Montag entschloss sie sich, einen Brief an den König zu schreiben. *Eure Majestät*, schrieb sie, *ich bin ein Mädchen von neun Jahren, das von den Balten gelesen hat. Ich bitte Euch, lieber König, lasst sie hierbleiben, damit sie nicht sterben müssen.* Auf den Briefumschlag schrieb sie: *An den König, Stockholm, Schloss.* Sie stahl ihrem Vater eine Briefmarke und schickte den Brief noch am selben Abend ab. Sie las alles über die Balten, was sie nur erreichen konnte, und an dem Tag, an dem sie ausgeliefert wurden, weinte sie hysterisch. Als sie erwachsen war und ihre Empörung vergessen oder zumindest verdrängt hatte, stimmte sie bei ihrer ersten Wahl für die *högerparti*, dies zum Protest. Es sollte ihr letzter sein. Heute ist sie Sozialdemokratin.

C., die damals vierundsechzig Jahre alt und alleinige Eigentümerin eines Hofs war, las in der Zeitung, dass die Auslieferung nunmehr beschlossene Sache sei und dass sie bald durchgeführt werden sollte. Das regte sie sehr auf, aber sie behielt ihre Empörung für sich und schwieg. Der Hof lag an einer Bucht des Mälar-Sees, zehn Kilometer von Uppsala entfernt. C., die damals vierundsechzig Jahre alt war, verfolgte die Debatte aufmerksam, und an dem Tag, an dem die Deutschen ausgeliefert wurden, las sie darüber lange in den Zeitungen. Es war am Vormittag, sie ging auf den Hof hinaus und rief den Verwalter, der sofort kam. Sie zeigte auf den Fahnenmast auf dem Hof und sagte kurz und bestimmt:

– Fällen Sie den Fahnenmast.

Er sah sie eine Weile zögernd an, aber da sie immer wusste, was sie wollte, ließ er sich auf keine Diskussion mit ihr ein. Er holte eine Axt und eine Säge und machte sich sofort ans Werk. Nach fünf Minuten fiel der Mast mit einem trockenen Krachen zu Boden.

C. stand auf der Brücke; sie hatte zugesehen. Nachdem der Mast gefällt war, standen beide stumm da und betrachteten ihn. Es war am Vormittag. Der Fahnenmast hatte ausgedient.

C. ging anschließend wieder ins Haus. Diskussionen über dieses Ereignis waren in Zukunft verboten. Ein neuer Fahnenmast wurde nie mehr aufgestellt.

Viele Protesttelegramme wurden abgeschickt; einige von ihnen hatten gleichlautende Formulierungen. Die Reichsvereinigung Schweden-Deutschland, die hinter den Kulissen tätig gewesen war, aus Rücksicht auf die eigene Vergangenheit aber vermieden hatte, zu sehr ins Rampenlicht zu treten, sandte an ihre Mitglieder folgendes Rundschreiben:

»An die Mitglieder der Reichsvereinigung Schweden-Deutschland!
Wichtige und eilige Mitteilung!
Wir bitten jedes unserer Mitglieder, dem Ministerpräsidenten sofort einen telegrafischen Protest gegen die Auslieferung der Internierten zugehen zu lassen. Beispiel:

An den Herrn Ministerpräsidenten, Stockholm.
Unterzeichneter schwedischer Staatsbürger protestiert hiermit auf das ernsteste gegen die völkerrechtswidrige Auslieferung der hier im Lande internierten Soldaten an die Sowjetunion und bittet Sie, den einmal gefassten Beschluss einer erneuten Prüfung zu unterziehen.

Unterschrift

Ferner bitten wir Sie, auch an den König telegrafisch zu appellieren. Beispiel:

An Seine Majestät den König, Stockholm.
Unterzeichneter erlaubt sich, an Eure Majestät untertänigst zu appellieren, auf dass uralter schwedischer Rechtsbrauch sich durchsetze und die für Schweden entehrende Auslieferung der hier internierten Soldaten verhindert werde.

Untertänigst
Unterschrift

Obenstehendes sind nur Vorschläge, die jeder nach eigenem Gutdünken umformulieren kann. Bitten Sie soviele ihrer Freunde und Bekannten wie nur irgend möglich, ähnliche Telegramme abzuschicken. Wenn dies *unmittelbar* nach Erhalt dieses Rundschreibens geschieht, besteht begründete Hoffnung, dass die Auslieferung verhindert wird. Diese kann nach uns vorliegenden zuverlässigen Informationen *frühestens* am Donnerstag dieser Woche vonstatten gehen.

Mit vorzüglicher Hochachtung
REICHSVEREINIGUNG SCHWEDEN-DEUTSCHLAND
gez. Gunnar Berg
Geschäftsführendes Vorstandsmitglied

In dem Schreiben werden die *Balten* nirgends ausdrücklich erwähnt: die Formulierung »hier internierte Soldaten« schließt also auch die Deutschen ein.

Pastor Viktor Södergran hielt in der St.-Pauli-Kirche zu Göteborg eine Predigt. Zunächst verlas er den Text des Tages und erklärte dann, dass er sich außerstande sehe, darüber zu sprechen. Er wolle statt dessen von den Balten und den Deutschen sprechen, von den »unschuldigen Balten und Deutschen, die von den Schweden gequält« würden.

– Unser ganzes Land, sagte der Pfarrer, riecht nach unschuldigem Blut, und unsere Fahne ist auf ewig befleckt. Unsere Reichstagsabgeordneten und unsere Regierung werden von Gott ihre gerechte Strafe erhalten. Die strafende Hand des Herrn wird sich im übrigen über unser ganzes Volk legen.

Die Predigt erregte großes Aufsehen und wurde in einer Reihe von Zeitungen zitiert.

Es war vielen klar, dass die Debatte schon nach kurzer Zeit zu überhitzt war, um noch zweckdienlich sein zu können. Die irgendwo im Hintergrund liegenden Tatsachen wurden durch Vordergründiges immer mehr verdeckt, die Anklagen immer wirklichkeitsfremder. Niemand wusste über die Balten genau Bescheid, und nach ein paar Tagen hatte es den Anschein, als wären die meisten Balten nichts weiter als unglückliche Zivilisten, die aus Versehen als Militärs registriert worden waren, weil ihre Regenmäntel einen zu militärischen Schnitt gehabt hatten. Die Mehrzahl der Balten hielt man entweder für Widerständler, KZ-Häftlinge oder unglückliche Schuljungen, die aus reiner Abenteuerlust über die Ostsee nach Schweden gekommen waren.

Und auf der anderen Seite: wer gegen die Auslieferung protestierte, wurde allzu oft beschuldigt, ein Nazi zu sein, ein Reaktionär oder ahnungsloser Deutschenfreund, der humanitäre Argumente zynisch ausnutzte, um selbst wieder Fuß fassen zu können. Die Protestierenden selbst sahen mit einer gewissen Unlust, wie die Protestbewegung ihnen langsam zu entgleiten drohte. Ihre Reden leiteten sie manchmal mit Worten des Bedauerns über diese Entwicklung ein. »In die Meinungsäußerungen des Tages mischen sich oft schnarrende Stimmen, unsere landeseigenen Nazis versuchen, ihr eigenes Süppchen zu kochen.« In den Demonstrationszügen sah man viele bekannte nazistische Gesichter; diese Menschen witterten Morgenluft. »*Backamo und Rännesläit und wie sie alle hießen, diese schwedischen Gegenstücke zu Buchenwald und Belsen, wir werden sie nicht vergessen. Es ist uns gelungen, einige hundert Internierte freizubekommen, die damit gerettet waren. Es war notwendig, sehr vorsichtig zu Werke zu gehen. Es musste alles so organisiert werden, dass die Neuschwedische Bewegung als solche nicht direkt ins Rampenlicht kam.« Per Engdal – 1968.* Er und der Antifaschist Ture Nerman standen zum erstenmal durch einen paradoxen Zufall auf derselben Seite.

In Uppsala wurden Protestlisten der Studentenvereinigungen ausgelegt; niemand weiß, wer sie formulierte oder auslegte. Am 26. November wurde auf der Universitätstreppe eine Protestversammlung abgehalten, der ein Demonstrationszug durch die Stadt vorausgegangen war, an dem sich mehrere tausend Menschen beteiligt hatten. Redner war Hans Forssman.

Forssman war Dozent und einer von denen, die Anwürfe, sie seien Nazis, nicht zu befürchten brauchten, da er in den dreißiger Jahren und während des gesamten Krieges antinazistisch tätig gewesen war und zusammen mit Torgny Segerstedt seit Januar 1942 in der Geschäftsleitung der *Göteborgs Handels- och Sjöfartstidning* gesessen hatte.

Seine Rede war recht kurz; sie dauerte nur etwa zehn Minuten und war merkwürdig doppelbödig. Er stellte fest, dass es in der Studentenschaft eine starke Opinion gegen die Auslieferung zu geben scheine, und gab seiner und der Studenten Hoffnung Ausdruck, dass »wir nicht in eine Praxis zurückverfallen, nach der von neuem an schwedischen Rechtstraditionen herummanipuliert wird, um einem militärisch mächtigen Staat gefällig zu sein, wie das schon einmal im Fall einer anderen, jetzt besiegten Großmacht geschehen ist«.

Mit einem Seitenblick auf ein Ärztetreffen in Uppsala, bei dem jüdischen Ärzten die Einreise nach Schweden verweigert worden war, fuhr Forssman fort:

»Aus einem sattsam bekannten Anlass gab die Mehrheit der Uppsala-Studenten bei einem Treffen im Jahre 1939 ihrer Auffassung zu Flüchtlingsproblemen und Fragen des Asylrechts Ausdruck – vielleicht waren einige von Ihnen damals anwesend. Der humanitäre Standpunkt wurde damals nicht so einhellig vertreten wie heute. Als einige Berufsgruppen während des vergangenen Sommers ihre Konkurrenzangst wegen der Arbeitsplätze laut werden ließen (was an die Adresse der baltischen Flüchtlinge ging), ist eine der ersten Äußerungen aus den Kreisen von Uppsala-Studenten gekommen, was großes Aufsehen erregte – daran sollten wir uns heute ruhig einmal erinnern. Die schwedische Flüchtlingspolitik hat auch schon vor dem Krieg ihre Schattenseiten gehabt, aber die Studenten verhielten sich damals wie die meisten anderen Bevölkerungsgruppen stumm und gleichgültig. Wir müssen zugeben, dass die von Schweden vor dem Krieg und während des Krieges betriebene restriktive Flüchtlingspolitik für Tausende von Menschen einen qualvollen Tod bedeutet hat; alle diese Menschen hätten gerettet werden können, wenn die Humanität damals ebenso hoch im Kurs gestanden hätte wie heute.«

Forssman schloss mit der Feststellung, dass die Haltung in einer aktuellen Flüchtlingsfrage heute eine andere zu sein scheine, und er sagte, dass er bei den Behörden für die baltischen Soldaten plädieren werde.

Seine Rede wurde in den meisten Zeitungen als »flammender Protest« gegen die Auslieferung bezeichnet; in den meisten Blättern fehlte jedoch jeder Hinweis auf Anspielungen Forssmans auf die frühere Praxis der Behörden.

Vor der Universitätstreppe habe man, so die Zeitungen, ein »Meer ernst dreinblickender Menschen« gesehen.

Am Montag, 26. November, veranstalteten die Studenten Stockholms im Winterpalast ein Treffen, um gegen die Auslieferung zu protestieren. Die Tanzfläche war halbvoll, die Empore dagegen überfüllt. Insgesamt müssen über tausend Personen anwesend gewesen sein. Nach der Veranstaltung ging eine Sammelbüchse herum; die Kollekte war für die Saalmiete bestimmt. Unter den vielen Rednern war auch der Universitätsassistent Sven Ljungblom, der von den Russen erzählte.

Die Russen hätten die Angewohnheit, sagte er, ihre Kriegsgefangenen bei lebendigem Leibe einzugraben, so dass nur noch der Kopf herausschaue. Dann würden sie die Köpfe der Gefangenen mit ihren Stiefeln zertreten. Nach diesem Bericht verließ Ljungblom das Rednerpodium und setzte sich. Er erhielt starken Applaus.

Als Per Gedin 1938 nach Schweden kam, war er zehn Jahre alt. Einige seiner Verwandten saßen in Konzentrationslagern, weil sie Juden waren. Er kam nach Schweden, wurde eingeschult; im Herbst 1945 war er siebzehn und besuchte das Wittlock'sche Gymnasium, eine Schule für Jungen und Mädchen. Am 24. November wurden in den Schulen Stockholms mehrere Zusammenkünfte veranstaltet, bei denen gegen die Auslieferung protestiert werden sollte. Gedin war Schulsprecher, er wollte bei der Veranstaltung seines Gymnasiums sprechen. Er hatte sich während der Kriegsjahre daran gewöhnt, dass das Mitgefühl der Schweden nur schwer wachzurütteln war, besonders, wenn es um Juden ging, und durch die jüdische Gemeinde Stockholms hatte er schon zuviel gesehen und gehört, um noch irgendwelche Illusionen zu haben: man hatte zuviele Menschen ausgewiesen oder ihnen die Einreise nach Schweden verweigert. Jetzt sah er, wie in Schweden die allgemeine Humanität mit ungeahnter Kraft plötzlich aufblühte; diesmal ging es aber um Menschen, die in der deutschen Wehrmacht gedient hatten. Per Gedin glaubte, ein Verhaltensmuster erkennen zu können, er empörte sich über den Volkszorn, der sich bisher so schön verborgen gehalten hatte und jetzt zugunsten der deutschen und baltischen Soldaten plötzlich sichtbar wurde. Er hatte sich auch daran gewöhnt, die Russen als die Menschen anzusehen, die die Welt vor dem Nazismus gerettet hatten, und es regte ihn auf, wenn die Zeitungen sie als Barbaren hinstellten. Er bewunderte Undén; der Entschluss, in der Wittlock'schen Schule zu sprechen, fiel ihm also nicht schwer. Er war der einzige Redner. Er erklärte, dass alle Balten Nazis seien und dass es keinen Grund gebe, sie nicht auszuliefern. Da er der einzige Redner des Abends und überdies Oberprimaner war, verlief die Abstimmung in der Aula wie von ihm gewünscht: die jüngeren Schüler hörten auf die älteren, und von dieser Schule wurde somit keine Protestresolution verabschiedet.

Später dachte er oft an das, was er gesagt hatte, und er schämte sich manchmal, weil er glaubte, vereinfachend und allzu demagogisch gesprochen zu haben. Andererseits dachte er aber auch daran, dass er von sehr persönlich gefärbten Voraussetzungen hatte ausgehen müssen; andere würden ihrerseits ebenso vorgehen. In verschiedenen Schulen Stockholms wurden Protestresolutionen angenommen. In diesen Schulen war die Information offenbar ebenso einseitig wie in der Wittlock'schen; es glich sich also alles aus. Später wurde eine Untersuchung angeordnet, die natürlich zu keinem Ergebnis führte. »Dass von Rektoren oder Lehrern Druck ausgeübt wurde, ist nicht nachzuweisen.« In manchen Schulen hatten Rektoren oder Lehrer die Protestversammlungen damit eingeleitet, dass sie Zeitungsberichte aus den Lagern verlasen, in anderen hatten Lehrer oder Rektoren den Schülern Orientierungshilfen gegeben, bevor es zur Abstimmung kam. Diese Tatsache allein reicht aber nicht aus, um eine bewusste Steuerung der Abstimmungen zu vermuten. Es ist noch zu erwähnen, dass die vorgeschlagenen Resolutionen im allgemeinen einstimmig angenommen wurden. In einem Gymnasium unterlief den Verantwortlichen ein Fehler: die Schüler lehnten die Protestresolution ab, weil man sie vor der Abstimmung nicht über die Fakten orientiert hatte. Nachdem dieses Versäumnis nachgeholt worden war, wurde die Abstimmung wiederholt. Diesmal nahmen sie die Resolution einstimmig an.

In vielen Fällen wurde die Morgenandacht für diese Abstimmungen »zweckentfremdet«. Ein paar Stockholmer Schulen protestierten damit auf ihre Art gegen die Auslieferung der Balten.

Es gab viele Demonstrationen, die aber ganz verschiedenen Charakters waren. Einer der Demonstrationszüge begann am 25. November gegen 14 Uhr auf dem Marktplatz von Östermalm in Stockholm. Die

Teilnehmer versammelten sich auf dem Marktplatz; einige trugen Plakate, auf denen sie gegen die Auslieferung protestierten. Zunächst hatten sich etwa hundert Menschen oder gar noch weniger eingefunden, aber dann machte man sich auf den Weg, und allmählich kamen immer mehr Menschen hinzu. Der Zug bewegte sich auf das Schloss zu. Das Wetter war sehr gut, die Sonne schien, und es blies ein leichter Wind. Auf dem Burghof neben dem Schloss blieb die Menge stehen. Irgend jemand stimmte die schwedische Nationalhymne an, »Du gamla du fria« (Du altes, freies Land), und später sang man auch das »Königslied«. Sie nahmen Hüte und Mützen ab, und danach brachte jemand ein Hoch auf das Vaterland aus. Danach gab es eine Pause; niemand wusste so recht, was nun folgen sollte (inzwischen war die Menge auf etwa tausend Personen angewachsen). Schließlich stellte sich ein junger Mann neben den Obelisk Gustavs III. und sprach zur Menge. Seine Rede wurde später als einfach und anspruchslos bezeichnet. Anschließend wurde »mit überwältigender Begeisterung« eine Resolution angenommen. Sie lautete: »Schwedische Männer und Frauen, die vor dem Schloss Eurer Majestät zusammengekommen sind, appellieren an Sie und an Ihre Regierung, alles in Ihrer Macht Stehende zu tun, um diese Handlung zu verhindern, die Schwedens unwürdig ist.«

Svenska Dagbladet konnte am nächsten Tag melden, dass sich im Verlauf der Demonstration eine interessante und aufschlussreiche Episode zugetragen habe. Die Menge habe eine Delegation ernannt, die dem Kronprinzen ihre Aufwartung machen sollte; der König habe sich zu dieser Zeit in Drottningholm befunden.

In die Abordnung wurde neben anderen auch der Hofintendant Gösta Stenman gewählt. Da er ursprünglich nur habe spazierengehen wollen, habe er unter seinem leichten Sommermantel keine Jacke angehabt. Deshalb habe er gemeint, dem Kronprinzen in diesem Aufzug nicht unter die Augen treten zu können. Eine Jacke sei jedoch aus dem Kreis der Demonstranten schnell beschafft worden. Die Audienz beim Kronprinzen und die Demonstration selbst wurden in dem Blatt als ergreifende und spontane Manifestationen gewürdigt. Das Wetter sei ausgezeichnet gewesen.

Und die Demonstranten?

Sie versammelten sich am Abend des 26. November im Humlegården beim Standbild Linnés. Sie trugen Fackeln, und neben ihnen brannte das, was sie »die Feuer der Freiheit« nannten. Vorn am Rednerpodium brannte ein größeres Feuer, daneben, in einem Halbkreis, hatte man kleinere Flammen entfacht; die Feuer und Fackeln loderten und sprühten, sie warfen ein flackerndes Licht auf Menschen und Bäume. In den Zweigen hingen Lautsprecher. Als der erste Redner zum Sprechen ansetzte, waren schon tausend Menschen versammelt. Immer mehr Menschen kamen dazu, schließlich mochten es dreitausend sein; sie standen still und froren. Sie lauschten den Rednern aufmerksam; unterdessen erloschen allmählich die Fackeln. Der CVJM-Sekretär Arvid Noreen hatte schon gesprochen, ebenso Fräulein Thyra Stjärna: sie hatte verlangt, dass nicht nur die Balten, sondern auch die Deutschen im Lande bleiben müssten. Die Mehrzahl der Anwesenden schien ihre Meinung zu teilen. Sie hatte lange gesprochen, sie glaubte an das, was sie gesagt hatte. Hinterher hatte sie sich unter die Menge begeben. In den Zeitungen stand am nächsten Tag, dass sie geweint habe. Vom Podium verlas jemand eine Resolution, in der die Auslieferung verurteilt wurde, und tausend Stimmen schrien ja, ja, ja. Einige wenige schrien nein.

Unter diesen wenigen befand sich ein Bauarbeiter von etwa vierzig Jahren. Nennen wir ihn Eriksson. Er stand am Rand der Menschenmenge. Er trug einen braunen Trenchcoat mit Gürtel, eine Baskenmütze, Handschuhe hatte er nicht an. Er war ungefähr einen Meter fünfundsiebzig groß. Er hatte eine Pfeife im Mund. Neben ihm stand eine Dame mittleren Alters; sie war eine von denen, die ja gerufen hatten. Diese beiden kannten sich nicht. Als Eriksson sein Nein hinausgeschrien hatte, wandte sie sich mit einem wütenden Ausdruck im Gesicht um, sagte etwas, was er nicht verstehen konnte und gab ihm einen Stoß, möglicherweise mit dem Arm oder dem Ellbogen. Eriksson sah sie an und sagte, ohne die Pfeife aus dem Mund zu nehmen: »Wenn Sie sich hier nicht wohlfühlen, meine Dame, brauchen Sie nur zu gehen!«

Er behielt beim Sprechen die Pfeife im Mund, und die Frau erwiderte sofort, etwa folgendes: »Wenn's Ihnen hier nicht gefällt, können Sie ja nach Russland fahren!« Zugleich schlug sie ihm heftig über den Mund.

Sie schlug mit der rechten, zur Faust geballten Hand zu und traf Erikssons Mund. Er verlor die Pfeife, fiel nach hinten und setzte sich schwer auf den zertrampelten, schmutzigen Rasen. Sogleich waren die beiden von einem Kreis Neugieriger umgeben. Der Mann saß still auf der Erde und fasste sich erstaunt und unbeholfen an den Mund.

Er blutete, spie etwas aus und entdeckte, dass es ein Zahn war. Er sah wortlos zur Frau hoch und streckte sich nach der Pfeife, die neben ihm lag. Dann stand er langsam und bedächtig auf.

Drei Wochen später wurde die Frau von einem Stockholmer Gericht wegen leichter Körperverletzung verurteilt, der Mann wegen Störung einer öffentlichen Kundgebung. Die Zeitungen brachten die beiden Urteile in Form kurzer Notizen. Das war im Dezember: die Balten lagen in Krankenhäusern, niemand wusste, ob sie ausgeliefert werden würden oder nicht. Die beiden Verurteilten erhielten geringe Geldstrafen.

Die Frau. Sie lebt heute in einer schwedischen Kleinstadt. Sie will sich auf gar keinen Fall zu den damaligen Ereignissen äußern oder auf andere Weise in diese Sache verwickelt werden. Am Telefon klingt ihre Stimme sehr klar und gebildet; sie spricht schnell und ohne zu zögern. Nein, sie habe diese Geschichte längst vergessen, sie sei nicht der Rede wert. Sie erinnere sich nur noch daran, dass es Krach gegeben habe. Der Mann sei ein Kommunist gewesen. Sie habe nichts mehr zu sagen, vielleicht sei sie damals ein bisschen zu weit gegangen, aber schließlich seien die Zeiten so unruhig gewesen. Damals sei beinahe jeder empört und erregt gewesen.

Das Gespräch endet mit beiderseitigen Äußerungen des Bedauerns.

Als Eriksson abends nach Hause kam, hatte es aufgehört zu bluten, aber der Zahn war für immer weg. Er erinnert sich noch sehr gut an diesen Abend. Er ist heute zweiundsechzig Jahre alt, vorzeitig pensioniert, wohnt in Bromma in einer Einzimmerwohnung. Man fährt über ein Feld, dann geht man auf einem schmalen Gehweg bergauf; auf einem steil aufragenden Hügel stehen gelbe Mietshäuser. Hier wohnt er. Er spricht gern, möchte aber anonym bleiben.

Der Zahn wurde durch einen Stiftzahn ersetzt, das Unbehagen war nur vorübergehend, die Pfeife war nicht beschädigt worden, die Geldstrafe nahm er gleichmütig hin, obwohl er zunächst fuchsteufelswild gewesen war. Es dauerte aber dennoch lange, ehe er das Ereignis vergaß. In den Mittagspausen sprach er oft mit seinen Kollegen über die Auslieferung, er verfolgte die Balten-Affäre mit gespannter Aufmerksamkeit, diskutierte über die Demonstration und den Zusammenstoß mit der Frau. Als Held konnte Eriksson sich leider nicht fühlen, auch nicht als Märtyrer, schließlich hatte eine Frau zugeschlagen, was ihn fast lächerlich erscheinen ließ: er war von einer Frau niedergeschlagen worden, und daher spielte es keine Rolle, ob sie verrückt gewesen war oder reaktionär oder arbeiterfeindlich oder deutschfreundlich. Im Januar, als alles vorüber war und die Balten sich nicht mehr im Land befanden, seufzte er erleichtert auf. Die Ereignisse verschwanden aus seinem Gedächtnis, waren viele Jahre lang aus seinem Leben gestrichen. Dann kam alles wieder.

Seine politische Einstellung. Er wurde in einem Kleinbauern-Heim in Uppland geboren; als er nach Stockholm kam, schloss er sich sofort einer Gewerkschaft an. Er bezeichnet sich selbst als einen Sozialdemokraten. »Während des Krieges war es natürlich anders. Damals haben wir die Russen als die letzte Barriere gegen die Deutschen empfunden.« Er kommt plötzlich auf die schwedischen Zeitungen und ihr Bild vom Krieg zu sprechen. »Hier versucht man uns einzureden, dass die USA den Krieg gewonnen haben. Einen Scheißdreck haben sie getan. Guck dir mal 'n paar Karten an, und zwar Jahr für Jahr, dann kannst du sehen, wer die Dreckarbeit gemacht hat.«

Wenn er aufgeregt wird, raucht er hektisch und drückt die Stummel nach kurzer Zeit aus, um sie kurz darauf wieder aus dem Aschenbecher zu nehmen und wieder anzuzünden. Er hat Karten und Zeitungsausschnitte aus der Kriegszeit aufbewahrt, liest offenbar eine Menge.

»Sieh mal her«, sagt er. »1941 waren die Engländer vom Festland vertrieben, die Deutschen herrschten allein in Europa. Damals gab es nur eine Front, und zwar nach Osten. Vier Jahre hielten die Russen gegen die Deutschen stand, sie bremsten ihren Vormarsch, hielten ihn auf, schlugen sie und trieben sie schließlich zurück. Wo, zum Teufel, hielten sich die Amerikaner damals versteckt? In Italien waren sie, ja, aber erst nach 1943. Na, wennschon, dieser schmale Streifen hat nie eine Rolle gespielt. Und Nordafrika? Ja, da gab's diese verdammte Theater-Schlacht bei El Alamein, ein paar tausend Tote, kleine Verbände, kleine Verluste, große Schlagzeilen. Weißt du eigentlich, wieviel die Russen bei Stalingrad erledigt haben? Über eine Million Deutsche! Das war's, mein Lieber, das hat den Krieg entschieden. Und dann kamen die Amerikaner im Sommer 1944, um Europa vor dem Nazismus zu retten, aber zu diesem Zeitpunkt war Europa schon gerettet. In unserer bürgerlichen Presse stehen aber die Amerikaner als Retter der Welt da.«

Hat er irgendwann für die Kommunisten gestimmt? Ein paarmal, während des Krieges und auch kurz danach. Und später? Sie haben ja soviel Mist gemacht, erst in Ungarn, und dann haben sie in Berlin auf Arbeiter eingeschlagen, in den vierziger Jahren war das alles ganz anders. Und heute? Heute ist es sicher besser. Besser? Ja, es hat sich alles so ziemlich beruhigt, ist demokratisch geworden und so. Für welche Partei stimmt er heute? Von Fall zu Fall verschieden. Politische Lieblingsgestalt? Lumumba. Lumumba? Ja, genau der. Warum denn das? Jaa ... der, der plötzlich starb.

Nach einem Jahr wurde der Stiftzahn blau, 1949 wurde in den Oberkiefer eine Vollprothese eingesetzt, da auch die übrigen Zähne mit den Jahren immer schlechter geworden waren. Das war das Beste, was man hätte tun können, meint er. Von 1936 bis 1944 war er verheiratet. Im Frühjahr 1944 starb seine Frau. Krebs. Sie erhielt die Nachricht im Januar und lag bis zum 25. Mai im Krankenhaus. An diesem Tag starb sie. Während der letzten drei Wochen hatte er an ihrer Seite gewacht. Er erzählt lange von dieser Zeit, an die er sich sehr gut erinnert. Nach der Operation lag sie von Flaschen und Schläuchen mit Blut und Nährlösungen umgeben im Bett. Sie hatte Angst vor dem Tod, weinte oft und fragte ihn flüsternd nach Gott und der Verdammnis und der Ewigkeit. Diese Fragen konnte und wollte er nicht beantworten, da er nie geglaubt hatte. Außerdem fand er die Fragen peinlich und erniedrigend für sie, da auch sie immer ungläubig gewesen war. Er saß in einem Lehnstuhl neben ihrem Bett, und er weiß heute noch, dass er immer schrecklich schläfrig und müde war und dass sie ununterbrochen auf ihn einredete. Sie hatte sich sehr verändert, seitdem sie erfahren hatte, dass sie sterben würde. Sie war aggressiver und zugleich sentimentaler geworden. Sie verlor immer mehr von der Würde, die sie als Gesunde besessen und die er so sehr bewundert hatte. Sie sprach von ihrer Angst vor dem Sterben und von dem schwarzen Nichts, in das sie bald gestürzt werden würde; mit manischer Beharrlichkeit kehrte sie immer wieder zu diesen Dingen zurück; sie würde sich bald von einem Felsen in die große Dunkelheit stürzen.

Ihre Würde und ihr Selbstgefühl schienen langsam zu zerrinnen, sie wurde weinerlich, wurde ein anderer Mensch, ein Mensch, den er nicht wiedererkannte oder nicht wiedererkennen wollte. In der letzten Woche hatte sie entsetzliche Schmerzen, der Bauch schwoll wegen der Metastasen an, ihr Gesicht wurde gelb, und das Morphium hatte bald keine Wirkung mehr. Schließlich konnte sie nicht mehr sprechen, und danach wurde es unerträglich. »Es ist einfach unfassbar, einen Menschen so sterben zu sehen.«

Wie erlebte er das alles mit? Sie tat ihm leid. Vor allem aber erinnert er sich an seine eigene Müdigkeit und Schläfrigkeit, die beschreibt er detailliert. Er saß da, und sie sprach oder schrie, und er wünschte, es möge bald zu Ende sein, damit er wieder schlafen konnte. Die letzten Tage verschwimmen in seiner Erinnerung. Er befand sich in einem Zustand ständigen Halbschlafs, völlig erschöpft, sie war halb bewusstlos, wimmerte und weinte. »Es ist schwer zu beschreiben, wie hilflos ich war; ich wollte helfen, konnte es aber nicht.«

Kinder hatten sie nicht.

»Es dauerte mehrere Jahre, ehe ich mich davon lösen konnte. Ich weiß noch, wie ich an jenem Abend im Humlegården an sie dachte.« Wie dachte? »An ihre Verwandlung.« Inwiefern? Hatte ihre Krankheit für ihn etwas mit der Auslieferung der Balten zu tun? »Nein, ich dachte nur an ihre frühere Selbständigkeit und daran, wie sie durch ihre entsetzlichen Schmerzen ihre Würde verlor. Aber so ist es eben, man wird so.« Dachte er noch an andere Dinge? »Nein, es kam eben über mich, als ich dort stand.« Warum kam es über ihn?

1948 machte er eine kleine Erbschaft und kaufte auf Kungsholmen einen Milchladen. Eine gute Entscheidung, wie er meint. 1952 verkaufte er das Geschäft wieder, weil er in dieser Branche keine Zukunft mehr sah. Danach wurde er Schwerarbeiter. Im September 1960 arbeitete er in den südlichen Vorstädten, wurde von einem umkippenden Zementmischer erfasst. Der rechte Arm wurde zerquetscht und musste amputiert werden. Danach konnte Eriksson nicht mehr arbeiten und bekam eine Invalidenrente.

Behörden und Beamten gegenüber ist Eriksson skeptisch und aggressiv eingestellt. »Sobald die irgendwas zu sagen kriegen, sind sie wie verwandelt. Dann verlieren sie verdammt nochmal jede Selbständigkeit und kriechen entweder ihren Vorgesetzten in den Arsch oder treten nach unten. Sie verlieren mit einem Mal ihre Würde. Guck dir doch nur mal die Scheißbürokraten an, die jetzt in der Regierung sitzen.« Auf Befragen sagt er, dass es »mit den Bürgerlichen sicher noch beschissener geworden wäre«. Er spricht lange über die Macht. Er selbst hat nie Macht besessen, ist aber lange in der Gewerkschaft tätig gewesen. Er meint, zu aufmüpfig gewesen zu sein, um auf höhere Posten klettern zu können. Während der Zeit als Bauarbeiter hat er nach eigener Aussage gut verdient, im Milchladen dagegen war es um seine Finanzen miserabel bestellt. Die Balten bezeichnet er als entsprungene Nazis, jedenfalls die Mehrheit. »Die haben schließlich in der deutschen Wehrmacht gedient, das können sie nicht einfach abwaschen.«

Geschlechtsleben. Nach dem Tod seiner Ehefrau dauerte es vier Jahre, bis er mit einer anderen Frau intime Beziehungen aufnahm. Im Herbst 1948 wohnte eine dänische Serviererin bei ihm, die ein halbes Jahr blieb. Danach hat er »dann und wann« mit Prostituierten verkehrt. Er kennt einige, die er gelegentlich anzurufen pflegt. Man muss aber die finden, die lieb sind, meinte er. Mit »lieb« meint er »nett« oder »anständig«, ist aber nicht bereit, sich näher zu präzisieren.

Kinder? Kinder hätte er natürlich gern gehabt, aber es ist eben so, wie es ist.

In den letzten sechs Jahren, seit dem Unfall, hat er sich daran gewöhnt, sein Sexualleben als abgeschlossen zu betrachten.

Wirtschaftliche Verhältnisse. Er klagt nicht. Seine Wohnung kostet 175 Kronen im Monat, was er für preiswert hält. Seine Verhältnisse sind geordnet, er kommt ohne größere Schwierigkeiten zurecht.

Religion. Er hat nie geglaubt und wird auch nie glauben. »Man sieht aber so viele, die die Hosen voll haben, wenn's ans Sterben geht.« Er scheint dies für eine Art Verrat zu halten.

Warum rief er nein?

Als er im Halbdunkel des Humlegården in der Menschenmenge stand, als da vorn die Fackeln brannten, wähnte er sich plötzlich in einer feindlich gesinnten Gesellschaft, die von Menschen mit Macht und Geld gelenkt wurde, er glaubte sich von Menschen umgeben, die unkritisch Zeitung lasen und mechanisch mit Zorn, Wut, Freude, Entzücken, Trauer, Verachtung, Gleichgültigkeit auf all das reagierten, was die da oben mittels Knopfdrucks ausgelöst hatten. »Die da rumstanden, hatten überhaupt keine Ahnung, worum's wirklich ging, die schluckten alles, was die bürgerliche Presse schrieb.« Die Verlockung und die Freude, in den allgemeinen Chor der Ja-Schreier einzustimmen, hat er sehr deutlich gespürt, die Verführungskraft der Erregung, er zog es aber vor, der Versuchung zu widerstehen, nicht aufgrund besserer Einsicht oder besserer Kenntnis der Tatsachen, sondern aus Prinzip. Er hatte die Menschen in seiner Nähe beobachtet, ihre Kleidung gesehen, ihre Hände, und einen Abstand gefühlt, der ihn wütend und für die Erregtheit des Mitgefühls und Mitleids unempfänglich machte.

»Das ganze verdammte Östermalm war versammelt, und da stand ich nun.«

In der Sekunde, als sein »Nein« heraus war, hatte er eine rasche und heftige Freude gefühlt, als hätte er sich endlich losgerissen, befreit, als wäre es ihm gelungen, einen letzten Rest seiner persönlichen Würde zu wahren. Einen Augenblick lang war er Gefangener in diesem Kessel aus Menschen, Worten, Feuern und Aufrufen gewesen, es war ihm aber gelungen, sich loszureißen.

Er gibt immer wieder zu, dass er sich nie in die Frage hineingedacht hatte, dass er nicht viel wusste; mit gleicher Beharrlichkeit wiederholt er seine Freude, dieses eine Mal nein gerufen zu haben. Jemand hatte eine Resolution verlesen, gefragt, ob sie angenommen werden sollte, die Feuer hatten geflackert, und alle hatten ja, ja, ja gerufen; er aber hatte sein »Nein« laut und hart hinausgeschrien. Und dann hatte eine neben ihm stehende Frau ihn geschubst und einen Kommunisten genannt; er hatte sogleich etwas erwidert, dann den Schlag kommen sehen, dem ein kurzer und plötzlicher Schmerz gefolgt war, als die geballte Faust seinen Mund traf, die Pfeife zu Boden fallen ließ und einen Zahn herausschlug. Da vorn hatten die Feuer gebrannt, die sie die »Feuer der Freiheit« genannt hatten, er hatte sie als diffuse Lichtpunkte wahrgenommen, er hatte Menschen gesehen, die sich umdrehten, als der Streit begann, er hatte den Schlag kommen sehen, ihm aber nicht ausweichen können. Er hatte die Pfeife verloren, war schräg nach hinten gefallen und hatte sich schwer auf den morastigen, zertrampelten Rasen gesetzt. Er hatte auf der Erde gesessen, die Hand an den Mund geführt, den Zahn ausgespuckt und die Frau angesehen.

Sie hatte einen Hut aufgehabt, einen schwarzen Mantel getragen und ihn mit einem aus Erstaunen, Verachtung und Angst gemischten Ausdruck angesehen. Er hatte seine Pfeife aufgehoben und war schwerfällig wieder aufgestanden.

Lange danach wurde die Pressedebatte Gegenstand einer Untersuchung: Umfang, Intensität, Wertungen, Spaltenmeter. Das Ergebnis war in sachlicher Hinsicht recht aufschlussreich. *Afton-Tidningen* hatte 29 Leitartikel in dieser Sache veröffentlicht, *Svenska Dagbladet* 22, *Expressen* 15, *Morgon-Tidningen* 41, *Svenska Morgonbladet* 16. *Aftonbladet* hatte im Lauf des Winters 21 Schlagzeilen über die Balten gebracht, *Svenska Dagbladet* 16, *Ny Dag* (kommunistisch) 3, *Stockholms-Tidningen* 12. Es wurde kein Versuch gemacht, den gesamten

Raum zu errechnen, den die Zeitungen dem Fall gewidmet hatten. Das wäre sicherlich auch ein schwieriges Unterfangen gewesen, da in dieser letzten Novemberwoche des Jahres 1945 alle schwedischen Blätter fast ausschließlich damit beschäftigt gewesen zu sein scheinen, die Sache der Balten und Deutschen zu schildern. Überdies hörte die Pressekampagne nicht im November auf, sondern setzte sich bis in den Januar hinein, bis zur Auslieferung fort, und zwar mit den gleichen Riesenschlagzeilen, im gleichen Umfang und mit der gleichen Anteilnahme.

Ein weiterer Grund: die Presse hat bis heute nicht aufgehört, sich mit dieser Auslieferung zu beschäftigen.

Die Presse war aber weitgefächert, die Nuancen waren groß. Auf dem linken Flügel verlangte die kommunistische Zeitung *Ny Dag*, dass nicht nur die baltischen Soldaten, sondern auch die 36 000 Zivilbalten ausgewiesen werden sollten, auf dem rechten Flügel erlebte die rechtsextremistische Zeitung *Dagsposten* eine neue Blütezeit. *Dagsposten* forderte, alle Internierten müssten im Land bleiben dürfen, auch die deutschen Militärs.

Es war leicht zu erkennen, wie die politischen Grundhaltungen in der Presse die Auswahl der mitzuteilenden Tatsachen beeinflussten. Die Linkspresse stützte im allgemeinen den Standpunkt der Regierung. Es gab jedoch Ausnahmen, so zum Beispiel *Arbetaren*. Die Mehrzahl der bürgerlichen Blätter setzte sich für eine Aufhebung des Auslieferungsbeschlusses ein.

Die Argumente waren nach kurzer Zeit allen Zeitungslesern vertraut.

Es wurde oft von der Feigheit und Nachgiebigkeit der schwedischen Regierung gesprochen. Man habe sich dem Willen einer Großmacht gebeugt, wie man zuvor den Deutschen nachgegeben hätte. Es wurde von der moralischen Pflicht der Balten und Deutschen gesprochen, nach Russland zu gehen, um das wiederaufzubauen, was die deutsche Wehrmacht in Trümmer gelegt hatte. Es wurde die Notwendigkeit betont, eine individuelle Prüfung der Balten durchzuführen, um eventuelle Kriegsverbrecher auszusondern, und die Notwendigkeit, dies nicht zu tun. Die öffentlichen Meinungsäußerungen wurden als echter und spontaner Ausdruck des Volkswillens gewertet. Die Volksmeinung wurde andererseits als von gewissen reaktionären prodeutschen *pressure groups* organisiert dargestellt, die für die Gesamtbevölkerung alles andere als repräsentativ seien. Das Asylrecht wurde eingehend diskutiert. Man erörterte die Vergangenheit der Balten, ohne sich auf irgendwelche Fakten stützen zu können. Man debattierte über den Auslieferungsbeschluss vom Juni, im gleichen Halbdunkel, ohne genaue Kenntnis der Hintergründe. Man diskutierte die russische Rechtspflege. Daraus ging einerseits hervor, dass die Russen Barbaren waren, andererseits, dass sie eine unübertroffen gerechte Gesetzgebung und eine ebensolche Rechtsprechung hatten. Viele waren äußerst vorsichtig und vermieden es peinlich, den Eindruck zu erwecken, als würden sie die Sowjets kritisieren, obwohl sie klar zum Ausdruck brachten, dass die Balten einem weit furchtbareren Schicksal entgegengingen als die Norweger, die in der deutschen Wehrmacht gedient hatten und an Norwegen ausgeliefert worden waren. Die Wortkargheit der Regierungsstellen in dieser Frage wurde teils kritisiert, teils gelobt.

Außerdem konnte man eine Reihe mehr oder minder bewusster Lügen antreffen; sie bauten alle auf diesem schwankenden Boden aus Halbwahrheiten, Beleidigungen, Unterstellungen, Hoffnungen und Verzweiflungsausbrüchen auf, der die eigentliche Grundlage für die Auslieferung der Balten bildete.

Es gab zwei Kernpunkte: einmal die Anwendbarkeit des Asylrechts in diesem Fall überhaupt, da es nicht um politische Flüchtlinge in formellem Sinn, sondern um geflüchtete Soldaten ging. Zum andern, und vor allem, die unterschiedlichen Auffassungen über das Schicksal der Balten, falls sie ausgeliefert werden würden. Die Haltung der Sowjetunion gegenüber. Die Einstellung zu den Russen, zu »dem Russen«.

Was die Zeitungsleser in ihren Blättern fanden, waren leuchtende Beispiele für gesteuerte Information, redigierte Fakten, manipulierte Nachrichten. Wo *Svenska Dagbladet* die Nachricht wählte, dass die Ehefrau eines Internierten sich geweigert habe, ihren Mann vor der Auslieferung noch einmal zu sehen, entschied sich *Afton-Tidningen* für die Frage, »was der ganze Spaß wohl kostete«. Für den einen waren die Balten zivile Opfer einer grausamen schwedischen Verwaltung, für den anderen waren sie Nazis.

Aufgabe: Ordnen Sie die folgenden Schlagzeilen nach Partei-Couleur, analysieren Sie ihre suggestive Wirkung, bestimmen Sie, was mit ihnen beabsichtigt wurde.

1. »Kein Asylrecht für desertierte Militärs«, 2. »Verwundete Deutsche liegen in den Sälen der Belsen-Opfer«, 3. »Ein Alptraum in Ränneslätt«, 4. »Das Widerlichste, was sich je in Schweden zugetragen

hat«, 5. »Wurde als ›Soldat‹ eingestuft, weil er einen Regenmantel trug«, 6. »Reaktion auf die Hysterie«, 7. »57 Minderjährige aufs Sklavenschiff«, 8. »Weitere Einengung unseres Asylrechts«, 9. »Politische Flüchtlinge werden von Schweden dem russischen Standrecht überantwortet«, 10. »Die Besatzung der ›Cuban‹ in Trelleborg herzlich aufgenommen«, 11. »Hysterie beginnt sich zu legen«, 12. »Ergreifendes Abendmahl. Ganz Eksjö in tiefer Trauer«.

Das Ergebnis der Auseinandersetzung in der Presse schlug sich in einer Meinungsumfrage nieder, die vom 6. bis zum 8. Dezember durchgeführt wurde; die einzige statistische Erfassung des Volkszorns überhaupt. Die Untersuchung war auf zwei Meinungsfragen und eine Wissensfrage abgestellt.

Die erste Frage lautete: »Wie soll Ihrer Meinung nach mit den baltischen Flüchtlingen verfahren werden; sollen alle nach Hause geschickt werden, nur einige oder keiner von ihnen?«

Die Frage war unglücklich formuliert: es wurde nicht ausgesprochen, dass es um die 167 baltischen Soldaten ging, ferner war der Ausdruck »nach Hause geschickt werden« ein wenig irreführend. Das Ergebnis ist dennoch interessant.

45 Prozent der Befragten meinten, die Balten sollten »nach Hause« geschickt werden. 26 Prozent plädierten dafür, dass nur manche von ihnen ausgeliefert werden sollten. 15 Prozent wollten alle Balten in Schweden behalten. 14 Prozent hatten keine Meinung.

71 Prozent der schwedischen Bevölkerung waren also der Meinung, dass alle oder zumindest einige der Balten ausgeliefert werden sollten. Diese Ansicht äußerten sie in der Zeit vom 6. bis 8. Dezember, und das nach einer Pressekampagne zugunsten der Balten, die beispiellos intensiv gewesen war, und nach Demonstrationen und Protestkundgebungen.

Die Motive? Wie zu erwarten, waren die meisten Motive unklar, vage, manchmal sogar absurd. »Wir müssen sie loswerden, hier im Lande können wir nichts mit ihnen anfangen« (27 Prozent). »Sie sollen dorthin, wohin sie gehören.« – »Sie gehören nach Hause, damit sie ihrer gerechten Bestrafung zugeführt werden können.« – »Raus mit den Nazis.« – »Sie sollen beim Wiederaufbau helfen.« – »Wir haben nicht einmal für unsere eigenen Landsleute genug Arbeitsplätze.« – »Wenn einer ausgeliefert wird, dürfen die anderen nicht davonkommen.«

Die Befragten wurden in Kategorien eingeteilt. 64 Prozent der Sozialgruppe 1 wollten einige oder alle Balten ausgeliefert wissen. 65 Prozent der Sozialgruppe 2 plädierten ebenfalls für die Auslieferung einzelner oder aller Balten, und von Sozialgruppe 3 waren es sogar 75 Prozent. Von den Lesern bürgerlicher Zeitungen setzten sich 14 Prozent für ein Verbleiben der Balten ein, unter den Lesern von Arbeiterzeitungen aber nur 4 Prozent.

Die Untersuchung ist mit Fehlern und Fehleinschätzungen behaftet. Gleichwohl kann man sagen, dass die schwedische Volksmeinung dieses Spätwinters in etwa richtig wiedergegeben wurde.

Sei misstrauisch. Nimm nicht alles hin, wie man es dir vorsetzt. Die genannten Fakten hätte man auch anders wiedergeben können. »41 Prozent der schwedischen Bevölkerung wollten alle oder einen Teil der Balten im Land behalten. 14 Prozent waren unentschlossen, und nur 45 Prozent waren der Meinung, man sollte alle ausweisen.« Warum wählte er statt dessen die erste Formulierung?

Nimm eine Darstellung nicht so hin, wie sie sich darbietet, denk selbst nach, sei misstrauisch. Es gibt keine engelsgleiche Objektivität, keine endgültige Wahrheit, die von ihren politischen Ursprüngen losgelöst ist. Prüfe, sei misstrauisch. Stelle in Frage.

Zeitungen werden – ebenso wie Meinungen – von Menschen gemacht.

Expressen leitete seinen Einsatz in der Balten-Affäre am 20. November mit einem kurzen und relativ vorsichtigen Leitartikel ein, dessen Autor sich vor allem gegen die »Geheimniskrämerei« wandte und von den Behörden klare Auskunft forderte. Am 22. November folgte eine etwas umfangreichere Darstellung: fremde und eigene Kommentare zum Stand der Dinge: »Die Schnelligkeit und Kraft, mit der die Meinungsäußerungen nach Bekanntwerden des Auslieferungsbeschlusses an die Öffentlichkeit drangen, ist sehr erfreulich.« Es wurde immer deutlicher, dass *Expressen* ein entschiedener Gegner der Auslieferung war. In einem kurzen Leitartikel vom 22. fragte die Zeitung, ob »das Außenministerium in irgendeiner Form gebunden« sei, und verlangte erneut Einblick in die Akten. Die erste Seite wurde immer noch von anderen Meldungen beherrscht, aber in der dritten Auflage des Tages hatte man ein frisches Interview mit dem ehemaligen Außenminister Günther aufgenommen: »Günther gibt in der Balten-Frage Auskunft.«

Nach diesem Interview sollte die Zeitung auch im Nachrichtenteil von der Auslieferung beherrscht werden: eine Woche lang war die erste Seite mit Nachrichten über die Balten gefüllt. Am 23. November: »Die Balten sollen raus.« Am 24.: »Polizei mit Tränengas bereit«; an diesem Tag beherrschte die Balten-Frage die erste, die letzte, die Leitartikel- und eine Seite im Innern des Blatts. Der Standpunkt war immer noch eindeutig: »Überflüssig waren die Meinungsäußerungen wahrlich nicht.«

Am 25. schickte die Zeitung einen Reporter nach Rännesslätt, Bernt Bernhol. Die erste Seite ist dramatisch: »Schwedische Soldaten in Rännesslätt: Wir wollen nicht schießen!« Der Widerwille gegen die Auslieferung wird immer klarer artikuliert, sowohl im Nachrichtenteil als auch in den Leitartikeln.

Dann kommt Montag, der 26. November; irgend etwas scheint sich ereignet zu haben.

Die erste Seite wird von der Schlagzeile beherrscht: »Die Regierung wird in der Balten-Frage von den Arbeitern unterstützt.« Eine Unter-Schlagzeile verkündet: »Nazis unter den Demonstranten.« In einem einspaltigen Kasten links oben auf der ersten Seite wird die Kursänderung endgültig akzentuiert: »Unsachliche Propaganda: ein Deutscher und sein Liebchen sind kein geeignetes Beispiel.« Man berichtet über das nächtliche Treffen auf dem Marktplatz von Eksjö und stellt fest, dass es »peinliches Aufsehen« erregt habe, dass Pastor Stahle in seiner Ansprache von einem Deutschen, seiner dänischen Ehefrau und von ihrer Liebe gesprochen habe. Die Zeitung kommentiert dieses Ereignis sofort; es gehe um die Balten und nicht um die Deutschen, Stahle habe aber über einen Deutschen und ein Deutschenliebchen gesprochen. »Dass viele Frauen in demonstratives ›Schluchzen‹ ausbrachen, macht die Sache nicht besser.«

Das Blatt brachte auch eine Reihe von Interviews. Gesprächspartner waren sowohl bekannte Gewerkschaftler wie auch »Menschen von der Straße«. Die Interviews füllten eine ganze Seite und waren angeblich ein Querschnitt dessen, was die Zeitung an Meinungen angetroffen hatte; sie entsprachen aber voll dem neuen Kurs des Blatts. Von fünfzehn befragten Personen war *niemand* uneingeschränkt bereit, die Balten im Land bleiben zu lassen. Die allermeisten erklärten mit einer gewissen Schärfe, dass sie die Linie der Regierung unterstützten und dass die Balten »raus« müssten.

Am Tag darauf analysierte *Expressen* etwas ausführlicher, »worum es in der Balten-Frage eigentlich gehe«, und griff die angeblich so verdrehte und gelenkte Volksmeinung mit solcher Schärfe an, dass viele andere Zeitungen in ihren Kommentaren feststellen konnten, *Expressen* habe eine »Kehrtwendung« gemacht.
Was war geschehen?

Verantwortlicher Leitartikler der Zeitung bis zum 25. November einschließlich war Per Wrigstad, der spätere Chefredakteur. Damals war er Chef des politischen Ressorts. In der Schlussphase des Krieges hatte er auch Flüchtlingsfragen zu behandeln, und die Balten fielen ihm also fast automatisch zu.

Seine Kommentare waren von seiner persönlichen Meinung gefärbt und geprägt. »Es war für mich selbstverständlich, dass sie nicht ausgeliefert werden durften. Ich dachte nicht in ideologischen Begriffen, sondern sah nur, dass es hier um Menschen ging.«

Die Frage schien für ihn keine gewesen zu sein, und diese selbstverständliche Überzeugung spiegelte sich auch in der Zeitung wider.

Am Vormittag des 25. November erhielt er die Nachricht, dass sein Vater schwer erkrankt war. Er reiste sofort zu ihm und blieb über Nacht. Am Tag darauf, am Montagnachmittag, ging er aus dem Haus, um sich die Abendzeitungen zu kaufen. Er kaufte auch *Expressen* und sah sofort, dass irgend etwas geschehen war. Sowohl der Leitartikel wie die Nachrichten über die Balten ließen erkennen, dass die Beurteilung neuen Linien folgte. Die erste Seite war, wie er meinte, direkt provokativ. Der Hauptkommentar ging von ganz anderen Blickwinkeln aus als bisher unter seiner Leitung: die Volksmeinung, die er selbst erfreulich kraftvoll genannt hatte, wurde nun als dubios und von Nazis beeinflusst hingestellt. Der Hauptartikel auf der ersten Seite wurde mit den Worten eingeleitet: »Der Montagmorgen hat in der Balten-Frage eine klare Ernüchterung gebracht.«

Es war offenkundig, dass seine Abwesenheit den Rausch hatte verfliegen lassen. Er kehrte sofort nach Stockholm zurück.

Chefredakteur der Zeitung *Expressen* war Ivar Harrie, verantwortlicher Herausgeber Carl-Adam Nycop. Zweiter Redaktionssekretär war Sigge Ågren; der Redakteur für Auswärtige Angelegenheiten, Bo Enander, schrieb auch gelegentlich Leitartikel.

Diese vier Männer waren an der Kursänderung maßgeblich beteiligt. Alle vier waren in der Frage der Auslieferung anderer Meinung als Wrigstad. Harrie war ein heftiger Nazi-Gegner sowie jeder Gefühlsduselei abhold, Nycop war im allgemeinen linksorientiert, Bo Enander konnte man zu dieser Zeit als großen Sowjetfreund bezeichnen, und Sigge Ågren war Sozialdemokrat.

Die Initiative zur Kursänderung kam von zwei Seiten. Ivar Harrie war der eine Ausgangspunkt. Er hatte mit wachsender Unlust beobachtet, wie die Kampagne sich verlagert hatte, wie sie sich mit Argumenten und Gefühlen vermischt hatte, die er nicht mehr mit seiner Überzeugung in Einklang bringen konnte. Für Harrie war es selbstverständlich, dass Undén an dem vor seiner Zeit gefassten Beschluss festhalten musste, und die baltischen Militärs betrachtete er mehr oder weniger als Quislinge. Die Entrüstungskampagne verlagerte sich nach Harries Meinung auch insofern auf eine unsachliche Ebene, als behauptet oder unterstellt wurde, Undén habe eingewilligt, sämtliche in Schweden befindliche Balten auszuliefern, »was ja eine klare Lüge war. Diese Kampagne ist es gewesen, die mich bewogen hat, den Kurs der Zeitung schärfer zu überwachen – übrigens in Übereinstimmung mit dem Auslandsredakteur Bo Enander, und seiner streng sachlichen politischen Einschätzung«.

Die Abwesenheit Per Wrigstads bezeichnet er als reinen Zufall. Überdies hatte Harrie ja auch *de facto* das letzte Wort über den Kurs des Blatts.

Den letzten Anstoß erhielt er, als er morgens in die Zeitung ging: es muss am Montag gewesen sein. In ganz Stockholm waren über Nacht Plakate angebracht worden, sie klebten an Litfaßsäulen und den damals noch allgegenwärtigen Holzstapeln. »Willst Du dafür die Verantwortung übernehmen?« appellierten die Plakate. Sie zeigten ein schlichtes, dramatisches Bild: ertrinkende Menschen. Es schienen meist Frauen und Kinder zu sein – vielleicht ein Zufall, vielleicht auch nicht –, die sich verzweifelt am Wappenschild Schwedens festzuklammern versuchten. Am oberen Rand der Plakate stand in großen Lettern nur: »DIE BALTEN«.

Harrie ging in die Redaktion und begann, einen Leitartikel zu schreiben.

Er erhielt die Überschrift: »Worum es in der Balten-Frage eigentlich geht«. Harrie versuchte herauszuschälen, was nach Abzug aller Gefühle und aller Sentimentalität übrigblieb. Es ging um 167 Balten, die einst deutsche Uniformen getragen hatten, aber nicht um Frauen und Kinder. Harrie wandte sich mit unerhörter Heftigkeit gegen eine Volksmeinung, einen »Propaganda-Apparat«, der mit Suggestion arbeitete und »allzu gespenstisch an die Bauern-Demonstrationen von einst und an die unglücklichsten Meinungsäußerungen zum finnischen Winterkrieg erinnert«. Harrie forderte durchaus nicht die Auslieferung der Balten: der Widerstand gegen die Auslieferung wurde als eine »an sich« gute Sache bezeichnet. Aber: »Die Angelegenheit der 167 Balten wird zum Vorwand genommen, um die Kräfte derer zu stärken, die ihre Chancen in einem dritten Weltkrieg sehen und Schweden in diesen Krieg hineinziehen möchten.«

Die zweite Initiative zur Kursänderung ging von Carl-Adam Nycop und Sigge Ågren aus, wobei nicht auszuschließen ist, dass die sozialdemokratische Reichstagsabgeordnete Disa Västberg den ersten Anstoß gab. Sie verfügte über gute Kontakte zu mehreren Angehörigen der Zeitung. In diesem Spiel hinter den Kulissen war sie eine Art Gegengewicht zu einer anderen, »*Expressen* nahestehenden Abgeordneten«, Helga Sjöstrand aus Eksjö, die sich der Auslieferung mit allen Kräften widersetzte.

Am 24. und am 25. November führten Disa Västberg, Nycop und Sigge Ågren mehrere Gespräche über die Auslieferung der Balten und die Entwicklung der öffentlichen Meinung. Es schien immer mehr Gründe, sachliche Gründe, für ein Eintreten gegen die Volksmeinung zu geben, die sich immer unschöner kundtat. Sie unterstützten Ivar Harrie folglich, ohne zu zögern, als dieser am Morgen des 26. in der Redaktion erschien, und empfahlen spontan eine härtere Haltung.

War das alles? Gab es keine rein taktischen Gründe für das plötzliche Umschwenken?

Es mag sie bei einigen wenigen mehr oder minder bewusst gegeben haben. Da war einmal die Verlockung, gegen den Strom zu schwimmen: einmal mehr den Eindruck zu verfestigen, als sei *Expressen* die furchtlose, immer oppositionelle Zeitung. Dies konnte in diesem Fall um so risikofreier gemacht werden, als die Kampagne in der Presse mit der Meinung des »Mannes auf der Straße« nicht viel gemein zu haben schien. Wie sehr die Rechts-Presse auch toben mochte, so schien es den meisten Schweden doch am wichtigsten zu sein, die Balten möglichst schnell loszuwerden. Jetzt gegen den Strom zu schwimmen hieß also, mit einem unter der Oberfläche um so breiter dahinfließenden Strom mitzuschwimmen. Das war ein Argument, das eine erst vor kurzem gegründete Zeitung nicht einfach abtun konnte.

Es kam der Montag, der den Kurswechsel von *Expressen* offenkundig werden ließ: Zeitungen werden – ebenso wie Meinungen – von Menschen gemacht.

16

40 Prozent der Internierten sehen dem Tod ins Auge.
Schlagzeile in »Svenska Dagbladet« vom 28.11.1945

Die Balten waren müde und mitgenommen, eine direkte Lebensgefahr bestand aber gleichwohl nicht. Es wurde in den Zeitungen viel über ihren bedrohlichen Zustand geschrieben, aber das meiste war übertrieben. Wir zogen ja immer einen Schwarm von Journalisten hinter uns her; wir versuchten, so wenig wie möglich zu sagen, sie schrieben aber trotzdem irgendwas.
Interview mit Prof. Gunnar Inghe,
einem von der Regierung bestellten Kontrolleur, am 26.8.1967

Hinterher schien allen Legionären nur eines im Gedächtnis geblieben zu sein: die Erinnerung an eine absolute Verzweiflung. Sie lagen in ihren Betten, blickten an die Zimmerdecke, sahen Ärzte und Pfarrer kommen und gehen, hörten morgens und abends, wie sie gezählt wurden, und das einzige, was sie empfanden, war eine tiefe Verzweiflung.

An den Hunger erinnert sich keiner von ihnen.

Die Auswirkungen des Hungerns wurde in allen Zeitungen dafür um so eingehender beschrieben.

Die ersten Tage vergingen ohne sonderlich alarmierende Meldungen; erst die am 25. November erschienenen Morgenzeitungen berichteten, dass die Internierten »erste Symptome von Erschöpfung« zu zeigen begännen. Man erwartet, dass die jungen Balten als erste aufgeben werden, weil sie über die geringste Widerstandskraft verfügen. Am Tag darauf, am 26. November, schlug *Stockholms-Tidningen* kritischere Töne an. »Heute abend sieht es in Ränneslätt kritisch aus. Die Balten liegen halb bewusstlos auf ihren Pritschen und zählen nur noch die Minuten bis zum bisher unbekannten Zeitpunkt des großen Aufbruchs. Ein Pfarrer, der das Lager am Sonntag besuchte, bezeichnete seinen Aufenthalt in den Baracken als ›eine Wanderung im Tal des Todesschattens‹. Die Menschen liegen hohläugig in den Betten und starren an die Decke. Die Jüngeren werden vom Hunger mehr und mehr aufgezehrt, verharren aber in derselben unerschütterlichen Entschlossenheit. Das Knäckebrot haben sie in die Schuhe gesteckt, die unter den Betten liegen.«

Warum das Knäckebrot in den Schuhen lag, wird nicht erklärt.

Am Montag, dem 26. November, nach dem Bescheid, der Abtransport sei verschoben worden, schien sich im Lager eine gewisse Erleichterung spürbar zu machen, die sich auch im körperlichen Zustand der Internierten widerspiegelte. Nach und nach trat aber der alte Zustand wieder ein. »25 Prozent der Balten sind jetzt so geschwächt, dass wir sie ins Krankenhaus bringen müssen«, erklärte der Lagerarzt Dr. Brattström in einem Interview mit *Svenska Dagbladet*. »Mehrere der jüngeren Balten zeigen Symptome von Gleichgewichtsstörungen, sie werden bei den Appellen ohnmächtig, und außerdem fällt es ihnen schwer, sich überhaupt aus den Betten zu erheben. Wenn es ihnen doch gelingt, taumeln sie. Andere haben sich Krankheiten wie Herzschwäche, Gelbsucht und Rheumatismus zugezogen. Einige Balten werden mit Kollaps-Symptomen verschiedenster Art in Garnisons-Krankenhäuser gebracht. Viele haben kalte Fingerspitzen, Nasen und Ohrläppchen.«

Am nächsten Abend, Dienstag, fünf Tage nach Beginn des Hungerstreiks, erschienen im *Svenska Dagbladet* alarmierende Berichte. Ein von der Regierung beauftragter Arzt, Dr. Birger Strandell, gab an diesem Abend einen – laut *Svenska Dagbladet* erschütternden – Bericht. »Dreißig bis vierzig Prozent der Internierten haben keinen Puls mehr; ihre Augen reagieren nicht mehr auf normales Licht, sie können keine Kirchenlieder mehr singen, sondern nur noch beten; Appelle können nicht mehr durchgeführt werden.«

Diese Feststellung wurde in einem redaktionellen Kommentar getroffen. Darauf folgt, in einem direkten Zitat, der Bericht Dr. Strandells über den Zustand der Balten.

»Fast alle Internierten sind jetzt bettlägerig; dreißig bis vierzig Prozent haben keinen Puls mehr. Die anderen haben einen äußerst schwachen Puls. Bei denen, die sich im Bett aufrichten, bemerkt man deutliche Wirkungen des Hungerns. Mehrere klagen über Kopfschmerzen und Schwindelgefühle, sie sind schlapp und apathisch. Andere haben Schmerzen in den Füßen und in den Beinen, die vermutlich auf Störungen der Herztätigkeit und des Blutkreislaufs zurückzuführen sind. Die vom Hunger verursachten Magenschmerzen haben sich bei manchen nach kurzer Zeit gegeben. Bei anderen wiederum sind manche Körperteile erkaltet. In einigen Fällen habe ich auch Hungerödeme, also krankhaft aufgeschwollene Körperteile, feststellen können. Es handelt sich folglich um Krankheitssymptome, die wir auch aus den Konzentrationslagern kennen.«

Bemerkenswert seien auch die trägen und schlechten Pupillenreaktionen der Balten, fügt Dr. Strandell hinzu. »Ihre auffallend großen Pupillen reagieren nicht mehr auf normales Licht. Heute abend werden vermutlich drei neue Patienten ins Krankenhaus eingeliefert werden müssen.«

Am Mittwoch wurde damit begonnen, sämtliche Insassen des baltischen Lagers ins Krankenhaus zu bringen.

Verzweiflung und Erschöpfung. Es ist vielleicht auch möglich, den Mechanismus des Gefühls wiederzugeben, das nichts weiter ist als absolute und totale Verzweiflung. Vielleicht ist das möglich. Möglicherweise ist es aber leichter, die Erschöpfung zu beschreiben, die einem siebentägigen Hungerstreik folgt.

Er machte ein Experiment.

Am Donnerstag, 13. April 1967, begann der Untersucher selbst mit einem Hungerstreik, dem die gleichen Bedingungen zugrunde lagen wie dem Hungerstreik der Balten. Er erlaubte sich nur, Leitungswasser zu trinken, sonst nahm er nichts zu sich. Die Fastenzeit wurde an einem Donnerstagmorgen begonnen; er folgte dem Beispiel der Balten von Ränneslätt mit absoluter Genauigkeit.

Gewicht an diesem Morgen: 79,2 Kilogramm. Größe: 192 Zentimeter.

Man konnte ihn als lang und recht schmal bezeichnen. Seine körperliche Kondition war nach langjähriger Schreibtischarbeit, nach reichlichem Tabakgenuss und völligem Mangel an Bewegung nicht eben zufriedenstellend.

Seine Kondition ließ sich in einer exakten Zahl ausdrücken: an diesem Morgen erreichte er auf dem Ergometer-Fahrrad 40 Milliliter Sauerstoff pro Kilogramm und Minute.

Die Balten waren zumeist wohltrainiert; einige waren Berufssoldaten, die meisten waren in bester körperlicher Verfassung. »Als sie nach Schweden kamen, sahen sie wie kräftige Bauernjungen aus.« Während des Sommers hatten sie in der frischen Luft gearbeitet, sie hatten Fußball gespielt, gut gegessen und waren in ausgezeichneter körperlicher Verfassung. Er glaubte nicht, von günstigeren Bedingungen auszugehen als die Balten.

Der erste Tag war anstrengend, der Magen knurrte unausgesetzt, er fühlte sich lustlos und reizbar. In der Nacht schlief er unruhig; er erwachte früh am Morgen, lag lange in der Dunkelheit wach, sah den Tag heraufdämmern und dachte an die Sinnlosigkeit seines Experiments. Im Verlauf des Freitags verschwanden langsam die Hungerschmerzen, er trank nur noch wenig Wasser und konnte sich besser auf seine Arbeit konzentrieren. Am Nachmittag ging er in die Sauna, schwamm langsam, aber lange im Becken herum, zog sich an und entdeckte, dass er seinen Hunger jetzt schon während langer Perioden einfach vergessen konnte.

Am ersten Tag verlor er 1,7 Kilogramm, am zweiten 1,2 Kilogramm.

Der beißende Hungerschmerz ließ immer mehr nach, und je weiter die Zeit fortschritt, desto mehr sollte er ihn einfach vergessen. Der Ausdruck »Schmerz« traf nicht einmal in den schlimmsten Stunden zu, er empfand den Hunger eher als ein dumpfes Knurren, als ein stilles Nagen. Morgens machte er nach wie vor einen Waldlauf, nachmittags ging er in die Sauna und schwamm ein bisschen: das war recht angenehm, und er beschloss, diese körperlichen Übungen auch nach Abbruch des Experiments fortzusetzen.

Am Sonntag: Kindtaufe. Es war nicht schwer, auf Kaffee und Kuchen zu verzichten, schlimmer war es dagegen, den angebotenen Punsch abzulehnen. Die Qual, aufs Essen zu verzichten, ist nur zu einem Teil körperlicher Natur; es war viel schwerer für ihn, wenn seine Frau und sein Kind Makkaroni und Fleischbällchen oder Pfannkuchen mit Eis oder Butterbrote mit Bier aßen und seine Rolle sich darauf beschränkte, die Gerichte zuzubereiten oder aufzuwärmen oder aber das schmutzige Geschirr abzuwaschen. Dieser Schmerz war aber nicht physisch, sonder psychisch; dieser Schmerz glich den Versuchen, das Rauchen aufzugeben. Er vermisste etwas, was in nächster Nähe, was erreichbar und zugleich durch eine Glaswand von ihm getrennt war. Es war eine kalte und regnerische Frühlingswoche, er saß an seiner Schreibmaschine, machte Spaziergänge und las Bücher. Jeden Tag von neuem verglich er seinen Zustand mit dem der Balten, wie er von den Zeitungen wiedergegeben worden war.

Er hatte sein Experiment mit dem Gefühl begonnen, dass es völlig sinnlos sei, dass es nur aus formellen oder grundsätzlichen Erwägungen heraus unternommen werden sollte: damit er noch deutlicher als bisher erkennen sollte, wie sinnlos es ist, ein Gefühl von einer einzigartigen Situation auf eine andere einzigartige Situation zu übertragen. Als er noch ein Kind war und gelesen hatte, wie norwegische Widerständler von den Deutschen gefoltert wurden, hatte er sich manchmal mit Nadeln in die Finger gestochen, nicht um zu erfahren, welchen Schmerz das verursachte, sondern weil er Schmerzen mit den Norwegern hatte teilen wollen. Hinter diesem neuen Experiment verbarg sich eine Absicht, die ebenso verworren metaphysisch und ebenso unmoralisch war wie bei den Experimenten seiner Kindheit; er wehrte sich aber mit Erfolg gegen sich selbst, und es gelang ihm, das Experiment ohne Missgeschick zu Ende zu führen. In seiner absurden Sinnlosigkeit hatte das Experiment aber dennoch einen Sinn. Alle diese ständigen Beobachtungen, diese ewigen Messungen, Pulskontrollen, Gewichtskontrollen und Spaziergänge nach der Stoppuhr schufen einen Zustand exaltierter Egozentrik, sie schienen einen Kreis um ihn zu schlagen, der ihn vor der Welt abschirmte. Da draußen glitt das Leben an ihm vorbei; Hanoi wurde bombardiert, man demonstrierte, Swetlana kam nach New York und gab ihren charmanten Unsinn zum besten, ein Schiff ging unter, irgendwelche Schweden wurden Weltmeister im Tischtennis-Doppel. Um sich selbst aber errichtete der Untersucher eine immer höher werdende Mauer aus Selbstbeobachtung, Egozentrik und Selbstbewusstsein. Tag für Tag wurde es immer offenkundiger: er spürte eine fast hysterische Ichbezogenheit, die schließlich alles andere verdrängte.

War das alles? Das Ergebnis des Experiments?

Am Dienstag fuhr er nach Stockholm. Der Tag war schön, er hatte viel zu tun, die Stunden vergingen: es war schön, den Problemen einmal für kurze Zeit zu entrinnen. Am Abend war er müde, lag aber keineswegs im Sterben, und das Aufstehen bereitete ihm keine Schwierigkeiten. Der Mittwoch brachte keine Änderung; es war jetzt sehr leicht geworden zu fasten, weil jedes Hungergefühl verschwunden war und weil er den Genuss des Essens zu vergessen begann. Er hatte keine Schmerzen in den Beinen, die Reaktion der Pupillen schien normal zu sein, von Hungerödemen war nichts zu bemerken. Der Puls im Ruhezustand, der zu Beginn des Experiments 82 Schläge pro Minute betragen hatte, war langsam gesunken und bewegte sich jetzt bei 60 Schlägen pro Minute; er war gleichmäßig und sehr deutlich zu spüren.

Am Mittwoch hatte man sie ins Krankenhaus gebracht. Am Donnerstag, dem 29. November, war das Balten-Lager geräumt gewesen.

Am Donnerstag um zwölf Uhr mittags brach er das Experiment ab.

Am Donnerstagmorgen ging er zum letzten Mal ins Institut für Leibesübungen der Universität Uppsala, badete, saß in der Sauna, jedoch nur einige Minuten. Gewicht: 72,9 Kilogramm. Er hatte genau 6,3 Kilogramm Gewicht verloren.

Der Ergometer-Test ergab folgendes Resultat: Der Puls im Ruhezustand hatte am Morgen 60 Schläge pro Minute betragen. Belastung 300 kpm pro Minute – also recht wenig. Gewicht: 72,9 Kilogramm. Pulsfrequenz nach der ersten Minute 124, nach der zweiten 126, nach der dritten 126, nach der vierten 126, nach der fünften 126, nach der sechsten 118, nach der siebenten 120 und nach acht Minuten auf dem Test-Fahrrad 118 Schläge in der Minute. Er nahm pro Minute 2,2 Liter Sauerstoff auf. Der Altersfaktor war 0,94, errechnete maximale Sauerstoffaufnahme in Litern pro Minute 2,1. Auf Milliliter pro Kilogramm und Minute umgerechnet 29. Einfacher ausgedrückt: in körperlicher Hinsicht war er mit einem sechzigjährigen Mann von mittlerer Kondition zu vergleichen.

Sein tatsächliches Alter: 32 Jahre.

Die Sauerstoffaufnahme hatte sich innerhalb einer Woche von 40 auf 29 Milliliter pro Kilogramm und Minute verringert.

Es gab eine exakte Zahl: er hatte sich um elf Einheiten verschlechtert.

Diesem Bericht sei ein weiterer hinzugefügt. Er betrifft einen Traum, den er in der Nacht zum Montag hätte, zu Beginn des fünften Hungertages. Er wachte auf, richtete sich im Bett auf und wusste, dass er hellwach war, obwohl der Traum noch Wirklichkeit zu sein schien. Draußen regnete es, das Fenster war ein helles Rechteck, allmählich begriff er, dass er nicht mehr träumte. Was er erlebte, war ein Zustand eisiger konzentrierter Angst, aber kein Traum, nicht einmal die Nachwirkung eines Alptraums. Er meinte, ein Gefühl der Abgeschiedenheit zu erleben, abgesondert zu sein, und dieses Gefühl war definitiv und total; der Weg zurück zu den anderen schien ihm versperrt. Er war von der Bahn der Wirklichkeit abgekommen und befand sich jetzt in einem anderen Kreislauf. Einen Augenblick dachte er daran, seine Familie zu wecken, aber der Gedanke schien absurd: wie sollte er mit ihnen sprechen können? Sie befanden sich noch immer auf der Welt, er dagegen nicht, er bewegte sich von ihr weg.

Er sah seine Lage als geographische Skizze: eine Landschaft, von hohen Mauern umgeben, vom Inland abgeschirmt, offen nur zum Meer hin, wo es keinen Menschen gab.

Dieser Traum war sehr klar und deutlich, frei von sentimentalen oder pathetischen Momenten, er war erfüllt von einer sachlichen und trockenen Verzweiflung, mit der er nichts anzufangen wusste, da sie für ihn ein völlig neues Erlebnis war. Er stand auf, überlegte kurz, ob er sich ein Butterbrot holen sollte. Dann fiel ihm das Experiment wieder ein, und er wies den Gedanken von sich. Dann ging er auf die Haustreppe hinaus und setzte sich, es änderte sich aber nichts. Er war hellwach, daran war nicht zu rütteln, aber die Verzweiflung verließ ihn trotzdem nicht. Er versuchte, dieses Gefühl in den Griff zu bekommen, indem er sich einredete, das Ganze sei nur eine intellektuelle Methode, sich als einem Problem zugehörig zu empfinden, das er untersuchen wollte, aber weil das nicht den Tatsachen entsprach, blieb die Verzauberung bestehen; die Furcht ließ ihn nicht los. Anschließend ging er ins Badezimmer, zog sich den Schlafanzug aus und stellte sich in die Badewanne. Er stellte die Dusche an und spülte den Körper mit eiskaltem Wasser ab. Dennoch blieb er Gefangener seines Traums. Später lag er noch lange wach, starrte zum Fenster hinaus, und ganz allmählich wich der Traum. Er zog sich langsam zurück, nach innen, wurde kleiner und kleiner, zu einem Punkt, einem Nichts; schließlich verschwand er völlig.

Darauf schlief er ein. Am folgenden Morgen schrieb er den Traum nieder. Er war ohne Pointe, ein bisschen literarisch. Er wird nur der Vollständigkeit halber wiedergegeben.

Wer sich für den Mechanismus des Hungerstreiks interessiert, dürfte ihn nur als Kuriosum betrachten können.

Den Bericht über das Experiment schrieb er in der folgenden Woche nieder. Er kehrte immer wieder zu ihm zurück, las ihn aufmerksam durch, prüfte die Zahlen, wobei das nie ohne ein greifbares, aber zugleich irrationales Gefühl der Scham geschah. Die physischen Voraussetzungen waren bei ihm und den Internierten gleich gewesen, aber wie stand es mit den psychischen? Was wusste er über sie? Was wusste er über ihre Gefühle und Ausgangspunkte, die sie damals gehabt hatten, als sie in ihren Baracken lagen, an die Decke starrten und glaubten oder zu wissen meinten, die Auslieferung könne jeden Tag erfolgen und dass sie bald in einem Sklavenlager dahinsiechen oder sterben oder liquidiert werden würden – was wusste er über ihre Situation? Man konnte zwar beobachten, wie Mangel an Nahrung einen Körper beeinflusst, aber wie wirkt das Fehlen von Hoffnung auf einen menschlichen Organismus ein? Wie, genau wie?

Und wie stand es mit seinem Ausgangspunkt? Rein instinktiv *wollte* er ja zeigen, dass die Presseberichte falsch gewesen waren, dass die Volksmeinung gelenkt und düpiert worden war von den immer dramatischeren Berichten, aber wie hatte sich das auf ihn selbst und seine Widerstandskraft ausgewirkt? Vielleicht betrachtete er den ganzen Komplex nicht direkt als eine Seifenblase, die es anzustechen galt: er wollte aber trotzdem alles auf den Punkt zurückführen, an dem die Empfindsamkeit und das Gefühl aufhörten und die Wirklichkeit begann.

Warum übersetzte er Humanität immer mit Empfindsamkeit?

Nachdem er das Experiment hinter sich gebracht hatte, wusste er dennoch mehr über seinen eigenen Standort.

Trotzdem war es nicht so, dass er irgend jemanden beim Falschspiel ertappen wollte. Dies blieb aber als vorläufiges Ergebnis bestehen, als tatsächlicher Kern: hinter den leicht unsachlichen Berichten über sterbende Balten, über Menschen, die sich in entsetzlichen Hungerqualen wanden, verbarg sich eine politische Realität, nämlich die, dass die Berichte der schwedischen Ärzte nicht auf medizinischen, sondern auf politischen Fakten beruhten.

Am Mittwochnachmittag und am Donnerstagvormittag hatte man die Balten auf Bahren aus dem Lager von Ränneslätt getragen und anschließend mit Krankenwagen in Krankenhäuser gebracht. Aus rein medizinischen Gründen hätte man sie ohne weiteres zusammen mit den Deutschen ausliefern können. Dass erklärt wurde, sie seien für einen Abtransport zu schwach, war ein politischer und kein medizinischer Beschluss. Dies war der letzte desperate Versuch der schwedischen Regierung, Zeit zu gewinnen, hier wurde Undéns Idee verwirklicht, »man müsse das Problem auf dem Lazarettwege lösen«.

Zu diesem Zeitpunkt machten Regierung und Presse noch gemeinsame Sache, allerdings rein zufällig: die Regierung, um Zeit zu gewinnen, die Presse, um eine Volksmeinung zu schaffen. Unterdessen begann das Spiel, eigenen Regeln zu folgen; der Sturm in der Presse schuf einen eigenständigen Sturm, diese Welle drückte eine andere nach oben. So war es offenbar gewesen: eine Situation, halb fiktiv, verwandelte sich allmählich aus eigener Kraft in eine Realität. Irgendeinem Menschen glitt ein Spiel aus der Hand, danach allen. Es begann ein Feuer zu brennen, das sich immer mehr ausbreitete. Einige Balten in einem Lager wurden nach und nach von einer Situation vorwärtsgetrieben, die niemand mehr kontrollieren konnte.

Am Ende musste er sich nur noch auf die Zahlen aus seinem Experiment verlassen. Er hielt sich an diese Zahlen, weil sie ihm zuverlässig erschienen, ihre Exaktheit beruhigte ihn und gab ihm die Kraft zum Weitermachen. 2,2 Liter Sauerstoff pro Minute. Altersfaktor: 0,94. 29 Milliliter pro Kilogramm und Minute. Nach 8 Tagen ohne Nahrung eine Verringerung um 11 Einheiten.

Einer der von der Regierung nach Ränneslätt geschickten Ärzte war Gunnar Inghe. Am Montag wurde er ins Sozialministerium gebeten; dort saßen bereits Per Nyträm, Eije Mossberg und Möller. Später kam noch ein anderer Arzt hinzu, Birger Strandell, und sie wurden beide über die Lage unterrichtet.

Die Balten würden bald ausgeliefert werden, in Ränneslätt stehe eine Panik unmittelbar bevor, es gebe zwar schon einige Ärzte dort, man brauche aber mehr. Sie sollten sofort hinfahren.

Zumindest Eije Mossberg war während der Besprechung offensichtlich unangenehm berührt.

Weitere Direktiven? Sollten die Balten krankgeschrieben werden?
Nein.

Während der Bahnfahrt leistete ihnen ein bekannter schwedischer General Gesellschaft, der sie über die Lage orientierte. Er sprach lange und ausführlich über die Fehler, die die sozialdemokratische Regierung gemacht habe, über die Misswirtschaft, die in Schweden herrsche; ferner gab er ihnen eine Übersicht über die Versäumnisse der Regierung in der Balten-Affäre. Sie saßen in seinem privaten Abteil; er sprach, und sie hörten zu.

Am Nachmittag waren sie in Ränneslätt.

Für Inghe waren Menschen, die sich im Hungerstreik befanden, kein ungewöhnlicher Anblick. Bei Geisteskranken kam es oft vor, dass sie die Nahrungsaufnahme verweigerten. In seiner Eigenschaft als Kriminologe und Sozialmediziner hatte er derlei schon oft genug gesehen. Er hatte gelernt, dass die Gefahr für den Körper eines Hungerstreikenden relativ gering war, jedenfalls während der ersten zwei oder drei Wochen, dass es aber wichtig war, den Patienten genau zu überwachen.

Hier lagen sie nun in ihren Betten, still, fast apathisch, während Eichfuss durch die Säle tapste, Dompteur, Hausgeist und Arzt in einer Person. Er sprach, tröstete, überredete und bezwang, redete auf jeden Unschlüssigen ein.

Er war der einzige, mit dem die schwedischen Ärzte in nähere Berührung kamen, da er über alles, alles zu bestimmen schien. Sie vergaßen ihn später niemals mehr.

Sie untersuchten die Balten und stellten bei allen einen vergleichsweise guten Gesundheitszustand fest, wenngleich ihr psychischer Zustand sehr schlecht war. Einige von ihnen sprachen ein ausgezeichnetes Deutsch; sie versuchten, sich den schwedischen Ärzten verständlich zu machen, sich gleichsam zu entschuldigen. Sie sprachen fast immer von ihrer Angst vor dem Sterben. Sollten sie ausgeliefert werden, meinten sie, sei der Tod ihnen gewiss. Sie sprachen von der Sowjetunion und von ihrer Hoffnungslosigkeit. »Schickt man uns in die Sowjetunion, bedeutet das für uns alle den Tod. Das wissen wir genau. Wir haben es gehört. Wir wissen es.«

Die Untersuchungen verliefen wie gewöhnlich. Brustkorb, Herz, Blutdruck, Hals.

Nach einigen Tagen war die Lage schon etwas komplizierter. Die Balten lagen in ihren Baracken – nicht angenehm, sie dort zu wissen, in einem Krankenhaus wären sie besser und sicherer aufgehoben. Die Ärzte telefonierten von Ränneslätt aus mit dem Sozialministerium und brachten ihre Argumente vor.

Das Ministerium stimmte sofort zu. Gunnar Inghe hatte das Gefühl, dass die Männer im Ministerium den Bericht und die Empfehlung der Ärzte mit großer Freude und Erleichterung aufnahmen.

– Erst später, lange Zeit später, begriffen wir, dass wir als Ärzte einen gewaltigen Vorsprung vor allen anderen hatten. Wir hatten die Macht, den politischen Mechanismus lahmzulegen, politische Beschlüsse zu desavouieren. Damals haben wir das aber nicht gemerkt. Wir sahen die Balten bloß als medizinische Fälle an.

Den stärksten Eindruck hat auf Inghe ein Gespräch mit Eichfuss gemacht. An das Gespräch erinnert er sich nur dunkel, aber die Situation steht ihm noch klar vor Augen: sie saßen in einer der Baracken, an einem Tisch vor dem Fenster, es war Abend. Die Scheinwerfer draußen waren eingeschaltet. Eichfuss sprach fast die ganze Zeit, seine Stimme war leise und beherrscht. Im selben Raum lagen acht baltische Soldaten. Das Zimmer war halbdunkel, die Männer lagen still und reglos in den Betten, einige schliefen, keiner bewegte sich, das Zimmer schien zu atmen, langsam und geheimnisvoll. Die Männer hätten Puppen oder Leichen sein können, so reglos lagen sie da. Eichfuss redete. Durch das Fenster konnte man den Stacheldraht sehen, die Scheinwerfer, das Licht, Schatten, die Wachposten sein konnten.

An alles das erinnert sich Inghe. Es muss kurz vor der Räumung des Lagers gewesen sein.

Und das Krankschreiben? Es war aus medizinischen Gründen geboten. Tatsächlich? Soviel ich weiß, ja. Gab es keine Direktiven? Ich habe jedenfalls keine erhalten. Nein, daran kann ich mich nicht erinnern.

Eine andere Stellungnahme. In seinen Memoiren »Im Dienst des Reichs« berührt der damalige Chef des Verteidigungsstabes, General C. A. Ehrensvärd, das Problem in einigen Sätzen.

»Am 27. November schickte die Regierung durch die Medizinalbehörde einige Ärzte nach Ränneslätt, die beauftragt waren, sämtliche Balten krankzuschreiben. Diese Maßnahme, die man aufgrund der heftigen Meinungsstürme gegen die Auslieferung getroffen hatte, gab der Regierung die Möglichkeit, der russischen Gesandtschaft mitzuteilen, dass diese Internierten nicht ausgeliefert werden könnten. Eigentümlicherweise wurde die Maßnahme nicht mit den zivilen Behörden abgesprochen, so dass es hinterher einigen Ärger gab.«

Die Deutschen hatten mit ihrem Hungerstreik später begonnen als die Balten; sie erzielten aber eine größere Wirkung, weil sie auch den Genuss von Wasser untersagten. Nach Aussage der behandelnden Ärzte war ihr Zustand »schlimmer als der der Balten«.

Im Fall der Deutschen konnte aber von einem generellen Krankschreiben keine Rede sein, weil es an den politischen Indikationen fehlte. Sie wurden ohne Umwege ausgeliefert.

17

In Jalta hatten Churchill und Roosevelt sich bereit erklärt, sowjetische Staatsbürger aus ihren jeweiligen Besatzungszonen auszuweisen, und die meisten Angehörigen der Wlassow-Armee, die in den Westen geflohen waren, wurden nach und nach den Russen übergeben – was bei den angloamerikanischen Bewachern oft mit Gewalt verbunden war. In Lienz in Österreich weigerten sich einige Kosaken, die evakuiert werden sollten, die Lastwagen zu besteigen. Sie bildeten einen schützenden Ring um ihre Familien und kämpften mit bloßen Händen gegen die britischen Soldaten. Mindestens sechzig Kosaken wurden getötet, andere sprangen in die Drau. Der Tod durch Ertrinken war diesen Menschen lieber als die Rückkehr in die Sowjetunion.
Toland: »Die letzten hundert Tage«

Ich war auf der Krim dabei, aber einen so blutigen Tag wie gestern in Ränneslätt habe ich noch nie erlebt ...
Internierter Deutscher in einem Interview vom 30.11.1945

Es spitzte sich alles sehr schnell zu und ging auch sehr schnell vorüber.

Am Mittwoch, dem 28. November, teilte Außenminister Undén dem russischen Gesandten Tschernitschew mit, dass die Balten infolge des Hungerstreiks in so schlechter körperlicher Verfassung seien, dass die schwedischen Ärzte es für angezeigt hielten, sie ins Krankenhaus einzuweisen. Infolgedessen sei die Auslieferung dieser Personen zum gegenwärtigen Zeitpunkt unmöglich.

Am selben Tag begann die vollständige Evakuierung des baltischen Lagerteils. Am Donnerstag war sie beendet, um 13.30 Uhr. Damit hörte das baltische Lager von Ränneslätt auf zu existieren.

Der Abtransport ging in vollkommener Ruhe vor sich. Man trug die Balten auf Tragbahren hinaus, einen nach dem anderen, und fuhr sie mit Krankenwagen in die Hospitäler. Es geschah nichts, niemand setzte sich zur Wehr. Es gab keine Selbstmorde, keine Proteste, keine Selbstverstümmelungsversuche.

Der letzte, der das Lager verließ, war Dr. Elmars Eichfuss-Atvars. Er war auch der einzige Balte, der ohne fremde Hilfe gehen konnte. Man hatte schwedischen Journalisten erlaubt, dem Abtransport beizuwohnen, und sie sahen, wie er als letzter aus dem Halbdunkel der Baracke auftauchte: barhäuptig, wachsam. Bevor er ins Freie hinaustrat, hielt er einen Augenblick inne; er ging dann einen Schritt weiter, taumelte oder stolperte und fiel gegen den Türpfosten. Er schlug mit dem Kopf gegen das Holz, richtete sich aber gleich wieder auf, stützte sich mit dem Arm auf einen Krankenpfleger und ging dann schnell, mit einem Lächeln auf den Lippen, die Treppe hinunter. Seine Stirn blutete; es war aber nur eine kleine Wunde. Er berührte sie nicht. Ein Krankenpfleger kam mit einem Heftpflaster hinzu, Eichfuss hielt still und ließ ihn gewähren.

– Wir haben gewonnen, erklärte er dann den schwedischen Journalisten. Es ist jetzt ganz offenkundig, dass unser Kampf mit einem Sieg geendet hat. Wir werden nicht zusammen mit den Deutschen ausgeliefert werden. Das ist alles, was ich im Augenblick zu sagen habe.

Dann ging er geradewegs an den Journalisten vorbei, durch das Spalier der Wachposten und Krankenpfleger, und stieg in den Krankenwagen ein, ohne sich umzusehen.

Die Balten sollten auf mehrere Krankenhäuser in Südschweden verteilt werden. Die gemeinsam verbrachte Zeit war jetzt zu Ende, aber Eichfuss überwachte seine Landsleute bis zuletzt und erklärte, dass er, dass sie gewonnen hätten.

All dies stand am nächsten Tag in den Zeitungen. Sie schrieben über das Konditionswunder Eichfuss, den einzigen Balten, der noch hatte aufrecht gehen können. Die Zeitungen erwähnten aber noch seinen Sturz. »Der Streikführer, Dr. Eichfuss, verließ das Lager als letzter. Er war aber doch so erschöpft, dass er beim Verlassen der Baracke gegen die Türfüllung fiel, wobei er sich am Kopf verletzte.«

Am Tag darauf, am 30. November 1945, einem Freitag, wurde der deutsche Teil des Lagers von Ränneslätt evakuiert. Nun züngelten die Flammen hoch, die im baltischen Teil des Lagers angezündet worden waren, das Feuer brannte jetzt lichterloh, es brannte in Ränneslätt und Backamo und Grunnebo und Rinkaby, überall, überall.

Die »Cuban«, das russische Transportschiff, lag in Trelleborg unter Dampf; alles war bereit. Die zweitausendfünfhundert deutschen Internierten konnten abtransportiert werden.

Die Räumung des Lagers sollten Militärpolizisten besorgen.

Das deutsche Lager lag am südlichen Ende der Ebene. Zum erstenmal in diesen Novembertagen kam die Sonne zum Vorschein, es war ein wundervoller Morgen, ein paar Grad unter null, die Luft war klar, keine Wolke am Himmel, die Erde leicht mit Rauhreif überzogen. In den frühen Morgenstunden war das ganze Gelände umstellt worden: die Militärpolizisten lagen hinter Bäumen und Büschen verborgen, sie saßen in dem herbstlich gefrorenen Gras, neben sich die Butterbrotpakete. Es herrschte Rauchverbot; die Sonne ging gerade auf. Die Männer waren mit Pistolen und Gummiknüppeln bewaffnet. Es war kurz vor 8 Uhr morgens.

Punkt 8 Uhr betrat Hauptmann Rosenberg das Lager und überbrachte dem deutschen Lagerchef, Hauptmann Kohn, eine Mitteilung. Sie war kurz, enthielt nur die Nachricht, dass die Auslieferung an die Russen jetzt bewerkstelligt werden solle und dass die gegebenen Befehle zu befolgen seien.

Kohn hörte stehend zu, als die Mitteilung verlesen wurde, konferierte kurz mit seinem Adjutanten und erwiderte nach nur wenigen Minuten, dass die Deutschen sich weigerten, freiwillig zu gehen.

Um 8.35 Uhr ging eine rote Signalrakete in die Luft, worauf die Militärpolizei ins Lager eindrang. Die Räumung hatte begonnen. Sie kamen von vier Seiten, schnell, direkt. Es war wie ein Überfall. Sie schnitten den Stacheldraht auf, rannten ins Lager, umringten die Baracken, stellten überall Posten auf. Danach begannen sie, die Baracken systematisch zu räumen.

Oder: versuchten es.

Die Polizisten trugen lange blauschwarze Mäntel, Helme, und jeder hatte einen Gummiknüppel in der Hand. In den schrägen Strahlen der Morgensonne betraten sie die Baracken, um die Deutschen herauszuholen. Sie verschwanden im Innern der Baracken und blieben lange fort.

Als erster kam ein Feldwebel aus Hameln heraus; er war unrasiert und bleich, konnte aber gehen. Sie befahlen ihm, die Hände über den Kopf zu nehmen, und so stand er da, während sie ihn durchsuchten. Dann ging er die Treppe hinunter. Gerade als sie ihn abführen wollten, brach der Sturm los. Es begann in Baracke 30. Zwei Offiziere traten mit durchschnittenen Handgelenken ins Freie; aus ihren Wunden strömte das Blut. Sie hielten ihre Hände hoch erhoben, standen im Morgenlicht und sahen zu den Polizisten hin, die noch nicht an ihrer Baracke angekommen waren. Es folgte ein Augenblick des Zögerns, sie sahen fast scheu aus, dann taumelten die beiden Deutschen, fielen hin. Polizisten umringten sie, es kamen Sanitäter, und plötzlich erscholl ein Gewirr aus Rufen und Kommandos. Mit einem Mal schien es, als sei die Panik urplötzlich ausgebrochen, als hätten die beiden Offiziere das Signal zur Panik gegeben, indem sie mit ihren zerschnittenen Handgelenken und halb erhobenen Armen dastanden, die sie weit vom Körper weghielten, als wollten sie trotz allem ihre Uniform nicht mit Blut beschmutzen.

Jetzt erschollen auch aus den Baracken Rufe, und die Sanitäter rannten ununterbrochen hin und her.

Im Innern des Lagers gruppierten sich die Baracken um ein offenes Viereck, eine Art Platz, und alle Deutschen, denen es gelungen war, aus den Baracken zu fliehen, ohne den Polizisten in die Hände zu fallen, versammelten sich dort. In ihrer Mitte stand ihr Lagerchef, Hauptmann Kohn, und sie drückten sich immer enger an ihn, wurden immer verzweifelter. Schließlich bildeten sie eine dichte Traube von mehr als zweihundert Mann. Sie zogen ihre Gürtel aus den Hosen, zurrten sich aneinander fest, mit Leibriemen und Schnüren, dicht, dicht. Sie standen still, unbeweglich, und sahen die Polizisten an. Nichts geschah.

Es verging eine halbe Stunde, es verging eine Stunde. Von Zeit zu Zeit brach jemand zusammen, fiel bewusstlos zur Erde, worauf die Polizisten sich vorsichtig vorwagten, sie aufhoben und forttrugen. Die Traube schien aber nicht kleiner zu werden, und nach anderthalb Stunden wurde klar, dass etwas geschehen musste.

In diesem Augenblick entschlossen sich die schwedischen Polizisten zum Angriff.

Sie bildeten einen Kreis um die Deutschen, und gerade als es losgehen sollte, zog Hauptmann Kohn einen Dolch hervor und stach ihn in seine Brust. Die ganze Traube schien seinem Beispiel zu folgen. Die Männer zerschnitten Gelenke und Brust mit Rasierklingen, sie schluckten Rasierklingen, stachen mit Dolchen in Hals und Bauch, schluckten abgebrochene Löffel und Pfeifenstiele, sie schnitten und schrien. Die Polizei brach sofort in den Kreis ein, aber da alle sich aneinander festgebunden hatten und es soviele Verwundete gab, soviele Verzweifelte, und da die Deutschen auf keinen Fall gewillt waren, sich aus der Traube zu lösen, war es schwer, einzelne herauszugreifen. In der Mitte der Schar gab es jetzt schon viele Schwerverwundete, die ununterbrochen schrien, sie schrien und wollten schließlich Hilfe haben, alle hielten sich aneinander fest, so dass die Polizisten sie voneinander losprügeln mussten. Sie schlugen und schlugen, und innerhalb von zehn Minuten war die Gruppe aufgelöst, sie war zersplittert. Die Soldaten lagen auf der Erde oder knieten oder lagen in kleinen Haufen übereinander, aber die Traube als solche war zersplittert. Die Sanitäter konnten jetzt eingreifen.

Aus den Fotografien geht deutlich hervor, wie schön dieser Morgen war. Die Schatten sind noch schräg und scharf abgegrenzt, die Traube aus Deutschen, die sich dicht an eine Barackenwand gedrängt hat, befindet sich nur zur Hälfte im Sonnenlicht. Um sie herum, in Reih und Glied oder aber in Gruppen, steht das Evakuierungspersonal. Die schwedischen Soldaten tragen graue oder grauweiße Kleidung, alle tragen Stahlhelme, Gewehre, und stehen ein wenig abseits. Die dunkler gekleideten Gestalten, die Staats- und Militärpolizisten, haben offenbar nur Gummiknüppel in den Händen.

Scharfe Sonne, klare Schatten.

Einige derjenigen, die die Auslieferung am heftigsten bekämpft hatten, waren Zeugen dieses Abtransports. Unter ihnen ein Offizier der Reserve, der zur schwedischen Lagerleitung gehört hatte. Er stand lange vor dieser schreienden und wogenden Masse aus Deutschen, er sah, wie einzelne herausgegriffen, abgesondert und abgeführt wurden. Er brauchte nicht einzugreifen und wollte es auch nicht. Lange Zeit stand er still da und sah zu. Dann nahm er seinen Stahlhelm ab und warf ihn auf die Erde. Kurz darauf ging er weg. Er erinnert sich noch daran, dass die Wasserpfützen auf der Erde nachts zugefroren waren. Das Eis knisterte unter seinen Füßen, er ging.

Sie schrien:

– Wir wollen nicht! Fasst uns nicht an! Tötet uns!

Sie rissen sich die Kleider vom Leib, um leichter schneiden und stechen zu können. Zitternd und frierend standen sie an diesem letzten Novembertag in der frühen Morgensonne und suchten in den Strümpfen nach den versteckten Päckchen mit den Rasierklingen. Sie schrien immerzu. Einige versuchten, den Polizisten die Pistolen wegzunehmen, aber diese Versuche misslangen.

Um 10.30 Uhr war alles vorbei. Der Widerstand war gebrochen, die Verwundeten hatte man zu den Verbandsplätzen geführt. Der Hungerstreik war ebenfalls gebrochen, weil die schwedischen Ärzte Becher mit warmer Schokolade und Berge von Butterbroten herbeibeordert hatten. Die Schokolade war angenehm warm, und sie tranken und aßen. Einige bekamen Magenkrämpfe, die meisten schienen sich aber schnell zu erholen; diese konnten den bereitgestellten Sonderzug selbst besteigen.

Man zählte die Verwundeten. Vierundsiebzig Mann hatten sich verstümmelt, die meisten Verwundungen waren aber glimpflich, und es starb niemand. Nur zwei hatten sich die Lungen aufgestochen, die meisten anderen hatten die Pulsadern der Handgelenke aufgeschnitten. Mehr als die Hälfte hatte versucht, scharfe Gegenstände hinunterzuschlucken: Rasierklingen, Nadeln, Knöpfe, Füllhalter. Diese Gegenstände konnten in den meisten Fällen ohne Operation herausgeholt werden.

Zur selben Zeit wurden die Lager in Rinkaby, Grunnebo und Backamo evakuiert.

In Backamo wurden die Internierten am Freitagmorgen gegen 6 Uhr vom Abtransport in Kenntnis gesetzt. Unmittelbar darauf begannen die Selbstverstümmelungen, die sich aber auf die Gruppe der Offiziere konzentrierten. In diesem Lager wurde größerer Erfindungsreichtum an den Tag gelegt, und folglich waren die Verwundungen hier auch zahlreicher und ernster. Unter Verwendung der Betten wurde in aller Hast ein Beinzertrümmerungs-Apparat konstruiert. Ein Deutscher nach dem anderen steckte sein Bein in dieses Gerät und ließ sich den Röhrenknochen zerbrechen.

Ein schwedischer Polizist aus Uppsala betrat eins der Zimmer, um zu entdecken, dass die Arrangements bereits zu weit fortgeschritten waren. Zehn Mann hatten sich in Reih und Glied aufgestellt, worauf der ranghöchste Offizier einem nach dem anderen das Bein brach. Als der Schwede den Raum betrat, hatten schon acht der Anwesenden die Prozedur hinter sich gebracht, und in dem brüllenden Chaos, das nun entstand, war es ihm nicht möglich, die Verstümmelung der zwei anderen Soldaten zu verhindern.

Diese Gruppe wurde sofort ins Krankenhaus gebracht, die verwendete Axt beschlagnahmt.

Um 9 Uhr, also nach drei Stunden, hatten die Schweden die Lage jedoch unter Kontrolle. Die Räumung konnte beendet werden. Genau 105 Mann hatten sich selbst verstümmelt.

Im Lager von Grunnebo konnten die Polizisten die Insassen überrumpeln. Es kamen nur drei Selbstverstümmelungen vor.

In Rinkaby wurden elf Selbstverstümmelungen und ein Selbstmord registriert: ein österreichischer Hauptmann hatte sich erhängt.

Insgesamt hatten sich in diesen Morgenstunden des 30. November also 193 Deutsche selbst verstümmelt. Hinzuzurechnen ist jedoch eine große Zahl von Internierten, die schon vorher ins Krankenhaus gebracht worden waren; allein aus dem Lager von Backamo befanden sich Anfang Dezember 391 Mann in Hospitälern.

Die Gesamtzahl der Lagerinsassen, die Anfang Dezember in schwedischen Krankenhäusern gepflegt wurden, lag knapp unter tausend. Die allermeisten befanden sich infolge des Hungerstreiks und der Selbstverstümmelungen in ärztlicher Behandlung.

Ganz in der Nähe des deutschen Teils des Lagers von Ränneslätt befand sich ein Gleisanschluss, der zur Bahnstation von Lyckeberg führte. Dort wurden die Deutschen in einen Sonderzug verfrachtet. Es waren schließlich 385 Mann. Sie setzten sich apathisch in den Abteilen hin, sahen die letzten einsteigen und beobachteten, wie die Türen geschlossen wurden. Um 17.45 Uhr fuhr der Zug ab. Er umfasste fünfundzwanzig Wagen, war fast vierhundert Meter lang und wurde von zwei Loks gezogen. Keiner der Männer winkte, keiner schien aus dem Fenster sehen zu wollen, sie verließen Ränneslätt für immer.

Sigurd Strand war Lagerkommissar gewesen, er kannte viele der Deutschen persönlich, mochte viele gern. Was ihm von der Räumung des Lagers im Gedächtnis bleiben sollte, war ein Alptraum aus Rufen, Gebeten, Blut und Umarmungen. Viele der Deutschen hatten noch mit ihm gesprochen, sie waren ihm um den Hals gefallen, sie hatten geweint, er hatte hysterische Ausbrüche gesehen und verbissene Verzweiflung. Alles war ein chaotischer, blutiger Traum gewesen. Jetzt war er zu Ende.

Die Abfahrt des Zuges beobachtete er vom Fenster der Expedition aus. Es war schon fast dunkel, er war sehr müde, hatte aber keine Lust, gleich nach Hause zu gehen. Einen Tag vorher hatte man die Balten evakuiert, aber diese Räumung war ruhig vor sich gegangen; die Balten sollten in Krankenhäuser gebracht werden, und außerdem war er mit ihnen nie in so enge Berührung gekommen wie mit den Deutschen. Das hier war schlimmer.

Er sah, wie der lange Zug sich in Bewegung setzte, schneller wurde und in der Dunkelheit verschwand. Danach gab es nichts mehr zu sehen.

Gegen 22 Uhr kam er nach Hause. Er trug noch immer seine Uniform und seinen Stahlhelm. In der Küche hörte er, wie seine Frau etwas fragte, aber er war zu müde, um antworten zu können. Er ging ins Schlafzimmer und legte sich in voller Montur aufs Bett: in Uniform, Uniformmantel und Stiefeln. Seine Stiefel waren schmutzig, verdreckt, was ihm nach kurzer Zeit einfiel. Er zog sie aus. Nach einigen weiteren Minuten kam auch seine Frau ins Schlafzimmer und legte sich hin. Es wurde dunkel. Er lag in der Dunkelheit, konnte nicht einschlafen; mochte aber auch nicht aufstehen und die Uniform ausziehen. Das Licht vom Fenster hinderte ihn am Einschlafen. Er machte die Augen zu, aber es half nichts. Um 3 Uhr ging er in die Küche und trank Milch. Um 5 Uhr schlief er ein.

Am 1. Dezember waren die Zeitungen voll mit Artikeln über das Feuer, das einst im Lager der Balten zu glimmen begonnen hatte. Am 1. Dezember konnten alle Blätter von dem Blutbad in Ränneslätt und den Blutbädern in Backamo, Grunnebo und Rinkaby berichten.

Am 1. Dezember 1945 war der Untersucher elf Jahre und drei Monate alt. Die Post kam immer erst nachmittags aus Skellefteå, und er pflegte unten an der Milchbrücke in Sjön, Hjoggböle, zu warten. Sie warteten und warteten, aber dann tauchten endlich die Lichter am Horizont auf, wurden größer, kamen über die Ebene auf sie zu; wenn in der Mitte ein bläulich schimmerndes Licht zu sehen war, wussten sie, dass es der Postbus war, der ihnen Briefe und Zeitungen brachte. Sie standen neben den hohen Schneewällen in Sjön, Hjoggböle, Västerbotten, und warteten ungeduldig auf den Bus. Dieser kam näher, hielt an, und dies war der Mittel- und Höhepunkt des Tages. Der Fahrer stieg aus, er trug eine braune Tasche mit einem Schloss und einem Metallgriff. Er sagte nichts, sondern stieg gleich wieder ein. Der Bus startete, die Lichter verschwanden, und sie standen stumm zu einer kleinen Menschentraube zusammengedrängt und sahen Bus und Lichter in der Ferne verschwinden.

Dezember 1945 im Küstengebiet von Västerbotten.

Inzwischen war es wieder dunkel geworden, und sie gingen gemeinsam zu dem Bauernhof hin, der als Poststation diente und wo die Post verteilt wurde. Sie gingen den Berg hoch, betraten die Küche; dann wurde die Tasche aufgeschlossen, man legte die Post auf die Holzbank, für jeden Haushalt einen kleinen Stapel, und er konnte seinen Stapel nehmen und gehen. Er hatte nur wenige hundert Meter zu gehen, an einer kleinen Kapelle vorbei, durch den Zaun, dann war er zu Hause. Zuerst las er die Comics: »Karl Alfred«, »Phantom« und »Dragon«, dann die Sportseite und zum Schluss den Rest. Er lag bäuchlings auf dem Fußboden der Küche, die Zeitung war vor ihm ausgebreitet, hinter ihm bullerte der große Herd.

Am 1. Dezember 1945 gab es zwei Haupt-Schlagzeilen. Ganz oben stand: »Heß gibt zu, den Gedächtnisverlust simuliert zu haben.« Schräg darunter war in kursivem Fettdruck zu lesen: »*Erstecht uns doch!* schrien die Deutschen.« Darunter waren auch Bilder. Sie waren zwar nicht tagesfrisch, aber immerhin in Ränneslätt aufgenommen. Die Bildunterschrift des ersten Fotos war kurz und sachlich. »Dr. B. Strandell untersucht einen der hungerstreikenden Balten.« Das Foto stellte zwei Männer dar. Einer von ihnen lag im Bett, seine Hände hatte er auf der Brust gefaltet; dies war offensichtlich der Balte. Er war braungebrannt und mager, hatte den Kopf zur Seite geneigt und machte einen ernsten Eindruck. Der Arzt, der Mann im weißen Kittel, saß auf einem Stuhl neben dem Bett; seine rechte Hand hatte er auf die Brust des im Bett liegenden Mannes gelegt.

Der Arzt lächelte schwach.

Das zweite Foto zeigte Baracken des Lagers von Ränneslätt: zwei große Baracken, die durch einen Stacheldrahtzaun getrennt waren. Man konnte fünf Drähte erkennen, die zwanzig bis dreißig Zentimeter voneinander entfernt waren. Daneben stand ein Wachposten, der auf dem Foto genau zwei Zentimeter groß war.

Die Zeitung hieß *Norra Västerbotten*.

Den Bericht über Ränneslätt und die anderen Lager las er aufmerksam durch. Es erschien ihm merkwürdig und unwirklich, dass dies alles sich in Schweden ereignet haben sollte, aber da auch Deutsche beteiligt waren, glaubte er es schließlich. Er hatte den Verlauf des Hungerstreiks während der ganzen Woche genau verfolgt, und der jetzt erreichte Höhepunkt erschien ihm durchaus logisch. Was aber noch lange in seinem Bewusstsein haftenbleiben sollte, waren weder der Hungerstreik noch die Selbstverstümmelungen, sondern die dahinterstehenden Motive. Jenseits der Verzweiflung zeichnete sich wie eine dunkle, drohende Wolke das ab, was die Internierten so entsetzt hatte, wogegen sie gekämpft und demonstriert hatten; sie waren in den Hungerstreik getreten und hatten sich selbst verstümmelt, um dieser drohenden Gefahr zu entgehen: dem großen, grausamen Russland. Ein Land und ein Volk, die allein schon durch ihr bloßes Vorhandensein soviel Verzweiflung auslösen konnten, mussten furchtbar sein. Wenn ein Mensch zum Messer greift und sich selbst verstümmelt, um einer Gefahr zu entgehen, muss diese Gefahr entsetzlich groß sein. Schlimmer als der Tod, schlimmer als die Hölle.

Und dies sollte lange, lange in ihm haftenbleiben: das Gefühl des Schreckens und der Furcht vor Russland und dem Kommunismus, die Angst vor diesem großen Land im Osten, vor diesem unbestimmten Etwas, wohin die Sklavenschiffe einst gefahren waren.

Er sollte dies noch lange mit sich herumtragen, zunächst bewusst, später – als er erwachsen war und andere Faktoren und Einsichten sein Denken prägten – sollten die Ursprünge seiner Angst verwischt, verdünnt werden, aber die Wertvorstellungen als solche blieben erhalten. Wenn er später als Erwachsener jene Wertvorstellungen zu untersuchen oder freizulegen versuchte, die ihn lenkten oder banden oder leiteten oder blockierten, war folgendes einer der diffusesten, aber zugleich verlockendsten Ausgangspunkte: das Licht am Horizont, der kleine blaue Scheinwerfer, die Schlagzeile in der Zeitung, das Gefühl der Angst angesichts der Angst der Deutschen und Balten, das Gefühl einer heimlichen Identifikation und Solidarität. Er glaubte, er würde nie fähig sein, das Netz freizulegen, das ihn steuerte und lenkte, aber irgendwo musste er anfangen, und folglich begann er hier.

Am 7. März 1967 sah er Ränneslätt zum erstenmal.

Es war ein wundervoller Frühlingstag. Er kam mit dem Wagen, parkte, sah sich zwischen den Baracken um und setzte sich schließlich vor einem großen, zweistöckigen, weißgestrichenen Gebäude auf die Treppe. Der Schnee war noch nicht weggetaut, nur auf den Straßen war er geschmolzen; in den Erdmulden lagen jetzt tiefe kleine Seen mit Schmelzwasser. Der Schnee war sehr weiß, das Wasser glitzerte, die Sonne wärmte angenehm. Es war wirklich Frühling, ein klarer, milder, ein frischer Frühlingstag, die Luft war völlig still, keine Autos zu sehen, von Süden her, wo die Stadt und die Häuser lagen, drangen schwache Geräusche herüber, keine Menschen; über Ränneslätt schien die Sonne weich und warm. Er setzte sich auf die Holztreppe vor dem Haus, holte eine Zigarette hervor, steckte sie an, legte den Kopf in den

Nacken und sah über das Gelände hin, das er schon so gut kannte, obwohl er es heute zum erstenmal sah.

Hier lag einmal ein Lager.

Er saß auf der Treppe des Hauses, in dem die baltischen Offiziere untergebracht gewesen waren. Hier hatten sie gewohnt. Hier hatte Lapa Selbstmord begangen, hier hatten sie konferiert, hier hatten sie gelebt, hier. Links, auf der anderen Seite der Straße lag der Wald, in dem die Baracken der Balten gestanden hatten: aber die Baracken hatte man inzwischen abgerissen, nur der Wald war noch da. Der Stacheldraht war ebenfalls verschwunden. Weit weg, auf der anderen Seite des Feldes, sah er die wenigen übriggebliebenen Baracken der Deutschen: die meisten ebenfalls abgerissen. Dort hatten sie gelebt. Dort hatte man die Baracken geräumt: das Chaos aus Blut, Schreien, Gebeten, Tränen, Verwünschungen und Knüppelschlägen, das letzte blutige kleine Nachspiel des Krieges, hatte sich dort drüben auf schwedischem Boden abgespielt. Und jetzt Sonne. Diese warme, großzügige, weiche Frühlingssonne, die die Ereignisse in weite Ferne zu rücken schien, die sie zu Geschichte machte, zu geträumter Wirklichkeit.

Hier lag einmal ein Lager.

Zehn Monate waren vergangen seit dem Junitag in einem aufgelösten, verwirrten und heißen Jackson: vor zehn Monaten war er einmal auf einem Bürgersteig stehengeblieben und hatte begriffen, dass seine Gefühle nichts als sentimentale Abstraktionen waren, dass der Marsch immer an ihm vorbeiziehen würde, wenn er nicht selbst seine Marschrichtung änderte. Er hatte den Absprung gewagt, war in die Luft hinausgeschwebt, und er schwebte noch immer, wie ein schiffbrüchiger Raumfahrer; er suchte nach etwas, was er noch nicht klar formulieren zu können schien. Er wusste nicht einmal genau, worauf er hier Jagd machte, hier, in der Ebene, in Ränneslätt. Was wollte er eigentlich?

Man schrieb das Jahr 1967, es war das Jahr der Proteste, das Jahr der Desertionen, das Jahr der Demonstrationszüge, das Jahr der Eierwürfe, das Jahr der zertrümmerten Botschafts-Scheiben, das Jahr des zivilen Ungehorsams. Hier in Ränneslätt hatten Militärs und Bewacher öffentlich gegen etwas protestiert, was sie als inhuman empfanden, gegen die Regierung, der sie dienten: das war 1945 gewesen, das auch ein Jahr des Protests gewesen war. Hier hatte ein Offizier seinen Stahlhelm weggeworfen und war seiner Wege gegangen. Hier hatten viele Menschen gegen ausdrückliche Befehle gehandelt. Der Untersucher hatte sich immer gewünscht, die deutschen Wachposten in den Konzentrationslagern hätten ebenso gehandelt: nicht blind gehorcht, sondern nach anderen Grundsätzen gehandelt, nach den Grundsätzen der Humanität.

Dennoch war er nicht zufrieden, sondern suchte ständig nach etwas anderem, das gleich daneben liegen musste, das sich unter Umständen als noch wichtiger erweisen könnte. Was wollte er finden? Glaubte er vielleicht, dass auch die Menschlichkeit von ideologischen Grundsätzen gelenkt wurde?

Vielleicht war dies der Punkt, der ihn noch immer zögern ließ. Er hatte während der vergangenen Jahre mit ungestümer Kraft erlebt, wie sein Leben und seine Wertvorstellungen gesteuert und dirigiert wurden. Er hatte sich freizumachen versucht, obwohl er genau wusste, dass dies eine Sisyphusarbeit mit einem unsicheren Ergebnis war. Hier war ein Ansatzpunkt. Nach welchen Maßstäben gibt man den Objekten seines Mitgefühls Vorrang? Es war für ihn, wie für fast alle Schweden, selbstverständlich gewesen, seine Empörung auf die Ermordung einer Handvoll Menschen an der Berliner Mauer zu lenken, statt seine Aufmerksamkeit darauf zu richten, dass in Indonesien in einem Jahr eine halbe Million Kommunisten umgebracht worden waren. Die politische Sklaverei hatte er als schwerwiegender empfunden als die wirtschaftliche. Dies in Frage zu stellen, war nur der Ausdruck eines neuen und merkwürdig lächerlichen Konformismus. Dass die Humanität auch ideologischen Prinzipien folgte, erlebte er dennoch als Verrat; bis zu jenem Zeitpunkt jedenfalls, als er das Gelände zu strukturieren begann und entdeckte, dass dies nicht für alle galt.

Hier starben Menschen. Hier wurde ihr Tod als politisches Argument benutzt. Hier wurde ihr eventueller künftiger Tod als politisches Argument benutzt. Es schien auch hinter dem *Gebrauch* des geopferten Menschen durch den Menschen ein Muster zu geben, ebenso hinter dem Gebrauch des Arguments »der geopferte Mensch«. Ein logisch erkennbares Muster. Der Tod Lapas ließ sich als politisches Argument verwenden, ebenso der Tod in einem Sklavenlager. Der Tod an der Berliner Mauer war ebenfalls verwendbar. Dies alles symbolisierte klar und mit journalistischer Schärfe den Vorteil eines politischen Systems. Diese Tode hatten klare pädagogische Verwendungsmöglichkeiten, da sie die Vorzüge eines politischen Systems und die Nachteile eines anderen auf brillante Weise illustrierten.

Andere Tode am unteren Ende der Prioritätenskala, die nicht so deutlich und folglich politisch weniger brauchbar waren, konnten deshalb als uninteressant abgetan werden. Anonyme Juden, denen man die Einreise verweigert hatte: ein uninteressanter administrativer Tod. Im Land X in Südamerika starben fünftausend Menschen an Krankheiten oder am Hunger, weil sie in einem Land mit einem korrumpierten politischen System gelebt hatten, das vom Land Y unterstützt wurde. Aus denselben Gründen war auch die Kindersterblichkeit hoch. Diese Tode waren uninteressant und diffus. Diese Menschen starben langsam, ohne laute Schreie, ohne äußerlichen Brutalitäten ausgesetzt zu sein, ohne die Fähigkeit zu besitzen, ihrem Tod einen spektakulären Anstrich zu geben. Und da wir nun einmal bestimmt haben, dass Brutalität durch Maschinengewehre und Arbeitslager repräsentiert wird, hat der Tod dieser Menschen keinen Symbolwert, der Tod dieser Menschen ist untauglich, wenn auf die Verworfenheit eines politischen Systems hingewiesen werden soll.

Er dachte, es ist doch höchst merkwürdig, dass wir allmählich gelernt haben, politische Herrschaftsverhältnisse nach ästhetischen Grundsätzen zu bewerten, als wären wir Theaterkritiker und keine Menschen. Er selbst schien immer wieder in die gleichen Fallen zu tappen, weil er sich ständig zu den dramatischen Höhepunkten hingezogen fühlte, die durch eine Tragödie gekennzeichnet waren, und weil er gerade *Tragödien* mit einem Zynismus auszuwählen liebte, der den Mechanismus des Spiels um keinen Deut klarer werden ließ.

Hier saß er nun auf der Haustreppe und ließ sich von der Sonne bescheinen. Hier lag die Ebene, hier lag einmal ein Lager. Er war durch zweiundzwanzig Jahre von diesen Menschen getrennt, er würde nie begreifen, was hier geschehen war. Weil er aber nie versucht hatte, das Leiden dieser Menschen im nachhinein zu teilen, würde es ihm vielleicht gelingen, den Mechanismus der Tragödie zu beschreiben: hier war eine Möglichkeit, hier lag seine Chance. Die Ebene war weiß, die Sonne warm, hier lag einmal ein Lager, in Morgennebel gehüllt, voller Schlamm, Schnee, Matsch, Stacheldraht, Verzweiflung, Blut, Novemberkühle. »Mag die Geschichte auch in einem gewissen Sinn die Quelle aller Politik sein, so sind die Lehren der Geschichte doch so zweideutig, dass der bereits eingenommene Standpunkt oft der entscheidende ist, wenn alternative geschichtliche Deutungsmöglichkeiten zur Wahl stehen.« Ja ja, schon möglich, aber dachte er selbst auch so? Wie sollte er das ihm vorliegende Material verwerten, seine Nachforschungen, alle Interpretationsmöglichkeiten? Was sollte er tun? »Man sollte sorgfältig darauf achten, dass man aus jeder persönlichen Erfahrung nur die Lehre heraussucht, die sie zu vermitteln imstande ist – und dort auch stehenbleibt; damit man nicht der Katze gleicht, die sich auf einen heißen Herd setzt. Diese Katze setzt sich niemals mehr auf einen heißen Herd – was nur begrüßenswert ist. Sie setzt sich aber auch nie mehr auf einen kalten Herd.«

Zehn Monate nach einem Absprung, im Raum umhertaumelnd wie ein Astronaut, vielleicht war er unterwegs, auf dem richtigen Weg. Die Sonne brannte. Hier lag einmal ein Lager.

III DER AUSZUG DER LEGIONÄRE

I

Über den ersten Eindruck. Vom Fenster ihres Dienstzimmers im zweiten Stock des Lazaretts von Kristianstad sah die schwedische Krankenschwester Signe B., wie die Militär-Krankenwagen auf dem Hof hielten und wie die Balten ausgeladen wurden. Es war der 29. November, 22 Uhr. Ihr war gesagt worden, dass die Internierten sich in schlechter körperlicher Verfassung befänden – wegen des Hungerstreiks –, und sie hatte sich darauf vorbereitet, den Patienten Bluttransfusionen, intravenöse Nährlösungen und Tropf-Infusionen zu geben. Sie sah jedoch, dass diese Vorbereitungen unnötig gewesen waren, da die Balten in relativ guter Verfassung waren und selbst gehen konnten. Nach Erledigung der Aufnahme-Formalitäten konnten sie sich gleich schlafen legen. Wasser war das einzige, was sie haben wollten. Die Vorbereitungen Signe B.s hatten sich also als überflüssig erwiesen.

Über die Verteilung der Anführer. Die Balten wurden in verschiedene Krankenhäuser, nach Ulricehamn, Halmstad, Kristianstad, Växjö, Kalmar, Eksjö und Örebro, verlegt, ihre Offiziere und Anführer sorgfältig getrennt. Eichfuss kam nach Ulricehamn, Lielkajs nach Eksjö, Slaidins und Raiskums nach Örebro, Gailitis und Kaneps nach Halmstad, Kessels und Cikste nach Växjö.

Verschiedene Versuche, sich in der neuen Lage zurechtzufinden. Der von der Medizinalbehörde ausgesandte H. befand, dass die Pflege dieser Patienten im allgemeinen keine Schwierigkeiten bereitet habe. Die Verweigerung der Nahrungsaufnahme dauere zwar an, führe jedoch nur zu einer allgemeinen Verringerung der Körperkräfte, die in keinem Fall so gravierend sei, dass der betreffende Patient sein Bett nicht aus eigener Kraft verlassen könne. In einzelnen Fällen habe man bei der Einlieferung in die verschiedenen Kliniken ein leichtes Lungenödem diagnostiziert, das aber bald wieder verheilt sei. Die trägen Reaktionen der Pupillen, die man bei manchen Soldaten in den Lagern festgestellt hatte, habe man nach der Einlieferung in die Kliniken trotz fortgesetzter Nahrungsverweigerung nicht mehr beobachten können.

H. konnte mit Befriedigung feststellen, dass einige soeben von einer Hepatitis genesene Patienten, die infolge der Nahrungsverweigerung auch leichte Symptome von Ikterus gezeigt hätten, nunmehr ohne Beschwerden seien, nachdem die nötige Flüssigkeits- und Nahrungszufuhr gesichert sei. Die Patienten, die wieder Nahrung zu sich nähmen, hätten sich auffallend rasch erholt. Schwierigkeiten beim Essen hätten sich nicht ergeben, obwohl man in manchen Fällen nur die normale Krankenhauskost habe anbieten können.

Es sei jedoch wichtig, die rein psychischen Unruhe- und Spannungszustände zu beseitigen, unter denen alle Patienten litten. Diese psychische Komponente sei besonders bei den Balten von großer Bedeutung. Auch bei einigen deutschen Patienten sei das Trauma so groß gewesen, dass es den Ausbruch von Geisteskrankheit provoziert habe. In Boras seien ein Fall von Melancholie und zwei von schizoiden Reaktionen festgestellt worden, in Malmö ein Fall von katatoner Psychose. Es sei schwer, mit den einzelnen baltischen Patienten näheren Kontakt zu bekommen, da nur wenige die deutsche oder englische Sprache beherrschten. Es sei folglich nicht möglich, ihren psychischen Zustand zu diagnostizieren. H. meinte weiter, dass man den behandelnden Ärzten genügend Informationen und Instruktionen geben müsse, damit sie den Depressionen entgegenwirken könnten.

Die Balten seien im übrigen angenehme Patienten, sie folgten willig allen Anordnungen, wenn man einmal davon absehe, dass sie auch weiterhin die Nahrungsaufnahme verweigerten.

Eine Beobachtung. H. hatte feststellen können, dass der Zusammenhalt unter den Letten, die ja das stärkste Kontingent unter den baltischen Patienten stellten, sehr eng zu sein schien. Die übrigen Balten sonderten sich von den Letten ab und kümmerten sich nur wenig um die Richtlinien, auf die sich die Letten zur Sicherung ihrer Aktion geeinigt hatten.

Die Beobachtung H.s scheint durch folgendes bekräftigt zu werden. Auszug aus einem »Tagesbefehl an die im Lazarett von Halmstad liegenden baltischen Internierten«. Er ist am 30.11.1945 ausgestellt und von Karlis Gailitis unterzeichnet. Punkt 4. »Der Streikbrecher Johannes Indres (Este) wird mit sofortiger Wirkung für immer aus unserer Gemeinschaft ausgeschlossen. Jede wie auch immer geartete

Verbindung mit ihm ist streng verboten. Sollte etwas, was seine Person betrifft, noch nicht geregelt sein, ist nur der Vorstand (oder ich selbst) befugt, sich mit diesen Dingen zu befassen. Sollte jemand unerlaubterweise Verbindung mit Indres aufnehmen, wird das als Streikbruch gewertet werden.«

Eine Bemerkung über die Bewachung. Die Bewachung in Växjö, Kalmar und Örebro gab H. Anlass zum Tadel. An diesen drei Stellen fehle es an einer äußeren Bewachung. In Kalmar sei sogar die Bewachung im Krankenhaus in höchstem Maße unbefriedigend. Die Ärzte dort hätten diesen Missstand den örtlichen Polizeibehörden mitgeteilt, es sei aber dennoch nichts unternommen worden, um dem Übelstand abzuhelfen. Er selbst, H., habe den Landsvogt G. Österdahl verständigt, ohne jedoch auf Verständnis zu stoßen. In Växjö und Örebro stehe es mit der Bewachung besser.

Die bisherigen Erfahrungen zeigten deutlich, dass eine zufriedenstellende Bewachung die Anwesenheit von mindestens einem Mann pro Krankensaal erforderte (ein Krankenpfleger würde sich am besten für die Aufgabe eignen), ständige Polizeibewachung in jedem Flur sowie eine ständige äußere Bewachung vor dem jeweiligen Krankenhaus. Die spätere Flucht eines Internierten aus Växjö sollte die Notwendigkeit einer lückenlosen Bewachung erweisen.

Ein abschwächender Faktor. Die meisten Internierten waren infolge des Hungerstreiks ziemlich kraftlos, und eine Flucht erschien deshalb ausgeschlossen. Nachdem sie jedoch wieder Nahrung zu sich nahmen, erhöhte sich die Wahrscheinlichkeit von Fluchtversuchen.

Ein Kommunikationsproblem. Während der ersten vier Tage in Ulricehamn lag Eichfuss mit den elf anderen Balten dieses Kontingents zusammen. Kontakte mit der Umwelt waren ihm in begrenztem Umfang erlaubt, unter anderem hielt er ständige Verbindung mit einer schwedischen Zeitung in Eksjö. Am 3. Dezember empfing er eine lettische Delegation. Am Nachmittag dieses Tages beauftragte Generaldirektor Axel Höjer Dr. Bruce, beim Chefarzt in Ulricehamn die Möglichkeiten für eine Isolierung von Eichfuss zu erkunden; einer vollständigen Kontrolle dieses Mannes komme besondere Bedeutung zu. Dr. *Juhlin-Dannfeldt* teilte mit, dass Eichfuss nur überwacht werden könne, wenn man ihn in eine besondere Abteilung verlegte. Am 3. Dezember erfuhr Dr. *Adams-Ray* von Dr. *Samuelsson*, dass Eichfuss bereit sei, seinen Kameraden die Beendigung des Hungerstreiks zu empfehlen. Dr. *Samuelsson* wurde ermächtigt, dies den Chefärzten der verschiedenen Kliniken ohne vorherige Anhörung des Generaldirektors telegrafisch mitzuteilen. Am 4. Dezember erklärte Dr. *Adams-Ray* Dr. *Samuelsson*, dass Eichfuss keine Stellungnahmen abgeben dürfe. Am 5. Dezember erhielt Dr. *Svenning* von Dr. *Samuelsson* einen telefonischen Bericht, in dem dieser ihm mitteilte, dass Eichfuss eine neue Erklärung an seine Kameraden vorbereitet habe. Dr. *Samuelsson* erhielt Bescheid, dass diese Erklärung unter keinen Umständen abgeschickt werden dürfe. Sie solle vielmehr durch Eilboten an die Medizinalbehörde geschickt werden. Am 6. Dezember wurde die Verlegung Eichfuss' ins Bereitschaftskrankenhaus von Kristianstad vorbereitet, wovon man sich eine wirksame Isolierung versprach.

Am Freitag, dem 7. Dezember, kurz vor der Abfahrt nach Kristianstad, am letzten Tag in Ulricehamn, führte der Chef der Medizinalbehörde, Generaldirektor Axel Höjer, ein langes Gespräch mit Elmars Eichfuss-Atvars. Von dieser Unterredung wurde ein geheimes Protokoll angefertigt. Eichfuss (im folgenden E. genannt) machte im Verlauf dieses Gesprächs einige Angaben über sich und seine Vergangenheit. Die folgende Biographie entspricht seinen Angaben.

E., 1912 in Riga geboren, beendete das Gymnasium 1926. Von 1928 bis 1930 lag er in einem Sanatorium, um eine Tuberkulose zu kurieren. 1930 bis 1933 studierte er an der Universität Riga; seinen Wehrdienst leistete er 1934 in Riga ab. Von 1935 bis zum Januar 1940 studierte er in Greifswald Medizin und erhielt dort »deutsche Papiere, die sein Studium bescheinigten«; seine Aussagen sind in diesem Punkt sehr ungenau. 1940 kehrte E. nach Riga zurück, um nach einem verschollenen Bruder zu suchen. Anschließend ging er nach Deutschland. In der Folgezeit arbeitete er im Krankenhaus von Lodz. Im April 1940 wurde er gemustert und in die deutsche Wehrmacht eingezogen. Wenig später kehrte er wiederum nach Riga zurück, um seine Familie zu holen. Im Herbst arbeitete er wieder als Arzt in Lodz. Nach dem deutschen Angriff auf Russland wurde er in der Ukraine dem deutschen Kommissar für Kriegsgefangene unterstellt. Für das Massengrab in Wenitza macht

E. die Deutschen verantwortlich. »Ich habe Dokumente.« Er wurde dem Kriegsgefangenenlager von Schitomir zugeteilt.

E. hat großen Nutzen von seiner umfassenden Ausbildung. Über die Art seines Dienstes im Distrikt von Schitomir weiß man nichts Genaues. Er gibt jedoch an, dass die Lage der russischen Kriegsgefangenen äußerst schwierig gewesen sei. »Die Deutschen konnten den Russen nicht genügend Lebensmittel geben, so dass an jedem Tag sechshundert Gefangene verhungerten.« E. bekam hier Gelegenheit, die physiologischen Auswirkungen des Hungers auf den menschlichen Organismus zu beobachten. Im Lauf seines Lebens hat E. Erfahrungen auf vielen Gebieten erworben, unter anderem kennt er die Technik des Hungerstreiks, er weiß, wie weit man ihn treiben kann, ohne dass er das Leben der Streikenden gefährdet, etc. »Die Leitung des Hungerstreiks der Balten in Schweden durch Eichfuss kann man als Beweis dafür ansehen.« Hier bekommt E. Gelegenheit, seine ungewöhnlichen Erfahrungen zu verwerten.

Ein religiöses Zwischenspiel. Im Januar 1942 wurde E. leicht im Nacken verwundet und ins Krankenhaus von Schitomir gebracht. Dort bekam er Flecktyphus, eine Krankheit, die in den Lagern grassierte, magerte bis auf 49 Kilo ab, wurde gesundgeschrieben und kehrte im September nach Riga zurück. Dort widmete er sich der Aufgabe, Priester und Ärzte für eine religiöse Sekte zu gewinnen. Auf der Grundlage der Liebes-Botschaft des Korintherbriefs wollte er Lutheraner, Katholiken und Baptisten in einem Bekenntnis vereinigen und um einen Gott scharen. Die Bewegung soll ein Emblem erhalten, das E. in einem Buch aufgezeichnet hat und nun skizziert: ein Wappenschild mit zwei Feldern und zwei Kreuzen, einem roten mit einem weißen darin. E. weist darauf hin, dass ein rotes Kreuz allein nicht genüge, weil das Internationale Rote Kreuz sein Amt schlecht verwaltet habe. In dem zweiten, darunterliegenden Feld findet man einen mit einem Kreuz (möglicherweise auch mit einem Schwert) gekreuzten Anker.

Auf direktes Befragen erwidert E. – wenn auch erst nach einigem Zögern –, dass auch Juden in seiner Sekte willkommen seien. Die Griechisch-Orthodoxen erwähnt er jedoch nicht.

Dieses religiöse Zwischenspiel war jedoch nur von kurzer Dauer. Bereits im Oktober 1942 diente er als Arzt in der deutschen Luftabwehr. Im März 1943 wurde er in das 1. Lettische Baubataillon eingegliedert. Bei Kriegsende befand er sich im Kurland-Kessel. Im Mai 1945 flüchtete er von Liepaja mit einem Schlauchboot nach Gotland.

Während des Gesprächs wurde der Kontakt zwischen Eichfuss und dem Schweden immer besser. Eichfuss schien von der Aufmerksamkeit geschmeichelt zu sein, die man seiner Person entgegenbrachte; er sprach eifrig, aber präzise. Nebenbei flocht er Charakterschilderungen über einige seiner Mitgefangenen ein; Gailitis nannte er einen »ungebildeten, unbegabten und gefährlichen Nazi«. Eichfuss brannte darauf, die Zusammensetzung der baltischen Gruppe zu erläutern, weil »jede Gruppe versucht, sich in möglichst gutem Licht darzustellen, aber man kann nicht alles glauben«. Besonders beredt setzte er sich für eine Gruppe jüngerer Soldaten im Alter von siebzehn bis zwanzig Jahren ein. Diese seien zwar zwangsweise eingezogen worden und hätten deutsche Uniformen getragen, man müsse sie aber als Zivilisten betrachten. Die Gruppe aus Kurland, die er selbst am besten kenne, weil er mit diesen Männern auf Gotland interniert gewesen sei, könne man zwar nicht als Zivilisten im üblichen Sinn bezeichnen, weil diese Soldaten alle in der deutschen Armee gedient hätten, man solle aber davon ausgehen, dass sie »nach dem Tod Hitlers von ihrem Treueid entbunden seien und folglich nicht mehr der deutschen Wehrmacht angehörten«.

Auf dem Tisch hat Eichfuss einige Bilder von seiner Frau, seinen drei Kindern und einer Tante stehen. Neben dem Foto seiner Frau steht eine Amateuraufnahme von einer Krankenschwester. »Sie hat mir sehr geholfen.« Als er im Lauf des Gesprächs davon unterrichtet wurde, dass man ihn isolieren wollte und dass Blockbildungen unter den Balten in Zukunft verboten werden sollten, akzeptierte er das, er schien aber zugleich seine Rolle als »Menschenführer« behalten zu wollen – er drohte damit, dass die Balten auch ohne ihn den Hungerstreik wiederaufnehmen könnten. Sein Plan lief darauf hinaus, durch wiederholte Fastenperioden die Auslieferung *ad infinitum* zu verschieben. Seine Familie hielt er für tot. Er hatte inzwischen mit einer lettischen Krankenschwester Beziehungen aufgenommen; sie soll ihm dabei helfen, das Buch über die neue Religion zu schreiben, die Europa einen und zu einer »gesunden Menschheit« machen soll. Er bittet herzerweichend, an ihren Wohnsitz verlegt zu werden. Als er hört, dass man ihn nach Kristianstad bringen will; wird er wütend und spricht von Gestapo-Methoden etc.

Das Gespräch hatte nun schon zwei Stunden gedauert. Er verlangte, der anwesende Polizist solle den Raum verlassen, aber diesem Wunsch wurde nicht entsprochen. Darauf zog er Höjer in eine Ecke und vertraute ihm flüsternd an, dass er einen schwedischen Polizisten verdächtige, gewisse Dinge an die schwedische Presse weitergegeben zu haben. Dann ging er an sein Bett und holte aus dem Nachttisch einen Stoß Papiere, die er Höjer mit Tränen in den Augen überreichte: unter diesen Papieren befand sich eine Erklärung an die Balten, dass er sein Amt niederlege, ferner drei Briefe an die Medizinalbehörde.

Persönliche Eindrücke von E. Er schien der eigentliche Urheber des Hungerstreiks unter den Balten und Deutschen gewesen zu sein. Er erwartete, von den Russen umgebracht zu werden, und kämpfte deshalb verbissen um sein Leben. Nach Auffassung Höjers scheint er sich als Religionsstifter empfunden zu haben, allerdings ohne große Illusionen über den Erfolg seines Unternehmens. Er erinnerte schwach, aber doch auffallend an Sven Lidman.

Versuch einer psychiatrischen Diagnose. »Unerhörte Willenskraft. Recht schmalspurig, beherrscht aber seine Umgebung durch seine starke Ausstrahlung. Ich vermute, dass eine psychiatrische Diagnose wie folgt lauten würde: Hysteriker mit paranoiden Reaktionen.«

Spät am Abend des 17. Dezember wurde Dr. Elmars Eichfuss-Atvars von Ulricehamn nach Kristianstad gebracht. Zwei zivilgekleidete Polizeibeamte betraten sein Zimmer und teilten ihm mit, es sei soweit. Er leistete keinen Widerstand. In Kristianstad wurde er in einem Einzelzimmer isoliert und von einem bewaffneten Polizisten bewacht. Er ging sofort zu Bett. Seine noch verbleibende Zeit in Schweden sollte er in Kristianstad verbringen. Mit anderen kam er nicht mehr in Kontakt; er wurde genauestens überwacht.

Um seinen Aufenthaltsort geheimzuhalten, erhielt er in Zukunft den Decknamen »Persson«.

2

Im Frühjahr 1945 wurde in Kristianstad unter Leitung von Dr. Hans Silwer ein Bereitschaftskrankenhaus eingerichtet. Im Lauf des Frühjahrs und des Sommers wurden dort viele ehemalige Häftlinge deutscher Konzentrationslager eingeliefert, die man hatte retten und nach Schweden bringen können. Es waren vor allem Juden, Kommunisten und Norweger. Sie waren ausgemergelt und halbtot, und es dauerte lange, sie wieder ins Leben zurückzuholen. Das Personal des Krankenhauses erhielt bei ihrem Anblick einen schweren Schock; viele erinnern sich noch heute an sie: eine Sammlung menschlicher Wracks, die langsam, sehr langsam ins Leben zurückkehrten.

Am 30. November wurde eine Gruppe hungerstreikender baltischer Soldaten in diese Klinik eingeliefert, vier Esten und sieben Letten. Auf Anweisung aus Stockholm brachte man sie in einer anderen Abteilung unter als die noch anwesenden ehemaligen KZ-Häftlinge. Es sollte in der Öffentlichkeit nicht bekannt werden, dass ehemalige Soldaten der deutschen Wehrmacht (und seien es auch Balten) zusammen mit Opfern der Deutschen untergebracht worden waren. Die Patienten aus den Konzentrationslagern hatte man in der Technischen Schule untergebracht, die Balten im Medizinischen Pavillon des Zentrallazaretts von Kristianstad, Abteilung 2.

Anfang November hatte sich in der Klinik ein tragischer Zwischenfall ereignet, der noch immer lebhaft diskutiert wurde. Ein Norweger, der in einem deutschen KZ gesessen, während dieser Zeit aber mit den Deutschen zusammengearbeitet hatte, beging Selbstmord. Von den anderen Norwegern in der Klinik wurde er gehasst, aber das schwedische Krankenhauspersonal mochte ihn gern, und sein Selbstmord berührte alle unangenehm.

Die schwedische Regierung hatte nämlich – gegen seinen Willen – beschlossen, ihn an Norwegen auszuliefern.

Manchmal wurden Parallelen erörtert. In Ränneslätt hatte ein Mann namens Oscars Lapa Selbstmord begangen, nachdem er erfahren hatte, dass er an die Sowjetunion ausgeliefert werden sollte. Er hatte mit den

Deutschen zusammengearbeitet, und die Schweden hatten beschlossen, ihn gegen seinen Willen auszuliefern. In Kristianstad hatte ein Norweger, der ebenfalls mit den Deutschen kollaboriert hatte, Selbstmord begangen, weil die Schweden beschlossen hatten, ihn gegen seinen Willen auszuliefern.

Es gibt selbstverständlich Unterschiede. Die politische Situation in Norwegen kann mit der in Lettland *nicht* verglichen werden. Der Norweger hatte keine schwedische Volksmeinung hinter sich. Außerdem gibt es für den schwedischen Beobachter auch wichtige *ideologische* Unterschiede. Lapa sollte an *Kommunisten* ausgeliefert werden, der Norweger an Norwegen, an ein *Brudervolk*, das dem schwedischen Volk in mancherlei Hinsicht sehr ähnlich ist.

3

Am 2. Dezember sprach Per Albin Hansson in Borlänge: er wiederholte in großen Zügen seine Äußerungen in der Reichstagsdebatte vom 23. November. Am 4. Dezember trat das Kabinett erneut zusammen. Hier wurde zum erstenmal sichtbar, was Ernst Wigforss später in einem Interview »einen gefühlsmäßigen Sprung in der Regierung« nennen sollte.

Östen Undén warf die Frage auf. Er analysierte das bisherige Geschehen, beschrieb die heftigen Meinungsstürme, analysierte die verschiedenen Möglichkeiten des künftigen Handelns. Er schloss mit der Empfehlung, man solle den bislang vertretenen Standpunkt aufgeben. Eine Möglichkeit wäre, den Russen zu sagen, dass aufgrund der öffentlichen Meinung in Schweden eine neue Lage eingetreten sei. »Es sei nicht wünschenswert, neue Meinungsstürme zu entfesseln, die sich notwendigerweise gegen die Sowjetunion richten würden. Die Frage solle deshalb einstweilen ruhen.«

Ernst Wigforss bat sofort ums Wort.

Sein Diskussionsbeitrag war nicht lang, aber sein Wort wog schwer, weil er neben Per Albin Hansson die größte Autorität besaß.

– Ich bin der Meinung, dass wir die Sowjetunion nicht in dieser Form brüskieren können. Wir können die Sowjetunion nicht als einen barbarischen Staat hinstellen. Wir haben Deutsche an die Westmächte ausgeliefert; es hieße den Russen eine Sonderstellung zuweisen, wollten wir uns weigern, in ihrem Fall ebenso zu verfahren. Das können wir einfach nicht tun.

Danach sprach Sköld. Auch er fasste sich sehr kurz und stimmte mit Wigforss überein.

– Wir können keinen solchen Unterschied machen. Wir müssen an unserem Beschluss festhalten.

Per Albin blieb während der gesamten Diskussion stumm. Es kristallisierten sich bald zwei Blöcke in der Regierung heraus. Auf der einen Seite standen als Verteidiger des Auslieferungsbeschlusses Wigforss, Sköld und Möller, auf der anderen Danielsson, Quensel und Zetterberg, die alle entschiedene Gegner der Auslieferung waren. Die drei Letztgenannten waren Fachpolitiker, die man eher als unpolitische Experten denn als Politiker mit einer festen Verankerung in der Partei bezeichnen konnte.

Zwischen den beiden Lagern, in einer eigentümlich zwiespältigen Haltung, standen Undén und Per Albin Hansson. Undén hatte die Besprechung mit dem Verlangen eingeleitet, man solle den Beschluss umstoßen, nicht weil er fehlerhaft war, sondern allein aus Rücksicht auf die öffentliche Meinung. Danach verhielt er sich still und nahm nicht mehr aktiv an der Diskussion teil. Per Albin schwieg während der ganzen Besprechung: die Anwesenden hatten das Gefühl, als wollte er die Türen nach beiden Seiten offenhalten, als wollte er Undén stützen, falls dieser die Mehrheit für sich gewänne.

Aber das geschah nicht. Wigforss, Sköld und Möller gehörten alle zum »inneren Zirkel« der Regierung. Danielsson, Quensel und Zetterberg »gehörten nicht zu den führenden Kabinettsmitgliedern. Wären sie auf Kollisionskurs gegangen, hätten sie vermutlich aus der Regierung ausscheiden müssen. Sie haben das aber nicht getan« (Wigforss). Und Undén? Gehörte er etwa nicht zu den tonangebenden Männern in der Regierung? »Doch, aber er verfolgte seinen neuen Kurs nicht sehr intensiv, er wollte ihn nicht mit aller Gewalt durchsetzen.«

Nach der Diskussion ergriff Per Albin zum erstenmal das Wort. Er fasste das Ergebnis der Diskussion so zusammen, dass eine Mehrheit sich für ein Festhalten an dem Auslieferungsbeschluss ausgesprochen habe und dass eine Änderung des einmal eingenommenen Standpunkts folglich unmöglich sei. Der Beschluss werde aufrechterhalten.

Drei Minister ließen ihren Widerspruch im Protokoll festhalten: Zetterberg, Quensel und Danielsson.

Ein Kabinett besteht aus vielen Mitgliedern. Aber jeder Regierungsbeschluss wird in Wahrheit nur von wenigen bestimmt: von den Ministern mit der größten Autorität oder dem größten Fachwissen.

Bei der letzten der Staatsratssitzungen, in denen die Baltenfrage erörtert wurde, hatten drei Männer die Schlüsselpositionen inne, Östen Undén, Ernst Wigforss und Per Albin Hansson. Ihre Wertvorstellungen, Analysen und Stellungnahmen bestimmten den Ausgang der Diskussion vom 4. Dezember 1945, der Diskussion also, die dem Streit um die Auslieferung endgültig ein Ende setzte.

Östen Undén.

Er war Jurist, Experte für Völkerrechtsfragen, sein Renommee innerhalb und außerhalb des Landes war enorm. Er hatte am 11. Juni dem Auswärtigen Ausschuss angehört, er hatte im Reichstag den Auslieferungsbeschluss mit trockener Heftigkeit verteidigt. Jetzt hatte er plötzlich seine Meinung geändert. Oder etwa nicht?

– In Ihren Memoiren sagen Sie an einer Stelle, dass »die humanitären Gründe gegen eine Auslieferung schwerwiegend« seien. Sie waren aber damals doch der Ansicht und sind es, wie ich glaube, noch heute, dass man die Balten *nicht* als Landesverräter ansehen könne, dass die Befürchtungen über ihr Schicksal übertrieben gewesen seien. Was waren Ihrer Meinung nach die »humanitären Gründe«?

– Die Stellung der baltischen Staaten war ein Sonderfall; die Balten waren ja vor kurzem wieder russische Staatsbürger geworden. Man hätte ohne weiteres annehmen können, dass sie infolgedessen eine harte Behandlung zu erwarten hatten.

– Wirklich?

– Vielleicht nicht unbedingt. Dies war allerdings eine weitverbreitete *schwedische* Ansicht, die ich jedoch für übertrieben hielt. Die Ereignisse in den Lagern hatten aber eine aufputschende Wirkung auf die schwedische Bevölkerung.

– In Ihren Memoiren sagen Sie ferner, dass »andererseits wichtige politische Gründe für eine Erfüllung der mit den Sowjets getroffenen Abmachungen« sprachen. *Welche* politischen Gründe waren das? Spielte das Handelsabkommen mit den Russen eine Rolle?

Er lächelt beinahe freundlich.

– Darauf zu antworten ist sehr leicht: es spielte überhaupt keine Rolle. Die Russen übten keinen Druck aus. Das ist die ganze Antwort. Die Russen waren betrübt, versuchten aber nicht, uns zu beeinflussen.

– Warum agierte die schwedische Regierung, als wäre Druck ausgeübt worden?

– Wir sahen es als selbstverständlich an, dass man die Russen nicht diskriminieren durfte, indem man unterstellte, ihre Kriegsgefangenen würden schlechter behandelt als die Gefangenen der Westalliierten. Wir wollten nicht den Eindruck erwecken, als wäre die Sowjetunion ein Staat, den man mit den Ländern des Westens nicht vergleichen könne. Das hätte eine entsetzliche Demütigung der Russen bedeutet. Die Deutschen und Deutschland hatten wir während des Krieges als zivilisiert behandelt, obwohl wir von den begangenen Greueln wussten. Aber ausgerechnet die Russen, deren Land halb verwüstet worden war, die am meisten unter den Deutschen hatten leiden müssen, sollten wir behandeln, als wären sie Barbaren. Ich glaube, dass gerade dies die Russen ungeheuer empörte: dass nämlich so viele Schweden annahmen, sie würden die Gefangenen barbarischer als die Westmächte behandeln. Dass ein Reichstagsabgeordneter im Reichstag aufstand und behauptete, im Falle der Auslieferung an die Russen würden die Internierten einem qualvollen Tod entgegengehen.

– Blieb nach der Auslieferung irgendein Missklang in unseren Beziehungen zur Sowjetunion zurück?

– Nein. Dies lag aber ausschließlich daran, dass wir so und nicht anders gehandelt hatten. Dass wir der öffentlichen Meinung nicht nachgegeben hatten. Die Russen waren sehr empfindlich; sie hätten es nicht hingenommen, wenn wir sie anders eingestuft hätten als die Westmächte.

– Haben Sie von vornherein geglaubt, diese Affäre würde solchen Wirbel hervorrufen können?

– Nein, ganz und gar nicht. Es hat mich sehr gewundert, dass es zu solchen Meinungsstürmen gekommen ist.

– In der Zeit zwischen der Reichstagsdebatte vom 23. November und der Staatsratssitzung am 4. Dezember änderten Sie Ihre Meinung. Waren Sie inzwischen zu der Auffassung gekommen, dass die »humanitären Gründe« unterdessen größere Relevanz gewonnen hätten, oder haben Sie lediglich der öffentlichen Meinung nachgeben wollen?

– Ich habe *ausschließlich* dem Drängen der Öffentlichkeit nachgegeben.

Der andere, Ernst Wigforss.

Einige der Ausgangspunkte seines Denkens und Handelns sollten Mitte Dezember 1945 in einem Artikel von Johannes Wickman (*Morgon-Tidningen*) beschrieben werden. »Im Lauf eines Mannesalters sind drei gewaltige Meinungsstürme über Schweden hinweggegangen, und alle drei haben sich in schäumender Brandung an der sowjetischen Küste gebrochen. 1913 bis 1914 – eine Kampagne für erhöhte Rüstungsausgaben. Sie wird in einer Panik-Stimmung entfesselt, als sei Schweden von einem russischen Angriff bedroht. Sie wird von Sven

Hedin geleitet, dem salbungsvollen Anbeter Wilhelms II. und Adolf Hitlers. Diese Woge spült die liberale Regierung Staaff hinweg. Man jubelt über die Siege Deutschlands im Ersten Weltkrieg, vor allem deshalb, weil es Siege über Russland sind. 1939 bis 1940 – passive Teilnahme am Krieg Finnlands gegen Russland. Der damalige Außenminister Günther behauptet, es gelte den russischen Plänen zu wehren, die auf eine Unterwerfung Finnlands und dessen Eingliederung in den bolschewistischen Staatsverband abzielten. Dies sagt der damalige schwedische Außenminister in aller Öffentlichkeit. Öffentlich – im Reichstag – triumphiert er im Oktober 1941 darüber, dass die Niederlage Russlands nunmehr besiegt sei, und gibt seiner Befriedigung im Namen Schwedens Ausdruck. 1945 – ja, es ist sehr wahr: dieser Meinungssturm unterscheidet sich von den früheren in mancherlei Hinsicht. Aber Russland steht noch immer im Mittelpunkt des Interesses. Die Opposition gegen die Auslieferung hätte nie ein solches Ausmaß annehmen können (sogar die Schuljugend wurde von ihren Lehrern mobilisiert), wenn es nicht die in weiten Teilen der schwedischen Bevölkerung fest verwurzelte antirussische Einstellung gegeben hätte, die sich jetzt lautstark äußerte.«

Für Ernst Wigforss und die radikalen Sozialdemokraten seiner Generation war diese Analyse gültig. Der Streit um den Umfang der Verteidigung war die erste große politische Frage gewesen, mit der er sich hatte auseinandersetzen müssen, und die Frage der Verteidigung war immer mit jener »Bedrohung aus dem Osten« verknüpft gewesen, dem ältesten und wirksamsten Argument für eine starke Verteidigungsbereitschaft. Die Russen waren der »Erbfeind«, der mit stereotyper Hartnäckigkeit immer wieder in der Debatte auftauchte, allein wegen der Russen mussten immer wieder immense Summen in die Verteidigung gesteckt werden.

Wigforss und die Radikalen seiner Generation sahen bald ein, dass hinter der »starken Verteidigung« die »Russenangst« stand, diese beiden waren miteinander verknüpft: es galt, den Feind im Osten niederzuzwingen. »Die Russen waren nicht unser *Erbfeind*. Die Russen und die Russenangst waren für uns nichts weiter als ein abgenutztes politisches Argument, das von der Rechten immer wieder aus der Mottenkiste geholt wurde, um die Rüstungsausgaben zu rechtfertigen.« Wigforss gehörte jener sozialdemokratischen Generation an, für die es nicht selbstverständlich war, den Kommunismus zu hassen: nach ihm sollten andere Generationen heranwachsen, die anders dachten, aber diese kamen aus den Erfahrungen der dreißiger Jahre und des Kalten Krieges. »Die Angehörigen meiner Generation waren in dieser Hinsicht nicht blockiert.«

Die Ansichten über die baltischen Staaten gehörten in denselben Problemkreis.

– Für uns waren die baltischen Staaten noch immer russisches Territorium – das waren sie jahrhundertelang, bis 1920, gewesen. Den Randstaaten, die 1920 mit Hilfe des Westens entstanden und die Russen in die Finnische Bucht abdrängten, trauten wir keinen langen Bestand zu – was sich dann als richtig erweisen sollte. Schweden war ja auch eines der ersten Länder, die die ehemaligen baltischen Staaten 1941 als russisches Territorium anerkannten. Vielleicht glaubten wir, dass das Zurückdrängen der Sowjetunion infolge der Bildung der baltischen Randstaaten eine auf lange Sicht riskante und künstliche Schöpfung sei. Eines ist natürlich klar – wer die baltischen Staaten für natürlich gewachsene Gebilde hielt, musste zu einer anderen Anschauung kommen.

– Welche Regierungsmitglieder hatten eine positive Einstellung gegenüber der Sowjetunion?

– Nun, einige. Per Albin, Sköld, Müller, Undén, ich selbst.

– Das Handelsabkommen?

– Spielte in der Frage der Auslieferung keine Rolle. Im übrigen lag den Russen mehr an diesem Abkommen als uns. Wir hatten ja schon 1941 vorläufige Abmachungen getroffen, die infolge des Krieges nicht verwirklicht wurden. Aber nach dem Krieg konnten wir sie einhalten – Versprechen müssen gehalten werden.

– Auch die Zusage vom Juni 1945?

– Die auch. Für mich war die Auslieferung eine Selbstverständlichkeit. Wir hatten deutsche Soldaten an andere Mächte ausgeliefert, und zwar ohne irgendwelche Vorbehalte. Jetzt kam plötzlich ein scharfer Wind aus der rechten Ecke des Parlaments und der politischen Landschaft; diese Leute wollten uns zwingen, die Sowjetunion als einen barbarischen Staat anzusehen, als einen Staat, der »anders als die anderen« sei. Wir sahen ja deutlich, aus welcher Richtung der Wind wehte. Das Militär, dem die technische Durchführung der Auslieferung oblag, protestierte ja auch, und das nicht eben leise. Wir hatten aber noch genug von dem Finnland-Aktivismus des Militärs, von seinem

Russenhass, seiner Deutschfreundlichkeit. Wir hatten kein großes Vertrauen zu unseren Militärs – und sie keins zu uns.
– Ist der Regierung der Beschluss nicht trotzdem schwergefallen?
– Ursprünglich nicht. Erst der Proteststurm brachte die Komplikationen. Ich selbst reagierte nach einem leicht erkennbaren Muster: ich reagierte aus Protest gegen eine öffentliche Meinung, der ich schon früher begegnet zu sein glaubte, in anderen Fragen, ich reagierte auf eine Russenangst, die unnuanciert und hysterisch war und merkwürdigen Gesetzen folgte.
– War dies eine gefühlsmäßige Reaktion?
– Für mich sind alle politischen Fragen nie ganz frei von Gefühlen gewesen. Hinter jedem Beschluss stehen Emotionen, so ist es auch hier gewesen. Für mich war es natürlich, gegen all jene zu kämpfen, die die Russen als Barbaren hinstellen wollten, als brutale, unfähige und gefährliche Menschen. Ich hatte mich daran gewöhnt, mich diesen Menschen zu widersetzen, diesen Russenhassern. Sie waren meine natürlichen Feinde. Sie waren für mich die Verkörperung der Reaktion.

So kam es, dass Ernst Wigforss seine gewaltige Autorität hinter den Beschluss stellte, die baltischen Soldaten auszuliefern. Sein letzter Beitrag zur Staatsratssitzung am 4. Dezember war eine kurze Frage.

Er sagte:
– Soll eine kleine Minderheit, die seit Urzeiten antirussisch eingestellt ist, das Handeln der Regierung in dieser Frage diktieren dürfen, sollen wir uns dieser Minderheit ein weiteres Mal beugen?

Der dritte, Per Albin Hansson.
Er war sowohl in der Koalitionsregierung als auch im rein sozialdemokratischen Kabinett Ministerpräsident gewesen; er wurde für den Beschluss und seine Durchführung verantwortlich gemacht. Er starb ein halbes Jahr nach der Auslieferung, und seine Rolle in dem Geschehen lässt sich schwer erkennen, weil niemand genau weiß, wie er dachte und was er angesichts dieser seiner letzten großen politischen Krise empfand.

Einer von denen, die den Einsatz Per Albin Hanssons in der Balten-Affäre aus nächster Nähe miterlebten, war Tage Erlander, sein Nachfolger auf dem Posten des Ministerpräsidenten.
– Als die Baltenfrage plötzlich aktuell wurde, im November, war Per Albin noch immer der Denkweise der Kriegsjahre verhaftet, was ihn

zugleich stützte und ihm Grenzen setzte. Er hatte sich daran gewöhnt, in jeder Frage so zu agieren, als müsste er das Land aus einer politischen Klemme befreien. Das Wichtigste war für ihn geworden, das Vertrauen des Auslands in unsere Politik aufrechtzuerhalten. Es war wichtig zu zeigen, dass wir uns hierzulande nicht unter Druck setzen ließen, dass wir eine starke, handlungsfähige Regierung besaßen, die in ihren einmal gefassten Entschlüssen konsequent blieb. In dieser Denkweise der Kriegszeit war er ein für allemal fixiert. Vielleicht ahnte er für die Nachkriegszeit neue Krisen voraus, in denen es weiter auf das in Schweden gesetzte Vertrauen ankommen würde, auf einen starken, intakten Regierungsapparat.

– Es wäre also ein Zeichen der Schwäche gewesen, wenn man der öffentlichen Meinung nachgegeben hätte?

– Ja, er muss es so empfunden haben. Wäre die Lage entspannter gewesen, hätte es keine Pressekampagne und keinen Entrüstungssturm gegeben, wäre er vielleicht eher bereit gewesen, Kompromisse zu schließen und seinen Standpunkt zu revidieren. Es ist denkbar, dass die Balten dann im Land hätten bleiben können. Jetzt aber richtete der Proteststurm eine psychologische Wand vor ihm auf: er glaubte beweisen zu müssen, dass Schweden eine handlungsfähige Regierung besaß, dass Schweden nicht von Pressionen der politischen Rechten gelenkt wurde. Hätte man nachgegeben, so wäre damit erwiesen gewesen, dass Schweden ohne Regierung war, und damit wäre das Vertrauen verlorengegangen. Folglich wagte er nicht, dem allgemeinen Protest nachzugeben. Dieser war einfach zu stark. Dies war die paradoxe psychologische Situation, in der er sich befand.

– Hat er nie gezögert oder an der Richtigkeit seiner Handlungsweise gezweifelt?

– Ich weiß, dass er sich mit Zweifeln quälte. Was Per Albin betrifft, kann sich keine andere Belastung der Kriegszeit mit der Balten-Affäre messen. Keine andere Frage hat ihm mehr zugesetzt. Er stellte seine eigene Einstellung in Frage, hütete sich aber, dies bekannt werden zu lassen. Er war aus den Krisen der Kriegszeit mit einer enormen Popularität herausgegangen, die er infolge der Balten-Affäre wieder verlor. Es ist leichter, seine Popularität wegen einer Entscheidung zu verlieren, an die man glaubt, als sie wegen einer Sache, die man für zweifelhaft hält, aufs Spiel zu setzen; und hier zweifelte er, hier konnte er sich nicht auf seine Überzeugung berufen. Wie er es auch anstellte, er würde immer der Verlierer sein. Und er verlor. Ich glaube, dass die Balten-Affäre die eigentliche Ursache dafür war, dass er innerlich zerbrach. Er ging als ein anderer Mensch aus ihr hervor und starb ein halbes Jahr nach der Auslieferung.

Was die letzte Behauptung betrifft, steht Tage Erlander mit seiner Meinung nicht allein: dass Per Albin Hansson an der Baltenfrage zerbrach. Wer den schwedischen Ministerpräsidenten im Frühjahr 1946 aus der Nähe erlebte, konnte sehen, wie schwer er an der Auslieferung zu tragen hatte, schwerer, als man erwartet hatte: immer wieder kehrte er zu den Balten zurück, als könnte er dieses Problem nie loswerden.

Manchmal erinnerten ihn auch andere daran.

Er fuhr oft mit der Straßenbahn nach Hause, am Abend, in der Dämmerung. Jeder kannte ihn ja, und mindestens zweimal wurde er in der Straßenbahn von Unbekannten angepöbelt: »Baltenmörder!« Er hatte sie ignoriert, kein Wort gesagt, sich nicht umgedreht. Er erzählte seinen Freunden von diesen Zwischenfällen. Diese fragten ihn aber nicht, was er darüber dachte. Sie sahen es dennoch.

Er starb am 6. Oktober 1946 an einer Straßenbahnhaltestelle in Ålsten.

Am 8. Dezember 1945 trat der Auswärtige Ausschuss zusammen, um zum zweitenmal in diesem Jahr die Auslieferung der Balten zu erörtern. Anwesend waren auch der Kronprinz, Prinz Gustav Adolf, der Ministerpräsident sowie Außenminister Undén als Berichterstatter.

Von diesem Gedankenaustausch gibt es einerseits einige vage Erinnerungsfragmente von einigen der Anwesenden, andererseits ein sehr detailliertes persönliches Protokoll, das während der Zusammenkunft von dem Rechtspolitiker Ivar Anderson angefertigt und unmittelbar danach in Reinschrift festgehalten wurde. Der folgende Bericht beruht auf diesem Protokoll.

Der Außenminister leitete die Zusammenkunft mit einer kurzen Orientierung über die politische Lage ein. Am 5. Dezember hatte der russische Minister eine Note übergeben, in der er die Behauptung zurückwies, der Aufschub des Abtransports beruhe auf einer russischen Verzögerung. Das sei nicht der Fall, wie er meinte. Ferner hatte er sich gegen »die organisierte Kampagne« in schwedischen Zeitungen gewandt, eine Kampagne, die sich gegen die Sowjetunion richte. Undén war den Anschuldigungen entgegengetreten und hatte das Ergebnis der jüngsten Überlegungen der Regierung mitgeteilt, der Gespräche vom 4. Dezember. Das bedeutete, dass sich die schwedische Regierung bereit erklärte, den Transport »innerhalb der nächsten Zeit und beim Vorhandensein zugänglicher Tonnage« durchzuführen. Tschernitschew hatte Undén dann mitgeteilt, ein russisches Lazarettschiff in Helsinki werde 300 Internierte abholen können. So stand die Angelegenheit im Augenblick.

Die Regierung wollte dem Auswärtigen Ausschuss jetzt Gelegenheit geben, sich zu äußern.

Östen Undén selbst wollte vor Beginn der Debatte dreierlei zum Ausdruck bringen. Erstens: die noch verbliebenen *deutschen* Internierten sollten so schnell wie möglich abtransportiert werden. Sein zweites Anliegen betraf die Balten. Was sie anging, hätte die Regierung eine Reihe verschiedener Möglichkeiten diskutiert. Direkte Anfragen an die Russen wegen der Behandlung der Balten halte er nicht für angezeigt, da die schwedische Regierung ja schon früher bei ihren Gesprächen mit den Russen »vorausgesetzt« habe, dass die Balten human behandelt werden würden. Deshalb könne man jetzt nicht mit Bedingungen kommen und Erklärungen verlangen – im Falle einer Weigerung seitens der Russen müsse man dann nämlich bereit sein, die ganze Aktion abzublasen. Drittens: hier ging es um den Vorschlag, man solle den Abtransport ohne vorherige Anhörung der Russen vorläufig verschieben. Für ihn sei das keine Lösung, dies werde nur Komplikationen schaffen. Man müsse die ganze Frage auch in einem größeren politischen Zusammenhang sehen – das Prestige und die Machtstellung der Sowjetunion gehörten ebenfalls ins Bild, ihr großer Ehrgeiz und ihre Empfindlichkeit auch, besonders aber das russische Misstrauen gegen alles, was als Zeichen von Unzuverlässigkeit gedeutet werden könnte.

Minister Mossberg fuhr mit einer kurzen Darlegung der Behandlung der Internierten nach dem Hungerstreik fort. 162 Balten lägen jetzt im Krankenhaus, 100 befänden sich immer noch im Hungerstreik, nur 12 seien transportfähig. 578 Deutsche seien noch da, davon befänden sich 79 im Hungerstreik. An diesem Tag, dem 8. Dezember, habe man errechnet, dass 491 transportfähig seien. Sämtliche Internierten würden jetzt in größere Unterkünfte für etwa 200 Personen verlegt.

Rickard Sandler, der ehemalige sozialdemokratische Außenminister, verlangte anschließend das Wort.

»Der Schaden ist schon gesehen«, stellte er fest. »Man hätte von Anfang an die Balten von der Auslieferung ausnehmen sollen. Es liegt auf der Hand, dass wir die Frage nicht mit der Aufmerksamkeit behandelt haben, die sie verdient. Wie man jetzt auch vorgeht, wird man Schaden anrichten. Ich habe bei der Interpellationsdebatte vom 23. November zum ersten Mal von der Antwort der Regierung vom 16. Juni erfahren. Jetzt lässt sich durch Verhandlungen oder Erklärungen von sowjetischer Seite nichts gewinnen. Die Frage ist: lässt sich die Angelegenheit aufschieben? Man könnte beispielsweise darauf verweisen, dass gesundheitliche Gründe den Abtransport der Balten verhindern. Aber würde das dann nicht auch für die Deutschen gelten? Man kann auch fragen: ist etwas Neues hinzugekommen? Meiner Ansicht nach ist allein dies hinzugekommen: dass die schwedische Öffentlichkeit gezeigt hat, dass sie die Balten anders sieht als die Deutschen. Wir sollten erklären, dass die öffentliche Meinung in Schweden jetzt so aussieht, dass es für unser Verhältnis zu Russland größeren Schaden anrichten würde, wenn wir die Balten ausliefern.«

Ivar Anderson, der ebenfalls bei der ersten Behandlung der Frage durch den Auswärtigen Ausschuss anwesend gewesen war, erinnerte an das, was zuvor geschehen war. Dann fuhr er fort:

»Jetzt kommt es für uns darauf an, diese Sache nicht nur als eine Frage politischer Eignung zu betrachten, sondern sie in erster Linie als eine Frage von Recht und Humanität zu sehen. Hier steht mehr auf dem Spiel als unser gutes Verhältnis zu Russland. Wir sind der ganzen Welt gegenüber verantwortlich. In völkerrechtlicher Hinsicht ist die Sache klar, und auch die politischen Voraussetzungen haben sich verändert. Jetzt zeigt sich deutlicher als im Juni, dass die Balten als politische Flüchtlinge angesehen werden sollten. Ich bin zu der entschiedenen Auffassung gelangt, dass wir die Balten *nicht* ausliefern sollten, und trete mit Nachdruck dafür ein, dass der Abtransport nicht zustande kommt.«

Danach sprach sich Gränebo für einen Aufschub aus und wurde dabei von Gösta Bagge unterstützt. Dieser meinte, die politischen Voraussetzungen hätten sich wohl dennoch nicht verändert.

»Das einzig Richtige ist, die Entscheidung zu verschieben, ohne dass wir uns vorzeitig an die Sowjetunion wenden. Es kann vieles geschehen. Es kommt darauf an, Zeit zu gewinnen.«

Elon Andersson wollte auch befürworten, »dass man das Hiersein der Balten nach Möglichkeit verlängert und sie als politische Flücht-

linge betrachtet«. Man solle auch ihr Vorgehen einer neuen Untersuchung unterziehen.
Dann verlangte Per Albin Hansson das Wort.
»Es ist falsch zu sagen, der Schaden sei schon geschehen. Hingegen: wenn wir jetzt unsere Übereinkunft brechen, gibt es einen ernsten Schaden. Die Regierung steht dann da, als könnten wir der Volksmeinung nicht Herr werden. Was würde denn geschehen, wenn die Spannung zwischen den Westalliierten und der Sowjetunion sich verschärft? Man würde in der Sowjetunion dann meinen, man könne sich auf Schweden nicht verlassen oder auf eine schwedische Regierung, die nicht in der Lage ist, der Volksmeinung Herr zu werden. Unser Verhältnis zu Russland würde sich außerordentlich verschlechtern, wenn der Beschluss nicht verwirklicht wird. Vergesst bitte nicht, dass es auch eine andere Einstellung gibt als diejenige für die Balten. Die Gewerkschaftsbewegung wendet sich ganz entschieden gegen die Versuche, die Regierung von ihrem Standpunkt abzubringen. Unter den Balten befinden sich auch Männer, die der SS und der SA angehört haben. Nachgiebigkeit von seiten der Regierung kann möglicherweise eine starke Reaktion aus bestimmten Kreisen auslösen und damit der Stellung der Regierung schaden. Dann muss man sich eine andere Regierung suchen, welche für die Verschlechterung der Lage Schwedens gegenüber Russland verantwortlich ist.«
Er fügte hinzu, die Minister Zetterberg, Danielsson und Quensel hätten gegen den Beschluss über die Auslieferung Vorbehalte geäußert, und wiederholte, die Situation sei sehr ernst. Er endete mit der Feststellung:
»Die Frage gilt nicht nur dem Asylrecht. Sie gilt auch der Autorität der Regierung.«
Jetzt folgte eine Reihe kurzer Beiträge, in denen die Mitglieder des Ausschusses ihren Standpunkt in der Frage darlegten. Ward stellte fest, dass ein Zurück nicht mehr möglich sei. Er wolle sich dennoch mit Nachdruck an die Regierung wenden, sie möge das hier Gesagte beachten und alle Möglichkeiten erwägen, den Abtransport zu verschieben. Skoglund sagte, es gebe keine geteilte Meinung darüber, dass man die Deutschen ausliefern solle. Er war der Ansicht, dass die Regierung sich durch die Note vom 27. Oktober noch entschlossener festgelegt habe und dass »der Schaden jetzt noch größer wird, wenn die Balten ausgeliefert werden«. Ivar Anderson meldete sich nochmals und be-

tonte, dass »man die russischen Drohungen nicht allzu ernst nehmen solle. Trotz der außenpolitischen Risiken kann ich eine Auslieferung der Balten nicht befürworten. Die innenpolitischen Spekulationen des Ministerpräsidenten sind völlig theoretisch.« Lindqvist bekannte, dass die Lage im Juni eine völlig andere gewesen sei als heute. »Ich kann der Regierung jedoch nicht raten, von dem Vorsatz abzuweichen. Die öffentliche Meinung ist außerdem ja überhaupt nicht einheitlich, und ich bin der Meinung, dass die Abmachung erfüllt werden muss. Ich würde es jedoch begrüßen, wenn die Regierung einen Ausweg findet.« Bergvall befürwortete ebenfalls einen Aufschub. Östen Undén stellte in einer kurzen Replik fest, dass die erwähnte Note die Schweden überhaupt nicht stärker verpflichtet habe. »Wir dürfen durchaus individuelle Untersuchungen vornehmen, um diejenigen auszuschließen, die dem Wortlaut der Note zufolge nicht ausgeliefert werden sollten.« Er wiederholte, man dürfe die Russen nicht dem Verdacht aussetzen, sie wollten die Balten schlechter behandeln als andere Völker.

Berg wandte sich entschieden gegen einen Aufschub.

»Man löst das Problem nicht mit Wünschen, und die Regierung braucht nicht aufgefordert zu werden, nach Auswegen zu suchen. Es ist auch undenkbar, dass die Frage sich von selbst erledigt. Entweder wird die Entscheidung umgesetzt, oder man muss neue Gründe für eine Verhinderung des Abtransports finden. Wir laufen Gefahr, einen innenpolitischen Konflikt auszulösen, wenn die Frage auf die Spitze getrieben wird. Es wird im Land eine Unruhe geben, von der wir verschont bleiben sollten. Es sähe nicht gut aus, wenn man versuchte, sich aus der Angelegenheit herauszuwinden, um am Ende doch zu Kreuze kriechen zu müssen.«

Wistrand stimmte mit Ward überein, war aber der Ansicht, dass »die Entscheidung unerhört schwierig sei«. Und so konnte Ministerpräsident Per Albin Hansson am Ende die Ansichten zusammenfassen und die Debatte beenden.

– Ivar Anderson ist der einzige, der sich entschieden gegen die Auslieferung der Balten ausgesprochen hat. Alle anderen haben von einem Aufschub gesprochen – und das bedeutet doch wohl, dass die Dinge irgendwann einmal doch ihren Lauf nehmen sollen. Man erlegt der Regierung die Verantwortung auf. Die Regierung hat alle Möglichkeiten untersucht und keinen Ausweg gefunden. Es ist jedoch denkbar, dass wir in einzelnen Fällen, zum Beispiel bei einigen Jugendlichen, eine erneute Prüfung vornehmen und sie von der Auslieferung ausnehmen, aber eine solche individuelle Prüfung wäre ungerecht. Denn die anderen, die wir nach dieser Prüfung ausliefern würden, wären unter Umständen einem härteren Schicksal ausgesetzt als im Fall des Festhaltens an dem Beschluss, dass alle ausgeliefert werden müssen. Sollte eine andere Regierung einen Ausweg finden können, werden wir uns natürlich gegen eine andere Lösung nicht sperren. Es ist im übrigen enttäuschend, wenn man sich an den Auswärtigen Ausschuss wendet und keine wirklich klare Stellungnahme erhält. Früher oder später müssen Sie sich doch entscheiden, meine Herren.

Das Protokoll der Sitzung des Auswärtigen Ausschusses endet mit einer mehr allgemeinen Bemerkung.

Dort steht:

»Der König, der der fast zweistündigen Diskussion sehr aufmerksam gefolgt war, schien zum Schluss noch etwas sagen zu wollen, nahm aber davon Abstand und erklärte die Sitzung für geschlossen.«

Am Nachmittag des 8. Dezember, nach der Sitzung des Auswärtigen Ausschusses, erschien Per Albin Hansson im Kanzleihaus. Er war sehr ernst, machte auf die Anwesenden einen rastlosen und ungeduldigen Eindruck, schien aber zugleich erleichtert zu sein.

Den Anwesenden sagte er:

– Heute hat der Auswärtige Ausschuss getagt. Wir haben die Auslieferung der Balten zum letztenmal erörtert. Jetzt ist die Sache entschieden, jetzt gibt es nichts mehr zu diskutieren. Es war eine recht verworrene Debatte, es ging immer hin und her, es fand sich aber nur einer, der die Rücknahme des Beschlusses verlangte. Jetzt ist alles klar.

Anschließend fuhr er direkt nach Hause.

Die Sitzung des Auswärtigen Ausschusses vom 8. Dezember setzte den Schlussstrich unter eine Phase der Baltenfrage. Jetzt war die Sache politisch entschieden, für immer; jetzt blieb nur noch die Ausführung des Beschlusses. Die Auslieferung war vom 20. November bis zum 8. Dezember in politischer Hinsicht eine offene Frage gewesen, genau neunzehn Tage lang. In dieser Zeit hatte der Sturm jenes politische Problem geschaffen, das man die Auslieferung der Balten nennen sollte, aber der Sturm hatte die Frage in politischer Hinsicht auch in eine Sackgasse getrieben. Jetzt war alles vorbei. Es hatte neunzehn Tage gedauert.

4

Langsam, sehr langsam schmolz die Gruppe der Balten zusammen.

Einer wurde im Oktober freigelassen. Er hatte einen Vater, der in Schweden lebte und über großen Einfluss und ausgezeichnete Verbindungen verfügte. Die Freilassung seines Sohns bereitete keine Schwierigkeiten, obwohl auch dieser in der deutschen Wehrmacht gedient hatte. Kurz nachdem das Gotland-Kontingent der Balten nach Rinkaby verlegt worden war, rief der Lagerchef ihn zu sich ins Büro, übergab ihm die Entlassungspapiere und gratulierte ihm. Sein Vater, der in Lettland Richter gewesen war, hatte alles für ihn geregelt. Es war Oktober, er hatte nicht das Gefühl, besonders glücklich sein zu sollen, er wusste nichts von dem Auslieferungsbeschluss. Der Sommer war ruhig und schön verlaufen, er hatte sich ausruhen können, und jetzt war er frei.

Einige wurden krank, sie bekamen Tbc. Sie konnten im Land bleiben. Einer wurde erst fünf Stunden vor der Auslieferung entlassen. Man holte ihn aus dem Bus heraus und übergab ihm seine Papiere. Sein Vater war in Riga in einem Hotel Oberkellner gewesen, in dem König Gustav bei einem Staatsbesuch gewohnt hatte. Der Vater hatte irgendeine Medaille bekommen, war später geflohen, hatte an Gustav V. geschrieben, sein Sohn sei in Schweden interniert, und kurz darauf war dieser freigelassen worden: die Geschichte ist in den Umrissen nicht sehr deutlich erkennbar und lässt sich nicht exakt belegen. Zwei Internierte haben sie jedoch – unabhängig voneinander – bestätigt.

Einige kamen auf andere Weise frei.

Davon handelt die Geschichte von Eriks Zilinskis und Edvard Alksnis. Darüber hat der Untersucher einen Brief geschrieben, der hier in einer Zusammenfassung wiedergegeben wird:

Exzellenzen, schrieb er, ich bin jetzt in der Lage, meinen Schlussbericht über die ehemaligen Internierten Eriks Zilinskis und Edvard Alksnis zu schreiben, die beide in England leben. Es geht ihnen gut. Während ich dies schreibe, Ende März 1967, bin ich auf der Heimreise, die See draußen vor dem Bullauge ist aufgewühlt, es ist Nacht und Vollmond; ich befinde mich genau nördlich von der Nordspitze Dänemarks und bin auf dem Weg nach Hause. Der Wind ist stürmisch, es ist Vollmond, ich sehe eine Straße aus hellem Silber, vielleicht ist es auch helles Blei, das mit schwarzem Pech vermischt ist. Es ist ein eigentümlicher Anblick, ich kann nicht schlafen, ich schreibe an Sie. Über dieses merkwürdige Meer sind die beiden Internierten im Herbst 1946 aus Schweden geflohen. Sie leben jetzt beide in England, sie leben gut und lassen Sie grüßen. Es sind viele Jahre vergangen, seit Ihre Wege sich kreuzten, sie haben vergessen, die Erinnerung ist verschwommen oder undeutlich. Es ist Nacht, ich schreibe, weil ich nicht schlafen kann. Mir scheint, als würden Gefühle und Ereignisse an mir vorüberziehen, als sei die Geschichte ein verlassenes Schiff, an dem ich schnell vorbeifahre, ein Wrack ohne Leben, das vom Sturm hin und her geworfen wird, das man nur in einem Augenblick erfassen kann, ohne die Perspektiven in die Vergangenheit und Zukunft erkennen zu können. Hier nun mein Bericht.

Zilinskis floh im September 1946 nach England. Er ist heute in der lettischen Gesandtschaft in London beschäftigt. Sie liegt am Eaton Place; diese Gegend ist völlig still. Die Stille wird nur manchmal, gleichsam aus Versehen, von Menschen gestört: weiße Häuser, ein schwacher Gestank nach weißem Marmor, Automobilen, alle Eingänge sind von Säulen flankiert. Eine Reihe von Botschaften und Gesandtschaften. Dieses Gebiet, das aus vielen Häuserblocks besteht, erinnert in vielem an italienische oder französische Friedhöfe. Dort sind die Grabsteine mitunter durch kleine, tempelähnliche Mausoleen ersetzt, weißgetünchte kleine Häuser, die der heiligen Stille geweiht sind; oft enthalten sie kleine Bänke und Tische für Weihrauchgefäße und Devotionalien, Friese und Ornamente. Hier liegt die lettische Gesandtschaft, sie ist ein Zentrum der lettischen Exil-Diplomatie, für landesflüchtige Letten. In Riga habe ich dieses Haus einmal in einem Film gesehen; es war heimlich aufgenommen worden, von der anderen Straßenseite. Diese Aufnahmen waren Bestandteil eines Dokumentarfilms über die »lettischen Kriegsverbrecher im Exil«. In diesem Film sah das Haus geheimnisvoll aus, Menschen kamen und gingen, es sah alles sehr dramatisch aus, ich hätte es beinahe nicht wiedererkannt. Hier arbeitet Eriks Zilinskis.

Er wurde 1919 geboren. Er ist unverheiratet; die britische Staatsangehörigkeit hat er nicht erworben, sondern besitzt noch seinen lettischen Pass. Er ist Rechtsanwalt von Beruf.

»Einzelheiten verschwinden«, sagt er, »ich kann mich nicht mehr genau erinnern, ich weiß nicht einmal, ob ich es überhaupt will.« Das Zimmer, in dem er sitzt, ist schwer und düster, braune Ledersessel und schwere Schreibtische stehen darin. Die Einrichtung wird schon Ende der dreißiger Jahre so ausgesehen haben, als die Gesandtschaft noch Verbindung mit dem Mutterland hatte, vor der Abschnürung, vor der Verpuppung. Er spricht von seiner Malerei, zieht Farbdias aus der Tasche, er hat seine eigenen Gemälde fotografiert. Es sind melancholische Stilleben in dunklen Farben, nicht schlecht. »Die Malerei ist mein Leben«, sagt er. »Mein Gedächtnis ist aber schlecht. Ich habe lange Jahre unter Schlafstörungen gelitten, ich kann schlecht einschlafen, liege nur da. Ich muss Tabletten nehmen. An frühere Zeiten erinnere ich mich nur dunkel.« Wie lange ist seine Schlaflosigkeit akut? »Seit 1950.« Er hat ein schmales, fast rechteckiges Gesicht. Nach Gotland ist er aus dem Kurland-Kessel gekommen; er wurde als Soldat registriert, weil er mit Soldaten nach Schweden gelangte. Er hatte aber glücklicherweise einen Freistellungsbescheid vom Frühjahr 1945 bei sich, der ihm schließlich zur Freiheit verhalf. Es war eine Freistellungsbescheinigung, die er den schwedischen Behörden vorlegen konnte, sie wurde registriert. Ausgestellt war sie am 24. Februar 1945 vom »SS-Ersatz-Kommando, Lettland«. Was er in der Zeit vom Februar bis zum Mai 1945 getrieben hat, liegt im Dunkeln; er kam in Uniform, wurde aber dennoch freigelassen. Warum wurde die Freistellungsbescheinigung von einem »SS-Ersatz-Kommando« ausgestellt? Er holt Karten hervor, sucht nach Ortsnamen, erzählt vom Frontverlauf und seinem jeweiligen Aufenthaltsort.

»Manchmal«, sagt er, »wenn es mir endlich gelungen ist einzuschlafen, träume ich von dieser Zeit.« Von bestimmten Ereignissen? »Über diese Zeit.« Was träumt er? »Daran erinnere ich mich nicht.« Sind es Angstträume? »Nein, das kann man nicht sagen, ich glaube immer, mich im Baltikum zu befinden, ich setze mich ins Boot, meine Flucht beginnt.« Was geschah während der Flucht? »Nichts, ich sitze nur im Boot.« Ist das nicht entsetzlich? »Nein, ich träume nur, dass ich dasitze.« Ist er jetzt glücklich? Er ist korrekt gekleidet, sehr zuvorkommend, es wäre zwecklos, ihm derart abstrakte Fragen zu stellen. Die Auslieferung sieht er jetzt in einem anderen Licht als früher, ohne

Emotionen, er meint, dass die Schweden die Balten als eine allzu kleine Minderheit betrachtet hätten, die einen Zusammenstoß mit einer Großmacht in politisch so unruhigen Zeiten nicht wert gewesen sei. Er behauptet, vor seiner Flucht nur wenige Monate in der deutschen Wehrmacht gedient zu haben; er habe eine Freistellungsbescheinigung bei sich gehabt, aus der seine Wehrdienstuntauglichkeit hervorgegangen sei. Dies alles ist außerordentlich unklar, wie alles andere in dieser Affäre, es scheint aber dennoch mit den Angaben übereinzustimmen, die sich in den schwedischen Archiven finden – dass er bis Februar 1945 in der Wehrmacht gedient hat, scheint zu stimmen, aber über die folgenden Monate lässt sich keine Klarheit gewinnen. Auf Gotland wurde er von der schwedischen Polizei vernommen. Seine Papiere blieben dort in irgendeiner Schublade liegen und wurden erst in letzter Stunde gefunden. Am 14. Januar ließen die schwedischen Behörden ihn frei. Im September 1946 floh er mit einem Fischerboot nach England. Damit ist seine Geschichte zu Ende.

Somit bleibt noch von Edvard Alksnis zu berichten.

Alksnis hatte man ins Krankenhaus von Halmstad gebracht. Er gehörte zu jenen, die während der vorangegangenen Zeit fast völlig unsichtbar gewesen waren: er taucht in einigen Tagebuchnotizen aus der Zeit vor der Flucht aus Danzig auf, auf Bornholm teilt er ein Zimmer mit Presnikovs, er kommt nach Ystad, nach Rännesslätt.

Am 10. Dezember zeigt ein schwedischer Pfleger ihm eine alte Zeitung. Es war eine Ausgabe aus der letzten Novemberwoche; in ihr war zu lesen, dass Stalin den Appell des schwedischen Königs abgeschlagen hätte. Es gab keine Hoffnung mehr für die Balten, sie mussten ausgeliefert werden. Sie fasteten noch immer; obwohl zwei Esten den Hungerstreik freiwillig abgebrochen hatten, hielten die anderen durch. Sie lagen in den Krankenhausbetten, sprachen nur selten miteinander, schliefen viel, aber unruhig, sahen mit immer mehr abgemagerten und apathischen Gesichtern, wie die Schwestern kamen und gingen, wie die Wache an der Tür alle vier Stunden abgelöst wurde, wie der Posten draußen auf dem Flur auf und ab marschierte. Mit den Schweden sprachen sie selten, und wenn, dann nur über triviale Dinge: dass sie Wasser haben oder auf die Toilette gehen wollten. Gedanken an eine Flucht hatten sie schon lange aufgegeben. Jetzt lagen sie nur noch da, wurden immer schwächer, und ihre Hoffnung schwand immer mehr. Die Verbindungen mit der Außenwelt waren abgeschnitten. Ihre besten Informationskanäle, die baltischen Pastoren, waren nicht mehr zugänglich.

Das Krankenhaus lag in Halmstad.

Alksnis war einer der wenigen, die es manchmal nach ein wenig Bewegung gelüstete: er machte kleine Spaziergänge zwischen seinem Bett und dem Fenster, er lief in seinem Zimmer auf und ab, während die anderen still in ihren Betten lagen und ihm zusahen. Mitunter sprach er mit ihnen; er hielt kleine Monologe, die meist ohne Antwort blieben. »Ich war fast der einzige, der überhaupt etwas sagte, die anderen waren apathisch, lagen nur da, jeder für sich.« Nachdem der schwedische Pfleger ihm die Zeitung gezeigt hatte, sah er seine Lage in einem neuen Licht. Er sprach nun zu den anderen über die Hoffnungslosigkeit ihrer Lage, erzählte ihnen, dass sie alle hingerichtet werden würden, redete von seiner Gleichgültigkeit gegenüber dem Tod. Er erhielt nie eine Antwort. An der Decke hingen zwei Lampen, nackte Glühbirnen mit einem weißen Schirm. Messer und Gabeln waren verboten, zu den Mahlzeiten bekamen sie auch Gläser, die aber gleich nach dem Essen wieder eingesammelt wurden; wer nicht mehr streikte, aß von Zinntellern, mit einer stumpfen Gabel. Hinterher wurde alles gezählt und abgeholt.

Die Ärzte bekamen sie selten zu sehen. Wenn sie überhaupt kamen, so nur zu mehreren; sie untersuchten ihre Patienten schweigend. Auf Fragen antworteten sie ausweichend, prüften die Fieberkurven, blickten in die Augen der Balten, drückten auf ihre Bäuche und gingen dann wieder hinaus, worauf wieder völlige Stille eintrat.

Am 13. Dezember 1945 gegen 20 Uhr betrat eine Krankenschwester namens Elsa den Raum. Sie stammte aus Finnland. Wenn man Fotos von ihr betrachtet, hat man den Eindruck, dass sie damals mittleren Alters gewesen sein muss. Sie war unverheiratet. Sie brachte ein Tablett mit Kaffee und Lucia-Kringeln. Die Kringel sahen aus wie normale schwedische Kringel, »wie eine Acht«, und waren mit Safran gebacken. Die Schwester trat ein (einige schliefen bereits, sie schienen immer zu schlafen; draußen war es dunkel). Sie kam mit einem Tablett herein und fragte, ob jemand Kaffee und »Lussekätzchen« haben wollte. Wer wach war, schüttelte fast unmerklich den Kopf. Sie machte im Saal ihre Runde.

Schließlich blieb sie an Alksnis' Bett stehen. Seine Arme lagen auf der Bettdecke, unter dem Kopf hatte er zwei Kissen, neben dem Bett stand ein Stuhl mit Briefpapier und einem Bleistift. Seine Nachttischlampe brannte. Sie hielt ihm das Tablett mit dem Kaffee und den »Lussekätzchen« hin und fragte, ob er etwas haben wolle. Er sah sie einen Augenblick ausdruckslos an und sagte dann »Ja«, richtete sich auf und sagte nochmals »Ja«.

Er kann heute nicht mehr genau angeben, warum er den Hungerstreik in diesem Moment abbrach. »Es war alles so sinnlos geworden.« Immer wieder weist er darauf hin, wie unmöglich es sei, die Gefühle wiederzugeben, die ihn an diesem Abend bewegten. »Wir waren sehr traurig« – das ist alles, was er sagen kann. Zwei der Esten hatten den Streik schon beendet, sie waren ausgeschlossen, auf sie hatte man ohnehin nie gezählt. Und er selbst? Jeder Versuch, ihn zu einer näheren Präzisierung des Worts »traurig« zu bewegen, wird mit resignierendem Kopfschütteln beantwortet. »Es hatte keinen Zweck mehr. Es war alles zu Ende. Ich glaubte, dass sie uns auf jeden Fall ausliefern würden, was wir auch immer dagegen unternehmen mochten.« Welche »sie«? »Nun, die Schweden, die schwedischen Behörden.« Hielt er das denn für eine große Katastrophe? »Ich glaubte, die Russen würden uns alle erschießen.« Wer hatte das gesagt? »Das wussten wir, es stand ja in allen Zeitungen.« Lasen sie oft Zeitung? »Wir lasen soviel wie möglich, aber während des Hungerstreiks wurde uns vieles vorenthalten.« Waren sie von den Analysen der Zeitungen beeinflusst worden? »Ein wenig schon, aber wir wussten ja ohnehin sehr genau, dass wir im Fall einer Auslieferung von den Russen hingerichtet werden würden.« Woher wollten sie das wissen? Aus Gesprächen, durch Erfahrungen, Mitteilungen, woher? »Das ist schwer zu beschreiben. Wir waren so niedergeschlagen.« Was hatte die Niedergeschlagenheit hervorgerufen? Glaubten die Balten, es ließe sich in Schweden besser sterben als in der Sowjetunion? Glaubten sie, die Behörden mit dem Druckmittel der öffentlichen Meinung in Schweden beeinflussen zu können? Was bedeutet das Wort »niedergeschlagen«?

Am 13. Dezember um 20 Uhr brach Edvard Alksnis seinen zweiundzwanzigtägigen Hungerstreik ab. Er sagte »Ja«, und Schwester Elsa stellte das Tablett auf seinen Stuhl. Sie nahm eine Tasse, füllte sie mit Kaffee, warf zwei Zuckerstückchen hinein, reichte ihm die Tasse, nahm einen Kringel und gab ihn Alksnis. Er brach ihn in zwei Stücke und aß den ersten langsam auf, während sie ihn stumm ansah. Dann setzte sie sich zu ihm auf die Bettkante; ihre Füße ließ sie in der Luft baumeln. Sie blickte über den Krankensaal hin. Es war halbdunkel, die meisten schliefen, nur einer hatte gesehen, was hier geschehen war. Dieser Mann richtete sich auf und sah Alksnis an, worauf die Schwester fragte, ob er auch etwas essen wolle. Er schüttelte aber nur den Kopf, sank wieder hin und wandte sich ab. Alksnis hatte nun den ersten Kringel aufgegessen. Sie fragte, ob er noch einen wünsche, er nickte, nahm ihn und aß ihn ebenso langsam auf. Dann trank er den Kaffee aus und gab ihr die Tasse zurück. Schwester Elsa stellte sie wieder zu den anderen auf das Tablett, lächelte ihm zu, er lächelte aber nicht zurück. Danach verließ sie das Zimmer und schloss die Tür hinter sich.

Alksnis richtete sich im Bett auf.

»Es hat doch alles keinen Zweck«, sagte er in die Stille hinein. Niemand antwortete ihm, die anderen schienen alle fest zu schlafen, aber er wusste, dass viele wach waren. Der Wachposten an der Tür sah ihn neugierig an, vertiefte sich aber gleich wieder in seine Zeitung.

Er saß lange aufrecht und versuchte, klar zu denken. Draußen regnete es; in der Nacht zum 14. Dezember wurden in Halmstad acht Millimeter Niederschlag registriert, der Regen prasselte gegen die Fensterscheibe, die Kringel waren gut gewesen. Er sollte eigentlich schlafen, aber er wusste, dass er nicht würde einschlafen können. Das war also der Lucia-Tag; er dachte an die blinde Lichterkönigin. Die Kringel waren gut gewesen. Einen Augenblick wollte er dem Wachposten etwas sagen, nur um die Stille zu beenden, aber es hätte doch zu nichts geführt. Er legte sich hin.

Er legte sich hin.

Es verging eine Stunde. Dann richtete er sich halb auf und sah sich um. Er beugte sich nach rechts. Dort stand der Stuhl; er nahm den Bleistift. Er hatte den Bleistift am selben Morgen angespitzt. Alksnis blieb eine Weile aufrecht sitzen, drückte dann die stumpfe Seite des Bleistifts gegen die Handfläche der rechten Hand, führte den rechten Arm nach unten, hob seinen Kopf in die Höhe und trieb den spitzen Bleistift mit unerhörter Kraft direkt ins rechte Auge.

Er hatte sehr gut gezielt. Im letzten Augenblick hatte er dem Kopf noch einen kräftigen Ruck gegeben. Der Bleistift bohrte sich mitten in den Augapfel.

Der Wachposten hörte den kurzen Aufschrei, sprang auf und lief an sein Bett. Edvard Alksnis war ohnmächtig geworden, aus dem Auge rann Blut, aber niemand vermochte genau zu sagen, was geschehen war. Der Arzt kam nach wenigen Minuten. Sie hatten Alksnis' Kopf inzwischen auf ein Kissen gebettet, und als der Arzt das rechte Augenlid hochzog, sahen sie alle das sechseckige stumpfe Ende eines Bleistifts, der in voller Länge im Auge Alksnis' steckte. Die Länge des Bleistifts wurde hinterher gemessen: sie betrug genau fünfzehn Zentimeter. Alksnis trieb den Bleistift mit voller Wucht in sein rechtes Auge und fiel dann in die Kissen zurück. Einige richteten sich bei seinem Schrei auf, der Wachposten lief herbei, aber Alksnis hörte und sah nichts mehr. Es spielte nun keine Rolle mehr, dass er zum Streikbrecher geworden war.

Er gibt an, einen Traum gehabt zu haben: zu Hause in Riga stand eine Krankenschwester an seinem Bett, sie trug eine kommunistische Uniform und sprach Lettisch mit ihm. Sie bat ihn, nach Lettland zurückzukehren. Soweit der Traum. Alksnis erzählte ihn, ohne etwas über seine Gefühle zu sagen oder einen Deutungsversuch zu machen, sagt nur, dass er genau dies geträumt habe. Sie sei nicht schön gewesen, habe ihn aber gebeten zu kommen.
  Er blieb vierundzwanzig Stunden ohne Bewusstsein. Die Ärzte operierten ihn, holten den Bleistift heraus und röntgten ihn. In ihren Augen war er schon so gut wie tot. Er würde sterben. Sie legten ihn in ein besonderes »Sterbezimmer«, in dem er aufwachte, ohne sein rechtes Auge und auf einer Körperseite gelähmt. Erinnerung an das Erwachen: »Sah ein Zimmer.« »Sah Licht.« Ihm wurde eine baltische Krankenschwester zugeteilt; es war dieselbe, die in Ränneslätt gearbeitet hatte und die Eichfuss hatte heiraten wollen. Sie hieß Martha. Sie blieb eine Woche bei ihm, danach wurde sie woanders eingesetzt. Wie war sie? »Sie war ein guter Mensch.« Worüber sprachen sie miteinander? »Ich konnte nicht viel sprechen, sie saß meist still an meinem Bett.« Auf einem Foto trägt sie hochgestecktes Haar nach der Mode der vierziger Jahre, das im Nacken zu einer Rolle zusammengefasst ist. Nachdem er sich ein wenig erholt hatte, legte man ihn in ein anderes Zimmer, das er mit zwei deutschen Offizieren aus Backamo teilte. Diese hatten sich selbst verstümmelt und warteten nun auf die nächste Phase der Auslieferung.
  Worüber sprachen sie miteinander? Er weiß es nicht mehr, kann aber das beim Beinbrechen angewandte Verfahren genau beschreiben. Die Deutschen hatten zwei Eisenbetten zusammengestellt, den jeweiligen

»Patienten« in eins der Betten gelegt; dieser ließ sein Schienbein über die Bettkante herabbaumeln, so dass das Bein direkt auf der Eisenkante des Betts lag. Anschließend hatte man die Eisenkante des zweiten Betts so auf das Schienbein gelegt, dass es gewissermaßen darauf ruhte. Dann hatte man einen kopfgroßen Stein aus etwa einem Meter Höhe auf die Kante des oberen Betts fallen lassen, wonach der Röhrenknochen sofort brach. Anschließend hatte man sofort den nächsten Soldaten ins Bett gelegt und diese Prozedur wiederholt. In diesem Raum hatten sich acht Deutsche auf diese Weise behandeln lassen. Jetzt lagen also zwei von ihnen mit Alksnis in einem Zimmer. Sie hatten einander nicht viel mehr zu sagen als die gegenseitigen Schilderungen des Beinbrechens beziehungsweise Augen-Ausstechens. Allmählich ging es allen besser, die Deutschen konnten aufstehen, nur Alksnis, der sich ein Magenleiden geholt hatte und sich einer kleineren Magenoperation unterziehen musste, konnte das Bett noch nicht verlassen. Er war noch immer einseitig gelähmt.

Für den Januar planten die Deutschen einen Fluchtversuch, den sie allerdings aufgaben, nachdem sie in letzter Minute erfahren hatten, dass sie freigelassen werden würden. Alksnis wurde später ins Lazarett von Hässleholm gebracht. Von dort beobachtete er die Auslieferung aus der Ferne. Dorthin wurde auch Leutnant Plume gebracht, der sich ein Bajonett in den Bauch gestoßen, aber dennoch überlebt hatte. Vom Fenster des Krankenzimmers aus konnte Alksnis sehen, wie der Winter dem Ende entgegenging und wie es schließlich März wurde. Von seinen Kameraden verschwand einer nach dehn anderen, bis nur noch Plume und Krumins übrigblieben.

Sie kamen in ein Sammellager; Alksnis bekam einen Pass und Zivilkleidung. Nun konnte er wieder gehen, allerdings nur mit Hilfe eines Stocks. Auf Bildern sieht man ihn oft mit einem Rasen als Hintergrund, manchmal sind es Häuser. Er trägt einen korrekten schwarzen Anzug, ein weißes Hemd, Krawatte, und stützt sich auf seinen Stock; er lächelt immer in die Kamera. Sein rechtes Auge ist jetzt durch ein Glasauge ersetzt, das als solches kaum zu erkennen ist. Im Spätsommer begannen neue Gerüchte zu kursieren, Gerüchte von einer Auslieferung derer, die im Land geblieben waren. Diese Gerüchte konnten weder bestätigt noch dementiert werden.

Ende Oktober flüchtete er mit einem Fischerboot nach England. An die Flucht erinnert er sich nicht sehr gut. Ja, das Wetter sei gut gewesen.

Sie liefen von Lysekil aus. Das Boot hatte sechstausend schwedische Kronen gekostet und hieß »Mathilda«. Dreitausend Kronen hatten sie selbst zusammengebracht, die restlichen dreitausend stammten von einem schwedischen Spender.

Sie verließen Schweden am 23. Oktober 1946. Der Hafen von Lysekil war leer. Es wird behauptet, das Hotel der Stadt habe an diesem Tag gebrannt. Der kurze Aufenthalt von Edvard Alksnis in Schweden war zu Ende.

Exzellenzen, schrieb der Untersucher in seinem Brief, Edvard Alksnis kann heute nicht mehr exakt sagen, warum er den Bleistift in sein Auge trieb. Er macht hilflose Versuche, eine Situation zu skizzieren, die so von Hoffnungslosigkeit und Traurigkeit erfüllt ist, dass ihm nur dies zu tun blieb; es bleiben aber noch viele Punkte zu klären. Es fällt Alksnis äußerst schwer, den eigentlichen Mechanismus dieses Zustands der Verzweiflung zu beschreiben. Es scheint, als sollte man auf diesem Weg nicht weiterkommen können. Ich stimme mit Ihren Hinweisen teilweise überein: seine Angst war unbegründet, seine Befürchtungen übertrieben. Mag seine Angst auch auf falschen Prämissen beruhen, *für ihn* war sie real. Die Furcht war da, ebenso die totale Hoffnungslosigkeit. Wir sollten uns dies vor Augen führen, da wir die Situation geschaffen haben, die ihn vor sich hertrieb. Wir, die wir ihn internierten und ihn mit Zeitungen und Argumenten versorgten, wir, die wir diese tragische oder heroische Situation herbeigeführt haben, in der allein der Tod das würdige Ende dieser Tragödie zu sein schien, wir sollten dies wissen. Wir haben ja die Tragödie für ihn geschrieben, ihm seine Rolle vorgeschrieben und ihn dann herausfordernd betrachtet. Und als er den Bleistift nahm und in sein Auge stieß, war er es schließlich nicht selbst, der dies tat, er vollendete nur die Situation, die wir für ihn vorbereitet hatten, und spielte die Rolle, die wir ihm damit zugedacht haben. Wir haben sie geschaffen, wir alle, mögen wir für oder gegen die Auslieferung gewesen sein, wir, die wir ihm sein tragisches Schicksal vor Augen geführt und ihn bewacht haben, wir, die wir schon um seinen Tod in Sibirien getrauert und ihn einen Kriegsverbrecher genannt haben. Er hat uns nicht enttäuscht, er spielte die ihm zugedachte Rolle, nur in einem Punkt hat er uns im Stich gelassen: er überlebte. Das hätte er nicht tun sollen, darüber sind sich alle einig. Ein weiterer tragischer Selbstmord hätte die Tragödie auf die Ebene gehoben, auf der die großen internationalen Tragödien zu Hause sind. Er hätte uns nicht enttäuschen sollen.

Exzellenzen, schrieb der Untersucher, politische Vorgänge bestehen nicht nur aus Fakten, aus ideologischen oder ökonomischen Gegebenheiten, sie entstehen auch aus Gefühlen, aus Gefühlen, die aus Situationen erwachsen, aus Situationen, die aus einem Netz menschlicher Verbindungen entstanden sind, einem Spinnennetz, in dem der Mensch schließlich hängenbleibt, zwar nicht hilflos, aber doch gefangen. Ich habe in Soho einmal einer Striptease-Darbietung beigewohnt, und zwar am Vorabend meiner Begegnung mit Alksnis. Die äußeren Umstände brauche ich Ihnen wohl nicht näher zu schildern: das halbdunkle Lokal mit Holzstühlen vor einer kleinen Bühne, den an einer Schnur befestigten Vorhang, den Plattenspieler hinter der Bühne. Dann kommen sie herein, mit der ungeschlachten Grazie, die ein Produkt aus Gleichgültigkeit, Erschöpfung und Verachtung ist. Die mechanischen Gesten, die Fettpolster überfütterter Einsamkeit um ihre oft gebrauchten Leiber herum und – vor allem – die bemerkenswerte Atmosphäre *austauschbarer Scham*, die den Raum erfüllte. Und wir da unten: wie wir geduldig auf die nächste Nummer warteten und hartnäckig aufs Podium starrten, ohne den Blick wenden zu wollen, einander nahe, nur zur Hälfte in der sicheren Dunkelheit geborgen, aus der unsere Erregung erwuchs. Und wie dann die Gefühle wach und wechselseitig wurden: ihre uns entgegengebrachte Verachtung, diese Verachtung, die so total war, dass sie wie ein Gummiball zwischen Podium und Saal hin- und herzuspringen schien. Exzellenzen – ich stelle das zentrale Motiv dieses Erlebnisses besonders heraus: wie die Verachtung unter uns ausgetauscht und immer stärker wurde, wie sie mich schließlich aus dem Lokal vertrieb.

Exzellenzen: ich betrachte mich als einen freien Menschen. Rationale Argumente taugen aber nicht dazu, ein Gefühl zu vernichten: es ist nach wie vor da, deutlich und überwältigend, aus einer Situation geboren, die Situation steuernd, lenkend wie eine Riesenhand. Eine Bewegung, ein Strom aus Tatsachen, Ereignissen, Motiven, Gegenständen.

Exzellenzen, schrieb der Untersucher, inmitten dieser Wolke aus Ereignissen, Fakten und Gefühlen fasse ich meinen für Sie bestimmten Bericht zusammen. Am folgenden Morgen fuhr ich nach Sidcup in Kent, in einen dieser Vororte großer Städte, in die die Welt ihren Überdruss ablädt. Das Wetter war sonnig, aber es blies ein heftiger Wind, vor Land's End war ein britischer Tanker gestrandet, der über die englische Südküste Öl ausspie, ich stieg aus dem Zug, ich war völlig einsam: früher Morgen eines Karfreitags in Sidcup, Kent, dort, wo Edvard Alksnis wohnte. Ich war zu früh angekommen und ging in die Kirche, weil sie in der Nähe des Bahnhofs lag. Diesmal war es nicht wie am Karfreitag in meiner Kindheit: kein sentimentaler und nostalgischer Tag voller Trauer und Traurigkeit, kein Tag, an dem kleine Kinder lernten, die Traurigkeit des Stellvertreters stellvertretend zu tragen. Diese Predigt hätte gut als Wahlrede für die Labour-Partei gelten können, wenngleich sie nicht so glatt war wie die Rede eines Wahlkämpfers und auch keine direkten parteipolitischen Akzente enthielt. Nach dem Gottesdienst stand ich auf der Kirchentreppe im Sonnenlicht, ging dann durch die Stadt und fand schließlich Edvard Alksnis. Er trat aus der Tür, kam mir leicht hinkend entgegen, und ich erkannte ihn nach den Fotografien sofort wieder.

Als er im Herbst 1946 nach England kam, war er noch Rekonvaleszent, die Lähmung hatte noch nicht ganz nachgelassen. Er lag noch monatelang in englischen Krankenhäusern. Dort lernte er eine Krankenschwester kennen, heiratete sie und bekam zwei Töchter. Er wohnt in einem reihenhausähnlichen Gebäude. Er kann noch immer nicht richtig gehen, hat braune Augen, und man sieht sofort, welches das echte ist. Er lächelt oft, aber manchmal scheint sein ganzes Gesicht zu zittern, wie bei einem Kind, dem man eine allzu große Anstrengung zumutet. Seine Töchter besuchen englische Schulen, er selbst ist jetzt englischer Staatsbürger, spricht aber ein holpriges und teilweise unverständliches Englisch. Er ist sehr freundlich und völlig offen; er hat eine unzerstörte, fast jungenhafte Vitalität und lacht gern.

Auf einem Regal steht ein Foto, das ihn als jungen Leutnant zeigt. Leichte Ähnlichkeiten lassen sich noch feststellen.

Während der ersten Zeit in England konnte er nicht arbeiten. Er bekam eine Art Invalidenrente, weil man seinen Fall für einen Sonderfall hielt. Bei medizinischen Vorlesungen diente er oft als »Demonstrationsobjekt«. Seine Frau ist Lettin; zu Hause sprechen beide Lettisch miteinander. Nach etwa einem Jahr wurde er von der lettischen Botschaft eingestellt, saß als eine Art Hausmeister im Vestibül, später verkaufte er Bücher in einer kleinen Buchhandlung. Dann war es auch mit diesem Job aus, und er begann, lettische Übersetzungen von deutschen und englischen Romanen zu veröffentlichen, was anfänglich einigen Gewinn abwarf. Die Balten in England zogen jedoch bald weiter und wanderten in die USA und nach Kanada aus. Der Kundenkreis wurde immer kleiner, und damit war auch dieses Unternehmen gescheitert.

Im Augenblick arbeitet er nicht. Es geht immer auf und ab; sieben Jahre lang war er Angestellter einer Firma, die Waschmaschinen verkaufte, aber jetzt hat er keine Arbeit. Die Lähmung ist nie ganz verschwunden, aber er sagt, es gehe ihm gut. Er hat ein Haus. In einem Schaufenster in Sidcup werden einige Häuser zum Verkauf angeboten (es ist eine Maklerfirma, die auf diese Weise inseriert), und nach diesen Preisen zu urteilen dürfte sein Haus zwischen 4200 und 5800 Pfund wert sein. Als er Lettland verließ, hatte er dort zwei Kinder, einen Sohn und eine Tochter, zurücklassen müssen. Er zeigt mir Fotos; der Sohn ist heute 29 Jahre alt. Er schreibt nicht mehr regelmäßig an seine Kinder in Lettland.

Ins Baltikum will er nicht mehr zurückkehren, wie Sie sicher verstehen werden.

Von der politischen Lage in Sowjetlettland hat er nur verschwommene Vorstellungen. »Etwas besser wird es heute schon sein, aber gut natürlich nicht.« Nein, er würde nie zurückkehren können. »Obwohl sie mich bestimmt ganz gern wiederhätten, weil ich kein gutes Aushängeschild für sie bin.« Nach einer Weile wird er von seiner Tochter unterbrochen, die ihm leicht hitzig sagt, er könne doch gar nicht wissen, wie es heute in Lettland aussehe, er sei ja zweiundzwanzig Jahre nicht mehr dort gewesen. Er antwortet ausweichend und sieht sie unruhig an. Die Tochter scheint ihn ständig mit einer eigenartigen Mischung aus Nähe und Abstand, aus Anhänglichkeit und Skepsis zu beobachten.

Bei der letzten Wahl hat er für Labour gestimmt.

Er selbst hat eine vielseitige militärische Karriere hinter sich. Vor 1940 war er Offizier in der lettischen Armee. 1940 wurde er Offizier der russischen Armee, und von 1943 bis 1945 war er Offizier in der deutschen Wehrmacht.

Er ist der Meinung, dass das schwedische Wachpersonal in den Internierungslagern die Deutschen klar bevorzugt habe. Das führt er auf die Deutschfreundlichkeit des Offizierskorps zurück, ferner darauf, dass viele Schweden durch Blutsbande mit Deutschland verbunden sind sowie auf die Stellung Deutschlands als Großmacht (wovon nach

Kriegsende natürlich keine Rede mehr sein konnte); weiter meint er, dass die Schweden an baltischen Fragen grundsätzlich nicht interessiert seien und dass die Deutschen einen Kulturkreis repräsentierten, eine Art zu denken, die den Schweden näherstünden als das Baltikum. Ausgesprochene Hassgefühle gegen die für die Auslieferung verantwortlichen schwedischen Regierungen hat er nicht, er meint vielmehr, dass sie recht geschickt taktiert hätten. Er behauptet, jetzt in Sicherheit zu leben, er hat keine Angst mehr, er lebt in Freiheit.

In welcher Freiheit? Welche Freiheit besitzt er? Was kann er tun, was nicht? Er definiert seine Freiheit nicht, fährt aber fort, seine Lage zu schildern. Mit seinen Nachbarn spricht er nur selten, er hat nur wenige Freunde, alles Letten, mit denen er gelegentlich zusammenkommt. In der kleinen Stadt, in der er lebt, ist er ein fremder und anonymer Vogel. Keiner seiner Nachbarn weiß etwas über seine Vergangenheit und über die Ursache für sein Hinken oder warum er ein künstliches Auge hat. Unter ihnen hat er keine Freunde. Er lebt in einem kleinen Kokon in Sidcup, Kent, lebt dort mit seiner Frau und seinen Kindern und denkt immer seltener an das, was damals in Schweden geschah. Er lebt. Er hat überlebt. Freiheit? Er hat es nie für notwendig befunden, das Bild zu revidieren, das er sich von seiner eigenen Geschichte gemacht hat, von seinem Leben, den damaligen Ereignissen. Er weiß ja, wie sich alles zugetragen hat. Sein Kommunistenhass ist selbstverständlich tief eingewurzelt. Er ist etwas älter als fünfzig, das Jahr in Schweden hat für alle Zukunft über sein Leben entschieden. Vor dem Haus, auf der Straßenseite, liegt ein kleiner Garten von vier mal sechs Metern; er ist von einer Hecke umgeben; man sieht ein paar kleine Bäume und ein kleines Blumenbeet.

Sein Haus ist zweistöckig, die Zimmer sind sehr klein und eng, aber hübsch eingerichtet. Hier lebt er.

Für einige Minuten verwickelt er sich mit seiner Tochter in eine politische Diskussion. Er hat ganz nebenbei einige Bemerkungen über diese unwissenden jungen Leute fallenlassen, die gegen die Vietnam-Politik der USA demonstrieren, und sie opponiert sofort auf ihre vorsichtige Art. »Was soll das«, sagt sie, »ich laufe zwar nicht hinter jedem Demonstrationszug her, aber dennoch darf ich doch wohl sagen, dass ich die Politik der USA und ihre militärische Anwesenheit in Vietnam für falsch halte?« »Jaja«, sagt er und lächelt ein wenig hilflos, »ja, ja, jaha.« Sie sprechen oft über Politik, reden aber oft aneinander vorbei, weil keiner den Ausgangspunkt des anderen versteht. »Unsere Vorgeschichten sind zu verschieden«, sagt er leise, »das ist natürlich klar, ja.« Das Mädchen kennt natürlich seine Geschichte, hält sie aber offenbar für absurd oder schrecklich oder unbegreiflich, sie sagt, dass sie sie eigentlich nicht für sehr interessant halte.

Sie wird im nächsten Jahr das Abitur machen.

Wie lebt er? Wie hat er damals gewählt? Hat er überhaupt gewählt? Das Gespräch dauert vier Stunden, gibt aber keinen Aufschluss. Ist er glücklich? Er hat einen Hund, lacht oft, es ist ein schöner Tag, obwohl es sehr windig und kühl ist an diesem Karfreitag 1967. Was für ein Leben lebt er? Kann er diese Frage selbst beantworten? Was versteht er unter Freiheit? Was ist es gewesen, was ihn, auf die Spitze des Bleistifts zu, vor sich hertrieb?

Exzellenzen, schrieb der Untersucher, es ist heute fast unmöglich zu glauben, dass seine Geschichte sich wirklich zugetragen hat. Es ist möglich, dass er sie nicht einmal selbst für wirklich hält. Das einzig Wirkliche sind die Folgen der Verwundung, die er sich mit dem Bleistift beigebracht hat: das blinde Auge, seine Gehbehinderung, die relative Isolierung, das Leben, das für immer einen veränderten Lauf nehmen sollte.

Hat sich das gelohnt? Bereut er?

»Nein«, sagt er mit einem überzeugten Lächeln, »warum sollte ich mein Handeln bereuen? Ich lebe hier doch in Freiheit?«

5

Eichfuss wurde ständig isoliert gehalten, streng bewacht. Auf einem Stuhl neben der Tür saß Tag und Nacht ein Polizist. Die Tage und Nächte wurden aber lang, Eichfuss war freundlich, und es hatte manchmal den Anschein, als wäre eine Bewachung völlig überflüssig.

– Hier sitzen sie, sagte Eichfuss an einem Tag im Januar, hier sitzen sie immer mit einer Pistole bewaffnet und glotzen mich an. Wenn ich nachts aufwache, sehe ich sie auf dem Stuhl schlafen, wenn ich wollte, könnte ich sowohl den Wachposten als auch mich erschießen. Das wäre eine Kleinigkeit, wenn ich es wollte.

Ihm standen jedoch noch immer Mittel und Wege offen, sich der Umwelt mitzuteilen.

Am 11. Januar schmuggelte er aus dem Krankenhaus von Kristianstad einen Brief hinaus, der an *Stockholms-Tidningen* geschickt wurde. Dieser Brief wurde am 17. Januar veröffentlicht. Er enthielt eine Übersicht über die Vorgeschichte der Balten und einen Appell an alle schwedischen Gegner der Auslieferung, die jetzt schon seit langem schwiegen.

– Was ist aus der öffentlichen Meinung geworden? schrieb er. Wo ist das Gefühl der schwedischen Ärzte für Menschlichkeit geblieben? Wo sind die Männer der schwedischen Kirche, die unseren Glaubenskampf so mutig unterstützten? Wo ist die schwedische Jugend, die uns so viele Sympathietelegramme geschickt hat? Wo sind die schwedischen Frauen?

Im selben Brief erklärte er:

– Um die Herzen und Augen des schwedischen Volkes ein weiteres Mal zu öffnen, werde ich meine Hände zum Zeichen unserer Glaubens- und Willenskraft verbrennen und den Schmerz noch erhöhen, indem ich heißes Wasser auf die Wunden gieße. Ich erkläre hiermit, dass ich mich schon in der Neujahrsnacht 1946 dazu entschlossen habe, für den Fall, dass die schwedische Regierung ihr Versprechen nicht hält, den Internierten eine individuelle Prüfung zuteil werden zu lassen. Dieses Brandopfer bin ich meinem Volk und meinen baltischen Kameraden schuldig, denn ich habe den Worten eines Vertreters der schwedischen Regierung Glauben geschenkt und somit das Vertrauen der Balten missbraucht. Durch dieses Brandopfer möchte ich auch der Schmach entgehen, dass meine Hände gefesselt werden, denn ich glaube nicht, dass man sich an meinen Wunden vergreifen wird.

Am Tag darauf, am 12. Januar, verbrannte er seine Hände wie folgt: er hielt sie unter warmes Leitungswasser und ließ dann Dr. Silwer rufen, der seine Hände untersuchte. Er entdeckte an beiden Händen eine schwache Rötung, als hätte Eichfuss sie in zu heißem Wasser gewaschen; Brandwunden oder Brandblasen entdeckte er aber nicht. Am Tage darauf war die Rötung verschwunden.

Am 20. Dezember verlegte man alle Balten, außer Eichfuss, vom Lazarett in Kristianstad ins Lager Gälltofta in der Nähe von Rinkaby. Man teilte es ihnen vorher mit, und sie wurden sofort unruhig, obwohl ihnen von allen Seiten versichert wurde, sie hätten nichts zu befürchten, im Augenblick sei eine Auslieferung nicht aktuell. Um 14.15 Uhr betraten vierzig bewaffnete Polizisten die geschlossene Abteilung der Balten. Einer nach dem anderen wurde hinausgeführt. Unter strenger Bewachung wurden sie eingekleidet, jeder bekam einen Rucksack. Am Ausgang hatten sich die Ärzte und die Schwestern in einer Reihe aufgestellt, um sich von ihnen zu verabschieden. Die Internierten wurden einzeln zu ihnen hingeführt, links und rechts stand je ein Polizist; man erlaubte ihnen, denen die Hand zu schütteln, die sie betreut und gepflegt hatten. Schwester Signe, die die Balten als erste gesehen und sie in Empfang genommen hatte, fand diesen Abschied empörend. Sie hatte von den Balten immer nur den allerbesten Eindruck gehabt. Am Nachmittag dieses Tages saß sie in der Wäschekammer und weinte. Um 16.45 Uhr war die Räumung beendet, und gegen 19 Uhr befanden sich die Balten bereits in Gälltofta.

Über den Zustand in Kalmar. Nachdem die dorthin verlegten Balten den Hungerstreik aufgegeben hatten, verbesserte sich ihr Zustand deutlich, obwohl sie noch etwas schwach auf den Beinen waren. Über die allgemeine Schwäche hinaus hatten sich aber keine anderen Krankheitssymptome gezeigt. Nur ein Patient hatte akute Magenschmerzen, die aber bald abklangen. Alle waren niedergeschlagen und sahen der

Zukunft unruhig entgegen. Die Ungewissheit, in der sie jetzt lebten, quälte sie.

Der lettische Gefreite E. S., 1922 geboren, war ständigen seelischen Schwankungen ausgesetzt. Psychologische Übersicht. Bei der Ankunft in Schweden war er 182 Zentimeter groß und wog 80,6 Kilo. Am 26. August wog er 84, 5 Kilo. Am 1. Dezember wog er bei einer Größe von 183 Zentimetern 77,6 Kilo. Am 10. Dezember wog er 78,2 Kilo – zwei Tage nach Ende des Hungerstreiks. Am 1. Januar wog er 79,3 Kilo und war 182 Zentimeter groß. Am 20. Januar wog er 79,1 Kilo und war 183 Zentimeter groß. Gewichtsverlust seit der Ankunft in Schweden: 1,5 Kilo.

Während dieser Zeit zwischen der letzten Novemberwoche in Ränneslätt und der Auslieferung im Januar 1946 wurden einige ergänzende, sogenannte individuelle Untersuchungen durchgeführt. Im Ergebnis wurden eine Handvoll Balten zu Zivilisten erklärt, in mehreren Fällen aus relativ undurchsichtigen Gründen: man zog es offensichtlich vor, nicht zu hart vorzugehen. Die Effektivität der Untersuchung litt unter dem Mangel an verfügbaren Unterlagen, man musste sich oft auf die Beteuerungen der Internierten verlassen, die außerdem häufig zu den Angaben im Widerspruch standen, die einzelne bei ihrer Ankunft in Schweden gemacht hatten.

Die erste dieser individuellen Untersuchungen fand am 25. November 1945 in Ränneslätt statt. Fähnrich Larsson war als Dolmetscher anwesend. An diesem Tag wurden sechsundsechzig Internierte gehört.

Die damals gemachten Angaben können in etwa zehn Fällen kontrolliert werden. Über die Glaubwürdigkeit dieser im Herbst 1945 gemachten Angaben lässt sich sagen, dass sie in sämtlichen nachprüfbaren Fällen als äußerst gering einzuschätzen ist. Die Angaben enthalten manchmal ein Körnchen Wahrheit, aber meist scheinen die Balten aus erklärlicher Verzweiflung fiktive Lebensläufe angefertigt zu haben, um der Auslieferung zu entgehen.

Hauptmann Ernests Kessels, der Chef der lettischen »SS-Abteilung«, die von Danzig nach Bornholm geflohen war, gibt an, er habe »während des letzten Weltkriegs weder in der russischen noch in der deutschen Armee gedient« und sei »als Zivilist nach Schweden gekommen«. Janis Presnikovs gibt an, er sei »aufgrund eines bescheinigten Herzfehlers vom Wehrdienst befreit worden« – diese Aussage lässt sich in seinem privaten Tagebuch nirgends erhärten, auch nicht die Behauptung, er sei in Zivilkleidung nach Schweden gekommen. Vincas Lengvelis, Partisanenjäger und Oberleutnant in der deutschen Wehrmacht, gibt an, dass sein Einsatz im Krieg sich auf »Zwangsarbeit in deutschen Lagern« beschränkt habe und dass er in Zivilkleidung nach Gotland geflohen sei. Edvard Alksnis behauptet, »nicht in der deutschen Wehrmacht« gedient zu haben. Diese Liste ließe sich beliebig verlängern.

In der schwedischen Öffentlichkeit war die Forderung nach einer individuellen Prüfung sehr oft erhoben worden. Eine solche Prüfung war in Wahrheit jedoch kaum vorzunehmen. Es fehlte an Fakten, Dokumenten, Informationen. Dieses Material gab es zwar – aber es befand sich in der Sowjetunion, und niemand war geneigt, es bei den sowjetlettischen Behörden anzufordern. Folglich konnte die individuelle Prüfung nur so aussehen: oberflächliche Verhöre, bei denen die Legionäre sich in ein gutes Licht rückten und bei denen die Schweden im Dunkeln tappten.

Veränderten sich die Legionäre?

Einige veränderten sich auf überraschende Weise, so auch Elmars Eichfuss-Atvars.

Er schrieb drei Briefe an den lettischen Sozialdemokraten Bruno Kalnins. Der erste kam im August und enthielt eine einfache Aufforderung an Kalnins, er möge alles in seinen Kräften Stehende tun, um den Internierten zu helfen.

Der zweite kam am 28. November. Eichfuss bat um die Aufnahme in die Sozialdemokratische Partei; dieser Brief wurde bei einem Treffen lettischer Sozialdemokraten in Stockholm verlesen; die Anwesenden hielten den Brief für bemerkenswert, unternahmen aber nichts.

Im Dezember kam der dritte und letzte Brief. Auch dieses Schreiben war an Kalnins gerichtet; sein Grundton war aber ein völlig anderer, nämlich klar pro-kommunistisch. Eichfuss bediente sich hier einer politischen Rhetorik, die in privaten Briefen selten anzutreffen ist. Dieser Brief war noch erstaunlicher als der zweite, aber weil Eichfuss inzwischen zu einem Helden geworden war – auch für die zivilen Balten in Schweden –, ließ Kalnins die Sache auf sich beruhen und verbrannte den Brief.

Einen Mythos tastet man nicht an, und dabei blieb es.

6

Porträts dreier Legionäre: Da sie heute sämtlich in Lettland leben, werden ihre Namen durch fiktive Initialen ersetzt. Einige Details sind ebenfalls geändert worden. Überschrift: Nach dem Höhepunkt, vor dem Auszug.

Der Legionär J.E., geboren 1922 in Liepaja. Nach der Zeit in Ränneslätt brachte man ihn zunächst ins Krankenhaus von Halmstad, später nach Gälltofta. Während seines Aufenthalts in Halmstad hatte er einige längere Gespräche mit einer damals sechsunddreißigjährigen Krankenschwester, die anonym zu bleiben wünscht. Ihr Bericht wird durch einige Aufzeichnungen untermauert, die sie gleich nach den Gesprächen machte.

Die Gespräche drehten sich um einen verhinderten Selbstmord. Die Absicht dabei: die Grundsätze zu beleuchten, die hinter dem Entschluss stehen, ein Leben vorläufig zu verlängern.

Der Legionär J.E. sprach Deutsch, wenn auch nicht fließend. Er war der einzige, dem erlaubt wurde (oder der sich selbst erlaubte), mit dem schwedischen Pflegepersonal zu sprechen. Seit dem 3. Dezember nahm er wieder Nahrung zu sich, war also einigermaßen bei Kräften; er konnte sich ohne Mühe auf den Beinen halten.

Die beiden Gespräche fanden am 8. und 10. Dezember statt, eins am Tag und eins abends.

Er begann mit der Schilderung einer Episode aus Ränneslätt, die sich in der Nacht zum 26. November, an einem Sonntag, zugetragen hatte:

Gegen 19 Uhr hatte die Streikleitung sich in einer der Offiziersunterkünfte zusammengesetzt, Eichfuss hatte gerade gesprochen, und es war offenkundig, dass sich niemand seinem Willen widersetzen konnte oder wollte. Nach einer Stunde verließen sie den Raum. Eichfuss ging wortlos zu den Baracken der Soldaten hinüber; diese wurden über die Unterredung nicht näher informiert. Gegen 22 Uhr stießen J.E. und einer der Offiziere zufällig zusammen und setzten sich auf die Haustreppe, um sich zu unterhalten. Sie sprachen über den Selbstmord als

Mittel, die Auslieferung zu verhindern, über den Selbstmord als Ausweg und als Argument. J. E. holte eine Rasierklinge hervor und sagte seinem Kameraden, er selbst sei bereit zu sterben, weil er keine große Lust habe weiterzuleben. Der Kamerad sah ihn mit einem eigenartigen Gesichtsausdruck an, drückte seine Hand, erhob sich und ging in seine Baracke.

J. E. blieb mit seiner Rasierklinge und einer Zigarette auf der Treppe sitzen.

Nach einer Viertelstunde stand auch er auf und ging in das obere Stockwerk der Baracke, wo ein Zimmer leerstand. Er wollte ungestört sein. Im unteren Stockwerk war es völlig still; er fragte sich, ob der Kamerad den anderen etwas erzählt hatte. Er setzte sich auf einen Stuhl, unschlüssig, was zu tun sei. Die Rasierklinge legte er auf einen anderen Stuhl.

Dann nahm er Papier und Bleistift und begann zu schreiben. Weil er nicht genau wusste, was er tun sollte, teilte er das Blatt durch einen Mittelstrich; über die linke Spalte setzte er ein Minuszeichen und über die rechte ein Pluszeichen. Dann machte er eine systematische Bestandsaufnahme des Positiven und des Negativen in seiner Situation.

Zum Negativen gehörte: seines Wissens lebte keiner seiner Verwandten mehr. Er musste mit einer langen Gefangenschaft rechnen, eventuell mit seiner Hinrichtung. Seine Zukunft zeichnete sich vor dem Hintergrund einer endlosen Reihe von Arbeitstagen in einem sowjetischen Lager ab. Seine Kameraden konnten ihm nicht helfen, er dagegen konnte ihnen mit seinem Tod nützen.

Das Positive. Es bestand immerhin die theoretische Möglichkeit, dass die Schweden ihn freilassen würden. Er würde dann nach Deutschland fliehen können. Außerdem bestand eine gewisse Aussicht, in Schweden bleiben zu können. Er besaß eine abgeschlossene Berufsausbildung. Es musste interessant sein, die weitere Entwicklung dieser Affäre zu beobachten. Er hatte im Augenblick zwar keine große Lust weiterzuleben, aber immerhin war es denkbar, dass sein Lebenswille wiederkehrte. Wenn er seinen Selbstmord jetzt aufschob, würde er ihn jederzeit nachholen können.

Das Positive schien trotz allem zu überwiegen: es gab gute Gründe, in Ruhe abzuwarten. Er saß lange still und lauschte, ob von unten Geräusche zu hören waren. Er fragte sich, woran die anderen denken mochten. Er wartete eine Stunde, dann nahm er die Rasierklinge wieder an sich und legte sie in ein Notizbuch. Vielleicht würde er sie noch brauchen. Er ging die Treppe hinunter. Als er zu den anderen ins Zimmer trat, waren mehrere von ihnen noch wach. Er nahm also an, dass sie über sein Vorhaben informiert waren.

Vor der Krankenschwester rekapitulierte er teils diese Episode, teils ihre Fortsetzung: den Höhepunkt des Hungerstreiks, den Selbstmord Lapas, den Transport, den Beginn der Zeit im Krankenhaus. Manche Details seines Berichts machen einen zweideutigen Eindruck: es ist höchst zweifelhaft, ob ein Mensch, der sich in einer völlig verzweifelten Lage befindet, sich hinsetzt und Listen mit positiven und negativen Vorzeichen zusammenstellt. Es ist denkbar, dass diese Liste eine nachträgliche Konstruktion ist. Die Fortsetzung des Gesprächs mit der Krankenschwester vervollständigt seinen Bericht ein wenig. Er glaubte damals, der Tod, der Selbstmord, der Augenblick, in dem ein Mensch den Willen zum Weiterleben aufgibt, sei ein dramatisches, verzweifeltes und verwirrendes Erlebnis. Mit Schrecken und Unwillen musste er feststellen, dass die eigentliche Selbstmordhandlung eher trivial als dramatisch und dass die voraufgegangene Wahlsituation eher rational als gefühlsbetont war. Die Situation, der er sich zu stellen hatte, schien von Logik erfüllt zu sein, und er war bereit, das Spiel, dessen äußere Umrisse er auf einem Blatt Papier skizziert hatte, zu Ende zu spielen. Ein Selbstmord geschieht nicht impulsiv, er ist vielmehr die Antwort auf eine lange Reihe addierter Faktoren.

Er sagt, er habe von dem Selbstmord Abstand genommen, weil die negativen Faktoren nicht schwer genug wogen.

Worin liegt die Pointe der Geschichte?

Im Bericht der Krankenschwester findet sich nicht einmal die Andeutung einer Pointe. Sie glaubt zu wissen, er habe alles nur erzählt, um zu erzählen, wie es zugegangen sei. Er habe sich nicht getötet, weil genügend starke Gründe gefehlt hätten, deshalb sei er noch am Leben. Das sei alles. Dies hat sie in ihrem Notizbuch aufgezeichnet. Einige der folgenden Reflexionen sind ihre eigenen. »Ihm fehlte der Glaube an Christus.« »An seinen Handgelenken sah ich Schnittwunden, die älteren Datums waren.«

Was für ein Mensch war er?

Er sprach in holprigem und mangelhaftem Deutsch auf sie ein, während sie ihm zuhörte; er murmelte Monologe vor sich hin, die manchmal zu einem lauten Crescendo anschwollen, das sie mit diskreten und dämpfenden Handbewegungen zum Abklingen brachte. Er scheint zwischen mehreren Arten von Selbstmorden unterschieden zu haben. Ein »persönlicher Selbstmord« bedeute, dass ganz besondere private Faktoren bestimmend geworden seien: dieser Selbstmord sei allein der Ausdruck eines persönlichen Misserfolgs. Es gebe aber auch eine andere Art von Selbstmord; als Beispiel führte er den Selbstmord Lapas an: dieser Selbstmord habe einer größeren Sache gedient und sei keine reine Privatsache gewesen. Er habe der Sache der Balten einen dramatischen Anstrich gegeben, habe auf das ihnen zugefügte Unrecht hingewiesen und sei somit kein rein persönlicher Tod.

Warum ist er dann nicht selbst in den Tod gegangen?

Die Erinnerung der Krankenschwester sowie ihre Aufzeichnungen sind in dieser Hinsicht wenig aufschlussreich. Er scheint jedoch wiederholt auf dieses Ereignis in der Nacht vom 25. auf den 26. November zurückgekommen zu sein; diese Nacht ist für ihn offensichtlich der dramatische Höhepunkt der gesamten Auslieferung gewesen. Er war in dieser Nacht »allein mit dem Tod«. Diese nächtlichen Stunden hat er möglichst dramatisch zu schildern versucht: die Dunkelheit, die Einsamkeit, die Rasierklinge, den Regen, der gegen die Fensterscheibe peitschte (am 25. und 26. November fiel in Eksjö kein Regen, dagegen am 27. November). Er ist dem Tod offenbar sehr nahe gewesen, kehrte aber ins Leben zurück, und danach, in Halmstad während der Tage zwischen dem 8. und 10. Dezember mussten der Tod und die Angst vor dem Tod für ihn etwas anderes geworden sein als vorher. »Er sagte, er habe keine Angst mehr vor dem Tod, in Ränneslätt sei es viel schlimmer gewesen, obwohl er jetzt überzeugt sei, an die Sowjets ausgeliefert zu werden.«

Woher stammen die Schnittwunden an den Handgelenken?

Er habe sich hartnäckig geweigert, von der Zeit vor Bornholm zu erzählen, die Wunden müssten aber aus dieser Zeit stammen. Hatte er schon früher versucht, Selbstmord zu verüben? Auf diese Frage soll er mit Nein geantwortet haben. Glaubte er an Gott? Bei der Ankunft in Schweden sei er Atheist gewesen, aber in einem Brief an die Krankenschwester (datiert: Gälltofta, den 14.1.46.) widmet er seinem Verhältnis zu Gott eine ganze Seite. »Ich habe entdeckt, dass Gott mir geholfen hat, einem ungewissen Schicksal zuversichtlich entgegenzugehen. Der Glaube ist mir zu einem Kraftquell geworden, und ich hoffe, meinen

Kameraden ein Vorbild und ein Sendbote Gottes zu werden, um ihnen helfen zu können.«

Über seinen politischen Standort hat er sich nie geäußert. Eine Woche nach den Gesprächen wurde die Krankenschwester versetzt. Später erhielt sie zwei Briefe von ihm; aus einem ist bereits zitiert worden.

Das weitere Leben des J. E. kann nur in Einzelheiten dargelegt werden. Er wurde nach Gälltofta geschickt. Bei der Evakuierung dieses Lagers scheint er sich völlig ruhig verhalten zu haben. Er ging an Bord der »Beloostrov«, ohne Schwierigkeiten zu machen. Als das Schiff den Hafen von Trelleborg verließ, saß er unter Deck hinter Schloss und Riegel. Am ersten Morgen an Bord des Schiffs hatte ein Deutscher versucht, Selbstmord zu begehen. Er war an Deck gegangen und hatte versucht, über die Reling zu klettern, war aber in letzter Minute von einem russischen Matrosen zurückgehalten worden; man hatte den Deutschen sofort unter Deck gebracht. Dieser Selbstmordversuch wurde von allen lebhaft kommentiert; sie fanden sein Tun absurd und unbegreiflich.

J. E. lebt heute in Riga. Interesse für religiöse Dinge geht ihm heute völlig ab. Er bezeichnet die Zeit in Schweden als eine Episode in seinen Leben, eine Episode, an die er sich gut erinnert, die aber nur von begrenzter Bedeutung für ihn ist. An einen Zettel mit Plus- und Minuszeichen kann er sich nicht erinnern.

Janis M. erklärte am 25. November 1945 einem Angehörigen einer schwedischen Untersuchungskommission, dass er lettischer Nationalität sei, dass er am 8. Mai 7945 schwedischen Boden betreten habe und das Land nicht zu verlassen wünsche. Er habe vom 24. November 1944 an in einem »SS-Straflager in Danzig gearbeitet«. Den Namen dieses Lagers nannte er nicht; möglicherweise hat er das KZ Stutthof gemeint, das in der Nähe von Danzig lag. Er gab an, in »deutscher Arbeitslager-Uniform« aus dem Lager geflohen zu sein. Er sei mit einer Gruppe von Letten geflüchtet. Dies kann jene Gruppe von Letten gewesen sein, die Danzig auf den beiden lettischen Flussdampfern verlassen hatte. Er könne sich nur mit einem lettischen Schülerausweis legitimieren, alle anderen Ausweise hätten die Deutschen weggenommen. Dies ist die ganze Geschichte des Janis M., soweit sie sich aus zugänglichen Quellen rekonstruieren lässt. Er wurde ausgeliefert. Fragen: worin bestand seine »Arbeit« in dem SS-Lager? Was hat man unter einer »deutschen Arbeitslager-Uniform« zu verstehen? Hatte er die Geschichte erfunden oder entsprach sie den Tatsachen? Wie sah er aus? War er verheiratet? Gehörte er einem regulären SS-Verband oder einem Totenkopf-Verband an? Oder gehörte er zu den zwangsrekrutierten Wachsoldaten? Er hat überlebt und wohnt heute in einer kleineren Stadt in Lettland. Was für ein Mensch war er? Wie erlebte er die Internierung und die Auslieferung? Wie hat er uns Schweden in Erinnerung?

Der lettische Soldat S. B. wurde 1924 geboren, war in diesem Herbst 1945 also einundzwanzig Jahre alt. Er war etwa 175 Zentimeter groß, hatte ein schmales Gesicht, trug eine Brille mit schmalen Bügeln. Nach Schweden war er aus Kurland über Gotland gekommen. Er hatte lettische Freunde in Schweden, denen er schrieb und die ihm antworteten; die gesamte Korrespondenz ist erhalten.

Er stammte aus einer gutsituierten Familie, und wie die meisten Angehörigen dieser Gesellschaftsschicht Rigas besuchte er das Stadtgymnasium, eine der besten Schulen der Stadt. Die Zahl der Schüler aus Arbeiterfamilien war äußerst gering; die englische Gesandtschaft gehörte zu den großzügigsten Mäzenen der Anstalt. Sie versorgte die Schule kontinuierlich mit Stipendien und Stiftungen. Im Januar 1941, nachdem die Russen die Macht in Lettland übernommen hatten, taucht S. B. zum erstenmal auf. Während einer Unterrichtsstunde hat er einen vielbejubelten Auftritt: vor der versammelten Klasse verliest er die sowjetische Nationalhymne mit einem veränderten, »für die Sowjetunion höchst beleidigenden Text«. Irgendjemand denunzierte ihn, worauf er sofort relegiert wurde.

In diesem Sommer kamen die Deutschen, und im Herbst 1941 konnte er ans Stadtgymnasium von Riga zurückkehren.

Im selben Herbst organisierte einer der Lehrer der Schule, Magister Julijs Bracs, »ein sehr national denkender Lehrer«, eine Jugendgruppe, die unter seiner Leitung die vom NKWD im Hauptquartier des NKWD in Riga zurückgelassenen Papiere sichten, registrieren, sortieren und analysieren sollte. Diese Jugendgruppe arbeitete zwei- bis dreimal in der Woche im Haus des NKWD, sortierte die Papiere und versuchte, interessantes Material zu finden. Jeden Abend wurde der Arbeitstag mit dem lettischen Lied beendet: »Ein heilig' Erbe ist dieses Land für unser Volk, und heilig sei, wer für unser Land stirbt.«

Die jungen Leute sangen stehend, in einem Kreis aufgestellt, nachdem die Arbeit des Tages im Haus des NKWD beendet war.

Wer war Julijs Bracs?

In einem lettischen Dokumentarbericht über lettische Kriegsverbrecher im Exil, der in Lettland herausgegeben worden ist, findet man den Namen eines gewissen Julijs Bracs, eines Akademikers aus Riga, »cand. hist.«, der in Westdeutschland leben soll. Er wird in diesem Buch als Gestapo-Agent bezeichnet. Im November 1943 soll er einen besonderen Wachttrupp organisiert haben, dem die Aufgabe zufiel, die Namen jener festzuhalten, die am 18. November am Fuß des Freiheitsdenkmals in Riga Blumen niederlegten. Er sei Chef der Informations-Abteilung des Kunst- und Sozialministeriums der Kollaborations-Regierung gewesen. Soweit die sowjetlettischen Angaben.

Wie dachte der lettische Legionär S.B. über seinen Lehrer Julijs Bracs?

In einem vom 5. Januar 1946 datierten Brief aus dem Lazarett von Örebro, der an einen Freund adressiert ist, erwähnt S.B. mit einigen Worten seine Ansicht über Bracs – vermutlich deshalb, weil der Freund sich in seinem Brief mit wenig schmeichelhaften Ausdrücken über diesen geäußert hat. »Deshalb habe ich auch«, schreibt S.B., »eine eigene Meinung über Bracs. Er braucht sich nicht für die Menschen verantwortlich zu fühlen, die in der Heimat vielleicht seinetwegen gefallen sind. Er ist aber mein Lehrer gewesen, hat meinen Verstand geschult und mir ein Ziel gegeben. Und wenn Du nun glaubst, er habe eher etwas zerstört – nun gut, es gibt viele Wahrheiten, und nur die Zukunft kann zeigen, welche Wahrheit für die Heimat die rechte ist.«

S.B. korrespondierte auch mit Bracs; am 15. Dezember 1945 hatte er nämlich erfahren, dass es Bracs gelungen war, nach Westdeutschland zu fliehen.

Die Zusammenhänge sind nicht völlig klar, es bleiben noch viele Fragen. Ist der Julijs Bracs des Dokumentarberichts identisch mit dem des Lehrers S.B.? Ist dieser Dokumentarbericht verlässlich? Welches Ergebnis brachte die Arbeit im Haus des NKWD? Wurden Namenslisten von Kommunisten gefunden? Führte die Arbeit der von Bracs geleiteten Jugendgruppen – direkt oder indirekt – dazu, dass sie für die unter Kommunisten, Juden und Nationalisten von 1941 bis 1944 vorgenommenen Säuberungsaktionen Material lieferte? Ein Schulkamerad S.B.s, der Mitglied derselben Arbeitsgruppe gewesen war, gibt an, dass man »tragische Dokumente von Widerstandskämpfern gegen den Kommunismus gefunden« habe – also aus dem Jahr 1941. Was enthielten diese Dokumente? Listen von Deportierten? Etwas anderes? Welche politischen Wertvorstellungen waren S.B. von seinem Elternhaus vermittelt worden? Wie erlebte er die deutsche Besetzung?

S.B. diente in der deutschen Wehrmacht. Während eines kurzen Augenblicks taucht er aus der Anonymität auf: im Sommer 1944. Er diente in den Nachrichtentruppen hinter der Front. Während eines Marsches durch Lettland begegnete er einem der Kameraden aus Bracs' Arbeitsgruppe. »Es wurde nicht viel gesprochen. S.B. war bei den Nachrichtentruppen und hatte vielleicht eine klarere Vorstellung von dem, was vorging, als wir Frontkämpfer.«

Er kam nach Schweden.

Wie erlebte er die verschiedenen Phasen der Internierung?

Der erste Brief ist datiert: Örebro-Lazarett, den 15. Dezember 1945. Er hat gerade Nachricht erhalten, dass sein Vater, seine Schwester und alle Angehörigen wohlbehalten in Westdeutschland sind. Er schreibt einen kurzen, lebendigen Brief. »Verflucht! Jetzt will ich nicht mehr sterben!« Und er fügt in einem Postskriptum hinzu: »Wir haben neunzehn Tage ausgehalten. Auch das war ein Kampf, und vor dem nächsten zittern wir auch nicht.«

Der nächste Brief ist vom 5. Januar 1946. Er schreibt an seinen Freund: »Siehst Du nicht ein bisschen zu schwarz? Es gibt nicht so sehr viele lettische Jungen – und müssen die wenigen, die da sind, sich an ein fremdes Land binden?« Der Brief ist voller Spekulationen, er träumt von einer Zukunft im Westen, wo sich alle seine Angehörigen befinden, fühlt sich aber zugleich in die Heimat zurückgezogen, »aber so schnell werden wir nicht hinkommen – vielleicht nach drei Jahren. Dann aber wird das Land nicht mehr so sein, wie wir es verlassen haben, es wird sich alles geändert haben«. Im nächsten Brief vom 16. Januar schweift er immer mehr ins Philosophische ab, es wird immer schwerer zu verstehen, worauf er eigentlich hinauswill. Manchmal wird sein Räsonnement jedoch konkreter. »Eines steht jedoch fest, nämlich dass wir zu Hause aufbauen und Ordnung schaffen müssen, und von ›Schönschreibübungen‹ und ›Kulturleben‹ wird nicht viel zu spüren sein! Wenn man essen will, muss man den Boden pflügen. Es sollen sich aber alle an dieser Arbeit beteiligen, und ich glaube, wir werden es mit dem größten Vergnügen tun.«

Am Ende des Briefs erwähnt er kurz, dass eine schwedische Krankenschwester ihm einmal beim Schuhausziehen geholfen habe: »trotz allem – Menschlichkeit und verständnisvolle Fürsorge habe ich hier am meisten gefühlt«. Die folgenden zwei Zeilen sind durchgestrichen, lassen sich aber dennoch lesen. Dort steht: »Was Schweden uns Gutes getan hat, ist schon halb wieder abgegolten – dieses Schweden, das sich mit seiner ›Humanität‹ spreizt, uns aber nicht einmal zu sterben erlaubt.« Nach dem Durchgestrichenen folgt: »In Wahrheit empfinden wir keine Hassgefühle – nur Enttäuschung und Misstrauen. Aber so wie hier sieht es ja überall auf der Welt aus.«

Er schließt mit den Worten: »Es bleibt unser Selbstvertrauen – und unser Glaube an Lettland – und an die Arbeit der Zukunft. Wir singen – noch ist nicht alles zu Ende.«

Die Briefe sind lang, spekulativ, im Ton recht fröhlich. Am Rand stehen mitunter kleine Anmerkungen: »Die reine Philosophie.« Unter einen Brief hat er seinen vollen Namen gesetzt, und darunter steht, wie ein Titel: »Lette und Ästhet.«

Später, nach Ränneslätt und dem Krankenhausaufenthalt, versuchte er zweimal, Selbstmord zu verüben – ohne Erfolg. Kurz darauf wurde er ausgeliefert. Er verbüßte eine sechsjährige Freiheitsstrafe; nach der Freilassung lehrte er an der Universität Riga. Er lebt heute in einer der kleineren Städte Lettlands, er hat ein akademisches Examen und arbeitet in der Verwaltung. Seine Geschichte ist damit zu Ende.

Was für ein Mensch war er?

7

Gespräch in Schweden. Zeit: Juni 1967. Fragment.
— Entscheidend für die moralische Verantwortung der schwedischen Regierung muss aber dennoch die Frage bleiben: wieviel wussten die Schweden über die Sowjetunion, ihre Rechtsgrundsätze, ihre Strafen?
— Warum das?
— Es muss ein Grundprinzip sein, dass jeder Mensch sich über die Konsequenzen seines Handelns Klarheit verschafft – und danach sollte er handeln. Was wusste man im Herbst 1945 über die Sowjetunion?
— Einiges wusste man schon – auf jeden Fall waren die Schattenseiten des Sowjetsystems bekannt.
— Dann ist die Auslieferung ein Verbrechen gewesen.
— Geht es nicht vielmehr darum, welche Informationskanäle einem zur Verfügung stehen? Welchen Kanälen man zu vertrauen vorgezogen hat?
— Dennoch schickt man 146 Menschen in einen sicheren Tod, nicht wahr?
— Warum bist du dessen so sicher? Warum empörst du dich nicht genauso, wenn die schwedische Regierung französische Deserteure nach Frankreich schickt, norwegische Kollaborateure nach Norwegen usw.?
— Es sollte doch wohl selbstverständlich sein, dass die schwedische Regierung gut daran getan hätte, eine Untersuchungskommission einzusetzen, um die Konsequenzen der Auslieferung prüfen zu lassen. Man hätte sich über die Zustände in russischen Straflagern, über die Grundsätze russischer Rechtspflege etc. informieren können. Frankreich ist eine Demokratie, man kann in alles Einblick gewinnen, auch in den Justizapparat. Die Sowjetunion dagegen war und ist eine kommunistische Diktatur. Man muss sich darüber klar werden, was man Menschen antut. Das ist ein einfacher, humanitärer Grundsatz.
— Warum nur die Sowjetunion? Warum sollte man nicht auch eine Kommission einsetzen, um die Verhältnisse in Frankreich durchleuchten zu lassen? Oder die in Norwegen? Oder die in England?

– Von mir aus gern, schickt überall Kommissionen hin. Wichtig ist nur, dass wir erfahren, was mit den Internierten geschieht, die sich in unserer Obhut befinden.

– Du meinst also, dass wir Schweden, die wir die Deutschen mit Erzlieferungen und einer grundsätzlichen Gefügigkeit unterstützt haben, dass wir, die wir ihnen bis 1943 in jeder Hinsicht nachgegeben haben, kleine Untersuchungskommissionen hätten aussenden sollen, um überall in Europa feststellen zu lassen, ob die Alliierten sich einer Barbarei schuldig gemacht haben? Und das, nachdem die Siegermächte Millionen Menschen geopfert haben, um uns vor den Konzentrationslagern zu bewahren? Mir scheint, du vergisst die historische Perspektive.

– Warum, zum Teufel, kannst du nicht nach einfachen humanitären Prinzipien denken? Warum musst du – nur weil du mit der Linken sympathisierst – eine absolut unmögliche Sache verteidigen?

– Ich verteidige gar nichts. Ich versuche nur, in allem exakt zu sein.

– Im übrigen – wie stand es eigentlich mit dem Asylrecht?

– Das war damals außer Kraft gesetzt.

– Außer Kraft gesetzt?

– Die Lage nach dem Krieg war eine Ausnahmesituation. Das Asylrecht war nicht anwendbar in einer Situation, in der es Millionen Kriegsgefangene und Millionen Soldaten gab, die ...

– Hör mal, jetzt bringst du mich aber wirklich auf die Palme ...

– Einen Augenblick, hör mir mal zu ...

8

Die Zeit in den Krankenhäusern ging ihrem Ende entgegen, die Internierten beendeten nach und nach ihren Hungerstreik und wurden wieder kräftiger. Man brachte sie in die Lager zurück.

Sie kamen nach Rinkaby und nach Gälltofta, die meisten der Balten nach Gälltofta.

Das Lager lag mitten auf der Ebene. Von Kristianstad aus fuhr man zwanzig Kilometer nach Süden, kam nach Rinkaby, bog dann nach links ab, fuhr am Flugplatz und an den Baracken und Stacheldrahtzäunen vorbei (dem Lager von Rinkaby), setzte den Weg noch einen weiteren Kilometer fort und war am Ziel. Das Lager Gälltofta war eine Art Zwillingsanlage des Lagers von Rinkaby, aber kleiner, leichter zu bewachen und – trostloser.

Die Gemeinde Gälltofta war nur ein kleines Dorf, eine Zusammenballung von Häusern an einem Ende des Flugplatzes. Die Baracken lagen am Rand des Dorfes; von dort hatte man freien Blick über die Ebene. Wenn Schnee fiel, war die Ebene ein weißer Ozean; so weit man sehen konnte, gab es keinen Wald, keine menschliche Behausung: im Norden erstreckte sich die nordost-skånische Ebene – wie es schien – in alle Unendlichkeit, im Süden waren die Häuser des Dorfes durch Tannen und Knicks vor Einsicht geschützt, und im Südwesten setzte sich die Ebene fort, nur am Horizont war ein dünner Waldrand zu erkennen. Wenn Schnee fiel, wurde alles weiß, aber in jenem Winter blieb der Schnee nie lange liegen, es regnete bald wieder, und der Schnee schmolz. Es fiel noch mehr Regen, die Ebene wurde zu einem schlammigen Acker mit allmählich wegtauenden weißen Rändern unter dem gleichmäßig grauen schwedischen Himmel, der sich über Häusern, Baracken und Stacheldrahtzäunen wölbte. Die Baracken, in einem Rechteck angeordnet, lagen dicht nebeneinander. Das Areal war 120 Schritt lang und 40 Schritt breit. Nach und nach, als es dauernd geregnet hatte, wurde der freie Platz zwischen den Baracken zu einem schlammigen Pfützenmeer. Vor der Offiziersbaracke, in der sich manchmal auch das Wachpersonal aufhielt, war ein kleines Geviert mit Kopfsteinen belegt; dorthin gingen sie oft, um den Schmutz von ihren Schuhen abzuklopfen, und nach kurzer Zeit sah dieses kleine gepflasterte Stück genauso aus wie der übrige Platz. Das ganze Lager schien eng zusammengedrückt zu sein, die Internierten hatten keinen Auslauf, und sie klagten auch oft darüber, dass es zuwenig Waschbecken und Toiletten gebe. Im Lauf der Zeit hatten diejenigen, die noch Kraft oder Lust zum Spazierengehen hatten, am Rande des Stacheldrahtzauns einen kleinen Pfad geschaffen, einen schmalen Strang, der bald wie ein Schlammgraben aussah. Sie standen oft am Zaun und sahen über die Ebene hin: weit, weit weg sahen sie kleine Häuser, nach Anbruch der Dunkelheit drang schwacher Lichtschein zu ihnen herüber, Licht aus hellen Fenstern, aus Heimen in Schweden. Dann wurden die Scheinwerfer eingeschaltet, die den Stacheldraht beleuchteten, und hinter der Lichtrampe der Scheinwerfer konnten sie nur noch die Dunkelheit sehen.

Dorthin kamen sie, einer nach dem anderen. Dort versammelte man alle Balten, die man vorher auf Krankenhäuser in ganz Schweden verteilt hatte. Sie kamen im Dezember, feierten hier Weihnachten. Sie kamen im Januar, sie kamen sogar noch wenige Tage vor der Auslieferung. Es war fast immer windig, es war nach dem Hungerstreik und vor der Auslieferung, es war in dem gleichmäßig grauen Limbo, wohin man sie brachte, nachdem sie so lange im Rampenlicht gestanden hatten. Jetzt schien sich niemand mehr an sie zu erinnern. Es gab keine Demonstrationen mehr, die Kontakte mit der Umwelt waren völlig abgeschnitten, Journalisten durften sie nicht mehr besuchen, ihre Führer hatte man isoliert: dies war die lange graue Zeit mitten auf der Ebene von Skåne, als sie nichts mehr tun konnten und jeder sie vergessen hatte.

Das war sieben Monate nach Bökeberg.

Es gab nichts, absolut nichts zu tun. Sie konnten nur noch warten. *»Hier ist es schrecklich langweilig und entsetzlich«*, schrieb er, *»aber ich habe jetzt gelernt, wie man Patiencen legt, und damit beschäftige ich mich den ganzen Tag. Etwas anderes kann man hier nicht tun. Gailitis ist jetzt auch hierhergekommen. Er ist aber nicht mehr derselbe wie vorher, er ist völlig am Ende, ein gebrochener Mann. Der Doktor ist noch nicht hier, wahrscheinlich liegt er noch im Krankenhaus. Es heißt, dass er seinen Hungerstreik einen ganzen Monat durchgehalten hat.«* Er hieß Olgerts Abrams und war erst siebzehn, und für ihn hatte die Zeit in Schweden an Positivem nur dies gebracht: dass er gelernt hatte, Patiencen zu legen. »*Besuche bekommen wir nicht*«, schrieb ein anderer, »*von Zeit zu Zeit lässt sich nur irgendein Pastor sehen. Sie rennen aber nicht mehr so fleißig herum wie damals im November, als sie ständig ihre Klagelieder anstimmten, als wären sie bezahlte Klageweiber. Wir hören uns zwar an, was sie uns sagen, kümmern uns aber nicht mehr um dieses ewige Jammern über unser Schicksal.*« In den Briefen anderer klingt jedoch eine andere Auffassung durch. »*Die Verhältnisse hier erinnern mich an ein Stück von Gorkij. Es ist nicht wahr, dass unsere Pastoren uns hysterisch gemacht haben, das sind wir schon aus anderen Gründen geworden. In den Krankenhäusern war die Stimmung etwas besser – aber nicht, weil wir dort keine Pastoren zu sehen bekamen, sondern weil wir Menschen begegneten und menschlich behandelt wurden. Jetzt sind wir leider wieder in der gleichen Lage wie vorher, und die Hysterie ist noch größer als im November.*« Von den Wachsoldaten hatte aber keiner den Eindruck, die Balten wären hysterisch: der einzige bleibende Eindruck war der einer mahlenden Traurigkeit, einer absolut vernichtenden, gleichmäßigen Hoffnungslosigkeit ohne dramatische Höhepunkte und schwarze Abgründe, einer Hoffnungslosigkeit, die wie eine unendliche Ebene war, eine Ebene voller Regen und geschmolzenem Schnee, voller Schlamm, eine Ebene ohne Bäume oder Berge: Gälltofta, der Winter 1945/46, das baltische Internierungslager in dem grauen Limbo.

»*Ich liege auf der Pritsche, die früher einem Deutschen gehörte, der sich inzwischen aufgehängt hat, und das ist recht aufmunternd*«, schrieb er. »*Im übrigen haben wir jede Hoffnung aufgegeben. Jeder scheint uns vergessen zu haben. Jetzt noch zu hungern wäre zwecklos, sie liefern uns sowieso aus. Du wirst kaum verstehen, wie uns zumute ist, und damit möchte ich schließen. Leb wohl.*«

Am 18. Januar erhielt das Außenministerium die Nachricht, dass ein russisches Schiff, »Beloostrov«, nach Trelleborg unterwegs sei; daraufhin wurde die Auslieferung für den 23. Januar festgesetzt. Am Nachmittag des 19. Januar »wurde in wohlinformierten kirchlichen Kreisen bekannt, dass die Auslieferung am 23. Januar stattfinden soll«.

Da das Lager jetzt vollständig isoliert war und nach dem 19. Januar auch die Pastoren das Lager nicht mehr betreten durften, stellte sich sofort das Problem, wie man die Balten über das Datum der Auslieferung unterrichten sollte.

Man rief von Stockholm eine in Halmstad ansässige Lettin an. Sie besuchte das Lager Gälltofta am Nachmittag des 20. Januar, und es gelang ihr, die Botschaft zu übermitteln. Ihr Bericht, der veröffentlicht worden ist, wird mit einer Skizzierung des Milieus eingeleitet: Stacheldraht, starke Scheinwerfer, am Zaun halten »graugekleidete Gestalten mit Maschinenpistolen Wache«.

Ihr Bericht ist kurz, aber sehr gefühlsbetont. Es gelingt ihr, mit ihrem gemieteten Wagen durch die erste Absperrung zu kommen, aber später wird sie von einem heftig erregten Lagerkommandanten gestoppt. »Die Wachposten in der Nähe grinsen dumm.« Die Situation wird lebendig und äußerst dramatisch geschildert. »Ich falle vor dem Kommandanten auf die Knie, knie im Schnee, ich weine und bitte; endlich bekomme ich die Erlaubnis, mich wenige Minuten lang mit meinem ›Onkel‹, Oberstleutnant Gailitis, und meinem ›Vetter‹, Leutnant Knoks, in deutscher Sprache zu unterhalten.«

Sie durfte mit ihnen sprechen. Gailitis, der jetzt schon sehr schwach war und kaum gehen konnte, durfte an den Zaun kommen. Er wurde von zwei jüngeren Balten gestützt. Er war mager, grauhaarig, bleich und hatte fiebrige Augen.

Sie standen auf je einer Seite des Zauns, und sie durfte mit ihm sprechen. Sie sprach lettisch und sagte ihm, die Auslieferung stehe kurz bevor, sie sollten am 23. Januar abtransportiert werden. Die schwedischen Offiziere standen daneben, griffen aber nicht ein.

Gailitis sagte:

– Mein kleines Mädchen, kann uns wirklich niemand mehr helfen?

Sie beugte sich vor und küsste seine Wange, erwiderte aber nichts.

Er fragte wieder:

– Gibt es niemanden mehr, der uns helfen kann, niemanden, der uns helfen will?

Der Kommandant, der neben ihnen stand, erklärte in diesem Moment, dass sie das Gespräch beenden müssten. Gailitis kehrte in seine Baracke zurück. Die Frau übergab dem Kommandanten noch einige Geschenke an die Internierten, die er zu verteilen versprach: einen großen Tulpenstrauß und hundertsechzig Päckchen Zigaretten.

Die Geschichte schien sich zu wiederholen: die Situation war jetzt die gleiche wie in Ränneslätt, als der Hungerstreik auf eine Initiative von außen hin organisiert worden war und die ursprünglich vorgesehenen Auslieferungstermine torpediert hatte. Die Situation war aber doch nicht die gleiche, und die Geschichte wiederholte sich nicht. Sie hatten keine Anführer mehr, Gailitis hatte seine Rolle ausgespielt, die Offiziere besaßen nicht mehr die dominierende Stellung wie früher, Eichfuss war nicht da. Es gab auch keine Pastoren mehr, die als Einpeitscher hätten wirken können. Es sollte sich alles ruhig weiterentwickeln: ohne Streik und mit nur wenigen Selbstverstümmelungen.

An Gälltofta sollten sich viele von ihnen als an den Grund ihres Leidensbrunnens erinnern. »*Ich denke oft an meine erste Zeit in Schweden zurück*«, schrieb einer von ihnen, »*an die Zeit in Bökeberg. Der Krieg war zu Ende, alles war grün und sehr schön. Ich weiß nicht, wie die Dinge sich so haben, entwickeln können. Der jetzige Zustand ist ganz allmählich eingetreten, man hat uns wie Vieh herumgeschubst. Hier ist alles hoffnungslos.*«

Alle Baracken stehen noch, und im Sommer wächst auf dem freien Platz Gras. Im Sommer ist die Ebene ein Meer aus Gras, der Himmel ist unendlich, die Luft lau und frisch. Das Geviert mit dem Kopfsteinpflaster ist noch da, ebenso die Pritschen, die Inschriften, das Gras, das zwischen den Planken des Treppenabsatzes hervorlugt. Der ausgetretene Pfad am Zaun ist verschwunden, aber der Zaun ist noch da. Im Sommer, an einem Nachmittag im Juni, ist Gälltofta schön; am Rand des Dorfs, unter den Bäumen, neben der Ebene, einem Meer aus Gras. »Da drüben waren sie, und wir durften nie hin.« »Man konnte sie nur aus der Ferne sehen.« Man kann den Ort aber genau bezeichnen, die Baracken und die Umzäunung sind noch da, auch wenn die Gefühle längst verwässert und verschwunden und die Hoffnungslosigkeit und die Verzweiflung Geschichte geworden sind – wenn man das überhaupt sagen kann.

9

Am 7. Dezember wurde mitgeteilt, dass die Regierung die Verantwortung für die internierten deutschen und baltischen Soldaten der Zivilverteidigung übergeben habe. Das Militär war also nicht mehr verantwortlich, und es gab viele, sowohl in der Regierung wie in der Armee, die das mit einer gewissen Erleichterung registrierten. Rein politisch gesehen war die Frage längst entschieden, und daran änderte auch die Tatsache nichts, dass die Auslieferung noch einmal, im Reichstag, erörtert wurde. Dies geschah in der Sitzung am 17. Januar. Die Reihe der Redner war lang, aber sie manövrierten jetzt außerhalb der Parteipferche. Als Per Albin Hansson in einer Erwiderung sagte, dass er in dieser Sache »ständigen Kontakt mit den Parteiführern gehalten« habe, so unterstrich er mit dieser Äußerung, dass die Sache politisch an einem toten Punkt angelangt war. »Wir haben die Angelegenheit auch im Auswärtigen Ausschuss diskutiert. Bei diesen Gesprächen ist niemand in der Lage gewesen, einen Ausweg aus der Situation zu finden.«

Wie sollten die Appelle einzelner politischer Freibeuter an die Menschlichkeit da noch helfen können?

Der Chef der *folkparti*, Bertil Ohlin, gab mit seinem einzigen und sehr kurzen Beitrag zur Auslieferungsdebatte für die politische Blockierung der Frage ein repräsentatives Beispiel. Er stellte fest:

»Als Mitglied der Regierung, die den fraglichen Beschluss gefasst hat, trage ich natürlich meinen Teil der Verantwortung. Ich möchte jedoch mein Bedauern darüber ausdrücken, dass dieser Beschluss so unnuanciert blieb. Inwieweit es im Sommer möglich gewesen wäre, eine Modifikation des Beschlusses zu erreichen, entzieht sich meiner Beurteilung, ich neige aber dazu, diese Chancen als sehr gering einzuschätzen. Ich bedaure also das, was geschehen ist. Jedoch soll nichts von dem, was ich hier gesagt habe, meinen Teil der Verantwortung mindern.«

»Ich neige aber dazu, diese Chancen als sehr gering einzuschätzen.« Genau dort stand die Frage in politischer Hinsicht an diesem Tag im Januar 1946. Es gab Hoffnungslosigkeit, einen Kater, Äußerungen des Bedauerns. Bis zur Auslieferung blieb noch eine Woche.

10

Sie räumten die Lager in zwei Wellen. Die erste Welle kam am 23. Januar, die zweite am 25. Danach war es vorbei.

Am Nachmittag des 22. kamen die Polizisten nach Kristianstad, wohin sie aus ganz Südschweden zusammenströmten. Sie trugen Zivilkleidung, sie sollten das Wachpersonal verstärken, durften aber kein Aufsehen erregen, doch da man alle nach Rinkaby brachte, wusste die Presse sofort, worum es ging. Am nächsten Tag konnte man zahlreiche Artikel lesen, in denen angedeutet wurde, dass die Auslieferung unmittelbar bevorstehe.

Gegen 4 Uhr morgens am 23. versammelte sich die Staatspolizei außerhalb des Lagergebiets, stellte sich aber ausschließlich auf das Lager von Rinkaby ein. Jetzt war der Einbruch eine Routinesache, weil dies nicht mehr das erste Lager war, das geräumt wurde; jetzt ging alles schnell und effektiv. Um 6.30 Uhr wurde mit einer Signalpistole das Zeichen zum Angriff gegeben, man durchschnitt Stacheldrahtzäune und öffnete Tore, und weil es mehr Polizisten als Internierte gab, konnte man diese in ihren Betten überraschen und ohne Mühe unter Kontrolle halten. Es verlief alles sehr ruhig. Jeder durfte noch einen Brief schreiben, ein erstes Frühstück einnehmen – natürlich unter strenger Kontrolle –, und anschließend wurden die Internierten in die Busse verfrachtet.

Um 10 Uhr war alles klar. Die Räumung war technisch gesehen eine Glanzleistung, und der Widerstand war unbedeutend gewesen. Insgesamt waren 128 Deutsche und 23 Balten aus diesem Lager evakuiert worden, das jetzt leer war.

Die Busse verließen Rinkaby um 10.15 Uhr; sie fuhren über Kristianstad. Dort holte man Kessels und Cikste ab, die in zwei Busse gesteckt wurden, sowie Eichfuss, den man in einem Wagen zusammen mit zwei schwedischen Polizisten unterbrachte. Anschließend ging es in Richtung Trelleborg.

Den Plänen zufolge sollte das russische Schiff »Beloostrov« sich an diesem Morgen in Malmö befinden. Während der letzten Tage war aber ein starker Ostwind aufgekommen, der Wind wehte quer zur Hafeneinfahrt, wo es außerdem gefährliche Strömungen gab.

Am 20. Januar wurde Windstärke sieben nach der Beaufort'schen Skala registriert, am 21. Windstärke fünf, am 22. fünf, am 23. ebenfalls fünf; das Schiff konnte unmöglich einlaufen. Der Wind schwankte zwischen Ost und Südost. Manche Böen erreichten eine Geschwindigkeit von 16 Metern pro Sekunde: es war unmöglich, das Schiff einlaufen zu lassen, die Pläne mussten in letzter Minute geändert werden. Das Schiff wurde nach Trelleborg umgeleitet.

Die Busse schickte man zunächst nach Malmö, dann nach Falsterbohus. Dort übernachtete man. Während der Nacht stürmte es recht heftig, das Essen wurde sehr spät eingenommen; unter den Internierten blieb alles ruhig. Als der Morgen anbrach, schien die Sonne, um 7 Uhr wurden minus 1,2 Grad Celsius und Windstärke drei gemessen; um 9.15 Uhr glitt die »Beloostrov« durch die Einfahrt in den Hafen von Trelleborg, und man konnte damit beginnen, die Internierten an Bord zu nehmen.

Eichfuss, der die Nacht in einer Polizeiwache in Malmö verbracht hatte, kam gegen 12 Uhr mit einem Wagen an. Bevor er an Bord ging, wurde ihm erlaubt, eine informelle Pressekonferenz zu geben. Er saß auf dem Rücksitz des Wagens und sprach schnell und mit leiser Stimme zu den Korrespondenten. Zunächst machte er einige kurze autobiographische Angaben, erklärte dann, dass er voller Vertrauen sei, Gott werde auch in der Sowjetunion bei ihm sein. Das schwedische Volk in seiner Gesamtheit wolle er nicht tadeln. »Denn ich bin mir sehr wohl bewusst, dass es politische Umstände gewesen sind, die der Regierung ein anderes Handeln nicht erlaubt haben. Jetzt ist nichts mehr zu ändern. Wir sind ja alle nur Menschen, und ich kann nur hoffen, dass alles sich zum Besten wendet. Die schlimmste Zeit, die ich in Schweden, erlebt habe, waren die sechsundvierzig Tage der Isolierung in Kristianstad.«

Dann sagte er etwas, was sehr viele Schweden so schockieren sollte, dass sie seine Worte später am liebsten vergessen hätten:

– Ich selbst habe schon immer in die Sowjetunion zurückkehren wollen, und ich fahre jetzt aus freien Stücken in die Heimat. Ich verstehe nur nicht, warum die schwedischen Behörden mir nicht erlaubt haben, Schweden schon mit einem der früheren Transporte zu verlassen.

Er sagte hoch etwas von den »vielen kleinen Führer-Typen«, die er unter den Schweden angetroffen habe, aber er sprach jetzt sehr leise und schnell, und da er auf dem Rücksitz des Wagens saß und die vielen Korrespondenten sich am Wagenschlag drängten und es kaum möglich war, Ruhe zu schaffen, gingen seine letzten Worte in dem allgemeinen Stimmengewirr unter. Niemand wusste genau, was er in der letzten Minute der Pressekonferenz gesagt hatte. Der Polizeiwachtmeister an seiner Seite brach dann die Pressekonferenz ab, Eichfuss verließ den Wagen mit dem Arm voller Blumen; auf dem Kopf trug er eine hübsche Pelzmütze. Er lächelte immerzu in die Kamera, nickte den Presseleuten und Polizisten freundlich zu, verabschiedete sich von den Wachtmeistern, die ihn begleitet hatten, er lächelte die ganze Zeit, ging durch die Absperrung, wurde registriert, und alle sahen ihn an.

Er ging langsam über den Kai, immer noch mit den Blumen im Arm, kletterte die Gangway hinauf; oben an Deck blieb er einen Augenblick stehen, wandte sich dann um und sagte mit lauter Stimme: »Danke, Schweden!« zu den unten auf dem Kai Stehenden. Darauf verschwand er und wurde nicht mehr gesehen. Die erste Phase der Auslieferung war abgeschlossen.

Es war 14.15 Uhr. Klare Sonne, frischer Wind, der aber nicht sehr stark war – er pendelte zwischen Windstärke zwei und drei. Auf dem Kai kleine Schneeflecken. Temperatur um 13 Uhr: plus 1,4 Grad Celsius.

Wie verhielten sie sich? Einige der Journalisten notierten »eine frappierend große Zuversicht«; einige beschrieben ihre »ernsten, aber doch ruhigen Gesichter«. Körperlicher Zustand? Sie konnten alle ohne fremde Hilfe gehen. Alle? Waren sie ausgemergelt? Die Gewichtsangaben aus den Kliniken sprachen dafür, dass die baltischen Internierten ihr durch den Hungerstreik verlorenes Gewicht nach kurzer Zeit wieder erreicht hatten.

Wie fühlten sie sich? Was empfanden sie selbst?

»Nun, von der eigentlichen Auslieferung erinnere ich mich nur noch an die Gangway, die auf das Schiff führte. Sie sagten mir, ich solle hinaufgehen, und da oben standen die russischen Wachposten. Ich weiß noch, wie sehr mein Herz damals klopfte, ich glaubte, ich würde ohnmächtig werden. Wir hatten ja schon so lange an diesen Augenblick gedacht, und jetzt war er gekommen. Herrgott, ich weiß noch, wie heftig mein Herz klopfte. Es klopfte und klopfte und klopfte. Die lange Gangway, und das Schiff sah so riesengroß aus, und ich erinnere mich nur noch daran, wie sehr mein Herz klopfte.«

Porträt von Wachposten 1, Polizeiwachtmeister E.H. Polizeiwachtmeister E.H. hatte bei der Räumung der Lager von Backamo, Grunnebo, Rinkaby, Hässleholm und Gälltofta mitgewirkt. Die Aktionen in den Lagern der Deutschen in Backamo und Grunnebo seien die in technischer Hinsicht unbefriedigendsten gewesen, weil man das Überraschungsmoment so schlecht genutzt habe. Infolgedessen habe es sehr viele Selbstverstümmelungen gegeben. Die Räumungen der Lager von Rinkaby und Gälltofta seien dagegen sehr gut geplant, ruhig und effektiv gewesen.

Hatte dieser Mann zu irgendeinem der Auszuliefernden ein persönliches Verhältnis? Nachdem er nach der Räumung des Lagers der Deutschen in Grunnebo als Transportpolizist Dienst getan hatte, kehrte er noch in derselben Nacht nach Backamo zurück. Dort hatte man achtundzwanzig Deutsche in kleinen Erdhöhlen aufgefunden: sie hatten versucht, sich einzugraben. Diese deutschen Soldaten sollten jetzt im Eiltempo nach Trelleborg gebracht werden, um sie noch mit dem ersten Transport ausliefern zu können. Das geschah um den 1. Dezember herum; man hatte die Deutschen mit Lautsprecher-Aufrufen aus ihren Höhlen gelockt, außerdem waren Spürhunde eingesetzt worden, und jetzt fuhr der Bus mit hoher Geschwindigkeit nach Süden, um das Schiff nicht zu verpassen. Hatte E.H. Angst vor den Deutschen? Die Zahl der begleitenden Polizisten war zu gering, ein gut organisierter Fluchtplan hätte große Erfolgschancen gehabt. E.H. hatte Angst. Er sagte zu einem älteren Kameraden: »Verflucht nochmal, wenn die was anstellen, schieße ich.« Der Kamerad riet ihm in bestimmtem Ton davon ab. »Lass den Quatsch«, sagte er. »Zumindest solltest du mich vorher fragen.« Welche Erfahrung besaß E.H.? Er war seit vier Jahren Polizeibeamter. Die Stimmung im Bus war sehr gespannt.

Neben E.H. saß ein junger deutscher Wehrpflichtiger von etwa achtzehn bis zwanzig Jahren.

Draußen war es dunkel, man konnte nicht viel sehen, der junge Mann neben ihm sah die ganze Zeit ruhig und unbewegt auf die vorüberziehende Landschaft. Gegen Mitternacht schluckte einer der Internierten einen Teelöffel hinunter, worauf ihm sehr übel wurde. Er begann sich zu übergeben, jemand schrie laut und hysterisch, und der Bus hielt an. Im Bus saßen sechs schwedische Polizisten und achtzehn deutsche Internierte. Der Fahrer kehrte um und fuhr nach Kungsbacka, lieferte den Mann mit dem Teelöffel in einer Klinik ab und setzte dann seine Fahrt fort. Dies geschah unmittelbar nach dem blutigen Freitag der ersten Lager-Räumung, man musste mit allem rechnen, aber die Fahrt nach Trelleborg wurde dennoch fortgesetzt. In den frühen Morgenstunden wurde die Atmosphäre im Bus etwas ruhiger; viele schliefen. Der junge Mann neben E. H. hatte ein Wörterbuch hervorgeholt und versuchte, ein Gespräch anzufangen. Er sagte, er komme aus Hamburg, sei der Sohn eines Schlachters, seine Mutter wohne in Kalmar, und am liebsten würde er zu ihr ziehen. E. H., dessen Vater Landarbeiter war, ging auf die Äußerungen des Jungen ein und versuchte, das Gespräch weiterzuführen. Der Deutsche erklärte, er sei nicht glücklich, er habe keine Lust, in die Sowjetunion zu kommen. Während die Stunden verstrichen, nahm E. H. mit immer größerem Interesse an der Unterhaltung teil. Er erklärte dem Deutschen, dass er dessen Gefühle verstehe. Um 9 Uhr morgens erreichten sie Trelleborg. Auf dem Kai in Trelleborg sah E. H., wie der junge Soldat, mit dem er gesprochen hatte, seine Mutter begrüßte und von ihr einen Blumenstrauß erhielt. Später sagte E. H., er sehe manches noch sehr deutlich vor sich: wie der junge Deutsche ihm die Blumen gab, wie er die Gangway hinaufging, Schritt für Schritt, wie er an Deck verschwand, wie er selbst unten auf dem Kai stand, die Blumen in der Hand, wie die Beine des Jungen die Gangway hinaufkletterten und verschwanden.

Im übrigen glaube er nicht, sagt er, dass die Wachsoldaten den Ausgelieferten persönlich nähergekommen seien. Die Episode mit dem deutschen Jungen aus Hamburg bezeichnet er, was seine Person betreffe, eher als eine Ausnahme.

Während einer zufälligen Unterbrechung des Wachdienstes in den Lagern kehrt E. H. zu seinem normalen Polizeidienst in Uppsala zurück. Er wird zu einer Demonstration vor der Universität abkommandiert. Die Demonstration gilt der Baltenfrage. Wie reagiert er? »Ich habe mir nichts Besonderes gedacht. Ich war über die Hintergründe des politischen Spiels nicht genügend informiert, um mir ein Urteil bilden zu können.« Was dachte er über den Auftrag, die Internierungslager zu räumen? »Um diesen Auftrag hat sich niemand gerissen, aber wir waren ja gezwungen.« Seine Erinnerung an die Demonstration? »Es war kalt. Ich stand herum und fror.«

Am 23. Januar nahm E. H. an der Räumung des Rinkaby-Lagers teil, die keine Mühe bereitete. Am 25. wurde das Lager von Gälltofta geräumt, in dem sich die Mehrheit der Balten befand. Es ging alles glatt. Ein lettischer Leutnant namens Plume stach sich mit einem Dolch in den Bauch und blutete stark, aber man brachte ihn sofort ins Lazarett von Kristianstad, wo er operiert und gerettet wurde. Oberstleutnant Gailitis wurde von heftiger Übelkeit befallen; man glaubte, er hätte Gift geschluckt und pumpte ihm den Magen leer. Danach konnte er zusammen mit den anderen ausgeliefert werden. Weitere Zwischenfälle gab es bei der Räumung des Gälltofta-Lagers nicht.

Die andere Perspektive.

Er war erst sechzehn, als er zur deutschen Luftabwehr in Lettland eingezogen wurde. Er war der jüngste Internierte des Lagers, und am Morgen des 25., an dem die Auslieferung durchgeführt wurde, schrieb er einen letzten Brief. »*Ich habe nur noch einige Minuten in diesem schwedischen Konzentrationslager*«, schrieb er. »*Du kannst Dir sicher nur schwer vorstellen, wie es jetzt hier aussieht. Es ist alles so lächerlich. Diese bedauernswerten schwedischen Polizisten stürmen ins Lager, halten uns einen Zettel unter die Nase und befehlen uns, uns anzuziehen: sie versuchen offensichtlich, uns Angst einzujagen. Es ist höchst lächerlich. Habe keine Zeit mehr, wir fahren jetzt. Gruß.*«

Der Brief ist unterzeichnet: Alexander Austrums, »Kriegsferbrächer«.

Porträt von Wachposten 2: dem schwedischen Polizeibeamten J. Interview im Juli 1967.

Über die Räumung Gälltoftas. J. erinnert sich nicht sehr gut an diese Räumungsaktion. Die Internierten hätten alle eine gute Selbstbeherrschung gezeigt. Es sei alles ausgezeichnet organisiert gewesen, keiner hätte einen Grund zur Klage gehabt. Außerdem seien sie reichlich verpflegt worden. J. bezeichnete diese Räumung als einen organisatorischen Erfolg.

Ein Detailproblem wird gelöst: über die Organisation einer durch die Umstände bedingten Rast. Solche Pausen gab es zweimal. Einmal bei der Fahrt von Gälltofta nach Falsterbohus, wo man gezwungen war zu übernachten, und einmal bei der Fahrt von Falsterbohus nach Trelleborg. Diese technische Rast bedeutete, dass die Internierten den Bus verlassen durften, um zu pinkeln. Dabei wurde folgendermaßen verfahren. Der Bus hielt an, und zwei Polizisten stiegen aus. Anschließend wurde je zwei Internierten erlaubt, den Bus zu verlassen, aber mehr als zwei durften sich nicht zur gleichen Zeit außerhalb des Busses befinden. Man behielt die Internierten genau im Auge, und es war ihnen nicht erlaubt, die Straße zu verlassen. Sie standen also am Straßenrand und pinkelten in den Graben. Während dieser Pausen gab es keine Fluchtversuche.

Ein organisatorischer Engpass. Es war etwas unglücklich, dass in Trelleborg Wartezeiten in Kauf genommen werden mussten. Es kamen nämlich viele Busse gleichzeitig an, was man zwar als unglücklich, aber nicht als ernsten Fehler in der Organisation bezeichnen kann. J.s Bus gehörte zu einem der letzten in dieser Schlange. Die Internierten saßen, wenn J. sich recht erinnert, an den Seitenwänden des Busses auf langen Bänken. Kurz vor dem Aussteigen erhoben die Balten sich zu einem gemeinsamen Gebet. Dabei trat das Unglück ein: ein lettischer Leutnant verübte Selbstmord. Es ist möglich, dass dieser Zwischenfall bei etwas kürzeren Wartezeiten hätte vermieden werden können, aber J. will der Organisationsleitung keinen Vorwurf machen. Der Internierte verletzte sich tödlich mit einem Messer. Man trug ihn hinaus. J. saß hinten im Bus und konnte also nicht genau sehen, was vorn vor sich ging. Als J. hinzukam, war es schon zu spät. Der Lette blutete stark. Als man die Wunde zuhielt, strömte das Blut aus dem Mund.

Über Auffassungen. Es gab natürlich geteilte Meinungen über diese Auslieferung. Verschiedene Auffassungen. Wir Polizisten, die wir die Schmutzarbeit machen mussten, nachdem das Militär mit seiner Aufgabe nicht fertiggeworden war, hatten allerdings keine ausgeprägte Meinung. Als wir nach Rinkaby und Gälltofta kamen, haben wir mit vielen der alten Wachposten gesprochen, aber sie schienen zu übertreiben. Obwohl in den Lagern Ruhe herrschte, haben wir die Zäune verstärkt. Von den alten Wachposten werden einige wohl eine eigene Meinung über die Auslieferung gehabt haben. Und die Internierten selbst, nun, man kann sich denken, wie sie über alles dachten.

Über Vabulis' Selbstmord. J. war natürlich bestürzt.

Um 12.15 Uhr schnitt der lettische Soldat Valentin Silamikelis seine Handgelenke an einer Seitenscheibe des Busses auf: alles geschah auf dem Kai in Trelleborg. Schwedische Polizisten trugen den wild schreienden Mann zu einem Verbandsplatz, wo man feststellte, dass seine Verletzungen nur leicht waren und dass er mit den anderen ausgeliefert werden konnte. Nach einer halben Stunde trug man ihn auf einer Bahre aufs Schiff. Als er an Bord war, begann er laut zu schreien. Er riss sich von seinen Bewachern los, und es wäre ihm fast gelungen, sich über die Reling auf die Kaimauer zu stürzen. Es gelang jedoch, ihn zu überwältigen. Er wurde zu den anderen unter Deck gebracht, wobei er immer noch laut schrie. Der Zwischenfall machte auf die anwesenden Schweden einen äußerst peinlichen Eindruck.

Ein anwesender schwedischer Inspekteur berichtete jedoch, dass Silamikelis eine halbe Stunde später wieder völlig ruhig war. Er hätte auf einer Pritsche gesessen und einen ausgeglichenen Eindruck gemacht.

Dies war der eine der beiden peinlichen Zwischenfälle. Der zweite ereignete sich um 13.34 Uhr, als der lettische Leutnant Peteris Vabulis sich mit einem Messer den Hals aufschnitt und auf der Stelle starb. Im übrigen verlief auch die zweite Phase der Einschiffung ruhig.

Vabulis hatte in Bus Nr. 5 gesessen. Man hatte um 9 Uhr die Fahrt von Gälltofta angetreten und war um 12.20 Uhr in Trelleborg angekommen. Um 13.30 Uhr fuhr Bus Nr. 5 bei der Absperrung vor. In ihm saßen zwölf Internierte, neun Polizisten sowie ein Fahrer und ein Beifahrer. Der Befehlshaber im Bus, Hauptwachtmeister Hultsten, hatte unter den Internierten keine besondere Unruhe bemerkt, obwohl sie ihm etwas deprimiert erschienen waren. Als Bus Nr. 5 vorfuhr, damit die Internierten ausgeladen werden konnten, stand Hultsten neben der linken Vordertür. Als der Bus anhielt, hörte Hultsten Rufe nach einem Sanitäter und einem Krankenwagen. Er rannte sofort nach hinten und entdeckte, dass einer der Internierten sich den Hals aufgeschnitten hatte. Der Mann war noch bei Bewusstsein.

Am Morgen in Gälltofta hatte man keine Leibesvisitationen vorgenommen, was übrigens auch nicht befohlen worden war. Beim polizeilichen Verhör erklärte Hultsten, es sei ihm unbegreiflich, wie es Vabulis gelungen sei, ein Messer in den Bus zu schmuggeln. Er meinte aber, dass man keinem der diensttuenden Polizisten einen Vorwurf machen könne.

Dies alles wird in dem polizeilichen Protokoll ausführlich beschrieben, alles.

Polizeiwachtmeister Sven Gustav Ivan Alneborg hatte Vabulis schräg gegenüber gesessen, und als der Bus in Trelleborg anhielt, hatten sich sämtliche Internierten erhoben. In diesem Moment hatte Alneborg gesehen, wie Vabulis das Blut aus dem Hals strömte; dieser hatte sich ebenfalls erhoben und gegen die Buswand gelehnt. Es hatte ausgesehen, als würde Vabulis sich irgendeinen Gegenstand gegen die Brust drücken, es war aber unmöglich gewesen zu erkennen, was Vabulis in der Hand hielt. Alneborg hatte sich jedoch sofort auf Vabulis gestürzt und ihn auf die Sitzbank niedergedrückt. Danach hatte er Vabulis das Messer abnehmen können.

Uniformmantel und -hose Alneborgs waren über und über mit Blut beschmiert worden.

Vabulis' Tat kam für alle völlig überraschend, nichts hatte auf seine Verzweiflung hingedeutet. Kurz bevor die Kolonne auf dem Weg nach Trelleborg an Malmö vorbeigefahren war, hatte ein neben Vabulis sitzender Internierter seine Geldbörse aus der Tasche gezogen und einen kleinen Gegenstand herausgenommen. Da es ausgesehen hatte, als wollte der Internierte etwas verbergen, hatte einer der Polizisten sofort die Hand des Mannes ergriffen und dabei entdeckt, dass dieser eine in Papier gewickelte Rasierklinge hatte verbergen wollen. Der Polizist hatte darauf die Rasierklinge an sich genommen. Hinterher hatte der Internierte etwas verstört ausgesehen. Vabulis dagegen hatte man nichts ansehen können, er hatte still und grüblerisch dagesessen und apathisch vor sich hingestarrt.

Alle wichtigen Tatsachen finden sich in diesem polizeilichen Protokoll. Oder fehlt etwas?

Bei der Untersuchung des Toten wurde festgestellt, dass die Schnittwunde an seinem Hals etwa fünf Zentimeter lang und sehr tief war. Vabulis hatte unter seiner Unterwäsche einen Gürtel getragen, an dem eine Dolchscheide hing. Die Scheide war mit einem Taschentuch umwickelt, vermutlich, um ein Scheuern auf der Haut zu vermeiden. Der untersuchende Arzt erklärte, dies deute darauf hin, dass Vabulis seinen Selbstmord gründlich vorbereitet haben müsse.

Unter den nachgelassenen Habseligkeiten des Toten fand man auch ein ausgefülltes Antragsformular, das an die Staatliche Handelskommission gerichtet war. Aus diesem Papier ging hervor, dass seine Ehefrau in Lübeck lebte. Er selbst war am 8. Mai 1945 in Bulltofta, Malmö, interniert worden.

Es gibt nur ein Foto, das bei dieser Gelegenheit aufgenommen wurde: um 13.35 Uhr auf dem Kai von Trelleborg.

Das Bild ist von sehr schlechter Qualität. Vabulis liegt auf dem Kai, direkt vor der Vordertür des Busses. Ein Polizist beugt sich über ihn. Man sieht den Schwerverwundeten oder vielleicht schon Toten von der Seite, er ist zusammengesunken, nach vorn geneigt. Ein Sanitäter, der der Kamera den Rücken zukehrt, kniet vor Vabulis und scheint einen Versuch zu machen, die Wunde mit einem Tuch oder einem Lappen zuzuhalten und den Blutstrom zum Stillstand zu bringen. Auf dem Steinpflaster zeichnet sich eine Blutlache von etwa vierzig Zentimetern Durchmesser ab; der Schnee bedeckt das Pflaster nur teilweise. Im Hintergrund erkennt man die Beine einiger der Betrachter, einer von ihnen trägt Reitstiefel. Rechts wird das Blickfeld durch die mit Tarnfarbe bemalte Seite des Busses versperrt.

Nur einer der drei Männer im Vordergrund des Bildes wendet sein Gesicht der Kamera zu. Es ist ein Polizist. Er hat sich hingehockt, wie zu einem Sprung bereit, und macht einen unbeholfenen Versuch, den Kopf des zusammengesunkenen Sterbenden oder Toten zu stützen. Der Kopf des Polizisten ist geneigt, und auf diesem einzigen Fotodokument von diesem Zwischenfall ist sein Gesicht nur ein verschwommener weißer Fleck. Dieser weiße Fleck ist alles, was auf dem Bild von einem menschlichen Gesicht zu sehen ist.

11

Wer war Peteris Vabulis? Was für ein Mensch war er? Warum hat er sich getötet?

Die Kriminalpolizei in Trelleborg nahm seine Habseligkeiten in Verwahrung und registrierte sie: eine Reisetasche mit verschiedenen persönlichen Gegenständen, darunter 3,31 Schwedenkronen, ein Pappkarton, der hauptsächlich Lebensmittel enthielt, sowie ein lettischer Pass mit der Nummer TT 011 518.

Diese nachgelassene Habe des Peteris Vabulis wurde in einem Magazin aufbewahrt, bis sein Sohn nach mehreren Jahren erschien, um die Sachen abzuholen. Vabulis' alte Uniform war auch noch da; das Blut war schon längst verkrustet, fast schwarz. Die Uniform wurde verbrannt. Außerdem waren noch da: ein Kompass mit einer elf Zentimeter langen Trageschnur, eine deutsche Armee-Taschenlampe mit zwei verschiebbaren Filtern, einem roten und einem grünen, eine zusammengefaltete Karte von Lettland und ein kleiner Taschenkalender, der auf den ersten vier Seiten die Anschriften von schwedischen Hilfsorganisationen enthielt. In dem Kalender ist der 21. November mit einem Bleistift angekreuzt.

Es ist alles noch da, aber die Gegenstände sagen nichts aus, sie beantworten keine Fragen nach der Person des Peteris Vabulis. Eine Armbanduhr mit schwarzem Zifferblatt: sie geht nicht mehr. Ein leeres Osterei, das – vermutlich aus Versehen – unter seine Habseligkeiten geraten ist. Einige leere Briefumschläge. Staub.

In der Kiste liegt jedoch auch ein Fotoalbum.

Das erste Bild ist in Riga aufgenommen worden. Peteris Vabulis steht in der Bildmitte, neben ihm sieht man einen kleinen Jungen, den er an der Hand hält. Beide lächeln in die Kamera. Der Junge mag drei oder vier Jahre alt sein. Es ist Winter, man sieht Schnee. Vabulis trägt Uniform. Auf dem nächsten Foto trägt er Zivilkleidung, es ist Sommer, er schiebt einen Kinderwagen. Der kleine Junge auf dem nächsten Bild ist allein: er steht auf einer Landstraße und runzelt nachdenklich die Stirn: die Sonne scheint grell, am linken Bildrand sieht man den Schatten eines Menschen. Text unter diesem Foto: Imants, Riga 1942. Dann ein Porträt von Peteris Vabulis. Ein Sommerbild aus Riga – einige Gestalten, die aus großer Entfernung aufgenommen worden sind; Gesichter sind nicht zu erkennen.

Dann plötzlich: Ränneslätt. Die lettischen Offiziere haben sich für dieses Gruppenfoto hingestellt, im Hintergrund sieht man eine Wand, alle lachen in die Kamera. Dieses Bild ist offensichtlich im Sommer gemacht worden. Alle tragen noch ihre deutschen Uniformen. Dieses Foto entspricht nicht dem chronologischen Ablauf der Ereignisse; die nächste Seite ist mit Bildern aus dem Jahr 1943 gefüllt. Man sieht ein Bild von der ganzen Familie, der Junge trägt Winterkleidung, auf der Erde liegt Schnee. Das Foto ist überbelichtet. Die Qualität der Bilder lässt jetzt sehr zu wünschen übrig. Es folgen noch mehrere Bilder von Vabulis und seiner Frau, aber alle sind unscharf. Sie lachen in die Kamera.

Dann wieder Ränneslätt. Ein völlig sinnloses Bild mit vielen uniformierten Gestalten, die planlos hin und her laufen. Ein verschwommenes Gesicht in einer in ein Gespräch vertieften Gruppe ist mit einem Kreuz, einem Pfeil und zwei Buchstaben gekennzeichnet: »P.V.« Der Himmel ist bedeckt, man sieht Baracken und einen Teil der Umzäunung. Auf der folgenden Seite finden sich zwei Porträts von Vabulis sowie eine Großaufnahme von dem kleinen Jungen. Und dann plötzlich, auf der nächsten Seite, kommt das Bild aus der Leichenhalle. Peteris Vabulis liegt in einem Sarg, der Deckel ist abgenommen, auf seinem Bauch liegen Blumen. Das Bild vermittelt den Eindruck von Ruhe und Frieden. Auf der rechten Wange hat Vabulis eine Narbe, und das rechte Ohr scheint früher einmal durch einen Unfall deformiert worden zu sein – die Wunde ist aber gut verheilt, man kann sie nur mit Mühe erkennen.

Unter diesem Bild finden sich einige von ganz anderem Charakter. Sie zeigen zwei kleine Kinder, einen Jungen von etwa sieben Jahren und ein kleines Mädchen, die einander umarmen und lachen. Text: »Lübeck, Sommer 1945«. Auf den folgenden Seiten finden sich viele Bilder, die offensichtlich alle im Deutschland der Nachkriegszeit aufgenommen worden sind. Man sieht badende Kinder am Meer, halb versunkene Schiffswracks als Hintergrund für sonnige Ausflugsbilder. Text: »Travemünde 1947«.

Bilder von Peteris Vabulis gibt es jetzt nicht mehr. Man sieht immer nur die beiden Kinder. Im Hintergrund finden sich zumeist Barackenwände, Straßen, Küchen, glatte Wände, ein Kasernenhof, eine Reihe von Nissenhütten. Der Junge muss jetzt etwa zehn Jahre alt sein. Er lächelt pflichtschuldig in die Kamera. Seine Unterlippe ist auf charakteristische Weise vorgeschoben; wenn man zurückblättert und das Bild aus der Leichenhalle betrachtet, entdeckt man, dass der (von der Seite aufgenommene) Tote das gleiche Profil hat.

Noch mehr Kinderbilder. Noch 1949 finden sich im Hintergrund fast nur Nissenhütten; diese Bilder sind alle in Lübeck aufgenommen. Dann folgen mehrere Fotos von dem kleinen Mädchen, später noch einige, die beide Kinder zeigen. Text: »Värmland«, später »Västerås«. Die zehn letzten Seiten des Albums sind leer.

Hinzu kommen noch einige Briefe, die Peteris Vabulis im Herbst und im Winter schrieb. Sie sind an Freunde in Schweden adressiert. Die Schrift ist deutlich, aufrecht; alle Briefe sind auf Lettisch geschrieben.

Der erste ist vom 9. Januar 1945 datiert, also vor der Zeit in Schweden geschrieben, und gehört eigentlich nicht zu den übrigen. Er ist jedoch nicht ohne Interesse: er ist an Vabulis' Frau gerichtet. Vabulis befindet sich in der Nähe der russischen Front, einige Kilometer hinter der eigentlichen Kampflinie, und er drückt sich mit Rücksicht auf die Zensur sehr vage aus. Eine genaue Ortsbestimmung ist nicht möglich, aber er hält sich wahrscheinlich im östlichen Lettland auf. Der größte Teil des Briefs besteht aus einer Plauderei über eine erfolgreiche Jagd, die Schnaps und Zigaretten einbrachte. Der Grundton ist optimistisch.

Am Ende des Briefs spricht er von der letzten Begegnung mit der Familie. Er hatte sie zuletzt in Grevesmühlen in Mecklenburg gesehen, wohin sie geflohen war, um nicht den Russen in die Hände zu fallen. Er hatte seine Familie im Dezember 1944 kurz vor Weihnachten sehen können. Beim Abschied hatte der damals siebenjährige Junge heftig geweint; er war sehr aufgewühlt gewesen, zugleich hatte er sich aber geschämt und seine Tränen verbergen wollen, und davon schrieb der Vater, weil er sich so gut daran erinnerte.

Der zweite Brief kommt aus Ränneslätt und ist an einen in Schweden lebenden Freund gerichtet. Datum: 12.8.1945. Er beschreibt seine Flucht nach Schweden.

»Ich lebe unter recht merkwürdigen Umständen, mein Brief wird deshalb sehr kurz. Lettland habe ich am 8. Mai verlassen, aber davon hast Du vielleicht schon in den Zeitungen gelesen. Weil ich ein vereidigter lettischer Offizier bin, bin ich auf einem Pegasus nach Schweden gekommen – per Flugzeug. Am 26. März war ich am Kopf und am Arm recht schwer verwundet worden, und zwar in der Nähe von Jaunpils. Ich sah mich schon unter den Toten, aber es ist mir in letzter Minute gelungen, in einem Flugzeug mitzufliegen, das wie ein Schrotthaufen aussah: das Ding hatte jedenfalls noch Flügel und ein rotes Kreuz am Rumpf. Das Benzin floss aus allen Ritzen, aber die Kiste hielt glücklicherweise, obwohl der Flug recht beschwerlich war. Nach zweieinhalb Stunden waren wir in diesem gastfreundlichen Land. Jetzt bin ich wieder fast gesund, aber mein Aussehen hat sich durch den Treffer etwas verändert. Jedoch nicht zu sehr – meine alten Freunde würden mich noch wiedererkennen.

Das Leben hier in Ränneslätt ist ganz und gar nicht übel, obwohl wir natürlich unsere Freiheit vermissen. Völlig beschäftigungslos, brauchen wir uns trotzdem nicht zu langweilen, weil mehrere Letten hier sind. Es ist nur schade, dass wir die Deutschen nicht loswerden können, die hier in Massen herumlaufen. Sie haben sich noch immer nicht geändert: zuerst wurde die Welt erschaffen, dann sie, dann kommt eine ganze Weile gar nichts, und dann erst wir anderen. Am schlimmsten ist jedoch, dass sie uns bei jeder Gelegenheit an die Wand drücken wollen, was wir uns allerdings nicht gefallen lassen. Sehr unangenehm ist auch, dass die schwedischen Behörden zwischen ihnen und uns nicht den geringsten Unterschied machen. Es ist deshalb durchaus denkbar, dass wir zusammen mit ihnen ›in das Vaterland‹ geschickt werden, obwohl wir mit Deutschland und den Kriegszielen der Deutschen nichts zu tun gehabt haben. Wir hoffen aber dennoch, dass die Zeit eine für uns günstige Lösung bringen wird. Selbst wenn wir den Engländern in die Hände fallen sollten, kann uns nicht viel passieren, denn wir haben keine Kriegsverbrecher in unseren Reihen.«

Der nächste Brief ist einen Monat später geschrieben: Ränneslätt, den 8.9.1945. Er ist an einen Studienfreund gerichtet, und hier schneidet Vahulis zum erstenmal politische Fragen an.

»Vielleicht werden wir das Stiftungsfest unserer Studentenvereinigung in einem freien Lettland feiern können! Es ist wahr, mein Freund, alle Anzeichen deuten darauf hin, dass dieser unser Wunsch keine Utopie ist. Das spüren wir hier im Lager, obwohl man uns noch nicht erlaubt hat, den Waffenrock wegzuwerfen. Wir blicken immer noch durch Stacheldraht nach draußen, aber das kennen wir ja von der Front her. Wir sind sogar bereit, in schwedischen oder englischen Uniformen zu kämpfen, wenn es sein muss, um in der Welt Ordnung zu schaffen und einen totalen Frieden herbeizuführen. Im Augenblick haben wir den Krieg und die Uniformen natürlich satt und würden am liebsten ins zivile Leben zurückkehren – irgendeiner Arbeit nachgehen, die unsere Existenz sichert, jeder beliebigen Arbeit, damit wir nicht länger das Brot der gastfreien Schweden essen müssten. Nach allem, was ich in den letzten Tagen des Vaterlands mitgemacht habe, würde ich diese Erinnerungen gern in einem schwedischen Wald oder auf einem schwedischen Bauernhof loszuwerden versuchen, wo ich mein Brot selbst verdienen könnte. Hier im Lager fällt es sehr schwer, diese schmerzlichen Erinnerungen loszuwerden. An dem Tag, an dem ich verwundet wurde, wollte es der Zufall, dass ich meinem Freund Freibergs begegnete. Der Feind war unerhört überlegen und griff wochenlang ununterbrochen an. Unsere Kräfte waren zu schwach, wir waren müde und hatten schwere Verluste, wir mussten mehrere Tage hintereinander kämpfen, ohne Ruhepause und ohne Essen.

Von meiner Frau und den Kindern weiß ich nichts. Ich befürchte, dass man sie nicht rechtzeitig vor den Absichten der Engländer gewarnt hat, die das von ihnen besetzte Gebiet den Russen überlassen wollen. Sie hätten nicht mehr lange nach Westen weiterzugehen brauchen, um in Sicherheit zu sein – aber selbst das kann sehr schwer sein, wenn man zwei kleine Kinder bei sich hat.«

Es folgt eine größere Anzahl sehr kurzer Briefe, die alle aus der Zeit vor dem Beginn des Hungerstreiks stammen. Sie sind an Freunde in Schweden gerichtet; in ihnen geht es ausschließlich um Waschpulver, Geld, Essenmarken, Kaffeemarken, in der letzten Zeit auch um die Möglichkeit, Lebensmittelpakete nach Deutschland zu schicken. Der letzte dieser kurzen Briefe ist vom 12.11.1945 datiert, also zehn Tage vor Beginn des Hungerstreiks geschrieben.

Unter den Briefen ein Zeitungsausschnitt: es ist eine Anzeige, der Name der Zeitung sowie der Erscheinungstag sind unbekannt. Sie lautet wie folgt:

»An Enija in Lübeck. Ein gutes neues Jahr 1946!

Am 14.12. erhielt ich Deine ersten Briefe. Ich habe an Euch geschrieben. Es wäre besser, Moritz näher zu sein. Bin froh, dass Ihr lebt. Habt um mich keine Angst, ich komme zu Euch, sobald ich kann. Haltet aus! Peteris.«

Hatte er noch Hoffnung? Glaubte er, bald freigelassen zu werden? Im Januar gelang es ihm, einen Kassiber an einige Freunde aus dem Lager zu schmuggeln. Er hatte folgenden Wortlaut: »Wenn Ihr könnt, besorgt mir einen Anzug, einen Mantel und eine Mütze (59). Sagt, dass ich zu Grintals fahre. Wartet auf weitere Nachrichten. Habt Dank für alles! Peteris.«

Hatte er einen Fluchtplan ausgearbeitet?

Den letzten Brief schrieb er am 17.1.1947 in Gälltofta; er wird hier in vollem Wortlaut wiedergegeben. Er ist eine Woche vor dem Selbstmord geschrieben.

»Ich danke für Ihren Brief, den ich gestern erhielt. Ich hoffe, dass unser Briefwechsel Ihnen nicht allzu viel Mühe gemacht hat. Das Sprichwort sagt ja: sag mir, mit wem du umgehst, und ich sage dir, wer du bist. Aber wir sind einander ja noch nie begegnet, und in diesem Augenblick ist mir klar, dass wir uns auch nie begegnen werden, denn mein weiterer Weg ist bereits abgesteckt. Von dort, wohin ich gehe, sind nur sehr wenige zurückgekehrt. Weder ich noch irgendein anderer kann diesen Weg akzeptieren, aber die Verantwortlichen haben dafür gesorgt, dass wir nicht vom Weg abweichen können. Ich persönlich bin ruhig, aber ich bin wütend auf mich selbst, weil ich im Sommer nicht in die Wälder geflohen bin, um mich dann übers Meer abzusetzen. Ich habe den Wald ja während meiner Studien kennengelernt, und navigieren kann ich auch. Trotz meiner jungen Jahre habe ich schon viel erlebt, sowohl in Lettland als auch bei Reisen durch fremde Länder Europas. Ich habe Länder gesehen, in denen es noch Sklaverei gibt, und andere Länder, die diesen Staaten die Sklaven ganz offen liefern. Wenn so etwas in diesem Jahrhundert geschehen kann, ist es nicht schwer zu sterben, und wenn es auch weiterhin geschieht, muss der Untergang der Welt nahe sein. Meine Frau und meine Kinder tun mir leid, weil sie ihren Ernährer verlieren werden, und das gerade jetzt, wo die Hoffnung und die Aussichten auf ein Wiedersehen so groß gewesen sind. Aber jeder muss sein Schicksal tragen; niemand kann es aus eigener Kraft ändern.

Wie ich schon in einem früheren Brief schrieb, bin ich froh, dass es meiner Familie bei den Engländern gutgeht, zumindest, was das Essen betrifft. Obwohl ich nicht mehr an einen weiteren Briefwechsel glaube, möchte ich hier schließen. Ich wünsche Ihnen und Ihrer Familie gute Gesundheit und eine glückliche Heimreise in unser liebes Vaterland. Gott segne Lettland. Ihr P. V.«

Der Ton ist bitter, aber ruhig, in diesem eine Woche vor dem Selbstmord geschriebenen Brief deutet nichts auf Hysterie hin. In einem undatierten Brief-Fragment, das in einem Artikel zum Gedächtnis des fünften Jahrestags der Auslieferung veröffentlicht wurde und Vabulis zugeschrieben wird, gibt er jedoch ganz anderen Stimmungen Ausdruck. Er sagt, dass »wir zum Tode Verurteilten« dem schwedischen Volk nichts Böses wünschten, dass es aber besser gewesen wäre, wenn man den Legionären Zyankali statt Blumen und Zigaretten gegeben hätte. »Unter meine Vergangenheit habe ich einen Strich gezogen, meine Zukunft steht mir klar vor Augen – sie wird kurz sein. Es ist nur schade, dass ich nicht erleben kann, wie die Mörder sich eines Tages zu verteidigen versuchen, wenn der Eiserne Vorhang gefallen ist. Möge Gott es vielen, vielen Landsleuten gönnen, dies zu erleben. Ich halte aus bis zuletzt! Gott segne Lettland.«

Irgendwelche anderen und klareren Hinweise auf mögliche Motive für den Selbstmord gibt es nicht. Über die Haltung Vabulis' in der letzten Zeit im Lager von Gälltofta ist ebenfalls nichts ausgesagt worden, wenn man einmal von der Feststellung des Transportarztes Åke Johansson absieht, der »Vabulis schon seit längerem beobachtet« hatte; dieser sei »zwar etwas unruhig gewesen, aber nicht so deprimiert, dass man eine Verzweiflungstat hätte befürchten müssen«.

Vabulis' Selbstmord kam also völlig überraschend, und ein Bild von ihm lässt sich nur schwer gewinnen.

Was hat ihn getötet?

Im Dezember 1944 sahen Emilija-Elena Vabulis und ihre zwei Kinder ihren Mann und Vater zum letztenmal: er blieb eine Woche bei ihnen. Während dieser Zeit schien er fröhlich und optimistisch zu sein, er kehrte nach Kurland, an die Front zurück. Es war das letzte Mal, dass sie ihn sahen.

Im Frühjahr 1945 flüchtete sie etappenweise immer weiter nach Westen. Im Mai 1945 kam sie mit ihren Kindern nach Lübeck, wo sie in einem der großen Flüchtlingslager unterkamen. Dort ließen sie sich nieder, und es ging ihnen recht gut; sie hatten zu essen, eine Baracke zum Wohnen, sie wussten zwar nicht, was aus dem Mann geworden war, von dem sie sich in einem kleinen ostdeutschen Dorf verabschiedet hatten, hofften aber, ihn bald wiederzusehen. In der Baracke bewohnte jede Familie ein durch graue Wolldecken abgeteiltes kleines Zimmer. Dort kochten sie ihr Essen auf einem kleinen Spirituskocher, Nachbarn halfen ihnen, wenn es nötig war, es ging ihnen gut. Sie überlebten.

Im September erfuhren sie, dass Peteris Vabulis sich in einem schwedischen Lager in Sicherheit befand.

Im November kam die Nachricht, dass er von einer Auslieferung bedroht war: sie erhielten die Neuigkeit durch eine lettische Zeitung. Es wurde sofort eine Unterschriftensammlung veranstaltet. Man schickte eine Bittschrift an die schwedische Regierung, und Emilija-Elena Vabulis unterschrieb ebenso wie ihr Junge, obwohl sie eigentlich keine Angst hatten: sie konnten sich nicht vorstellen, dass Peteris Vabulis am Ende doch ausgeliefert werden könnte. Sie bekamen Briefe von ihm, schickten ihm ein Lebensmittelpaket, aber er schrieb zurück, dass es nicht gerade Lebensmittel seien, die er jetzt am nötigsten hätte. Das war der Winter 1945/46 in Deutschland, der erste und furchtbarste Nachkriegswinter. Deutschland war ein hungerndes Chaos, aber wer im Lager saß, hatte es dennoch einigermaßen gut, meinten sie.

Sie hörten recht wenig von ihm, die Verbindungen waren miserabel. Ende Januar erfuhren sie von seinem Tod.

Alle drei erinnern sich noch sehr gut an diesen Tag, die Ehefrau und die beiden Kinder. An einem der letzten Januartage saßen sie wie gewöhnlich in ihrer Baracke; draußen war es kalt und grau, als sie aus Schweden eine lettische Exil-Zeitung erhielten. Die erste, die in der Zeitung las, war eine Nachbarin, die in einem Verschlag neben ihrem wohnte. Diese Frau las die Zeitung gründlich und aufmerksam durch, gab sie dann einem anderen, und schließlich wurde es in der Baracke ganz still. In diesem Augenblick begriff Emilija-Elena Vabulis, dass etwas geschehen war.

Sie nahm die Zeitung und las selbst.

So erfuhr sie vom Tod ihres Mannes: nicht durch ein Telefongespräch, nicht durch eine Botschaft, nicht auf offiziellem Wege, sondern durch die Zeitung, die ausführlich über alles berichtete. Darin stand, dass die Schweden die Balten am Ende doch noch ausgeliefert hätten, alle Legionäre seien nach Trelleborg gebracht worden, wo ein russisches Schiff auf sie gewartet habe. Die Legionäre seien in Bussen dorthin gebracht worden, in diese schwedische Stadt Trelleborg, und seien auf das russische Schiff gebracht worden. Der lettische Leutnant Peteris Vabulis habe auf dem Kai ein Messer hervorgeholt und sich die Kehle durchgeschnitten. Er sei sehr schnell verblutet, nichts hätte ihn mehr retten können.

So war es: so erhielt sie die Mitteilung vom Tod ihres Mannes, erinnert sie sich. Sie stand mitten in der großen Baracke mit den durch graue Wolldecken abgeteilten Verschlägen und las, dass ihr Mann Selbstmord begangen hatte. Um sie herum standen die anderen und starrten sie an. Da standen auch ihre kleine Tochter von drei Jahren und ihr Sohn, der siebeneinhalb Jahre alt war. Sie las, und als sie begriffen hatte, was da stand, begann sie zu schreien.

Die Kinder waren klein, das Mädchen zu klein, um etwas verstehen zu können. Der Junge konnte verstehen und dennoch nicht verstehen. Er hatte seinen Vater ein Jahr zuvor zu Weihnachten gesehen. Damals war der Vater groß und stark gewesen, und jetzt hatte er sich mit einem Messer den Hals durchgeschnitten: das war absurd und unmöglich zu begreifen. Er weiß aber noch, wie seine Mutter an diesem Tag reagierte: sie stand mit der Zeitung in der Hand auf dem Fußboden der Baracke in Lübeck und schrie ununterbrochen, schrie und schrie, als wollte sie nie mehr aufhören zu schreien.

Einige Wochen vorher hatten sie alle drei eine Einreisegenehmigung nach Schweden erhalten. Peteris Vabulis hatte die Formalitäten von Ränneslätt und später vom Krankenhaus aus erledigt. Jetzt würde sie also nach Schweden fahren können, wenn sie wollte. Aber sie wollte nicht. Nach diesem Tag im Januar, an dem sie vom Tod ihres Mannes gelesen hatte, erschien es ihr undenkbar, dass sie nach Schweden fahren sollte. Womöglich würden die Schweden auch sie und die Kinder an die Russen ausliefern? War sie hier im Lager nicht besser aufgehoben? Vielleicht sagte ihr auch ihr Stolz, dass sie nicht fahren dürfe. »Ich dachte, dass ich niemals in dieses Mörder-Land fahren würde, niemals, niemals – ich konnte es mir einfach nicht vorstellen.«

Sie blieben also in Lübeck.

In Lübeck und im übrigen Deutschland gab es aber viele Flüchtlingslager, und viele Flüchtlinge suchten um Visa für westeuropäische Länder nach, und einige bekamen sie auch. Zuerst kamen die Engländer und schöpften unter den Arbeitsfähigen den Rahm ab – die Männer im

Alter von zwanzig bis dreißig. Dann kamen die Kanadier und holten sich ebenfalls einen Teil der produktiven Flüchtlinge. Auch Australien ließ Familien mit mindestens zwei arbeitsfähigen Mitgliedern ins Land. Die Gesündesten, die Besten, die Vitalsten verschwanden zuerst. Die Alten blieben selbstverständlich zurück, die wollte kein Mensch haben. Die Kranken blieben zurück, Witwen mit kleinen Kindern blieben zurück, alle, die sich nicht nützlich machen konnten.

So auch Emilija-Elena Vabulis und ihre zwei Kinder.

Es kam das Jahr 1947, es wurde 1948, die Jahre vergingen, die Lager wurden kleiner, es ging ihnen allmählich immer besser, aber dennoch war dies keine Umgebung für die Kinder – und wohin sollte sie jetzt gehen? Sie litten keine Not, es kam das Jahr 1949, war dies das Leben, das sie sich vorgestellt hatten?

Im Januar 1950 hatten sie fast genau fünf Jahre im Lager gelebt, als sie von neuem eine Einreisegenehmigung nach Schweden beantragte. Niemand wusste mehr, wer sie war, diesmal ging es ein bisschen langsamer, aber es ging. Sie bekam die Einreiseerlaubnis, und sie fuhr mit den Kindern nach Schweden. Sie gingen in Hälsingborg an Land, fuhren dann nach Värmland weiter, das sie sehr schön fanden. Im selben Jahr heiratete sie wieder, einen Mann aus dem Flüchtlingslager in Lübeck; jetzt war alles vorbei, aber das, was damals geschehen ist, wird sie dennoch nie vergessen. Vielleicht wäre das auch zuviel verlangt. »Wir haben es gut. Ich fühle keinen Hass mehr.« Ihre Erzählungen sind aber voller Vorbehalte, und wenn sie auf die Vergangenheit zu sprechen kommt, geht ihr Gesicht wieder in Stücke, sie weint, halb verschämt, aber dennoch unrettbar gefangen in einer Verzweiflung, die nie ganz in Erinnerung und Geschichte verwandelt worden ist.

Sie kamen nach Västerås, wo sie heute leben. In den letzten zwei Jahren hat ihnen auf der Straße niemand mehr »Scheißausländer!« nachgerufen. Viele glauben, sie seien Griechen – Vabulis klingt griechisch. Sie wohnen gut. Über die Vergangenheit haben sie heute nicht mehr viel zu erzählen: doch, vielleicht dies: sie hat vom schwedischen Staat nie eine Witwen-Pension erhalten. Sie sagt es mit einem Anflug von Stolz.

Der Sohn ist in Schweden zur Schule gegangen, er ist heute Ingenieur. Bevor er nach Schweden kam, hatte er einen großen und blinden Hass auf die Schweden gefühlt, die seinen Vater getötet hatten. Dieser Hass verschwand aber, als er die Schweden sah: es waren zu viele, sie waren zu verschieden, der Begriff »die Schweden« wurde abstrakt und zu verschwommen. Daraufhin übertrug er seinen Hass auf die Regierung, die seinen Vater ausgeliefert hatte, aber auch dieser Hass wich allmählich. Heute möchte er am liebsten gar nicht mehr an diese Geschichte denken. Ich bin Schwede, sagt er. Er ist mit einer Schwedin verheiratet und hat zwei Kinder. Sie wohnen in Skultuna, der älteste Sohn ist jetzt fünf. Er weiß nichts von dem, was damals geschehen ist, er ist nur das vorläufig letzte Glied in einer sehr langen und eigentümlichen Geschichte.

Er heißt Peter Vabulis.

Was hat Peteris Vabulis getötet?

In diesem Sommer 1967 sprach der Untersucher innerhalb einer Woche mit Ernst Wigforss und dem Sohn des Mannes, der auf dem Kai in Trelleborg Selbstmord begangen hatte. An das Gespräch mit Wigforss sollte er sich noch lange erinnern: an den langen Nachmittag in Vejbystrand, den Spaziergang durch den Wald am Strand, an diesen freundlichen, völlig glasklaren politischen Pensionär, den er vielleicht mehr bewunderte als irgendeinen anderen schwedischen Politiker: es gab gute, selbstverständliche und schwerwiegende Gründe für die Auslieferung, das ist unzweifelhaft. Ernst Wigforss war eine der treibenden Kräfte hinter der Auslieferung – nicht aus Bosheit, nicht aus Nachgiebigkeit, aus politischem Opportunismus oder aus Dogmatismus, sondern einfach deshalb, weil seine Wertvorstellungen, seine Ausgangspunkte und sein Verstand ihm damals sagten, dass es richtig sei, die Internierten auszuliefern. Und vier Tage später begegnete der Untersucher den anderen, den indirekten Opfern der Auslieferung, und im Schnittpunkt zweier selbstverständlicher Betrachtungsweisen, die zu kollidieren schienen, im Schnittpunkt von Politik und Mensch lag die schmerzliche Einsicht, dass die Lösung und die Antwort nie völlig rechtens, nie ganz anständig würden sein können.

Was hat Peteris Vabulis getötet? Als er auf dem schneebedeckten Kai in Trelleborg lag, mitten ins Sonnenlicht, schien er fast sichtbar deutlich zu illustrieren, wie eine Situation einen Menschen dem unausweichlichen Untergang zutreiben kann: alle hatten sich hinter diesem Menschen versammelt, gerufen, dass er verloren sei, gezeigt, dass ihm keine Wahl blieb, sie hatten ihn vorwärtsgetrieben, auf den Abgrund zu, sie hatten die Regeln des Spiels geschrieben und erwartet, dass er die Hauptrolle spielen würde; danach hatten sie nur noch auf den dramatischen Höhepunkt des Spiels zu warten brauchen. Welche Faktoren hatten mitgewirkt? Inwieweit war Peteris Vabulis selbst schuldig geworden? War es möglich, zwanzig Jahre danach genau festzustellen, was die Situation hervorgerufen, wer in der Menge am lautesten gerufen hatte?

Damals war alles möglich, aber jetzt nicht mehr. Das einzig Beständige blieb am Ende nur eine Tatsache: dass der Mann auf dem Kai tot war. Dass er auf den Abgrund zugetrieben wurde und in die Tiefe sprang.

Was übrigblieb: eine Reisetasche mit verschiedenen persönlichen Habseligkeiten, darunter 3,31 Schwedenkronen in Münzen, ein Pappkarton, der hauptsächlich Lebensmittel enthielt, und ein lettischer Pass, Nr. TT 011 518. Sein Grab liegt auf dem Adolf-Fredriks-Friedhof in Stockholm.

12

Schweden, Oktober 1967. Er fuhr von Kristianstad in südlicher Richtung nach Rinkaby, bog nach links auf den kleinen Blinddarm nach Gälltofta ab, und setzte seinen Weg noch etwa eine Stunde fort. Alles war so, wie es früher gewesen war, nur noch etwas schöner. Die Bäume waren rot, die Felder unendlich, er fuhr an Yngsjö und dem rechter Hand liegenden Moor vorbei, und am Nachmittag war er in Trelleborg. Er fuhr sofort zum Hafen hinunter, parkte den Wagen, stieg aus und sah über die Hafeneinfahrt hinaus. Hier hatte das Schiff gelegen. Er stand exakt auf dem Platz, an dem die Gangway aufs Schiff geführt hatte. Hatte es überhaupt einen Sinn, mit diesen pathetischen Versuchen in sich selbst Rekonstruktionen von Gefühlen und Ereignissen aufbauen zu wollen? Er hatte in Kristianstad gut gegessen, es ging ihm gut, das Wasser war ruhig, und die Dämmerung brach langsam herein: in einer der ersten Darstellungen der eigentlichen Auslieferungsprozedur waren die Balten als taumelnde Skelette geschildert worden, die sich nur mühsam fortbewegten. Darüber hatte er sich lange geärgert, weil er gemeint hatte, es müsse möglich sein, die Prozedur *exakt* zu beschreiben: nicht mit blumigen Metaphern, sondern mit Gewichtstabellen, Statistiken über die Veränderungen des Körpergewichts, mit Fakten. Es war ihm nicht gelungen, alle Fakten zu sammeln, nicht einmal genügend, aber selbst wenn es ihm gelungen wäre: hätte nicht noch etwas gefehlt? Das Wasser im Hafenbecken war ruhig und ölig, die Lichter begannen zu brennen; als er dastand, versuchte er, den Flügelschlag der Geschichte oder etwas Ähnliches zu fühlen, aber natürlich spürte er nichts. Weil er aber Lager um Lager besucht, Platz um Platz erforscht hatte, ein Krankenhaus nach dem anderen, und nirgends etwas gespürt hatte außer dem *Abstand*, so erstaunte ihn das nicht. Er machte eine Skizze von der Hafeneinfahrt, zeichnete den Liegeplatz des Schiffs ein, betrachtete die Skizze und warf sie sofort weg. Diese sinnlose Exaktheit. Er ging auf die Mole hinaus, stand am äußersten Ende und blickte auf das Wasser hinaus, in Richtung Bornholm. Er blieb lange dort draußen und sah die Dämmerung hereinbrechen, es wurde dunkel, er ging zurück, starrte wieder aufs Hafenbecken, aber es sagte ihm überhaupt nichts. An diesem Abend fuhr er noch nach Eksjö, der Marktplatz war leer, und als er auf dem Weg zum Hotel das Reiterstandbild passierte, begann es sacht zu regnen: kleine Lichtpunkte in der Dunkelheit. Am nächsten Morgen setzte er seine Heimfahrt fort. Dies war die letzte Reise zu den Lagern, musste es sein, denn er hatte jedesmal flüchtiger hingeschaut, als wären sie nur Zwischenstationen auf dem Weg zu einer wichtigeren Begegnung. Er hatte es pflichtschuldigst getan, also eigentlich voller Ungeduld. Er kam spätabends nach Hause, ging direkt zum Kühlschrank, er hatte aber nichts im Haus, so dass ihm nichts weiter zu tun blieb, als schlafen zu gehen. Wie weit war er bereits gekommen? Wieviel blieb noch übrig?

In dieser Woche schrieb er einen Brief.

– Lieber Vorsitzender Mao, schrieb er, Sie schreiben in Ihrem Buch, dass »eine Untersuchung mit den langen Monaten der Schwangerschaft verglichen werden kann, und dass die Lösung eines Problems dem Tag der Geburt vergleichbar ist. Ein Problem zu untersuchen heißt in Wahrheit, es zu lösen.« Sie schreiben auch: »Wenn man eine solche Einstellung hat, sucht man aus den Tatsachen die Wahrheit heraus. Tatsachen sind alle Dinge, die objektiv existieren, unter Wahrheit versteht man ihr inneres Verhältnis zueinander, das heißt die Gesetze, denen sie folgen, und suchen heißt studieren. Wenn wir das tun wollen, dürfen wir uns nicht auf subjektive Vorstellungen stützen, nicht auf zufällige Begeisterung, nicht auf leblose Bücher, sondern auf objektiv existierende Tatsachen.« Sie schreiben, dass »man erst nach, aber nie vor einer Untersuchung zu Schlussfolgerungen gelangt«. Ich habe Ihre Worte gelesen, und sie machen mir Kummer.

Wie Sie vielleicht wissen, schrieb er, arbeite ich an einem Roman über die Auslieferung der Balten 1945/46. Mein Problem besteht nicht darin, dass es mir schwerfällt, Tatsachen zu finden oder das Verhältnis der von mir entdeckten Tatsachen zueinander zu beschreiben. *Dagegen fällt es mir schwer, mich nicht auf subjektive Vorstellungen zu stützen* – es fällt mir schwer, unter den vorliegenden Tatsachen eine Wahl zu treffen. Prioritäten zu schaffen, unter widersprüchlichen Fakten die Wahrheit herauszusuchen. Hier nun, Vorsitzender Mao, meine erste Frage. Ich glaube herausgefunden zu haben, dass diese eigentümliche politische Affäre jahrelang in allzu subjektiver Weise benutzt, ausgenutzt und – ich zögere nicht, das Wort zu gebrauchen – ausgebeutet worden ist, ohne dass es jemandem eingefallen wäre, den Dingen auf den Grund zu gehen, die Wahrheit herauszufinden und zugleich seine eigenen Ausgangspunkte, politische wie ideologische, darzulegen. Sie würden sagen, dass man bislang nur von subjektiven Vorstellungen ausgegangen sei, ohne auf sie hinzuweisen und sie zu erläutern. Wie steht es aber mit mir?

Vorsitzender Mao, schrieb er, *mein Problem besteht darin, dass ich eine bestimmte politische Situation inmitten einer völlig anders gearteten politischen Situation beschreibe,* und diese beiden Situationen überdecken einander und färben aufeinander ab. Heute wird die Reaktion immer stärker, es werden Bombenteppiche gelegt, Freiheitsbewegungen ausgerottet, Völker ausgerottet, der Sozialismus, von dem wir beide träumen, wird immer wahnwitzigeren Angriffen ausgesetzt, während andererseits versklavte Völker immer tiefer in den Schlamm und in den Schmutz gedrückt werden. Es scheint, als wäre jeder Versuch, die sozialistische Front zu zersplittern oder aufzulockern oder in Frage zu stellen, ein Verrat, und es scheint auch tausend Probleme zu geben, die uns mehr unter den Nägeln brennen als diese merkwürdige Auslieferung. So sieht unsere Wirklichkeit *heute* aus. Und *damals?* Wie war die Wirklichkeit 1945? Nach dem Krieg, unter Stalin, nach dem heißen und vor dem kalten Krieg? Verschmelzen die Situationen nicht wie Luftspiegelungen zu einem fehlerhaften Bild, gegen meinen Willen?

Ich schreibe, weil ich einen Rat brauche. Vorsitzender Mao, was werden Sie erwidern? Ich habe Respekt vor Ihnen, Sie machen den Eindruck eines traurigen, aber klugen Menschen, eines melancholischen, aber sachlichen Mannes mit einem Anflug von Humor, den man bei Politikern selten findet. Wenn es stimmt, dass Politik für den heutigen Menschen in der Suche nach Vatergestalten besteht, so würde ich – vor die Wahl gestellt – eher Sie als Tage Erlander wählen. Sie sagen: das ist eine zu leichte Wahl. Ich sage: es ist immerhin eine Wahl.

Ist es notwendig, diese eigentümliche Affäre zu beschreiben? Oft scheint mir, als wäre meine Arbeit unwichtig. Und dennoch mache ich weiter.

Meinen Ausgangspunkten kann ich aber nie entfliehen: der politischen Situation von heute, meinen heutigen Wertvorstellungen. Muss ich das bedauern – oder genügt es, wenn ich auf sie hinweise? Genügt es zu sagen: misstraue dir selbst, setz dich selbst herab, arbeite weiter?

Seit Jahren trage ich die Frucht der Untersuchung mit mir herum, wie Sie das nennen würden, aber die Geburt wird immer wieder verschoben, ich schwelle an, werde immer schwerer, Tatsachen binden mich, Hypothesen, Ideen, Gegensätze, aber mein Kind weigert sich, geboren zu werden, solange ich nicht zugebe, dass es nicht nur die Frucht objektiver Tatsachen, sondern auch ein Stück von mir und meiner Lage ist.

Lieber Mao, schrieb er, ich schreibe diesen Brief auch aus anderen Gründen (und im Augenblick bin ich sehr müde, mir erscheint alles sinnlos). Die politischen Ereignisse der letzten Jahre haben auf mich einen höchst unangenehmen Eindruck gemacht und mich zugleich auf hässliche Weise beeinflusst. Wenn ich über Politik spreche, lande ich früher oder später in einem Zustand verzweifelten Zynismus, als hätten die Dummheit und die Heuchelei der letzten Jahre solche Höhen erreicht, dass nur noch der Rückzug aus der Politik bleibt. Ich fürchte mich vor meinem Zynismus und meinem Widerwillen, weil sie mir leichtsinnig zu sein scheinen. In der vorigen Woche habe ich einen Film gesehen, den Sie sicher auch kennen, er heißt »Elvira Madigan«. Es ist ein schöner Film, der mich sehr gerührt hat. Der Fehler dieses Films ist aber nicht, dass er andeutet, der Eskapismus sei möglich, sondern weil der Eskapismus als moralische Möglichkeit angeboten wird. Ich bringe den beiden Liebenden meine tiefste Sympathie entgegen, ihrer Lebenshaltung, ihrer Flucht. Ich bezweifle nicht, dass der Eskapismus in einer Zeit wie der unsrigen verlockend ist, weil Heuchelei und Unfreiheit ständig zunehmen. Aber eine moralische Möglichkeit wird der Eskapismus nie werden, niemals. Und dennoch – und das ist mein Problem – träume ich oft von einem Dasein und einem Leben, in dem die Menschen eingesehen haben, dass der Eskapismus ein Verbrechen ist, etwas Unmögliches und Verachtenswertes, und ihn trotzdem wählen, und zwar ohne Schuldgefühle, in einer völlig klaren, durchschauenden und eiskalten Euphorie.

Vorsitzender Mao – verstehen Sie mich? Verstehen Sie die Situation, aus der dies alles erwächst? Ich zweifle. Dieses Gefühl ist nur möglich in einer Gesellschaft wie der meinigen und unsrigen, in einer Gesellschaft, in der man schon so lange von Freiheit, Recht und Moral gesprochen und zugleich diesen Grundsätzen zuwidergehandelt hat, dass ein mit offenem Visier begangenes Verbrechen erträglicher scheint als diese glatte Verlogenheit.

Sie selbst haben über das Verhältnis zwischen Kunst und Politik sehr kluge Worte gesagt. »Was wir fordern, ist eine Einheit von Politik und Kunst, eine Einheit von Form und Inhalt, die Vereinigung des revolutionären politischen Inhalts mit der größtmöglichen Vollendung der künstlerischen Form.« Mir scheint, dass Sie eine außerpolitische Literatur ablehnen – ist das so? Aber dann müssen Sie versuchen, mich trotzdem zu verstehen. Ich lebe in einem anderen Land. Die Politik wird erst dann lebendig, wenn sie sichtbar wird, wenn sie in Schnittpunkten, Kollisionen, Konfrontationen ans Licht tritt. Sie selbst leben in einem Schnittpunkt, in einer politisch zugespitzten Situation. Ich aber lebe hier ein Leben, das – wie es scheint – sich außerhalb der Schnittpunkte abspielt, mit Loyalitätsverhältnissen, die ständig Gefahr laufen, in Abstraktionen verwandelt zu werden. Welche Loyalitäten sind sinnvoll, welche nicht? Natürlich ist die Sowjetunion unser sozialistisches Heimatland, wenn auch nur auf eine entfernte, stilisierte Weise. Aber der Staat, den ich heute betrachte, die Sowjetunion unserer Tage, scheint mir eher das versteinerte Heimatland der Bürgerlichkeit zu sein, das von einer leblosen Bürokratie beherrscht wird, die die Revolution in ein Establishment verwandelt hat. Die versteinerte Revolution – wie sollte ich Loyalität empfinden können? Sie haben recht, wenn Sie sagen, dass die Sowjetunion die Freiheitsbewegungen in den armen Ländern der Welt systematisch verrät – aber unter welchen Loyalitäten kann ich überhaupt wählen? Soll ich die Wirklichkeit im Sowjetlettland von heute wählen oder jene Wirklichkeit, die von kleinen reaktionären Exil-Gruppen beschworen wird. Wenn ich es vorziehe, auf jede Loyalität zu verzichten und nur noch exakt zu sein, ist dies nicht der Ausdruck einer freien Wahl, sondern ein Akt der Verzweiflung, weil die Exaktheit das einzige ist, was übrigbleibt.

Vorsitzender Mao, schrieb er, Sie müssen meine Lage verstehen. Natürlich hält das Großkapital uns in seinen Klauen, und der Griff wird sogar immer härter, aber wir haben uns an den Schmerz gewöhnt und daran gewöhnt, den Schmerz zu verschweigen. Und in dem ruhigen und entdramatisierten Limbo, das unser Land ist, träume ich trotzdem heimliche und verbotene Träume von einer entpolitisierten Kunst.

Ich glaube nicht, dass sie sich verwirklichen lässt, schrieb er, aber ich träume, ich will glauben, ich glaube, ich glaube.

Vorsitzender Mao, schrieb er, ich denke oft mit Freundschaft, Skepsis und Unruhe an Sie. In Ihren Schriften suche ich die Hilfe, die mich befähigen könnte, meine Aufgabe zu lösen. »Wir müssen uns alle den Geist der vollkommenen Selbstlosigkeit beibringen«, schreiben Sie. Sie sind sicher der Meinung, dass die baltischen Legionäre freiwillig in ihr Land hätten zurückkehren sollen, um ihre Strafe anzunehmen oder das aufzubauen, was niedergebrannt worden ist. Aber wenn sie damit den Tod riskiert hätten? »Obwohl der Tod alle Menschen trifft, kann er schwerer sein als der Tai-Berg oder leichter als eine Feder.« Stimmt das? »Fürs Volk zu sterben wiegt schwerer als der Tai-Berg, aber für den Faschismus zu arbeiten und für die Ausbeuter und Unterdrücker zu sterben wiegt leichter als eine Feder.«

Gibt es verschiedene Tode? Gibt es politische Morde, die man leichter akzeptieren kann als andere? Sie sagen, dass ich mich jetzt zu weit vom Ausgangspunkt entfernt habe, aber Sie müssen verstehen, dass diese Untersuchung bei Fragestellungen wie dieser überhaupt erst beginnt – und endet. Ist es möglich, ein Töten zu akzeptieren, das aus vernünftigen ideologischen Gründen geschieht? Für mich als Schweden, mit meinem patentierten Humanismus und meinen vorgekochten Ansichten, ist dies unmöglich und anstößig, während Sie über meine Naivität nur lächeln. Kann man Morde abstufen, so dass der sinnlose Mord an einem Juden, ein Mord, der auf Rassenwahn beruht, als schlimmer erscheint als der ideologische Mord an einem Kulaken?

Ich habe schließlich gelernt zu sagen: ja, es gibt einen Gradunterschied. Vielleicht ist das selbstverständlich, aber ich habe das vage Gefühl, an einem Kreuzweg vorbeigekommen zu sein, mich von einem Teil einer Tradition abgeschnitten zu haben. Einem Teil meines Lebens.

Dennoch muss ich bekennen: die Ratschläge, die Sie in ihren Schriften erteilen, passen schlecht zu der Situation, die zu untersuchen ich mir vorgenommen habe. Ich möchte ja auch diese Legionäre verstehen, ihre Lage verstehen, den Mechanismus, der in dieser Situation erkennbar wird – aber ihre Verzweiflung scheint mir übertragbar, nicht beschreibbar zu sein. Trotzdem weigern sie sich, sich abspeisen zu lassen. In diesem Jahr, im Sommer und im Herbst 1967, hat ein junger Mensch (den ich kaum kenne) an mich geschrieben. Zu manchen Zeiten schreibt er mir fast täglich – lange, furchtbare Briefe, weil er glaubt, er sei auf dem Weg, geisteskrank zu werden. Er schreibt, weil er einen Menschen braucht, an den er schreiben kann. Die Briefe sind furchtbar. Er spricht von der Angst als von einem Geier, der sich an ihm festkrallt. Er spricht von einer gespaltenen Welt. Ich antworte ihm nicht, weil ich nicht die Kraft dazu habe. Er bricht in entsetzliche Anklagen gegen sich selbst und andere aus. Manchmal kommen kleine Zettel als Antwort auf mein Schweigen. »Man kann nicht in getrennten. Welten leben«, schreibt er. »Man muss Verantwortung übernehmen.« Ich sage mir selbst, dass ich feige oder grausam bin, weil ich ihm nicht antworte, aber seine Probleme sind zuviel für mich. Ich schreibe ihm und sage, er müsse aufhören oder einen Arzt aufsuchen. Am nächsten Tag ist wieder ein Brief da.

Vorsitzender Mao, er weigert sich, sich abspeisen zu lassen. Ist sein Problem politischer Natur? Ich denke: ich kann meine Gleichgültigkeit immer noch in einer Novelle verwerten, entdecke aber sofort, dass das Problem schon längst verarbeitet worden ist und dass meine Gleichgültigkeit mich nicht quält, weil ich sie rationell erklären kann. Es wäre also sinnlos, damit zu kokettieren: in unserem Land, Vorsitzender Mao, stehen wir vor Problemen wie diesem, weil es schwierig ist, schlagkräftige Gewissensnöte zu finden. Was soll ich nun mit ihm machen? Ist er das Opfer einer Entfremdung? Er weigert sich, sich abspeisen zu lassen – was machen wir mit ihm? Was ich mit allen anderen mache, mit denen ich zusammenarbeite – die sich nicht abspeisen lassen, obwohl ich sie nicht ausstehen kann? Im Mai 1945 kamen zweitausend Deutsche nach Kalmar, und der verantwortliche Standortkommandant, Oberst Björkman, versprach diesen Männern, dass sie in Schweden bleiben dürften, und er versprach auch, dass sie nicht ausgeliefert werden würden. Er war nicht befugt, das zu sagen, aber handelte in gutem Glauben. Er wurde später wegen Amtspflichtverletzung bestraft, und die zweitausend Deutschen wurden an die Russen ausgeliefert. Wie beurteilt man dies? Vorsitzender Mao, ich teile Ihren Widerwillen gegen Obristen in kapitalistischen Armeen. Ich teile Ihren Widerwillen gegen deutsche Faschisten. Aber das Versprechen ist dennoch gegeben worden, wenn auch gegen geltende Vorschriften. Was mache ich mit diesem Oberst Björkman und seinem Problem?

Und die anderen – die ich nicht ausstehen kann, die sich aber trotzdem nicht abspeisen lassen. Was mache ich mit ihnen? Ich spreche mit einem schwedischen Pastor, der an der Kampagne gegen die Auslieferung aktiv mitgearbeitet hat, er spricht lange und mit Emphase davon, wie empörend diese Auslieferung gewesen sei. Es seien Menschen in unserem Land gewesen, die es in einer Situation absoluter Ausgeliefertheit und Verzweiflung vorgezogen hätten, sich einfach hinzulegen, um zu sterben, nicht mehr teilzunehmen – und dann zwinge die schwedische Regierung sie zu überleben, manchmal sogar durch aufgezwungene Ernährung mit Infusionen. Sei das nicht eine weitergehende Vergewaltigung als alles andere? Dieser Mann hat in fast allen Punkten sachlich unrecht, die Internierten streikten nicht, um zu sterben, sondern um die Behörden unter Druck zu setzen, und zwangsweise ist keiner der Internierten ernährt worden, aber dies ist irgendwie peripher. Ich begreife auch die Logik nicht, die ihm erlaubt, den Legionären erst ihr entsetzliches Schicksal vor Augen zu führen und dann über ihre Verzweiflung zu weinen. Er ist dennoch völlig aufrichtig und ohne Falsch. Im Dezember 1945 hat er hart gearbeitet, um für die etwa fünfzig minderjährigen Legionäre schwedische Pflegeeltern zu finden, was ihm auch gelungen ist. Diese Pflegeeltern brauchten aber nicht in Anspruch genommen zu werden. Und wenn er von den Pflegeeltern spricht, fängt er plötzlich an zu weinen, raucht aber seine Pfeife weiter, spricht weiter; hinterher scheint er sich seiner Tränen zu schämen, und ich weiß nicht, was ich mit ihm anfangen soll. Das Interview dauert eine Stunde und vierzig Minuten, hinterher gehe ich durch die Tür hinaus und denke »verfluchter Reaktionär«, zugleich bin ich aber aufgewühlt, und dieses Gefühl will nicht weichen, noch Stunden danach ist es nicht weg. Ich weiß nicht, woher es kommt. Was mache ich mit ihm und seinen verdammten Pflegeeltern und seinen verdammten Tränen?

Mit solchen Menschen spreche ich ständig: sie haben auf die eine oder andere Weise mit der Auslieferung zu tun gehabt, Fragmente davon an sich gerissen. Die meisten von ihnen haben politische Ausgangspunkte, die nicht die meinen sind, wir betrachten einander misstrauisch wie durch ein Gitter, als wären wir Tiere in einem zoologischem Garten, die man voreinander schützen muss, die unfähig sind, Wertvorstellungen und Ausgangspositionen des anderen zu verstehen. Vorsitzender Mao, ich kenne sicher mehr Reaktionäre als Sie, und ich kann Ihnen versichern, dass sie ein eigenartiger Menschenschlag sind. Sie sitzen in ihren Salons und sprechen von ihrem moralischen Abscheu gegen die Auslieferung und die widerlichen Linken, die diese Auslieferung ins Werk gesetzt hätten, von ihrem Abscheu gegen den Kommunismus. Sie wissen oft gar nicht, wovon sie reden, haben keine Kenntnisse, sprechen aber gern von »unwissenden Schreihälsen«, die die Demonstrationszüge bevölkerten. Aber manchmal können auch diese Reaktionäre merkwürdig menschliche Züge an den Tag legen. Einer von ihnen hat mir sehr geholfen, obwohl ich ihn nie gesehen habe. Er hatte in einem der Internierungslager Dienst getan, er litt jetzt an Knochenkrebs in weit fortgeschrittenem Stadium und lag im Krankenhaus, das Morphium half nicht mehr, er litt entsetzliche Qualen, aber er half mir. Er hat sein Material unter großen Mühen gesichtet, geordnet und kommentiert. Er tat dies, weil er – trotz seiner Schmerzen – einen letzten Rest von seiner damaligen Empörung hatte hinüberretten können. Was mache ich mit ihm? Was mache ich mit ihm? Falle ich meiner Empfindsamkeit zum Opfer oder seiner? Eine Woche später starb er – wenn er falsch informiert gewesen sein sollte, hätte ich keine Möglichkeit gehabt, ihn zu korrigieren – und hätte ich das überhaupt tun wollen?

»Tatsachen sind alle Dinge, die objektiv existieren«, sagen Sie. Aber hier sitze ich auf meinem subjektiven Nachttopf, und damals und heute vermengen sich wie Luftspiegelungen. Nimmt man zu dieser Auslieferung Stellung, so bedeutet das, dass man auch zu einer Reihe anderer politischer Fragen Stellung nimmt, so empfinde ich es: als eine Standortbestimmung. Was halte ich für wertvoll? Die Freiheit? Ich lebe in einer Zeit, in der die Freiheit der Meinungsäußerung immer mehr beschnitten wird, bald wird es so sein, dass nur noch die Schriftsteller ihre ungefährlichen Purzelbäume schlagen dürfen, und selbst das könnte man bezweifeln. Ist die Freiheit der Meinungsäußerung der Kompasskurs, nach dem ich mich ausrichte? Vorsitzender Mao, Sie lächeln wieder, ich verstehe Sie. In dieser Zeit der Meinungsmanipulation in Ost und West erscheint es mir, als würde diese Freiheit ein bisschen überschätzt, als würden die Karten der Moral nur gezeichnet, um die Intellektuellen und deren Wünsche zufriedenzustellen. Die Freiheit wird als Freiheit der Meinungsäußerung definiert, weil es wichtig ist, dass unsere Artikel und Bücher gedruckt werden. Wird ein Schriftsteller in den Kerker geworfen, wird der Becher der Entrüstung bis auf den Grund geleert: die Meinungsfreiheit ist in Gefahr. Zu leben ist dagegen nicht sehr notwendig, der Tod regt niemanden auf. Sechshundert Hungertote oder ein zensierter Schriftsteller – wir wissen, wofür wir unsere Entrüstung einsetzen müssen. Die ökonomische Moral ist den Meinungsmachern nur selten interessant erschienen, weil sie sich nämlich mit Moral und nicht mit Ökonomie beschäftigen. Die Beschreibung einer rechten Moral wird von denen besorgt, deren Beruf es ist, Dinge zu beschreiben. Dass unterdessen Menschen sterben, aus Hunger oder weil man sie gefoltert hat, ist demgegenüber nur eine ökonomische Frage.

Vorsitzender Mao, Sie sagen, ich sei verwirrt, ich wiche vom Weg ab, ich solle mich an meine Auslieferung halten. Aber sehen Sie nicht, dass ich mich streng an sie halte? Hier stehe ich, das Kind, mit dem ich schwanger bin, wird nie geboren werden, und die Untersuchung gibt keine Antworten, und hier stehe ich. Hier. Sie haben recht, wenn Sie sagen, man habe uns betrogen und hinters Licht geführt. Aber hinter welches Licht? Ich gebe zu, dass wir das Vertrauen zu unseren Zeitungen, Politikern und meinungsbildenden Organen schon längst verloren haben, weil sie uns schon so lange angelogen haben, dass wir nichts mehr von dem glauben, was sie uns erzählen, nicht einmal dann, wenn sie zufällig mal die Wahrheit sagen. Aber was bleibt uns? Wir leben immerhin in dieser Gesellschaft. Müssen wir eine neue Geschichte schreiben? Punkt für Punkt? Das scheint mir mühselig zu sein, ist aber möglicherweise ein Ausweg.

Ich schließe hier, schrieb er, solange meine bürgerliche Verwirrung noch hilflos und nicht lächerlich ist. Die Ereignisse der letzten Jahre scheinen meine emotionelle Ausdauer verringert zu haben: immer öfter spüre ich, wie kurz meine Wut ist, wie alles mich schnell aufregt und lebendig und aktiv werden lässt; dies ist ein glasklarer, ohnmächtiger Zorn, der einige Minuten anhält und dann zerrinnt und verschwindet – so wie auch alles andere zerrinnt und verschwindet. Ich befürchte, dass die Erschöpfungsgrenze der Empörung bei uns allen nicht sehr weit weg ist, und dahinter gibt es nur noch reinen Zynismus. Der Zynismus sitzt still und schaut zu, er betrachtet, ist unbeweglich. Also setze ich meine Untersuchung fort. Ich schreibe diesen Brief im Oktober 1967. Ich habe viele Fragen gestellt, auf die es keine Antwort gibt. Dies ist alles, was ich im Augenblick berichten kann; damit schließe ich.

13

Um 18.15 Uhr am Abend des 15. Januar 1946 verließ die »Beloostrov« den Hafen von Trelleborg. Die Einschiffung der Internierten war bereits um 15 Uhr beendet, die letzten, die an Bord genommen wurden, waren die Deutschen aus dem Fridhem-Lager, unter ihnen auch ein paar Balten. Es war ein schöner Tag gewesen mit klarer Sonne und frischem Wind, und als das Schiff ablegte, war der Kai fast leer, weil die meisten der Wachsoldaten bereits in ihre jeweiligen Kasernen zurückgekehrt waren.

Die »Beloostrov« legte ab, drehte schwerfällig bei, wendete im Hafenbecken und glitt langsam zwischen den beiden Armen der Hafeneinfahrt hinaus auf die offene See und verschwand. Die Abenddämmerung war schon gekommen, auf dem Wasser lag leichter Nebel, und nach einer halben Stunde war das Schiff schon völlig außer Sichtweite. Alle Internierten befanden sich unter Deck. Niemand winkte. Die Auslieferung war beendet.

Die letzten Aufnahmen von den Lagern sind nach der Auslieferung gemacht worden. Einige der Polizisten wurden nämlich zurückgeschickt, um Aufräumarbeiten durchzuführen. Ein Polizist knipste einige Bilder. Auf einem stehen vier Polizisten vor einer Baracke im Hintergrund: dies ist das Lager von Gälltofta. Im Hintergrund Stacheldraht und Spanische Reiter, hinter der doppelten Absperrung erkennt man die Baracken mit ihren fast völlig flachen Dächern. Ein wohlbekannter Anblick. Die vier Polizisten auf dem Foto kehren jedoch den Baracken den Rücken zu und lachen in die Kamera. Sie haben einander die Arme auf die Schultern gelegt. Die Sonne scheint grell, die Schatten fallen schräg und sind scharf abgegrenzt, auf der Erde sieht man eine dünne Schneedecke. Alle vier Männer lachen in die Kamera, es muss ein schöner Tag sein. Das Bild ist ruhevoll und entspannt zugleich. Im Hintergrund sind keine Menschen zu sehen, keine Bewegung, kein Leben.

Auf der Rückseite des Fotos steht: »Nach d. Räum.«

IV DIE HEIMKEHR

Personen, die in den der Auslieferung folgenden Jahren aus Lettland geflohen sind, haben berichtet, dass etliche der Ausgelieferten außerhalb Rigas gehängt worden sind, ja, dass man die Toten sogar Schulkindern zur Abschreckung gezeigt hat. Ein Deutscher von der »Beloostrov«, der wegen einer Krankheit nach Ostdeutschland weitergeschickt worden war und von dort nach Westdeutschland geflohen ist, hat 1947 bezeugt, dass mehrere Balten wegen Landesverrats hingerichtet worden sind; er selbst hat mehreren Erschießungen neben einem Massengrab beigewohnt.

Birger Nerman: »Das Baltikum soll leben«
(»Balticum skall leva«) (1956)

I

Sie hörten das schwache Vibrieren, Stimmen, das leise Rollen, als die »Beloostrov« wendete, das härtere Stampfen außerhalb der Hafeneinfahrt, und durch die Bullaugen konnten sie sehen, wie die schwedische Küste in der Dämmerung verschwand. Nach einer halben Stunde hörten sie, wie aus einem Lautsprecher Akkordeonmusik erklang. Sie blickten einander mit schiefem Lächeln an, aber die Akkordeonmusik wurde nicht abgestellt, der Lautsprecher plärrte bis zum späten Abend beharrlich weiter. Der Lautsprecher war miserabel; sie saßen auf ihren Pritschen und hörten zu. Gegen 19 Uhr erfolgte die erste Inspektion.

Ein russischer Offizier, der fließend Lettisch sprach, ging von Kajüte zu Kajüte und hielt eine kleine Ansprache. Sie war sehr kurz und lief darauf hinaus, dass die Internierten sich jetzt ruhig fühlen könnten, sie brauchten keine Angst mehr zu haben, es würde ihnen nichts Böses geschehen. Der Offizier bekam keine Antwort, seine Rede dauerte etwa eine Minute, dann machte er auf dem Absatz kehrt und ging hinaus. Sie sprachen mit leisen Stimmen aufeinander ein. Was würde mit ihnen geschehen? Sie waren sich alle darin einig, dass diese kleine Ansprache nichts bewies, weder so noch so.

Eine Viertelstunde später erschien eine Gruppe russischer Soldaten, die alle Dokumente an sich nahmen, die Männer auf langen Listen registrierten, Wertgegenstände einsammelten und dann wieder verschwanden. Der Seegang war jetzt ziemlich stark, das Schiff rollte hart, und sie hatten offensichtlich eine schwere Nacht vor sich. »Viele wurden seekrank, ich selbst schlief aber lange und tief; es war, als hätte ich etwas sehr Schweres und Hartes hinter mich gebracht und als müsste ich jetzt vor lauter Erschöpfung ausruhen und schlafen.«

Am frühen Morgen wurden sie von einem heftigen Stoß geweckt: mehrere von ihnen fielen aus dem Bett, und einen Augenblick sah es nach einer Panik aus. Das Schiff hatte offenbar eine große Eisscholle gerammt. Sie lagen lange still in der Dunkelheit und lauschten den Geräuschen und Kommandos draußen. Aber bald liefen die Schiffsmotoren wieder, und sie konnten wieder schlafen.

Von den Wachen sahen sie nicht viel. Noch immer konnte alles geschehen.

Als der Morgen kam, erlaubte man ihnen, in kleinen Gruppen an Deck zu gehen, um zu rauchen. Das Wetter war immer noch schön, das Meer bleigrau, und die Wellen weit ruhiger als vorher. Sie sprachen weiter über ihre Zukunft, saßen in flüsternden kleinen Gruppen unter Deck. Zu essen hatten sie noch genug, sie waren in Schweden reichlich versorgt worden, und die Lebensmittel waren nur zum Teil von den Russen beschlagnahmt worden. Die Internierten konnten nichts anderes tun als warten. Sie versuchten, den Kurs zu berechnen – zunächst glaubten sie, das Schiff liefe auf Leningrad zu, aber später wurde klar, dass der Kurs östlicher war. Es kam die zweite Nacht, das Meer war jetzt ruhig, früh am Morgen kam einer der Letten, der an Deck gewesen war, zu den anderen hinunter und sagte, er habe eine Küste gesehen, Land. Er meinte, es sei Lettland.

Zwei Stunden später liefen sie in den Hafen von Liepaja ein. Die Legionäre waren zu Hause. Sie waren in Lettland.

Es war der 27. Januar 1946, sie waren zurückgekehrt. Man befahl ihnen, unter Deck zu bleiben. Erst am Nachmittag durften sie von Bord gehen. Zunächst rief man sie an Deck, wo sie gezählt und kontrolliert wurden, dann brachte man sie an Land, wo sie eine weitere Kontrolle über sich ergehen lassen mussten. Die Balten wurden von den Deutschen die ganze Zeit sorgfältig getrennt gehalten.

Der Hafen war voller Menschen, meist Soldaten und Wachmannschaften, und die Legionäre sahen sofort, dass sie großes Aufsehen erregten. Das Wetter war immer noch gut, sie trugen ihre grauen schwedischen Uniformen und ihre weißen schwedischen Pelzmützen, und sie wurden von vielen Menschen umringt. Nun standen sie in schwedischen Uniformen auf lettischem Boden. Gegen 17 Uhr war die Registrierung beendet, und man befahl ihnen, sich für den Abmarsch bereitzuhalten. Die »Beloostrov« lag an der Kaimauer; sie sah hier kleiner aus als in Trelleborg. Die Wachen hatten Maschinenpistolen, die Gruppe stellte sich in zwei Reihen auf, und dann wurde der Abmarsch befohlen. »Wir wurden wie Vieh durch Liepaja getrieben.« Wie erlebten sie die Ankunft? »Wir wurden ausgeladen und marschierten dann zum Lager.« Wurden sie brutal behandelt? »Man gab uns Befehle, und wir gehorchten.« Wie haben Sie sich gefühlt? »Wie Vieh.« Warum?

Das Lager lag neben einer Zuckerfabrik.

In diesem Lager befanden sich bereits einige tausend deutsche Soldaten, aber man hatte einige Baracken geräumt, so dass man die Balten nicht mit den Deutschen zusammenlegen musste. Sie wurden in einen Vorhof gebracht, danach in eine Baracke, in der man sie entlauste, ihnen die Haare schnitt und sie badete, und schließlich wurden sie zu ihren Unterkünften geführt.

Dort traten sie an. Ein NKWD-Offizier hielt eine Ansprache.

Er stellte kurz fest, dass sie jetzt Kriegsgefangene seien, dass sie aber keine Angst zu haben brauchten. Sie sollten vor allem nicht an die Schauermärchen glauben, die Faschisten und Kapitalisten ihnen erzählt hätten. Jetzt werde man prüfen, ob sich die Legionäre irgendwelcher Kriegsverbrechen schuldig gemacht hätten. Kriegsverbrecher würden vor Gericht gestellt und abgeurteilt werden. Wer zwangsrekrutiert worden sei, würde freigelassen werden, um an der Wiederaufbauarbeit teilzunehmen. Sie sollten im übrigen dankbar sein, dass sie das kapitalistische Schweden hätten verlassen können.

Er fragte noch, ob jemand eine Klage vorzubringen habe, ob sie schlecht behandelt worden seien oder irgend etwas anderes vorzubringen hätten. Niemand sagte etwas. Nach kurzem Schweigen drehte der Offizier sich um und ging. Die Legionäre betraten ihre Baracken. Das neue Lager war eingeweiht.

Die Angaben über die Verhältnisse in diesem Lager weichen nur unbedeutend voneinander ab. Das meiste der aus Schweden mitgebrachten Lebensmittel war noch da, und die Internierten durften wenigstens Teile davon für den eigenen Gebrauch behalten. Im übrigen bestand das Essen aus 670 Gramm Brot sowie einer Mehlsuppe, von der es dreimal am Tag eine Portion gab. In den Baracken befanden sich je drei Pritschen übereinander, und das Gedränge war groß, jedenfalls im deutschen Teil des Lagers. Die Balten hatten etwas mehr Platz. Die Deutschen wurden auch gezwungen, außerhalb des Lagers zu arbeiten, während die baltischen Legionäre entweder von jeder Arbeit befreit waren oder aber nur zu kleineren Handreichungen herangezogen wurden.

Nach einigen Tagen begann die erste Untersuchung. Das Verhörpersonal bestand nur aus zwei Mann: einem Letten aus Riga und einem Russen in Zivil, der nie ein Wort sagte. Jeder der Legionäre bekam ein Formular mit neunundvierzig Fragen, die so erschöpfend wie möglich beantwortet werden sollten: sie betrafen das Elternhaus, die Ausbildung, die Erlebnisse während des Krieges usw.

Nach Ausfüllung des Formulars wurden sie einzeln hereingerufen, um weitere Fragen zu beantworten. Der älteste Offizier der Gruppe, Ernsts Kalsons, wurde gefragt:

– Wir wissen, dass junge Männer zwangsrekrutiert wurden, dass andere Nazi-Sympathisanten, Opfer einer bürgerlichen Erziehung oder einfach nur Abenteurer und Karrieristen waren. Aber welche böse Macht hat Sie alten Mann gezwungen, in die Wehrmacht zu gehen?

Diese Untersuchung war die einzige, die in Liepaja durchgeführt wurde.

Einige Internierte wurden jedoch auch später noch einer gründlichen Untersuchung unterzogen, unter ihnen auch Eichfuss, der einige Wochen damit beschäftigt war, einen sorgfältigen und ausführlichen Lebenslauf anzufertigen.

Welche Haltung nahmen die Wachen gegenüber den Internierten ein?

Nichts deutet darauf hin, dass es während dieses ersten halben Jahres zu Brutalitäten gekommen ist. Die Verhältnisse im Lager waren nicht gut, aber erträglich: in mehreren Berichten wird über die vielen Läuse geklagt. Die im Westen aufgeschriebenen Erlebnisberichte verweilen jedoch oft bei vermeintlichen oder tatsächlichen Schikanen der Wachposten. »Die Balten durften nicht arbeiten – wir wurden nur im Lager beschäftigt, mit Kartoffelschälen oder Wäschewaschen. Einmal wurden wir jedoch aus dem Lager geholt; etwa einen Kilometer weiter weg mussten wir einen Holzbunker abreißen, dessen Bretter für die Heizung unserer Baracke verwendet werden sollten. Auf dem Marsch dorthin befahlen uns die jungen russischen Wachposten, uns nicht umzusehen, nicht miteinander zu sprechen und die Hände auf dem Rücken zu halten. Diese Russen fluchten oft über uns, sagten ›mordy zdorovyje‹ und ›bald werden wir mit euch abrechnen‹. Nachdem wir den Bunker abgerissen hatten, trugen wir das Brennholz auf dem Rücken zum Lager.«

Eichfuss? Ein deutscher Internierter, der ihn sehr gut kannte, zerstritt sich in dieser Zeit mit ihm und hielt sich in Zukunft von ihm fern. »Es ist bezeichnend«, schrieb er in einem Bericht, »dass Dr. Eichfuss von dieser Zeit an ausschließlich mit einigen Antifaschisten und Demokraten umging, die Handlanger der Bolschewisten und in Wahrheit nichts anderes als Verräter und reine Berufsverbrecher waren.«

Die Kluft zwischen Eichfuss und den übrigen Offizieren war jetzt endgültig, sie sprachen nie mehr miteinander. Im Mai wurden sie jedoch zusammengelegt. Eine kleinere Gruppe von Balten kam in ein Lager am Stadtrand von Riga – zu dieser Gruppe gehörten auch Eichfuss, einige der höheren Offiziere wie Kessels und Gailitis sowie einige Gefreite, unter ihnen auch alle Esten.

Das neue Lager wurde von den Deutschen »Rote Düna« genannt; es war bereits unter den Deutschen ein Internierungslager gewesen. Dort verbrachten sie den Sommer. Im August wurden alle Esten bis auf einen – der inzwischen geflohen war – und ein Teil der lettischen Offiziere freigelassen. Sie traten auf dem Hof vor den Baracken zu einem letzten Appell an, bekamen einzeln ihre Papiere ausgehändigt und konnten gehen. Für die Esten war dies das Ende der langen Internierungszeit – sie waren endgültig frei und wurden nie mehr eingesperrt.

Bei einigen der übrigen ist die Geschichte etwas komplizierter.

Die übrigen?

Es waren nur wenige Balten nach Riga gebracht worden – die meisten blieben in Liepaja. Aber auch sie sollten noch verlegt werden. Anfang Juni (in einigen Berichten heißt es »Ende Mai«) wurde die Mehrheit der aus Schweden ausgewiesenen Legionäre (etwa hundertzehn Mann, von denen die meisten Letten waren) in ein neues Lager gebracht. Es lag in Jelgava, gut sechzig Kilometer südöstlich von Riga.

In Jelgava war es mit der Ruhezeit zu Ende, dort mussten sie arbeiten. Sie wurden in einer Ziegelei beschäftigt. Jeder bekam Befehl, pro Tag eine bestimmte Anzahl Ziegel herzustellen, andernfalls würden die Essensrationen drastisch herabgesetzt werden. Das war nicht wenig verlangt, und es wurde ein harter und quälender Sommer. Diejenigen Legionäre, die sich noch nicht vom Hungerstreik erholt hatten, mussten hart schuften. Das Essen war immer noch schlecht, aber es hätte nicht viel Sinn gehabt, sich zu beklagen, also hielten alle den Mund. Jetzt durften sie auch schon Besuch empfangen; zum erstenmal seit Jahren konnten sie ihre Verwandten wiedersehen. Diese durften von Riga zum Lager hinausfahren, und während der Sommer verrann, standen die Frauen in ihren ärmlichen schwarzen Kleidern und mit den kleinen Paketen in der Hand auf der anderen Seite des Stacheldrahts. Sie konnten immerhin miteinander sprechen, und bald wussten auch die Legionäre, dass Lettland kein Land war, in dem Milch und Honig flossen. Dies war der zweite Friedenssommer, der Winter war für die Zivilbevölkerung schwer und hart gewesen; das Essen der Gefangenen war nicht gut, aber das der Zivilisten war auch nicht viel besser. Nachdem die Internierten das erfahren hatten, erschien ihnen ihr Los nicht mehr so schwer.

Die Unterkünfte? Eng. Ungeziefer? Ja, Ungeziefer. Wie fühlten sie sich?

Wie fühlten sie sich?

»Mit uns war eine große Verwandlung vorgegangen, seitdem wir in Trelleborg an Bord gegangen waren – zuvor diese Verzweiflung, wir wollten nur sterben, alles war so hoffnungslos, wir versanken immer tiefer im Sumpf. Aber nach der Auslieferung – da war es mit einemmal, als klammerte sich jeder einzelne von uns mit allen Kräften ans Leben. Jetzt galt es zu überleben, um jeden Preis, wie beschissen das Leben auch sein mochte. Jetzt gab es niemanden mehr, der an Selbstmord dachte, jetzt wollten wir nur noch am Leben bleiben. Ich erinnere mich noch an den Sommer in der Ziegelei von Jelgava – wie wir uns abquälten und schufteten, weil wir *leben* wollten, um jeden Preis, um jeden Preis. Die Verhältnisse waren natürlich viel schlechter als in Schweden, aber es war, als ... als hätten wir plötzlich einen viel stärkeren Lebenswillen. Es ging nur noch ums Überleben. Verstehst du?«

In der letzten Augustwoche kam das überraschende Ende. Man ließ die Legionäre auf dem Hof antreten, worauf ein russischer Offizier eine kurze Rede hielt. Er erklärte, die Untersuchungen seien jetzt beendet, sie würden jetzt freigelassen und könnten gehen, wohin sie wollten. Sie sollten sich sofort im Büro melden, in alphabetischer Reihenfolge.

Nur drei Männer wurden noch im Lager zurückgehalten: Recis, Peteris Ziemelis und ein Soldat namens Balodis.

Sie durften also gehen, einer nach dem anderen, das Lager verlassen – sie waren in Freiheit. Fast sechzehn Monate waren sie interniert gewesen, und die Namen der Lager bildeten feste Punkte in der langen Kette von Ereignissen, die sie vor sich hergetrieben hatten, als wären sie hilfloses Treibgut in einem Strom. Havdhem. Bökeberg. Rinkaby. Ränneslätt. Gälltofta. Liepaja. Riga. Jelgava. Jetzt waren sie endlich frei, sie waren in ein Land zurückgekehrt, das vom Krieg verwüstet, ausgebrannt, kaputtgesprengt war, in ein Land, das nach Auffassung der meisten jetzt von russischen Truppen besetzt war und in Unfreiheit lebte, oder – einer anderen Meinung zufolge – in ein Land, das endlich zur russischen Mutterbrust zurückgefunden hatte.

Vor ihnen lagen nicht gerade rosige Zeiten, aber sie waren immerhin frei.

Im August 1946 war der ehemalige lettische Gefreite S. E., der der 15. lettischen SS-Legion angehört hatte, 24 Jahre alt. Er hatte studiert, war aber noch nicht fertig, seine Verwandten waren im Westen, er war ein ehemaliger Legionär, was in Sowjetlettland kein Statussymbol war, er hatte kein Geld, keinen Beruf und keine Arbeit, er hatte nichts. Er war frei und sollte offenbar nicht – wie man ihm gesagt hatte – hingerichtet werden. Aber das war auch alles. Er kam auf die Landstraße zwischen Jelgava und Riga, er war immer noch nicht sicher, ob dies kein Bluff sei, aber dann sagte er sich, das Vernünftigste sei doch, sich nach Riga durchzuschlagen. Er stellte sich an den Straßenrand und hoffte, als Anhalter mitgenommen werden zu können. Die Sonne schien, es war ein schöner, warmer Spätsommer, er war wieder zu Hause, er war frei, er hätte irgendwelche starken Gefühle empfinden müssen, egal welche, aber heute kann er sich nicht mehr an sie erinnern.

Schließlich hielt ein Lastwagen an, der ihn mitnahm. Die Fahrt nach Riga dauerte zwei Stunden, und damit war der Legionär endlich wieder zu Hause.

Stimmt das? Wurden sie wirklich im August 1946 freigelassen?

Nicht alle, aber die meisten. Und die, die nicht freigelassen wurden, erhielten schließlich die Nachricht, dass wenigstens die anderen frei waren. Vincas Lengvelis, der Partisanenjäger, der jetzt im Lager von Riga saß und der sieben Jahre später in einem in Westdeutschland geschriebenen Erlebnisbericht von seinem Schicksal erzählte, erfuhr ebenfalls durch seine Kameraden, was mit der Gruppe in Jelgava geschehen war. »Jonas Jancys erzählte, dass die Russen unseren Freunden die Dokumente weggenommen und sie dann freigelassen hätten.«

So bezeugen es auch alle zugänglichen Dokumente, Briefe, Aufzeichnungen, Augenzeugenberichte, so bezeugen es auch alle, die heute noch leben und von der Vergangenheit erzählen können: im August 1946 wurden mindestens neunzig Prozent aller baltischen Legionäre, die von den Schweden ausgeliefert worden waren, freigelassen und konnten nach Hause fahren.

War es damit zu Ende? War es so einfach?

Nein, damit war es noch nicht zu Ende. So einfach war es nicht. Das meiste der Geschichte von der Heimkehr der Legionäre bleibt noch zu erzählen. Aber eines kann mit großer Sicherheit festgestellt werden: im August 1946 wurde die überwiegende Mehrzahl der Ausgelieferten freigelassen.

2

Anfang Juli 1967 besuchte er Lettland zum erstenmal: es war ein kurzer Besuch von nur wenigen Tagen bei klarem, hellem Hochsommerwetter. Im September desselben Jahres kam er noch einmal wieder, diesmal für längere Zeit.

Er machte diese Reise, um mit den Ausgelieferten zu sprechen, und er sprach auch mit ihnen.

Er reiste nicht ganz unvorbereitet. Er war von vielen Seiten gewarnt worden, hatte mit vielen gesprochen, viele Briefe erhalten, war gut präpariert worden. In den Briefen hieß es oft, dass es naiv oder absurd sei, die Legionäre besuchen zu wollen. Oder aber es hieß, er müsse ein ziemlich naiver und gutgläubiger Mensch sein, wenn er meine, aus den Wahrheiten, die man ihm auftischen werde, die »richtige« Wahrheit herausfinden zu können. *Der Gedanke, die ehemaligen Legionäre in Lettland zu besuchen, ist gut, aber Sie haben sehr ungeschickt und naiv taktiert. Sie haben den russischen Behörden erzählt, warum Sie nach Lettland fahren wollen, und Sie können überzeugt sein, dass die Nachricht von Ihrer bevorstehenden Reise auch nach Riga gelangt. Dort wird man dafür sorgen, dass der Gast immer unter Aufsicht bleibt, und Ihre eventuellen Gesprächspartner und Materiallieferanten wird man gut präparieren. Ja, Sie sind naiv, Ihnen fehlt jegliche Kenntnis von dem versklavten Lettland. Sie werden überwacht werden, man wird Ihre Gespräche abhören, Sie werden mit keinem der Legionäre unter vier Augen sprechen können, man wird Ihnen einige indoktrinierte oder verängstigte und eingeschüchterte Menschen vorführen, die sagen werden, dass alles bestens sei, dass die Russen niemanden bestraft hätten, dass niemand hingerichtet worden sei, dass man alle freigelassen habe und dass alles so gut, ach so gut sei. Oh, sancta simplicitas!*

Er sprach mit vielen der in Schweden lebenden Balten, und alle warnten sie ihn, rieten ihm von dieser Reise ab. Einige versuchten sogar, ihn daran zu hindern, einige versuchten, seine Bemühungen um lettische Adressen zu torpedieren, und die meisten gaben ihm zu verstehen, dass er im Begriff sei, in eine Falle zu tappen.

War es eine Falle?

Es war offenkundig, dass es in den diese Auslieferung betreffenden Fragen und in den Aussagen der Ausgelieferten enorme quellenkritische Probleme gab. Es gab unzählige Fehlerquellen, ebenso war die Gefahr groß, dass die Tatsachen aus äußerlichen Gründen deformiert wurden. Zwei Augenzeugenberichte waren im Westen bereits veröffentlicht worden: einmal der Bericht von Vincas Lengvelis und zweitens der von G. J. Matisons. Es schien offenkundig zu sein, dass beide Berichte aus streng quellenkritischem Blickwinkel unbefriedigend waren; sie waren im Westen geschrieben worden und eher in der Form des Pamphlets als in der des Dokumentarberichts abgefasst. Beide enthielten sicher eine Reihe zutreffender Angaben, aber die äußere Form war leider die des antikommunistischen Pamphlets, was die Bewertung erschwerte. Sowohl Lengvelis wie auch Matisons waren von den russischen Behörden als Deutsche eingestuft und behandelt worden; man hatte sie von den übrigen Balten getrennt und später zusammen mit den Deutschen freigelassen: sie waren also keine repräsentativen Fälle und wussten über das Schicksal der anderen Balten sehr wenig zu sagen. Wenn Matison in seinem umfangreichen Bericht ein Verhör beschreibt, bei dem man ihn beschuldigt habe, bei Säuberungsaktionen unter Juden und anderen Häftlingen beteiligt gewesen zu sein, müssen sowohl die Anschuldigung, die Frage seiner Schuld, die Authentizität der Situation als auch die von ihm vorgebrachte Anklage, man habe ihn beim Verhör brutal behandelt, mit äußerster Vorsicht zur Kenntnis genommen werden.

Die gleiche Vorsicht ist gegenüber den im Osten abgegebenen Erklärungen geboten. Es ist wichtig, die Umstände, unter denen ein Interview zustande kommt und stattfindet, genau zu beschreiben. Beim ersten Besuch traf er drei ausgelieferte Legionäre. Zwei der Gespräche fanden in Anwesenheit eines Dolmetschers statt, und die dabei gemachten Äußerungen können folglich durch diese Tatsache beeinflusst worden sein. Sie sind infolgedessen höchst unbefriedigend. Das dritte Gespräch fand jedoch unter vier Augen und ohne Dolmetscher statt, in Jurmala, dem Badestrand Rigas, und ist aus diesem Grund in formaler Hinsicht akzeptabel.

Im September sprach er mit insgesamt elf Ausgelieferten. Bei keinem dieser Gespräche war ein Dolmetscher anwesend, wenn man davon absieht, dass er bei dreien der Interviews einen Ausgelieferten, der sich im Lauf der Jahre ausgezeichnete schwedische Sprachkenntnisse angeeignet hatte, als Dolmetscher benutzte. Es deutete jedoch nichts darauf hin, dass dieser Mann als Kontrolleur eingesetzt oder von sich aus bereit und willig war, den Behörden von den Aussagen seiner ehemaligen Kameraden Mitteilung zu machen.

Die Gespräche fanden in zwei Fällen im Hotelzimmer des Untersuchers statt, in zwei Fällen in Privatwohnungen, im übrigen in Parks, bei Spaziergängen, in zufällig besuchten Lokalen, in Hauseingängen und bei Einkäufen. Alle diese Gespräche zu registrieren oder zu überwachen war unmöglich.

Vor der ersten Reise nahm er mit der russischen Botschaft Verbindung auf und teilte mit, was er mit dieser Reise bezweckte. Er war nämlich der Meinung, dass jeder Versuch, die Ausgelieferten heimlich aufsuchen zu wollen, ihnen schaden *könnte*, und dieses Risiko wollte er nicht eingehen. Vor der zweiten Reise nach Lettland war es ihm jedoch gelungen, von schwedisch-baltischer Seite einige Adressen zu erhalten. Drei der Ausgelieferten wurden also ohne Wissen der sowjetischen Behörden interviewt, und zwar sehr diskret, so dass niemand davon erfahren konnte. Er wurde nicht beschattet. Diese drei Gespräche sowie die dabei gemachten Angaben unterschieden sich im Prinzip nicht von den anderen.

Hatten sie Angst? Einige fürchteten sich, waren misstrauisch, schweigsam. Einige waren völlig furchtlos, einige reserviert. Die Legionäre, mit denen er sprach, gehörten allen Kategorien an: Bestrafte und Nicht-Bestrafte, Sibirien-Veteranen und etablierte höhere Beamte. Fürchteten sie sich vor ihm? Hielten sie ihn für ein Sicherheitsrisiko? Was dachten sie über den Untersucher? Inwieweit prägte ihre Einstellung die Antworten, die sie ihm gaben?

War er im Begriff, in eine Falle zu tappen?

Zu Beginn der Untersuchung war er – wie die meisten Schweden – völlig ahnungslos und unwissend, was das baltische Problem betraf. In Schweden leben heute etwa fünfzigtausend Balten und Nachkommen baltischer Eltern; er wusste damals kaum, dass es sie überhaupt gab. Es gab sie aber. Sie waren zum Teil assimiliert, zum Teil bewahrten sie ihre Eigenart und ihre Kultur. Sie besaßen eigene Schulen, Zeitungen, Verlage und eine völlig eigenständige politische Struktur mit inneren politischen Gegensätzen, die sich von denen anderer Gesellschaftsstrukturen kaum unterschieden. Es war nicht schwer zu erkennen, dass sie aus dem Blickwinkel der schwedischen Gesellschaft ein sehr erwünschter Menschentyp sein mussten, denn sie waren vital, anpassungsfähig, und außerdem war der Prozess der Assimilierung bei den meisten fast reibungslos verlaufen.

Dem Untersucher schien es, als würde er innerhalb der gewohnten Umwelt eine völlig neue Gesellschaft entdecken.

Und die politische Funktion?

Eine große Minderheit, mehr als fünfzigtausend.

Waren sie trotzdem heimatlos? Er hatte sie zufällig entdeckt, aber sie hatten die Schweden ständig beobachten und beurteilen können. Was dachten sie? Von welchen politischen Wertvorstellungen wurde ihr Denken beherrscht?

Die kleinste und extremste Gruppe unter den Balten war am leichtesten auszumachen. Es war der kleine, aktive, sehr lautstarke und entschlusskräftige rechte Flügel unter den Balten, der nur wenige Prozent ausmachte, dem es aber lange Zeit gelungen war, das Gesamtbild nach außen hin zu dominieren. Der Exilpolitiker im wüsten Land der Exilpolitik. Trotz des ideologischen Abstands zu diesen Menschen konnte er sich eines gewissen Mitgefühls nicht erwehren: die müden und trostlosen Stammtischgespräche, wie aus einer Novelle über den Heimatlosen in einem Pariser Café. Sie mussten überall in den westlichen Hauptstädten Verwandte haben, und nicht nur dort: Teile einer Flüchtlingsarmee aus Griechenland, Spanien, Ungarn, den USA, Südamerika, dem Baltikum und ganz Osteuropa. Die Situation musste aber für den baltischen Exilpolitiker noch trostloser sein: er konnte nur auf eines hoffen, auf einen dritten Weltkrieg, der die Sowjetunion in Stücke riss. Aber war das eine billige Hoffnung? Das schien sie nicht zu bekümmern oder zu beeinflussen. Hartnäckig, heroisch und mit hoffnungsloser Beharrlichkeit fuhren sie damit fort, die Politik zu betreiben, mit der sie einmal angefangen hatten, eine Politik im luftleeren Raum: sie waren nicht gewillt, Ausgangspunkte und Ziele erneut zu überdenken, zugleich waren sie sich hoffnungslos und voller Unlust bewusst, dass die Wirklichkeit im Begriff war, sich von ihnen zu entfernen.

Irgendwo inmitten dieser eigentümlichen Welt lebte die Auslieferung der Balten wie ein schwach schlagendes Herz, wie ein Echo aus einer labileren, dramatischeren und für sie hoffnungsvolleren Zeit. Sie selbst wollten sich nicht eingestehen, dass die Welt sich verändert hatte, der Antikommunismus war ihr einziger höchst lebendiger Glaubenssatz. Waren sie zur Bedeutungslosigkeit verurteilt? »Es ist für die freie Welt von unschätzbarem Nutzen gewesen, dass es mehreren hunderttausend Balten gelungen ist, in den Westen zu gelangen. Niemand kennt das wahre Gesicht des Kommunismus besser als die Balten, und Sie haben deshalb in hohem Maß dazu beigetragen, der Welt den rechten Abscheu vor dem Kommunismus beizubringen.« Zitat aus einer Rede Birger Nermans aus dem Jahr 1954. Dieses Zitat weist auf einen zentralen Punkt hin: auf die Rolle der antikommunistischen Verkündung bei der exilbaltischen Rechten.

War das schwer zu verstehen? Eigentlich nicht, denn die Balten hatten ja fast nur die Seite der Sowjetunion und der Geschichte der Revolution kennengelernt, die merkwürdige und verblüffende Parallelen zum Imperialismus aufweist. Wurde die Sowjetunion aber immer von nationalistischen Ausgangspunkten aus kritisiert? Der Untersucher hatte mit genug sozialdemokratischen Balten gesprochen, um zu wissen, dass es eine Alternative gab. War aber die Kritik nicht allzu oft ein Angriff von ultra-konservativen, manchmal halb-faschistischen Positionen aus?

Einige schienen stehengeblieben, fixiert, mumifiziert zu sein. Die Welt veränderte sich, der Kommunismus veränderte sich, der Faschismus erlebte eine Wiedergeburt, Revolutionsbewegungen entstanden und wurden unterdrückt, es wurden Freiheitsbewegungen geschaffen, die Machtblöcke umstrukturiert. Einige widmeten sich noch immer der Aufgabe, der Welt den »rechten Abscheu« vor dem Kommunismus beizubringen, ohne dabei einzusehen, dass der Kommunismus nicht mehr mit der Sowjetunion identisch war.

Die Probleme mussten unerhört sein, weil alle moralischen Vorzeichen sich umgekehrt hatten. Der Teufel schien nicht mehr allein in Moskau zu leben, auch in Washington gab es einen kleinen Beelzebub. Gab es keine Korrelation zum Weltbild der Zeit? »*Der Freiheitsmarsch des Juni-Komitees gegen die Sowjetunion und den Kommunismus vereinigte mehr als siebzehnhundert Teilnehmer. An der Spitze der Plakatträger ging eine einsame Frau mit dem Plakat ›Freiheit für das Baltikum‹. Die Mehrheit der Teilnehmer am Fackelzug waren Menschen*

im Alter von dreißig bis vierzig Jahren, meist Balten oder Flüchtlinge aus einem der von den Sowjets besetzten Länder hinter dem Eisernen Vorhang.« Dagens Nyheter im November 1967.
War dies nicht eine doppeldeutige Situation?
Müssen sie es nicht als paradox empfunden haben: dass sie, die einst mit angesehen hatten, wie eine Großmacht ihr Land unterwarf, und die sich dann der Aufgabe gewidmet hatten, diese Großmacht zu bekämpfen, nun eine andere Großmacht unterstützten, die im Begriff war, die Selbständigkeit eines kleinen Landes zu zertrümmern?

Über die Bedeutung der Einfrierung von Kontakten. Lettisch-schwedischer Mann, dreiundzwanzig Jahre, zweite Generation, schwedischer Staatsbürger. »Ich würde Lettland gern besuchen, aber es geht ja nicht. Es gibt Emigrantenzeitungen, in denen die Namen von Besuchern Lettlands veröffentlicht werden. Es ist, als würde man öffentlich als Verräter gebrandmarkt. Und ein Verräter möchte man ja nicht gern sein.« Warum sollte er ein Verräter sein? »Nun, wenn man nach Lettland reist, bedeutet das natürlich nicht, dass man das Regime anerkennt, aber man gibt jedenfalls zu, kein politischer Flüchtling zu sein.« Warum denn das? »Man kann doch kein politischer Flüchtling sein und trotzdem sein altes Heimatland als Tourist besuchen.« Würden Sie gern einmal hinüberfahren? »Ja, das würde ich.« Aber warum haben die Gruppen der politischen Rechten solche Angst davor, dass die Kontakte zwischen Exil-Balten und den Balten in der Heimat zunehmen könnten? »Wahrscheinlich meinen sie, der Kampf gegen den Kommunismus würde dann schwerer zu führen sein. Die Kampflinien würden verschwimmen, etwa so.« Ist eine Reise nach drüben nicht aus anderen Gründen ein Risiko? »Nein, es gibt nicht ein einziges Beispiel dafür, dass ein Exil-Balte während eines Besuchs verhaftet worden ist.«

Es gab viele Fallen. Auf welche davon bewegte er sich zu? – Ich habe Ihren Brief erhalten, schrieb er, ich glaube nicht, antworten zu können. Ich weiß ja, dass diese Auslieferung eine brisante Sache ist, die noch immer die Gemüter erhitzt, aber ich glaube, dass Sie sich irren, wenn Sie sagen, die Auslieferung sei zu einem Schild geworden, hinter dem man sich verkriechen könne. »*Wenn man als Flüchtling in einem fremden Land lebt, und das tun wir hier in Schweden, entsteht früher oder später ein Zustand, in dem man sich als nicht erwünscht empfindet, als unwillkommen, als einen Parasiten, eine Pflanze in dem falschen Nährboden. Wenn man ein Fremder ist. Wenn man kein Recht hat, hier zu sein. Und dann sucht man in seiner Verzweiflung nach einem Argument, einem Grund, um hier leben zu dürfen. Für einige von uns ist die Auslieferung der Balten zu einem Rechtfertigungsgrund geworden. Schweden hat einmal ein Verbrechen an uns Balten begangen, und jetzt ist Schweden uns gegenüber verpflichtet. Das gibt uns ein moralisches Recht, hier zu leben. Und deshalb lebt auch die Auslieferung unter uns fort. Sie verringert unser Fremdsein.«* Ich glaube, dass Sie unrecht haben, schrieb er, weil ich das glauben möchte. Wäre es wirklich so, dass diese schwedische Gesellschaft ein solches Trauma schaffen könnte, so wäre das eine schwerwiegendere Anklage als alles andere in dieser Affäre. Ich war heftig erregt, als ich Ihren Brief erhielt. Ich habe Ihre Behauptung an einigen anderen Balten getestet. Sie leugnen bestimmt, dass die Auslieferung als Alibi für ihr Hiersein dienen könne, sie verstehen Ihre Gedankengänge nicht, sie verstehen nicht einmal, warum Sie sich hier fremd fühlen. Außerdem haben Sie in der Sache unrecht. Wenn es überhaupt einen Mythos über die Auslieferung der Balten gibt, dann wird er bestimmt nicht von den Balten selbst genährt. Er lebt unter uns Schweden, er wird von uns selbst aufrechterhalten, er wird vielleicht auch als politisches Argument verwendet, aber nur als Argument unter uns Schweden.

Über die Einsamkeit des Menschen im Exil kann ich aber nichts wissen.

Welche Fallen? War er unwissend, unfähig?

– Ich danke für Ihren Brief, schrieb er, ich werde versuchen zu antworten, obwohl ich weiß, dass ich es nicht kann. Was ist es, was mich gegenüber Menschen im Exil so beschämt macht? Warum trifft ihre Unruhe mich wie eine Anklage? Sie sprachen in Ihrem Brief von der Tragik des Exils, von »diesem Exildasein«, und ich habe in Ihrem Brief jene eigentümliche Mischung aus Sachlichkeit, bitterer Hoffnungslosigkeit und Müdigkeit vorgefunden, die ich auch bei der ersten Generation der Balten im Exil entdeckt habe, dagegen nie bei der zweiten Generation. Sie sagen, dass ein Mensch, den man seiner Sprache beraubt hat, nur ein halber Mensch sei, dass Sie den Kontakt zur Weiterentwicklung Ihrer Sprache verloren hätten, und dass dies eine Mauer sei, die Sie an das Fremdsein fessle. *»Wenn man zu Be-*

such kommt, spricht man wie eine ältere Bibelübersetzung.« Aber wo beginnt die Resignation? *»Zuallererst möchte ich Ihnen ein kleines düsteres Geheimnis verraten. Der Mensch im Exil, das unbekannte Tier, bleibt in der Regel in dem Augenblick in seiner Entwicklung stehen, in dem er sein Land verlässt. Er wird nicht einen Tag älter, als er an dem Tag war, als er sich fortbegab. Einige werden damit nicht fertig und nehmen sich das Leben. Ich selbst bin erst sechzehn Jahre alt, ein vierzigjähriger Teenager mit Mann und Kind. Wir werden nicht älter, sondern altern nur.«* Es ist möglich, dass dies bei Ihnen wahr ist – aber mir stellt sich die Frage: inwieweit sind Sie repräsentativ? *»Nach ihrer Flucht hörten sie auf zu wachsen, zu leben, sich zu verändern«:* Sie müssen einsehen, dass dies nicht nur die Beschreibung einer der vielen menschlichen Tragödien unserer Zeit ist, sondern auch eine Anklage in viele Richtungen: gegen die Sowjetunion, gegen die schwedische Gesellschaft – und in gewisser Weise auch gegen diejenigen, die geflohen sind. Und ich selbst sitze hier inmitten meines Haufens von Mosaiksteinchen, ich versuche, sie zu einem Bild zusammenzufügen. Irgendwie hängt dies mit dem Bild von der Auslieferung der Balten zusammen. Aber wie? Sie beschreiben klar, zwar mit Bitterkeit, aber doch mit einer Distanz, die ich bewundern muss, die Auswirkungen der Exil-Situation auf einen Menschen. *»Wollen Sie auch das zweite traurige Geheimnis erfahren? Es ist meine tiefe Überzeugung, dass wir Exil-Menschen bis auf den Grund unseres Wesens asozial sind. Unbewusst asozial oder sozial unbewusst. Vielleicht nicht in der Form, dass wir zu kriminellen Handlungen neigen, aber uns ist alles egal. Wir kümmern uns um nichts, halten Abstand, weichen aus. Nennen Sie das, wie Sie wollen. Wir gehorchen den Gesetzen, daran liegt es also nicht. Es ist eine andere Art Asozialität, die ich im Auge habe, die eigentlich gefährlicher ist als jede noch so offene Neigung zur Kriminalität. Obwohl sie für alle Teile bequemer ist. Das Verhältnis des Exil-Menschen zu seinem Land ist natürlich angestrengt und bemüht. Aber was soll man dagegen tun?«* Ja, was soll man gegen die Tatsache unternehmen, dass es zwei lettische Völker gibt? Darf ich jemanden zitieren, den ich kürzlich in Lettland gesprochen habe? Es war ein Lette, ein Nationalist, aber er glaubte erlebt zu haben, dass die Feindseligkeit der Exil-Letten gegenüber dem sowjetischen Regime allmählich und auf paradoxe Weise auch die Daheimgebliebenen betroffen habe, die Letten in der Heimat. Er drückte es so aus: »Wir können verstehen, dass sie den

Kommunismus und die Sowjetunion hassen. Aber warum weigern sich die meisten, uns zu besuchen? Wozu diese gehässige Propaganda gegen alles, was wir tun, gegen die Häuser, die wir bauen, gegen unseren Lebensstandard und alles andere, was mit uns zu tun hat? Ich habe manchmal das Gefühl, als würden sie uns verachten: uns, die armen, daheimgebliebenen Vettern, die nicht genug Grips gehabt haben, um selbst zu fliehen. Sehe ich das richtig, du kennst sie doch? Ist es wahr, dass sie uns Hiergebliebene verachten?« Und ich sagte ihm: nein. Es ist nicht wahr. Und das ist es auch nicht, jedenfalls kann man das von den meisten sagen. Sie sagen: das kommt darauf an, wen Sie kennenlernen. Vielleicht habe ich ihn doch ein wenig angelogen?

Aber wie sollte ich, ein Schwede, dieses vieldeutige Gefühl aus Sehnsucht, Schuld, Zorn und Trauer beschreiben können, mit dem der Exil-Lette sein altes Heimatland betrachtet? Sie sprechen von *Schuld* – die Schuld liege nicht bei uns selbst. Sind Sie sicher, ganz sicher? Steckt in Ihrer Sehnsucht nicht auch Schuld? Und wird dieses neurotische Schuldgefühl nicht manchmal von – nein, nicht von Verachtung, aber von Distanz überdeckt?

Die Mosaiksteinchen hatten undeutliche Formen, sie häuften sich vor ihm: Gefühle in Form von Mosaiksteinchen, Erwiderungen, Attitüden. Welche Attitüden und Vorurteile hatte er selbst? Auf der Schiffsreise im Juli trifft er eine ältere schwedische Lettin, die auf dem Weg nach Riga ist. Was erwartet sie? Die Schwierigkeit besteht für sie darin, die Kleidungsstücke durch den Zoll zu bringen, die sie ihren Verwandten schenken will. Sie beschreibt ihm ihren Plan: sie trägt drei Lagen Unterwäsche sowie drei Kleider übereinander und geht durch den Zoll. Sie wird nicht angehalten und kehrt am nächsten Abend aufs Schiff zurück, auf dem sie wohnt. Jetzt trägt sie nur noch ein Kleid. Ihr Eindruck von Lettland? Sie hat in einem Paket sogar einen Haufen Nylonsocken und Strümpfe mitgebracht, die sie verschenkt. Sie besucht ihre Onkel und Cousinen. Wie nahmen sie ihre Gaben entgegen? Was sie am meisten erstaunt habe, sei der lasche Zoll gewesen. Die Formalitäten hätten fürchterlich lange Zeit in Anspruch genommen, aber man habe sie sehr oberflächlich untersucht. Sie hätte die Kleidungsstücke ebensogut in einen Koffer stecken können. Die Verwandten hätten sich natürlich bedankt, aber sie sei erstaunt, welch hohen Kleidungsstandard die Letten inzwischen erreicht hätten. Natürlich sei die Qualität nicht so gut wie in Schweden, aber immerhin. Es sei schrecklich warm gewesen, so dick angezogen durch den Zoll zu gehen. Wie war der Besuch verlaufen? Ihre Verwandten hätten nicht sehr viel über die Verhältnisse in Lettland erzählen wollen. Sie hätten wohl Angst. Wirkliche Kritik an der Regierung wagten sie nicht zu äußern. Der Kontakt sei anfänglich ein bisschen zögernd und unbeholfen gewesen, aber später sei es besser geworden. Bekannte von ihr hätten mehr Glück gehabt – die hätten allerhand erfahren. Dieser Besuch in Lettland sei der erste nach dreiundzwanzig Jahren. Es sei nicht ganz einfach, nach so langer Zeit einmal wiederzukommen.

Beschattung? Bewachung? Gegen 8 Uhr abends besuchte er den alten Sozialdemokraten, der am Stadtrand von Riga wohnte. »Hat man Sie beschattet?« fragte der Alte. Während des Gesprächs holte er eine Teedose aus der Speisekammer, und unter den Teeblättern lagen einige Manuskriptblätter. Ein Brief. »Man kann nie vorsichtig genug sein.« Welche Erfahrungen hatte er gemacht? »In der Stalinzeit hat man viel gelernt.« Hatte sich etwas geändert? »Man kann nie vorsichtig genug sein. Wenn Sie ein Jahr hierblieben, würden Sie *wissen*. Die Kontrolle, das Misstrauen, die Zensur. Sie sind zu jung, um das zu verstehen.« Am nächsten Tag ein Gespräch in einem Café. Ein junger Mann, fünfundzwanzig Jahre. »Wer in der Stalinzeit die große Angst erlebt hat, kann heute noch nicht ruhig atmen. Das ist eine Generationsfrage.« Was war die Wahrheit?

Wenn er mit den Legionären sprach, hatte er es sich zur Gewohnheit gemacht, gemeinsam mit ihnen die Namenlisten der Ausgelieferten durchzusehen, die er mitgenommen hatte. Sie mussten ankreuzen, welche ehemaligen Kameraden jetzt in Freiheit lebten, welche sie in den vergangenen fünf Jahren gesehen hatten, und, vor allem, diejenigen angeben, von denen sie wussten, dass sie nach der Auslieferung vor Gericht gestellt und bestraft worden waren. Keiner weigerte sich, das zu tun. Mehrere taten es mit großem Interesse, mit offensichtlicher Neugier, und gaben ausführliche Kommentare. Auf diese Weise entstand nach und nach eine synthetische Liste, eine Übersicht über das, was geschehen war, die vielleicht nicht unbedingt zuverlässig war, aber doch als die zuverlässigste aller bisherigen angesehen werden musste.

Von hundertprozentiger Sicherheit kann natürlich keine Rede sein.

Die Liste befasst sich vor allein mit dem Schicksal der Letten: dem Schicksal der hundertdreißig ausgelieferten Letten. Lettland ist zwar ein kleines Land, die Entfernungen sind jedoch größer, als man glaubt. Die Verbindungen zwischen Stadt und Land sind mangelhaft, die Mobilität ist nicht die gleiche wie bei uns. Viele – die meisten – der ehemaligen Legionäre wohnen auf dem Land und haben nur wenige Verbindungen mit den in Riga wohnenden Kameraden. Es sind die letzteren, die für die Informationen verantwortlich zeichnen.

Vorläufige Zusammenfassung.

Außer vieren scheinen alle *Letten* im August 1946 freigelassen worden zu sein. Während des Winters lebten sie alle in Freiheit. Anfang April 1947 wurde eine Gruppe der Ausgelieferten von neuem verhaftet. In einer Reihe von Prozessen im Frühjahr, Sommer und Herbst 1947 wurden sie angeklagt, Kriegsverbrecher zu sein, und zu verschieden langen Freiheitsstrafen verurteilt; in einem Fall wurde die Todesstrafe ausgesprochen.

Es kann als einigermaßen gesichert gelten, dass die folgenden ausgelieferten Letten verurteilt wurden. *Gefreiter Jekabs Balodis. Hauptmann Ernests Kessels. Unteroffizier Arvids Kaneps. Leutnant G.J. Matisons. Leutnant Paul Lielkajs. Oberleutnant Jekabs Raiskums. Gefreiter Arnolds Smits-Petersons. Instruktor Gustavs Vilks. Hauptmann Villis Ziemelis. Oberstleutnant Karlis Gailitis. Leutnant Olgert Lacis. Leutnant Oscars Recis. Leutnant Peteris Ziemelis. Instruktor Augusts Kaneps. Gefreiter Manfreds Liepins. Gefreiter Evalds Liepins. Gefreiter Valentin Silamikelis. Dr. Elmars Eichfuss-Atvars.*

Dies sind achtzehn Namen, die als einigermaßen gesichert gelten können.

Hinzu kommt eine Reihe von Männern, die man nicht mit Sicherheit als Verurteilte bezeichnen kann. Es sind neun Namen. *Alberts Celmins, Peters Apkalns, Voldemars Eltermanis, Valdis Knoks, Herberts Aunins, Janis Jekabssons, Oscars Krastins, Janis Teteris, Jekab Zutis.* Vor ein paar dieser Namen wurden in der Liste des Untersuchers Fragezeichen gesetzt, bei einigen ist von exillettischer Seite behauptet worden, sie seien verurteilt worden. Es gibt jedoch keine Beweise. Man kann mit gutem Grund davon ausgehen, dass einige dieser Männer nicht bestraft worden sind.

Es kommen noch zwei weitere Legionäre dazu. Der eine wurde 1954 in Riga wegen unerlaubten Waffenbesitzes verurteilt, der zweite

1955 wegen Unterschlagung zu vier Jahren Zuchthaus verurteilt – er war vorher in einem staatlichen Werk tätig gewesen. Da die Anklagepunkte in diesen beiden Fällen nichts mit der Auslieferung zu tun haben, verbleiben sie ungenannt.

Achtzehn Letten zu Straflager verurteilt. Wenn man auch die anderen neun akzeptiert, sind es insgesamt siebenundzwanzig Mann. Vermutlich ist die echte Zahl etwas niedriger. Unter Einbeziehung eines bestimmten Fehlerquotienten kann man sagen, dass nicht mehr als dreißig Letten bestraft worden sind.

Was ist wahrscheinlich? Was ist wahr?

Als er im September 1967 nach Riga kam, wollte der Untersucher durch Mittelsmänner herausbekommen, warum diese Männer verurteilt worden waren. Wie die Urteilsbegründungen lauteten. Man brachte ihn mit einem lettischen Historiker zusammen, der Dokumentenmaterial aus der deutschen Besatzungszeit kannte und der freien Zutritt zu allen Archiven hatte. Dieser Mann zeigte sich hilfsbereit, man kann *völlig* sicher sein, dass dieser Mann dem Untersucher nicht ohne Wissen und Billigung der Behörden behilflich war. Es stellte sich bald heraus, dass es nicht schwierig war, Material über die Verurteilten zu bekommen, wenn man erst einmal die Akten gefunden hatte. Das Material war nicht zusammengefasst, es gab also kein großes Dossier mit der Aufschrift »Auslieferung der Balten«. Aus sowjetischer Sicht waren die gegen die ausgelieferten Balten ergangenen Urteile nur ein unbedeutender und an sich uninteressanter Bestandteil der weit umfassenderen Prozesse gegen Kriegsverbrecher und Kollaborateure nach dem »Großen Vaterländischen Krieg«. Es musste also viel Zeit darauf verwendet werden, in einer Reihe von Archiven herumzustöbern. Der Historiker, der ihm bei der Arbeit half, musste am Tag seiner normalen Arbeit nachgehen und konnte sich nur in den Mittagspausen und abends der Materialsuche widmen.

Es war jedoch möglich, einiges zu erfahren. Viele der Dokumente waren sehr interessant.

Hier ist es natürlich sehr leicht, Einwendungen zu machen. *Weil der Schwede nicht Lettisch sprach, konnte er die Dokumente nicht selbst durchsehen*. Er musste sich mit den Zusammenfassungen begnügen, die ihm angeboten wurden. Die Angaben waren natürlich bruchstückhaft, er kannte die Verteidigung der Angeklagten nicht, nur die Anklagepunkte und die Urteilsbegründungen. Die Verurteilten selbst konnten also nicht – von zwei Fällen abgesehen, in denen eine Nachprüfung zu einem Teil möglich war – zu Wort kommen. Ebenso unmöglich war es, eine Übersicht über das gesamte Prozessmaterial zu gewinnen: er bekam nur Bruchstücke zu sehen. Die Angaben müssen in diesem Licht gesehen werden, man mag ihren Wahrheitsgehalt akzeptieren oder sie als wertlos betrachten.

Soweit sie überhaupt gemacht werden, dann nur mit diesen selbstverständlichen Einschränkungen.

Bestimmte Schlussfolgerungen sind aber dennoch möglich. Die 1947 vorgenommenen Verhaftungen folgten alle einem schablonenhaften Muster. Die Tatsache, dass ein sowjetlettischer Staatsbürger sich freiwillig zur deutschen Wehrmacht gemeldet hatte oder zwangsrekrutiert worden war, reichte aus *formellen* Gründen noch nicht aus, um ihn zu verhaften und vor Gericht zu stellen. Es scheint der Grundsatz geherrscht zu haben, alle diejenigen vor Gericht zu bringen, die in einem lettischen oder deutschen *Polizeiverband* gedient hatten. Ausnahmen von dieser Regel sind natürlich denkbar, aber die Fälle, die er prüfen konnte, schienen darauf hinzudeuten, dass die Zugehörigkeit zu einem solchen Verband als besonders gravierend angesehen wurde.

Es ist auch sehr leicht zu erkennen, dass die Verhaftungen verschiedene Kategorien verschieden hart getroffen haben. Die mit Abstand am härtesten betroffene Gruppe waren die *Offiziere*, die direkt von Lettland nach Gotland gekommen waren. Die Gruppe Bornholm dagegen, die aus Danzig gekommen war, die man als einen regulären Frontverband betrachtete, ist wesentlich glimpflicher davongekommen. Dabei muss man berücksichtigen, dass die Bornholmer Gruppe keineswegs ein einheitlicher Verband gewesen war und dass es unter den Offizieren dieses Kontingents ebenfalls verschiedene Kategorien gegeben hatte.

Alle Verurteilten scheinen einzeln vor Gericht gestellt worden zu sein, nachdem zuvor eine individuelle Prüfung ihrer Fälle stattgefunden hatte. Ob die Urteile gerecht waren, ob die Verhandlungen Schauprozesse waren oder nicht – darüber lässt sich diskutieren. Es lässt sich aber feststellen, dass die Anklagepunkte in praktisch allen Fällen behaupteten Kriegsverbrechen gegolten haben, Kriegsverbrechen, die in der Zeit der deutschen Besetzung in Polizeiverbänden hinter der Front begangen wurden.

Und was noch? Lassen sich noch andere Schlussfolgerungen ziehen? Es ist auch leicht zu behaupten, dies alles sei empörend naiv. Dass alles Material, das man ihm gegeben habe, gefälscht sei und dass dessen Veröffentlichung ein schweres Vergehen gegen die Ausgelieferten sei, denen Schweden schon genug Böses zugefügt habe. Vielleicht verhält es sich so: auf der anderen Seite hat man in Schweden seit bald zweiundzwanzig Jahren die Sowjets beschuldigt, sie willkürlich und ohne Gerichtsverfahren ermordet zu haben, und dies hat man behauptet, ohne den Schimmer eines Beweises in der Hand zu haben – man könnte sagen, dass jetzt das Gleichgewicht wiederhergestellt ist. Dennoch zögerte er lange, lange, ehe er sich entschloss, das russische Material zu veröffentlichen. War es korrekt? Diese Frage bewegte ihn in diesem Winter ständig, sie verwandelte dies Buch und die Untersuchung, die einmal eine Lust gewesen, dann aber zur Qual geworden war. Was tat er eigentlich? Beschäftigte er sich mit einem amateurhaften Gerichtsverfahren, das die bereits Verurteilten betraf; sollte er den Ausschlag geben können? Er, der Schnüffler? Sollte er entscheiden?

Nein, es war unmöglich festzustellen, ob die Angaben, die er in Lettland erhalten hatte, korrekt waren oder nicht. Er konnte nur feststellen, dass es – sollten es Fälschungen sein – sehr geschickte Fälschungen waren. Die Biographien waren nicht aus der Luft gegriffen, sondern stimmten weitgehend mit den tatsächlichen Lebensläufen der Betroffenen überein. In einigen Fällen konnte er Nachforschungen anstellen und die Anklagen mit den Versionen der Angeklagten vergleichen. Es gab natürlich Unterschiede, aber diese betrafen eher die Deutung und Auslegung von Tatsachen als die Tatsachen selbst.

Ein Beispiel: Er war lettischer Berufsoffizier, und als die Deutschen kamen, meldete er sich freiwillig, weil er schließlich nur einen Beruf hatte: den des Offiziers. Seine Familie flüchtete später in den Westen, er selbst kam nach Schweden und wurde ausgeliefert. Im August 1946 wurde er wie die anderen freigelassen und arbeitete bis Juni 1947 in Riga, als er von neuem verhaftet wurde. Den Archiven zufolge wurde er angeklagt, 1944 in einem Polizeibataillon gedient zu haben, das in Lettland hinter der Front operiert hatte; dabei soll er an Verfolgungen und an Grausamkeiten gegen die Zivilbevölkerung beteiligt gewesen sein. Er wurde zu fünfzehn Jahren Arbeitslager verurteilt, kam in ein Lager im nordwestlichen Sibirien und wurde nach acht Jahren freigelassen. 1955 kehrte er nach Riga zurück.

Entsprach dies den Tatsachen?

Beim Interview, bei dem kein Außenstehender zugegen und bei dem der Ton frei und offenherzig war, fragte der Schwede ihn nach der Urteilsbegründung. »Tja«, erwiderte er und lachte leicht, »sie konnten mich nur anklagen, einem Polizeibataillon angehört zu haben.« Traf das zu? »Ja, ich bin damals zu einem Polizeibataillon abkommandiert worden, in dem ich fünf Wochen lang Dienst tat. *Nur fünf Wochen!* Ich war zwangskommandiert, habe niemanden erschossen, weder Juden noch Letten. Was dieses Bataillon vorher und nachher gemacht hat, kann ich ja nicht wissen. Ich habe mich aber keines Kriegsverbrechens schuldig gemacht. Und wegen dieser fünf Wochen wurde ich zu fünfzehn Jahren verurteilt. *Zu fünfzehn Jahren!*«

Soweit dieses Beispiel. Der Mann machte einen offenen und sympathischen Eindruck, diskutierte eingehend alle Probleme, die mit dem Schicksal der Ausgelieferten zusammenhingen. Er schien das Gespräch nicht abbrechen zu wollen. *In diesem Fall* scheint es so zu sein, dass die Angaben der Dokumente nicht völlig aus der Luft gegriffen sind. Die Schuldfrage ist etwas ganz anderes. Was sich feststellen lässt, ist dies: dass *die Anklagen* bei dieser Verhandlung mit großer Wahrscheinlichkeit nichts anderes gewesen sind als eben Anklagen, während der Besatzungszeit in einem Polizeibataillon gedient zu haben.

Lief er geradewegs in eine Falle? Wurde er betrogen und düpiert?

Er schien zwischen einer Skepsis, die sich schließlich gegen *alle* Aussagen richtete, und einem wachsenden Widerwillen gegen diese Skepsis hin und her zu pendeln – die Skepsis tendierte ja dazu, mechanisch zu werden. Er wusste aber, dass jede Andeutung, nicht *alle* Ausgelieferten seien Heilige gewesen, einen wütenden Proteststurm auslösen würde. Die Ausgelieferten waren in Schweden schon seit so langer Zeit als politisches Argument gebraucht worden, dass man völlig vergessen hatte, dass auch sie Menschen waren, gute und böse, starke und schwache, kluge und dumme, Verbrecher und Heilige. Dass sie *Menschen* waren. Warum konnte man das nicht zugeben? Dass es absolut denkbar war, dass es unter diesen hundertsechsundvierzig ausgelieferten Balten, die einmal von ihrem Land zu uns geflohen waren, auch eine kleine Gruppe geben konnte, die man als Kriegsverbrecher bezeichnen musste? *Alle* Angeklagten und Verurteilten brauchten es nicht zu sein, Anklagen können falsch oder übertrieben sein. Aber *einige*?

Und dass dies weder einen Schatten auf die anderen Ausgelieferten warf noch überhaupt etwas mit der Beurteilung der Auslieferung zu tun hatte? Wenn die Informationen, die er in Lettland erhalten hatte, der Wahrheit entsprachen, wenn die vierzehn Legionäre, mit denen er gesprochen hatte, die Wahrheit gesagt hatten, so bedeutete das, dass mehr als hundert Ausgelieferte auch von den sowjetischen Behörden für unschuldig befunden worden waren – unschuldige Opfer einer Zwangsmobilisierung, unschuldig an Kriegsverbrechen. War es nicht wichtig, das festzustellen? Dass auf mehr als hundert der Ausgelieferten kein Makel lastete? War es denn nicht wichtig, das Problem zu differenzieren und jeden einzelnen für sich zu betrachten? Es waren doch schließlich Individuen! Und dies ohne Moralismus und – wenn möglich – ohne Vorurteile zu tun?

Die Informationen, die man ihm gegeben hatte, mussten mit Skepsis, mit Abstand geprüft werden, das war selbstverständlich. Aber er dachte oft: es ist jetzt endlich an der Zeit, dass wir diese Ausgelieferten, ihre Schicksale, ihre Verzweiflung, ihre Irrtümer und ihre Geschichte gelassen betrachten, dass wir sie nicht für einen Haufen von Engeln halten, sondern für eine Gruppe völlig verschiedener Menschen.

Und schließlich kommt doch noch ein Bericht. Denn trotz aller Vorbehalte gibt es eine Geschichte von der Heimkehr der Balten, die sich erzählen lässt.

3

Cikste – er lag im Lazarett von Kristianstad, ebenso wie Kessels und Eichfuss. Auf manchen Bildern kann man ihn erkennen: er ist ein Mann mit einem mageren, scharfgeschnittenen Gesicht und sehr dunklem Haar. Heute ist er Chefkonstrukteur einer Fabrik in Riga, er ist sehr erfolgreich, korrekt gekleidet, noch schlank und hat eine dunkle Haarmähne. Sein Deutsch ist ausgezeichnet, er spricht schnell und flüssig. Das Zimmer ist stickig, ein Ventilator surrt, aber die Hitze ist entsetzlich drückend. Es ist Sonnabend. Während der ersten halben Stunde lässt er die Fragen sehr ungeduldig über sich ergehen; er ist höflich und ironisch zugleich. Er spricht wie in rastloser Verachtung, die in viele Richtungen geht: gegen den Fragesteller, die Schweden, die Hitze, die Problemstellung, gegen die Welt, in der er lebt. Vor allem aber ist er ungeduldig, weil er Fragen erörtern soll, die zwanzig Jahre alt sind und aus einer Zeit stammen, an die er nie mehr denkt; vergangene Zeit, vergessene Erfahrungen. Er ist ungeduldig, weil er, ein arrivierter Mann in gehobener Position, wieder an eine Zeit erinnert wird, in der er freiwillig oder gegen seinen Willen mit den Feinden des Staates zusammengearbeitet hat. Diese Tatsache kann ihm nicht mehr schaden, aber sie irritiert ihn. Auf die Fragen reagiert er ebenfalls ungeduldig, er findet sie einfältig, er fühlt sich durch den Fragesteller irritiert, weil er diesen als einen Repräsentanten der Schweden empfindet, die ihn einmal ausgeliefert haben. Nach einer Weile wird er, fast gegen seinen Willen, interessiert, und versucht, einen Abriss der damaligen Ereignisse zu geben. Er spricht mit dem knochenharten Unwillen des Wissenschaftlers, der sich nicht gern über Dinge äußert, die er genau weiß oder kennt. Er unterscheidet peinlich zwischen Dingen, die er weiß, die er gehört hat, die er für wahrscheinlich hält und solchen, die er für unwahrscheinlich hält. Unbewiesene Behauptungen werden mit schnellen, irritierten Handbewegungen abgetan. Auf den ersten, oberflächlichen Blick hält man ihn für einen Menschen, dem jede Furcht fremd ist, es ist aber denkbar, dass seine Verachtung in Furcht wurzelt oder dort einmal ihren Anfang genommen hat. Er verachtet auch die

Schweden, die ihn ausgeliefert haben, »obwohl man uns versprochen hat, wir dürften bleiben«. Reste von Bitterkeit lassen sich aber kaum erkennen. Er gehört zu den wenigen, denen es ausgezeichnet geht. Er ist verheiratet, hat Kinder. Als endlich die letzte Frage gestellt ist, erhebt er sich rasch, schüttelt dem Untersucher auf eine fast routinierte Weise die Hand und verlässt den Raum mit schnellen Schritten und in selbstsicherer Haltung, ohne sich umzusehen. Dieses erste Interview hat eine Stunde und zwanzig Minuten gedauert, es ist recht unergiebig gewesen, wenn man von dem allgemeinen Eindruck absieht, dass Cikste nicht bereit zu sein scheint, das Problem von neuem zu durchdenken. Dies ist ein schwedisches Problem und nicht seins. Er überlässt es uns gern, mit großzügiger Geste. Am Sonnabendnachmittag fährt er immer mit seiner Familie zu seinem Sommerhäuschen hinaus; er ist bereits zwei Stunden verspätet.

Der Soldat S. P. »Wir wussten eigentlich recht wenig voneinander – jeder behielt seine Geheimnisse für sich. Wir kamen ja aus verschiedenen Ecken. Die ›Gotländer‹ – unter denen sich ja die meisten Offiziere befanden – hatten ja oft nicht an der Front, sondern hinter der Kampflinie Dienst getan. Es wurden manchmal Geschichten über sie erzählt, es waren Gerüchte, aber etwas Genaues wussten wir nicht. Von Lapa zum Beispiel ging das Gerücht, dass er allerhand auf dem Gewissen hätte. Irgendwas mit Juden. Aber etwas Genaues wusste niemand. Ich erinnere mich nur noch daran, dass im Lager eine Menge Unterstellungen und Gerüchte herumgingen.«

S. arbeitet heute als Biologe. Sein Examen hat er 1959 an der Universität Riga abgelegt. Die Verzögerung in seiner Studienzeit beruht zum Teil darauf, dass er in den Jahren 1947 bis 1953 in einem Arbeitslager in der Nähe des Urals gesessen hat.

Es ist spätabends, es sind nicht mehr viele Menschen im Park. Es ist September, Altweibersommer, Herbst, trotzdem kann man in Riga bis in die Nacht im Hemd herumlaufen. Hier können sie sprechen. Niemand stört sie.
 Oberschrift: Gespräch über Aufrichtigkeit und Furcht.
 – Erzählen Sie mir, sagt der Schwede, was ich schreiben darf und was nicht. Sagen Sie mir, was unter uns bleiben soll, was Ihnen schaden

könnte, was gedruckt werden kann. Ich möchte nicht den Tod eines Menschen auf dem Gewissen haben, darum erzählen Sie mir, was ich verschweigen soll.

Der Gesprächspartner ist mittleren Alters und spricht ein gutes Deutsch.

– Sie missverstehen meine Situation, sagt er. Ich stehe für alles ein, was ich gesagt habe. Ich stehe für das ein, was ich über meine Erlebnisse berichtet habe. Es ist die reine Wahrheit, denn ich habe das alles selbst erlebt. Schreiben Sie nur alles auf.

– Aber könnte Ihnen das nicht Unannehmlichkeiten bereiten? Was Sie über die Lagerzeit sagen? Über Gerichtsverhandlungen, über Urteile?

Damals war er Offizier. Er wurde verurteilt, freigelassen (1954), kehrte aber erst 1957 nach Lettland zurück.

– Während der Stalinzeit, sagt er, hätten Sie überhaupt nicht mit mir sprechen dürfen. *Die* hätten es Ihnen vielleicht erlaubt, aber ich hätte mich nie auf eine Unterhaltung eingelassen. Ich hätte es nie gewagt, die Wahrheit zu sagen oder gar mit einem Fremden zu sprechen. Man hätte uns bestimmt beschattet, und das Gespräch hätte ... hätte mir sehr geschadet. Und selbst wenn Sie mit mir hätten sprechen dürfen – ich hätte Ihnen nicht die Wahrheit gesagt. Ich hätte Ihnen genau *die* Wahrheit erzählt, die den Stalinisten in den Kram gepasst hätte, ich hätte Sie belogen und hinters Licht geführt. So war es damals, in der Stalinzeit, es hat aber keinen Zweck, Ihnen diese Zeit näher zu schildern, Sie würden doch nichts verstehen. Sie würden diese Furcht nicht begreifen, die uns immer und überall beherrschte. Vielen von uns sitzt diese Angst noch immer in den Knochen; wer sie einmal erlebt hat ... ja, sie ist wie eine Narbe. Unter Chruschtschow wurde es besser, und heute ... ja. Schreiben Sie ruhig auf, was ich Ihnen sage. Ich kann Ihnen von der Lagerzeit erzählen, sie war furchtbar, aber vielleicht doch nicht so entsetzlich, wie viele behaupten.

– Aber einige, mit denen ich gesprochen habe, waren sehr ängstlich. Ich habe sie mir angesehen. Sie waren kurz angebunden, unwillig, reserviert. Sie müssen Angst gehabt haben. Manchmal logen sie mich an, man sieht es, wenn Menschen einen anlügen, sie logen grob und offensichtlich.

– Das ist etwas anderes, sagt er. Sie müssen unsere Lage verstehen – die gesamte Situation. Wir kamen nach Lettland zurück, wir hatten in der deutschen Wehrmacht gekämpft. Die Deutschen waren schon vor dem Krieg in weiten Bevölkerungskreisen verhasst, und die Deutschenfreunde waren schon längst geflohen. Die Deutschen hatten weite Teile des Landes verwüstet, Hunderttausende von Zivilisten ermordet. Die Konzentrationslager wurden geöffnet, und jeder konnte sehen, was geschehen war. Die Russen waren zwar auch nicht sonderlich beliebt, aber die meisten Antikommunisten waren ebenfalls im Westen. Außerdem haben die Russen uns beim Wiederaufbau des Landes geholfen, und ... na ja, sie wurden zu Arbeitskameraden. Nicht die Bürokraten, sondern die einfachen Russen. Die Deutschen aber waren die Sadisten und Mörder, die es zu hassen galt. Und *wir* hatten also in der deutschen Wehrmacht gekämpft – es gab eine psychologische Sperre, eine Mauer zwischen denen, die *mit* den Deutschen gekämpft hatten, und den Partisanen und Männern des passiven Widerstands. Die meisten von uns waren zwar zwangseingezogen, *aber man sprach einfach nicht darüber*, dass man in der Wehrmacht gedient hatte. Verstehen Sie?

– Vielleicht ...

– Stellen Sie sich vor, ein ... ja, ein Franzose hätte sich freiwillig zur deutschen Wehrmacht gemeldet. Oder ein Norweger. Freiwillig oder unfreiwillig – man spricht nicht gern darüber. Hier im Osten schon gar nicht.

– Ist es auch Ihnen unangenehm?

– In gewisser Weise ja, wenn auch nicht so sehr. Ich kann aber dafür garantieren, dass *keiner* der Legionäre, mit denen Sie hier sprechen, gern in dieser Scheiße herumrührt. Sie können noch so freundlich sein, und Angst vor Strafe haben sie auch nicht, aber sie mögen einfach nichts mehr von der Geschichte hören.

– Aber für uns Schweden ist es immer noch ein Problem ...

– Gut. Dann ist es Ihr Problem. Behalten Sie's. In diesem Fall ist es kein baltisches Problem mehr, sondern nur noch ein schwedisches. Gut. Behalten Sie's für sich.

– Haben Sie Angst vor mir, weil ich Ausländer bin? Angst, mit mir zu sprechen?

– Heute?

– Ja.

– Nein.

– Die Exil-Letten, die Lettland besuchen, sagen etwas anderes.

– Oh, das ist etwas ganz anderes. In manchen Kreisen gehört es nicht zum guten Ton, mit den Exil-Leuten zu verkehren, und das ist nicht *nur* unsere Schuld oder die Schuld der Regierung. Die kommen mit ihren guten Kleidern her, wittern in jedem Gebüsch einen Politruk und benehmen sich wie Spione, obwohl sie keine sind. Sie verstehen unsere Situation nicht. Sie kommen her, setzen sich hin und warten darauf, dass wir mit unseren Jeremiaden beginnen. Sie sehen die Unzufriedenheit hier, aber nicht unseren Stolz über das bereits Erreichte. Sie können einem manchmal ganz schön auf die Nerven gehen, und man spricht mit ihnen am besten unter vier Augen.
– Und mit mir?
– Schreiben Sie, was Sie wollen.
Sind Sie ganz aufrichtig?
– Schreiben Sie. Schreiben Sie auf, was ich Ihnen gesagt habe.

Ehemaliger Offizier, bald sechzig, nicht bestraft. Nachdem er zu Ende gesprochen hat, nachdem er alles gesagt hat, was er hat sagen müssen, nachdem er demonstrativ auf seine Uhr gesehen hat und das Gespräch schließlich mit seiner eiskalten Wortkargheit zu einem versickernden Rinnsal hat werden lassen, nachdem er schon »Auf Wiedersehen« gesagt und die Tür geöffnet hat, setzt er ein breites hintergründiges Lächeln auf.
– Oh, ich habe etwas vergessen, sagt er. Ich glaube, ich muss schöne Grüße an Schweden ausrichten lassen. Sie haben uns ja damals ausgeliefert, weil sie Kohle brauchten. Ich hoffe, dass es in Schweden jetzt genug Kohle gibt. Die Schweden haben polnische Kohle gekauft und mit uns bezahlt. Ich bin sehr froh, einen kleinen Beitrag zur Erwärmung schwedischer Wohnungen geleistet zu haben.
Danach geht er rasch aus der Tür. Zurück bleiben zwei Kaffeetassen, ein Häufchen Zigarettenstummel in einem Aschenbecher, ein Schwede. Es ist Vormittag. Das Gespräch hat zwei Stunden gedauert und muss als missglückt bezeichnet werden.

Er war neunzehn, als er nach Schweden kam, wo er auch seinen zwanzigsten Geburtstag feierte. Heute ist er einundvierzig. Er wohnt in Riga, ist verheiratet, hat aber keine Kinder.
Er ist Schwerarbeiter, sein Monatslohn beträgt 120 Rubel, ein Rubel entspricht etwa 4,60 DM. Acht Prozent gehen für Steuern drauf, für

die Miete noch weniger. Er gibt an, recht nett zu wohnen. Seine Wohnung hat vierundzwanzig Quadratmeter, Flur und Küche nicht mitgerechnet. Da die Innenstadt des alten Riga noch nicht modernisiert ist, ist seine Wohnung – besonders, wenn man sie nach schwedischen Maßstäben misst – nicht sehr gut. Er könnte natürlich in irgendeine der Schlafstädte ziehen, die um Riga herum aus dem Boden wachsen, aber er mag sie nicht, sie seien zwar modern, aber unpersönlich, er hält sie für hässlich. Den alten Stadtkern Rigas liebt er sehr. Seine Frau arbeitet mit und verdient etwa 100 Rubel im Monat. Er sagt, sie kämen gut zurecht.

Die Freiheit? »Früher«, sagt er, »gab es keine Freiheit. Man konnte nicht die Klappe aufmachen, ohne Gefahr zu laufen, verhaftet zu werden. Folglich machte niemand die Klappe auf. Man lernte, den Mund zu halten. Jetzt brauche ich nicht mehr den Mund zu halten, obgleich ich mich natürlich nicht auf die Straße stellen und herausbrüllen kann, dass das Regime beschissen ist.« Ist das Regime beschissen? »Jetzt nicht mehr.« Seine politische Einstellung? »Ich bin Sozialist.« Kann er das Regime kritisieren? »Ich darf Missstände kritisieren.« Tut er das auch? »Ich schreibe nicht dauernd Leserbriefe, das kann ich nicht. Aber Angst habe ich nicht.« Glaubt er, in einem Polizeistaat zu leben? »Nein.« Halten andere Lettland für einen Polizeistaat? »Das ist eine Generationsfrage. Man muss unterscheiden zwischen denen über und unter – na, sagen wir vierzig. Wem die dreißiger Jahre noch in den Knochen sitzen, der kann schwer vergessen. Es fällt ihnen schwer, sich in der heutigen Zeit zurechtzufinden. Sie können sie nicht akzeptieren. Sie haben die bürgerliche Zeit erlebt, und aus denen werden nie Sozialisten.« Er selbst? »Ich akzeptiere den heutigen Staat.« Ist er Nationalist? »Aber ja, ich bin stolz, Lette zu sein. Aber nicht in der Weise, dass ich Lettland von der Sowjetunion loslösen möchte. Das wäre dumm.«

Schweden?

»Schweden ist ein gutes Land«, meint er. »Nach meiner Rückkehr nach Lettland habe ich eine Menge über Schweden gelesen. Ich mag die Schweden, sie sind ein friedliebendes Volk, so was brauchen wir heute. Sie haben mehrere hundert Jahre Frieden halten können, und ein solches Volk bewundere ich.« Aber sie haben Sie doch ausgeliefert? »Ja, das schon, das war ja richtig mies. Das war 'ne schwache Leistung.« Aber Sie sagen doch, dass es Ihnen jetzt gutgeht? »Das hat mit der Sache nichts zu tun. Es war auf jeden Fall eine schwache Leistung. In Lettland bewundern sehr viele Menschen Schweden. Wir lesen von der schwedischen Zeit im siebzehnten Jahrhundert, wir nennen sie ›die gute Schwedenzeit‹. Ich glaube, dass die meisten Letten sich für Schweden interessieren und es bewundern. Haben die Schweden ein ebenso großes Interesse für Lettland? Ach so, nicht. Aha.« Aber Sie sollten die Schweden doch eigentlich hassen, weil sie Sie ausgeliefert haben? »Nein, nein – das haben wir vergessen, *Hass* empfinde ich nicht: denken Sie doch nur an die vielen Demonstrationen für uns, an die Zeitungen, die Artikel, das werde ich nie vergessen. Das zeigt, dass die Schweden ein gutes Volk sind.«

Sie haben Sie aber trotzdem ausgeliefert?

»Ja«, sagt er mit einem schwachen, aber deutlichen Lächeln, »ja. Ich habe aber in meinem Leben etwas gelernt: zwischen einem Volk und einer Regierung zu unterscheiden. Zwischen den Menschen und der Politik.«

Und die, die nicht bestraft wurden? Die an einem Augusttag des Jahres 1946 in die Freiheit entlassen wurden und nie mehr in einem Lager sitzen sollten? Wie erging es ihnen?

Sie waren immerhin die Mehrheit, die nicht Bestraften. Gab es eine andere Strafe für sie als die Strafe?

Sie fanden bald heraus, dass sie in ein vom Krieg verwüstetes Land gekommen waren, in dem Arbeitskräfte sehr gesucht waren. Vor Arbeitslosigkeit brauchten sie sich nicht zu fürchten. Sie sollten aber auch entdecken, dass ihrer Freiheit Grenzen gesetzt waren, dass die Spuren der Zeit in Schweden und der Jahre in der deutschen Wehrmacht nicht so leicht auszuradieren waren. Sie entdeckten bald, dass sie von den Behörden geduldet wurden, dass sie arbeiten und in Freiheit leben durften, aber das war auch alles. Die Universitäten waren ihnen versperrt, jede Weiterbildung war unmöglich, selbständige, leitende Posten erreichen zu wollen war aussichtslos. Arbeiten durften sie, sie bekamen den gleichen Lohn wie die anderen auch, aber qualifizierte Berufe waren für sie unerreichbar. Sie schienen die Neger der Sowjetgesellschaft zu sein, die zwar scheinbar frei, aber doch innerhalb unsichtbarer Mauern gehalten wurden. »Wir wurden als Menschen zweiter Klasse angesehen, nicht wie andere. Wir waren nicht so *gute* Menschen wie die anderen. Nicht so gute *Patrioten* wie die anderen.

Wir bekamen die schlechtesten Arbeiten, nicht gerade die am schlechtesten bezahlten, aber nur solche, die geringen Prestigewert hatten. *Etwas* schlechtere Wohnungen nach *etwas* längeren Wartezeiten.«

Angaben dieser Art machten viele; man kann davon ausgehen, dass sie zuverlässig sind. Diese Periode hat einen Anfang und ein Ende. Mit Stalins Tod war sie vorbei: danach änderten sich die Verhältnisse völlig. Von den jüngeren Legionären schrieben sich in diesem Jahr viele an der Universität ein. »Eine Woche nachdem wir vom Tod Stalins erfahren hatten, stellte ich einen Antrag auf Zulassung zum Universitätsstudium. Und jetzt ging es, mit einem Mal. Da begriff ich, dass sich etwas geändert hatte.«

Gespräch am nächsten Vormittag: Spaziergang an der Daugava.
– Gestern hat mir jemand erzählt, dass er sich bis 1953 als Mensch zweiter Klasse gefühlt habe. Ist das möglich?
Schnelle Reaktion.
– Ein Mensch zweiter Klasse? *Ich war ein Mensch dritter Klasse, bestenfalls!* Ich war nicht so *gut* wie die anderen!
– Wie lange hat diese Zeit gedauert?
– Stalins Tod hat alles verändert. Es war, als käme man um eine Ecke und sähe eine neue Wirklichkeit.

Furcht? Freiheit?
– Sie müssen verstehen, sagten sie ihm, die Furcht hat viele Seiten. Sie glauben, dass wir nur eine Angst kennen: verhaftet oder nach Sibirien geschickt zu werden. Diese Angst haben einige gespürt, ich allerdings nicht. Heute braucht niemand mehr Angst zu haben. Es gibt aber noch andere Ängste. Die Angst vor einem unsichtbaren Widerwillen. Davor, dass der Nachbar etwas erfährt. Es gibt viele Strafen. Man kann eine Strafe nicht nur nach Haftjahren messen, Gefangenschaft bedeutet nicht nur, in einem Arbeitslager eingesperrt zu sein. Mein Nachbar hat durch die Deutschen seine Frau und seine Kinder verloren. Sein Vater saß in einem KZ, hat aber überlebt. Ich war in der deutschen Wehrmacht, zwangsrekrutiert zwar, aber immerhin. Wenn wir miteinander sprechen und zufällig auf diese Dinge kommen, wird der Stacheldraht zwischen uns gespannt. Dann bin ich der Gefangene und von neuem bestraft. Verstehen Sie?
– Warum erzählen Sie mir das alles?

– Weil die Zeit trotzdem weitergeht. Weil sich alles verändert. Weil ich Ihnen erklären möchte, was mit den Gestraften und den nicht Gestraften geschehen ist.

Es gab andere, die sagten:
– In einem Arbeitslager gesessen zu haben ist so normal, dass kein Mensch reagiert, wenn man es erzählt. Die meisten Letten haben Angehörige, die kürzere oder längere Zeit in einem Lager gesessen haben. Bis 1950 gab es in regelmäßigen Abständen Deportationen. Es ist schwieriger, jemanden zu treffen, der *nicht* in einem Lager gesessen hat, als umgekehrt. Wir sind eine geläuterte Nation.

Als er ausgeliefert wurde, war er gerade siebzehn geworden. Von der Zeit in Schweden erinnert er sich am besten an den Zwischenfall mit Vabulis. Er saß im selben Bus wie dieser, Vabulis genau gegenüber, und wenn er zu demonstrieren versucht, wie es zugegangen ist, füllen seine Augen sich plötzlich mit Tränen, und er verstummt. Er ist Arbeiter, seine Schicht beginnt um 20 Uhr, seine Frau arbeitet in einer Buchhandlung in der Innenstadt Rigas. Seine Hände hält er zwischen den Knien, er presst sie zusammen und sieht den Schweden ruhig an. »Er durfte ja dableiben«, sagte er nach einer Pause. Wer? »Vabulis.« Allerdings. »Wohnt er heute in Schweden?« Nein, er starb auf dem Kai. »Er ist tot?« Ja. »Das habe ich nicht gewusst.« Er schweigt eine Weile. »Das habe ich nicht gewusst. Ja«, sagte er, »ich habe ihm ja gegenübergesessen, ja. Ach so.«

Janis Slaidins, der Arzt, war der erste, der freigelassen wurde, schon nach einer Woche, man brauchte ihn. Er arbeitete, machte Karriere. Er wird von vielen als erfolgreich bezeichnet. Im Herbst 1967 hat er seine Promotion nachgeholt. Auf Fragen, ob die Zeit in Schweden und die davorliegenden Ereignisse seiner Karriere hinderlich gewesen seien oder sie verzögert hätten, antwortet er mit Nein, jedoch mit einem steifen und ausweichenden Gesichtsausdruck: seine Miene sagt, dass dies eine unmögliche Frage ist, die man unmöglich beantworten kann. Er gebraucht oft das Wort »demütigend«. Die Behandlung in Schweden sei äußerst korrekt, aber demütigend gewesen. Während der ersten Zeit habe man sie sehr zuvorkommend behandelt, aber später, im Spätherbst und im Winter, hätten sie sich wie Verbrecher gefühlt. Er betont besonders die Haltung der schwedischen Ärzte, die er als eiskalt, hart, voller Verachtung, aber formell korrekt in Erinnerung hat. Er sagt, er hätte von Kollegen mehr erwartet.

– Während der letzten Monate war alles demütigend. Wir wurden auf verschiedene Lager verteilt, man schubste uns herum, als wären wir Kinder oder ein Haufen Idioten. Was wir auch sagten oder taten, es wurde alles nicht beachtet.

Er hat ein langes, asketisches, aber zugleich offenes Gesicht. Er macht einen intellektuellen, sehr vitalen Eindruck. Er ist korrekt und manchmal sehr aufgeschlossen. Das Wort »demütigend« kommt noch einige Male vor.

Nach zwei Stunden entgleist das Gespräch: sie kommen auf Operationsmöglichkeiten bei Magengeschwüren zu sprechen. Der Notizblock füllt sich nach und nach mit Skizzen. Slaidins ist Nichtraucher. Über das Schicksal der anderen weiß er nicht sehr viel. Er hat kaum Kontakt mit ihnen.

Dass Oberstleutnant Gailitis verurteilt werden würde, war allen klar: sie alle kannten seine engen Beziehungen zu den Deutschen und seine Funktion in Stutthof. In der Urteilsbegründung findet sich auch ein Passus, dem zufolge er auch »Kommandeur eines Polizeibataillons« gewesen sein soll. Nach nichtoffiziellen Angaben soll er 1956 freigelassen worden sein. Die Rückkehr nach Lettland wurde ihm erst 1961 erlaubt.

Er starb in Freiheit, am 14. Juli 1966. Über seinen Tod sind viele Gerüchte im Umlauf – einige behaupten, er habe Selbstmord begangen, die Einsamkeit habe ihm so zugesetzt, dass er schließlich den Freitod wählte.

Das ist nur ein Teil der ganzen Wahrheit. Im Herbst 1965 wurde Gailitis in ein Rigaer Krankenhaus eingeliefert. Er fühlte sich krank und sollte untersucht werden. Einer der Ärzte, die ihn untersuchten, war Janis Slaidins. Sie erkannten einander wieder. Gailitis war offensichtlich schwer krank, man stellte Krebs fest. Er hatte es nicht gewusst. Der Krebs hatte bereits viele Metastasen, an eine Operation war nicht mehr zu denken. Sie unterhielten sich kurz miteinander, erörterten aber nicht die gemeinsamen Erlebnisse in Schweden. Gailitis starb im Juli 1966.

Die Prozesse?

Nachdem er von einem Arbeitslager zurückgekehrt war, begegnete er Mitte der fünfziger Jahre auf einer Straße in Riga einem Bekannten aus der Zeit in Schweden, mit dem er die Ereignisse der Nachkriegszeit diskutierte. Der Legionär – nennen wir ihn K. – wurde im März 1947 verhaftet und angeklagt, einem Polizeibataillon angehört zu haben, das sich Grausamkeiten gegen die Zivilbevölkerung und »Säuberungsaktionen« auf dem Land hatte zuschulden kommen lassen. »Die Zeugen logen furchtbar, übertrieben alles.« Nachdem Beweismaterial vorgelegt worden war, erklärte K. sich für unschuldig, oder, in den Fällen, in denen das Material ein Körnchen Wahrheit enthielt, für entschuldigt, weil er zwangsrekrutiert worden sei und nur Befehlen gehorcht habe. »Ich hatte aber keine Chance. Die Richter und Geschworenen waren von vornherein von meiner Schuld überzeugt, und zum Schluss stellte sich sogar mein eigener Verteidiger hin und sagte, ich sei offensichtlich schuldig. Was sagen Sie zu so einem Prozess! Was für eine Verhandlung! Mein eigener Verteidiger!«

Augusts Dupurs, Leutnant, 1916 geboren, nicht bestraft. »1947 wurden einige der Ausgelieferten von neuem verhaftet, und ich wurde einmal zu einer Verhandlung geladen, bei der ich gegen einen ehemaligen Kameraden aussagen sollte. Er war wegen einiger Kriegsverbrechen angeklagt, ich weiß nicht mehr, worum es ging. Ich sollte erzählen, wie es in Schweden gewesen war, und das tat ich auch. Von der Verhandlung habe ich kaum etwas behalten. Ich weiß nur noch, dass da ein Richter und ein paar Geschworene saßen. Das ist alles, woran ich mich erinnere. Ich machte meine Aussage und ging dann gleich nach Hause.« War die Verhandlung korrekt? »Das kann ich nicht beurteilen. Ich wurde hereingeführt, machte meine Aussage über die Zeit in Schweden und ging dann direkt nach Hause.« War die Verhandlung öffentlich? »Ja, das muss sie gewesen sein, denn im Saal saßen mehrere, die ich kannte. Sie saßen auf den Zuhörerbänken.« Wie reagierten Sie? »Es war mir sehr unangenehm.« Inwiefern? »Es war sehr unangenehm, das ist alles, was ich noch weiß. Ich machte meine Aussage und ging dann auf dem schnellsten Weg nach Hause.« Können Sie sich noch an etwas anderes erinnern? »Nein.«

Wie es zu dem Jahr in Freiheit kam.

»Es war sehr merkwürdig, dass die Prozesse nicht sofort, sondern erst 1947 begannen. Wir lebten zuerst ein halbes Jahr in Freiheit.« Woran lag das? »Die mussten wahrscheinlich erst ihre Papiere sichten. Damals herrschten ja überall chaotische Zustände, so kurz nach dem Krieg.« Gab es einige, die nie freigelassen wurden? »Ja. Ich kenne vier von uns, die man nie auf freien Fuß setzte: Recis, Balodis, Zeteris Ziemelis und Eichfuss.« Können noch mehr *Letten* darunter gewesen sein? »Vielleicht, aber nicht viel mehr. Ich glaube, dass diese vier die einzigen waren, die *ständig* in Gefangenschaft blieben.« Und wie stand es mit den Litauern? »Über die weiß ich nichts. Unter denen gab es ja mehrere Baltendeutsche, die man wohl zusammen mit den Deutschen abgeurteilt hat.«

Villis Ziemelis, angeklagt, in einem Polizeibataillon gedient zu haben. Jekabs Raiskums, verurteilt, weil er Offizier in einem Polizeibataillon gewesen war. Paul Lielkajs, angeklagt, als Offizier in einem Polizeibataillon gedient zu haben.

Was bedeutete das? Warum wurde das als besonders gravierend angesehen?

Für einen Menschen aus dem Westen ist es noch heute schwer zu beurteilen, was während des Zweiten Weltkriegs in den baltischen Ländern geschehen ist. Einerseits gibt es eindeutige Beweise dafür, dass es während der ersten Zeit unter den Russen, von 1940 bis 1941, zu Deportationen in den Osten gekommen ist. Andererseits gibt es aber auch klare Beweise dafür, dass während der deutschen Besetzung weit furchtbarere Massenmorde vorgekommen sind, Massaker an Juden, Kommunisten und Zivilisten, deren Ausmaß man noch heute nicht genau überblicken kann. Manche Fakten scheinen jedoch auch von westlicher Seite für gesichert gehalten zu werden. Die Ausrottung der Juden Lettlands war die effektivste und gründlichste in ganz Europa: 89,5 Prozent der lettischen Juden wurden liquidiert. 85 000 in den ersten zwei Jahren. Hilfe bekamen die Deutschen von lettischen Kollaborateuren, die in *Einsatzgruppen* organisiert wurden. Diese gab es natürlich nicht nur in Lettland – »im September 1941 raste eine lettische Gruppe, die zum Einsatzkommando 3 gehörte, über Raseinyai, Rokishkis, Sarasi, Perzai und Prienai hinweg und tötete alle Juden in diesem Gebiet – in nur drei Monaten war es dem Kommando mit lettischer Hilfe gelungen, 46 692 Juden umzubringen« (*The Destruction of the European Jews*). Die von den Deutschen eingesetzten lettischen Polizeiverbände erreichten eine ähnliche Effektivität, sie wurden mit der Zeit gefürchtet und gehasst, und die bloße Anklage, kürzere oder längere Zeit einem hinter der Front operierenden Polizeiverband angehört zu haben, wurde nach dem Krieg für die Betroffenen praktisch schon zu einem Urteil. Welche lettischen Volksgruppen wurden liquidiert? Selbstverständlich alle Juden und Kommunisten, aber auch andere. Zwischen dem 1. und dem 31. Juli 1941 wurden im Bikierni-Wald in Lettland 24 625 Juden umgebracht. Verantwortlich für diese Aktion waren deutsche SS-Männer, lettische Polizisten, deutsche Nazis, deutsche SS-Verbände, lettische Kollaborateure: im Osten wie im Westen gibt es viele Dokumentensammlungen, die lettischen Kollaborateuren schwere Verbrechen vorwerfen. Wer will die Wahrheit herausfinden, ohne die Original-Dokumente studiert zu haben?

Innerhalb der Einsatzgruppe A wurden fünf lettische Polizeikompanien aufgestellt, die bei Säuberungs- und Terroraktionen eingesetzt wurden. Die lettischen Säuberungsgruppen waren vor allem während des ersten Jahres der deutschen Besetzung sehr aktiv: sie begannen schon während der Sommermonate damit, hinter der zurückweichenden und zersplitternden russischen Front zu operieren, und als die Deutschen Lettland besetzten, stellten sie fest, dass sie sogleich auf ausgebildete und willige lettische Handlanger zurückgreifen konnten. Mitunter allzu willige: Bericht eines deutschen Bezirkskommandeurs in Lettland, Oktober 1941. »Ich bin überzeugt, dass die ständigen Hinrichtungen von Kommunisten, die gegenwärtig stattfinden, auf Teile der Bevölkerung einen äußerst ungünstigen Eindruck machen. Ich will nicht leugnen, dass Vidzeme verhältnismäßig stark vom Kommunismus infiziert gewesen ist. Aber bereits wenige Tage nach Ankunft der deutschen Truppen wurden Hunderte von Kommunisten von Angehörigen des lettischen Schutzkorps oder von lettischen Polizisten niedergeschossen. Die deutsche Sicherheitspolizei hat sich während dieser Tage mehr oder weniger still verhalten. Heute können solche Methoden nicht mehr hingenommen werden.« Sowjetischen Untersuchungen zufolge wurden während des Krieges 313 000 Zivilisten von den Deutschen auf lettischem Boden hingerichtet. Es ist eine traurige Tatsache – worauf auch die großen Standardwerke über die Ausrottung während des Krieges ständig hinweisen –, dass lettische

Kollaborateure, Milizsoldaten und Polizisten bei diesen Aktionen sehr aktiv waren.

Hängt dies in irgendeiner Form mit den von Schweden ausgelieferten Legionären zusammen?

Bei den meisten besteht kein Zusammenhang. Die Angehörigen der Gruppe, die über Bornholm nach Ystad gekommen war, gehörten meist einer anderen Kategorie an: den zwangsweise an die Front Kommandierten. Nur wenige der 1947 Verurteilten gehörten zu dieser »Gruppe Bornholm«. Bei denen, die direkt aus Lettland nach Gotland gekommen waren, mag es etwas anders aussehen. Diese Männer scheinen häufiger vor Gericht gestellt und abgeurteilt worden zu sein.

Einige Beispiele. Die folgenden Angaben stammen aus sowjetischen Archiven. Es kann also sein, dass sie – worauf bereits hingewiesen worden ist – nicht in jedem Fall zutreffen. Sie sind jedoch nicht uninteressant.

Oscars Recis, Leutnant, 1914 geboren, floh im Mai 1945 nach Gotland. Über ihn finden sich folgende Angaben. Im November 1941 meldete er sich freiwillig zum deutschen Sicherheitsdienst in der lettischen Stadt Daugavpils. Dort wurde er mit Karteiarbeiten beschäftigt, die lettische Kommunisten sowie deutschfeindliche lettische Nationalisten betrafen. 1941 kam er nach Livani, wurde dort Leiter einer Polizeiabteilung des SD; bei der späteren Gerichtsverhandlung wurde er auch beschuldigt, an Misshandlungen aktiv teilgenommen zu haben. Im Juni 1944 trat er eine Stellung als stellvertretender Direktor des Zuchthauses von Ventspils an. Bei der Verhandlung wurden einige Zeugen vernommen, die behaupteten, er habe Gefangene persönlich misshandelt, unter anderem mit einem Gummiknüppel.

Vor allem aber machte man ihm zum Vorwurf, dass er während seines Dienstes in Daugavpils bei der Liquidierung von Juden mitgewirkt habe. 1947 wurde er zu achtzehn Jahren Gefängnis verurteilt. 1956, also drei Jahre nach dem Tod Stalins, saß er noch immer in einem Straflager. Aus diesem Jahr findet sich in den Akten eine Notiz: er stellte in diesem Jahr bei einem Appellationsgericht den Antrag auf Begnadigung. Dieses Gnadengesuch wurde abgelehnt, mit der Begründung, dass seine Verbrechen zu schwer seien, um eine Verkürzung der Strafzeit zu erlauben. In denselben Akten wird jedoch angegeben, dass er am 23. Januar 1958 entlassen wurde.

Peteris Ziemelis, Leutnant, 1918 geboren, floh nach Gotland, wurde interniert und von den Schweden ausgeliefert. Über ihn haben die Archive folgendes zu berichten. Im Juli 1941 schloss er sich freiwillig der »lettischen« Sicherheitspolizei an. Er diente in Daugavpils, einer lettischen Stadt östlich von Riga, wo er Chef eines Verhörkommandos wurde. In Daugavpils gab es damals ein jüdisches Ghetto, das erste Lettlands, wohin man viele Juden aus der weiteren Umgebung gebracht hatte. Im November und Dezember 1941 wurde dieses Ghetto vernichtet. Peteris Ziemelis wurde angeklagt, zusammen mit drei anderen, namentlich benannten Männern für die Morde an 33 000 Juden verantwortlich zu sein (davon waren 3960 Kinder). In derselben Verhandlung wurde Ziemelis auch angeklagt, bei dieser Säuberungsaktion bestimmte Grausamkeiten begangen zu haben, ferner soll er jüdische Frauen aus dem Ghetto mit auf sein Zimmer genommen und sie dort sexuell missbraucht haben. Ferner wurde er angeklagt, am 8. und 9. November 1941 zusammen mit zwei Helfern fünfzig Juden eigenhändig umgebracht zu haben. Ziemelis war damals Chef eines Vernichtungskommandos und brauchte Liquidationen nur in Ausnahmefällen selbst vorzunehmen.

Diesen Angaben nach soll er während der ganzen Zeit einem rein *lettischen* Polizeiverband angehört haben, der natürlich den deutschen Besatzern unterstellt war und von ihnen dirigiert wurde. Im Juli 1944 kam er zum SD. Im Oktober 1944 wurde er als SD-Offizier nach Kurland versetzt und zum Chef des Zuchthauses von Ventspils gemacht: es gibt also eine gewisse Parallele zur Geschichte Oscars Recis, der zu dieser Zeit ja stellvertretender Chef desselben Zuchthauses war. Im Mai 1945 floh Peteris Ziemelis nach Schweden. Sein letzter Dienstgrad war, diesen Quellen zufolge, der eines SD-Untersturmführers.

Ziemelis und Recis wurden in einem Prozess abgeurteilt: das Material ist sehr umfangreich; es wurden 162 Zeugen gehört. Die genannten Angaben stammen aus der Zusammenfassung, die der Urteilsverkündung vorausging.

Peteris Ziemelis wurde zum Tod verurteilt. Er ist der einzige der Ausgelieferten, der *nachweislich* zum Tod verurteilt worden ist. Es ist möglich, dass noch einige wenige andere Todesurteile ausgesprochen worden sind, aber dies ist das einzige, das als absolut sicher gelten kann, weil es durch sowjetische Prozessakten bekräftigt wird.

Wurde das Todesurteil vollstreckt?

Darüber geben die Akten keine Auskunft. Der lettische Historiker, von dem die Angaben stammen, stellte nur fest, dass ein Todesurteil verkündet worden war und dass sich weitere Angaben in den Akten nicht fanden. Es ist aber wahrscheinlich, dass Ziemelis hingerichtet wurde.

Aber.

Bei einem Gespräch im September 1967 behauptet der lettische Leutnant L.P., noch 1964 mit Peteris Ziemelis korrespondiert zu haben. Dieser soll sich damals in irgendeinem Arbeitslager der Sowjetunion befunden haben. Er soll in seinen Briefen angegeben haben, dass man ihn zwar zum Tod verurteilt habe, dass die Strafe aber in eine fünfundzwanzigjährige Haftstrafe umgewandelt worden sei. In eine Haftstrafe also, die offenbar nicht verkürzt werden konnte.

Nach dieser Version, der Glauben zu schenken aus bestimmten Gründen durchaus zulässig ist, ist Ziemelis also der letzte der ausgelieferten Legionäre, der noch eine Strafe absitzt. Seine Haftzeit wird 1972 zu Ende sein. Dann sollte auch er freigelassen werden.

Wurden noch weitere Todesurteile ausgesprochen?

Es ist möglich, dass Ernests Kessels, der 1962 nach Verbüßung einer langen Haftstrafe in Freiheit starb, ursprünglich zum Tod verurteilt worden ist. Das wird von lettisch-schwedischer Seite behauptet. Diese Angaben erscheinen dem Untersucher jedoch weniger glaubhaft: es ist wahrscheinlicher, dass man ihn zu einer Strafarbeit von zwanzig bis fünfundzwanzig Jahren verurteilt hat und vorzeitig entließ. Die Informationen, die der Untersucher erhielt und die zum Teil sehr unklar und diffus waren, deuten darauf hin.

Man kann ferner feststellen: es ist unwahrscheinlich, dass gegen Letten weitere Todesurteile ausgesprochen worden sind. *Kein* Todesurteil scheint vollstreckt worden zu sein. Da Peteris Ziemelis, Oscars Recis, Karlis Gailitis und Ernests Kessels nicht hingerichtet worden sind, ist es höchst unwahrscheinlich, dass andere Angehörige dieser ausgelieferten Gruppe hingerichtet wurden.

Kann man diesen Archivangaben glauben? Sah der Lebenslauf des Peteris Ziemelis wirklich so aus?

In Daugavpils hat es tatsächlich ein jüdisches Ghetto gegeben, das im November und Dezember 1941 vernichtet wurde. Insoweit kann die Geschichte geprüft werden. Der Angeklagte kann nicht zu Wort kommen, die Fragezeichen müssen also bleiben. Als er nach Gotland kam, teilte er den schwedischen Behörden kurz und bündig mit, dass er »als SS-Offizier in Ventspils« gedient habe. Dieses kleine Mosaiksteinchen ist damit auch gesichert. Bei der individuellen Untersuchung aber, die von den schwedischen Behörden am 25. November 1945 vorgenommen wurde, nachdem im Reichstag eine entsprechende Forderung erhoben worden war, machte Peteris Ziemelis ganz andere Angaben. In den Akten steht unter seinem Namen: »Ziviler Pass. Ist lettischer Offz. Zur deutschen Wehrmacht zwangseingezogen. Desertiert. Kein deutscher Militärdienst. Kam in lettischer Uniform nach Schweden.«

Er hatte also seine Angaben inzwischen korrigiert.

Sein Kamerad Oscars Recis machte bei dieser Gelegenheit folgende Angaben: »Lettischer Offz. Zur deutschen Wehrmacht zwangseingezogen. Desertiert. Kein deutscher Militärdienst, dagegen Arbeit als Müller für die deutschen Militärbehörden. Floh von Kurland nach Gotland; trug bei der Ankunft Offz.-Mantel.«

Wie hätten die schwedischen Behörden handeln sollen?

Während des Winters 1966/67 stellte der Untersucher bei Seiner Majestät dem König den Antrag, das geheime Material über die Auslieferung der Balten einsehen zu dürfen. Diese Dokumente befanden sich zum Teil im Außenministerium, zum Teil im Kriegsarchiv. Er unternahm wiederholte Vorstöße; die Militärbehörden befürworteten sein Gesuch, aber die Regierung sagte nein. Diese Korrespondenz wuchs sich bald zu einer ansehnlichen Akte aus. Es blieb aber bei dem ablehnenden Bescheid, der unter anderem damit begründet wurde, dass in dieser Sache auch das Verhältnis zu einer fremden Macht berührt werde. Der Untersucher konnte jedoch feststellen, dass diese fremde Macht (die Sowjetunion) bedeutend kooperativer und entgegenkommender zu sein schien als die schwedischen Behörden. Es hatte den Anschein, als sei es leichter, an russische Archive als an schwedische heranzukommen. Es ist jedoch unmöglich, daraus irgendwelche Rückschlüsse zu ziehen auf die einem Staatsbürger gegebenen Möglichkeiten, Einblick in die Geschäfte des Staats zu gewinnen. Er schrieb dies in einem Brief an einen schwedischen Minister. »Ich habe *nicht* den Eindruck gewonnen, dass Schweden ein Polizeistaat ist. Ich ziehe aus dieser Sache keine übereilten Schlüsse. Die größere Offenheit seitens der Sowjetunion kann *sehr wohl* nur scheinbar sein, zufällig oder durch taktische Erwägungen diktiert. Diese meine Erfahrungen sind *keineswegs* ein Beweis dafür, dass die Sowjetunion ein reineres Gewissen hat als Schweden.«

Unter den Dokumenten, die er einzusehen wünschte, befanden sich auch einige, die die nicht ausgelieferten Legionäre betrafen. Er bat um Angaben über Oscars Lapa, Edvard Alksnis und Peteris Vabulis. Lapa und Vabulis hatten in Schweden Selbstmord begangen. Alksnis hatte sich einen Bleistift ins Auge getrieben und wohnte jetzt in London. Was konnten die sowjetischen Archive über sie berichten?

Nach zwei Tagen wusste er Bescheid.

Über Edvard Alksnis und Peteris Vabulis gab es in den Archiven nichts, was zu einer Verhaftung hätte führen können. Sie hatten zwar in deutscher Uniform gekämpft, hatten sich aber *keines* Kriegsverbrechens schuldig gemacht. Ihr Waffenschild war fleckenlos, und wenn sie hätten ausgeliefert werden können, wären sie vermutlich zusammen mit den anderen freigelassen worden.

Im Fall Oscars Lapas ergab diese Testfrage jedoch ein etwas anderes Ergebnis.

Oscars Lapa war Apotheker, in Liepaja geboren. Während der dreißiger Jahren war er Mitglied einer halbfaschistischen Organisation namens »Personkrusts« (Das Gewitterkreuz). 1942 kam Oscars Lapa zur SS und durchlief anschließend eine SD-Schule in Fürstenwalde. Im Mai 1942 wurde er einem Kommando zugeteilt, das einem gewissen Viktor Arajs unterstand. Über diesen Mann gibt es eine ausführliche und sehr zuverlässige Dokumentation, auch im Westen. Er wird in den meisten Untersuchungen als schwerer Kriegsverbrecher bezeichnet; unter seinem Kommando wurden in Lettland sehr umfassende Vernichtungsaktionen durchgeführt. Sowjetische Quellen geben an, dass man in ihm den Verantwortlichen für die Liquidierung von gut hunderttausend lettischen, litauischen, weißrussischen, ukrainischen und polnischen Kriegsgefangenen sehen müsse.

Welche Rolle Oscars Lapa in diesem Kommando spielte, wird in den Akten nicht erwähnt. Dort ist bloß vermerkt, dass er den Rang eines SS-Untersturmführers bekleidete und Chef einer Gruppe von 25 Mann war.

Diesem Kommando gehörte er zwei Jahre an. Im Frühjahr 1944 taucht er wieder in den Akten auf – um diese Zeit kam er nach Liepaja, wo er als SD-Offizier arbeitete. Über diese Zeit gibt es keine Berichte. Im Herbst 1944 kam er zur 15. lettischen SS-Division, einem Verband, der größtenteils aus zwangsrekrutierten jungen Letten bestand, die man schlechtbewaffnet an die Front schickte, wo sie zur Hälfte aufgerieben wurden. Anschließend wurde diese Division nach Deutschland geschickt, um reorganisiert zu werden. Ein kleiner, versprengter Trupp der Division floh im Frühjahr 1945 von Danzig nach Bornholm und anschließend weiter nach Schweden. Unter diesen Männern befand sich auch Oscars Lapa.

Was hatte er während der zwei Jahre in dem Kommando Viktor Arajs gemacht? Es ist zwecklos, Spekulationen anzustellen, er ist tot; man konnte ihn nicht vor Gericht bringen. Der lettische Historiker, der die Archive durchgesehen hat und dabei eine gewisse, wenn auch oberflächliche Kenntnis von sowjetischer Justizpraxis in der damaligen Zeit erhalten hat, hält es auf jeden Fall für wahrscheinlich, dass man Oscars Lapa den Prozess gemacht hätte, wenn er ausgeliefert worden wäre. Wäre er verurteilt worden? Wessen hätte man ihn anklagen sollen? Eine sinnlose Frage, weil es zu einem solchen Verfahren nie gekommen ist.

Entsprechen alle diese Archivangaben der Wahrheit? Das lässt sich unmöglich feststellen. Sie sind aber trotzdem sehr interessant, weil sie – ganz abgesehen von der Frage, ob sie wahr oder gefälscht sind – ein gutes Bild von den Beschuldigungen geben, die im Jahre 1947 gegen eine Gruppe der von Schweden ausgelieferten Legionäre erhoben wurden. *Anklagen* dieser Art sind ganz offensichtlich gegen sie erhoben worden. Die *Urteilsbegründungen* sahen fast genauso aus.

Ob die Anklagepunkte zutreffend waren oder nicht, kann heute kein Außenstehender mehr beurteilen.

Aber die Angaben über Lapa? Hatte er wirklich zwei Jahre lang in dem Kommando unter Viktor Arajs gedient? Er wurde ja nie vor Gericht gestellt, er konnte sich nie verteidigen und kann es auch heute nicht mehr. Er nahm sich in Schweden das Leben, unter dem Druck einer Situation, die ihm absolut hoffnungslos erschien. An seinem letzten Abend behauptete er noch, er sei sicher, dass die Russen ihn erschießen würden. Kann es damit nicht sein Bewenden haben? Soll man die Toten nicht ruhen lassen? Bedeutet dies nicht, über Tote zu Gericht zu sitzen?

Und von allen Fragen, die diese Auslieferung betrafen, schien diese am schwersten beantwortet werden zu können: wie sollte der Untersucher sich zu allem stellen, was er gesehen und gehört hatte? Ihm kamen die unablässigen Warnungen aus Schweden in den Sinn: »Sie werden dich anlügen. Sie werden dich daran hindern, die Wahrheit zu erfahren. Sie werden dich mit Lügen vollstopfen. Glaube ihnen nicht. Glaube ihnen nicht.« Jetzt saß er hier inmitten eines ständig wachsenden Haufens von Dokumenten, Informationen, Fotografien und Notizen, er hatte keine Möglichkeit, den Wahrheitsgehalt selbst zu kontrollieren, weil er nicht Lettisch sprach. Sollte er das alles publizieren? War er im Begriff, düpiert, hinters Licht geführt zu werden? Wenn sie ihm Lügen aufgetischt hatten, musste er zugeben, dass sie äußerst geschickt gelogen hatten, weil etliche kleine Detailangaben genau stimmten. Sie hatten ihm gesagt, dass Vabulis unschuldig gewesen sei, aber dass Lapa sicher verurteilt worden wäre, wenn Schweden ihn ausgeliefert hätte – warum hatten sie nicht in beiden Fällen gelogen? Warum hätten sie ausgerechnet im Fall Lapas lügen sollen, über den schon in Schweden so viele Gerüchte im Umlauf waren, dem vieles unterstellt wurde, warum gerade bei Lapa, der vielleicht – an seinem letzten Abend – schon selbst vieles angedeutet hatte, als er sich zum letztenmal mit einem Schweden unterhielt?

Nein, dies war keine Gerichtsverhandlung über Tote. Die Toten erhoben sich und sprachen selbst: Per Albin Hansson und Oscars Lapa, Peteris Vabulis und Ernests Kessels, Christian Günther und Karlis Gailitis. Nachdem die Geschichte einmal zum Leben erweckt worden war, standen alle auf und begannen zu sprechen, sie waren Ankläger und Angeklagte, die Dokumente sprachen und die Briefe auch, die Geschichte sprach, sie schien über sich selbst zu Gericht zu sitzen. Alle sprachen sie mit wütender und gekränkter Stimme, und ihr Zorn sollte nie aufhören, weil diese Auslieferung ihretwegen nie aufhören sollte zu leben. Informationen, Dokumente, Archive, Anklagen – sollte er hinters Licht geführt worden sein, würde die Geschichte ihn korrigieren. Bis auf weiteres konnte er sich darauf beschränken, die Mosaiksteinchen vorzulegen, die er gefunden zu haben meinte, auch wenn es schwerfiel, sie in das Gesamtbild einzufügen.

War es möglich, aus Urteilsbegründungen und Protokollen noch etwas anderes herauszulesen? Unter anderem dies: die Urteile erschienen bei einigen Angeklagten absurd hart, gemessen an dem, wessen sie angeklagt waren. Wenn die Anklage sich auf eine kurze Zugehörigkeit zu einer Polizeikompanie gründete, betrug die Strafe fünfzehn Jahre. Gegen einige andere wurden weit schwerwiegendere Anklagen erhoben, aber die Strafe fiel deswegen nicht viel härter aus. Die Strafen für leichtere und schwere Vergehen scheinen merkwürdig ähnlich zu sein.

Andererseits – äußerst wenige der verurteilten »schwedischen« Legionäre haben offenbar ihre Strafe voll verbüßt. Zwischen 1952 und 1957 sind wohl die meisten freigelassen worden, also nach fünf bis zehn Jahren Arbeitslager. Sie kehrten, einer nach dem anderen, nach Lettland zurück.

Gib nicht auf. Mach weiter. Lapa: im Juni 1941 wurden – bestimmten Quellen zufolge – seine Eltern von den Russen deportiert. Wenn das stimmte – welche Konsequenzen hatte das in bezug auf das Verhältnis Lapas zum Kommunismus? Welche Angaben über sich selbst hat er bei den Schweden zu Protokoll gegeben? Am 25. November 1945: »Oscars Lapa. Geb. am 19.6.1904. Zivil-Pass Nr. BZ 017664, ausgestellt von der Meldebehörde in Liepaja am 10. Januar 1929. Adoptivsohn Lapas, leiblicher Vater der Kaufmann Otto Petterson aus Cesvani, Livland. Sagt, dass Apotheker nicht hätten eingezogen werden dürfen, zeigt die Abschrift eines Diploms der Universität Lettlands in Riga, die ihn als Magister der Pharmazie ausweist.« Aber was ist in den zwei Jahren in Viktor Arajs Kommando geschehen?

Schlussaddition. Von den hundertdreißig Letten scheinen etwa fünfundzwanzig bis dreißig bestraft worden zu sein. Aber: noch im März 1968 schrieb einer der – selbst verurteilten – Legionäre in einem Brief an den Untersucher, dass »von unserer Gruppe, also von den ausgelieferten Letten, etwa fünfzehn Mann bestraft worden sind. Die meisten haben während der Besatzungszeit in Polizeiverbänden gedient«. Der Briefschreiber hatte während des Winters einige Untersuchungen auf eigene Faust angestellt und mit mehreren der Ausgelieferten gesprochen, sowohl in Riga wie in der Provinz. Er hatte unter anderem versucht, mit Peteris Ziemelis und Oscars Recis Verbindung aufzunehmen, aber ohne Erfolg. Die Zahl der verurteilten Letten schwankt also vermutlich zwischen fünfzehn und dreißig: präzisere Angaben existieren bis heute nicht. Von den sieben Esten wurde einer verurteilt. Von den neun Litauern wie viele? Sechs von ihnen waren Offiziere gewesen, einer Arzt und zwei Unteroffiziere, sie gehörten nicht zur Danzig-Bornholm-Gruppe, man muss davon ausgehen, dass die Zahl der Bestraften unter ihnen sehr hoch ist, dass sie unter Umständen hundert Prozent beträgt. Dass einige vor Gericht gestellt und abgeurteilt wurden, ist erwiesen, zum Beispiel Lengvelis, Langys und Jancys. Die wahrscheinliche Höchstzahl der Verurteilten wäre also 30 plus 1 plus 9 = 40 Mann; die Mindestzahl 18 plus 1 plus 9, also 28. Es ist also durchaus berechtigt, wenn man annimmt, dass ungefähr fünfunddreißig der hundertsechsundvierzig ausgelieferten Balten verurteilt worden sind.

Man mag gegen diese Zahlen Einwendungen erheben, aber so weit ist *der Untersucher* bei *seinen* Recherchen gekommen. Ungefähr fünfunddreißig von hundertsechsundvierzig Ausgelieferten wurden bestraft.

Hingerichtet wurde keiner.

Eins der Lager lag in Workuta, in der Nähe einer Stadt gleichen Namens. Es war ein Lager, das sich über ein großes Gebiet erstreckte, es umringte eine Stadt, die am Fuß des Urals lag. An manchen klaren Tagen konnten sie am Horizont die Berge sehen. In dieser Gegend gab es große Kohlenlager. Zwei Flüsse durchzogen dieses Gebiet, Petschora und Workuta. Das Lager war eigentlich nicht eins, es bestand aus mehreren kleinen Lagern, die in der Nähe der Kohlengruben und der Industriebetriebe lagen. Die Arbeiter wohnten in Holzbaracken, äußerst beengt, die hygienischen Verhältnisse waren schlecht. Sie waren ohne Hoffnung. Während der ersten Nachkriegsjahre war das Essen miserabel, und jede Kleinigkeit wurde vom Kampf ums Überleben geprägt. Allmählich verbesserten sich die Lebensbedingungen, aber die meisten derer, die in diesem Lager gesessen haben, sprechen mit Abscheu über die ersten Jahre: sie waren in mancher Hinsicht unerträglich. Es wurde in drei Schichten gearbeitet, der Arbeitstag hatte acht Stunden, aber der Weg zur Arbeit und der Heimweg wurden nicht mitgerechnet. Im Winter war die Kälte fürchterlich; wer in einer Grube arbeitete, war während des Winters im Vorteil, weil die Temperaturen dort unten erträglicher waren. Es konnten aber nicht alle in den Bergwerken arbeiten, und wer im Freien arbeitete, war ständig von Erfrierungen bedroht. Die Löhne? Sie waren unbedeutend, aber es wurde wenigstens etwas gezahlt. Die Zahl schwankte zwischen 50 und 150 Rubel im Monat, und ein Rubel war damals erheblich weniger wert als heute.

Dorthin, nach Workuta, kamen auch einige der Legionäre. Einer von ihnen, L. B., sollte acht lange Jahre dort bleiben.

Die ersten Jahre waren die schlimmsten; damals ging es nur ums nackte Überleben. Während der frühen fünfziger Jahre kamen allmählich kleine Verbesserungen, und nach Stalins Tod trat ein radikaler Umschwung ein. Zum erstenmal konnte man jetzt in den Speisesälen Essensreste stehen sehen, übriggelassene Brotstücke und halb geleerte Teller. Auch die Löhne wurden jetzt besser. – Wie war die Behandlung im Lager?

– Man kann sagen, dass die Wachen uns im allgemeinen anständig behandelten. Ich selbst bin nie misshandelt worden und habe auch keinen Fall von Brutalität gesehen. Dagegen habe ich gehört, wie es in den ersten Jahren zugegangen ist, gleich nach dem Krieg. Damals soll es zu Misshandlungen gekommen sein. Ich will diese Dinge nicht verteidigen, aber man sollte bedenken, wie erregt die Stimmung kurz nach Kriegsende gewesen ist. Die Russen hassten alles Deutsche, sie hassten die Deutschen und die deutsche Wehrmacht sowie alle, die in ihr gekämpft hatten. Ich will die Fälle von Misshandlung, die es damals gab, nicht verteidigen, aber man sollte bedenken, dass die Russen viel gelitten haben. Aber in den Jahren, in denen ich dort war, waren die Wachposten sehr anständig. Man muss schließlich verstehen, dass auch sie unter sehr schweren Bedingungen lebten. Sie befanden sich auch nicht gerade im Paradies, sie hatten keinen Grund, uns zu piesacken, sie fühlten sich eher als unsere Brüder im Unglück.

– Sind Sie jetzt auch aufrichtig?

– Was ich sage, ist die Wahrheit, ich brauche nicht zu lügen. Wir hatten das Glück, in unserem Lager einen anständigen Kommandanten zu haben. Ich erinnere mich noch daran, dass wir immer sagten, bei einem plötzlichen Umschwung der politischen Verhältnisse, der uns an die Macht brächte, würden wir uns nicht an ihm rächen. Wir würden ihm nichts tun. Er war ein guter Mensch, verstehen Sie? *Ein guter Mensch!*

– Und im übrigen?

– Unser Problem waren weder die Wachen noch die Lagerleitung. Problematisch war vielmehr, dass politische und kriminelle Gefangene

oft zusammengelegt wurden. Und die Kriminellen – von denen möchte ich gar nicht erst reden. Wir verabscheuten sie. Aber wir waren gezwungen, mit ihnen zu arbeiten und zu leben. Das war das Schlimmste für uns.
– Und sonst?
– Es ging. Wir überlebten. Wir kehrten zurück.
– Was können Sie mir sonst noch erzählen?
– Ich weiß nicht, sagt er. Es liegt nicht daran, dass ich nichts erzählen will. Oder dass ich Angst habe, etwas zu sagen. Aber was geschehen ist, ist allmählich weggeglitten. Workuta, die Lager, die Gruben, die Essenssäle, die Baracken, der Stacheldraht, die Appelle, die Schufterei, die Kälte. Es ist wie ein Traum, es ist alles so unwirklich, als hätte nicht ich das alles erlebt. Es tut auch nicht mehr weh, wenn ich an diese Zeit denke. Ich fühle nichts. Mir ist, als sähe ich durch Nebel, als träumte ich, als erlebte ich einen Alptraum, der immer weiter von mir fortgleitet.

Er wurde 1955 freigelassen. Einige Jahre später kehrte er nach Riga zurück.

Woran erinnert er sich? Eines Tages sah er einen Gruß aus einem Land, das er nicht vergessen hatte: aus Schweden. Es war Butter aus Schweden. Er sah es auf dem Etikett, es war schwedische Butter. Er sah das Etikett an und aß dann die Butter auf. Er sagt, dass er dabei nicht besonders an Schweden gedacht habe. Die Butter war gut. Er aß sie auf.

Sie lebten mit den Deutschen, sollten aber länger dableiben als sie. Eines Tages kamen Gerüchte auf, Adenauer sei in Moskau gewesen und solle bei seinem Besuch die Freilassung deutscher Kriegsgefangener ausgehandelt haben. Bald darauf wurden die Deutschen tatsächlich freigelassen, aber die Balten blieben da. Sie waren empört und protestierten heftig, aber das half nichts.

Der Legionär und Offizier P., der auch Arbeitslager-Erfahrung besitzt, spricht lange darüber. Er ist mager, hat glänzende, aber wehmütige Augen, bewegt sich mit raschen Bewegungen, hat einen Zahn aus rostfreiem Stahl, lächelt oft.

Er wohnt ganz allein in Riga.

Seine Familie wohnt in Australien. Ehefrau, zwei Kinder. Er hat seine Söhne als kleine Jungen gesehen, seitdem nie wieder. Er selbst bekommt keine Ausreisegenehmigung, und sie wollen ihn nicht besuchen.

Er wohnt ganz allein in Riga.

– Ich schreibe an meine Familie, sagt er. Ich schreibe oft, und sie antworten mir. Es geht ihnen sicher gut in Australien. Einer der Jungen hat im Frühjahr geheiratet. Ich kann ja nicht hinfahren, aber ich frage in jedem Brief, wann sie wohl herkommen werden. Kommt ihr mich bald einmal besuchen? schreibe ich. Aber darauf antworten sie nie. Sie antworten auf alles andere, aber nie darauf. Ich schreibe und frage und frage, aber sie sagen nie, wann sie endlich einmal kommen werden. Können Sie verstehen, warum?

– Vielleicht haben sie Angst, hierherzukommen?

– Aber das brauchen sie doch nicht.

– Vielleicht können sie sich die Fahrt nicht leisten?

– Ja, das ist möglich, sagt er. Er hält seine Hände zwischen den Knien gefaltet und schweigt verwirrt und niedergeschlagen. Nein, sagt er dann, sie haben sicher kein Geld für die Fahrt. Es ist eine lange Reise.

– Vielleicht ist es aber auch so, sagt der Schwede, dass sie sich für politische Flüchtlinge halten und meinen, sie könnten die Heimat grundsätzlich nicht besuchen.

– Ja, sagt er. Ja. Nun, ich weiß ja nichts, weil sie auf diese Fragen nie antworten. Es wäre aber schön, die Jungen einmal wiederzusehen.

Die Briefe? Wovon sprechen sie in ihren Briefen?

– Manchmal, sagt er, ist es zu merken, dass wir einander so unähnlich geworden sind, so fremd. Das merkt man an den Briefen. Wir haben ja so verschiedene Dinge erlebt. Manchmal denke ich, sollten einmal alle Grenzen fallen und alle Menschen ungehindert überallhin reisen können, würden wir vielleicht auch nicht mehr zusammenleben können. Vielleicht ist es schon so weit, dass ... manchmal weiß ich gar nicht mehr, ob ich es überhaupt wagen würde.

– Wagen?

Aber er antwortet nicht.

– Wie war es für Sie, nach Lettland zurückzukehren?

– Oh, sagt er und lächelt, es war sehr schön, aber das wird niemand verstehen. Es hatte sich alles so verändert, man hatte so viel wiederaufgebaut. Es war, als hätte Lettland allmählich wieder zu leben begonnen. Wir hatten es aufgebaut, und nun lebte es wieder, wie vor dem Krieg.

– Wir?
– Ja, wir haben es ja wiederaufgebaut.
– Aber die Lager? Wie war es in den Lagern?
Er schweigt einen Augenblick.
– Nein, sagt er schließlich, das würden Sie doch nicht verstehen. Es ist schwer zu erklären. Ich kann alles beschreiben, wie wir lebten, was wir aßen, wie wir arbeiteten, was wir in unserer Freizeit machten. Aber Sie würden dennoch nichts verstehen.

Über das Leben und die Verhältnisse in den sowjetischen Arbeitslagern gibt es unendlich viele Augenzeugenberichte; sie sind sehr exakt und enthalten detaillierte Angaben über Essensportionen, die Breite der Schlafpritschen, die Höhe der Absperrungen, die Arbeit und die Organisation der Lager. Sämtliche Berichte sind präzis und genau. Einige sind von Hass geprägt, andere von ideologischen Vorurteilen, einige von Verständnis. Die Literatur über diese Lager ist zahlreich und umfassend. Er las viele Schilderungen und hörte viele Augenzeugen, aber nie fand er sein persönliches Unvermögen besser eingefangen als in diesen Worten: Sie würden dennoch nichts verstehen. Und danach machte er einen Punkt: 1947 wurden sie verurteilt. Sie saßen viele Jahre, Anfang der fünfziger Jahre begann man, sie freizulassen, die meisten wurden einige Jahre später entlassen. Am 17. September 1955 verkündete der Oberste Sowjet seine allgemeine Amnestie »der sowjetischen Staatsbürger, die während des Großen Vaterländischen Krieges mit den Besatzern zusammengearbeitet haben«. *Alle* diejenigen, die mit den Deutschen zusammengearbeitet hatten, kamen nicht in den Genuss dieser Amnestie. Aber ein Abschnitt in der Geschichte der Arbeitslager war damit beendet, und die Legionäre hatten ihre Strafen verbüßt.

»Es klingt vielleicht merkwürdig, aber ich bin heute Sozialist.« Ist dieser Mann aufrichtig? »Ich habe viel gesehen. Ich habe viel erlebt. Es ist schwer, die eigene Entwicklung zu beschreiben.« Gab es in den Lagern eine politische Schulung oder Indoktrinierung? »Das gab es, aber ich bin nicht deshalb Sozialist geworden.«

Warum dann?

Der Legionär Y. sprach in einigen Sätzen über seine Einstellung zur Sowjetunion, und während dieser Augenblicke machte sich auf seinem Gesicht ein schiefes und vieldeutiges Lächeln breit. Auf Fragen nach seinem heutigen politischen Standort antwortete er jedoch ausweichend und sah den Schweden mit einem merkwürdigen Ausdruck in den Augen an. Dieser ging daraufhin zu einer anderen Kategorie von Fragen über.

Wie viele Antworten? Was für Antworten?

Viele Antworten. Ebenso viele Antworten wie Individuen.

4

Sie beendeten ihr Gespräch, gaben einander die Hand und trennten sich. Sie hatten in einem Park gesessen, es war spätabends, er stand auf, verabschiedete sich und ging, während der Schwede sitzen blieb. Das achte Gespräch in Riga, im September 1967, Dauer zwei Stunden und vierzig Minuten, es war Abend, Altweibersommer. Der Schwede blieb sitzen und dachte: da geht er, nachdem er mich an seinem Leben hat schnüffeln lassen. Er hat keine Angst gehabt, ist völlig offen gewesen, aber ich habe nichts weiter getan als geschnüffelt, wie ein Hund. Ich komme als Fremder daher, schnuppere und versuche, von seinem Leben Witterung zu bekommen.

Er blieb auf der Parkbank sitzen und dachte: der Geruch seines Lebens bleibt vielleicht haften wie eine Witterung. Ich bleibe sitzen und prüfe das nach, und wenn der Geruch verschwunden ist, kann ich anfangen, ihn zu beschreiben.

Leben? Tod? Am Tag zuvor hatte er das umfassende dokumentarische Material über das Lettland des Zweiten Weltkriegs durchgesehen: über die Vernichtungsaktionen, die Kollaborateure, die Partisanenverbände, die Nationalisten und ihren Kampf gegen die Deutschen, über die Kommunisten und ihren Kampf gegen die Deutschen, über die Vernichtungslager. Das deutsche Material ließ sich am leichtesten lesen, aber es gab noch etwas anderes, was ihm sehr zu schaffen machte, die Fotografien nämlich. Die Vernichtungsaktionen schienen auch einen absurden pornographischen Aspekt gehabt zu haben, der sich in diesen unendlichen Reihen von Bildern niedergeschlagen hatte. Die Aufnahmen waren von Deutschen und lettischen Kollaborateuren gemacht worden; sie zeigten Menschen, die zum Sterben vorbereitet wurden. Die meisten schienen Frauen zu sein, immer wurden sie gezwungen, sich auszuziehen, und dann trieb man sie nackt zu den Massengräbern, an deren Rändern sie erschossen wurden. Der jeweilige Fotograf muss überall in der Nähe gestanden haben; die Bilder waren ausgezeichnet, gestochen scharf. Sie zogen sich in kleinen, frierenden Gruppen aus, hielten die Hände ängstlich gegen die Brüste gedrückt und starrten ausdruckslos in die Kamera. Sie wussten es nicht, aber sie waren schon Bestandteile eines Tagesberichts: 73 Liquidierte, 144 Liquidierte, 12 Hingerichtete. Judenfrei. Kommunistische Elemente. Nationalisten. Unzuverlässige. Eins der Bilder war aus einer Entfernung von etwa zehn Metern neben einem Massengrab aufgenommen worden; man konnte nur einen Teil des Leichenhaufens sehen. Zuoberst lag, auf eine fast herausfordernde Weise, eine junge, vollreife Frau; unter ihr blutige Körperteile, Leiber, Brüste und Glieder. Sie breitete die Arme wie in Ekstase aus, ihr Kopf war zurückgeworfen, die Beine leicht gespreizt. Warum wurden solche Fotografien aufbewahrt? Weil dies die Pornographie des Todes war. Die Bilder waren oft aufgenommen worden, als die Opfer gerade auf das offene Grab zugetrieben wurden. Hinter ihnen ein junger Mann mit einem Gewehr und ein Zivilist mit einer Baskenmütze: wer war dieser Mann? Dies waren Bilder aus dem Baltikum, es waren unendlich viele, es schien kein Ende zu nehmen, was hatten sie mit der Auslieferung der Balten zu tun?

Was hatten sie mit der Auslieferung zu tun?

Statistik. Zahlen. Das Lager in Salaspils, die Wand, an der die Hinrichtungen vorgenommen wurden. Er hatte sie gesehen. Die trockene Heide. Fotokopien der Monatsergebnisse der Vernichtungskommandos. Fazit? 320 000 oder 410 000 Liquidierte? Oder nur 128 650? War er auf dem Weg, sich verblenden zu lassen, so dass er die Deportationen vergaß, die die Russen im Sommer 1941 veranlasst hatten? Was war mit diesen Deportierten geschehen? Hatten sie zurückkehren dürfen, waren sie in den Arbeitslagern gestorben, was war mit ihnen geschehen? Wie viele dieser höchstens vierzig Verurteilten hatten tatsächlich an diesen entsetzlichen Kriegsverbrechen teilgenommen, die während der deutschen Besetzung des Baltikums fraglos verübt worden waren? Einige? Eine Handvoll? Zehn? Mehr?

Was jetzt noch übrigblieb, war seine ständig wachsende Verwirrung und eine Witterung: Leben. So hatte er es sich nicht vorgestellt. Anfänglich hatte er nur eine einfache, unkomplizierte Frage beantworten wollen: war es rechtens, sie auszuliefern? Jetzt saß er in einem Park, von Licht und Schatten umgeben, und schrieb in ein Notizbuch, als könnten seine Aufzeichnungen ihn erlösen. Jenseits der Büsche und Bäume die schwachen Geräusche des abflauenden Verkehrs. Er wollte eine Antwort formulieren, aber es schien unmöglich zu sein, diese Antwort in Worte zu fassen. Wenn ich dazu nur Gerüche nehmen könnte, dachte er, könnte ich doch nur alle Witterungen, die ich in meinem Leben aufgenommen habe, zu einer verschmelzen: wie ein Hund. Er hatte sich daran gewöhnt, sich mit Gefühlen zu beschäftigen, die dann in Worte gekleidet, aber nicht zu Wirklichkeit wurden, doch auf die Fragen, die sich ihm jetzt stellten, schien es nur mehrdeutige Witterungen als Antwort zu geben. Wenn sie ihn im Fall Peteris Ziemelis hätten belügen wollen, warum haben sie ihm dann gesagt, das Todesurteil sei vermutlich vollstreckt, obwohl er in Wahrheit noch lebte? War dies einer der vielen Hinweise darauf, dass die Angaben doch authentisch waren? Oder hatte er auch hier nur einen Zipfel der ganzen Wahrheit zu fassen bekommen? Hilf mir dabei, die Gerüche zu addieren, dachte er. Den Geruch der Küste Gotlands an einem Maimorgen um 4 Uhr. Den Geruch von Zeltbahnen. Den Geruch schwedischer Polizei. Den Geruch von Krankenhäusern, Einsamkeit, den Geruch der Verzweiflung. Den Geruch ihrer Worte, als sie halbvergessene Gefühle zu formulieren versuchten. »Die Zeit in Gälltofta war die schlimmste.« Warum? »Nun, es war einfach so, ich kann es nicht näher erklären.«

War es recht, sie auszuliefern? Warum zog die Auslieferung der Balten so weitreichende Konsequenzen nach sich, warum hatte sie soviel Staub aufgewirbelt? Sollte er eine Antwort von links oder eine von rechts wählen? *»Faschistische und reaktionäre Elemente haben einmal mehr gezeigt, dass ihre interessengebundene und gefühlsmäßige Abneigung gegen die Arbeiterklasse ihr Denken und Handeln bestimmt. Die Interessen des Landes werden hintangestellt. Sie haben alles getan, um das Verhältnis Schwedens zur Sowjetunion zu komplizieren, das ohnehin schon nicht sehr gut ist. Schweden liefert Quislinge, Kriegsverbrecher, SS-Männer und gewöhnliche Soldaten aus Norwegen, Dänemark und einer Reihe anderer Länder aus, ohne sich ein Prüfungsrecht vorzubehalten, ohne Einwendungen zu erheben. Wir wissen, dass diese Männer strenge Strafen zu erwarten haben, oft die Todesstrafe, aber sie werden ausgeliefert. Die Sowjetunion dagegen soll unbedingt anders eingestuft werden. Der Sowjetunion gegenüber brauchen Zusagen nicht eingehalten zu werden, völkerrechtliche Usancen werden einfach nicht beachtet. Die Sowjetunion, die die Welt von der nazistischen Gewaltherrschaft befreit hat, soll unter allen Umständen zum Buhmann gemacht werden.«* Dies war die Linke, im Dezember 1945. *»Für viele Schweden ist das, was hier geschehen ist, eine immer noch schmerzende*

Wunde, eine Pestbeule. Sie ist von der Art, die nicht von selbst verheilt. Sie muss aufgeschnitten werden.« Die Rechte. Was antwortete er selbst? Konnte er einer Antwort noch länger aus dem Weg gehen?

Im Herbst 1967 kam er wieder nach Schweden zurück und sprach mit vielen über das, was er erlebt hatte. Er bemühte sich sehr, wie es seiner lupenrein liberalen Erziehung entsprach, nicht kategorisch zu werden, aber der Kern dieser ganzen Geschichte schien doch der zu sein, dass es den Ausgelieferten nicht allzu schlecht ergangen war. Man hatte sie nicht hingerichtet, die meisten waren freigelassen worden. Die zu Freiheitsstrafen Verurteilten waren in den allermeisten Fällen freigelassen worden. Sie waren in ihre Heimat zurückgekehrt. Sie wohnten in Lettland. Man konnte sie besuchen.

Die Reaktionen waren manchmal recht merkwürdig.

Einige seiner Gesprächspartner waren sehr froh, aber nicht etwa, weil die ehemaligen Legionäre davongekommen waren, sondern weil diese Tatsache sich als politisches Argument ausschlachten ließ.

Einige waren offensichtlich betrübt.

– Es ist nicht zu Massenhinrichtungen gekommen, wie man immer geglaubt hat, sagte er. Es hat kein Blutbad gegeben, niemand wurde aufgehängt. Einige wurden vor Gericht gestellt. Für eine kleinere Gruppe ist die Auslieferung zu einer persönlichen Tragödie geworden, aber das scheint besondere Gründe gehabt zu haben. Für die meisten ist das Leben aber wieder lebenswert. Nicht glänzend, aber durchaus erfreulich.

– Ach so, sagten sie. Aha.

– Aber freut ihr euch denn nicht darüber? sagte er. Es hat kein Blutbad gegeben! Sie sind davongekommen!

– Na, so was, sagten sie. Wenn's stimmt?

– Es scheint wahr zu sein, jedenfalls ist es höchst wahrscheinlich.

– Ach so, sagten sie.

– Macht euch das nicht glücklich?

– Doch, schon ... Doch, doch.

Er wusste trotzdem, dass diese Menschen weder Zyniker, Menschenverächter noch mit moralischer Blindheit geschlagen waren. Sie waren aber seit so langer Zeit daran gewöhnt, die Legionäre und die Auslieferung als ein politisches Argument zu betrachten, dass sie darüber die Menschen vergessen hatten. Und wenn sich herausstellte, dass sie nicht hatten leiden müssen und auch nicht gestorben waren, so verringerte sich damit auch ihre Anwendbarkeit im politischen Leben. Und das war nicht gut, überhaupt nicht gut. Ihren Tod hat wohl kaum jemand gewünscht, aber man hatte sie sich jahrelang als tot vorgestellt, und daraus hatte sich eine Tragödie entwickelt, die im Lauf der Jahre die Schwelle des Sublimen erreichte. Die Schuld war größer und größer geworden, das Verbrechen schlimmer und schlimmer – es war alles so entsetzlich *deutlich* geworden. Sie hatten so lange in der Form dieser deutlichen, sublimen Tragödie an die 146 Balten gedacht, dass jeder Versuch, die Tragödie zu verringern oder sie auf den Boden der Tatsachen zurückzuführen, in sich selbst zur Tragödie wurde. Oder ein schändliches Unterfangen.

Wie misst man die Größe von Tragödien?

Er notierte ihre absurde Enttäuschung oder ihren Gram, brachte aber nicht mehr die Kraft auf, sich darüber zu entrüsten. Er war nämlich während der Untersuchung oft selbst drauf und dran gewesen, so zu fühlen und zu handeln. Immer wieder hatte er den Menschen aus den Augen verloren und ihn zu einem politischen Argument gemacht, er hatte ständig versucht, die Tragödie zu vergrößern oder zu verringern, er hatte ständig so gehandelt, als beschäftigte er sich mit etwas Abstraktem. Er erinnerte sich noch der ersten Wochen der Untersuchung: seines Entzückens über die Selbstmorde, die er entdeckte, seiner Enttäuschung darüber, dass es nicht mehr waren. Zwei Tote: eine kleine Tragödie. Fünf Tote: eine große Tragödie. Hundert Tote: eine schwere, nationale Kollektivschuld, eine Pestbeule, an die es mit einem Messer heranzugehen galt. *Literatur*, sehr gut zu gebrauchen.

Welche Umstände schaffen eine nationale Kollektivschuld?

Jetzt saß er hier im Park. Er beschäftigte sich mit einem politischen Problem, es ging nicht um Witterungen. Vor kurzem hatte er mit einem der Ausgelieferten gesprochen. Hatte er dabei etwas gelernt? »Wie alt sind Sie?« hatte der Legionär gefragt. Zweiunddreißig Jahre. »Ein zweiunddreißigjähriger Schwede. Ich war damals vierunddreißig. Mein Geburtstag fiel in die Zeit von Ränneslätt, ich sehe alles noch deutlich vor mir. Weiß es noch sehr gut.«

Wie alt? Zweiunddreißig. Nationalität? Schwede. Beruf? Schriftsteller. Konfession? Moralist. Nationalität und Charakter? Schwedischer Moralist, Schnüffler, Hund, verheiratet, ein Kind. Politische Couleur? Links. Politische Couleur? Linkssozialist. Hat die Untersuchung deinen politischen Standort verändert? Hast du etwas gelernt? Ja, alles. Was soll das heißen? Alles. Wie alt bist du? Zweiunddreißig Jahre.

Er fühlte keine Schuld, hatte nicht das Gefühl, beteiligt zu sein, aber er hatte allmählich gelernt, sich auch für andere Dinge zu interessieren und nicht nur für sein eigenes Engagement. Und weil ihn das völlig nackt zu lassen schien, fror er oft. Im übrigen schien er meist damit beschäftigt, die Witterung menschlichen Lebens aufzunehmen und zu verfolgen, um herauszufinden, ob Leben und Ideologie miteinander zu vereinbaren waren. So erschien es ihm selbst mit immer größerer Deutlichkeit, unerbittlich deutlich, aber er gab das Schnüffeln trotzdem nicht auf, wenn er auf eine Fährte menschlichen Lebens stieß. Dies nannte er seine nachgebliebene Sentimentalität.

Der Geruch von Leben. Das Leben strömte unablässig an ihm vorbei. »So wie ein Schiff durch den Nebel fährt, ohne dass der Nebel etwas merkt.« Dies musste ein Zitat von Tranströmer sein. Jedenfalls hatte das Schiff sich dadurch verändert.

Schließlich ging er zurück ins Hotel. Mitternacht, keine Autos, noch laue Luft. Er ging um ein gigantisches Standbild in der Innenstadt herum, eine Art Freiheitsgöttin, die drei Sterne in den dunklen Nachthimmel hielt. Diese drei bemerkenswerten baltischen Staaten. An einem Droschkenplatz stand eine Schlange von Menschen, die ihn ausdruckslos ansahen. Er ging auf sein Zimmer, holte seine Notizen hervor und begann, sie ins reine zu schreiben. Jahreszahlen, Pfeile, Ereignisse, Analysen. Die Düfte waren verschwunden, die Fragezeichen, die Lust, Mosaiksteinchen zu einem Ganzen zusammenzufügen. Ich könnte noch ein Jahr hierbleiben, ohne mehr verstehen zu können, dachte er wider besseres Wissen und machte das Licht aus. Am nächsten Morgen um neun würde er wieder irgendeine neue oberflächliche Einsicht gewinnen, was die Balten-Affäre betraf. Das war beruhigend. Er konnte jetzt schlafen.

5

Als Doktor Elmars Eichfuss-Atvars Schweden verließ, hinterließ er nichts außer einer Anzahl von Briefen und einem Mythos. Der Mythos wuchs und veränderte sich, und da niemand so recht wusste, wer dieser Mann war, sollte er für viele zur eigentlichen Hauptfigur der ganzen Auslieferung werden, zu einer Gestalt, die sich dennoch jedem Zugriff entzog. Der Mythos machte ihn auch zu einem Heiligen.

»*Lächelnd wandert Dr. Eichfuss-Atvars unter den Rechtlosen umher. Eine magere, aufrechte Gestalt in Khakihosen und einem Soldatenhemd, dickes Haar mit der Farbe reifer Weizenähren; der helle, gepflegte Bart verleiht ihm ein fast priesterhaftes Aussehen, in den rastlos suchenden Augen findet sich ein Widerschein des Meeres: er glaubt unerschütterlich an die Freundschaft der Völker und hält im Lager strenge Manneszucht. Er wird nicht müde, immer und immer wieder den Satz weiterzugeben, schriftlich wie mündlich:* ›*Wir kämpfen für Gerechtigkeit und Humanität.*‹ *Mit Ehrfurcht sehen seine Schicksalsgenossen zu ihm auf, mit neugierigem Erstaunen die Fremden. Wer ist er, dieser stolze, kühne, ungebrochene Mann? Ein Heiliger? Ein Hysteriker? Woher nimmt er inmitten dieser bleischweren Trostlosigkeit die Kraft zu einem Lächeln, zum Scherzen? Woher hat er die Fähigkeit zur Suggestion? Wenn er eine Baracke betritt, beruhigen sich die erregten Gemüter. Sein Lächeln wird dankbar erwidert; die Hungernden greifen nach seiner Hand wie nach einem Stück Brot.*«

Der Mythos blieb im Land, aber er selbst verschwand. Das letzte, woran man sich erinnert, war dies: wie er mit dem Arm voller Blumen im Auto ankam, wie er auf dem Kai in Trelleborg eine schnelle und informelle Pressekonferenz abhielt, wie er sich von den Polizisten verabschiedete, durch die Sperre ging, die Gangway hinauf, wie er oben an Deck stand, mit lauter Stimme »Danke, Schweden!« rief und hinter den hohen hölzernen Sichtblenden verschwand, die die Russen errichtet hatten. Er trug eine Pelzmütze, machte einen gefassten und vitalen Eindruck, er beherrschte die Szene in jeder Sekunde und lächelte immer wieder.

In diesem Augenblick verschwindet er aus der Geschichte.

Im Lager von Liepaja taucht er wieder auf. Dort scheint er sofort gute Kontakte zum Wachpersonal hergestellt zu haben und als Persönlichkeit von Bedeutung behandelt worden zu sein. Er verkehrt jetzt nur noch mit den sogenannten Antifaschisten des Lagers; mit den baltischen Offizieren kommt er kaum noch in Berührung. Er spricht im russischen Rundfunk und greift dabei die schwedischen Behörden heftig an.

Im Mai 1946 wird er in ein Lager in Riga verlegt, noch immer scheint er einzigartige Privilegien zu genießen. Im Herbst 1946 verliert sich seine Spur.

1948 taucht er wieder auf. Zu diesem Zeitpunkt befindet er sich im Arbeitslager Norilsk im nordöstlichen Sibirien. Norilsk ist eine Stadt, ein Bergwerk, ein Atomwerk. Er ist nicht allein: in derselben Region befinden sich 170000 Zwangsarbeiter. An einem Tag im Februar 1948 taucht Eichfuss hier auf, er trägt einen hellen, rötlichen Bart und kommt zusammen mit zwanzig anderen Balten an, von denen jedoch keiner zur Gruppe der von den Schweden Ausgelieferten gehört.

Der Mann, der ihn dort sah, heißt Joseph Marton, ein Ungar, der später freigelassen wurde und heute in Västerås lebt und arbeitet. Das Lager lag auf einer Ebene, die von hohen Bergketten umgeben war; die Ebene war fast baumlos. Die Baracken wurden von den Internierten selbst gebaut und waren recht gut. Sie hatten nur den Fehler, dass sie von je siebzig Mann belegt wurden und viel zu klein waren. Die Internierten lagen auf riesigen, langen Betten – zwanzig Mann auf einem Bett –, als hätte man sie auf einem Backtisch ausgewalzt. Diese Betten standen übereinander, und im Winter, wenn es draußen kalt war, wurden die Baracken zu schnarchenden, schmutzigen Rattenlöchern, in denen die Wärme das einzig Positive war. Die ersten Jahre waren die schlimmsten: gegen Ende der vierziger Jahre wurde es etwas besser, und das Leben war erträglich. Die Winter waren furchtbar. In Norilsk war es sehr kalt, es wurden minus 50 bis minus 64 Grad gemessen. Vom Lager aus gingen die Männer jeden Tag zu den Gruben, Werkstätten und Fabriken. Kleidung, warme Kleidung vor allem, war reichlich vorhanden, aber wenn zu der schneidenden Kälte noch der Wind hinzukam, half nichts mehr. Kleidung hatten sie also. Auch genug zu essen, obwohl es äußerst selten vorkam, dass sie sich übersättigt fühlten. »Man kann aber sagen, dass es uns besser ging als der

Zivilbevölkerung der Sowjetunion – jedenfalls in diesen ersten Nachkriegsjahren. Ich bin in vielen Lagern gewesen, ich weiß Bescheid. Die Zivilbevölkerung hungerte, verhungerte sogar in diesen Jahren. Wir in den Arbeitslagern konnten aber sicher sein, unsere tägliche Ration zu bekommen. Die da draußen jedoch hatten es schwer. Die Deutschen hatten ja alles verbrannt und verwüstet.« In Norilsk saßen nicht nur politische Gefangene, die Mehrheit waren normale Kriminelle. In Norilsk waren dreißig Prozent der Insassen Politische und siebzig Prozent Kriminelle. Die Kriminellen hatten die Lager fest in der Hand, sie hatten ihre eigene Hierarchie und schufen sich eigene Gesetze.

Eine lustige Lagergeschichte: Beispiel. Der Koch jeder Arbeitsgruppe bekam einmal am Tag seine Rationen ausgehändigt. Unter den Lebensmitteln waren auch einige Kilogramm Butter, die der Suppe zugesetzt werden sollten. Speisefett war sehr begehrt, und einige der Kriminellen unter den Insassen befahlen dem Koch täglich, ihnen die Hälfte der Butterration auszuhändigen. Die Butter diente als Zahlungsmittel, Schmiergeld, Tauschobjekt oder einfach als Nahrung. Der Koch gehorchte. Eines Tages wurde er gegen einen anderen ausgetauscht. Der neue Koch weigerte sich, sich erpressen zu lassen, und setzte die Butter statt dessen der Suppe zu. In der Küche standen zwei riesige Eisentöpfe mit großen, verschließbaren Deckeln, die jeden Abend abgeschlossen wurden, weil es häufig zu Diebstählen gekommen war. Am Tag nach der Einsetzung des neuen Kochs, der sich geweigert hatte, dem Druck der Kriminellen nachzugeben, kamen drei Mann zu ihm in die Küche. In einem der Töpfe stand das kochende, brodelnde Wasser einen halben Meter hoch. Die drei Männer packten den Koch und warfen ihn in den Topf. Anschließend legten sie den Deckel auf den Topf und verschlossen das Vorhängeschloss. Die Gasflammen unter dem Topf brannten, die Hähne waren voll aufgedreht. Man hörte ein heftiges, wildes Klopfen, das jedoch bald aufhörte. Der Koch starb, es wurde ein neuer eingesetzt, der sich nicht weigerte, die Butter herauszugeben. Alle Arbeitslager kämpften mit der Schwierigkeit, die Kriminellen und ihre rasch etablierten Organisationen innerhalb der Lager unter Kontrolle zu halten. Die Geschichte von dem standhaften Koch machte in allen Lagern die Runde und wurde als lustig und ungewöhnlich bezeichnet. Sie wird hier nur wiedergegeben, um der Darstellung auch ein unterhaltendes Moment hinzuzufügen.

Elmars Eichfuss-Atvars kam im Februar 1948 nach Norilsk, und er sollte viele Jahre dort bleiben.

In den ersten Jahren hob er sich nicht sonderlich von der Menge ab. Beim Morgenappell stand er wie die anderen in Reih und Glied, er wurde kontrolliert und mitgezählt, marschierte zu seinem Arbeitsplatz wie die anderen auch: er war einer von ihnen, auch wenn seine Tätigkeit etwas anderer Natur war als die der übrigen Lagerinsassen. Nach einer gewissen Zeit wurde er nämlich als Sanitäter beschäftigt. Er folgte den Arbeitskolonnen zum Arbeitsplatz und hielt sich dort in Bereitschaft, falls es zu kleineren Unglücksfällen kommen sollte. Dann legte er einen ersten Verband an, stellte eine vorläufige Diagnose, leistete Erste Hilfe in jeder Form, bis der Patient ins Lagerlazarett geschickt werden konnte, falls sich das als notwendig herausstellte. Als Arzt im Lagerlazarett wurde er dagegen nicht beschäftigt. Von seinen Mithäftlingen wurde er auch nicht als Arzt angesehen. Wäre er tatsächlich Arzt gewesen, hätte man ihn sofort im Lazarett untergebracht, denn in den Lagern herrschte schwerer Mangel an Ärzten. Elmars Eichfuss-Atvars nahm man nicht. Er blieb Sanitäter und stand jeden Morgen wieder auf dem Appellplatz. Er verließ das Lager durch das Tor und kam abends mit den anderen wieder, er fror oder schwitzte nie, weil er nicht wie die anderen Schwerarbeit leisten musste. Er ging zurück ins Lager, wurde kontrolliert, schlief, schlief. So vergingen die Jahre.

In den Lagern waren viele Nationen vertreten, und die Balten hielten sich am liebsten von den anderen fern. Sie wurden von den Mithäftlingen oft als »hochnäsig« bezeichnet, weil es allgemein üblich war, Angehörige anderer Nationen mit einer verallgemeinernden Bezeichnung zu belegen. Vielleicht hatten sie tatsächlich eine Mauer aus Distanz und Hochmut um sich errichtet und sich von den anderen abgesondert. Einige waren ja schon 1941 hergekommen; die meisten saßen hier, weil sie während der Besetzung mit den Deutschen zusammengearbeitet hatten. Einige waren Kriegsverbrecher, andere unbeugsame Nationalisten, einige wurden festgehalten, weil sie Sozialdemokraten waren und keine Lust hatten, ihrer politischen Überzeugung abzuschwören. Die Balten schlossen sich fast immer zu einer Gemeinschaft zusammen und sonderten sich von den anderen ab. »Sie stellten ja die intellektuelle Creme des Lagers dar. Das wussten sie auch sehr gut und schienen es manchmal auszunutzen. Wir anderen hatten immer das Gefühl, dass es schwer sei, an sie heranzukommen.« So wuchsen die Konflikte innerhalb des Lagers und differenzierten sich nach Rassen oder Nationalitäten, nach Ausbildung und Intelligenz. Das Misstrauen war groß und allseitig. Misshandlungen und Brutalitäten seitens der Wachsoldaten gab es offenbar in den Jahren 1948 bis 1953 nicht. Die Wächter waren öfter traurig als brutal, man lebte schließlich in Norilsk, Sibirien. Ob Wachposten oder Lagerinsasse – worin bestand hier in der Nähe des Eismeers der Unterschied? Sie arbeiteten, bauten eine Stadt auf, hier wuchs ein riesiges Atomkraftwerk heran. Hier entstand das, was einmal zu einem der wichtigsten Industriezentren des nordwestlichen Sibirien werden sollte, eine große Stadt: aber die Unterschiede zwischen Wächtern und Häftlingen vermischten sich immer mehr, die Tage nagten an den künstlichen Grenzen. Schließlich lebten alle einigermaßen einträchtig nebeneinander, während die Tage vergingen.

In den letzten Jahren vereinsamte Elmars Eichfuss-Atvars immer mehr. Die eigentümliche, rätselhafte Ausstrahlung, die ihm einst eine Machtposition verschafft hatte, schien ihn jetzt nur noch zu isolieren und zu einem Kuriosum zu machen. Er sonderte sich immer mehr von den anderen Balten ab, und sie hielten sich von ihm fern. Die Handvoll Vertrauter und Freunde, die er gleich nach seiner Ankunft im Lager um sich geschart hatte, zog sich im Lauf der Jahre immer mehr von ihm zurück. Jetzt sprach kaum einer mehr mit ihm, er hatte keinen Freund mehr und kaum noch einen Feind. Seine Exzentrizität wurde immer ausgeprägter. Er begann seinen Kopf kahlzurasieren, behielt aber seinen hellen Bart. So lief er im Lager herum – mit seinem rötlichen Bart, seinem kahlen Kopf und seinem rätselhaften Schweigen. Er trug keine Kopfbedeckung, Tag um Tag, wie kalt es draußen auch sein mochte. Er sah aus wie ein tibetanischer Mönch. Zu diesem Zeitpunkt wusste jeder in Norilsk, wer Eichfuss war: der Mann mit dem Bart, der mit kahlrasiertem Schädel umherlief und behauptete, Arzt zu sein, der Mann, der oft lächelte, aber nie mit einem anderen sprach. Wenn er beim Appell angetreten war, konnte man ihn leicht erkennen. Er hob sich von der grauen Masse ab. Wenn er den anderen über den Weg lief, grüßten sie ihn mit Zurufen. »Da bist du ja, du komischer Heiliger«, sagten sie. »Hast du heute auch schön brav gebetet?« fragten sie. Man nannte ihn den »Mönch«. Sie hielten ihn für hochmütig oder verrückt, und das sagten sie ihm auch. Untereinander sprachen sie darüber, dass dieses Herumlaufen mit kahlem Schädel unmöglich gesund sein könne. Schließlich lächelte jeder, wenn sein Name erwähnt wurde, mit einer Mischung aus Hohn und Mitgefühl. Elmars Eichfuss-Atvars war ein bekannter Name in Norilsk.

1953 verliert sich seine Spur von neuem. Man weiß, dass er in diesem Jahr noch im Lager von Norilsk lebte und nach wie vor seinen Dienst als Sanitäter versah. Der Ungar, der bislang über sein Leben berichten konnte, verlässt das Lager in diesem Jahr. Zwei Jahre später begegnet derselbe Ungar einem Freund aus Norilsk; sie kommen auf Eichfuss zu sprechen. Der Freund sagt, er glaube, dass Eichfuss inzwischen gestorben sei.

Er soll eines natürlichen Todes gestorben sein; vermutlich wegen seiner Gewohnheit, ständig mit kahlrasiertem Kopf und ohne Kopfbedeckung herumzulaufen, was seinem Schädel sehr geschadet haben müsse. Er soll Anfang 1955 gestorben und auf dem lagerinternen Friedhof in Norilsk beerdigt worden sein. Die Geschichte des Elmars Eichfuss-Atvars ist damit – so scheint es – zu Ende.

Es gibt viele Fragezeichen. Ist er in Norilsk gestorben? In diesem Lager gab es im März 1953 einen Aufruhr, der bis zum August desselben Jahres andauerte. Dies geschah nach dem Tod Stalins; die Insassen wünschten Garantien dafür, dass die Verhältnisse im Lager verbessert würden, und überdies wollten sie erreichen, dass die Amnestien sich auf größere Gruppen erstreckten. Nahm Eichfuss an diesem Aufruhr teil? War er einer der Rädelsführer, oder nahm er überhaupt aktiv teil? Was dachte er über sein Leben? Hielt er die Zeit in Schweden für den entscheidenden Abschnitt in seinem Leben, war alles, was vorher oder nachher geschah, nur schmückendes Beiwerk? Hatte er nur gelebt, um in Rännesätt und während der folgenden Monate eine Hauptrolle zu spielen? Wie erlebte er die Zeit in Norilsk? Was war er für ein Mensch?

»Während der Lagerzeit in Norilsk habe ich Eichfuss immer für einen hochmütigen Menschen gehalten – er sah immer so aus, als hätte er in seinem Leben etwas Großes vollbracht, als wäre er ein bedeutender Mann.« Haben Sie nie einen Fluchtversuch unternommen? »Wie hätte ich das anstellen sollen? Bis zum nächsten Bahnhof waren es 1700 Kilometer.« Ist Eichfuss tatsächlich gestorben?

Im September 1967 bat der Untersucher auch um biographische Angaben über Eichfuss sowie über dessen Verbleib. Seine Bitte wurde rasch erfüllt; die folgenden Angaben sind eine Zusammenfassung dessen, was er zu sehen bekam. Diese Informationen stammen also aus sowjetischen Archiven und werden selbstverständlich mit den gleichen Vorbehalten wiedergegeben wie die weiter oben gemachten Angaben.

Gegen Ende der dreißiger Jahre war Elmars Eichfuss-Atvars Offizier der lettischen Armee. Nach Abschluss des Deutsch-Sowjetischen Nichtangriffspakts, in dem Lettland als der russischen Interessensphäre zugehörig bezeichnet wurde, forderte Hitler alle Baltendeutschen auf, nach Deutschland zurückzukehren. Eichfuss war Baltendeutscher; er verließ Lettland und meldete sich zur deutschen Wehrmacht, in der er bald zum Oberleutnant avancierte. Nach dem Kriegsausbruch finden wir ihn als Chef einer »Sondertruppe« wieder – der Zusammenhang ist hier sehr unklar, es ist möglich, dass er inzwischen zur SS übergewechselt ist. Eines steht immerhin fest: er gehört zum Wachpersonal eines Lagers für russische Kriegsgefangene in Schitomir in der Ukraine.

Eichfuss ist dort »Chef einer Sanitätsabteilung« – was darunter zu verstehen ist, geht aus den Akten nicht hervor, es ist aber denkbar, dass er die Krankenpflege in diesem Lager übernommen hat. In der Gerichtsverhandlung wurde er jedoch unter anderem auch angeklagt, einem Verband angehört zu haben, der in einem kleinen russischen Dorf in dieser Region Zivilpersonen ermordet haben soll.

Eichfuss erhielt das Eiserne Kreuz Erster und Zweiter Klasse.

1942 kam er zum SD. Er arbeitet in dieser Organisation als »Sonderführer«. 1944 kehrt er nach Lettland zurück. Über diese Zeit ist nichts bekannt. Er flieht nach Schweden, wird ausgeliefert. 1947 wird er zu zehn Jahren Straflager verurteilt.

Denselben Quellen zufolge wurde Eichfuss 1954 freigelassen.

Es bleiben viele Fragen offen. Die Zeit bis 1942 erscheint recht verwirrend; einmal taucht Eichfuss als Angehöriger der Wehrmacht auf, einmal als »Sanitätsoffizier« in einem Kriegsgefangenenlager. Die Anklage, er sei bei den Grausamkeiten gegen die Zivilbevölkerung von Schitomir beteiligt gewesen, scheint auf wackligen Füßen zu stehen, selbst wenn man berücksichtigt, dass es in diesem Gebiet zu entsetzlichen Verbrechen an der Zivilbevölkerung gekommen ist: dass die Deutschen hier schrecklich gehaust haben, wurde 1967 bei einem Kriegsverbrecherprozess in Darmstadt deutlich; in diesem Verfahren waren die Vernichtungsaktionen im Raum Schitomir ein Bestandteil der Anklagepunkte. Es wurden entsetzliche Einzelheiten enthüllt. Aber hatte auch der Sanitätsoffizier Eichfuss an diesen Aktionen teilgenommen? Gab es in den Lagern nicht genug zu tun? Seine Strafe – zehn Jahre – erscheint auch seltsam niedrig im Verhältnis zu den ernsten Anklagen, die gegen ihn erhoben wurden. Das hat auch der lettische Historiker, der dem Untersucher bei den Ermittlungen half, mit einigem Erstaunen hervorgehoben.

Jedoch: vergleicht man diese Angaben mit dem Bericht, den Eichfuss selbst gegenüber Generaldirektor Axel Höjer abgegeben hat, so kann man feststellen, dass die beiden Versionen des Lebenslaufs einander nicht völlig widersprechen, sondern sich sogar ergänzen und stützen. Dass er in Schitomir gedient hat, scheint aus beiden Versionen gleichermaßen deutlich hervorzugehen.

Ein Punkt ist jedoch völlig unklar: die Freilassung Eichfuss' im Jahre 1954. Ist er in Freiheit gestorben?

– Und sein weiteres Schicksal? Wann ist er gestorben? Und wo?

– In den Akten steht, dass er 1954 freigelassen wurde, das ist alles. Dann findet sich noch eine kleine Notiz aus dem Jahr 1965. Damals soll er sich als Homöopath durchgeschlagen haben; bei irgendeiner Gelegenheit hat er sich auch mit irgend jemandem geprügelt. Aus dem Jahr 1965 stammt jedenfalls auch die Notiz, dass er wegen leichter Körperverletzung zu zehn Tagen Haft verurteilt worden ist.

– Demnach hat er 1965 also noch gelebt?

– Offensichtlich. So steht es jedenfalls in den Papieren. Das ist die letzte Eintragung über ihn.

– Wo hat er damals gewohnt?

– In Tukums, einer kleinen Stadt fünfzig bis sechzig Kilometer südlich von Riga.

Die Nachricht war leicht prüfbar: es gibt in Lettland Adressbüros, die für derlei zuständig sind. Wenn man den Namen, den Geburtstag und den Bezirk kennt, ist es leicht, eine gesuchte Person ausfindig zu machen, und Eichfuss lebte tatsächlich in Tukums, seine Adresse war verzeichnet. Er lebte also offenbar noch. Aber Tukums lag in einem für Ausländer gesperrten Bezirk. Lettland gilt als »Grenzrepublik«, und weite Teile des Landes sind für Ausländer zu Sperrbezirken erklärt worden, vor allem die westlichen Landesteile. Der Untersucher ersuchte also um die Genehmigung, nach Tukums reisen zu dürfen.

Sein Gesuch wanderte in den bürokratischen Apparat, und er erhielt Bescheid, dass die Angelegenheit eine Woche in Anspruch nehmen würde. Aber dann würde es bereits zu spät sein.

Am nächsten Tag versuchte er, Eichfuss telefonisch zu erreichen: er bekam die Telefonnummer, und ein lettischer Bekannter rief für ihn an. Eine Frau nahm am anderen Ende der Leitung den Hörer ab und sagte, dass Eichfuss krank sei, dass er bereits seit Mai 1967 im Bett liege, er habe einen Herzfehler, und seine Beine seien halb gelähmt, er könne leider nicht nach Riga reisen. Sie fügte hinzu, dass es ihm sicher leid tun werde, den Schweden nicht getroffen zu haben.

Alles schien unmöglich zu sein. Eichfuss saß in Tukums und konnte nicht nach Riga, und der Schwede saß in Riga und bekam keine Erlaubnis, die sechzig Kilometer nach Tukums zu fahren. Er machte einen letzten, desperaten Versuch beim Innenministerium, es entspannen sich einige äußerst gereizte Gespräche, aber die Angelegenheit ließ sich nicht beschleunigen.

Spät am Freitagabend kam dann ein Telegramm von Eichfuss. Es lautete: »Wer sucht mich? Ich kann nach Riga kommen. Bestimmen Sie Zeit und Ort eines Zusammentreffens. Dr. Elmars Eichfuss-Atvars.«

Es waren noch vierzehn Stunden, bis das Flugzeug des Schweden, Untersuchers und Schnüfflers starten sollte. Er schickte sofort ein Telegramm zurück. Sie sollten sich früh am nächsten Morgen treffen, Treffpunkt das Hotel. Eichfuss solle ein Taxi nehmen, er sei willkommen.

Was bedeutete dies alles? Lebte er? War er krank? Warum hatte er telegrafiert? Warum war es ihm so sehr darum zu tun, dem Schweden zu begegnen?

Dieser Tag war sein letzter Tag in Riga. Die Hitzewelle war noch nicht abgeflaut, die Sonne schien sehr heiß, obwohl es noch früh am Morgen war. Wenn es diesen Eichfuss also noch gab, würde er bald auftauchen.

Es gab ihn. Und dann erschien er schließlich, dieser merkwürdige Mann, der ihm immer entglitten war, den er durch so viele Dokumente und Aussagen hindurch gejagt hatte. Am 9. September um neun Uhr morgens. Er war immer noch am Leben, aber viel Leben steckte nicht mehr in ihm. Eine kleine zarte Frau von etwa fünfzig Jahren erschien in der Hotelhalle, rief den Schweden an und bat ihn, herunterzukommen. Als er auf die Straße trat, sah er sofort das Taxi. Es stand auf dem Platz vor dem »Hotel Riga«. Elmars Eichfuss-Atvars saß auf dem Rücksitz, der Wagenschlag war geöffnet, seine Füße hatte er aufs Straßenpflaster gesetzt, und in der Hand hielt er einen Stock. Er trug keinen Bart mehr, sein dünnes helles Haar war zurückgekämmt, er war sehr viel fetter geworden und hatte kaum noch Zähne, aber er war's, daran bestand kein Zweifel. Um ihn und um den Wagen herum stand eine kleine Gruppe von Menschen, und plötzlich begriff der Schwede, dass eine kleine Delegation erschienen war und nicht ein Mann allein. Da stand die zartgebaute dunkle kleine Frau, die offenbar nur russisch sprechen konnte und die ihn aus dem Hotel geholt hatte, es war Eichfuss' Ehefrau. Daneben sah er eine etwas ältere Frau stehen, entweder eine Nachbarin oder eine Schwägerin des Doktors. Sie starrte den Schweden immerzu mit einem ausdruckslosen Gesicht an, nicht anders der Fahrer, den vermutlich ebenfalls irgendein Verwandtschafts oder Nachbarschaftsverhältnis mit Eichfuss verband. Und dann standen da noch drei kleine Kinder, zwei Jungen und ein kleines Mädchen. Der älteste Junge mochte elf sein, das Mädchen vier oder fünf. Die Jungen trugen dunkle Anzüge, man hatte sie offensichtlich in den Sonntagsstaat gesteckt. Der ältere Junge hatte einen Blumenstrauß in der Hand, große Gladiolen. Eichfuss winkte ihn sofort heran. Der Junge näherte sich dem Schweden, blickte ihn ernst an und reichte ihm die Blumen, wobei er etwas sagte, das der Schwede nicht verstand.

Die Gruppe neben dem Wagen lächelte den Schweden jetzt freundlich an.

Sie begannen zu sprechen. Eichfuss begrüßte ihn und lächelte, stellte die Umstehenden vor. Die drei Kinder waren seine eigenen, er sagte, er schätze sich glücklich, mit einem Schweden sprechen zu können. Er sei lange krank gewesen, aber diese Nachricht habe ihn wieder auf die Beine gebracht, weil er sich gern mit dem schwedischen Journalisten unterhalten wollte. Seine Beine waren geschwollen, er trug Sandalen an den Füßen, erklärte aber eifrig, dass er gehen könne, man brauche sich um ihn keine Sorgen zu machen.

Er brauche nur ein wenig Hilfe, das sei alles. Sie sollten ins Hotel gehen, er brauche beim Gehen eine Stütze, das sei alles. Es gehe ihm ausgezeichnet.

Sie bekamen ihn auf die Beine und konnten losgehen. Er hatte sich von seinem Krankenlager in Tukums erhoben, auf dem er vier Monate gelegen hatte. Er war aufgestanden, um den Schweden zu sehen, weil er gerade diesen Schweden treffen wollte, er hatte die sechzig Kilometer lange Fahrt auf sich genommen, und jetzt ging er, oder, richtiger gesagt, jetzt wurde er ins Hotel geschleift. Sie betraten das Hotel durch den Haupteingang, die ganze Gesellschaft, alle Gespräche verstummten, alle Tätigkeit stockte, weil jeder sich diesen merkwürdigen Zug ansehen wollte. Eichfuss' Gesicht war kreideweiß, er schwitzte heftig, bewegte sich aber mit einer stillen kalten Wut vorwärts. Er war wild entschlossen, nicht schlappzumachen. Er war nach Riga gekommen, um den Schweden zu sehen, und jetzt konnte ihn nichts, nichts mehr aufhalten. Er atmete mit kurzen, heftigen Zügen, sein Gesicht war bleich, aber seine Augen hatten einen entrückten Glanz, er wollte weiter, wollte endlich ankommen. Sie bewegten sich sehr langsam vorwärts; auf der anderen Seite ging der Fahrer, der den Schweden sofort um das Fahrgeld gebeten und es auch bekommen hatte. Offensichtlich hatte er sich darum gesorgt und die Gelegenheit beim Schopf gepackt. Hinter ihnen folgten die Ehefrau, die Schwägerin und die Kinder in einer langen Reihe. Der älteste Junge hatte die Blumen wieder an sich genommen, der Strauß war so groß, dass der Kleine dahinter fast verschwand. Er sah sich mit neugierigen großen Augen um. Um die merkwürdige Karawane herum bildete sich sogleich ein Halbkreis neugieriger Menschen. Es gelang ihnen, Eichfuss in den Fahrstuhl zu bugsieren, und sie drückten auf den Knopf. Jetzt hatten sie es nicht mehr weit. Sie schoben ihn ins Zimmer und setzten ihn auf einen Stuhl. Da saß er nun, er lebte, er lächelte Er winkte einer der Frauen, die ihm sofort eine Flasche mit dunklem Inhalt gab; es konnte Medizin sein, aber genausogut Schnaps.

Eichfuss nahm die Flasche in die rechte Hand, setzte sie an den Mund und trank gurgelnd ein Drittel des Inhalts aus, trocknete sich die Stirn mit einem Taschentuch, blickte den Schweden mit seinen hellblauen, merkwürdig klaren und tiefliegenden Augen an und begann zu sprechen. Er sprach ein fließendes und ausgezeichnetes Deutsch. Eine Stunde und zehn Minuten lang redete er ununterbrochen, erst dann ließ er sich durch eine Frage unterbrechen.

Er begann mit der vergangenen Zeit in Schweden, kam aber immer wieder auf seine gegenwärtige Lage zurück. Er sagte, er wohne in einer feuchten Kellerwohnung, in einem Raum von nur achtzehn Quadratmetern, sein ältester Sohn habe schon Rheuma bekommen, er zeigte auf den schüchtern und verlegen grinsenden Jungen, der dies alles für ein spannendes Abenteuer zu halten schien. Er zeigte auf seine Frau und auf seine Kleidung: er sei arm, erklärte er, er lebe unter miserablen Umständen, sie müssten vom Lohn seiner Frau leben, der bloß 65 Rubel betrage, es gehe ihnen schlecht. Sie lebten in der Nähe des Existenzminimums. Er selbst trug weite, sackähnliche Hosen und ein am Hals aufgeknöpftes Hemd. Er sprach sehr deutlich, überlegt, ökonomisch, exakt, seine kleinen Stummelfinger bewegten sich kraftvoll und beherrscht. Seine Stimme war leise und weich, aber sehr distinguiert. Während des ganzen Gesprächs blickte er dem Schweden fest in die Augen.

Er machte sehr genaue Angaben, deren Wahrheitsgehalt allerdings zu schwanken schien. Die Wahrheit kam und ging, wie ein Nebelschwaden sich lichtet und wieder verdichtet. Seiner Stimme oder seinem Gesichtsausdruck war nicht zu entnehmen, wann er vom Fabulieren wieder zur Wahrheit überging. Die beiden Frauen saßen während der ganzen Zeit auf dem Bett und beobachteten ihn mit ruhigen und ernsten Mienen. Die Kinder saßen auf dem Fußboden. Die Blumen lagen auf dem Tisch.

Wenn wir nur durchkommen, dachte der Schwede in einem kurzen und flüchtigen Augenblick, wenn wir dies glücklich hinter uns bringen, wenn er überlebt und alles gutgeht, werde ich wieder an einen Gott glauben.

Die Zeit nach der Auslieferung in Trelleborg beschrieb Eichfuss mit schnellen und etwas verschwommenen allgemeinen Wendungen. An Bord der »Beloostrov« sei alles sehr gut gewesen. Man habe ihm eine eigene Offizierskabine zugeteilt (das war schon von den schwedischen Kontrolleuren in Trelleborg vermerkt worden). Die Reise sei ausgezeichnet verlaufen. Die Russen hätten sich tadellos benommen. In Liepaja habe der Registrierungsoffizier gefragt, ob er eine Familie habe, und er habe erwidert: »Familie? Mich kennt die ganze Welt! Das ist meine Familie!« Im Lager von Riga habe er ein schönes privates Zimmer mit eigener Ordonnanz bekommen, aber im Herbst, nachdem die anderen Ausgelieferten freigelassen oder in andere Lager verlegt worden seien, habe die Tscheka sich seiner angenommen und ihn in einem ganz normalen Gefängnis in Riga untergebracht, und dort sei es ihm viel schlechter gegangen.

Hier unterbricht er den chronologischen Bericht und erzählt, dass man ihnen allen nach der Ankunft in Liepaja zugemutet habe, im russischen Rundfunk über die Verhältnisse in Schweden zu sprechen. Er habe sich jedoch geweigert. Immer wieder seien sie mit ihren Mikrophonen angerannt gekommen, aber er sei hart geblieben. Elf Monate lang hätten sie versucht, ihn weichzumachen, hätten ihm geschmeichelt und ihn zu überreden versucht, aber er habe sich geweigert. Er wolle nicht über Schweden sprechen. Einige hätten nachgegeben und sich damit Straffreiheit eingehandelt. Alle, die sich geweigert hätten, seien bestraft worden, so auch er. Nach diesen elf Monaten seien die Russen müde geworden und hätten ihn vor Gericht gebracht. Sie hätten nichts Konkretes in der Hand gehabt, so dass sie gezwungen gewesen seien, einige Anklagepunkte zu erfinden (obwohl der eigentliche Grund seine Weigerung gewesen sei, im sowjetischen Rundfunk zu sprechen).

Der Schwede schrieb fieberhaft mit, er dachte: ich darf ihm nicht sagen, dass ich eine Abschrift seiner Rundfunkrede gelesen habe. Das ist unmöglich, das geht nicht, dann kann alles passieren.

Bei der Gerichtsverhandlung, erzählte Eichfuss weiter, hätten sie ihn wegen Spionage angeklagt. Er solle in Schweden konterrevolutionäre Spionage betreiben und dort Agenten angeworben haben. Die Tscheka habe behauptet, er sei ein Spion. Deswegen habe man ihn verurteilt. Er habe zehn Jahre bekommen und sei in eine Stadt namens Norilsk gekommen, die im nördlichen Sibirien liege. Dort habe er als Arzt gearbeitet, es sei ungeheuerlich gewesen, niemand könne sich vorstellen, was er da durchgemacht habe. Später sei es immer besser geworden, und am Ende der Lagerzeit habe er besser gelebt als heute. 1953 sei nach Modowien geschickt worden. 1959 habe man ihn freigelassen. Während der letzten Jahre habe er nicht mehr als Arzt arbeiten dürfen, sondern schwere körperliche Arbeit verrichtet. Nach Lettland sei er 1959 zurückgekehrt.

Hier unterscheiden sich die Archivangaben offensichtlich von seinen eigenen. Wann hat man ihn freigelassen? Man muss jedoch ergänzen, dass es sehr häufig vorkam, dass ein Häftling formell freigelassen wurde: mit der Auflage allerdings, den Bezirk nicht zu verlassen. Viele Widersprüche scheinen in diesem Punkt zu liegen: in einer Situation, die zur Hälfte Freiheit war, die aus dem Blickwinkel des Individuums als Gefangenschaft erschien und der Verwaltung als Freiheit galt.

Man kann hinzufügen: sein ältester Sohn ist elf Jahre alt, ist also 1956 geboren worden. Das deutet darauf hin, dass es in der Zeit zwischen 1954 und 1959 Unterbrechungen in der Gefangenschaft gegeben hat. Seine eigenen Aussagen sind hier unklar. »Zeitweilig befand ich mich in Freiheit.« »Ich habe eine Zeitlang auch in Moskau gewohnt.« »Die Wohnung in Moskau war sehr schlecht, ich hatte nur 9,6 Quadratmeter für mich.«

Er kommt oft auf bestimmte Ereignisse der Zeit in Schweden zurück. Wenn es um die von ihm abgehaltenen Pressekonferenzen geht, weiß er genau Bescheid: Daten, Uhrzeit, Dauer der Pressekonferenz, Reaktionen der Zeitungen auf seine Worte. Die Auslieferung in Trelleborg beschreibt er mit kristallklarer Präzision. Die Fahrt zum Hafen, die Blumen, die Journalisten, seine Abschiedsworte, die Reaktionen auf seine Abschiedsworte. Als er davon spricht, huscht ein Lächeln über sein Gesicht, seine Augen glänzen, er spricht schneller und immer überzeugender.

Am Ende des Gesprächs beantwortet er auch einige Fragen. Während er den Fragen lauscht, in den Augenblicken, in denen er selbst schweigt, erhält sein Gesicht einen anderen Ausdruck: er beugt sich vor, betrachtet den Fragesteller gespannt und mit einem plötzlich misstrauisch beobachtenden Ausdruck. Nachdem die Frage gestellt ist, lehnt er sich zurück, ist mit einemmal entspannt und beginnt wieder zu sprechen.

Er sagt, er sei Marxist, allerdings theoretischer Marxist. Man habe die Marxschen Ideen verwässert. Lenin sei jedoch ein großer Mann gewesen.

– Mein größter Fehler ist, sagt er zweimal, dass ich immer die Wahrheit sage. Ich kann nicht anders, ich muss.

Heute arbeite er, soweit seine Kräfte es zuließen, als Übersetzer. Praktizieren könne er nicht mehr. »Sie haben mir ja meine Papiere weggenommen.«

Zweimal während dieses Interviews machte der Untersucher deutlich, dass er ein Buch über diese Ereignisse zu schreiben gedenke. Eichfuss nickte eifrig, er hatte verstanden.

Beiläufig machte er verschiedene Angaben, die vielleicht von einigem Interesse sind.

– Viele hatten Angst, ausgeliefert zu werden. Einige hatten gute Gründe, sich zu fürchten, andere nicht. Einige waren nur dumm. Alksnis hätte sich den Bleistift nicht ins Auge zu treiben brauchen, er hatte nichts verbrochen und somit nichts zu befürchten. Vabulis ebenfalls nicht, er hatte sich nichts zuschulden kommen lassen. Lapa dagegen hatte allen Grund, sich zu fürchten. Er hatte einiges auf dem Kerbholz. Ihn kann ich verstehen. Ich glaube, die Russen haben seine Eltern deportiert, ich weiß das allerdings nicht genau, und während des Krieges hatte Lapa sich dann gerächt. »Er hatte sich revanchiert.«

Lügt Eichfuss in diesem Punkt, oder ist seine Aussage ein Indiz für die Korrektheit der Archivangaben? Wenn man unterstellt, dass er selbst nichts Kriminelles getan hat, musste er dennoch Angst haben, bestraft zu werden, oder nicht? Wieviel wusste er über die anderen? Stützte er sich auf Gerüchte oder auf genaues Wissen?

Am Ende des knapp zweistündigen Gesprächs war Eichfuss sehr müde. Sein Gesicht, das während der ersten Stunde lebendig geworden war, das Farbe und Glanz bekommen hatte, war jetzt wieder bleich, fast blauweiß geworden. Er schwitzte heftig, obwohl das Zimmer recht kühl war, und stützte sich schwer auf seinen rechten Ellbogen. Er sprach jetzt immer schneller und hitziger, wie im Telegrammstil, um vor Ende des Interviews soviel wie möglich unterzubringen. Die Kinder, die während des gesamten Gesprächs auf dem Fußboden gesessen hatten, hatten inzwischen das Interesse an dieser Unterhaltung – von der sie ja sowieso kein Wort verstanden – verloren und blickten neugierig im Zimmer umher. Eins kletterte auf den Schoß der Mutter. Der Schwede fragte immer wieder, wie er sich fühle, aber Eichfuss wies alle Vorschläge, das Gespräch abzubrechen, mit irritierten Handbewegungen zurück. Es gehe ihm ausgezeichnet. Um ihn brauche man sich keine Sorgen zu machen. »Dieses Gespräch hat mich wieder gesund gemacht.« Es bestehe kein Grund zur Besorgnis. Er sei Arzt, er wisse Bescheid. Er wolle jetzt sprechen.

Schließlich ließ es sich doch nicht vermeiden, das Gespräch abzubrechen: das Flugzeug sollte in anderthalb Stunden starten. Der Schwede sah Frau Eichfuss bittend an, und sie nickte. Eichfuss lächelte resigniert. Das Gespräch war beendet.

Bevor sie das Zimmer verließen, gab es eine kleine Zeremonie. Der ältere Junge übergab dem Schweden ein kleines Abzeichen, das er in einem Pionier-Lager bekommen hatte. Jetzt schenkte er es dem schwedischen Besucher. Es war ein weiß-rotes Abzeichen, das Lenin darstellte. Den russischen Text konnte er nicht lesen. Der Junge trat einen Schritt zurück und sah den Fremden forschend an, der das Abzeichen an seiner Jacke befestigte. Jetzt schwiegen alle, Eichfuss lächelte, der Schwede war den Tränen nahe, er wusste gar nicht, weshalb, aber dann begannen alle plötzlich durcheinanderzusprechen, und er überwand seine Gefühlsaufwallung – oder wie man es sonst nennen mag.

Auf jeden Fall war es jetzt Zeit zum Aufbruch.

Sie griffen Eichfuss unter die Arme. Seine Beine schienen geschwollener zu sein als je zuvor; bis zum Fahrstuhl brauchten sie fünf Minuten, und bis dieser kam, vergingen weitere drei Minuten. Schließlich schafften sie es, Eichfuss im Fahrstuhl unterzubringen, sie drückten auf den Knopf und gelangten ins Hotelvestibül, wo sich viele Menschen aufhielten. Alle drehten sich um und starrten, ebenso wie beim ersten Mal. Die Kinder folgten mit ernsten Gesichtern. Sie traten durch die Schwingtüren ins Freie, auf den Platz vor dem Hotel, wo alles begonnen hatte.

Es war jetzt schon fast elf, die Sonne schien, es war sehr heiß. Innerhalb weniger Minuten hatte sich alles in einen flirrenden Alptraum verwandelt: die beiden stillen und ernsten Frauen, die drei Kinder mit ihren unverändert ruhigen Gesichtern, Eichfuss mit seinem blauweißen, tropfenden Gesicht, seinen verbissenen, heftigen Atemzügen und seiner wilden Entschlossenheit, sich um jeden Preis vorwärtszubewegen, seiner fanatischen Entschlossenheit, zu dem Schweden zu gelangen, mit ihm zu sprechen und zu überleben, nicht zusammenzubrechen und nicht zu sterben. War er thrombosegefährdet? Wie schwer war sein Herzfehler? Was bedeuteten seine geschwollenen Beine? Der Schwede hielt ihn ständig mit dem linken Arm umfasst. Er spürte, wie Eichfuss am ganzen Körper zitterte, seine Hand war nass, er zitterte und lächelte, es war wie ein Alptraum. Es ist nicht meine Schuld, dachte der Untersucher ununterbrochen, es ist nicht meine Schuld, er hat selbst herkommen wollen, er hat selbst das Telegramm geschickt, ich habe ja nicht wissen können, wie krank er ist. Trotzdem wusste er, dass es seine Schuld war. Er hatte damit begonnen, im Leben dieser Männer herumzustochern, an ihren Schicksalen zu schnuppern, er hatte die Vergangenheit aufgerollt, er war verantwortlich. Krampfhaft hielt er Eichfuss' Hand fest und dachte: jetzt muss ich diese Sache zu einem guten Ende bringen. Er stützt sich auf mich. Ich habe lange nach ihm gesucht und habe ihn schließlich gefunden, es ist, als wäre er Livingstone und als sähe ich endlich den Rauch aus dem Dorf aufsteigen und er käme mir entgegen. Mir wird am Ende noch gelingen, was weder die schwedische Regierung noch die russische geschafft haben: Dr. Elmars Eichfuss-Atvars umzubringen. Dazu war ich nicht nach Lettland gekommen.

Sie kamen zum Taxi. Der Fahrer war nicht da. Der älteste der Jungen ging um den Wagen herum, versuchte, die Türen zu öffnen, aber sie waren alle verschlossen. Da standen sie nun auf der Straße, hielten Eichfuss fest und konnten ihn nirgends hinsetzen, es war entsetzlich warm, Eichfuss war kreideweiß, und der Fahrer war verschwunden.

– Keine Sorge, sagte Eichfuss breiig. Sie brauchen keine Angst um mich zu haben. Versuchen Sie nur, den Fahrer aufzutreiben. Inzwischen hatte sich eine Menschenmenge versammelt, die die Gruppe neugierig anstarrte. Er sah, wie E. S. über den Platz gelaufen kam: auch er hatte in Rännesjätt gesessen und war ausgeliefert worden. Dieser Mann hatte in Schweden begonnen, Schwedisch zu lernen, hatte später Schwedisch studiert, und war dem Untersucher während der Zeit in Riga eine große Hilfe gewesen. Jetzt kam er, um sich zu verabschieden. Er erkannte Eichfuss sofort wieder. Sie begrüßten sich, wechselten einige Worte und blickten sich dann stumm an. Sie hatten in Ulricehamn im selben Krankensaal gelegen, sich aber seit 1946 nicht mehr gesehen. Jetzt gab es nicht mehr viel zu sagen.

Jemand lief los, um den Fahrer zu suchen. Dies war eine völlig aberwitzige und unmögliche Situation: die Sonne brannte, es war heiß, alle schwitzten heftig, Eichfuss hing wie ein Sack zwischen ihnen, atmete schwer, lächelte aber immer noch. Dem Schweden, der jetzt auch ungeheuer schwitzte, trat plötzlich eine Vision vor Augen: ihm war, als hätte er dies alles schon früher erlebt. Während eines Augenblicks erinnerte er sich der Hitze, der Verwirrung und der Rufe in Jackson, das war schon eine Ewigkeit her; er war neben dem Demonstrationszug auf dem Bürgersteig stehengeblieben, und in der entsetzlichen, flimmernden Hitze war ihm plötzlich klar geworden, dass er eigentlich mehr an seinem eigenen Engagement interessiert war als am Zweck der Demonstration. Es schien eine Ewigkeit vergangen zu sein, und es hatte sich vieles verändert. Was hatte sich verändert? Die Wirklichkeit jedenfalls nicht.

Sie hörten einen Ruf. Schließlich kam der Fahrer um eine Ecke gerannt, eine große grüne Melone in der Hand und bewegte sich ungelenk und verlegen auf uns zu, öffnete den Kofferraumdeckel, warf die Melone hinein, öffnete dann die Türen, und die gesamte Wirklichkeit schien aufzuatmen. Gemeinsam gelang es ihnen, Eichfuss in den Wagen zu schaffen. Dieser schien plötzlich neue Kräfte zu erlangen, er begann wieder zu sprechen. Er lag halb auf dem Rücksitz und sprach plötzlich mit einer neuen und völlig verblüffenden Vitalität. Er bestellte Grüße an Schweden und an alle schwedischen Freunde. Er habe Schweden geliebt, sagte er, er bestellte Grüße an die schwedischen Journalisten, dankte für das Gespräch und lächelte. Die blauweiße Farbe seines Gesichts wich allmählich, er atmete leichter und schien plötzlich völlig ruhig und gefasst zu sein. Die Kinder wurden verstaut, die Frauen nahmen Platz, und Eichfuss verstummte schließlich. Sie gaben einander die Hand. Eichfuss lächelte stumm und sah den Schweden mit seinen merkwürdig hellen und klaren Augen an. Es entstand ein seltsamer Augenblick völliger Ruhe, der Entspanntheit, des Friedens. Es gab nichts mehr zu sagen. Das Gespräch war beendet. Der Fahrer ließ den Motor an, und dann fuhren sie los.

Das letzte, was er von Elmars Eichfuss-Atvars sah, war sein Gesicht im Rückfenster des Wagens; Eichfuss hatte sich mit einer fast verzweifelt angestrengten Bewegung umgedreht und seine Hand zum Gruß erhoben. Er war ein kleiner weißer Fleck im Rückfenster des Wagens, der immer kleiner wurde und schließlich verschwand. Er dachte, es ist doch merkwürdig, wie die Kunst die Wirklichkeit verfolgt und die Wirklichkeit die Kunst: er hatte einmal einen Roman über einen Magnetiseur geschrieben und damals geglaubt, damit von allem Irrationalen befreit zu sein. Der Magnetiseur hatte aber die Literatur verlassen und sich aufgemacht, ihn zu jagen. Hier hatte er ihn erwischt: hier, in der Sonne und der Hitze, vor dem Hotel in Riga in Lettland.

Er stand still auf dem Bürgersteig und sah, wie der Platz vor dem Hotel sich allmählich leerte. Er fühlte plötzlich eine heftige, fast unerträgliche Erleichterung. Es ist vorbei, dachte er. Er ist nicht unter meinen Augen gestorben. Es ist vorbei. Ich bin ein unglaublicher schwedischer Egoist, ich fühle Erleichterung, es ist vorbei.

War es eine Tragödie oder eine tragische Farce, deren er Zeuge geworden war? Oben im Hotelzimmer hatte Eichfuss ihm einige Fotos übergeben. Sie waren vor einigen Jahren in Tukums aufgenommen worden, als Eichfuss noch gesund war. Die Bilder waren idyllisch und ruhevoll, Eichfuss schien noch jung und gesund zu sein, er war auf diesen Bildern weniger fett und sah zehn Jahre jünger aus. Er spielte mit den Kindern, hatte das Mädchen in den Arm genommen, er pflückte Blumen, er saß mit seiner Frau auf einer Bank und lächelte in die Kamera. Die Bilder sprachen von einem durchschnittlichen bürgerlichen Leben, die Krankheit musste alles verändert haben. Auf einen Zettel hatte Eichfuss alles geschrieben, was mit seiner Situation zu tun hatte, und diesen Zettel hatte er den Bildern beigefügt. Das meiste hatte er schon während des Gesprächs gesagt, aber hier fanden sich auch sämtliche Diagnosen seiner Krankheit seit 1961, die Namen der Ärzte, die ihn behandelt hatten, ein Hinweis darauf, dass seine Söhne im Sommer ein Pionier-Lager besucht hätten, dass er eine staatliche Unterstützung erhielt, unter anderem für Schulgeld und anderes (seine Aufzeichnungen sind hier fast unleserlich). In einigen einleitenden Sätzen skizziert er jedoch eine dunklere Situation. »Lebe wie in einem kapitalistischen Staat. Feuchte Kellerwohnung, 18 Quadratmeter für fünf Personen, der Sohn hat Rheuma. Bin staatenlos – also ein weißer Neger.«

Tragödie oder tragische Farce? Wohl mehr die Endphase einer Tragödie. Die Frage war nur, wo diese Tragödie begonnen hatte. In Schitomir? In Schweden? In Trelleborg? In Norilsk? Welche Rolle hatte die Auslieferung gespielt? Es war verführerisch, Eichfuss als einen repräsentativen Fall anzusehen, er hatte aber auf der anderen Seite zu viele saturierte ehemalige Legionäre kennengelernt, um die Stirn zu einer solchen Behauptung haben zu können. Sie saßen in ihren modernen Wohnungen mit Frau und Kindern, sie hatten Arbeit und schienen die Auslieferung mehr als eine unangenehme Periode in ihrem Leben anzusehen und nicht als eine über das Leben entscheidende Tragödie. Nein, Eichfuss war nicht repräsentativ. Aber es gab ihn. Wenn es eine Frage gab, so war er eine der 146 möglichen Antworten. Von seinem Schicksal aus ließen sich keine Verallgemeinerungen wagen. Trotzdem war es unmöglich, an ihm vorbeizugehen.

Er verschwand 1967 an einem heißen Septembertag in Riga, er verschwand als kleiner weißer Fleck hinter der Rückscheibe eines Autos, er sollte aber nie aus der Untersuchung oder aus den Gedanken des Untersuchers verschwinden. Eine halbe Stunde später saß er selbst in einem Taxi auf dem Weg zum Flugplatz. Dies war jene moderne Form von Untersuchungen, bei denen man nach einem Zeitplan in das Leben anderer Menschen eindringt und es wieder verlässt. Aber ein Teil der Untersuchung und seines eigenen Lebens war vollbracht. Die Menschen, mit denen er gesprochen hatte, konnten ihn nicht mehr mit ihrem Leben verfolgen, es sei denn, in seinen Gedanken und Träumen, es sei denn, indem sie sich weigerten, aus seinem Leben zu verschwinden.

6

Er verbrachte viele Abende damit, unter den Bildern, Aufzeichnungen, Puzzleteilen und Ereignissen, die er hatte, auszuwählen; er war unschlüssig, was er ans Ende stellen sollte. Etwas musste schließlich da stehen, auch wenn es ihm nicht richtig vorkam anzudeuten, dass der Bau fertig, das Bild vollendet wäre: was er zeigte, war ja nur ein Ausschnitt, eine mögliche Auslegung, eine Auswahl.

Schließlich entschied er sich hierfür.

Es war Juli 1967, kurz vor der Rückfahrt nach dem ersten Aufenthalt in Lettland. Die letzten Stunden hatten sie in einem Café in der Nähe des Hafens zugebracht. Er war mit dem Schiff gekommen und wollte auch mit dem Schiff wieder zurückfahren. Sie hatten in dem chaotischen Stimmengewirr gesessen, das in der Stunde vor der Abreise entsteht, und plötzlich war eine Frau an ihren Tisch gekommen.

Sie mochte sechzig Jahre alt sein. Sie war Deutsche und war ihrem Mann in die russische Kriegsgefangenschaft gefolgt. Sie hatten in der östlichen Sowjetunion gelebt, in einem Arbeitslager, sie hatte zwei Kinder von ihm bekommen, aber dann hatte er sie verlassen und eine Russin geheiratet. Jetzt war sie schon seit langem mit den Kindern allein. Sie trat an den Tisch, setzte sich hin und sprach schnell und komprimiert. Manche Zusammenhänge waren unklar, aber so viel war doch herauszuhören, dass die Russen ihr keine Ausreisegenehmigung erteilten, was sie dringend wünschte. Ihre Kinder waren jetzt erwachsen und arbeiteten beide in Riga, aber sie fühlte sich hier nicht wohl. Sie sprach ein höchst mangelhaftes Lettisch. Es war, kurz gesagt, eine unmögliche und verzweifelte Lage. Sie musste einmal sehr schön gewesen sein. Da saß sie nun mit ihrem Saftglas und ihrem reinen Profil, ihren zurückgestrichenen Haaren, mit wem sollte sie Kontakt aufnehmen? Sie konnten nicht viel tun, sie wollten jetzt an Bord gehen, was war sie für ein Mensch? Sie gingen an Bord, sie war nicht einmal eine Parenthese in seiner Untersuchung, möglicherweise ein Komma. Eine Viertelstunde hatte er mit ihr gesprochen, wie war ihre Vorgeschichte? Konnte er es sich leisten, sich mit Kommata aufzuhalten? Das Schiff lag am Kai, fast in der Stadtmitte Rigas, man kam von Westen her, vom Meer, fuhr die Daugava aufwärts und war schließlich fast im Zentrum Rigas. Da lag das Schiff, sie gingen an Bord. Es waren viele Menschen dort, um auf Wiedersehen zu sagen, denn dies war eines der beiden Schiffe, die in jedem Sommer mit Touristen und Verwandten aus Stockholm und der westlichen Welt hierherkamen. Später stand er an Deck und sah auf die sich immer mehr drängenden Menschen hinunter. Die Frau aus dem Café war nicht zu sehen, sie war ein Kommazeichen, das er endgültig streichen konnte. In welchen politisch-moralischen Konflikt würde sie sich einfügen lassen? In welchem Muster war sie der irrationale Faktor? Welchen kollidierenden Grundsätzen war sie zum Opfer gefallen?

Zwischen dem Zollgebäude und der Kaimauer war ein großer Platz, auf dem vielleicht an die sechshundert Menschen standen. Es sollten noch mehr werden.

Dies war der 17. Juli 1967, strahlende Sonne, ein unendliches Meer aus Blumen und Musik. Sie waren zu einem kurzen Besuch aus dem Westen hierhergekommen und wollten wieder nach Hause. Die meisten Mitpassagiere waren Exil-Letten, von denen die meisten ihre Heimat zum erstenmal seit Kriegsende wiedergesehen hatten. Hier lag der kleine, schmerzlich intime Berührungspunkt zwischen den beiden Völkern, die einmal ein Volk gewesen waren. Sie waren gekommen und fuhren jetzt wieder weg. Fast alle ließen Mütter und Väter zurück, Geschwister und Vettern, sie hatten sich seit dem Kriegswinter 1944/45 nicht mehr gesehen und trennten sich jetzt von neuem. Dreiundzwanzig Jahre der Trennung, eine Begegnung von nur wenigen Tagen, und dann hieß es wieder Abschied nehmen.

Er wusste, wie es werden würde, denn er hatte die Ankunft miterlebt. Sie standen in mehreren Reihen an der Reling, vornübergebeugt, und winkten den Menschen unten auf dem Kai zu. So würde es werden. Vor ihm weinten sie schon, besinnungslos und ohne einen Gedanken an ihre Würde, weinten in Taschentücher und Hände, die da unten winkten und riefen: Kommt wieder! Kommt wieder! Kommt wieder! Auf dem Kai mochten jetzt tausend Menschen stehen, es war Mittag, aber vom Fluss her wehte eine leichte Brise, und die Hitze war erträglich. Sie warfen Blumen. Es war nicht auszuhalten.

Dort unten sah er E. stehen, der einmal im Lager von Ränneslätt gesessen hatte, jetzt aber zu denen gehörte, die erfolgreich waren: er stand da in seinem besten dunklen Anzug, winkte und lächelte. Nein, sie würden nicht weinen, sie hatten keinen Grund. Aber die anderen? Die tausend, die jetzt dort unten standen, und die hundert, die sich aus Schweden hergewagt hatten? Das Bild schien sich beharrlich zu erweitern, er hielt ein kleines Mosaiksteinchen in der Hand, aber das Mosaiksteinchen schien zu leben, sich zu verändern, von außen beeinflusst zu werden.

Von der Seite sah er den achtzigjährigen Oberförster aus Västerås an, mit dem er sich auf der Hinreise in der Bar unterhalten hatte: dieser hatte Lettland 1944 verlassen und hatte sich jetzt endlich einmal hergewagt, um seine Schwester und seinen Bruder ein letztes Mal zu sehen, bevor er starb. Ein letztes Mal, bevor er starb. Er sah ihn von der Seite an, als das Schiff sich von der Kaimauer löste: das Gesicht des Mannes erzitterte, als würde es von innen durch eine große Unsicherheit oder Schwäche bewegt. Das ganze Gesicht zitterte, bewegte sich und fiel schließlich in einem lächerlichen, trockenen Schluchzen zusammen.

Er stand auf einem Stuhl hinter der langen Menschenreihe an der Reling, bereit, das Schluchzen des Achtzigjährigen mit dem Fotoapparat einzufangen, er wartete ab, um es noch heftiger werden zu lassen. Aber er konnte am Ende nicht auf den Knopf drücken, obwohl er sich bewusst war, dass er während der gesamten Untersuchung nichts anderes getan hatte: er hatte immer die Kamera vor dem Bauch gehabt und darauf gewartet, dass der Mensch sichtbar wurde. Er wusste, dass er auf den Auslöser drücken durfte, dass er es tun sollte, aber er konnte es nicht. Und dann vergaß er's, denn unten auf dem Kai begannen die Menschen zu singen, ein altes lettisches Lied, dessen Text er nicht verstehen konnte. Alle sangen mit, und schließlich ertönte aus dem Lautsprecher ein Marsch. Er dachte daran, wie merkwürdig es doch sei, dass in dieser bizarren, traurigen, verrufenen, grausamen, bürokratischen und eigenartigen Sowjetunion sogar die Märsche in Moll gesetzt waren.

Und sie weinten und weinten und weinten, man konnte es nicht mehr mit ansehen, es ging nicht mehr, es ging nicht.

Er lief zur anderen Seite hinüber und setzte sich. Dort war es leer, die Sonne schien, es war wunderbar warm und schön. Die Daugava glitt langsam an ihm vorüber. Wasser, Sonne, Reflexe. Auf der anderen Seite des Flusses: Häuser, Industriebetriebe, Schiffe, Schleppkähne.

Menschen. Es war, als hätte man die Wahl zwischen zwei Seiten: hier auf seiner Seite war es warm und schön, dort, auf der anderen Seite des Schiffs, winkten sie, riefen und weinten. Das Geschehen, das er zu beschreiben versucht hatte, schien unaufhörlich Gefahr zu laufen, in unkontrollierbare Gefühle aufgelöst zu werden, die man weder steuern noch verstehen konnte. Es gab eine Lebensebene, auf der die Handlungen des Menschen bewusst geschahen und wo die Ergebnisse dieser Handlungen überschaubar waren, und diese Ebene hatte er immer erreichen wollen: einen Zustand, in dem der Mensch für sein Tun verantwortlich war und schließlich gelernt hatte, die ihn umgebende Wirklichkeit zu lenken, gelernt hatte, den Mechanismus des Lebens zu begreifen. Es gab aber noch eine andere Ebene, eine verschwommenere und rätselhaftere, die durch das Gesicht eines leidenden Menschen geprägt zu sein schien: eines Menschen ohne Hintergrund und Geschichte, der von der Wirklichkeit besiegt worden war. Den Ausdruck »der leidende Mensch« hatte er immer gehasst, weil er das Sentimentale in sich selbst hasste, aber manchmal hatte er den leidenden Menschen ganz nackt, ausgeliefert, als ein Opfer vor sich zu sehen geglaubt, und das hatte ihn so erschüttert, wie er es nie erwartet hätte. An was ausgeliefert? An seine Apathie? An seine Nachgiebigkeit? An seine Abneigung gegen die Einsicht, dass er dennoch frei war und die Möglichkeit besaß, die ihn lenkenden Kräfte zu erkennen und zu beherrschen? Die Abstraktionen fielen wie Schleier über ihn, wie lange noch sollten die menschlichen Laute in ihn eindringen?

Diese Auslieferung. Weit weg, irgendwo dort hinten, im Zentrum der Geschichte, weit, weit zurück gab es einen Anfangspunkt, einen Drehpunkt, einen Angelpunkt, einen Augenblick, in dem jemand eine Wahl getroffen hatte. Damit war die Lawine ins Rollen gekommen. Aber wo? In einem kurzen Augenblick glaubte er Außenminister Günther von seinen Papieren aufblicken zu sehen, zu sehen, wie dieser ums Wort bat und sagte: »Da ist noch etwas.« Hatte er sich 1945 nicht so ausgedrückt? *Da ist noch etwas.* Hatte es dort angefangen, oder schon früher? Nein, er hatte das falsche Bild gebraucht: politische Ereignisse sind keine Lawinen. Die lassen sich steuern, beeinflussen. Aber worauf hatte er eigentlich Jagd gemacht?

Er hatte das Schicksal der 146 Ausgelieferten untersuchen wollen, aber gleich daneben gab es ein anderes Problem, ein größeres, komplizierteres von gleicher Brisanz, obwohl nie jemand darüber sprach:

eine Art Trauma, das zu definieren er immer sorgfältig vermieden hatte, weil es die heutige Lage betraf und weil man es nicht auf Abstand halten oder durch eine Lupe betrachten konnte. *»Sie sollten auch eine Frage behandeln, die bedeutend komplizierter ist als die Frage nach unserer Verantwortung für die Deportation der 146 Männer: die Frage unserer kulturellen Zusammengehörigkeit mit den Ostseestaaten, an deren Problemen wir Anteil nehmen sollten, statt ihnen mit politischen Vereinfachungen den Rücken zu kehren. Die Frage, warum wir uns von einem wesentlichen Teil unserer Umwelt abgekapselt haben.«* Er hatte immer zu begreifen versucht, welche Voraussetzungen der langen schwedischen Fixierung auf die Auslieferung der Balten zugrunde gelegen hatten, war dies eine Antwort? War diese Auslieferung ein Teil eines schwedischen oder westeuropäischen Traumas, das plötzlich sichtbar wurde, dessen Voraussetzungen aber noch unerforscht waren, ein Teil einer Schuld, äußerte sich in dieser Auslieferung die heimliche Krankheit des schizophrenen Europa?

Es gab so viele Antworten. Ob nun ein inneres Trauma oder ein äußeres: er hatte plötzlich gesehen und verstanden, wie die Schweden die in Schweden vorhandene baltische Kulturwelt verleugnet, vernachlässigt oder bekämpft hatten, und er hatte zugleich das enorme und pathetische Kontaktbedürfnis der Menschen hier in Lettland erlebt. Schuld nach innen und nach außen. Das alles waren Teile eines verschwommenen und schuldbeladenen Traumas, das vorsichtshalber nie diskutiert worden war.

Hinter sich hörte er den Gesang, die Rufe, das Schluchzen: der kurze Augenblick des Kontakts zwischen zwei Welten wurde jetzt aufgehoben, der Traum von der Gemeinsamkeit schwand. *»Sie sollten auch versuchen, eine Diskussion darüber in Gang zu setzen, ob ...«* Die Briefe hatten ihn erreicht und erreichten ihn auch weiterhin. Sie waren Signale, entfernte Signale, ein Ticken in der Dunkelheit, hilflose Bitten, hoffnungsvolle Vorschläge. Die Gesichter der Menschen: auch Politiker hatten Gesichter. Er erinnerte sich an das kleine Billett Östen Undéns, der ihm in seiner kleinen, genauen, aber müden Handschrift geschrieben hatte: *»Ich war bei Ihrem gestrigen Besuch sehr müde und habe mehrere Sätze unglücklich formuliert. Was ich habe sagen wollen, ist dies: noch einmal vor die gleiche Lage gestellt, würde ich nicht anders handeln als damals.«* Später hatte er auch telefonisch mit Undén über die Konsequenzen der Auslieferung gesprochen, aber die Stimme war so weit weg gewesen, war manchmal sehr leise geworden oder verstummt, als hätte sie sich hinter eine Mauer aus großer Müdigkeit, Erschöpfung oder Resignation zurückziehen wollen. War es tatsächlich so, dass Östen Undén die eigentliche Zentralfigur dieser Tragödie war: ein Mensch, der einen Beschluss geerbt hatte, der im Grunde seiner Überzeugung zuwiderlief, ein Mensch, den man gezwungen hatte, etwas zu verteidigen, woran er nicht glaubte?

Diese Auslieferung warf so viele Fragen auf.

Jetzt weinten sie hinter ihm, sie riefen und weinten, die Rufe flogen wie Vögel über das Wasser. Er hatte immer geglaubt, dass es dem Menschen möglich sei, die ihn lenkenden Kräfte zu registrieren, und das wurde zu der Arbeitshypothese, die ihn bei seiner Untersuchung leitete: aber als er sie abschloss, schien die Wirklichkeit einen Sprung zur Seite gemacht zu haben, und es stellte sich heraus, dass er im Begriff war, andere Fragen zu formulieren. Fragen, die alle bei Problemen wie dem der Auslieferung der Balten ihren Anfang hatten, aber unter anderen Vorzeichen standen: Fragen nach der hierarchischen Struktur in der Politik, nach der Rolle der Gewalt, nach der Rolle der meinungsbildenden Organe, nach dem Fremdsein des normalen Menschen gegenüber der Politik. Das Schiff wendete, da vorn arbeiteten die Schlepper, er konnte sie nicht sehen, wusste aber, dass sie da waren. Wenn er wollte, würde er ein Stück nach vorn gehen können, und dann würde er sie sehen. Die Politik war zugänglich, sie war nicht allein bestimmten Menschen vorbehalten. Das Muster war erkennbar, mochte er auch in vielem geirrt oder versagt haben. In manchen Augenblicken der Hellsichtigkeit oder einer vermeintlichen Hellsichtigkeit glaubte er sehen zu können, wie ökonomische und politische Systeme die Menschen vor sich hertrieben, sie banden und ihre Wertvorstellungen mit tausend kleinen Drähten lenkten, wie sie ihre Empörung und Gleichgültigkeit dirigierten, wie sie sie aufweckten oder verführten. Den Mechanismus der Verführung, den Mechanismus der Gleichgültigkeit. Die Bedingungen der Gefangenschaft und der Befreiung. Den Mechanismus des Gefühls. Aber das reine, kristallische Muster, von dem er geträumt hatte, und das logische Spiel, dem er nachgejagt war, schienen immer von Menschen und menschlichen Gesichtern verdeckt zu werden – und von Leben. Von Leben.

Er saß allein auf seiner Seite des Decks, der Sonne zugewandt. Er wusste es selbst nicht, aber was er jetzt erlebte, war die letzte glückliche Phase der Untersuchung. Der Sommer sollte noch entspannt sein, die Arbeit frei von Leidenschaft, er würde noch einen Monat lang an der Auslieferung herumlaborieren können, an ihr und an den Ausgelieferten, als beschäftige er sich mit einem Spiel. Dann würden alle Gesichter und alle Stimmen ihn übermannen, ihre Schicksale würden ihm zu nahe kommen, sich ihm aufdrängen, der Überblick würde unklar werden, das Trauma verschwommen und kompliziert, sein eigenes Leben zu sehr in die Nähe ihrer Schicksale geraten. Denn sie lebten ja, und sie würden selbst als Tote noch weiterleben, und als er an einem Frühlingstag des Jahres 1968 die letzten Zeilen niederschrieb, tat er es mit einem fast desperaten Gefühl der Erleichterung, als sollte er jetzt endlich Gelegenheit bekommen, frei zu atmen, sein Leben zu leben und das Gefängnis zu verlassen, das sie ihm errichtet hatten.

Da saß er nun, an Deck, in der Sonne, das Spiel war noch ein Spiel, das nur zum Teil von ihren Gesichtern verdeckt wurde. Er dachte: ich lasse alles hinter mir, ich verschließe mich, kapsle mich ab. Vor mir liegen eine Wasserfläche, Sonne, Licht, ein Glitzern, Wärme. Er dachte: ich bleibe sitzen, höre ihre Rufe nicht, sehe ihre Tränen nicht. Ich bleibe sitzen, nehme nicht Anteil, sitze hier in der Sonne. Ganz allein. Ich rede mir ein, dass ich niemals verstehen werde. Ich werde dennoch nie verstehen.

EPILOG

Dieser Roman ist am 3. September 1968 erschienen. Das ist mehr als 40 Jahre her; damals existierten die baltischen Staaten kaum in unserem Bewusstsein, es sei denn als unterdrücktes schlechtes Gewissen. Jetzt sind Estland, Lettland und Litauen seit 20 Jahren frei. Die Situation ist eine andere. Auch die Probleme haben sich geändert.

Ich schreibe an einer Stelle im Buch darüber, wie kompliziert es ist, eine historische Situation inmitten einer anderen zu betrachten – was ich also erlebte, als ich über diese schwedische Auslieferung baltischer Soldaten an die Sowjetunion zu Beginn des Jahres 1946 schrieb. Über das, womit wir in Schweden ein halbes Jahrhundert unter dem Begriff »Die Auslieferung der Balten« gelebt haben. Für den, der dieses Buch in den Septembertagen 1968 las, wurde es nicht leichter. Die Analyse einer politischen Krise (1945), geprägt von der Entstehungszeit des Romans (1965–1968), der Zeit der Debatten um den Vietnamkrieg, in einer dritten Situation zu lesen: der düsteren Stimmung im Spätsommer und Herbst 1968, nachdem die Sowjetunion den Prager Frühling zerschlagen hatte.

Das färbte ab, die Schlussfolgerungen aus dem Buch gerieten recht verschieden. Dabei ist es auch geblieben. Später schuf die Wirklichkeit neue Deutungen dieses schwedischen und europäischen Traumas, die Wirklichkeit in Gestalt des Falls der Berliner Mauer, der Befreiung der baltischen Staaten von der sowjetischen Besatzung bis hin zu den ethnischen Gegensätzen zwischen Letten und Russen oder der Auswirkung von Wirtschaftskrisen auf die Geschichtsschreibung der jungen Staaten. Die Auslieferung der Balten blieb weiterhin virulent, als Anschauungsbeispiel oder als existentielles politisches Drama.

Der Untersucher, wie er im Buch genannt wird, also ich selbst, Per Olov Enquist, hat diese Geschichte nie recht verlassen können. Der Text ist jedoch hier der gleiche wie damals. *Die Ausgelieferten* werden heute im Jahr 2011 genauso veröffentlicht, wie sie 1968 geschrieben wurden. Der Text ist mit dem ursprünglichen exakt identisch. Ich habe so gut wie nichts verändert, ganz einfach weil ich darin einen Wert sehe und aufrichtig glaube, dass das Bild, das ich damals von der Auslieferung der Balten vermittelte, das Bild ist, für das ich auch heute noch einstehen kann, und dass die darin enthaltenen Fakten richtig sind.

Den schwedischen Teil der Auslieferung habe ich im Verlauf der Jahre verfolgt und in verschiedenen Nachworten zu den Neuauflagen der schwedischen Originalausgabe kommentiert. 1981 wurde beispielsweise die Geheimhaltung des Archivs des Außenministeriums aufgehoben. Ich habe dieses Material durchgesehen, und nur in einem Punkt hat dieses nunmehr freigegebene Material mein Bild korrigiert. Darin ging es um die politische Verantwortung: Der schwedische Ministerpräsident Per Albin Hansson war in weit größerem Umfang, als ich zunächst geglaubt hatte, treibende Kraft und für die Entscheidung verantwortlich. Er setzte nicht nur die positive Frage einer Auslieferung an die Sowjetunion durch – auf deren vage Anfrage hin (!) –, er diktierte auch persönlich den Passus, der der Anfrage in weit größerem Umfang entgegenkam, als die Gegenseite erwartet hatte. Ohne diesen Passus, der sich auf einem Zettel von seiner Hand findet, hätte kein einziger der 146 Balten ausgeliefert werden müssen. Bis dahin war alles möglich gewesen.

Danach zogen sich die bedrohlichen politischen Wolken immer mehr zusammen. Schließlich war alles schwarz.

Jedoch keine neuen entscheidenden Fakten. Die Deutungen von Fakten werden hingegen immer variieren. Man muss selbst denken.

Während der 40 Jahre, die inzwischen vergangen sind, ist die Debatte ununterbrochen weitergegangen. Neue Möglichkeiten haben sich aufgetan, in Schweden und in der früheren Sowjetunion. Menschen und Staaten wurden frei, Archive geöffnet. Nach dem Fall der Berliner Mauer habe ich mehrmals Gelegenheit gehabt, erneut mit den Ausgelieferten zu sprechen, habe neue Expeditionen in diese Länder unternommen, die jetzt nicht mehr exotisch sind, sondern unsere normalen Nachbarstaaten. Dieses schwedische Trauma um eine Auslieferung scheint nicht zu verschwinden. Das Trauma hat sich 1945 in uns festgebrannt. Das mag etwas mit unserem Selbstbild zu tun haben: Um die Mitte der vierziger Jahre war dies das Bild von einem kleinen humanistischen Land, das Flüchtlinge beherbergte und Graf Bernadotte an der Spitze weißer Busse entsandte, um Häftlinge aus den Konzentrationslagern zu retten. Und dann mit einem Mal diese verfluchte Auslieferung, die das Selbstbild zerstörte.

Es war fast nicht auszuhalten.

Der Untersucher war in jenen Jahren ein sehr junger Autor. Man gab ihm sofort zu verstehen, dass er sich dieses Projekts nicht annehmen solle. Er sei zu jung und zu naiv. Es müsse aber auch möglich sein, wie er betonte, die Mechanismen dieser politischen Krise zu untersuchen. Eine Untersuchung dessen, was hinter der Mythenbildung geschehen war. Zu 90 Prozent geht es ja bei den Ausgelieferten um die Zeit in Schweden, eher um ein schwedisches als um ein sowjetisches Dilemma; viele fanden es jedoch zynisch oder naiv, überhaupt den Versuch zu unternehmen, eine Antwort auf die Frage zu finden, was in der hermetisch verschlossenen, gelegentlich jedoch auch zugänglichen Sowjetunion mit den 146 Männern nach der Auslieferung geschehen war.

Ich habe es trotzdem versucht. Heute, 40 Jahre später, kann ich sagen, dass es möglich war und dass das von mir gezeichnete Bild sich als richtig erwies.

Nach der Befreiung Lettlands und nachdem das Buch auf Lettisch erschienen war (es war bis 1989 im gesamten Ostblock verboten gewesen), habe ich mit den Männern, die noch am Leben waren, mehrere »Kameradschaftstreffen« gehabt. Besonders erinnere ich mich an einen solchen langen Abend und eine lange Nacht in den 90er Jahren. Es waren aufrichtige Gespräche, die um viele zerstörte Leben kreisten, und zwar in einem Tonfall von Wärme und Trauer. Zusammen mit Männern, deren Leben für immer von dieser Auslieferung bestimmt wurde, die es aber dennoch vermochten und wagten, zurückzublicken.

Aber das ist selbstverständlich. Sie verstanden ja nicht, wie die schwedische Regierung so handeln konnte, wie sie es tat.

Dem, was ich damals gerade in dieser Frage schrieb, kann ich heute nur wenig hinzufügen: Was nach der Auslieferung mit den Männern geschah. Über die Ankunft in der Heimat. Etwa 40 der Ausgelieferten wurden zu langen Strafen in Sibirien verurteilt. Die anderen wurden nach sechs Monaten freigelassen, waren aber – und das ist wichtig – in ihrem zivilen Leben weiterhin von der Zeit in der Waffen-SS stigmatisiert. Es ist offenkundig, weshalb die Debatte über die »Heimkehr« – damals wie heute – so hitzig geführt wurde. Es ging ja im Sommer 1945 indirekt auch darum, was mit den etwa 50 000 baltischen Flüchtlingen geschehen sollte, die bei Kriegsende nach Schweden kamen.

Dieses politische Problem ist noch heute ein wohlgehütetes Geheimnis der schwedischen Politik und wird es wohl bleiben. Vor dem wütenden Konflikt um die Militärbalten im ersten Friedenssommer 1945 gab es in der schwedischen Regierung auch den Gedanken, dass auch die Zivilisten sämtlich in die Sowjetunion zurückgeschickt werden sollten. Die erbitterte Debatte um die Militärbalten brachte sowohl der schwedischen als auch der sowjetischen Regierung ein gewisses Verständnis dafür nahe, welche Hölle auf eine »große« Auslieferung folgen würde.

Diese Hölle war die Auslieferung von einem politischen Standpunkt aus nicht wert. Das war allen klar. Die zivilen baltischen Flüchtlinge durften bleiben.

Sie hatten den 146 Ausgelieferten gegenüber eine Dankbarkeitsschuld, die sie nicht vergaßen. Die Behauptung in der Debatte, »man wird sie alle hinrichten«, erwies sich jedoch zum Glück als nicht wahr, aber der Mythos trug auf diese Weise dazu bei, viele zu retten. Jetzt kam ein junger Autor daher und wollte ans Licht bringen, was eigentlich geschehen war. Das hätte er nicht tun sollen.

Die Auslieferung der Balten war der Beginn des Kalten Krieges in Schweden. Davor war es die Sowjetunion, die uns vor den Nazis gerettet hatte. Danach brachte man die Sowjetunion mit Sklavenlagern und Unterdrückung in Verbindung. Alles konzentrierte sich auf die 146 Mann der lettischen Waffen-SS. Hingegen nicht auf die rund 3000 jungen deutschen Soldaten, die aus Norwegen gekommen waren und jetzt in aller Stille in die Gefangenenlager der Sowjetunion verschifft wurden. Das schwedische Mitgefühl war in dieser Hinsicht selektiv.

Ich selbst glaubte, dass lettische Forscher oder Schriftsteller 1990, als die Archive geöffnet wurden und die Freiheit kam, die Geschichte unter die Lupe nehmen würden. Es blieb jedoch eher still. Der Grund liegt vielleicht darin, dass der Boden immer noch vermint ist, jetzt aber auf eine andere Weise. Eine kleinere Zahl dieser Männer aus der lettischen Waffen-SS hatte in Polizeiverbänden hinter der Ostfront gedient, sich in der Ukraine und Weißrussland mit »Säuberungen« befasst und gegen Kriegsende die lettische Waffen-SS unterwandert, um ihren Hintergrund zu verbergen. Diese Tatsache bewirkte, dass jede heutige Analyse unangenehme Erinnerungen aus dem Zweiten Weltkrieg ans Tageslicht befördern würde, einschließlich des Holocaust und der in Lettland prozentual effektivsten Judenausrottung (mit lettischer Hilfe), zu der es in irgendeinem europäischen Land gekommen war.

Die Auslieferung der Balten ist und bleibt jedoch ein schwedisches Trauma. Man kommt um diese Geschichte nicht herum, weder damals noch heute. Als existentielle Testsituation ist sie bemerkenswert.

Ich lese diesen 42 Jahre alten dokumentarischen Roman jetzt nachdenklich von neuem und erkenne, dass der junge Schriftsteller, der in die Geschichte hineinging, nicht der gleiche war, der aus ihr hervorging. Und erkenne, dass er viel von ihr gelernt hat, weniger naiv und weniger hochmütig geworden ist. Dass er ferner eine Erfahrung gewonnen hat, die vielleicht klein, aber speziell und strapazierfähig ist, die Erfahrung des einzelnen Menschen, der in einer politische Krise gefangen ist. Dass er sich selbst verändert hatte, als die Arbeit an diesem Lehrstück fertig war, falls er überhaupt je mit dieser Geschichte fertig wurde. Dass das, was er heute wiederlas, im Jahr 2010, auch ein Entwicklungsroman über einen jungen Autor in der Mitte der entsetzlichen europäischen Geschichte war, ein Roman nicht nur über das Leben der Ausgelieferten, sondern auch über sein eigenes, und dass diese Erfahrung alles prägen würde, was er später schrieb.

Per Olov Enquist
Im Herbst 2010

INHALT

Vorwort 5
I Der Sommer 7
II Ränneslätt 127
III Der Auszug der Legionäre 289
IV Die Heimkehr 383
Epilog 469

Per Olov Enquist
Das Buch von Blanche und Marie
Roman
Aus dem Schwedischen von Wolfgang Butt
Band 17172

»Was für eine Geschichte über Extremzustände der Liebe, und wie grandios erzählt. Ein tief bewegendes Buch ...«
Elke Heidenreich, Lesen!

Auf unerhörte Weise erzählt Per Olov Enquist in seinem neuesten Roman vom tragischen Schicksal zweier berühmter Frauen: Marie Curie, Entdeckerin des Radiums. Blanche Wittman, Lieblingspatientin des berühmten Nervenarztes Professor Charcot an der Pariser Salpêtrière. Beide sind gezeichnet von dem, was dem Jahrhundert als Fortschritt erscheint, und von der Liebe. Als Blanche erkrankt, beginnt sie ein Buch über die Liebe zu schreiben, in dem sie von Marie Curies Affäre erzählt, von ihrer eigenen Liebe zu Charcot und dem Geheimnis um seinen Tod.

»Ein schwindelerregendes Ensemble von
Liebesgeschichten im Spannungsfeld zwischen Treue
und Verrat, Befreiung und Schuld. ...
Zwei starke Frauenfiguren des 19. Jahrhunderts
werden hier zur Legende.«
Neue Zürcher Zeitung

Fischer Taschenbuch Verlag

Per Olov Enquist
Der Besuch des Leibarztes
Roman
Aus dem Schwedischen
von Wolfgang Butt
Band 15404

Zwei Jahrzehnte vor Ausbruch der französischen Revolution kommt der Arzt und Aufklärer Struensee aus Altona an den Hof des dänischen Königs Christian VII. Ein kleinwüchsiger, kindlicher, kranker König, der mit der dreizehnjährigen englischen Prinzessin Caroline Mathilde verheiratet wurde, die weinte, als sie nach Dänemark reiste. »Die Königin ist einsam, nehmen Sie sich ihrer an!« befiehlt der König seinem Leibarzt. Und die drei werden Figuren in einer unaufhaltsamen und bewegenden Tragödie.

»Ein einzigartiges Buch ... atemberaubend spannend
... ein ungemein frivoler erotischer Roman.
›Der Besuch des Leibarztes‹ liest sich
wie großes Kino, im Ohr der Klang
einer großen Oper."
Hajo Steinert, Focus

»... ein leidenschaftlicher Roman über Macht und
Politik ... Ein Buch, das man nicht mehr
aus der Hand legen möchte.«
Max Eipp, Stern

Fischer Taschenbuch Verlag

Per Olov Enquist
Ein anderes Leben
Aus dem Schwedischen von Wolfgang Butt
Band 18600

»Ein ebenso subtiles wie mächtiges, lichtes
wie aufwühlendes Bekenntnisbuch.«
Neue Zürcher Zeitung

Per Olov Enquist erzählt seine Lebensgeschichte, als ob es die Geschichte eines anderen wäre, in der dritten Person. ›Ein anders Leben‹ liest sich wie ein großer Roman über das 20. Jahrhundert: Im Zentrum steht ein junger Mann aus einem kleinen Dorf in Nordschweden, der die Grenzen der Provinz überwand und zu einem der bedeutendsten europäischen Schriftsteller wurde. Diese Karriere, die mit dem Studium in Uppsala, der Zeit als Journalist in West-Berlin und München begann, und mit seinem ersten Theaterstück bis zum Broadway führte, wird nicht als Erfolgsgeschichte erzählt. „Wenn alles so gut ging, wie konnte es dann so schlimm kommen?" steht als Leitfrage über diesem Lebensweg, der tief in die Alkoholabhängigkeit führte und fast in den Tod.

»Die Sehnsucht des Individuums nach dem Sinn
seiner Existenz. Dieses unvergängliche Thema hat Enquist
auf beeindruckende Weise neu instrumentiert.«
Die Welt

Fischer Taschenbuch Verlag

Der deutschsprachige Roman über Israel und Palästina

496 Seiten
Gebunden, Lesebändchen

John, amerikanischer Jude und ehemaliger Freiwilliger der israelischen Armee, wird in San Francisco auf offener Straße erstochen. Wer war John? Diese Frage stellt sich dem österreichischen Autor Hugo, der um seinen Freund trauert. Auf den Spuren Johns reist er nach Kalifornien, wo sich die beiden vor langer Zeit kennengelernt haben, und dann nach Israel. Dort findet er sich auf beiden Seiten des Nahost-Konflikts wieder. Ein aufrüttelnder Roman über jüdische Identität, das Fortwirken deutscher Geschichte und die Politik Israels.

HANSER
www.hanser-literaturverlage.de